時代的眼·現實之花

《笠》詩刊1～120期景印本(三)

第26～38期

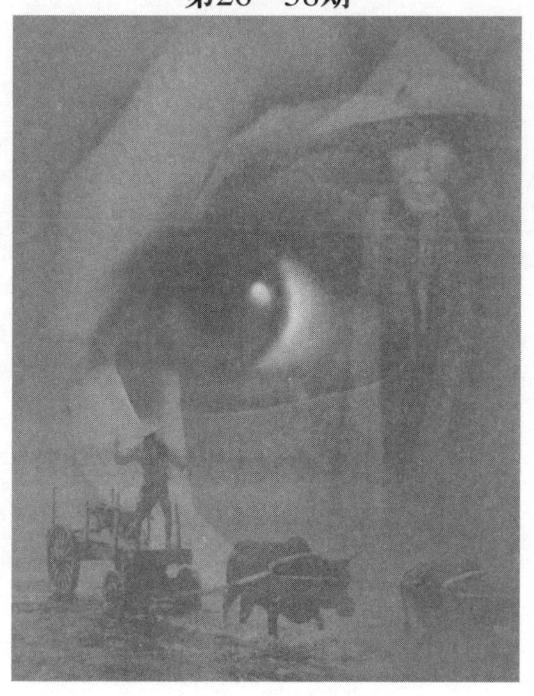

臺灣學生書局印行

笠
詩刊
PAI CHOU
26

「笠詩獎」設置辦法

一、爲紀念笠詩誌發行滿五週年，特自第五年起，設置「笠詩獎」以示表彰詩工作者的業績。

二、詩獎項目：⑴詩創作獎⑵詩評論獎⑶詩翻譯獎⑷詩人傳記獎一

三、給獎之對象及名額：凡在國內從事詩工作，且有詩的經歷與實績者，於給獎之前年年底爲止五年內，出版「詩創作」「詩評論」「詩翻譯」「詩人傳記」等著作，足以影響本國新詩發展之作品，每年遴選各項目一名爲原則。但如無被承認之作品時，該年度名額即予保留。

四、給獎：⑴每項詩獎均給「笠塑像獎」一尊及「獎金」新臺幣若干元。訂於每年六月擧行之笠詩誌發行週年紀念會同時頒獎。⑵「笠塑像獎」由本省畫家兪彫刻家曾維智先生親自彫塑。「獎金」由笠詩社顧問R先生贊助酌贈。

五、評選方法：⑴每給獎年度之元月底以前接受一般詩友推薦及「笠」全體同人負責推薦詩獎「候選作品」。⑵將推薦之「候選作品」送由「笠」全體同人執行初選，於三月十五日以前將初選意見以書面寄送「評選委員會執行秘書」彙辦。⑶初選結果送由評選委員執行複選，於五月四日以前將複選結果交評選委員會執行秘書由執行秘書籌開評選委員會議決定受獎作品。⑷初選同人，複選委員對自己的作品，應予廻避，不評。⑸「候選作品」「初選」「複選」結果，分別二、四、六各月份出版之「笠」詩誌上發表。

六、評選委員名額訂爲七至十一人及委員會執行秘書一人由笠詩社聘請。

笠 第26期

目錄

詩作品

譯詩

短論

紀念小輯

笠下影

詩史

評論及其他

優秀詩人的條件

古丁

一個人如果能寫出幾首好詩，便稱他是一個優秀的詩人，這種說法，固然是不錯的。不過通常我們所謂眞正優秀的詩人，所要求的條件，似不止此。我們還應注意到他在各方面是否成熟，正如構成一個大作家的條件，應有多方面的成功，是一樣的道理。僅在某一觀點上說他優秀，總覺得有不實之感。

所謂優秀的詩人，我以爲最少應從三方面來衡量。

第一是對表現的方法，有無高度的自覺。一個詩人從開始學習到創作的成熟，其間有一段相當的距離，而中間隔着一條模仿的路，詩人如果不能離開這條路，他就不能達到成熟的階段。模仿不單是我們通常所說他有某人的風格，和借用了別人的形式，它還包括對自己的模仿。換句話說，即使他有過自己的創造，如果他就停在已創造過的方法上，他仍然是一個模仿者，因爲他所套用的仍然是一個公式，日久仍是陳腔濫調。一個優秀的詩人在創作上是必須有高度的自覺和不斷的反省。經常從這一山頭跨到另一山頭上去，也即是說，他應對自己的作品永不滿意，警惕他繼續創造下去。

第二、除了創作的方法不斷地求新之外，他的思想應該是成熟的。其實，表現方法的創新，不是單一的出現，它源於另一更基本的要素，就是思想的成熟。思想是指導我們的行爲，辨認出方向而用的，不是專門說出來給別人聽的，所以它對個人，一方面是要求絕對眞實，不能有一點虛假的成分，另一方面，他要知道它的正確性，一個詩人應該認識眞理，不受任何偏見成見所愚弄。他我行我素，因他知道自己所選擇的正確，他信仰它，所以內心中自然產生力量，流露出眞實的感情。虛僞是詩人最大的敵人。一個優秀的詩人，不可能是個不眞實的、不認識眞理的人。

第三、一個詩人如果是優秀的，他還應該對別人表示關心。有自我犧牲的精神，有廣濶的胸襟。自私是人類最大的公敵，詩人豈能够擁有它而不自愧？自來大詩人都有一顆憐憫的心，他容得下整個的世界，也不排拒任何最微小的部分。故詩人是否成熟，從他是否關心他的周圍，乃至整個的世界，便可看出來。詩人的胸中沒有世界，狹小的胸襟是產生不出好詩的。

以上所舉，不過是說其大者，一個優秀的詩人，自然還應有其他優異的表現。但基本上如已具備了這三點，大致說來，他已可以被稱爲是一個優秀的詩人而無愧。

閒話詩與共鳴

陳世英

1

詩是撥動人們心弦的跳弓。所謂好詩就是能在讀者心靈深處，引起最深沉、最優美的共鳴並如金屬光澤歷久長新者。故好的詩人(不是名詩人)就是擅用其思想觸鬚，眞實地將他對世界主觀感受，運用最純熟、最眞摯的手法，引起讀者心靈最響最美最長的共鳴，並讓讀者在顫慄和狂喜中接受他所帶來的喜悅和感觸。

2

年輕繼起的詩人，因詩思衝勁大，又不像老詩人已擁有詩的地位，應多實驗，多創作別人沒想過的東西，讓自己不斷地超越，不要侷限於自己現有之微不足道的成績，儘可能從觀摩學習中，創造自己的路子，要有如煥彰兄在

「牧雲初集」後記所說的抱負：「雖然，到目前我的面目還模糊不清，但我已開始向那呼喚我的聲音走去，即使這是一種受難，一種走向「地獄」的路，我也要繼續其孤獨地走下去。」這樣才能眞正地發出自己的聲響，而不是模仿所得來的假聲，唯有眞正屬於自己獨有的詩，才能讓讀者起最深沈的感動，試問有那一位作曲家，不是先為自己的作品感動得受不了，而後寫下來的？年紀老一點的詩人，由於詩思有限（不過如林亨泰先生自認為是新人的，不在此限）應對自己所走的路線勇往邁進，不要迷茫、猶豫不前，儘可能使自己純熟於自己的姿態，這樣或許有一些新起詩人願意從你那裏取得火把，從你那裏取得啓示，為要更深入詩國的探求。

3

現代中國詩壇常迷漫着兩種類型的詩，點綴現代詩的迷茫，一是哭調孝男型，寫這種詩大都是較沒才氣的詩人，這種詩整篇撲着假悲痛、假傷心、假苦悶、假哀愁，讓人一看就有受騙的感覺，他們認為詩沒這些傷愁就像菜沒放鹽一樣，有點怪怪的，所以一有詩興就聯想到如何把眼淚硬擠出來，這種詩唯一的好處是一些程度較低的讀者會為它着迷流淚，不過明眼人一瞧，就可知那是臺灣歌仔戲哭調的一種變形。另一種類型是嘻皮笑臉浪子型，這種詩人才氣頗高，可惜不能自我節制，他們寫詩好似寫給同輩詩人看，以示才華，他們的詩常讓人有啼笑皆非，過分隨便之感，就如熱門音樂初時給人很新鮮，過了一些時候，就顯得俗不可耐。

我想如不是詩人本性使然，還是不要朝這兩種類型的路子走，因它們給人的共鳴並不深刻，不會很快被人淡忘的

4

中國一些名詩人常停頓在自滿意識中，雖然他們口口聲聲說在不斷求進步，其實從他們作品中，就可發現只要他們自認為達到某一水準，就認為不錯了，並沒對自己作品不斷苛求，反而自我吹噓，我想如他們從歷史上那麼多詩人，而現在僅存在人心裏又那麼少，他必可得到借鏡。

5

但願中國現代詩都能像世界名曲一樣，讓人在心底上起一波又一波永不消失共鳴的漣漪。

應召女郎（外兩首）

孫家駿

從那顆悄然滑落的淚珠裏聽妳說：「幹我們這一行的都很可憐。」
怪不得任我怎麼樣都撥不開妳甜睡的長睫毛，
原來妳是花店隔壁那個白天替人織毛衣的小女孩。

被買賣的

聽說妳是三千塊錢買來的，妳不滿五歲的小女孩啊！怎會知道天平上的法碼是個甚麼樣子呢？
今天妳又站在那個高高的門檻上向來時路眺望了，
「媽呀！瞧這件作客的衣裳早已經穿破了，你說就接我回去的，怎麼還不來？」

臺北市說：「三輪，再見！」

街角，不再有你指頭挾着香烟，大腿蹺在二腿上，擺擺龍門陣的餘地了。
當然；在交通警察那手忙脚亂的指揮下，也不會容我再有一邊散步，一邊吟詩的幽情了。
即使如此，而這麼個日子，總還是值得紀念的，
紀念一個時代的結束，
紀念另一個時代的開始，
紀念還有人肯出六千塊錢收購你那輛奔波了大半輩子的三輪車，
紀念我那些走遍了長街，却裝飾不了長街的詩。

蘇維熊教授簡介

蘇維熊先生原籍臺灣省新竹市，生於民國前四年十二月二十八日，卒於民國五十七年三月六日，享年六十一歲。蘇先生自臺北第一中學，而臺灣高等學校，而東京帝國大學，專攻英文學，尤精於英詩。在臺大外文系授「英詩選讀」、「莎士比亞」等課程，已出版「英詩韻律學」一種，其餘正撰寫中，或發表於各學術刊物。

憶蘇教授

陳典義

蘇維熊教授是我上外文系三年級時「英詩選讀」課的老師，也是我印象中一位不尋常的人物。雖然每星期只上我們三堂課，私下我常去找他：或閒話、或請教、或在他面前顯露自己的無知、或當他諷刺挖苦的對象。

早在大二時，我就請教過他一次。我想他從來沒料到這個好奇的學生以後會像徒弟般，接受他的指導，幫他抱書、打字、校對稿子；或到校門口叫部三輪車，或一起到學校對面吃餃子。

才上他幾天課，我便察覺到這位帶閩南口音的教授，經常吐露一些令我深思良久且似是而非似非而是的獨到見解。

詩，本來就是人生經驗最有效的表達方式之一；以凝鍊的字眼，以及由這些字眼所安排成的微妙韻律，表現詩人的情感、思想。讀詩難，教詩更不容易。蘇先生在外文系教了近二十年的英詩，他的生命可說和詩分不開。外文系裏幾位年輕教授當年都做過他學生。雖然從三月六日起我便不再有機會聽到他的話語，却深自慶幸上過他一年課，成為他的學生，他的朋友。

我說他不尋常，不僅指他獨特的上課方式，也指他的言談、舉止和外表。他一向對自己的上課方式頗為自負；喜用問答法啓發。自稱美國大學英文系研究所也不過如此。他所提出的問題，常給我們茫茫然無法言語的感覺。要命的是他喜歡找我開刀；說我是班代表，要名符其實。我常有一種受了委曲的感慨；認為這位自稱「鬼面婆心」的教授有意讓我難堪。私下也有不少同學告訴我蘇維熊很怕人。這我不得不承認，尤其是在你成為他那兩道射過鏡片的綠光的目標時。你只覺得教室像冷冷的牢獄，你被那兩道綠光釘住，逃都逃不掉。

光看他黑板上寫的字，很可能使人誤會他是國文系的教授。為了比較或解說英詩的結構、寫作技巧等，他會歪歪斜斜地寫首唐詩，並以道地閩南音吟誦一遍：其聲悠悠迴轉，每每將落霞孤雁送到我的腦際。所以你在他的書桌上、公務皮包裏、或那爬小梯才能取到的私人藏書中，發現線裝的詩詞古文時，是不必詫異的。

他的講課的腔調頗爲剛硬，用字方面常常費了一番心思；有時不知所云，有時結結巴巴，像不斷拋錨的老車。嚕嗦的地方也不少，抄起筆記來的吃力也就可想而知。他似乎常苦惱於無法適切表達自己的意思。他的挖苦與諷刺也是令我難忘的。談到借書，他會說，有兩樣東西是不可出借的——書本和老婆。提到教書，他會說這是門賠本生意。

說他是教授，不如他是熱心於學問本身的學者。我一向喜歡和學術工作來往，不得不放大膽子找他談話。他臉上那塊冰一下子融化在溫暖親切的言談裏；你會懷疑他不是剛才教室裏那個鬼怪。和他來往幾個月，我發現他是一位對學問熱情而性格孤僻的學者。不肯輕易放過任何一點小疑難，非把這小疑難弄個清楚不能安心。有一次講到莎士比亞的十四行詩「褐色女郎」的問題，居然到考古人類學系探詢，還借來一組說明瞳孔顏色的玩意。我覺得這未免小題大做；但或許這是做爲一個學者的起碼態度。

他是一位相當懂得培養生活情趣的人。喜歡思考，厭惡喧囂。種花、賞花、飼養小動物等是他的嗜好。我常想，是不是因爲詩讀多了，對人生有較深刻的體會，便自然而然陶冶出一種高雅的情操、民胞物與的胸懷，與乎對宇宙萬物靈性上的交往及悲天憫人的廣博同情？蘇教授給了我答案。他又一向不信鬼神，好像人生的把戲早就被他看穿了似的。有同學打算來年才修「英詩選讀」課，他就說：「……以後這門課還是我教，我不至這麼快死的……」。即使在肝病嚴重到昏迷的情況，醒來以後還告訴我：「前些時差一點死了呢！」。他就是這樣直言無忌，瞧不起死神。但死神總有他驕傲的一刻。……嘿！站住，死神！你可要小心！蘇教授的孤傲靈魂是不好惹的。

躺在病牀上，蘇教授還是離不開書本；他的心靈總是奮力於學海中，無耐於片刻的休息。師母說他有孩子脾氣：不聽話，喜歡吃東吃西。幾年前胃已割去三分之二，看到好吃的東西還是捨不得。就像他看到一本好書便千方百計弄來一本一樣。似以爲身體的好壞與讀書的多寡成正比。一味鑽研，好像書本可營養身體的樣子。我想這是他所犯過的最大錯誤了。

上大三第二學期課時，蘇先生經常和疲倦掙扎於課室中。黑板上的粉筆字都替他難過。每上完一堂課，對他、對我們，都像是又爬過一段崎嶇的陡坡。大三一年總算挨過去；這也是他圓滿教完一年的最後一次。學期結束前不久，我便幫他校對一本打算在下學年開學前出版的書，也是他計劃寫十本書的第一本。我一面幫他校對，一面跑印刷廠。這本書的出版頗費了一番周折，也花了他不少精神和體力。主因在沒有一家印刷廠有英詩特用的符號；常常得和排字工合作，臨機應變，自創鉛模，或弄點技巧，方得解決。有時蘇先生還得親自告訴排字工一些有關詩的常識：如輕重音符號與母音的相對位置等。這兩項工作尚未完成，我就去成功嶺受訓了。後來是找研究生幫忙成的。未能全力參與商務印書館「英詩韻律學」一書的出版，使我深深引以爲憾。蘇先生腦海裏的九本著作看不到出版的一天，更令人搖首痛惜。

蘇先生曾計劃再教幾年書後退休，以十年的時間寫那幾本書。我也對他那股自信及豪邁氣魄深具信心。大四開學不久我去研究室找他。他還是那樣枯瘦，那樣親切。臨走前送我一本簽了名的「英詩韻律學」，還對我幫的小忙大大謝了一番。他教外三，我上外四，見他面的機會比以前少多了。我想外三同學在看到、聽到他的驚人談吐及奇突動作時，也必然像我去年感受他的震憾一般。我彷彿看到蘇先生再一次帶領他們輕敲英詩的門戶，和英詩之父喬叟老先生點點頭，並以中古英文唸幾行「坎特伯利故事」；以後轉到阿芬河畔的斯特拉弗拜見莎士比亞，聽老蘇將老莎的十四行一輕一重或抑或揚念下來，我們也亦步亦趨在詩行上頭打輕重符號。又分析詩的律格如何加強並暗示詩的內容，以及兩者的關係如何密切等；之後走入玄學派詩人鄧約翰的迷宮裏，解說老鄧怎麼將理智與情感合而爲一；最後走進米爾頓的失樂園偷嚐一口禁果。其他附帶的紀念品如科立基的「老舟子行」等也令人懷念不已。這些詩裏穩含生命、愛情、宗教的神秘及現代的迷惘。我相信蘇先生會引起他們與這些偉大的心靈相交通的嚮往；經由這些不朽的靈魂，建立一種古今中外生命的共感。可是，外三的同學，可別問我爲什麼蘇老師只帶你們一程便不知去向了。

三十多年前，一位硬朗在異族面前不服輸的臺灣孩子，在入學考試中擊敗多少優秀的日本青年，進入當時最難考的東京帝國大學(即國立大學)文學部英文系。才上課幾天便自擬一分教學計劃給他的教授，還告訴那位教授該開什麼課、該用那些書。一度認爲教授太差勁，乾脆閉門自修。這位青年回國後不久便開始在過去稱爲臺北帝國大學的臺大，擔任外文系教授。他的生命、他的靈魂一部分化入他所藏上萬本圖書的紙張油墨裏，一部分留在幾張幸福的稿紙上，一部分散播到二十多年來臺大外文系畢業生的生命靈魂裏，不斷給他們以無聲的影響：使他們能堅定且全面地正視人生的風暴。

有一回我去看戲(雖然我自己也終不免是個演員)，有個小角色沒有多少人注意；因爲他不像其他角色那般生龍活現、跳躍叫囂。我看到他以類似超然的態度，默默負起他的擔子。臨落幕前幾分鐘，他還是努力不懈，盡力把他那顯得微不足道的部分演好。落幕後，我去後臺找他，期望對他有進一步的了解。然而，無論如何，再也看不到他的蹤影，除了在我的心眼裏。除了每年這一天我心裏感到異樣。(五十七年四月二十日)

在旅社的男聲獨唱

Erich Kästner 作　陳千武 譯

這是我的房間　然而不是我的房間
兩張床　繫手站着
是兩張床呵　事實只需要一張
因爲　我又恢復了單身漢

皮箱哈息着　我也感到疲倦了
妳　交過許多不同的男人
我知道他　我要祈禱妳平安
還有　我險而會祈禱　絕不讓妳成功

我不應該讓妳去！
(不是爲了我，我是愛孤獨的)
然而總之　女人喜歡冒犯過錯的時候
周圍的人都不應該妨礙她

在廣濶的世界裡　或許妳會遺失自己
但願　不要走得過於遙遠！
今夜　我必須喝酒醉
而略加祈禱　妳的幸福

事件

——越南詩抄之一

洛　夫

單單那麼一隻兀鷹
便把天空旋成另一種樣子

那是黑人詹姆士的手
扣扳機的手
輭輭的手
懸在地平線上
緊緊抓住一顆落日的手

他是天使
他是盲者
他是斷了翅膀的風
他是一支不大哭出聲音來的燃燭
他是河中舞成一朵水仙的
　　漩渦
　　　　奔馳
　　　　　　爬行

他是編號533041的一隻蟹子
啓目是箭
闔目是靶
仰成一種肯定
俯成一種否定
醉或者煙草
嘔吐或者禱告詞
咳嗽或者加農砲
昏睡或者一封揉皺的家書

戰爭有一張好看的面孔
　左頰一面旗
　右頰一塊碑

上午或者下午或者今天或者明天
都不是問題
全部過程
只不過爲了煮沸一噸鋼

五里外是石楠鎮
石楠鎮四周是鐵絲網
是海灘
是擔架
擔架上是一些眼睛
眼睛裡是
一片聖誕樹上的雪花

那事以後就再沒有發生過什麼除了狼嗥

讀臉的人

余光中

有客自遠方來，眉間有遠方的風雨
我要他講一些可驚的事情
「那些面孔！沒有什麼比那些更可驚」
他說。「一張臉是一個露體的靈魂
敏感如花，陰鷙如盾，猙獰如傷口
或美，或醜，讀一張，就一次戰抖
終於每一個夢都用臉，那些臉，組成
那些臉，臉的圖案，不，臉的漩渦
在我四周瘋狂地旋轉」
「不要再說了！」我哀傷地哭道
埋自己的臉，惶然，在掌間
「也沒有什麼比一張臉更深」那怪客
鬚間隱隱有雷聲的那怪客，他說
「有一張我讀過，像一口古井
下面旋轉着迴音，令人心悸
曾經，我翻遍所有的史籍
找那古國最難忘的一頁
直到有一晚，忽然，我發現
那一頁竟是——父親的臉
於是一夜間，我讀遍那些紋路
從最早的神話到最近的戰爭
那些紋路！那些交錯的縐紋！
一條夭撟如蛟，一條如櫻樹
彎彎的一條如刀，割人如割草
災難的輪轍輾過去，痕迹縱橫
這樣的一口井，不能久看
怕看井的人一張口，心就落井
就這樣，惡夢延長，直到卯辰
一轉身，就出現那孩子的臉
晶亮的眼睛流溢着驚異
可笑，可愛，不怎麼耐看
新得像一朵雛菊，一個預言
我看見那張臉向我仰起
似乎在慶祝一件事要過去
我看見那張臉擧起了信仰
像一朵雛菊自一畝荒田……」
說着，他眉間透出了陽光
我認出失蹤的，很久以前
我認出自己失蹤的兄弟
有客自遠方來，自遠方的風雨

（一九六八年五月十九日）

盛夏

白萩

A

生命開得多麼辛苦。一朵花
在血衣中向世界露臉
想交代些什麼？

我祗看到一隻雛鳥
被火燒的太陽驚起
在空無的生涯中鼓擊着脆弱的翅膀
沒有歇止

而小市民的野草
你一直一直在茂盛茂盛些什麼？

B

隔鄰有和尙把身體點成一隻蠟燭
在公衆的大街上派發光亮

這是盛夏，我祗看到一隻雛鳥
在太陽的火焰中掙扎
顫動的羽影
飛入了我的瞳孔

C

在焚屍爐的嘴口
生命沒有選擇死的自由
灰燼中不會有鳳凰

祗記着生命開得多麼辛苦。一朵花
在血衣中向世界露臉
對着焚屍爐的嘴口

神木

宋穎豪

千手佛抖開曙曦
爲我披一襲金光袈裟
晨霧湧至，滾滾然
見證群巒是遠古的島嶼
而我了知雲乃昇華的海洋
怡然——濯纓、洗耳
招徠二三童子
看日出　聽松濤
且風且舞
我非知者
雖然歷史如年輪
我非逸者
祗是樂山而已

後記：今年三月，率妻兒遊阿里山，仰瞻神木聖姿，因以誌之。

笠下影 ㊵

施善繼

冬天剛走不遠，在微風的海邊，貝殼與珊瑚依偎，它們已經看見春的精靈。我仍戴着羅馬寄來的黑色法國小帽，吃巧克力糖，寫着詩。我也在追求我所喜歡的痛苦和美，追求絕對和單一的信仰。像紀德那樣：「我養成把每一瞬間從我生命中分隔開來的習慣，使其成一種孤立的，快樂的整體；使在瞬間中突然地集中整個的一種特殊的幸福。」

I 作品

石門

向晚時，守塔人燃起那盞燈
把遠洋指標似的
掛起來。
且給你些圓筒式的悲哀

岩石們終必死去
一如海藻被曝以草綠的靈魂
若有人畏怯墓誌的怒目
他該學習貝殼的清醒

是否浪花就是最初的顏色
在患者與患者之間
我的未竟之渡勢將被人供奉成
這麼一種花香。

當洞門開啓
所有的脈管亦昂首向西
即使晚雲不堅持它的方位
你只能在心中交織一幕黑

像海固執着藍色
我欲把事件建築在人的高度以上
讓企仰舉起脚跟
跪下以宗教式的虔誠

風鈴

背隱素手於七月的尾梢
啊　獵人
多欲拂走你阿刺伯底輕紗
你猶未凝結琉璃的露滴

仍然望不見迢遙的湖畔
那冬季曾在雪原騎行的白馬
和一盆花汁，自紅黃相間的玫瑰
緩緩沁出馨香

南來的風鈴飄搖着木刻的屋宇
在簷下
在甚至手與手的接吻
成就一串精緻且清脆的弦音

疲憊的細柳垂向水邊
幻影俱失，你雙眸寫滿羞澀
沼澤環生擁抱的綠衣
已有人遍灑苜蓿的種子

布穀和農夫恰是一蕾含苞的春天
許些暮色，許些淡黯的街燈
你持槳划入厚重的煙雨
森林裏無有濃郁的琴聲

Baritone

（素描集之三）

其實，無邊際的旅行演唱，在一小方純白的紙上是不應該感覺疲憊的（那是纖維的事）。歌的閃熠，中音的渾圓，紡織廠的女孩。我都嚐過，在節日源自那女孩從便鞋運送來的飽滿水份的青色葡萄，紅透的蘋果，從你的傳遞，你的寬仁。

猶記在同騎的清明道上，三月，一艘漁輪出航與我們平行，那是終必歸向大海的運河，在速率、在個性，在互訴裏，我清楚你的桅杆是上等木造的。憑弔城堡，已經舊了的月色，你的模樣依然守有昔時的古典。

II 詩的位置

跟林煥彰、林錫嘉同一時期出發，而且同樣是「新詩研究班」的詩友，但施善繼却走着比較崎嶇比較迂廻的途徑，他時時在回顧與內省；因此，他即沒有林煥彰的率直，也沒有林錫嘉的逼眞，他追求着自我的純眞，一般腦兒想擠出更多原色的東西，他在意象的繁複與語言的緊密之間，想貫串剎那與剎那的聯接，宛如電影的底片一樣地緊湊。

到底施善繼有着多大的能耐呢？張默說他是「屬於飛翔」的（註1），但語焉而不詳，從「創世紀」、「笠」以及其他的詩刊之中，施善繼的出現，是屬於隱健的，雖然，目前還不容易測出他的幅度，但他却是頗具彈性的。

現代詩，固然是吸取了自由詩的精神，但它本身的開拓，却是一個未知數。我們認爲詩人的氣質可能顯示出不同的風格，由於更多的風貌，才能表現詩的創造力，才能開拓詩的潛在力。

（註1）參閱張默、洛夫、瘂弦合編的「七十年代詩選」張默的短評。但該標題「屬於飛翔」，却源自施善繼的詩「飛幡之歌」。

III 詩的特徵

施善繼的詩，雖能令少數的人喜歡，却不能令多數的人傾倒，理由何在呢？我想，少數或多數不能決定詩的優劣。我們不知道未出現的詩，該是一種怎樣的風貌？但由過去的作品，我們可以揣測他可能的傾向，施善繼嘗試把文言與白話、國語與方言、洋文與中文交替使用着，其實今日的中國人所使用的語言便不是很純粹的用法。他的表現，一半是說出了，一半却是有意留給讀者猜想，因此，常常是意猶未盡，且已淹蓋了餘音嫋嫋的回味。像「石門」意象繁複，純則純矣，可惜最後只能用「跪下以宗教式的虔誠」來說明而已。而「Baritone」那種透明，就表現了他較可親的一面；我想他可以放大胆一點，更爲所欲爲一點。像「歌的閃熠，中音的渾圓，紡織廠的女孩」（註1），不正是他所嚮往的嗎？「現代」的感受，並不是要使人老氣橫秋，而是要使人脫離幼稚的、膚淺的表現，走向高邁的、深厚的方向。就天坪上的抒情與知性來衡量，施善繼似乎是在平衡中尋求隱定的力量。

（註1）參閱施善繼的詩「Baritone」。

IV 結　語

在目前崛起的新銳詩人群中，施善繼的聲音，是帶點兒沙啞的，但他那結實的音符，却也有一種磁性。一個詩人的成熟，不決定於時間的問題，而是決定於感受與表現之間的問題，然而，所謂成熟，不在於够不够現代，而是在於如何把握眞正的現代精神，那才眞正是「屬於飛翔」的了！

美國詩史（一）

福田陸太郎作
陳千武譯

※美國詩的生成

美國國民文學的發跡，大約於十九世紀初與浪漫派的詩同時發生。由于一七七六年七月四日的獨立宣言，提高了國民的自覺和自重心，加之配合國力的充實，生活向上了，文化上也帶來了「新英格蘭的開花」。可是於新英格蘭為中心的美國初期浪漫派的詩，並不像歐洲或英國的浪漫主義，具有奔放的想像，怪異，不同的嗜好，病性的官能那樣傾向。成為美國浪漫主義的基本，是從植民地時代以來的清教徒主義宗教思想；那些思想似乎給予美國的詩作品，增添一種單純清朗的趣味。

革命的熱血兒同時歌唱感懷自然風物的詩人佛烈諾 Phillip Freneau (1754—1832)，或被稱為美國華茲渥斯 Wardsworth 的布來安 W. C. Bryant (1794—1878) 等，可以說是美國最初出現的一流詩人吧。新英格蘭的諸詩人中，最出色的便是愛默生 R. W. Emerson (1803—1882) 他那種哲人的本領，很容易在其箴言式的詩看得出來，不過讀了他的「日日」 Days 那樣優異的短詩，會令人感到含有意想不到的現代式諷刺精神。產生朗朗可誦的詩句的朗費羅 N. W. Longfellow (1807—1882)，寫美麗田園詩的槐卡詩人惠蒂亞 J. G. Whittier (807—1892)，以批評家和外交家著名的傑姆士‧羅威爾 James Russell Lawell (1819—1891)，旅行家又以『浮士德』的翻譯者有名的泰羅 James Bayard Taylor (1825—1878)，音樂性的詩作者拉尼亞 Sidney Lanier (1842—1881) 等，都是分別代表美國初期的詩人。其中被視為例外的存在就是波 Edgar Allan Poe (1809—1849)。受過波特萊爾傾心思慕的這位美國詩人、小說家；把那妖艷的戰慄傳播歐洲，可以說是盛開於美國的一朵異花呢。

美國文學以真正的意義成為美國性，同時具備了現代性的文學，是被認為自三位有名的文人馬克‧陶苑 Mark Twain (1835—1910)，梅維爾 Herman Melville (1835—1910)，惠特曼 Walt Whitman (1819—1891) 所出現的時候。在詩的歷史上，大約於一八六〇年，即南北戰爭 (1861—1865) 以及惠特曼的『草葉集』 Leaves of Grass 第三版的發行 (1860) 而開始。

於南北戰爭的終了，隨之曾經得有勢力的屬于新英格蘭集團的文人們，開始失墜其地位。處於政治上的國粹主義，產業的再建那些新的強烈時代的潮流裡，毫無歌唱對活生生的現實，賦與創造性文字的氣力，支配過美國文壇的這些所謂 Brahmins 的文人們，不得不各自引退其書房裡去了。

如此美國突然覺醒於現實。尤其美國的西部強大地映入人人的意識，使美國式的想法急速展開。於是，那些「上流的」或「貴族的」指導者們，也逐漸走入新表現的傾向去。新的詩有些駁雜而鮮活，具有強烈的民主調。舊的秩序便受到極大的變化了。

愛瑪遜、羅威爾、朗費羅、佛姆士 O. W. Holmes (1809—1894)等均屬于前時代的詩人們，不但是新英格蘭集團的出身者，却是典型的「波士頓紳士」。然而擔負新時代的惠特曼、陶苑、布烈‧哈特 Bret Harte (1839—1902)，胡伊 John Hay (1838—1905)，糜拉 Joaquin Miller (1841—1913)，哈利斯 Joel C. Harris (1848—1908)，賴利 James W. Riley (1849—1916) 等，都是從農園或邊境的地方，鑛山或操舵室或印刷廠等走出來的詩人。

不過在初期這種新的動向，似乎影響不大。凡過渡期的詩人們，都能滿足於創造切實的藝術品，有時止於掘起過去的殘骸，創作空虛的反動詩，而由眞正創作意欲所產生的作品，數量倒不多。

※先驅者們

因之，惠特曼的存在特別突出。以美國詩人，他的將來，不僅在其本國，而給予歐洲的影響頗大。但一般對他的毀譽褒貶就不很一致。愛瑪遜說，他的作品是文學上最偉大的書。英詩人、批評家史恩邦 A. C. Swinburne 以及西蒙J. A. Symonds、羅雪蒂 D. G. Rossetti 等，著名的文人都稱讚了他。另一方面被固執於傳統或宗教的人們，却攻擊得很利害。范 Lafcadio Hearn 在「詩人論」裡說，這兩極端都屬于非感覺的，眞理該是在其中間。然而今日他却以預言者、先驅者、又以反逆者和積極的人道主義者，榮獲了世界性的名聲。殊於最近在美本國詩人之間，被提倡惠特曼的復活，這種情形，不無令人感到他的詩的生命之長。

『草葉集』的主題並無排他性，是包羅萬物的，其形式優雅又富力動，表示着極度的自由。不但在詩的形式上他解放了詩，更在廣大的意義上，開拓了民主性的傾向。他能够做到這些，是因事先他完全肯定了人生之故。以其堅強的肯定感情，他把過去未被認爲詩性的事項造成爲詩，以這一點來說，他是先驅者，給予現代詩莫大優異的貢獻。

廸肯遜現已被認定是美國產出的最獨創的詩人之一，但事實她的名聲是她死後四十年始被確定。生前她是無名的。雖屬于惠特曼同一時代，但他們似乎未曾相悉。爲了年輕時候，嚐過一次失戀的痛苦，終于渡過有如尼姑生活的一生，而能容易關聯於現代詩的新感覺寫詩，是由于她的氣質之故吧。她的短詩一見很單純而素樸，但實即如熾銀那樣具備了洗練的高度，和緊湊集中的表現，其心象和譬喻的新，使我們驚奇。可以說她是後來的寫像派詩人運動的先驅者。

同爲先驅者之一，應舉出庫烈恩 Stephem Crane (1871—1900)的名字。他被稱爲短篇小說的鬼才而有名，但除了自然主義的手法之外，具有非常高度藝術的感受性的優異作家，他的詩也充滿着活潑的表現。

在美國中西部有牟弟 William Vaughan Moody (1869—1910)提出時代的問題與詩對決，但其意圖因死而挫折。在忌諱墮落於日常平凡的詩人之中，他是最有力量的詩人，是清教徒式的警世家，亦是理想主義者。因憤慨中國被列強吞食而寫的「採石場」"The Quarry"或「悼在非島斃命的兵士」"On a Soldier Fallen in the Philipines" 等作品都很有名。

又馬堪 Edwin Markham (1852—1939) 於一八九九年從舊金山發表「拿唐鍬的人」"The Man With the Hoe"，一躍以勞働詩人而成名。那首詩的附註，寫着「看過描畫被酷使的勞働者那張米勒的名畫而作」，如此，他把當時社會正義的觀念，依靠詩激烈地代辯。

可是，雖有這些詩人們的活動，但在全體看來，到二十世紀初，美國詩仍不能脫離「上流的」和「過於認眞的」，那些新英格蘭的風氣。換句話說，是受到維克多利亞朝英國的壓力。在當時，能够脫離頑強的英國影響的地方，僅有愛爾蘭和法國。葉慈 W. B. Yeats 給與一九一二年以後的美國詩，吹來了新氣象，在法國便由馬拉美 Stéphane Mallarmé 爲總帥的象徵主義者們，傾向於詩的純粹性、內面性 Nuance 的新感覺。

※美國詩的Renaissance

然而終于美國詩的 Renaissance來臨了。「新的詩」眞突然以意想不到的力量盛開了花。成爲那些直接的先驅是牢甸和馬堪，均發自惠特曼的精神。於一九一二年，蒙羅 Harriet Monroe (1860—1936) 在芝加哥創刊詩誌「Paetry」，介紹了從來不被知悉的詩人或流派。因此爲契機，新的詩風便捲起了。在以後的四、五年間，則有奪目的新現象依序發生在詩壇。茲舉出這時期値得注目的詩人和作品如次。

龐德 Ezra Pound (1885—) 的『歌謠』 Canzoni (1911)和『當意即妙』Ripostes (1912)，林賽 Vachel Lindsay (1817—1931)的『普斯將軍進天國』 General Willian Booth Entersinto Heaven (1913)，歐芬海 James Oppenheim (1882—1932) 的『新時代的歌』 Songs for the New Age (1914)，寫象主義集團所編的第一詞華集『Des Imagistes』(1914)，羅威爾 Amy Lawell (1874—1925) 的『劍刃和罌粟種子』Sword Blades and Poppy Seed (1914)，林吉的「剛果河及其他的詩」 The Congo and Other Poems (1914)，佛洛斯特 Robert Frost (1875—)的『波士頓之北』North of Boston (1914)，馬士塔Edar Lee Marters (1869—　)的『Spoon River Anthology (1919)』，佛烈查John Gowd Fletcher (1886—1850) 的『光耀集』Irradiations (1915)，羅賓遜 E. A. Robinson (1869—1935) 的『站向天空的人』The Man Against the Sky (1916)，桑特堡 Carl Sandburg (1878—　)的『芝加哥詩集』Chicago Poems (1916) 等等，現出百花競艷的狀態。

新的詩，能訴說人心的第一理由，是從傳統的所謂「詩的語法」解放了自己，而使用了充滿有力生命的民衆的語言。這種傾向早於一八九七年，可在羅賓遜的『夜的孩子們』The Children of the Night 看到。羅賓遜強調了心理的要素，而正確地描寫了它。把一般被認爲失敗者的人物做爲題材。至一九一六年他的『站向天空的人』受到人們的注目，於是，他的名聲越來越高，之後獲得三種普立茲獎；而於一九三五年逝世時名聲已達到了最高頂峯。他說「反抗過於強烈的命運，而反復空虛的努力的一個人，只有悲劇的世界等着他」這種話，表明了近代黑暗人生觀的命運主義。

馬士塔，從伊里諾州的學校畢業以後，在路易斯達恩和芝加哥當過律師，這種職業確實使他對人生的另一面開眼了。由于暴露性的自然主義手法，而成爲社會輿論目標的他的『Spoon River Anthology』也是成爲美國文學的一里程牌。

以現代美國詩壇的名人存在，功名已達成了的佛洛斯特，也是此時期出現的詩人。初在英國受人注目，而於一九一五年回歸美國。此年出版『波士頓之北』的美國版，正是令人感到新英格蘭詩人的出現。以淡淡的筆調描寫悠閒的日常風物，而含蓄着溫暖人情味的他的詩，雖說同樣站在現實主義的舞台上，但比羅賓遜或馬士塔等的作品較明朗溫和，且富於素朴而幽默的詩味。以自然詩人出發的佛洛斯特，以後對人也感到深深的趣味，而產生了富於陰影的很多作品。

桑特堡在有名的『芝加哥詩集』以下很多的詩集裡，表現了產業美國的諸相貌，用語也寫出了卡車司機或搬運工人罵人的惡言。很顯明能認爲是惠特曼的後繼者，但比惠特曼更富變化，在音樂上也較進步。雖處理較橫暴的題材，但橫臥在其底流的，却有細膩的感受性和柔軟的精神。

※寫象主義的運動

桑特堡是最大胆地使用了美國新的民衆語言的詩人，但那是於一八六○年，早被惠特曼預言過的。履行這種預言的任務最有效果的詩人們，就是寫象主義者。他們所標榜的目標，因其熱情，遂影響了其反對者們也給與好印象。雖多少有些早熟和標新立異的風格，但可以說是從既成的詩用語，解放了現代詩的第一功勞者吧。

龐德是此集團的主要人物。於一九一三年冬，遴選了合於寫象主義主張的詩，於次年以法國名『Des Imagistes』出版詩集。不久，他從此派脫離，致使這一集團險而崩潰。但聚集了當時在英國的羅艾爾等較年輕的詩人們，於一九一五——一七，三年之間刊行了三冊年刊詞華集「寫象主義詩人集」Some Imagist Poets。同人裡有三位英國人，勞遠史 D. H. Lawrence、歐甸頓 Richard Aldington、佛林德 F. S. Flint 和三位美國人 H. D. (1886—)(一八八六——)、佛烈查、羅艾爾等，他們的信條有六項：

1.使用日常語，但須用正確的語言，不使用裝飾語。

2.以新氣氛的表現創造新韻律，我們寫詩的唯一方法，絕不固執於「自由詩」。但詩人的個性是常在自由詩裡，較傳統的形式更能表現。

3.絕對自由選擇題材。

4.必須提示心象 image。(因此 Imagist 有的名稱），我們雖非畫家的流派，但我們相信詩應該正確地表現個個的事象，無論如何壯大堂皇，也不應該漠然概括處理之。

5.堅定明晰，絕不寫朦朧不定的詩。

6.最後我們大部份相信，集中不外就是詩的本質。

看看這些信條，並非特別新的論說。寫象主義者們也知道了這一點，說「這些都是偉大的詩，在廣泛意義上成爲偉大文學的本質」。然而健壯的羅艾爾，站在這運動的前鋒時，他們的論說，就被保守的批評家們攻擊爲反動主義者的異端，惹起了非常大的論爭。

不過，這種論爭的發生，也許有利於詩的未來。H. D.是遠離了這種論爭，移住於瑞士，只努力磨練她那纖細的詩風。佛烈查即留住倫敦，改變方針伸長自己的才能。結果他那後期的豐裕的作風，與初期的信條完全逆行了。只有羅艾爾單獨擁護了寫象主義運動的理論，不過在寫作上，她並不完全遵守了那些主張。雖然如此，她的精力是驚人的，一方面參與理論的鬪爭，一方面實驗了各種的自由詩和定型詩，或移植外國的詩，非常積極地活躍了。總之，寫象主義者所實行的任務，促進對語言本身的新認識，這一點應該是令人重視的。

現代詩的諸問題

北川冬彥作
徐和隣譯

㈠現代詩的優位性

一般人常常說：「我喜歡現代詩」，如果問他們「現代詩是怎麽樣的詩呢？」他們只會舉出島崎藤村、北原白萩等，有時也提及薄田泣董、蒲原有明的名字。因此一般所普及的，尤其是中學生的心目中似乎就是這些詩人們的詩。雖然這一代的青年人，也有凝視現代詩的前衛者，但是畢竟是少數的例外。爲什麽呢？因爲那些青年們對於詩方面的教養，不過是自教科書或舊詩的鑑賞讀本培植起來的。而舉出薄田泣董和蒲原有明的人們，多半是大學生及一般社會人士，這是以往靠岩波文庫普及明治，大正的詩而來的緣故。這些詩人們都是傑出的近代詩人，所以會如此受人歡迎，並非偶然的。

可是，這些明治、大正的詩人，究竟能存在於現代人的心境嗎？我想是值得懷疑的。而盲從於所學習的範圍之內活動，以外就不再去擴充自己，以這種落伍的精神去關心舊詩，無疑是作繭自縛，除此之外我沒有辦法了解他們。

初戀

初次捲起前髮
在蘋果樹下看見
妳插上花紋的梳子
以爲妳是一朵花

伸出雪白的手
溫柔的給我一粒蘋果
粉紅色的秋天的果實
那是戀情的起步

我無意中的嘆息
吹至那毛髮時
由妳的情開路
交換着愛的快樂的酒杯

在蘋果園的樹下
自成一條小路
是誰踏成的留念之物
一問起就懷念不已

椰子的果實

從不知名的遠島
漂來一顆椰子果
離開故鄉的岸邊
隨浪渡過來幾個月

原樹必定繁茂着
枝葉必定多影
撈起果實抱在胸膛
從新發現流離之憂傷
眺望海上落日
激起在異鄉的淚水
想及千重萬重的潮流
啊！何日能歸去

　這兩首，是島崎藤村的詩。多麽甘美流利的抒情詩。可時，這些詩跟我們現代人的情感離得很遠。生活於現代這樣的社會，我們不能永遠浸在如此甘美單純的情感裡。島崎藤村雖是日本現代詩的始祖，但是跟我們的現代詩幾乎沒有關連。第一他所使用的語言是文言、雅語。這是已經被現代詩人所揚棄的。因爲現代人的思想、感情，已非如此的文言、雅語所能表現。第二是這些詩型。這些詩以七音五音調（初戀），五音七音調（椰子的果實）的音數律定型形成，用如此安逸的音調難免使我的精神產生反感與作嘔的感覺。這種音數律產生的節奏，只是音調優美，容易對純情的青年人和落伍的精神生活者發生魅力。但我們必須注意如此油腔滑調是容易把詩導致形式主義的輕薄。藤村的詩，始終以浪漫主義（可說感傷主義）相標榜，是軍國日本得勢時代的安閑的浪漫主義。從後來舊制高等學校（官僚的溫床）的寮歌（學院的）大致係模仿藤村調的事實就能窺視其一斑。可是我們已經從這樣的自我陶醉中醒轉過來。這就是藤村的詩跟我們的思想和感情不能絲絲扣緊的理由。島崎藤村在合本藤村詩集的序文裡誇耀地說：「新的詩歌的時代終於來到，新的語言即是新的生涯」。可是很快地曾經被稱爲新的語言已經變成舊的語言，而舊的語言也就成爲舊的生涯了。時代的推移，在這裡，很顯明地呈示着。將來我們的現代詩或者會成爲舊詩的時期，但是不會像依靠音數律定型的文言、雅語那樣迅速地就成過去吧！因爲非常明顯的今後詩的變革相信不會像文言、雅語之音數定型詩發展到口語自由詩那樣。爲什麽呢？今後詩無論如何改革，也唯有以現代口語爲詩語的根底，再也沒有其他的把戲了。

　島崎藤村之後還有薄田泣菫、蒲原有明、北原白秋、三好達治等寫過文言、雅語的舊體詩。連太平洋戰爭中，曾經排斥使用文言、雅語而一直用口語寫詩過的高村光太郎也不斷地用文言體寫歌頌戰爭的詩。三好達治、藏原伸二郎及其他好多詩人也用文言、雅語寫過所謂的國民詩。因爲要發揮神靈附體的日本精神，用文言、雅語寫舊體詩來歌頌是非常適當的。那些詩人，特別喜歡使用漢字，認爲這樣會給詩帶來勇壯活潑的效果。

　一般人所看的詩，都是明治時期的文言、雅語的詩，但是明治末期開始的「口語詩運動」以後，在一般人看不到的地方，即有人繼續用口語寫詩，這是就現代詩。而這些現代詩也就是我在「展望日本現代詩」（譯者註）一文裡解說過的詩，而且表現得非常壯觀。原來不爲人們注意的現代詩，至此已因其出乎意外的收穫，而受到讀者的重視。

　文言、雅語隔離我們現代人的生活已經很遠，照理用這些語言寫的舊詩，應該對我們不再發生什麽魅力。可是一般人，甚至於連現代詩人中也有抱着文言、雅語纔是詩的語言的想法。這是什麽緣故呢？這也不能說沒有理由。因爲文言、雅語是好幾世代以來琢練而成的爽快的語言，具有悅耳的音調。

語言的功用大致可分爲意義的，和聲音的兩方面。語言在這兩面之中，由於偏持的不同而形成兩種走向極端的詩觀。對文言、雅語戀戀不捨的詩人，就是着重語言音調方面，認爲現代口語蕪雜且不堪入詩。如果以着重語言的音調而言，現代口語的確沒有文言、雅語那麽洗鍊悅耳。也沒有像藤村的詩的五音七音調、七音五音調的音數律抑或像蒲原有明的五、七。七、五音調的變調音數律那樣，從定型產生的音律那麽好聽。「詩是語言的音樂」這種詩觀，對我們並不陌生。法國象徵派的詩人們即憧憬着音樂。魏爾崙說的「音樂至上」這名言即其代表。可是就日語來說，雖然能靠文言、雅語的音數律作語言的音樂性，但是，這種音樂是非常貧弱的。無法望其產生像法語一樣繁複的音樂來。這是語言的宿命。因此我們不需用我們的詩來作語言的音樂，而必須向語言的另一面——意義，求發展。也即依靠由語言的意義培養出來的心象來寫詩。靠心象與心象的組合構成一個世界。這樣，我們或許能夠拓展出一個嶄新的詩的世界來。這跟法國的象徵派或日本的文言、雅語的韻文派的音樂全然不同。然而勉強可以說是另一種的音樂。我們憧憬語言的音樂，並不要求語言本身的音樂而要求靠心象的意義所創造出來的詩。不要像象徵派的詩人們所歌頌的語言的音樂，而在他們不能形成音樂的地方，我們的詩，賦與創出另一種音樂的可能性——雖不是獨立的音樂。

神

大聲地叫喊着
就那麽地被彫刻在岸壁裡
喊聲仍繼續着
有如光線通到天上
甚麽也聽不見

——陳千武譯

冰柱之歌

嘴被落葉塞住
飛沫是珠，分二條，分三條
終極成爲滴下的啜泣

夜裏變成纏上羽毛末端的氷柱
每給銳敏的晨光射入時
氷柱被捩又塌陷
纔得悲哀地換過容姿

這二篇是丸山薰戰前的詩。心象與心象組合一個世界(可說小宇宙)而構成的詩。從那個世界，我們能够感知那已不是文言、雅語所要求的音樂的音樂了。

岩上

在時空的組織上雷破碎
在地面古骨上發出的「我」的聲音
現在，要形成某物
瀑石的岸邊，這個……

砂

尋求泉水而飢餓的難民彷徨着
撕碎耳朵而投擲
射鳥而笑的砂地獄的朝暮
被生活的樹根纏繞
白骨焚燒密林的夢

這是吉田一穗戰後的作品。也把心象和心象組合構成其超然的宇宙。他主張：『作三行的詩爲現代詩的形成原理。韻律對現代詩是一個障碍物。而把三個動機——時間、空間、意志——合起來構成三行。三行詩是不安定的，因此是「動」的。代替西歐詩韻律的應該是構成和內部構造以及行與行之間的比重』。吉田一穗的詩，在現代詩中較爲難懂，但是它的難懂不在語言上而在思考上，這點很像象徵派的馬拉美。在心象和心象的組合上，行與行之間，如果能獲至悠久感，就可以說他已被諒解了。

風

奇異的一陣風吹着
風
吹來看不見的歡喜
花們　搖着脖子
馬的鬣　繼續搖曳
風意外地溫暖

人們呆然地倒在地上
不久
風破碎成片
吹過廣漠千里的沼面
各自
停在白鳥們的羽翼裡休息
白鳥們的羽翼裡
久遠的時間死滅而去

馬與風景

前双腿一屈膝
那巨大的兩肢後腿
即浮起宇宙
把風景踢上去了
那風景依依不捨般的飛去
那風景　何日
纔能回來？
不久
馬垂下長頸
用那粗拙的嘴唇
探尋、
可是那風景未曾回來

遙遠的山脈

遙遠的山脈
唯頭頂有雪
從稻草的屋頂
發出紅果實的欲墜的信號
浮雲上
冒險走着的
是我
把那個我
我從車站窗口坦然地眺望着
（我
什麼時候
能停止
冒險走浮雲）

這三首是我戰後寫的詩。我在肉眼不能看見的世界的內面，創造（朦朧茫漠）的世界的時候，極感心滿意足，而這三首詩就比較接近於滿足感的。換句話說（朦朧茫漠）即是悠久感，是詩的實體。戰後西脇順三郎說過「詩的目的在作幽玄的世界」，然而我的（朦朧茫漠）跟它不同。我說的不是像幽玄一樣陰鬱的夢幻的世界，而是跟現實拼命的作過決對 以後所呈現出來的曠達的詩的世界。

時間的補償

時間把你和我隔離
又爲補償而回來
看見悲哀的傷口
流出懷念甘美的淚水

（譯者註：原文係七音五音調）

舍　利

火紅紅的燃燒
煩惱的雪落下
雪埋沒不了
不成灰的
所剩的執着的骨灰
看見它我要膜拜
它是爲人出世以後
每日每夜不得不
所犯的罪的遺物

（譯者註：原文係五音七音調）

「時間的補償」是薄田泣董，「舍利」是薄原有明寫的詩。這些由文言、雅語的詩產生的（音樂）和我們現代詩人同現代口語構成的（非音樂的世界）比一比，畢竟那方是較有廣度、高度、深度呢！讀者比較鑑賞了以後，必定有所認識的吧！何以現代詩人要對文言、雅語揚棄，讀者們比較鑑賞了以後就會獲得理解的！現代口語雖然被認爲蕪雜，但能寫出精彩的、深刻的、有興趣的詩，這一點我已在「展望日本現代詩」的一文中提示過很多現代詩人的作品，讀者讀後，必定有所體會。一般人有一種淺薄的心理，對於現代的東西價值過少認定，而對於過去了的東西則有喜歡美化它的傾向(厚古薄今)。世上，有只要欣賞明治、大正的近代詩的鑑賞家和歷史家，就是他們纔有這樣的想法。這種傾向，與其說他們對現代詩評價過低，不如說他們以爲價值這個東西必須經過長時間的考驗，而曾經得過高評價的作品纔有價值，除此以外他們對自己所下的評價沒有自信，這是多麽的可笑。因爲現代詩存在得太近而硬得咬不動。我相信，現代詩比以往的詩來得更有廣度、更有高度、更有深度。假使讀者能體會這點，將有無限的喜歡。

（譯者註：本文作者所著「展望日本現代詩的譯文，自「葡萄園」詩刊第十七期起由本人譯出繼續刊登中）

日本現代詩史（7）

高橋喜久晴

自一九五〇年開始日本出版界亦逐漸刊行正式的出版物。至一九五二年，引起日本文學界大論爭的D・H・勞倫斯著「查泰萊夫人的情人」日譯本，為了猥褻問題被判有罪。沙特和卡繆的論爭亦隨之被傳入，促進了文學界的活氣。過去多係自家出版的詩集，亦自此年開始，由一流出版社陸續刊行，著名詩人的作品集，如「吉田一穗詩集」「高橋新吉詩集」（創元社）「北川冬彥第二詩話」「小野十三郎詩集」「日本的詩歌」（日本文學協會編）「波特萊爾『惡之華』」「立原道造詩集」「現代詩鑑賞」「今日詩論（村野四郎）」「荒地詩集、一九五二年版」「人間的悲劇（金子光晴）」等，稍為計算便可知道刊過二、三十本的詩集或詩論集，每一本曾各銷售三千至四千本左右。這與現在（一九六八年）詩的盛況比較，其數量雖然差得甚遠，但以詩集成為商品這一點來說，造成了日本文學史上一頁珍貴的事實。當然，北原白秋、萩原朔太郎，高村光太郎、千家元麿等古典詩人的作品集不能與之併論——。

高橋新吉熱心於佛教，而不相信所謂詩壇的存在；是屬于一匹狼寫詩的孤獨詩人。

甲板

高橋新吉

若有一絲時間從過去流進未來　那就是
寂寞的鰯小腸
若僅有浮漂於時間而不停流的　那就是
悲哀的海濱藻草
這一條河流沒有流盡的地方嗎
時間的周圍必有地圖上所沒有的海吧
那潮流絕不以同一速度流去
說流或不流都一樣
可是有碇泊着絕不動的船
把錨沈入時間裡港灣就沒有水了
船員上陸去
掌上捧着所有的存在　他走去
他的脚下　沒有甚麼
脚尖細長　繼續不斷地
有如流星消逝了
他悠悠自在
在僅如掌上的空間　所有的甲板等待着

小野十三郎住在大阪，是在前衛年輕詩人們裡較老資格的詩人，具有新鮮詩精神的前輩，亦為送出很多優秀畢業生，歷史悠久的大阪文學學校校長。例如下面一首大怪魚，與某一國家某一詩人的作品不很相似嗎。這隻大怪魚究竟表象着甚麼？

大怪魚

小野十三郎

像似旗魚，金槍魚
令人仰視的
大怪魚
從海面撈上來了
被遺棄在
海濱　沒有人影
從被割破了的肚子
這傢伙　呑進了滿肚子的小魚
連臟腑一起
拖拉出外面而死着
這是令人害怕的情景
但更令人震驚的是
這些小魚們又貪呑過一隻又一隻的小魚
海微微亮着
　呈現太古的樣相
如此無限安靜的海也有可怕的妖怪
雖撈了起來
但眞難以應付
　曬成半乾　依舊
　在荒漠裡幾個年頭
仍然
　屍臭紛紛呢

給日本詩歷史上具「藝術性與社會性」的「列島」有力集團，於一九五二年誕生。主要同人有關根弘、福田律郎、木島始等，志向於社會主義寫象方法的確立。以『超現實主義到紀錄的寫象主義』做其中心的命題。正反對這種傾向，並有堅守純粹藝術的「GALA」集團於四月創刊第一號，係由西脇順三郎、村野四郎、北園克衛、安藤一郎等爲中心，寫出西歐知性的作品。

女詩人也輩出了多人。

像永瀨清子等創辦的「黃薔薇」、三井 Futabako（西條八十之女）等創辦的「Poetro」詩誌，均成爲女性對詩發生興趣的契機。

其他朝日新聞於十二月開始刊登詩配照片的專欄，促使日本的報紙刊詩，與一般大衆接觸的功績。還有日本文壇奇才谷川俊太郎出版了其清新詩風的「二十億先年的孤獨」一詩集被注目。又日本文學者出席國際上文學會議等，這一年是令人感到戰後日本文學繁華的開始之年。

但這一年却是土井晚翠於八十二歲，蒲原有明於七十七歲，福田正夫於六十歲逝世之年。新的世代越趨脫離明治、大正的舊時代顯出鮮新的活氣。

在此年另有北園克衛主持的VOU集團，採取抽象派的態度而積極活動。（北園克衛的詩『夜的要素』，請閱陳千武譯「日本現代詩選」）

○藏

林煥彰

六點差五分。那兩個提着三只鳥籠的大男人又來到這個鎮上。一連幾天，他們都在這個時候在這個小站下車。那三只鳥籠都用黑布罩着，一個罩住一個世界。我看不出他們是來做什麼的。他們一直望山的方向走去，不會是跑江湖的那一類吧？

　臺北。三塊。

地球是圓的，一滾就不停。從盤古到現在，我們實在有點暈。這種方式一點也不改變，使秒針毫不費力地推轉着太陽在錶面輪動。日子就這樣黑白着，而有了廿四小時，而有了男女……

　松山。車子不經過那裡。

要怪就怪在那口烟囪不冒煙。這樣，公賣局一年不知要損失多少錢？從前我們的祖先總教我們節儉，而現在，那種美德已不再美德。而他就這樣成爲國家的罪人。他自己也老是這樣想。倘若法律也有了這麼一條，那是有其可能的。

　退票。基隆，那要扣五毛。

還不很暗，郵局那盞燈就亮了。也許是公家的。不過那裡面有很多錢，我也有一個帳戶。祇是都填寫在卡片上，不管你有多少。

　先生，找錢。

那個小姐好像要探問我，關於她的戀人是誰？住在哪裡？是男的還是女的？（很無聊，今天是週末。）諸如此類，我實在要對她抱歉。但不能怪我，我只是在這個票亭間權充售票的人。

一九六七・七・廿三晚寫　在南港

六月之輯

施善繼

消息

菲莉莎，五月時，你携一卷紀德與棕櫚來此。你靜靜的絲帕，告訴我，你悄悄的驚喜，（不爲什麽），小小的耳語，（不爲什麽），着一襲純白格子底消息。你烏亮的雙瞳繫不盡昨日，昨日的甜蜜。迴旋着，那一裙你自己的圓舞。

沙拉沙特那支歌裏，沒有說你流浪了多久？而你在那樣子的南方，風的芭蕉，雨的椰樹。尋不出病蟲害的菓園，一枚菓子，你蘊藏各式季候的渴想。

復活節剛過，在一景琉璃的山色裏，遊艇與湖水停泊。純樸的短髮，當風信來訪，盪漾着輕暢的溫柔，你的步履，便在亂石堆中隱沒。你懸掛十八個A小調，在我無韻的牧場。

一點點陽光的，這日子，你在雲層，唉，鄉音就此靜寂。你在我的上頭，而那裏是蕭邦的月臺。小街濕濕，星子們今晚一定更加憂傷。

一九六八、六、四 臺北

故鄉

無數蟬翼、夢之花園、透明的翔舞，自額際逃逸。噓——那一定也是在邊遠邊遠的村落。許多方言的溪流，水稻歌唱農夫，詩人咀嚼橄欖。你躺在丘陵與丘陵擁擠的東南，以緩和的體溫諦聽泥土呼喊黎明前的幽暗，富庶得幾乎忘記地平線和杉木的委婉，順一闋南管注入晉江，滙向海洋。

如果從沒有標號的異地出發，去欣賞另一處陌生的天空，菲莎莉，你的手勢是否與足跡相同？六十公里，向北，微笑裏茫茫然飄着你淺淺的煩愁。那個制定距離的，多麼令人傷心，多麼令我們互擁着六月哭泣。在陌生的島嶼，一些日子分食你，你是雲絮，把玩風箏，在胸臆那樣親切的平原。

說墳？塚？墓地？或追思？忌日？清明？一個暮春被收藏於輕便的旅行箱，你說，喜愛它們至美的寂然，不必去祭掃該歸類的面具，因你寬容了那人的淚水。用孩子氣的唇探問故鄉，你說，教堂的鐘聲可以洗淨染塵，但路迷失在你的眼中，你迷失在一疋雨絲悵悵的編織。

一九六八・六・十四

雨之懷念

虔敬地，一粒麥子落向田畝
菲莉莎田畝。雨及叮嚀落向下午
他擎着黑色傘的下午

笑靨自漣漪移去，僅遺黃昏
菲莉莎黃昏。陰霾着搖擺的玲瓏煩愁
玲瓏智慧及玲瓏蝴蝶

那是獨白交錯的日子，莫名植物在
菲莉莎慌亂的謊言生長
沉默裏——
他已經將它們圍成欄柵

水族館這時正展覽
雪萊的失踪，舒曼的春天
菲莉莎的游姿
他深垂眼簾的游姿

一九六八・六・十九

蒐集者

謝了又開的五月，在鳳凰樹的鄰右
織一屋拾來的花屑居住着
以盈盈的淡澤圍繞涼蔭
剪飾的珠子瀉落滿地

藏一片偷來的葉子，為你
在卡羅素的書簡中
讓你珍惜索倫多的男高音
那面地中海的鏡子

雨后，田間玉米們都嘲笑
城裏來的人走不慣歪斜斜的農路
耕耘機恰犁過一季新泥
蒐集者濕透的鞋底浮現風景

二十詩鈔（續）

鄭炯明

五月的幽香

今天的稀飯特別可口
是否煮的時候不小心掉進了眼淚
今天的皮包特別輕
是否拿的時候不小心忘記了眼罩
曬在庭院的弟弟的尿布
也散發着五日的幽香
只有我 孤獨的我
被迫站在小丑的地位扮演小丑的悲哀

深谷

我是冒險的
在從沒有人走過的地方
我毫無防備地走着
不曾考慮狙擊
甚至閉着眼睛

在四面被包圍的頑固的賭盤上
你貧窮的心是座荒涼的古堡
蟄藏無數死的影子
而我一絲不掛地走着
封閉的街道開始有了足音

我不是到什麼地方去
是什麼地方誘我來
在相對的我的思想裡
不定的行程構成我不定的存在
不定的存在破壞你死亡的建築

從遙遠的海岸線到我心中的深谷
只有一件事不能證明就是
天空逐漸黑暗
我的快樂便逐漸失去意義
然而這是你唯一的安慰

後記：人生是冒險的，在吵嚷的人群中，你隨着他們的移動而移動，漸漸地你被帶到一個陷阱，這種事我經歷過，可是我無法警告你，請原諒。不錯，我們之間的關係是這般微妙，你的生存和我的行程繫綁在一起，你並沒有墮落，是我對你的愛與日俱增的緣故，我不得不如此表示，你的信心才會堅定。也許你希罕我的旅程，我懇求你忘掉它，像忘掉美的語言。明知我的存在是爲了你，仍然沒有勇氣在群衆面前承認，怕的是不久我們都要說再見，而且我們都生活在深谷。

站崗者

李弦

（右方蛙噪）
月色在深厚地沉澱
　沉澱着奧義的哲思。
　那站夜崗的年輕的兵徘徊、巡視
　並以沉鬱的裸瞳向夜之野
　搜索昨日射擊的槍聲。
（左方蛙噪）
稀疏的星子掛上左肩。
向南，大肚山之外之外
鄉愁如葛藤，在額際緊緊纏繞。
且思及自我，豪華的存在。

想到廢堡、白天枕着壁上的苔綠
野草迅速地爬滿鋼盔上
在戰壕內清醒的體悟烽煙。
砲彈呼嘯而去
夏日遂焦慮地自射口滑落。
（蛙噪在左方，在右方）
疏星昇上三〇的刀尖下
班長的影子查哨後遠去
萬籟之下，一切俱寂
那兵把帽簷自夜露下拉低。

七星山

林鋒雄

古丁的小徑
僅僅走着虹彩的繽紛
閃亮的銀劍不在滴韃了
青山的那匹馬。那年
春天僅僅的爲了一則神話
而輝煌了整座城鎭。
在多雨的日子，那年
某些茶柵都這麽
傳聞着。

那年，在伊的臉上
陽光開朗的笑聲
成片成絲地遍染了
春日梢頭的綠，那年
叢竹羞於小徑青苔的
蜿蜒。那年，涉過了
碧水的輝映，危橋處
絲鞭微揚，野丁的薔薇
竟排了隊，一朵接一朵地
開了。

而這僅僅是一些傳聞
夾在燕子銜於嘴角上的花香
而我顯然是醉了

醉在陽光爽朗的臉
伊是長在虹上的花
溫暖着每一塊陰霾了的天。

過了水仙林後

陳慧樺

裹起太平洋黝黑的呼嘯
最後那個弄潮兒也裹披巾
投入幕後　去

追逐蝙蝠遺落在古希臘的心願

我是裸露在沙灘上的足跡
夜夜聆聽海螺吹出的信息
夜夜聆聽拜倫寫在風裡的銘言
「海與我的靈魂同在！」

我是躺在岸上的岩石
當最後一條漁網被拖起後
我是寂寞地逐着燐火的流螢

海呵　海呵
過了水仙之林後
我是千萬年來迷惑你心弦的那個聲音

禱之一

林錫嘉

呑人的狼
瘋狂地自綠的原野踩過
去摧殘呻吟，以模糊的血肉
只一個上帝啊
他沒有傳聲筒
綿羊驚嚇了
雲也去流浪

慾望的烽火燒焦的童年
被摧殘的可愛的風景
（哦！國土，家園，親人的淚眼）

冷凜的黑色午夜
以冷血僞裝熱血的肌膚
以生命購買自由

倘遠遠近近都沒有槍聲
沒有十字架買來那麽多哭聲
狼也死於荒野
遂可聽到牛頸上金鈴叮噹

〔編者按〕李弦、林烽雄、陳慧樺、林錫嘉爲本年度詩人節得獎的優秀詩人，特各選詩一首，以見其風貌。

華岡詩展

蝴蝶

安托

自從好久以前有了聲音
近視即成了獸的天性
任誰遠眺一個已預知的荒蕪時
額前的頭髮早被常年的黑霧
梳潤成一座濃濃的森林

欲爲風景的童稚死在越來越大的鞋裡
而風永爲風景的王侯
走在嫩嫩的臉上
走在乾枯的耳輪
走在Joker的薄薄的夾衣中
於是白雪覆蓋的故鄉
有了一枚翩翩的蝴蝶

紗帽山

林鋒雄

山道還不是採青的季節
月光之下，伊的手
隱現於叢林霜冰的石徑
想像是一稱美，在吾
眼睫之內，現實
美得更是淒艷

淒淒艷艷，整個冬季
躭溺於伊神秘
異樣底美，伊把雲
紡成霧，霧中有琉璃的瓦
瓦上撒滿了晚唐
瑰麗的月光

眼睫之內，盡是
雙眸底霜，某些隱藏了
整個冬季的神話
在霧中，在月光之下
偷偷地燦然了每一枝
櫻花樹上準備迎春的枝椏

花成了山的春季，在吾
眼睫之內，幾乎成了可能
零碎了的冬末，吾遂忙於

品嚐伊複樣底美
在整冊整冊
李義山的詩集裡

古典祭

王浩

我底囊中
能有幾片甲骨
縱使簫聲是一種引渡
雙屐也踩不暖青石街道

說在寒天許願，雨天預言
是頂奢侈的玩意
一次煙的棲落
薰化成我心裏深深的年輪
這該是圖騰們的假期

直等到菊花都舖屍東籬
五柳猶未抽青
而你說南山尚在雲水之外

朱紅與翠綠的內戰
只爲展示誰的凋剝早於誰
誰的船不須馬達
亦能航渡七海

人生

龔顯宗

一個個七彩的氣球
圓而復缺，缺而復滅。
應吹氣球的孩子恆把
影子一正一反地
投入透明的夢裏

缺了，滅了；
再吹起另一個。

騎士之歌的變奏

楊拯華

馬鞍上，比妳的絲帳還寫意
有一年整個夏天就馳騁在人魚公主嫫嫫的泡沫中
曾爲了裝飾決鬥而去竊妳祖父家傳的法國銀號
刼過一次郵車，爲了車中的貴人們在去春宮庭舞會太囂張
劍是地中海那麼地藍，常向飛鳥桃戰

左囊的空酒瓶中，早已盛滿了被放逐的西風
　早已厭倦了念詩的修女們
沒有月色又如何？
常去訪馬援的故里
唐璜總是笑我
　笑我流浪的次數

也許就去鄉村伴妳濯一次傳說中月祭日的清浴
懷念是醉後的點綴
妳的戀愛一向太費時間
因我始終找不到希臘諸神的誕生地

摔角場

陳明臺

渺小的立足點上
無可奈何的攤開
雙手識覺於
不可預測底命運襲來

某種反擊的姿態
漸漸雕塑了
在不能中止的搏鬪裡
揮出去的手
已不甘心止於迎接和抗拒

數度
被抛擲　被摒棄
依然
勇敢地撲去
向那盞閃亮的燈

空螺壳

蔣勳

緞色的瞳景
　成一圈圈貝壳的螺紋
面對大海深深的故事
　把一小塊一小塊的足印
　　都嚼成渴念

迤邐的黃昏
　有一顆星星在死
白得不能記憶

海風吹起
　空螺壳哭得像古戰場
　　且洋鐵片一樣的翻飛

在常常是寂寞的海灘上
　好久已沒有了歸帆
　　或鷗鳥的問訊

你遂圓着空空的腹
　貪饕而貧薄的胃口
什麽也不能收納
　連渴念也沒有的
　　貪饕而貧薄着。

啓幕之初

聞璟

帶着潮濕的媚態，那小孩
自恆河沙粒中走來，那小孩
走向通往處女泉的獨行道
那小孩
十字架不曾彎過，腰也不曾彎過
到處都是扭曲的臉孔，燈輝下

無辜的血流染紅無辜的油加利
他望見自己有兩個影子
　畸形的，他想，好悲哀
　畸形的人，不，畸形的燈輝

車聲轆轆，他的跫音
被一千零一個目的的笑聲淹沒
那小孩，洪荒的記憶猶新
那小孩，對着高高的籓籬，輕輕搖頭
依然不見渡口，依然戀着流水，那小孩

和平東路一段看夜

筆架山

學生以慵倦的舞姿展現
漸漸靠向站牌顚跛而來
他的背包連他的面他的軀體
經一整天風塵的浸佔
白天同友人玩過翻滾的遊戲
潔白晶亮變成灰黑之胴體

和平東路一段
自各地聚攏喇叭聲來此
又以禮讚夜之訪朝四野排擴而去
燈點燃方向
二顆生命光彩的誕生
生命之後仍有無限生命

二顆生命倏爾寂滅
逝者之後仍有無限逝者
夜叫得沙啞
而你知道：這不會是靜態的圖案美

巴士上乘客一班比一班減少
68支郵局火也弄熄
大學圍牆底有男女貪婪朦朧
吸吮神秘的夜的甜蜜
互相邀逐但誓長相厮守
成狩夜之星辰
擁抱不願再有戰爭干擾
警察隨着夜深死去
聲不見半句警笛怪聲
該死和平東路一段
遂成漆黑冗長的隧道
在初三——零時十五分

這就是我的人生

吳瀛濤

記得有很多個太陽
很多個月亮
我祗有一個
單獨的一個我却必需活下去
沒有代替地
去對抗那無數的太陽
無數的月亮

這就是我的人生
在龐大的宇宙證明自己的存在
以自己的勇氣、意志及熱情
以自己的愛、眞摯及信念

就這樣必需活下去
雖然誰也不知道
於現在，於一百年後
不知道我活着
不知道我寫過這些詩篇
太陽和月亮會笑我說
人本來就是這樣微小不足道的

運河

林宗源

喊我？對不起，我不是妓女
雖然，我不再是貞烈的女人
可是水手，滿載的魚買不到我的靈魂

是誰如此地愛我
抛棄生命只渴望着一個空洞的微笑
是誰阻止我投入情人的懷抱
去傾告我的秘密

獨自飲泣，沒有阻止
只爲了梅毒
那被戰爭輪姦不知是誰傳染給我的毒素
愛人！結婚將使兒子怨恨她的母親啊！

我的血液永遠是黑黑的
我哭，我流了失望的血淚
我夢想有一天暴雨來臨了
我將贖回連想都不敢想的愛情

大地

謝秀宗

晨光冉冉地昇起
燦爛的金箭照射在世界
自鷺鷥歡呼的聲浪
飛翱在綠秧之上
伴着出揚的音樂
初春湧現了無邊的綠意

低矮的村落，黑色的屋脊
向青空拋下縷縷的藍煙
吆喝牛群的農夫們
忙碌在新綠芃芃的原野
汗淋淋汗淋淋地春耕
祝福這希望的種子在大地

綠蔭夾道的尤加利樹
自綠莊的深處
聞見曠黃的泥土芬芳
當深冬過後，它解脫了
懶洋洋的樹株的搖曳
在冰窖冬眠已久的大地

我行走向田野
雀躍的鳥啁啾在綠色的枝椏
翱翔盤旋在天空的兀鷹
遠遠望去白沫游移如絲帶
那美麗的絲淹沒了貧瘠的黃土
根深葉繁我不停地仰首

我投置在如此芬芳的綠野
夢幻着輭輭的青草地
佇立着如青衣上的白鴿
追尋那心靈深處的安詳
讓繞着牛群和稻秧之間
與古道綠葉的沉醉中

舊日兒時的嬉遊
衝向大地，衝上遠山
沿着古道悠長的斷垣
高高矗立的黃梁
已成長了許多綠色的植物
我的眼也閱覽了如許屬於大地的故事

復活

陳秀喜

女兒出嫁之後
黃昏任寒風變色
倚立窗口
凝望對面的低山
山腰上有一棵老樹
樹梢，葉子都隨風而去了
蒼老的樹幹已灰白
我尋到
共患相憐的對象了

當梅雨細細的早晨
我撐傘走過老樹下
已不見它那灰白蒼老的影子
年青的翠綠承受細雨湊成彈珠
調皮地丟擲在我傘上
仰看復活的繁盛
欣然以微笑告訴翠綠
我的女兒懷妊了
自那丟擲下來的重量
我知道老樹也有它的喜悅
我知道復活的歡愉

船渡旗津

林忠彥

以一枚硬幣買一海風光
月把海的顏色洗成一面自詡之鏡
去洗刼那年的足跡
雖然對岸不適宜寄去双彫

十九朵被浪浪起又浪下的絢爛
不想有多年青
在錨抛定自鳥星的指位
石掌將直向付出的溫暖埋於此小小島
泛情而不膜拜

眼無雲霧　季節無雲霧
既然一切駛向單調
一個水手與一個詩人之比較
同是敲響眉影憂抑的珊瑚石
循着第六個音樂性　節拍休止

船鳴三聲　脚下有雨
不能駐足（沒有嘔吐的現象）
蹤看三百里　仍是一個小站
冉我的輪旋

五七、七、十一於頂崁

熱帶魚的身世

劉學作

大前年　在你我存在的地表上
曾經有一段大顛跛
起先　說是心理慣性的原故而令我氣脹欲嘔
漸漸地
當遠離了震波（或該說震波適離了）之後
很容易的　我攏正了自己
你也再次根植自己

時常　我愛對着陌生人哼起古老的小調
喃喃的唱數那一段
被我誇張成希區考克式的遭遇、
有時也思想起這時候的家鄉
該有什麼菜色上市
該刮那個方向的季節風

我們學得時髦了
學會如何打扮自己成花枝招展的熱帶魚
而你我疏離遂如面對一個從未讀過的單字
歲月以蠕爬的速度風乾我的顏面和軀體
哦，那又是誰在岸邊垂釣
想捕捉我們到另一個水族館當標本啊

錯覺

岩上

拴裝在用以眺望的眼睛的螺絲釘鬆，
一架載滿鄉愁的飛機欲渡海峽
在迷霧裡旋轉爆出夕陽的餘暉
一隻擱淺在沙灘的蛤滑落了一顆癥結的珠
海天之間一顆淚泯滅地消失了

香港

拾虹

從香港來的那個
夫人
把寂寞貼在額上
一遍又一遍地揉着
揉得令人心癢的
那個夫人
怎麼也忘不掉那顆黑痣
在她身上的那顆黑痣
我失落的那顆黑痣
總該一次又次的磨掉了它呢

賭的氛圍

莫渝

斗室內的空氣緊促抽送
熱爐邊燃燒每一雙慵懶的眼珠
勢必穿透已知
而骰子被隔成另個未知

蒙地卡羅之夜
並非單純
紅黑的面具端上供桌
神秘女神正牽引衆多的膜拜

凝神屏氣　戰戰兢兢
無條件的獻出羔羊

時間的灰燼裡
神終於殺死了誰
引渡了誰
（一直是拆不開的謎）

五月的花樹和遺忘

西丁

把遺忘深植在花樹
把花樹深植在遺忘

五月，這
　火樣紅且烈的月份
歲月年年，唯
　花樹的不相像

五月花樹，原本該像
　五月一樣濃且熾
那末，遺忘，也像被
　烈焰一樣燒烤着
難怪，炙人脾
　炙人肺腑

五月既去，那麼一個
　掛爐烤鴨似的六月也將不遠了

六月之外

逸明

海鷗脚下繫着南方的信息
滿載憂鬱，陽光侵蝕
總把金絲撒在窗口流蘇，留以眩暈

坐綠這季，風景寫在波斯貓底眸
記憶嵌在星座，痴痴候妳
牽牛花繫着一串串的長思
讓我咀嚼青菓的苦澀

相思給阿波羅的金馬車載走
瞭望風采，陽光已陌生
風鈴依舊是無限的淒涼
在繽紛底花雨與六月之間

燃燒的思念，凝視太陽
等待斜陽編織絢麗的圖案
重溫南國的熱情擁吻，小鹿喜躍
憂鬱成爲我的另一半，在六月之外，鳳凰花瓣上

我固執於那春

陳鴻森

我乃一枚被遺棄的葉子
棄於季節斑剝的花徑
說悲劇是一尾毒蛇
規律性的
蟠伏於冬與迴紋的我之間
春。我的夢最綺麗
而誰殘酷的手竟撕毀那故事
那刻。我倉惶地想躍出死牢的眼睛
而一足却踩着黃昏
　另一足竟被扭成紊亂的側影
倒視的世界
就那麽生病的垂掛在簷上幌着
然後成一隻無血的變形虫

我我仍固執於那春　牧神呵
當白熱的感情被塑成浮雕時

櫻花季、櫻花祭

——弔金恩博士

黃茨

槍聲息後，遂鬆開了五指
燃燒着溫柔的力，如此觸及
烈陽下的土的汗的歌的老家

「我夢想有一天……」你已經進入
櫻花季，屍諫了歷史，文明
以生命宣示生命的意義

猶如櫻花，猶如磐石
走完遺離棄的坎坷，揭曉了
誰是上帝的選民

你的血是不凝固的震撼
染遍所有的櫻花——是你，凡有櫻花處
是震撼是澎湃，遄注入愛的河海

於喧嘩中祭弔你
櫻花也喧嘩，一季
從華盛頓到陽明山，從你到我

大岡信詩論「詩」與「非詩」諸論

羅浪 譯

在前一章「俗」的釋義裏面，我曾經引用黑田三郎之「詩人基於詩人的名字所能擺脫的現象，絕對沒有」的論詞，並且加以註解「固然自覺這個時代『僅用言詞誰也不好好地相信的世間，非靠語言予以相信，除此之外沒有詩的存在』因此一切的生活現象才能成爲詩人的問題」，然而，再補充：這種系列的精神動向，廣泛地植根於日本詩界，好像是在這次大戰以後戰敗後開始活動的觀察。

我一方面引用黑田氏的論文，有意作爲相對的詩論，擬予提出另外一個思想，即是木原孝一在「現代詩的主題」(民國四十一年六月於早稻田大學禮堂演講題目，收錄「現代詩論大系」第一卷）裏面所講的下面的演說詞：

「我們持有所謂『詩』的概念，是站在『詩』與『非詩』的境界上的時候，好像是一種謬論的說法，不過，在實際上所稱呼的『詩』，如果沒有和『非詩』對比，實在沒有辦法抓住它本來面目的。（中略）普通一般所謂『詩的美素』，絕對不是經過多少時間，或是無論拿到什麽地方，也可以稱它就是『詩』。所謂詩，是具有過去很多『詩作品』所含蓄的『詩』之固定觀念的類似點，或有類似情緒的東西所下的一種定義吧。但是『詩』不能憑固定的觀念來估計的。（中略）我們有時候深感『很需要詩』，或是表示『對詩的冀望』是感到不少『非詩』之壓力的時候。如剛才所述的，生活被各種各樣「現代的事物」所侵佔的時候，自然而然會感覺一種精神的渴望，這種情形就是必要『詩』的狀態。然而，對於完全沒有關連而分散得七零八落的自己感應，即是熱切地對自己體驗有一個秩序『向心的意圖』成爲『詩』的冀求。……」

以上木原氏的論詞，當時我感覺得對戰後初期的現代詩，各各以標新立異的思想，生活感覺或是詩的教養寫作的很多詩人的志向，可以說是提示一種基本認識的歸納論調。現在翻開再讀，此種印象猶新。詩已絕對不是由老師傳授於學生相承交接的一條羈絆。（這是日本詩歌自古以來的傳統基體）。在這裏被他強調宣言。詩人已不按照過去的詩的遺產中尋求詩，而啓程在「非詩」的方向找尋詩的了。

不過，這個思想倒不是沒有前例的。譬如「從來我寫詩是來自不得已的心衝動，也許是一種電磁力鬱積的精力放出，那些與別人所稱呼的詩到底是否相同，一直到現在還不敢肯定……我經過生活的斷崖絕壁，充滿在內部的有個不可言的鬱積物，以語言造型受到不能自主而放射的衝動」的高村光太郎，站在「生活的斷崖絕壁」的孤獨狷介的自負，而斷言「從明治以來，日本詩的一般觀念幾乎被我踐踏殆盡。所以，我潤步在藤村——有明——白秋——朔太郎——現代詩人這種系列另外一條路程。我特別岐視由於詩的語言所能體味的那種氣壓層。」

金子光晴再三公開表示「我根本不想做「詩人」，自已所寫的東西究竟是不是詩，我不曉得，也沒有興趣想要知道」的意見，是衆所周知的。

西脇順三郎亦在一面觀察一面記述「以傳統的眼光來看，把今天的日本詩風如果分爲兩大別，即是上田（敏）與萩原（朔太郎）」復說下面的一段話也是衆所周知的：

「上田敏乃至蒲原有明，已經成爲日本詩語法和格調的傳統。那些語法是文學語言的。作爲對立的萩原朔太郎先生的詩，在很早時期就開拓了驚人的境界，即是語法和格調方面的成就。在日本詩的發展史上，上田敏的詩風是重要的，相等地萩原朔太郎的詩風也是很重要的。」（萩與我）

西脇氏在同一文章裏面，回顧往事說：雖然我在十八歲到三十三歲這段時期很喜歡寫詩，但都是用文或法文寫的，因爲從十八歲起我便立志研究外國文學，因此用日本「文學語言」寫的那些作品，絲毫沒有國文課本以上的教養，也毫無受到藤村與上田敏的影響。

在這裡「詩」即藤村，敏，有明等所聯繫一脈以「文學語言」寫的詩，也受到否定，甚至被宣告毫無效果。（如果可以這麽說，我頭一次看西脇順三郎的「Ambarvalia」的時候，好像略有感到明顯地以「文學語言」所寫令人很難接近的「詩」世界。從那些奇特作風的排列，要了解這個非凡的自然了之風格，現在回憶是需要很長的時間。這是絕對不是一義的單純問題。可是，現在不容許這個問題深究的。）

以上隨便提起三位詩人，大致共通的是對藤村，有明，敏的系譜表明不信，反感乃至莫不關心，這是很有趣的事情。他們無非均對被日本流馴致的象徵主義系譜，表明不信，反感，莫不關心，在這個違和感的根源裏面，或許日本的「文學語言」與木原氏所講的「非詩」中間，對思想的精確純度予以寫實的純粹狀態來詩化的可能性，蟠着疑惑和絕望感。蒲原有明誠然把思想的魅力用詩的形式表達出來。可是，「思想」在「文學語言」裏面幾乎受到束縛，同時僅僅成爲「美」的一個函數而已。

到底近代的日本語言，用它來寫詩，而不作詞句的美化或隱喩化，有沒有賦予思想具體表現的條件。簡直說，以現代日本語言，能不能夠寫精湛思想的詩。

大概這樣的疑惑，時常棲居在他們的腦裏，我想這不是不當的推想吧。舉一個例子作爲我的推想有力證據，譬如高村光太郎下面的回顧——

「我在泣菫，有明，上田敏時代，不敢作爲寫詩的念頭。雖然感到這些詩人的詩是寫得不壞的，可是不能覺得血脈相通的親切感。如果詩屬于他們世界所有的事物，我想寫詩那太僭越的了。那麽，內心從幾時萌芽寫詩的念頭呢，是在巴黎看到魏爾倫和波特萊爾的詩的時候。那些一種非常親近的感覺。確信它是文學……………………………………以上的存在。不過當時對寫詩還沒有自信。完全不懂表現技巧。而且那些黃金隱沼的語言也不適合我的性格。可是，回來日本以後看見白秋，露風時代的詩，才知道日本的語言也有那些表現的自由，而很尊重這兩位詩，甚至在雜誌「斯巴露」描繪他們的漫畫。幸劇白秋，露風，柳虹這些詩人，才能得到以前自己在暗中一直不敢下定決心的，即詩畢竟應以自己的語言寫的確信。因此着迷地開始寫詩。「運程」初期的詩，雖可看出白秋和木下奎太郎的影響，但是，那些僅僅是表面上的當時亦自覺在詩的本質上有着完全不同的地方。」（摘自「某月某日」），傍點大岡）

「詩畢竟應以自己寫的」這個思想，細看之下決不是單純的。「自己的語言」究竟是摘那一種語言呢。「畢竟」是經過那一種局面過程的「畢竟」呢。語言本來是沒有「自己的語言」這一類的形式。由於自己的語言當中，能夠自覺自己所要賦予語言有蘊蓄其意義時，人們始會感覺已經有了「自己的語言」。人類確切利用了語言作爲工具，以那詩語言能夠將自己的存在有所完全表現的時候，總之，能夠驅使那些有力的語言，人們會確切地曉得有了「自己的語言」。語言爲人類的工具，同時能夠成爲存在的根源之存在理由，盡在這個瞬間。高村光太郎的「詩畢竟應以自己的語言寫」而「自己在暗中一直不敢下定決心」的理由，可以說從泣菫、敏、有明這些詩人的語言，不能使他表現自己的一切，同時，在另外一方面於日本「詩」的傳統中也無法發現的遲疑躊躇所致。他在很久以前雖有悟詩畢竟應以自己的語言寫的，不過，他是還沒有「自己的語言」。換言之，他是尙未把握能夠摘取自己全存在的語言。問題不在詩的歷史和語法或是美感的次元上，有關自己全存在次元，是在有關思想全貌的次元上的。

如果再一次敷衍檢討這個問題的時候，始可明白顯然在所有詩人的出發點，或是在生命歷程當中，會不斷面臨的問題。

在前代的詩人們所稱呼的形式中，認爲自己絕對不能寫詩，爲甚麼？因爲那些詩不能完全表現自己的思想……。這個自覺對於「新時尙」的問題，不單在表現形式的革新，或是新奇的意匠不同的次元，是在眞正蘊蓄着全存在的問題，是無傭贅言的。所謂新人，在這個時候莫如說是一種宿命，得自這個不能躲避的自覺，而只有能夠切實貫徹表現行爲的人，才能站立在新時代的詩人地位。詩人必然應具有新銳的技巧。譬如，高村光太郎也好，金子光晴，西脇順三郎也好，或許不稱呼自己的詩爲韻文，而稱呼智力的「素描」，意識地置於「文學語言」框外的宮澤賢也好，這些我們近代的大詩人們均認爲「詩」不能在既存的語言或是固定概念裏面求取，即於無法定義，具有某種嶄新的逸脫，予以拒絕承認甚至歧視爲文學的一種通俗的風格，這些思想對於考察戰後詩的時候，我想很富有暗示性的。「我們持有所謂『詩』的概念，是站在『詩』與『非詩』的境界的時候」此一段木原孝一的演講詞，可以說是歸納前面所述的一個傳統思想。戰後詩受到與戰前詩的傳統斷絕的焦點上寫下的許多非議。然而，現在我們已經明白的一點是在日本近代詩的歷史上，越有成就突出的詩人，均被認爲對前代詩的敵對者姿態出現的一般想法。莫如說這裏有一貫的傳統。也許，可以指出傳統的最客觀存在。傳統只爲着產生新的力量，而顯現它的形態。如此說來，傳統決不能加以物體化，制度化的，理應不斷把我們的思想，感情的物體化，制度化所要表現的原動力，可說爲創作與經過不斷的一種新機能。這個力量予以物體化，制度化而被固定的時候，它不能稱呼傳統，應該稱它爲風俗習慣。

以前我撰寫西脇順三郎的文章裏面，曾經作過一個「假設」，現在抄列出來引用，也許不是徒勞無益的事吧。

「西脇順三郎於戰後的詩論中，反覆地論述『無』，那是決不是被情緒的無常觀念浸泡着的無，莫如說把一切的有，以絕對嶄新手法意圖永遠現存的活機性之無。西脇之無的思想，不是咏嘆生命無常的思想，無常的生命本身常常以無予以把握，故一切的才可能感到新鮮的驚奇之一種潤達的雙重思想。因此，一見毫無什麽，並且毫無陳列什麽，却有着不可思議的性質在西脇的詩中形成鞏固詩的境界。」

按照上面的文章，如果需要再加以闡明西脇順三郎的無之思想，無非就是把詩與非詩的境界經常無化的思想。結果我們由以閱讀詩人的詩，日常茶飯事保持它的外表，變成澄清透明給予我們看見整個詩的形態。日常茶飯儘管是日常茶飯事，轉眼之間變爲澄清透明的詩的形態這種情況，是物體保持物體性同時化作心象，也許可以說是物整體脫離飛躍的狀態。這是，很早就被西脇順三郎反覆提起來論及的詩法，譬如：

「要說明詩意的方法，不能不做如下面的（吃人的工作）。即（永遠）是『意義之世的不健全構成知覺的虛無』。用平易一點說，就是『沒有什麽』。完整的詩意，不過是不作象徵任何事物的象徵方法而已。對於爲什麽要作這種無聊的質問，只好答覆——是爲了創造（永遠）。（永遠）決不處理現實世界以及超現實世界。爲了目的意義，必然如此。目的是爲了（無）之象徵創造有限的象徵。有限的象徵溶解變爲不作象徵任何事物的星雲，終於進入象徵（永遠）的狀態。（Obscuro）

這是前面所述的詩法加以實踐結果產生的理論。把一切的有限的有，加減乘除後變爲無限的無的象徵。這是，例如數學以數字加減乘除結果，得到零的計算不盡相同。計算的最後結果是不成問題，在詩裏面，一個一個有限的因素，於各各的位置和關係，必須經常透脫爲零的象徵狀態。即是，必須到達最後目標的零，是根本不存在，而一句一句，一行一行之筆調，必須蘊含着無的象徵。

詩不祇以抒情或是敍事的次元抓住，只有「認識」是西脇順三郎的一貫立場，當然從此產生。「詩即是認識。這些方法付隨人類理智之發展而變遷着。經常以新的方法，從習慣中冬眠的人類之靈魂叫回清醒的世界，才是詩人可貴的務任。」（Profanus）

把這個思考方法，和島崎藤村之「詩歌是否在靜謐的氣氛中所引起的感動，誠然，我的歌令人厭煩的艱苦奮鬪之自白啊」的詩觀比較，成爲非常有趣的對照。這個很有名氣的藤村詩集序文（可是全體的文意有些含糊不清）的一節，不用說仍是華磁華斯的「里里卡路，巴拉磁」的序文裏面的文字，同時，簡潔地表現日本抒情詩人們的作詩態度和構想的基本精神。「誠然，我的歌是令人厭煩的艱苦奮鬪之自白啊」。

西脇氏可能是在日本近代詩壇首先提唱，和「感動的喚起」或是「自白」式的抒情詩觀在本質上的次元不同的詩觀。在文壇的自然主義私小說的系譜，以島崎藤村爲一重要源流，這個情況不單在詩界，在散文界藤村流的「詩」觀，成爲一股底流而抓住人心，不是沒有緣故的吧。我不敢武斷，西脇流的詩觀已經取代藤村流的詩觀。那些不同的次元，理應得以互相並存的。實際上在目前的現代詩界，假設可分爲「自白」詩觀和「認識」詩觀這兩個詩觀，在各樣的變奏中存在，互相作爲活潑的推動。不過，以「詩即是認識」的詩觀，在第二次大戰以後廣泛地被有志向的詩人之間分享，這是千眞萬確的事實，這一點，成爲一種新興勢力闖進我們的詩界，引起了嶄新的，充滿擾亂眩惑的也許是玉石混淆的一股強大漩渦。這個漩渦，不知作何形狀而結束終止，現在沒有辦法推想的反正會重大地改變從來的抒情詩觀是無可置疑的事實。

這種整個情勢，不是憑西脇順三郎一個人所引起的。西脇氏的影響，我認爲是一種極爲隱健的情況徐徐而浸透性質的。

傳播詩即是認識的詩觀貢獻最大的詩人，應該首先提起小野十三郎和村野四郎的名字。小野十三郎以當爲的形式主張詩的「批評之錘」說：「詩應由韻律即「音樂」的硬化思想解放。韻律不是「音樂」應敢斷言即爲「批評」。韻桎梏，應加予檢討我們時代生活感覺的一個強烈對照的問題。應具有新銳的抒情科學。應經常感覺抵抗。」（「詩論」216）

在另一方面，村野也郎對於詩的「存在論的探究」把眼光集中，且通過「已經任何力量也不能剝奪它本質性的依據」而宣言詩觀存在論的深刻化。並且依據這個，村野四郎才可作以上的主張。他以語言即爲存在的住宅，效法海德格「以語言碰到存在，而抓住存在」爲我們認識根源之形式爲詩的論點。復說：「想到這些語言所隱藏着的機能世界的時候，才明瞭一般所稱呼之詞藻美麗的「美文法」，以成語換個位置排列的「詩的構成法」是怎樣空洞無味。對於意欲捉住全存在的詩人，可以了解是多麼疏遠的關係吧。」（「關於詩人的語言」）

將這些語言，與開頭所引用的「詩人基於詩人的名字所能擺脫的現象，絕對沒有」之黑田三郎的想法，或是木原孝一再三引述的語言加予對照時，經過戰爭，且在戰後社會混沌之中，企圖再一次深究詩是什麽，詩人到底能做什麽的許多人之共通志向和表達形式始可發跡。

確切地說，意欲「捉住全存在」的這個熱望，是很多詩人所承認的共通的基點。且爲高村光太郎，金子光晴，西脇順三郎諸詩人所自覺的，那些對於前代詩人的語言（「文學語言」）之違和感，如果出自思想與認識爲美的一個函數被封閉縮小「詩」中的懷疑，戰後詩可以說是從廣泛的規模聚集很多相同的衝動孕育出來的。「荒地」派以戰前現代主義之否定的繼承者出現，「列島」一群以戰前無產階級之否定的繼承者現身，並且在戰後數年之間，以「四季」派爲中心的抒情詩派，被那些否定的聲音更強烈的岐視風潮，由舞臺上被迫後退的情形來看，在前世代整個範圍遭遇從未有過的規模普遍地被否定的事實，無非是以剛才所衝動作爲根據的正是衝動之故，內部才呈現多樣的容貌。「美」亦被貶得一文不值。爲了抓住詩，最重要的就是朝着非詩的方向，不算是盲目的或是思索的，只有衝撞闖進。

因此，在戰後詩之中，氾濫着「不斷走路的人」之影像也許可以說是這種趨勢所導致的令人注目的結果。詩是在靜謐的氣氛中所引起的感動，已經不够癮了。這個時代感情，成爲詩的一種形象，在沒始沒終不斷走路本身來說，構成一首詩，決不是只憑心象以及感情用恰當的語言加以造形表現，一行一行進行當中，詩全體的構造和詩意亦作相關性的變化，本身具備可變方程式而且有活潑的舞蹈性，才是切實地被要求的條件。靜態的詩變爲動態的詩，這種變化成爲一種很明顯的趨勢。最先發揮令人驚奇的表現手法，可在山本太郎「步行者」的思想裏頭找到的。他在題爲「步行者的祈禱之歌」的第一詩集裏面，展開着前面所述的舞蹈性之詩篇，那些基本格調經過十二年後，於最近出版的「糺問者的困惑之歌」裏面依然不變。他的歌，以下面的形式唱着：

夢之碎片　如螞蟻群聚
使俺的腹部粗澀
臟腑內部此刻漂流着白雲
霓虹燈管閃耀之骨架
夢之建築
那些微動的影一般的物質
睡眠的妖怪
老鼠吱吱叫
正在溺死狀兩枝葱白的手
攀住星星　而消失的
下沈的俺是滿腹堵塞着烟火的卵
胳膊以及毛髮以及魚泡在花兒上昇上昇
在水花兒揮手的　媽媽
一直下沈　黑暗愚昧
深宅盡頭密植仙人掌的森林
突然綻開奇艷的花朵
過了那些地方　吐着霧的無數孔穴
…………

所引用的是「有一位男人的一日」的開頭，從前我撰論山本太郎的文章裡面，曾經對這一首詩寫過下面的文字：「例如，他在四百多行的長詩所表現的，可以說是無邊無際內在的獨白之定影，在現實的錯亂風景裏面，詩人山本太郎的意像力耽於醉酒蹣跚地走着，如果無耽於醉酒的想像力，絕對不能捉住現實扭歪之細節，描出奇特的現實感」。的確，山本太郎發見了「歌唱」與「不斷追求存在」一致的方法技巧。在他的這種情形，可以看做存在爲二以形式爲一的道理。完成一首詩，對於他不是重要的一件事，是在爲了透過詩的符號體系不斷追求的存在意義。他曾經寫過：「我對『敍事或抒情』啦，『短歌或是自由詩』啦，『小說與詩的效用論』這些不感興趣。應該是『詩或是科學，然而，也許是宗教』，對這些三者，我有我的方法作爲人生的基本思想將永遠挖掘下去。」（「以透視者之語言」）。復在「糺問者的困惑之歌」的後記表示：「我現在已經勉強能夠了解『打聽』所蘊蓄的重量感。每次有所領悟時我越明顯喚醒『提問』意義而一直走過來的。當然在獲斷之中才有『提問』的爽直形式，這是不會導致龜裂的。可是，提問即是被問所聯繫着的謙虛精神也應該加以珍重。」我從這個思想的發展當中，窺見山本太郎「步行者」本身的深刻意義。

把步行者的意識，繫上詩的方法論之詩，不是山本大郎一個人。隨便提起他們的名字如吉岡實、中桐雅夫、北村太郎、吉本隆明、清岡卓行、石原吉郎、黑田喜夫、長谷川龍生、飯島耕一，掘川正美、安永唸和、谷川俊太郎，中江俊夫、入澤康夫、三木卓等諸詩人的方法論也可以指步行者的形象，於一個形象結晶核子裡面存在着。進而年青的天澤退二郎、岡田隆彥、長田弘、吉增剛造、渡邊武信等詩人，完全將這個形像作爲他們詩的導火線，相信不會言之過分的。不是靜止的觀照，更不是語言造形，索性熱烈地追求流動，渦動，混亂的舞蹈性，這個共通的志向強有力地透過詩人全體普及的時代，在日本詩的歷史上是絕對從未有過的情形。這一點要考察所謂我們戰後詩的時候，我認爲絕對不能輕視的一個時代的特質。

（摘自現代詩大系第三卷後記）

時分

Karl Shapiro作
宋穎豪譯

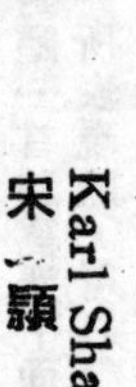

（二十世紀的美國詩選之五）

辦公廳步趨着大理石的暗陰，
濶面金字的大鐘苦挨着
閃熠着。這是蛋卵悸動的
誕生的時刻，這是正確的時間。
呵子夜，永恒的零，
城中萬千桌櫥
頓然，躺在新生的時分。

躺在桌櫥的新生時分
播抓玻璃窗，以嬰兒的踢彈
以鑽石的吶喊，割切水晶
與永恒的延度。死之優美的騷動
漫天里渲染它的威名。驀地
我浸沉於迷遠的嶄盹，壓逼着
肺臟中生命的悶氣。

於是，時間的長度與力量長了，
旋扭彈簧使鐵鑄的時間
一環一環地銹蝕，一環死去，
一環閃灼。在燦麗的工作
鈍潔的天使列立，審視着每一次轉動
猶如端詳珍奇的沙塵，却不撿拭
使無害於歷程。

一位天使被刺傷了，被救起了，
魍魎蝟聚在藍寶石
宛如草莓上的紅蜘蛛，蜂擁而來，
服侍針尖以滑油，緩和熱度。
瞧！醜惡的臉上閃着汗光，
俯伺一串串齒輪；瞧！他們如何
抽引卷尺繞動的時間由虛無而萬衆。

懷以渺遠的情愫，我躺着清醒，
而對精美的瑞士機器室（由小魔鬼所推動的）
投以微笑。我熟知鐘樓上隱現
無害的一群，臂針高擎如鐵桅，我懵然入睡，
而哀傷的乃成群的天使
盤織恐懼的游絲，打從我的面前涕泣而去。

【作者簡介】：卡爾・薛必洛（Karl Shapiro）於一九一三年十一月十日出生在美國瑪利蘭州之猶太家庭。曾入讀約翰・哈普金大學，旋於一九四一年投筆從軍，以士官之銜服務於南太平洋。其第一本詩集「人、地、事物」（Person, Place, and Thing）出版於一九四二年，

頗受詩壇所注目。一九四四年又出版「V字及其他」（V-Letter and Other Poems），表示其對不義之憎恨與傳統浪漫式之厭惡，並榮獲普立玆詩獎。

他寫過許多有關戰爭之詩，但他儘量避免被稱譽為戰爭詩人。他在該詩集序文中說：「既使是最動聽的口號，不幾年也寂然消散。戰爭乃人類精神的病態……但在生死決鬥時，使我們體悟到V字的含義。我試想完全自由地寫詩，或為基督徒，或為猶太人，或為出生入死的戰士。」「論諧韻」（Essays on Rime）（一九四五），「詩人的考驗及其他」（Trail of a Poet and Other Poems）（一九四七），「詩選」（Poems 1940-1953），「猶太詩選」（Poems of a Jew）（一九五八），以及詩論「批評之外」（Beyond Criticism）與「為純真辯」（In Defense of Ignorance）等相繼問世，詩名日隆。

二次大戰後，即於一九四六年應聘為國會圖書館詩學顧問。旋，出任為母校英文教授及「詩刊」編輯。其間，常為文猛烈攻擊自艾略特與龐德以降而泛濫英、義詩壇之「主知詩」，進而推崇惠特曼和韋廉士（William Carlos Williams）等之純樸詩風。他認為「詩愈深玄，其詩質愈淡弱。自艾略特以降，詩人多與科學為敵而攻擊現代生活的每一面，已蔚然成風。」他主張詩人應恒與經驗合一，真正之詩對人之性靈應是溫和與寬容。

所以，詩人馬克．范道倫（Mark Van Doren）批評時說：「薛必洛的詩在渙新的形式中有一股真實感與機智。」羅德曼（Selden Rodman）極力推崇他為「我們這一代的真正代言人。」

陸橋

大木實作
趙天儀譯

打從這兒
望着淺草的國際劇場
就在那兒可以看見
「我們一道去嘛」
什麼時候在這裡那女郎說過
因沒有緣份而沒跟那人
一道相處
國際劇場也沒有去成
倘若跟那人一道相處的話
我不知會變成怎樣呢

而今啊
國際劇場，在那兒就可望見
燃燒後的餘燼
而沒有變更的圓圓的屋頂却顯露着

訪者

Theodore Roethke (1908-1963)

明臺、聞璟合譯

I

雲圈密纏　一陣風暴蕩過
水面　樹影搖曳
有聲音響起
停步吧　在泥沼的邊緣停步吧
至愛的樹呀　我說「我可能駐足於此麼」
潺潺的水聲構成一串舒柔的回音
我等着　守望如犬
如水蛭盤住一塊礁石
等着　如那蟹　如寂靜的生物

II

緩緩地　如一尾魚兒　她姍姍游來
緩緩地　如一尾魚兒　她向前游來
在長長白浪中　她搖曳生姿
她的裙角觸不到一片綠葉
以白嫩的手臂伸向我
無聲息地走來
不帶一詩拍浪聲
溫和而幽暗的子夜
她來了
微風拂過髮絲
月光閃亮

III

自清晨第一道曙光中　我醒來
投目於樹梢　我感知石塊的脈動
此刻　她在何方　我喃喃
此刻　她在何方　山可就是嫻靜的少女
而光耀的白日寂寂
一陣風攪過一綑蘋果
那樹搖幌
那禁錮的柳絮搖幌

德國現代詩選譯

Ingeborg Bachmann 作

向明 譯

刼數

壞日子來了。
命定要毀滅的時辰
正自天際降臨。
你要快點繫好鞋帶
將你的愛犬趕回沼澤之中。

因爲魚的內臟
已在風中凍結。
羽扇豆以微光在燃燒。
你的一瞥劃過濃霧：
命定要毀滅的時辰
正自天際降臨。

在遠方你的情婦陷落沙塵，
它潑過她被風蓬鬆的頭髮，
它淹沒她的話語，
它使她變得沉靜，
它發現她必死去
同時準備以每一擁抱
來將她撕成片片。

不要環顧四周。
繫好你的鞋帶。
將你的愛犬趕回。
將魚丟入海中。
將羽扇豆熄滅！

壞日子正要來臨。

註：Ingeborg Bachmann (b. 1196- Klagenfurth) 爲一德國女詩人。早期詩中充滿生命在毀滅中的恐懼。想像偏激，調子充滿預言色彩，而且有一種對宗教探求的强烈慾望，定居於意大利後使她的近期作品變得稍爲柔和。

娜娜——娃娃的日常生活素描

Günter Grass 作

時鐘

娃娃在與時間頑耍，
但是誰也不逗娃娃——
除非時鐘竟然採取三種步調
而且說：娜：，娜：，娜：，娜：

理髮師

娃娃正在和雨天頑耍，
她爲雨天梳髮辮，她以鬆髮蓋住它的耳朵，
然後她自一只小巧的箱內取出一把梳子，
用梳子梳理雨絲。

三月月圓時

娃娃醒來了，孩子們仍在沉睡，
月光被綽幕所糾纏，
娃娃牽動綽幕幫助月光跑出來，
月光佯裝不知而娃娃醒來。

春　天

娃娃很快樂，賽璐珞！
屋頂滴水在她頭上
一滴就滴了一個洞——
娃娃很快樂，賽璐珞！

最長的歌

娃娃正在歌頌着地毯。
但是由於地毯的章節太多，
娃娃很快就會比那更頑——
誰知道地毯的最後一行？

註：Günter Grass (b. 1927-Danzig) 爲一詩畫家，就像克利，康定斯基等各畫家一樣，亦爲超現實主義的一員大將。本次所譯其五小段詩作，係自其一系列「娜娜這娃娃」長詩中所摘出。當此一系列在Akzente初次發表時，當時的讀者曾提出大聲抗議，認爲德國的高度文化帶來終結，否定西方傳統等：

詩壇漣漪(1)

出版消息

※音樂家馬思聰的女兒馬瑞雪所作長詩「送給故鄉的歌」，自民國57年6月13日到6月20日，在難得登詩的徵信新聞報連載，頗受詩壇重視。

※余光中譯詩集「近代英美詩選」分兩冊，列入近代文學譯叢，學生書局印行，定價每冊十五元。

※詩人兼畫家秦松，出版詩畫集「原始之黑」，收集其近年的代表作，裝幀大方，定價一百元。

※鄭愁予詩集「長歌」；收集「革命的衣鉢」、「仁者無敵」、「春之組曲」三首，已由中山文藝獎金委員會補助出版。

※驍騎詩集「金色年代」，已由中國青年詩人聯誼會出版，定價十五元。

※由詩人羊令野、彭邦楨等所籌備的「詩隊伍」雙週刊，已於民國57年7月7日的青年戰士報創刊，該刊訂有編輯方針，爲詩壇一大喜訊。

※「創世紀」第二十八期，業已出版，本期有李魁賢譯的「里爾克傳」、葉笛譯的「保羅•魏爾崙論」，以及洛夫等的創作。另有中翻英的「中國現代詩英譯小輯」。

※「大學雜誌」詩欄「大學詩人」，由詩人余光中主選，該刊第七期業已出版。

第三悲歌

李魁賢譯

歌咏情人是一件事。另外，唉
是歌咏那隱藏着罪惡的血腥的海神。
她從遙遠認知的那少年戀人，他自身知道什麼
關於情慾的主宰的事？情慾的主宰常從少年的寂寞中
（在女郎給予少年以撫慰之前，她常不存在似的）
啊，從那不可認知的事物滴落，抬起神樣的頭部
招喚着夜，向無終止的騷動。
哦，血腥的奈普頓海神，哦，恐怖的三叉戟。
哦，從螺旋狀的貝壳吹來祂胸中搧起的暗黑的風。
聽啊，夜如何把自己弄成窪穴與空洞。
你們星群，不是源自你們對戀女的面容
的那種情人的情慾嗎？他不是熱忱地
洞察她純粹的臉龐，自純粹的星座？

爲了期待而把那少年的眉毛的彎度緊張着的
不是妳，啊啊，也不是他的母親。
不是爲了妳，感觸着他的女郎啊，他的嘴唇
不是爲了妳而彎曲着豐盈的表情。
妳有如晨風般飄移，妳果眞想像着
妳輕快的出現會給他如此的震顫嗎？
確實妳驚怕着他的心；而古老的驚惶
在感動的衝動中襲進他的內層。
召喚他……妳不能全然在黑暗的交合中把他召喚。
眞的，他願意去，他躍出；輕盈地
他住進妳舒適溫馨的心懷，自己承受，自己開始。
可是他曾經開始過嗎？
母親啊，妳使他藐小，是妳使他發軔；
對妳，他是新的生命，妳在他那年輕的眼睛之上，屈伏着
情誼的世界，並防備着那陌生的世界。
啊，妳爲他單純地以纖細的身段代替着
洶湧的渾沌的歲月何處去啦？
妳這樣對他隱匿了很多事；妳使夜裡可疑的房屋
成爲無害，從妳滿是隱蔽場所的心房
妳把人間的空間和他的暗夜的空間相混。
不在黝暗中，不，在妳更接近的存在中，
妳安置，夜晚的燈火，有如發自友情的光耀。
無論何處的爆烈聲，妳都能用微笑加以闡釋，
有如妳早已知道，何時床板即進行……。
而他傾聽着，鎮靜下來。在妳起身時
無限的柔情；在衣櫃的背後，他的命運
高高地躲入大衣中，他不安的未來
輕輕移轉着，隱身於幃幕的縐摺裡。

而他自己，當他躺臥着，心安理得，
在昏然欲睡的眼簾下，妳輕盈的身姿
把甜美溶入淺嚐的初眠中——：
看似一位受到週密保護者……。可是在深處：是誰
在他內心悍衛和妨阻着原始的血流？
啊，在睡眠者的內部毫無警戒；睡着
且夢着，且在熱昏中：他如何自己交涉。
他，畏怯的新生兒，如何陷入
在內心長成而向外伸展的蔓草的糾纏中
就已交織成花紋，成爲令人窒息的繁茂，成爲
猛獸追逐的形姿。他如何獻出自己——，愛者。
愛他的內心，他內心的荒蕪，
他裡面的原始林，在他那默默的崩壞物之上
他的心綠色燦然地立着。愛者。離開此地
以自己的根走向了強力的起源，
在此，他小小的誕生就已經超越了。愛悅地
他下到古老的血泊，下到峽谷，
恐怖的怪物飽食了祖先的鮮血，橫臥的地方。
每一怪物都認識他，貶着眼，好像心中已明瞭。
是的，那怪物微笑着……母親
啊妳很少對我這樣溫柔地微笑。既然牠已
向他微笑，何以他不愛牠呢？在妳之先
他曾愛過，自從妳把他帶走
怪物就溶化入能使胚胎輕輕飄浮的水中。

看吧，我們不像花卉那樣，以僅僅一年的時光
來戀愛；倘若我們戀愛，就從雙臂間
升起無法記憶的太古的津液。哦，女郎
這些：在我們之間相愛，不是一個，不是一個未來的存在
而是無數的逝者；不是單一的孩兒，
而是有如山岳崩陷，在我們的底層
躺臥的父親們，而是過世的母親們的
乾枯的河床——；而是在那陰霾
或晴朗的天命之下，全幅無言的
風景——：這些都比孩兒捷足先登啦，女郎。

而妳自己，妳知道什麼？——妳在情人的心中
喚起洪荒時代。何等的感情
從逝去的人生激動起來。何等的婦女
在那裡憎恨妳。什麼樣的男子
妳從少年的血管中把他鼓舞起來呢？
死去的孩童迫向妳……哦，靜靜地，靜靜地
爲他做一件愛的信物，可資信賴的日常工作吧——
引導他走向花園，給他以
夜的優勢吧……
　　抑制他……

沒有語言的世界

田村隆一　作
羅　浪　譯

1

沒有語言的世界是正午的球體
我是垂直的人
沒有語言的世界是正午的詩世界
我不能停留在作爲水平的人

2

應該開發沒有語言的世界　以語言
將正午的球體　將正午的詩
我是垂直的人
我不能停留在作爲水平的人

3

六月的正午
我頭上烈日當空
我正在一大磊岩石之中
那個時候
岩石是屍骸
從前的活火山
爆發的
能量之
熔岩的屍骸
爲什麼那個時候
所有的諸形態是能量之屍骸
爲什麼那個時候
所有的色彩與韻律是能量之屍骸
一隻鳥
譬如那隻犬鷲
在那緩慢的旋廻之中
只有觀察而不作批評
爲什麼那個時候
只作能量之諸形態的觀察
爲什麼那個時候
不作所有色彩與韻律的批評
岩石是屍骸
我喝着牛奶
且像擲彈兵咬食麵包

4

哦哦
那白熱的流動拒絕流動性
以愛與恐怖亦不形象化的
完全冷却的火焰之形象
死滅的那些能量之諸形態

5

鳥之眼睛是邪惡的
它只觀察而不作批評

鳥之舌尖是邪惡的
它只嚥下而不作批評

6

看　那鋒利而裂開的烏鴉之舌
看　那異神之長矛的紅啄木鳥之舌
看　那彫刻的山鷸之舌
看　那柔軟的凶器虎鶇之舌
它只觀察而不作批評
它只嚥下而不作批評

7

我
從冥王星一樣冰冷的道路踱下去
從小屋子十三公里的路程踱下去
沿着熔岩之流域
從死與生殖之道
從未曾看過的落潮之大路
我是擲彈兵
或許
我是失事的水手
或許
我是鳥之眼睛
我是猫頭鷹之舌

8

我以瞎子的白眼觀察
我打開瞎子的眼窩降落
我吐出冗長的舌尖破壞樹皮
我吐出冗長的舌尖不是爲了愛撫愛與正義
我之舌尖所長銛刺不是爲了醫治恐怖與飢餓

9

死與生殖之道
是小動物和昆蟲之道
揚起喊聲而飛散的蜜蜂之群
埋伏的千針　萬針
批評與　反批評
意義的意義與
沒有批評的批評之道
隱喩與象徵與想像力完全無用之道
只有破壞與繁殖
只有再創造與斷片
只有斷片與斷片之中的斷片
只有破片與破片之中的破片
只有巨大的土地模型之中的土地模型
冰冷六月的直喩之道
從朱色的肺臟排出的氣囊
恰如氷囊甚至充滿骨髓之空氣
鳥在飛翔
鳥飛翔在鳥之中

10

鳥之眼睛是邪惡的
鳥之舌尖是邪惡的
它只破壞而不建設
它只再創造而不創造
它是斷片　斷片之中的斷片
它有氣囊而沒有空虛的心
它的眼睛與舌尖是邪惡而它不是邪惡

燃燒　鳥
燃燒　鳥　所有的鳥
燃燒　鳥　小動物　所有的小動物
燃燒　死與生殖
燃燒　死與生殖之道
燃燒

11

像冥王星冰冷的六月
像冥王星冰冷的道路
從死與生殖之道
我作無爲的逃奔
我漂流
我飛騰

我是擲彈兵
而且我是勇敢的敵人
我是失事的水手
然而我是落潮
我是鳥
而且我是瞎了眼睛的獵人
我是獵人
我是敵
我是勇敢的敵人

12

我
可能在日落之前趕到小屋子
那矮瘦的灌木已變成高大的森林
熔岩之流與太陽與落潮
可能會被我小小的夢遮掩
我且乾飲一盃苦澀的水
像喝毒汁靜靜的吞飲
我閉上眼睛再張開眼睛
我將威士忌酒滲進些許的水

13

我已不回去小屋子
將威士忌酒滲水一般
不再將語言滲進意義

鏡子

當你看進
一面鏡子
你所看見的
不是你自己，
而是一種
模仿的錯誤
僞裝成可怖的
對稱的。

John Updike 作
許其正譯

當你看進
一面鏡子
你所看見的
不是你自己，
而是一種
模仿的錯誤
僞裝成可怖的
對稱的。

John Updike 作
許其正譯

（摘自現代詩大系第四卷）

青春詩話

趙天儀

I 詩選

A 童年

黃昭敏

牽牛花下　一連串底夢遺落
幻想白馬王子的
幻想公主和巫婆的
日子被埋葬在古老地記憶裏
陽光以折射炫你
大榕樹下　追逐
遂成爲歷史的遺跡
嗅着泥土
田埂中　你就從泥土裏長大
無星之夜　無光
聆聽搗米很緊的木杵聲　自月宮
聆聽桃核中桃太郎的獻白
放風箏吧　你說
可是，什麼也看不見的無星之夜
無光

——選自中國青年寫作協會臺南市分會民國五十七年五月四日出版的「南青文選」

B 童稚之後

王萬富

懶於夜泊楓林
企候那一點星芒黃昏
騎飛帚的巫婆正逐落日以逝
而點石成金的國王亦化爲灰燼
坐忘一舟盈盈的淫浸
年代已遙　淒迷已潮
古沙漠上
串演一齣觸礁底傳聞
旋落的昨日
曾是一卷奧義
一套瑜珈
把斑駁付予捕蝶的紗網
而蟬聲已溺於黑河

——選自民國五十七年四月份華岡詩社的「通訊」

Ⅱ詩　話

1

如果說，一個人一直只是回憶童年，童年就是美好的，那麼，他很可能永遠不會成熟。可是，一個人如果涉世愈深，而愈失去了童稚的純眞，那麼，對於詩的創造來說，也是一種考驗。

以童年爲寫作的題材，並非不可以，然而，一味地只是故作單純，也非常地可疑。問題便是在詩人有沒有眞實的感受了！剛剛開始寫詩的時候，「童年」啦！「初戀」啦！「鄉愁」啦！很容易就湧上心頭，我們該提高警覺；是否會流於俗套呢？是否會走上陳腔濫調呢？

詩人楊喚寫作童話詩之所以有着相當的可讀性，其意象鮮活，語言靈活，都是因素的所在，而最最重要的，莫過於是詩人童心猶在的緣故吧！

2

A　『童年』是在帶有童話色彩中成長的，也許作者只是着重在童年時光的憶念，而童話的典故不過是一種襯托。例如：

「陽光以抗射炫你
大榕樹下　追逐
遂成爲歷史的遺跡
嗅着泥土
田埂中　你就從泥土裏長大」

這是多麼親切而有味的詩句呀！詩人不但能把他的體驗一語道出，而且還能令人加以回味。作者的可塑性已經顯現，只是由長大而成熟，却也需自我的磨練呢！

B　『童稚之後』一面有童話的烘托，一面有古典的意味；在情調上，他所吸取的童話是西方式的；而在語言上，他所擷取的詩意却是東方式的；也許「童稚之後」，作者就是在東西文化交流的環境中成長的吧！

3

韓國詩人許世旭先生曾經告訴筆者；「青春詩話」中所選的詩，不見得比「笠」所發表的創作差，怎麼可以把它當作初學的習作呢？他說：那是不公平的！誠然，許先生的話很有道理。我有一個想法；在今日大專刊物中的好詩，可以看出我們的新希望！不見得是那些大名鼎鼎而沒有詩的詩人，才算是詩人；因爲那些名詩人，正如沒有拍過電影的名影星一樣啊！

而我所敬愛的，是那些有詩的詩人呀！

吳瀛濤

詩的欣賞兩首

1.詩——樸素的生命

鳥

朴南秀

1

或在籠罩着天空的
風的灘上
或在說了蜜語般微顫的
樹的蔭上，鳥在唱歌
而還不知道叫歌。
兩隻鳥兒，各把銳啄，埋於相互的翅膀
分享着暖和的體溫，
而還不知道叫愛。

2

鳥兒在鳴
而不設意義
也不會故意地用嬌姿
假飾愛情。

3

——獵手徒以一塊鉛
瞄準其純粹
而一道打中的是
未超于一隻沾血的死鳥兒而已。

——許世旭譯「韓國詩選」

鳥在歌唱，但牠們都不知道自己是在歌唱。

鳥在愛撫，但牠們也都不知道自己是在愛撫。鳥們的歌唱和愛撫都是牠們善美的本能，善美的生命的樸素的表現，而詩也正是這種樸素的生命之表現。

時下，嬌揉造作的歌，不是歌。

時下，假飾的愛，當然也並不算是愛。

你看，鳥兒們「不設意義」的鳴聲，和牠們「埋於相互的翅膀」所分享的體溫，是何等的純粹啊。這種純粹也正是詩的純粹，而獵手是無法消滅這純粹的生命的，他們的彈子也不過是祗能打死一隻鳥，鳥雖然被打死了，然而永恒的生命是超乎一切，活在詩裡，活在人們的心中，活在宇宙與大自然中。

2.詩——靜默的時空

投石

申石草

我把石頭投向
無涯的海波上
打算射箭於虛無

石子是暫時
掀起水煙
却帶着金色
而立刻消逝于無痕

啊！海呀！
你把我的箭矢
藏去那兒了！

海上
無涯的波浪
依舊浩淼而已

——許世旭譯「韓國詩選」

詩常射箭於虛無，詩常面對靜默的時空。所投的石子，祇是暫時掀起水煙而已，它立刻消逝于無痕，而這世界依舊浩淼。

人活在此世，何嘗不是投一塊小石子！這是何其平凡的一首詩，但正因其平凡，方能把這平凡的情景活現出來。此詩也是非常樸素的，樸素得幾乎連一般所謂的抒情味都看不出來——其實，詩的抒情味並不就是羅列美麗的詞藻那麼一回事，作者祇以孩子般天眞的童心問海說：「你把我的箭矢，藏去那兒了！」

我也常常這樣自問：「蒼空啊！你把我的思念，藏去那兒了！」

正因爲這首詩，一點也不造做，正因其單純，且單純得臻於天眞的境界，我寧願喜愛這樣的一首，遠比那些讀起來令人頭昏的詩。何況，它又表現出了這永恆靜默的時空。

談楓堤的那把「傘」

吳夏暉

傘

山雨，山雨下在落英的黃昏
任四方的迷濛湧至
瀰漫成一片飄浮的牆

傘是千柱的長廊
惠，偕妳行，山雨在外
遠遠的，在幽邃的靈城之外
迤邐十里
在夢的山緣之外

不知什麼是輕愁
什麼是惆悵
什麼是開始與終場

二月是音樂季
跳躍的水滴，在水的鍵盤起落
奏出一池河聲的交響

有千種柔情，千種沉醉
無言偎我，輕步過樹廊
夢谷中昇起明亮的星光
是妳一雙灼灼的情人的眼

樹廊如一帶星河
聚迷濛，而又化成空茫
任山魈啁啾
任雨下千柱之外
靈城之內，自始一片溫暖

——摘自「南港詩抄」

讀楓堤的這把「傘」我發覺詩人太幸福了，因他擁有那「一片溫暖」，致「不知什麼是輕愁……」。

這把「傘」，有如秋季裡第一朵被染紅的楓葉，由於「傘」，我想起「山雨下在落英的黃昏」，那是一個太迷人的時刻，楓堤以「象徵」的手法使煙雨「瀰漫成一片飄浮的牆」，這座「牆」築起一個世界，一個美好的現實。

「如果」林道或山徑可以說是「千柱的長廊」，當然，我便想附和詩人說那「千柱的長廊」是傘的象徵，這是「傘」詩的第二節起句，是其意象最鮮明的所在。

當詩人「偕妳行」（那個「妳」世上無任何人有資格權代，除了「惠」），那種「山雨在外」不足於撩起煩憂的忘我境界，實在很叫人羨慕（除了筆者，還包括其他許多讀「傘」的人），眞的。

「在夢的山緣之外」那一條十里長程的曲折小路，又似乎是通向「美滿」國度的道，第二節，詩中表現出一種極悠然的心靈感受。

搞文藝（文學和藝術）的，尤其是寫詩的，爲了「追求」或「回憶」，往往會忘記現實生活某一種擾人的東西的存在，其實，詩人該學會健忘，楓堤畢竟是做到了「不知什麼是輕愁」、「什麼是惆悵」，甚至於不知「什麼是開始與終場」（這樣多少有點「存在」荒謬的意味）。

第四節，詩人把二月寫活了，寫成「音樂季」，諦聽一群「跳躍的水滴，奏出一池荷聲的交響」，描寫得太妙了，那「一池荷聲」是何等絕妙好詩？夠叫人「沉醉」。

想一想！無言依偎「輕步過樹廊」，走過那道曲折且漫長的林路，終必望見「一雙灼灼的情人的眼」，在詩人的表現中，與筆者的感受上，斷然有着一種很接近的體念。「人」在愛的世界里所見的一切多半是美好的一面。像夢，誰不想尋好夢？

從「傘」的意象移換到「千柱長廊」的背景，然後聯想及「星河」，遂產生了「迷濛」和「空茫」。不管怪物的狂號，不管雨在「世界之外」（如果「千柱」里是個「世界」）落着，詩人心靈上的感覺「自始一片溫暖」，是以，詩人即擁有自己的世界，擁有人生最高幸福——愛人與被愛。

這把「傘」，是把「完整」的傘，它並沒有缺少什麼，很緊湊，雖然是「平易近人」的詩句，卻表露出一股高雅的素質，所謂「詩素」，濃度很高。它有鮮明的意象，叫人想醉的情調造成極美的意境，筆者忍不住要吐聲：眞是一把「超越」的「傘」。

楓堤的每一首詩，是一朵愛的花瓣，我想，從他十六歲發表詩那時起，他就已經是個「大人」了，「大人」，是一種比較懂得愛且懂得如何去愛和享受愛的「人」，楓堤是，由「傘」可證。

秦風蒹葭篇

古添洪

蒹葭蒼蒼，白露爲霜，所謂伊人，在水一方；
遡洄從之，道阻且長，遡游從之，宛在水中央。
蒹葭淒淒，白露未晞，所謂伊人，在水之湄；
遡洄從之，道阻且躋，遡游從之，宛在水中坻。
蒹葭采采，白露未已，所謂伊人，在水之涘；
遡洄從之，道阻且右，遡游從之，宛在水中沚。

此詩分爲三章，每章的心象都相同，但是，用有字上却優劣之別，玆作分析。

(1)蒼蒼，萋萋，采采。

毛傳：蒼蒼，盛也。萋萋，猶蒼蒼也。采采，猶萋萋也。按：三詞意義相同，而且都是叠字，所以，在藝術上的效果是等量的。

(2)爲霜，未晞，未已。

毛傳：晞，乾也。未已，未止也。按：未晞，是露水尚未爲太陽所晒乾之意。同此，未晞是比未止具體而鮮明。爲霜則是指氣候寒冷，露水已結爲霜之意。但「白露未晞」在「白露爲霜」之後，合起來的眞義是露結爲霜未爲太陽所晒乾之意。

(3)一方，之湄，之涘。

湄與涘都是水邊之意，因此，其藝術價值是等量的。面都有一處所制限詞前「之」字，給人一種比較固定的感覺。「一方」則比較不固定，而有流動不定的感覺，與下面的順流逆流上下水索的情調是相同的，因此「一方」最好。

(4)且長，且躋，且右。

毛傳：躋，升也。箋云：升者，言其難至如升阪。毛傳：右，出其右也。箋云：右者，言其迂迴也。按：用「長」字最直，用「躋」字則有譬喻的效果，用「右」字最好，有迂迴不過的效果，與全詩情調相同。

(5)中央，中坻，中沚。

爾雅釋水：小洲曰渚，小渚曰沚，水沚曰坻。因此，坻、沚都是水中的小洲而已，沒有太大分別，與「中央」比較，較有實在感，筆者的感受上，還是以爲中央較有泛指的泛動感，較可取。

各章用字的優劣討論過後，以後是用最佳的來作爲此詩的心象。現在繼續解釋幾個共用的辭彙。

蒹葭——蒹，荻；葭，葦。郝懿行義疏「荻蒿葉白似艾而多歧，莖尤高大，可丈餘。」

遡洄——毛傳：逆流而上曰遡洄。

遡游——順流而涉曰遡游。

所謂伊人——伊，說文段注：釋詁毛傳皆曰，伊，維也，爲發語詞。就是：所說的人兒。但鄭箋却說：「伊，當作繄，繄猶是也。」則解得似乎太死了一點。

這些訓詁的事情尋好以後，現在從欣賞的態度，領略此詩的心象。

白濛濛的蒹葭，點綴着露水，並且已經結爲霜。蒹葭是白濛濛，露與霜也是白濛濛，因此，在視界裏只是一片渺茫的白濛濛並且有一點清寒之意；此刻，太陽還不大，甚至還沒有出來，霜還沒有蒸發溶解，這境界是何其的恬淡與微寒。在靜態中，動態升起來了，但這個動態，不只是物象，而是情感的漣漪：所說的人兒啊！就在水的一方。於是，在露結爲霜的清秋裏的綠水，便浮現出來，從一片白濛濛中浮現出來。但是，伊人在那一方呢？逆着流水遡洄地去找，只是迂迴路左，不能遇到；順着流水去找，啊！就好像宛然的在水的中央，在水的小洲上。但是，眞的在水的小洲上嗎？並不，只是好像而已。然而，這往復找尋，突然隱約可見的片刻，心弦的驚喜又是多麼微妙啊！

這個心象的佳妙處，是撲朔迷離，往復流動的美。「所謂伊人」，點化了撲朔迷離的情調，「遡洄從之，路阻且右，遡游從之，宛在水中央」，寫盡了流動的美。

藝術的心象是如上述，但是，「所謂伊人」，究竟是誰呢？這就接觸到詩旨的問題。

毛傳：蒹葭，刺襄公也，未能用周禮，將無以固其國焉。箋云：「伊，當作緊，緊猶是也，所謂是知周禮之賢人，乃在大小之一邊，假喩以言遠。」這種說法是很難使人心服的，因爲他既拿不出史證，而且也與詩的心象不合，這個心象只是描繪追求一樣微妙的東西，順逆尋求，若遠若近的心境，一點沒有「刺」的味道。還是朱熹講得好：「言秋水方盛，所謂彼人者乃在小之一方，上下求之而皆不可得，然不知其何所指也」事實上，「所謂伊人」所表現的，究竟是什麼呢？很難了解，我們可以說是一種理，也可以說是一個隱逸之士，但總得避免把它固定，在人類的心靈中，不是常有追求一種自己也不知道的東西的心境嗎？這個心象就是這時的心象了。

欣賞完後，現在就結出幾點。

一、本文第一部分所顯示的，全詩三章中用詞彙有優劣，這是什麼原因呢？這可以用「一字說」來解釋，因爲只有一個辭彙最適當。但它用了三章來寫同一的心象，而且要遷就押，當然是很難避免這種文字上的缺憾了。

二、標有梅的重調，在效果上是三個心象的遞進；蒹葭的重調，只是重履同一的心象，但由於這詩的心象佳處是撲朔迷離往復流動，因此，重覆起來，更能產生這種效果。因此，在形式上音樂上，兩首詩都是重調，但在心象的立場來看，則有上述的相異。

三、由於詩序的原故，談詩的多講「美」「刺」，這一首刺襄公，是「刺」詩。但這種分法，只是詩序作者的分法，並不合理，朱東潤在其所著中國文學批評史大綱就反對這一點，據他的統計，風詩百六十篇中，美詩僅十六篇，刺詩七十六篇。現在從前面心象的分析中，已經證明這首詩沒有「刺」的味道，可見這種美刺的分法是不可靠的。

四、從上述心象的欣賞，可見心象並不是一張圖畫，而是動態的，是整個詩心（心靈）的活動，關於這一點，以後有機會再詳細討論。

五、心象與表現（詩旨）的關係，是一個相當困難的問題，很難達到完全的貼切。大概有下列幾種情形。一、表現不符心象，這可以說是作者的無能，驅使不了心象。二、很難用固定的現成詞彙來立詩旨，因爲心象是隱微的，往往很難找到一個相當的題目（詩旨），這是一種自然的事，只能說是現有詞彙的缺憾，無可厚非（如此詩）。三、後人的借題發揮，這一方面可說是一種誤解，也一方面是發揮了心象的多面性。如王國維人間詞話以詞境來借題道出古付成大事業的三種境界。

日本詩展望（續篇）

吳瀛濤

㈡

A

戰後的詩也已有二十多年的歷史。二十多年的歷史，雖然不能算長，但在這不短不長的期間，已有各種各樣的詩人出現，而戰後初期出現的詩人，到現在也已成爲中堅的存在。以下將沿着今日日本戰後詩所走過來的幾經曲折的路，把其間的詩現象或者詩動向推移的概略作一番說明。

一九四五年（昭和二十一年）八月終戰同時，從廢墟與焦土之中，各種傾向、各種流派的詩人都抱着光明的期待，在各地重新開始他們的工作。此年十月，在九州詩誌「FOU」創刊爲始，一九四六年有「近代詩苑」「詩風土」「現代詩」「純粹詩」「Cosmos（宇宙）」「Renaissance（文藝復興）」「VOU」，一九四七年有「詩人」「母音」「日本未來派」「地球」「歷程」等詩誌先後創刊或復刊，其中的幾代延續至現在形成着詩壇的有力集團。詩集方向的出版，一九四六年有，三好達治「故鄉的花」、丸山薰「兆國」、壹井繁治「果實」、秋道空「近代悲傷集」、河上肇「族人」，一九四七年有，岡本潤「艦樓的旗」、堀口大學「人間之歌」、小熊秀雄「流民詩集」、立原道造「優柔的歌」、田中冬二「春愁」、西脇順三郎「族人不歸」、伊東靜雄「反響」、植村諦「於愛與憎之中」等相繼而出。

不過，這些詩誌的中心，不論是藝術傾向的或者是社會傾向的，都是戰前已寫了作品且已確立了自己的詩世界的詩人們，又相繼而出的詩集也大部份是那些戰前派的詩人從戰前到戰時中所寫的作品的集錄，雖然可以說是戰前派詩人的復活，其實，戰後的詩的新世代尚未出現。

當然，在上舉的詩誌，有了很多下一代的具有才能的詩人參加，各自在摸索着自己要走的路。因而自一九四五起至一九五〇年（此年，韓國戰爭開始）的這一段可稱爲戰後詩史的第一期的這一時期，可以當做在全般地混亂錯綜的動搖之中，正在準備將來的開花的戰後詩的胎動期。

不過當然在這時期，也有了幾個顯著的詩運動。其一爲民主主義詩運動的展開。

民主主義詩運動是戰後，由舊普羅文學系的作家爲主軸而出發的民主的、進步的文學團體「新日本文學會（一九四五年十二月創立）」所推動的民主主義文學運動的一環，而自一九四七年前後，以工作單位的文學集會（Circle）的寫作者爲中心而發展成爲「勤勞詩」的運動。這種勞動者，農民的詩雖在戰前的普羅詩運動中也可以看到，但是那些都不出於政治性的、階級性的、赤裸的表露，比較起來，勤勞詩即是更具生活性的，都是勞働者，農民站在自己的生活基盤唱出來的自己的生活感情。

在這時期，日本共產黨在社會上的活動相當活潑，相對地左翼詩趨向隆盛，乃於一九四八年在大阪有詩誌「山河」，一九四九年在東京有「藝術前衛」創刊，同年並有一段時期曾休刊的「Cosmos」的復刊，而從這些左翼的詩誌，漸出現了長谷川龜生、濱田知章、井上俊夫、關根弘、安東次男、管原克己等人。

此外，一九四八，中村眞一郎、福永武彥、加藤周一、白井健三郎等，曾將他們嘗試的定型押韻詩選出一本詩集，給了詩壇相當大的議論。他們在該詩選集的序文中，如此主張：「爲要矯正現代陷於絕望的安易的日本語無政府狀態，而使成爲新詩人的宇宙的表現手段」纔「志向」「嚴密的定型詩的確立」。惟因他們的這種嘗試過於顧慮形式，而內容的現實性稀薄，而且其音樂主義的傾向對於當時相信意象價值的一般詩觀不稱合，標榜了詩革命的這一個主張，終於不能更進一層的發展。

B

到了韓國戰爭爆發了的一九五〇年前後，可以稱純粹地戰後的獨特的詩的傾向才漸以具體的形狀出現。從這前後到一九五四、五五年成爲了戰後詩的主流的「荒地」集團最能代表它。

以鮎川信夫、中桐雅夫、田村隆一、北村太郎、三好豐一郎、黑田三郎、木原孝一爲構成份子的「荒地」集團的成立始自一九四七年雜誌「荒地」的創刊。他們至次年夏天出六本雜誌以後停止其以雜誌的活動形式，於三年後的一九五一年七月出版了詩選集「荒地詩集」的第一集，而將過去的成果輯錄問世。其間他們都以個人的資格參加或投稿於「純粹詩」「近代詩苑」「Cendre」等雜誌、於詩、詩論兩面繼續其活潑的活動，而「荒地詩集」第一集的發行明確地顯示了戰後新人的登場，同時在於繼續戰前主知主義潮流的詩人與其對極立場的左翼詩人們之間備受批判，逐漸擴展了一般共感。

那麽這「荒地」指向的到底是什麽呢。在「荒地詩集」的前言「給×的獻辭」即爲這集團的宣言，也把共通於他們各個不同的個性之基點（Stand Point）明確地說明。他們指出「現代是荒地」，而這樣說：

「在人隸屬於機器、個人被集團抹消下去的時代——而且也把人類陷落於戰爭恐怖的時代，在這樣的時代仰望天空的人，一定會感到對於人類的變化，自己承繼着了某種精神不安的血」。

「從破滅的脫出，向滅亡的抗議，以我們來說，是對自己命運的反逆的意志及生存證明。假如我們或你如果有未來，那是由於尙未絕望於現在的生而致）。

「不知平安，發出疑問，要把注意力的器官之耳朵敏銳地使用，又爲加深自己的生的認識，與忍耐去繼續知的探求——我們要以這些切實的精神努力去對峙現代的荒地」。

「親愛的×……。關於詩的思考，即爲繫結我們的精神與你的精神的架橋工作。倘如你能理解我們合力形成『荒地』的意義，則雖然我們各人如何地分裂或摸索的方向不同而尙在混亂的內亂狀態也好，將會更深理解着我們尙在一個無名而共同的社會這種緊密的結合吧。……詩吸收我們的全存在。我們固定於一個言語的假幻的投影，將會漸漸把經驗重疊，而作用於一個中心。我們稱此作用爲詩作過程。現代的荒地從我們的背後，向言語的前面投其濃影，像是嘲笑我們對語言的信賴與愛那樣地挑逗起來。要視我們具有彈性的精神能否忍耐現代的荒地此一唯一的素材，我們的詩的存續乃或畢竟要退却於對生的感情的敗北的後方，會被判定。敗北是屈辱，是遁走，也是絕望與死的終焉。」

從此悲壯而激情的論調，能够窺見他們對時代不安的意識及抵抗它的高度緊張的精神。他們把詩當做抵抗破壞的精神的存在證明，而相信出於詩的人間相互的連帶也即精神的架橋工作，也可以說要以形而上的（Metaphysic）姿態對於時代的悲慘。而由於這種基本的姿態，他們的詩與詩論終於帶了文明批評的機能，但這種在其根底上帶有嚴厲的倫理態度的文明批評的性格，在戰前的詩里是找不到的。換句話說，在戰前的詩是根本缺乏了這種文明批判的性格。「荒地」的詩以其戰後詩的特徵之一，當在於此點。

至於他們以爲「現代是荒地」的認識，是起自共通於他們每個人的戰爭體驗。他們都是被召到海外，敗戰後才歸還的一班人，也是名符其實的戰中派。其中的鮎川信夫曾這樣寫：「對於我們，唯一共通的主題是現代的荒地。生存於被挾於戰爭與戰爭的時代，而且一度曾在戰場賭生死的我們，到現在都還不能從暗淡的現實與被分裂的意識脫出，而在凝視着冷酷的戰爭的經過。……經由戰爭的共同體驗，生殘於戰後的荒地的我們，隨着我們自己的生活，同時也面對新時代的課題。自從第一次大戰後的荒廢與虛無中，艾略特的「荒地」於一九二三年出來，到現在雖然已經過了四分之一世紀，然而在現代的荒地的不安的意識仍然尙未消滅。……『浸潤於破壞的要素吧，那才是唯一的路』：史蒂芬、史辦達曾這樣說過，我們要在荒地之中，在文明的幻影之中，去求救我們的東西」。

他們的這種詩的態度，都對於漸從敗戰後的一時性的似如幻影的解放感醒覺，而開始自覺自己所處的狀況，也感覺着將會發生的戰爭危機那些人們，給以強烈的共感。而在那一九五〇年前後日本的社會時代背景也甚充滿不安，「荒地」因此備受接納。

「荒地」集團的功績，如上述在於其主題高度的知性與精神性之外，更成功於使具着觀念的重量之抽象的言語揚高於富有密度的詩語，並使之能定着於一定的詩的文脈之中。這一點也正是，戰後詩在表現方面具了一新的性格之重要佐證。

C

在日本戰後的詩史上，與「荒地」同時期，另有一個從左翼詩的潮流出來的「列島」集團，也給予重要的影響。

此集團的成立是遲於「荒地詩集第一集」出版後一年的一九五二年，當年三月，關根弘、福田律郎、井手前雄、木島始、出海溪也、長谷川龍生、濱田知章、管原知己，野間宏等創刊了雜誌「列島」。他們已自三、四年前各在「山河」「造型文學」「藝術前衛」「Cosmos」等左翼系的詩誌展開活潑的詩活動，因此，「列島」的出發乃爲其大團結。

時代正處於韓國戰爭的危機。這一時期，阿拉貢・亞爾的抵抗詩及世界各國的抵抗詩都被介紹，在日本詩壇也有這一類的詩出現。在這種時代背景，「列島」的出發有了多種課題，其創刊號編後記有下面的文章：

「我們所走的路——從超現實主義回歸現實，此路是不是迂迴，暫置不論，現在此刻，這一個列島正被內外的帝國主義者蝕浸。現實以其壓力摧殘人們。「列島」是與這些從現實中爲民族的獨立堅強地站起來的多數人同在一起。我們在多次集會上已檢討了我們所面對的諸多問題，如關於詩運動 **Modernism** 的克服、象徵手法的克服、或關於民族傳統的繼承，民族抒情的育成、敘事詩的展開、內部與外部的問題等等。尤其是對於「列島」的方向，也即前衛詩的方向，到底是不是應與已有的超現實主義一類的前衛運動斷絕乃或其發展，這一問題議論過。這對於我們的文學、日本的文學是一件重要的事。「列島」將會對這些問題言明其應走的方向吧」。

「列島」集團所指向的，不僅是藝術上的前衛，同時也要是政治上的前衛。但是這樣的課題是言之容易而行之困難的；因爲它容易傾向爲革命口號的羅列而已，難有詩的成就，而當時一般的狀況也不過是那樣。當然對於僅喊口號的公式主義的政治詩，曾在列島同人間引起了一段爭論，自此政治詩至少在現代詩的世界已被否認，不過「列島」自從引起了這種爭論以後，已漸趨走下坡，終於以一九五五年十一月刊行的「列島詩集」（也是三年間的運動的總決算報告）告了終焉。這和前述的「荒地」集團失去其爲運動體的力量，同爲是五五年代；在這年代已有一些本人未曾經驗過戰爭，而在戰後過着青春的下一代開始出現於詩壇。「荒地」與「列島」如果稱爲第一次戰後派，將起的下一代當可稱之爲第二次戰後派。

D

第二次戰後派的登場，遡自一九五三年（韓國戰爭休戰協定成立）。那一年「櫂」（擁有、谷川俊太郎・川崎詳・大岡信・茨木則子、吉野弘、水尾比呂志等）、「氾」（擁有，鮎川正美、山田正弘、江森國支、山口洋子等）、「貘」（擁有、嶋岡晨、片岡文雄、大野純、笹原與・阿訂弘一等）等充滿活氣的年青集團相繼誕生，一邊雖保持其對社會的關心，另一邊信賴於自己的詩的感受性，向着世界予以明朗的歌聲。他們除了少數例外，因爲大部份是屬於純粹的戰後的一代，新寫的詩也就沒有了「荒地」的詩人們那種絕望的意識。他們的詩的特徵是新鮮的感覺，是抒情的；不過也並非全對社會現實的對應關係，其中也有於抒情中附與社會機能而成功的作品。

次年的一九五四年另有「今日」的創刊，所屬詩人有，平林敏彥、中島可一郎、飯島耕一、清岡卓行等與「荒地」「列島」略同年代的詩人，惟到後來，大岡信、岩田宏、入澤康夫等年青的一代都參加，形成了戰後派的層次。而此派概觀地說，不像前輩「櫂」那樣富於明朗的抒情色彩，是把戰後的時代課題濃厚地投影於其詩中。

再說，從韓國戰爭休戰協定成立的一九五五年到一九六〇年日本的所謂「安保鬪爭」（此係稱對日米安全保障條約的鬪爭）的五年間，日本正由於社會的安定，經濟的成長率升高，由此也釀出了所謂「大衆社會狀況」（Mass Comminucation）的時代，隨此社會趨勢，民主勢力衰退，保守陳舊漸強化。而在此時代狀況之下，詩人們也不像第一次戰後派的詩人有共同的方向，相反地都是各人自由地走向各自各樣的途徑。

例如說，谷川俊太郎曾在詩劇、廣播劇、商業歌等各分野發揮了天彩的才能，開拓其獨特的路；他這樣說：

「我們應當努力把詩賣出去。因爲如果詩能賣出去，人家才能享受詩，同時也才是我們能成爲詩人的唯一的途徑。我這裡所說的享受，並不限定於詩要被誦讀。不論在歌唱，或在恐怖片甚至乃或至脫衣舞中，詩都可以給滲入。我們並沒有理由去固執於十四行詩或散文詩，乃或同人雜誌、印刷鉛字等等。在今日，一個月僅寫一百篇、二十行左右的詩的詩人，不算他寫了怎樣的所謂社會詩，也難免被稱從社會逃避。詩人們在於罵人通俗以前，爲何不去寫新的歌呢。對於無關重要的電台的大衆娛樂節目（Golden Hour）玩弄一些憂國的台辭以前，爲何不去試作一齣像樣的音樂劇（Musical Show）呢。詩人的社會性並不僅限於追究戰爭責任的如何。人們旣活在日日時時刻刻的生活，那麽詩人應在這時候把新的社會性用實際的作品去發現。——我並非對詩人慫慂其呈媚於人們。正其相反地，在現代，詩人才是最需要的。我們決不能擯棄了以爲是詩人的誇耀。正因如此，我才主張我們無論怎樣要以詩人的立場去對人們。詩人對人們應供給的是感動。那不但未必需要深奧的思想或明確的世界觀，銳利的社會分析，反而這些往往會使詩人不必要趨於鈍呆而失去了詩的感動。詩人是出感動產生詩，且由感動與一般人們繫結而才成其爲詩人」。

這裡他所說的，無外乎說明了帶給人感動的詩作方法，由於其感動的質素或內容，都可以完全歸於個人各自的自由這一點。經過戰後十年的時代狀況，在期待看「才能」的出現。而隨着商業性新聞主義（Journarism）的活潑化，詩壇也有影響，除了早就成爲詩壇中唯一具有中央詩的性格的「詩學」之外，一九五六年有「Urica」「季節」二誌的創刊。其中「Urica」直到一九六一年的五年間輩出新銳詩人。這時期，他方面由於經濟的好轉，個人詩集的商業出版、自費出版也比以前容易得多。這些都是推進具有個性的才能出現的最好環境。

在這時期即自一九五五年到六〇年間佔據戰後詩壇的位置的詩人，爲數甚多。他們都以自己的獨自性（Originality）露顯的，雖然他們也屬於某個集團或同人詩誌，不過並非以其所屬單位的名，却是由自己獨自的詩世界被認識的，這也正是這一時期的詩人群的傾向。這一班人有：山本太郎、谷川雁、吉本隆明、安西均、金井直、岩田宏、安永稔和、粒來哲藏、鎌田喜八、會田綱堆、高野喜久雄、富岡多惠子、城侑、串江俊夫、吉岡實、入澤康夫、藤富保男、澤村光博、識口雅子、石川逢子等人，都是在今日詩壇佔着中堅位置的具有實力的詩人。以年齡來說，他們從大正三年至昭和十年包含四十年代到二十年代的廣汎的歲層，各人建立其個有的詩世界。祇是，他們雖然都是很有個性的，但時間一久，難免漸呈其發想的固定化的現像，這才使詩壇逐漸停滯起來。在這時候！「季節」廢刊後。另有「現代詩」（一九五八年）、「無限」（季刊・一九五九年）、「現代詩手帖」（一九五九年）等半商業性的中央詩誌創刊，詩壇却相當盛況，惟在此繁榮中似乎有一脈窮乏，像在期待着新力軍的出現，這一點也是不可否認的。

繼後是一九六〇年的日米安全保障條約設定爲社會狀況的轉變，這使一部份詩人寫了所謂「安保鬪爭」的詩，如吉本隆明的長詩「時間之中的死」爲其代表傑作。

在此時期，昭和十年代（一九三五年代）生的新世代的詩人陸續出現，他們才眞正完全與戰爭切離的二代。「三田詩人」的岡田隆彥、吉增剛造、井上輝夫「×」「暴走」「凶區」的天澤退二郎、渡邊武信、管谷規矩派，「詩人派」的宮川明子、西尾和子等，他們雖有個人詩質的差異，不過在他們詩裡所表現的無疑是新時代的聲音。他們的工作是剛開始了不久的，因而尙未到評價的階段，祇是槪略地說，他們的詩是在時代中求各自生存意義的主體力量上成立的。他們的詩，時面向解體的方向，時而向收斂於向其自我的動力（Dynamic）運動，在充滿着多彩而豐富的現代意象的詩句中展開。

及至現在，上述戰後詩的領域已更被拓展而成爲更廣汎的世界；而在這日本今日現代詩世界，他們的詩壇且更在期望着新人的出現。

詩壇散步

柳文哲

詩集點滴

二十四曲橋　**楊拯華著**　立志出版社　五十六年十月出版

作者認為『新詩不妨試試「唯美」和「純文學」的途徑』（註1）。因此，他除了表現一些懷古的幽情以外，他的理想是騰空的，看不到現實的地面，所以，他的愛情似乎也是很玄的，不容易讓我們感知他的存在。他有騎士的浪漫，如「騎士之歌的變奏」；他也有宮殿的嚮往，如「清晨有霧，妳在情話中」。但這些畢竟都是跟我們現代人的生活有着相當的距離，作者是否有很深的古典意念以及古代生活的體驗呢？作者是否需來一次掙脫美文的枷鎖，而作現實的回歸呢？

（註1）見作者的「序」

七面鳥　**藍　影著**　五十六年三月出版

即將畢業於師大藝術系以前，留下一本紀念性的詩集，告別大學時代生活的圈子，這是作者一個新旅程的開始。「七面鳥」共分「凝夢的日子」、「驛站」及「走子夜絃之上」三輯。他說：「詩的眞實面貌，是來自詩人在人生中所曾接受過的經驗，情感的昇華後，經過再三思想的凝結晶；詩是一顆水晶球，並不是瞥目了然的玻璃珠」。（註1）他這一番話，對詩的比喩，深刻有味。也許是作者在戰火中成長，在流浪中掙扎，使它領悟了「只有親身經歷苦難的人，才能領悟離亂的悲痛」。（註2）這一首扣響「一線長弦」底「故事中有淚光的星眸」；如「紅河的悲劇」底「落難的人重提行裝踏上刼後的第一程歸途」。作者是越南僑生，時代的悲劇使他過早地餐嚐了人世的滄桑，當然，我們在作者不太圓熟的辭藻上，還可聞到他欲語還休的所在。

（註1）參閱作者「寫於集前」一文。

（註2）見「紅河的悲劇」一詩的「後記」。

詩集漣漪

多角城　**陳慧樺著**　星座詩社　**五七年詩人節出版**

在今年詩人節得獎的優秀青年詩人，有林錫嘉、李弦、林鋒雄與陳慧樺四位。其中，陳慧樺在詩人節同時亦出版了他個人的第一詩集「多角城」。陳慧樺是馬來西亞回國深造的僑生，刻正畢業於師大英語系。他是星座詩社的一員，同時也跟秦嶽、李弦等活躍於師大的噴泉詩社。依他的自白，他似乎頗受詩人余光中、羅門、蓉子、以及洛夫的影響。

「多角城」共包括六輯：即「城的意象」、「從三度空間外走來的」、「大自然的音符」、「迴響」、「V形的海灣」以及「英詩及英譯」。我想；「海倫」已成了星座的註冊商標，「英詩」的附頁也已成了他們的特色。由於星座的詩人群，在風格上，多少有些親近的地方，叢書樣式又頗相彷彿；雖然，陳慧樺追求着：「為了達到藝術上的效果，在技巧上我是一個變形蟲。」但是，就他的詩看來，萬變不離其宗，陳慧樺還是陳慧樺，他的表現，風格是一貫的。

我覺得陳慧樺該注意三點：

一、書本上的知識需要吸收，但也需要擺脫；一邊追求異國的浪漫情調，一邊擷取中國的古典風味；但不要沾戀典故的模仿與裝飾，以致於失去了詩的眞摯。

二、生活上的投影需要準確，但也需要超脫；由於他的書卷氣味，使他的衝勁顯得文弱了些。我覺得作者的表現，如果能够擺脫一些唯美的傾向，注射一些現實的血液，而且晒晒健康的陽光，也許就會豐滿而紅潤起來呢！

三、表現上的意象需要豐富，但也需要透明；他的意象似乎不够凝聚於一個焦點，因此雖然是完整的，意境却是鬆懈的。

整個集子一路讀來，實在不易找出那一首是我較爲喜歡的？可是，如果說，沒有一首較爲突出的，却也不盡然。然而，我還是點不出適當的例子來，只好作罷！

詩壇漣漪(二)——詩人動態

※詩人洛夫近曾邀請詩友與臺大哲學系客座教授成中英先生於作家咖啡屋擧行詩的座談會，由於成中英先生所談頗爲中肯，詩人大荒懷疑成先生也寫過詩。成先生早年畢業於臺大外文系，後赴美深造，於哈佛大學得博士學位，今二度返國任教。

※詩人潛石(鄭恆雄)，已自夏威夷大學返國，刻正跟詩人林耀福繼已故蘇維態教授分別於臺大外文系開授「英詩選讀」一課。

※留日詩人杜國清，已轉入日本關西學院的大學院專攻英美現代詩。

※詩人白萩前幾年，曾落魄江湖，今已東山再起，在臺南市開設美術設計中心，且常應南部大專院校的邀請，前往演講現代詩的創作問題。

※詩人瘂弦前年赴美深造，在愛奧華大學作家工作室中專攻英美詩與翻譯，已於今夏返國。

※詩人紀弦於作家咖啡屋從樓上摔下，已於徐外科急救，且完全康復。

※美國華盛頓大學教授施友忠先生，於今夏返國一行，曾跟中國新詩學會諸常務理事相聚，由詩人鍾鼎文於自宅宴會，聞即將着手翻譯中國現代詩。施友忠教授旅美已二十餘載，十年前曾返國在臺大中文系開「文學批評」一課；施教授早歲專攻哲學，後轉文學批評，曾譯「文心雕龍」爲英文，在美國出版。

編輯室報告

一個詩壇的建設，不是少數人所專有的；同理，一個詩刊的創辦也不是少數人所專利的。一個刊物，即然是要公諸於社會，便是屬於大家的。當然，在一個帶有同人性的雜誌上，對於同人是有鼓勵作用的。本誌自創刊以來，努力耕耘，脚踏實地；一面力求打破詩壇的門戶之見，另一面追求誠摯的態度，鼓舞新銳詩人的抬頭。

目前詩壇又面臨一個新的契機，且有山雨欲來風滿樓之勢。本刊一向以詩爲重，且以中國現代詩的展望爲鵠的。因此，我們希望有一個開明而誠摯的詩壇，不虛僞，不浮詩，不鄉愿，我們才可能殺出一條血路。

本期來稿頗擁擠，惜因編幅有限，有的擬延至下一期採用，有的只好割愛，事非得已，懇請作、讀者見諒，並盼繼續踴躍賜稿爲禱。又下一期，本刊開闢「詩列車」一欄；用筆談的方式，像萍水相逢於列車上，漫談詩話，然後，各奔前程。歡迎大家惠稿，以短小精悍，輕鬆幽默，意味雋永爲宜。

本刊的計劃編輯，是希望能朝向一個新的里程。我們不做先知式的預言，也不做浪子式的虛語。正如詩人白萩所說：「一提起詩，我是一點兒不馬虎的……」這種認眞的精神，該是我們應有的態度。我們希望多流些汗，少說廢話，也許我們的詩壇將更有所作爲。

笠双月詩刊 第二十六期

民國五十三年六月十五日創刊

民國五十七年八月十五日出版

出版社：笠詩刊社

發行人：黃騰輝

社址：臺北市忠孝路二段二五一巷十弄九號

資料室：彰化市華陽里南郭路一巷十號

編輯部：臺北市林森北路85巷19號四樓

經理部：臺北縣南港鎮南港路一段三十巷廿六號

定價：每冊新臺幣六元　日幣六十元　港幣一元　非幣一元　美金二角

訂閱全年六期新臺幣三十元・半年新臺幣十五元

●郵政劃撥第五五七四號林煥彰帳戶及中字第二一九七六號陳武雄帳戶

中華民國內政部登記內版臺誌字第二〇九〇號

中華郵政臺字第二〇〇七號執照登記爲第一類新聞紙

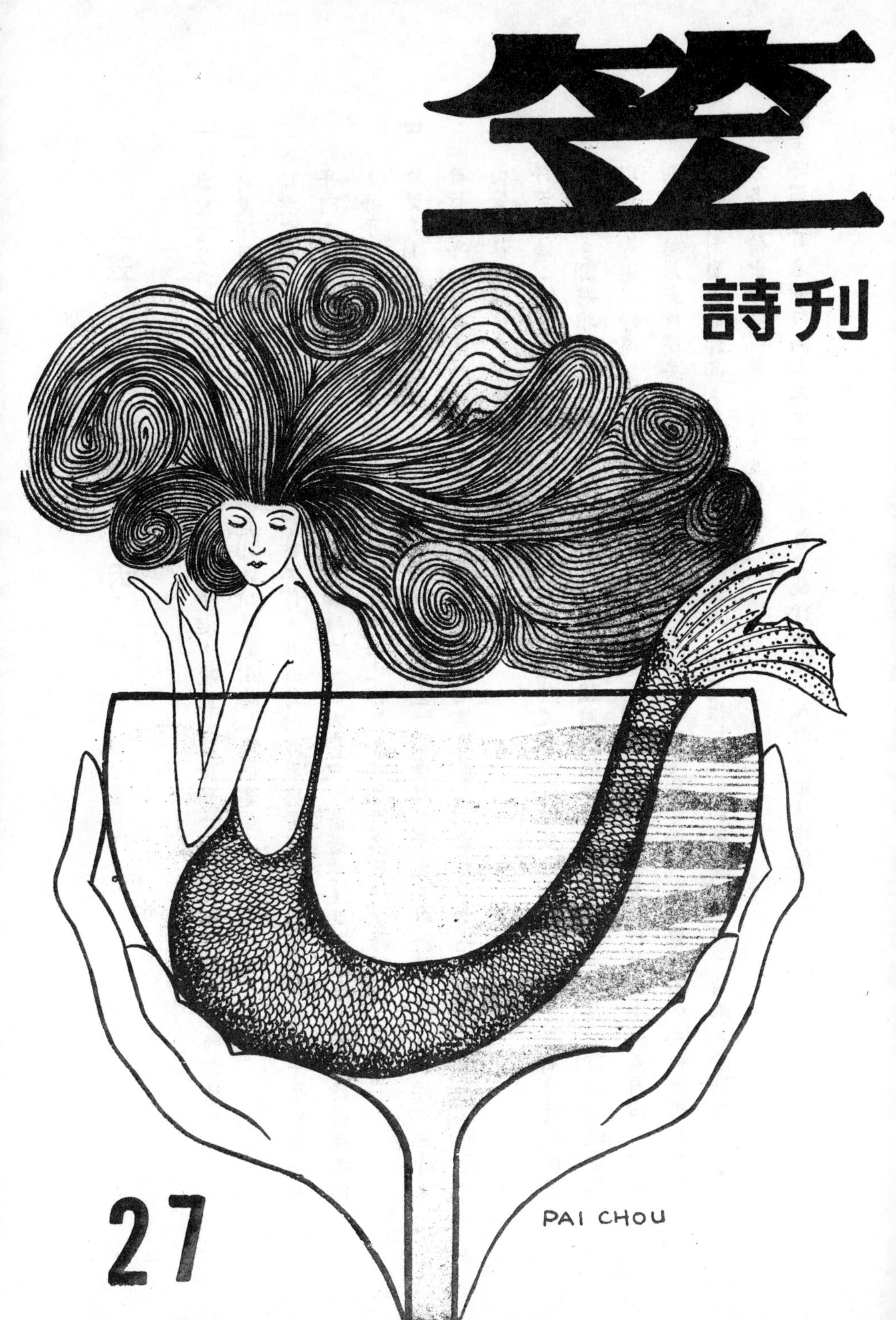
笠
詩刊
27
PAI CHOU

「笠詩奬」設置辦法

一、為紀念笠詩誌發行滿五週年，特自第五年起，設置「笠詩奬」以示表彰詩工作者的業績。

二、詩奬項目：⑴詩創作奬⑵詩評論奬⑶詩翻譯奬⑷詩人傳記奬。

三、給奬之對象及名額：凡在國內從事詩工作，且有詩的經歷與實績者，於給奬之前一年年底為止五年內，出版「詩創作」「詩評論」「詩翻譯」「詩人傳記」等著作，足以影響本國新詩發展之作，每年遴選各項目一名為原則。但如無被承認之作品，該年度名額卽予保留。

四、給奬：⑴每項詩奬均給「笠塑像奬」一尊及「奬金」新臺幣若干元。訂於每年六月舉行之笠詩誌發行週年紀念會同時頒奬。⑵「笠塑像奬」由本省畫家兼彫刻家曾維智先生親自彫塑。「奬金」由笠詩社顧問R先生贊助酌贈。

五、評選方法：⑴每給奬年度之元月底以前接受一般詩友推薦及「笠」全體同人負責推薦詩奬「候選作品」。⑵將推薦之「候選作品」送由「笠」全體同人執行初選，於三月十五日以前將初選意見以書面寄送「評選委員會執行秘書」彙辦。⑶初選結果送由評選委員執行複選，於五月四日以前將複選結果交評選委員會執行秘書由執行秘書籌開評選委員會議決定受奬作品。⑷初選同人，複選委員對自己的作品，應予迴避，不評。⑸「候選作品」「初選」「複選」結果，分別二、四、六各月份出版之「笠」詩誌上發表。

六、評選委員名額訂為七至十一人及委員會執行秘書一人由笠詩社聘請。

笠 27期 目錄

許素汀的詩

黃昏吟

每逢黃昏，使我口渴渴，
每見藍空，使我眼濕濕。

一個拉車的小汽球販子，
滿載着秋天，越路過去了
涼涼的，飄飄的，……。

幾塊舊報，跟着販子滾，
炊煙灰浪，偎倚着屋頂，
瑟瑟地，裊裊地，……。

巷子一靜，便是迂迴長廊，
不知哪一家，電鈴在凄凄地長鳴。

胸岸邊陲，新闢了小碼頭，
正有出航的船笛，嗡嗡地低吟着。

白鴿一隻一隻，穿飛雲霞返衆，
棚柵裡的翅膀，卜通通地拍撲。

黃昏是口渴的時節。

郵差

秋日秋夕的野渡口，楊柳青青的烟霧邊，
一個穿綠衣的，等着渡船坐。

揹了笨重的大包，走盡山水重重的路，
他背包上的汗味，是深濃的、古老的，

渡口的歲月、渡船的班次，還沒有認清，
裝滿了的背包裡，發黃的信件信件……

有的亂抹以畫的，有的咯血以劃的，
每個空欄，是說不盡的、畫不完的，

吹着口哨，烏溜溜的瞳孔，累得轉不動，
壓着聲音，私語說「又早來的秋天！」

每一個爺爺，曾囑付郵差，
請把他的遺信，投給他的孫兒。

正把裝滿了的那批信搬運的路上，
揷在一個祖父和一個孫兒之間的郵差啊

他的孫兒，住在這條洶湧河流的對岸，
那邊有小狗迎人，小鷄報時……

怕渡船如果不來，渡口如果淹沒，
霎然暮雨，濛濛而下的渡口上。

一幅靜物

趙天儀

色盲的透視
一幅靜物
綠色的是花盆
茶褐色的是傘狀的葉
從異國歸來
拿博士回來
依然 是色盲的透視
而他 穿着茶褐色的西裝
立在秋日的陽光下
我的透視
依然 是一幅靜物

月光光

林煥彰

說怎麼，中秋的月兒也總是那樣圓着，且洗了又洗，洗了又洗的像一塊乾淨的銀盤。在中國大飯店八樓的餐桌上，姊姊從這邊端到那邊，不知爲了什麼，老朝着我，照着我。那光，那光該不是早餐時喝的牛奶，我舐了舐嘴唇，舐了又舐的一點也不甜。

圓圓的、圓圓的那月，說怎麼也不像個船。妹妹却老要它來擺渡，渡她夢裡的銀河。說怎麼我做的紙船都不要。

今晚的月兒還是去年那個月。我關心的探問着，她是否也老了一些？姊姊說不，她還是很美。我眞不懂，時間爲什麼對她不發生意義，至於人，我就知道，時間便是生命。一天加一天，他就會長大而衰老而死亡。而月，她自始便是這個樣子，且將永遠如此，圓了又缺，缺了又圓的。我想，這樣一歲或一萬歲對她又有什麼不同。以後，以後要是有人問我，我就這樣說。

夜像一口古井，已經很深很深。大人們還在聊他們的天。說怎麼，妹妹總不要我做的小紙船。她伏在媽的懷裡作夢，不知道渡過了銀河沒有？而姊姊，姊姊還是最勤奮，她擦了又擦，擦了又擦天上那塊銀盤。而我，我不知道這叫什麼？也許，這就是我們小時候媽媽教唱的一支月光光月圓圓的兒歌。

東衛組曲

施善繼

Mar.16－May 2
1968年 澎湖

一、風季之后

每每。那女子必幪面熟悉地
爬上你眼簾的斜坡
貝殼與珊瑚的斜坡
小小的

僅僅剩的一橫縫縫
窺見了所有，
一橫窗子
自成她階梯的世界

呼不出什麼名字
她步向十字路底南端
似乎抵達丘陵的邊緣
而近天庭

已然日午
已然黃昏

熟悉地那女子必幪面
漫返你守候的思索

她下階，不遠處便是
夜晚。有燈火

灰瓦覆蓋薔薇的睡眠
樸素的一方
風季之后的安寧

二、在小麻雀的井邊

——給可愛的小甥女

一群春天，
趕着急急的脚步來井邊，
小麻雀吱吱叫，
舅舅每個清晨都在那兒洗臉，
圓圓像隻木桶的
井邊。

有好多故事吊在裏面。
華盛頓知道，
妳們認識的恩里柯知道，
妳們的蹺蹺板，鞦韆
紙摺的風車統統都在裏面。

小麻雀開了家玩具店。
螞蟻在花生米田努力建房子，
在夏天以前：
準備渡今年長長的暑假，
因爲他們不能去海灘
遊水或躺在遮陽傘下。
而頑皮的村童，
將他們積高的汗滴
踐踏。

小麻雀居住在石塊砌開的隙縫，
說不盡淘氣的話，
舅舅的紅珊瑚夢往往給吵醒，
而他們有的也愛睡懶覺。

舅舅想造一個木屋；
把雙管槍暫時藏起來。
攤那件燈心絨的獵裝，
戴黑色的法國小帽，
敬邀所有的小麻雀，
敬邀妳們，
和那謊沒煙的油燈，
敬邀風鈴，
敬邀果醬，
與嫵媚的美人魚；
編一曲我們永遠懷戀的
小麻雀之夜。

三、春之溪

三月，
自橋下流走的一串水響
猶是你雙垂的幽怨
晶晶幽怨
無聲地滑過小心珍藏的童年。
（想說些什麼，
抑單聽人家細述？）
你櫓動民謠風的槳葉划進
喜愛的西班牙
彈唱F‧G
幫他拾回那組愉悅的鳥雀；
失去的日子之歌。

在冷戰的年代

余光中

在冷戰的年代，走下新生南路
他想起那熱戰，那熱烘烘的抗戰
想起蘆溝橋，怒吼，橋上所有的獅子
向武士刀，對岸的櫻花武士
「萬里長城萬里長，長城外面——
是故鄉」，想起一個民族，怎樣
在同一個旋律裡嚼咀流亡
從山海關到韶關。他的家
在長城，不，長江以南，但是那歌調
每一次，都令他心酸酸，鼻子酸酸
「萬里長城萬里長，長城外面是——」
歌，是平常的歌，不平常
是唱歌的年代，一起唱的人
一起流亡，在後方的一個小鎮
一千個叮嚀，一千次敲打
郵戳敲打誰人的叮嚀
兩種面貌是流亡的歲月
正面，是郵票，反面，是車票
一首舊歌，一枚照明彈
二十年前的記憶，忽然，被照明
在冷戰的年代，走下新生南路
他想起，那音樂會上，剛才
十七歲，最多是十八，那女孩
還不曾誕生，在他唱歌的年代
今夜那些聽衆，一大半，還不曾誕生
不知道什麼是英租界，日本租界
滇緬路，青年軍，草鞋，平價米，草鞋
空空洞洞，防空洞中的歲月，「月光光
照他鄉」，月光之外，夷燒彈的火光
停電夜，大轟炸的前夜，也是那樣
那樣一個晚會，也是那樣
好乖好靈的一個女孩
唱同樣的那一隻歌，唱得
不好，但令他激動而流淚
「不要難過了」，笑笑，她說
「月亮眞好，我要你送我回去」
後來她就戴上了他的指環
將愛笑的眼睛，蓋印一樣

蓋在婷婷和么么的臉上
那竟是——念多年前的事了
天上的七七，地上的七七
她的墓在觀音山，淡水對岸
去年的清明節，前年的清明
走下新生南路，在冷戰的年代
他想起，清清冷冷的公寓
一張雙人舊床在等他回去
「月亮眞好，我要你送我回去」
想起如何，先人的墓在大陸
妻的墓在島上，么么和婷婷
都走了，只賸下他一人
三代分三個，不，四個世界
長城萬里，孤蓬萬里，月亮眞好，他說
一面走下新生南路，在冷戰的年代

——May 7, 1968

我是無法停步的

陳明台

四面八方有繩索那樣緊緊縛我　牽動手　足　以及嘴的痙攣　又有吼聲　在夜裡那般洶湧　驚嚇我　「向西」「向東」　白天或夜晚　我必須不斷向前邁去　不知方位　不知爲了什麼　我必須不斷前行

走過青色鳥歌唱的山脈　寬濶而芬香的原野　我頓悟飛翔的意義　而我是無法停步的　被蒙住了眼和口　探望不能　哼着輕快的歌不能　不知爲了什麼　出發以後

我的心淌着血和淚　在睜開眼的清晨　我被殘酷刺傷了　我無法停步

非手的圍毆

喬林

讓所有的故事們聽吧：
那一群樓房湧簇圍毆我的
聲音。或者追殺而來的
海哦。或那躺在床上整個下午說什麼也淌不出血來的聲音

我站着一如爲着一小塊土地的樹
止於立足後的企盼後的瘦長
止於瘦長後黃昏天跌坐在頭上後之矮將下來

我便如是戰爭
越不過那山嶺

秋

葉笛

霧裡
一個中年人
一枚顫慄的黃葉
猝然——
時間的過敏症
在那中年人的臉上
印上秋的蕁痲疹
　斑斑的，斑斑的

現代詩的困擾

吳瀛濤

衆所周知，始於民國六年（一九一七）的中國新文學運動，是一次文學革命，而當年提倡的白話語文運動，時隔五十年後的今天，已普遍成爲我們的國語，同時這種日常用語也成爲了今日文學普遍使用的唯一語文。

詩方面，它自新文學運動後，即產生「白話詩」，也普遍用白話寫詩，可是這種白話詩的自由新詩，到了今日的所謂「現代詩」，就發生「看不懂」的問題出來了。

無可否認地，這是一個很不單純，很複雜，光怪迷離的時代。有人稱二十世紀是逆說的世界（World of Paradox），而現代人處於這時代的兩難式（Dilemma）中，遭遇到無可奈何的困境，陷於極端的苦悶中。

詩是時代的象徵，當然「現代詩」也遭遇到此一時代的苦難。現代詩的「難懂」是起因於此的。在外國如此，我國亦然。

不過，這種難解的現代詩，已爲今日世界帶來莫大的困擾。它使詩越來越遠離讀者，遂被廣大的民衆摒棄。

如上所述，現代詩難懂有難懂的由來，難解有難解的道理，它是錯雜不安定的現代思想使然，並非徒然的無謂的難懂。如今日我們所看到的那些「似是而非」的詩，不但讀者看不懂，連作者自已也看不懂，不是多麽可笑，多麽可憐的嗎？它實在是不應該，也是不值得一顧的。

假借現代詩的名目，徒具難懂的空骸，而一點也沒有「現代意識」，沒有「現代意義」的詩，是不能稱爲現代詩的。因爲現代詩並非僅指一般所說的現代（可以說與「現在」乃或「同時代」同義）的人所寫的所有的詩，而是要看它是不是有現代詩的詩質而定。換句話說，它並不是詩外表的問題，而是關於詩內質的問題。現代詩的難懂，是從詩內質所引致的。

話要說回來，現代詩對於今日的詩帶來的困境，仍然有待於詩人去解決。

難懂不能成爲理由，眞正好而難懂的詩，少而又少。這正如與時下一窩風的抽象畫，却很少有成就，同一個道理。

詩人該回頭了，不然，詩既未能傳達其所欲言，讀者更談不上欣賞或共感。不僅如此，難解的詩，竟會成爲一種令人厭惡的東西，造成混亂的局面而已，可見有損無益，是有良知的詩人所不採取的。

於是，現代詩，大體上來說，是應該走向「易懂」、「易讀」的方向才對。

本來已走向「白話」「日常語言」的詩，竟弄成連詩人本身都看不懂的程度，究竟那是什麽樣的「語言」？這不是開倒車嗎？

詩的語言要「白」，再白！詩「白」並不就是「分行的散文」。我們不必要怕「白」，因爲越「白」，詩才能越深入讀者的心靈裡面去。

詩應以淺白易於親近的姿態出現，才能爲一般讀者樂予接受。如果這樣，少數難懂的詩就會不成問題地，也會被廣大民衆接受和理解。

把社會讀詩的風氣建立起來，以多數易懂的詩。這是我們應走的路向，這才是我們的時代使命，我這樣深信着。

笠下影 ㊶

孫家駿

詩就是詩，尤必須是詩，明乎此，則近道矣。

春有桃的艷麗，秋有菊的逸隱，陸海空三軍的制度尚且不同，即使上帝也不勉強所有的花朵都開同一種顏色。

三尺裹脚布，非我所欲也。整型美容的那一套，亦非我所欲也。啃窩窩頭長大的，用不慣刀叉，你不知道王二哥貴姓，俺曉得。

I 作品

迴贈

造我的謠的，
給我以中傷的，
在我的路上挖着陷阱和豎立着障碍的，
任你。
別以爲我會如教徒般的俯首向你乞憐，
那更用不着如傳教士似的，
掬一把眼淚換取你的懺悔。
我來，就是爲了披荊而斬棘，
我來，原就抱着飲盡天下毒藥的勇氣。
明天，或者我吻着你狙擊的槍彈死亡，
那時，但願我能回贈你的是：
蔚藍的天，明淨的河，
展露着笑的花朵和陽光，
以及汗水餵飽的土地。

雨後訪芍藥島（旅韓詩抄）

繫凌波之舟，我捲起你軟軟的雨的珠簾
拾級而上
拾林間墜落的珠雨而上
拾青石階跌碎的鶯聲而上
慕芍藥之名，然不見芍藥之姿
且載一船斜陽
摘滿眼的濃綠歸去

註：芍藥島在仁川港外，環海孤立，上建有高爾夫球場。

遊南漢山城（旅韓詩抄）

南漢山城在漢城南約六十公里，韓溫祚王定都於此。清太宗時，憤朝鮮助明抗淸，出兵討之，仁祖大王困守此城者四十餘日。現闢爲國家公園。

過幾座傾圮的古壘
穿幾道急湍的峽谷
簪花載酒，我們是慕名的訪者
亦無須啣枚偃旗
不揚金鼓

向背後的白雲揮手，道別漢江岸柳顫花搖的三月風
仰頭問李氏王朝的古城樓，可知春來的消息
攀山越嶺的斷垣殘堞，猶披着年前的積雪
一如遺忘了歲月的山民
你是被歲月遺忘了的

空漠的演武廳，不見張弓躍馬的勇士
迎月亭前，惟有低吟的松濤徘徊
登守禦將臺，我眞想振臂高呼
隔山，隔水，千里外的故國土啊
望長空行雲，且咀嚼你沉淪十年的名字

鋼盔下的夢（軍旗下）

透過槍的無葉的林際，夢星光，夢太陽，夢棲息故鄉天邊的那朵微雲。

夢星的蓓蕾展放，夢明天果實的成熟，夢光火交迸的大收割，夢那朵微雲翩翩然，以眼淚噙着笑意而來。果眞那朵微雲，如白鴿之翅翼，在灑滿陽光的祖國的原野上飄落，而我名，不書於頌功的凌烟閣上，不刻於痛飲黃龍的燕然石上，因我早已以炙熱的愛，烙我名於無葉槍林下的鋼盔上。

鋼盔在，祖國在，我名亦在。

力的感覺

不相信所有鼻孔，只會朝下呼吸。
不相信所有的手臂，老這麽習慣於下垂。
允許一切野生的草木，
向青空伸展着意志的手臂的，
我也有着如樹幹的兩條腿。

Ⅱ 詩的位置

目前現代詩壇有兩股逆流，一是浮華爭艶，辭麗而詩淺薄；一是虛無成風，晦澀而詩乾枯。這兩股逆流，不是服「明朗」的口服液所能根治的，唯一能阻止這種惡性的流行，乃是詩人本身要健康起來，自己才有抵抗力。可是，衆口鑠金的結果，詩人也就變成了安徒生童話中那一位裸體遊街的國王。

遠在民國四十四詩人節中國文藝協會第一次的詩人獎，詩人孫家駿便已榜上有名了。(註一) 當時他那種獨創一格的戰鬥詩，便是融合了戰鬥性與藝術的一種表現，雖然未獲十分的成功。從早期的「現代詩」、「藍星週刊」、「創世紀」等追踪他吟詠的行脚，中間雖亦沉默了一些時候，近來在「青年戰士報」的「副刊」與「筆隊伍」中再度出現，從「北向吟」(註二) 至今，他那健美的表現，具有自由詩的特色，可歸納於自由詩的系譜之中。

(註一) 民國四十四年詩人節中國文藝協會第一次詩人獎，由詩人林泠、白萩、向明、彭捷、徐礦及孫家駿六位獲得。

(註二) 孫家駿詩集「北向吟」，列入現代詩叢出版；「軍旗下」、「旅韓詩抄」等則尚未出版。

Ⅲ 詩的特徵

戰鬥性，而不是標語口號；藝術性，而不是靡靡之音；在今日的現代詩上，是有其深刻的意義的。孫家駿的詩，正如他的獨來獨往一樣，不受任何詩派或詩觀所拘限。他堅定自己的信念，歌詠自己的意志，發揮一種「力的感覺」(註一)，猶「如樹幹的兩條腿」，植根於現實的土壤裡。早期的孫家駿，戰鬥性強於藝術性；近期的孫家駿，則加深了藝術性的效果；在古典的莊重與羅曼的昂揚之中，他吸納了中國古典的敦厚與異國情調的風采，那一系列「旅韓詩抄」，便是一個明證。

「隔山，隔水，千里外的故國土啊
望長空行雲，且咀嚼你沉淪十年的名字」(遊南漢山城)

這是多麼沉痛的呼聲呀！因此，他在「鋼盔下的夢」，便不是偶然的了！這種對祖國的愛，以及山河的懷念，證明了詩人不僅是生活的反映者，而且是時代的見證者。

(註一) 參閱孫家駿詩集「北向吟」中「力的感覺」。

Ⅳ 結語

在神聖的反極權的時代，儘管歐風美雨的激盪，街頭上亦流行着靡靡之音；但在前線，在鋼盔下的汗珠，仍然有一群戰鬥的隊伍。也許在那行列中，有着不隨波逐流的詩人在。詩，是一種民族的夢，一種社會的夢，同時也是一種覺者的夢。覩諸孫家駿的作品，不覺信然。

美國詩史 (二)

福田陸太郎作
陳千武譯

※新的韻律

在這個時候，民衆的韻律所增加的力量亦值得注目。在美利堅合衆國，民間傳承的詩，亦與開拓者們同時興起了。最初祇是把英國的樣式改變，適用於地方。但不久，便產生了地方色彩濃厚的風格。又古有的原始人印第安是不同化美國人的民族，他們的感情或生活態度與白人非常異質，而把印第安人的精神企圖導入美國文學的方法，也很多勇敢地被嘗試過。尼克魯給與音樂方面有頗大的影響，且在詩的分野裡，他們也擺脫過去的自卑感，表現了各種的活動，於一九二二年開始成爲文學上的好角色。

於是他們的歌，於世界大戰後，被傳播全美國及歐洲。詹森 James Weldon Johnson、卡連Countee Cullen、卡哈頓 C. V. Calverton 等，所編的尼克魯詞華集也出版了。這種流行之潮不久即告低落，但引起了美國的學者們，紛紛走向窮鄉僻壤，到處蒐集埋沒在地方的民謠，或灌入唱片，設法把逐漸掩沒的民衆的韻律，保存起來，詩人們也不甘落後，而積極展開活動。

如此接觸民衆詩的精神最出色的詩人是林賽吧，他對于黑人持有深刻的瞭解，從他們的色彩豐富的表現或空想的迷信，或奇妙的斷續音樂受到影響。在「普斯將軍進天國」或「剛果河及其他的詩」等詩集即表示了那些。他很早便流浪了美國全土，朗誦自己的詩，並給大衆傳播了「美的福音」。

相對這種民衆的韻律，具高度知性頭腦的產物，另一種新的語法也產生。大約於一九一五年以後，這兩種對立的傾向更顯明了。一是使用日常會話體的語言，由桑特堡、林賽、馬士塔等推廣，由佛洛斯特提到高潮。另一種是普通會話的音調併合傳統的「詩性」語言。企圖表現複雜的現代世界。而導入這種新傾向的人，不外就是艾略特T S. Eliot（一八八八——一九六六）。

艾略特的詩作公式，就是爲了表現人間與宇宙的複雜關係。詩人並不僅對日常重大的事象，而也連結於細小的事物，且過去的感覺不斷地滲雜在現實的感覺裡，必須在夢與行動互相矛盾的兩個氣氛裡急激循環那樣，表現人類才對。而這種理論，在一九二二年的 The Criterion 創刊號所刊的長詩「荒地」"The Waste Land" 實驗成功了。如此，極爲「現代性」的作品，使一般的讀者着慌了，而感到現代詩是難懂的東西。不過有些現代詩却給讀者得到意想之外的新境界，又破壞了原來讀詩時常會陷入的一種昏睡狀態，以令人感到新奇的表現，賦與新的思想或美的型態以及新的知性與活氣。

這些所謂「新的野蠻」，發生了語言「破壞性」的使用。像史塔恩 Gertrude Stein（一八七四——一九四六）的語言，即有如從潛在意識裡自動跳出來那樣，顯示了奇異的排列和斷絕。這與達布林出生的愛爾蘭作家 James Joyce（一八八二——一九四一）的「意識流」的手法相似，可視爲大戰的結果而發生的現象吧。人人都想到人價値觀的變化已不能依靠抽象的哲學來解救，像處於這種不安的人世間，不得不挪移視點，或單純地變更位置而勉強活下去以外，似無他法。於是這種無統一，快音調，有如痴人的囈語那樣始產生了新的型態。

還有，使新的美國詩滲透於一般文壇的另一有力原因，該歸於定期詩誌的存在。除了現在仍繼續刊行，有芝加哥的「Poetry」雜誌之外，雖是短命，但那些「The Little Review」、「Other's」、「The Dial」等前衛性的雜誌所實踐的任務，都不能忽視的。

上述，大體說明至一九二〇年代的美國詩流派的概況。至於就各詩人所出現的時期來區分，並展望自此以後各時代的美國現代詩壇吧。祗是，要論詩時，應該注意的是，在文學形式之中最具純粹本質的詩，一看似乎在跟隨時代而變遷；然而事實，潛在其底流的本質是一貫的。因而若僅就表面上予以判斷詩的傾向，確是危險的作爲。因惠特曼的詩風，看上去與現代前衛詩人的作風有所不同，但也可以說，美國現代詩所依歸的却是惠特曼呢。

※一九二〇年代的美國詩壇

這個時代一時顯現了各種傾向的詩。第一次大戰的結果，在外部的世界並有分裂和破壞的行爲，而在文學方面亦有集團的解散，或產生新派，呈現了混沌的狀態。這不僅在美國，而是全世界的狀態。由于戰爭的幻滅感，引人導入個人的內省，產生了強烈的自意識文字。

打破既成的觀念，創造某種新的努力，常會墮入無思想的單純性。這種傾向的詩，祗引起超現實主義的同仁們，和在巴黎發行現代主義的雜誌「transition」的編者們高興而已。這一點以艾略特爲中心的詩人們，即代替自由詩過份弛緩的形式和思想，在冷靜思考的秩序和知性美的觀念上，建立了新的作品。站在這兩個大傾向的詩風格上，二十年代的詩人們，或在語言嘗試實驗，或創作傳統性風格的自由詩或追求現代感覺的新鮮的表現，或在知性形而上的詩，編織了一種高度的世界。

以語言爲對象作各種實驗的詩人中，史蒂文斯 Wallace Stevens（一八七九——一九五五）是持有最敏銳感覺的一位，他的詩具有不管任何鈍性的讀者，都會感到纖細型態的特徵。他的天才是由于第一詩集「Harmonium（一九二三）廣泛得到批評家的認定。又以詩形的奇異最令人注目的是康敏士 E. E. Cummings（一八九四——）吧。戰後住在巴黎，以作家和畫家成名，但回歸美國後，即以徹底的語言實驗者而活動，並驅使了其多面的才能。從內容看來好像不屬于獨創的詩人，但在其多樣性嘗試的反面，實値得令人注目其適合時代的詩人感覺。

一九二四年「塔瑪爾及其他的詩」Tamar and Other Poems 出版之後，傑佛士 Robinson Jeffers（一八八七——）便一躍成名。那是非常熱烈的男性詩。在其後的詩集，他也能自由驅使長的詩行，表現了難得的激烈主題的詩而極成功。要說那是意識性的語言實驗，不如說那是從他的本質性而產生的詩。例如他歌唱殘酷命運的黑暗，也有適當的動作和色彩和深刻的創造表現，令人得到深深的感銘。

這個時代的抒情詩人可列擧二位女詩人。狄絲黛兒 Sara Teasdade（一八八四——一九三三）是過着不幸的生涯而自殺逝世，但她最成功的作品被收在『炎與影』Flame dnd Shadow（一九二〇），以保守傳統的形式，洗練了的平明詩，受到一般的愛好。麋蕾 Edna St. Vincent Millay（一八九二——一九五〇）寫過新鮮的抒情詩。最初的長詩『復活』是被收錄在排出最多新人的詞華集『The Lyric Year（一九一二）』，成爲令人注視的目標。她的十四行詩是使用英詩人史班沙 Edmund Spenser 或西特尼 Sir Philip Sidney 或沙士比亞等用過的古典語言，但其精神却新鮮有個性，融合了傳統和新銳的觸覺爲特色。

還有愛肯 Conrad Aiken（一八八九——）是努力把詩與音樂溶合在一起的詩人。但因過度重視韻律反而造成主題不明，削弱了詩中的核心語言的活力。不過，他所持的幽玄音調，在柔弱的詩句裡隱藏着熾烈的詩精神是不能忽視的。

尙有與上述的詩人有些不同傾向的『形而上』的，洗掉人間氣味的，具簡略表現的一些詩人的存在。他們相似與英國形而上詩人頓尼 John Donne 及其一派的後期 Elizabeth 朝的詩人作風。例如保岸 Louise Bogan（一八九七——）是在紐英格蘭地方接受教育，而於一九一九年以來長住紐約。收集她的短詩『Body of This Death（一九二三）』即具備了敏銳的觀察和纖細的感覺，加以知性的表現，黑暗的夏天『Dark Summer（一九二九）』和睡去的憤怒『The Sleeping Fury（一九三七）』即逐漸深具形而上的格調。長時期在『New Yorker 誌』上從事詩的批評。著有『美國詩的業績』 Achievement in American 一本有名的書。一九五五年得到保齡原獎。

又魏莉 Elinor Wylie（一八八五——一九二八）是賓夕法尼亞的名門出身，但去過英國，以自費出版了小詩集『即興詩』Incidental Numbers（一九一二），至出版過『捕風的網』Nets to Catch the Wind（一九二一）以後才成名，而逐漸顯示成熟的詩風。一共出版了幾本詩集，聽說其中從頓尼 John Donne 的說教得到暗示所定的書名『天使與地上的生物』Angels and Earthly Creatures（一九二九）一集，是死的前日始把原稿整理完成的，是一本完全顯示了他的才能的詩集。

※一九三〇年代的美國詩壇

一九二九年十月美國遭華爾街的恐慌，之後墜入不景氣的時代，失業者也增加了，到一九三〇年末失業人數竟達六百萬之多。而財政上、社會上均有價值的變動，影響到二〇年代與三〇年代的文學也分別有了顯著的差異。即從個人意識的文學移行至社會意識的文學。而詩人也不得不認識時勢的影響力。雖是暫時性，但不得不考慮到經濟和社會上的問題。甚至有些人却完全脫離了詩。一九一三年到一九一八年的五年間，即輩出十二名重要性的詩人，但一九三〇年到一九三五年之間，稍能算數的詩人却僅三、四位而已。三十年年代初期的詩，大部份是恐怖的惡夢的紀錄，同時企圖把它分析。如上述一種氣氛所支配的三十年代詩壇，亦與前代一樣有各種詩派，其主要的概略如左。

第一 Idiomatic 的詩人，即以語言實驗者的詩人的重要性逐漸加重。例如，首先有柯瑞恩 Hart Crane（一八九九——一九三二）的存在。他是站在前時代與三十年代的境界線上，似親自象徵着此過渡期的詩人。他的長詩『橋』The Bridge（一九三〇）是把科學和產業主義強力支配的現代空氣和感情，移入詩裡的嘗試，顯示了優異成果的詩。但是他却爲過渡的自意識而煩惱，疲憊於心身的相剋，遂投身於墨西哥灣，斷絕了其三十三歲的年華。他的詩作比「敍述」較用「暗示」做爲本體，喜歡海和花做爲題材，把複雜轉變中的現代社會諸相貌，以萬華鏡的手法描寫。其整體雖有缺乏統一的地方，但鑲嵌在很多地方的詩句是令人驚異的。像卡里布海的島嶼爲背景的許多短詩確實很美。

韋廉士 William Carlos Williams（一八八三——

一九六二)是詩壇的一位長老。『詩集』Poems(一九〇六)以後出版過很多的詩集、短篇小說、評論、戲曲等,表示了旺盛的創作力,得過許多文學獎,一九五六年即獲得美國詩人 academy 獎。他的詩是屬于意象主義的系譜,但持有獨特姿態的實驗派作品,在無視韻律的短詩型裡,含有敏感纖細的即物性意識,而證明了周圍的所有東西都能成為詩材料的一事實。

又為在詩裡表現的柯瑞恩所意圖的現代感覺,而使用新觀念的詩人麥克里希Archibald Macleish(一八九二——),起初寫着藝術至上主義的詩,後即趨向逐漸行動性的,表現激烈的社會意識的作品。這一點,可以說比前些詩人們較接近於大衆。『新被發見的國土』New Found Land(一九三〇)其他的詩集或繼於『荒慌』Panic(一九三五)的幾篇詩劇,也都能看出其意圖,他的長篇敍事詩的傑作『征服者』Conquistador(一九三二)持有明確心象及對光與色的銳敏感覺,同時使讀者感到有與原來的故事不同的現代步伐。

表現現代意識的詩極為成功的女詩人魯瑰沙 Muriel Rukeyser(一九一三——)也不能忽視。她曾在羅斯福航空學校受過地上訓練,但因得不到雙親的允許而致不能如願去操縱飛機。那些時候所寫的第一詩集『飛行理論』Theory of Flight(一九三五)實具有令人驚異的內容,強烈而有統一,來回於自傳和客觀性敍述之間。她的詩的心象是戲劇性的,亦有好戰的性格,恰恰吻合了生活在國際性鬪爭中及陷於經濟戰的現代人的氣氛。

其他如貝尼 Stephen Vincent Benet(一八九八—一九四三)那樣持有廣大讀者層的通俗詩人的一群。但在此必須舉出的是,在美國以最強力詩人集團之一活動的前衛詩人們。他們是強烈地意識着道德上和政治上的責任而行動的詩人,其中佔着指導地位的詩人、批評家泰特 Allen Tate(一八九九——)或藍遜 John Crowe Ransom(一八八八——),以及又兼小說家華倫Robert Penn Warren(一九〇五——)等,都以『頭腦性』的詩風躍起,可列入美國的優良詩人群中。成為新批判的原動力,而在教育現正成熟的年輕詩人也是他們。但以詩人的立場來說,他們都是屬與夭折的三十年代天才詩人柯瑞恩同一世代的人。

而在這個時代,歐洲作家或詩人的著作大量流進了美國,助益於難予捕捉的現代精神的分析,也是不能忽視的一項事實。傅爾斯特 Marcel Proust 或湯馬斯・曼 Thomas Mann 等被翻譯,美國批評家韋爾遜 Edmund Wilson,英國批評家瑞恰慈 I. A. Richards,恩布遜 William Enpson 等的學說,受人愛讀,超現主義的布魯東 Andre Breton 或艾呂雅 Paul Eluard 的作風令人感到魅力,史班達 Stephen Spender, 路易斯 Cecil Day Lewis,麥克尼斯 Louis Macneice 等,英國詩人的詩亦在美國被出版，迸出很多崇拜者和模倣者。

※一九四〇年代以後的美國詩的展開

第二次大戰開始於一九三九年九月，到一九四五年八月四日本無條件投降始打了個終止符。在戰爭中，美國作家們也都熱烈努力在報導方面，而忽略了安靜地寫想像的文學。並大喊 democracy 的擁護。美國的活氣被商業化，而產生了許多小說作品。這一點詩比小說還好，理由是詩很少陷入商業化誘惑的陷阱中。小說家們都爲了利益或想要寫出能電影化的作品，詩人却沒有那種可能性。好像在對抗有如廣告詞句那樣豪華的修辭或政治宣言那樣宣傳文學，而產生了新哲學性的批評和詩的表現。這才是眞正包含美國生命的有意義的文學。

雖稍受過戰爭的阻碍，但美國詩是不斷地從歐洲吸取新的、美的，又是詩性的思考的方法，充實自己。不祗是法國詩，里爾克，或西班牙的羅爾卡 Garcia Lorca 的作品，也經過優異的翻譯廣被傳誦。

英詩人奧登 W. H. Auden（一九〇七——）於一九三九年獲得美國市民權，大大地影響了美國詩壇。好像原爲美國詩人的艾略特於一九二七年歸化英國，影響過英國詩壇的情形一樣。

又反過來展望戰後美國詩壇的時候，首先令人注目的是，所謂長老級的詩人們，到了晚年有過優異的表現。例如發表『荒地』以來成爲詩壇及評論中心存在的T・S・艾略特便越來越積極的去開拓詩劇的境界，這可當別論，又像長久被幽禁在精神醫院的龐德也在繼續寫『Cantos』，W・C・韋廉士或康敏士、瑪莉安、摩亞、傑佛士、佛洛斯特、藍遜、泰特、華倫等都極爲健在地活動，眞令人興奮。因這些當年輕詩人的父親世代的詩人們，仍以現代主義精神積極活動，反令人感到年輕的世代是屬于保守的陣營的一種疑惑。

更詳細對照這些新舊世代的情形，事實，這些年輕的現役詩人雖接受T・S・艾略特或龐德、W・C・韋廉士、或康敏士、佛洛斯特等的作品得到某種刺激，但並非盲目仰慕這些先輩詩人爲師表。而新舊的陣營之間亦無反目的情形。例如四十五歲以下的詩人們對于艾略特或龐德等所成就的業績，均認定了十分高度的評價，不惜衷心表示讚辭。但是曾經給詩的世界建立了金字塔的這些前輩的精神，並不是照樣在現代中堅以下的詩人的血管發生作用。那些先輩諸大家的作品，似乎與刊載於學校教科書的詩一樣，略有古典存在的價値，但依然是過去的東西。

成爲美國現代詩中堅的集團，是在二次大戰之間所育成的詩人們。即生活在三〇年代世界的不景氣，繼之法西主義的抬頭，西班牙內亂，再來是第二次大戰一連串的物情騷然的時代。因此這時代的年輕詩人們都不得不帶有社會性、政治性的思考方法了。雖然非實際採取政治的行動，但純粹沈潛於文學的世界，已顯著困難。以一般的傾向，在文學裡浸透了這種不安時代所出現的民族主義或政治或科學那些爲主題，是理所當然的。

至於爲這些年輕一代的指導者，是前述英國的年輕作家們，其頭目就是奧登。他所能給與影響的原因，並非他的思想特別新，或有値得令人注目的地方，不如說是他用與龐德或T・S・艾略特等背反的方法，以詩做爲日常經驗的紀錄而成功的這一點吧。這却是易言難行的問題。究竟意味着詩人是據于所遇環境的氣氛，在有意無意之中，抓住話題，順便寫成政治性的、喜劇性的、悲劇性的、或直截的、或教訓性的詩。如此，是意味着能寫成各種姿態的詩。這是與深深追求所限的一種氣氛的詩人的寫作顯然對立的方法。這樣奧登的方法，並不是創作新的方式，却是從各時代的英國詩人，借來了自己有所必需的格調或技巧，使古典的形式復活。

總之，奧登造成「容易寫」詩的方法。不必再爲追求一個心象而費去長時間苦吟的詩作過程。又其詩持有複雜微妙的構成，因而很少有那些需非常凝集精神看看詩行之間始能瞭解其連繫的詩。誰也可隨時順應當時的氣氛，忠實且安易地寫出詩，這是給人得到好的印象。於是，二十世紀性的各種材料便被抓進詩裡，例如經濟事情，機械、社會事業、廣告、馬克斯主義等，都毫不客氣地侵入詩的內容。如此造成的奧登初期的詩的新鮮性，給予美國年輕詩人們極大的衝擊。

※新的詩人群

展望今日美國詩，可以說沒一個不從奧登的技巧出發的詩人。然而，現在却沒有一個人強烈地意識着受到奧登的影響。因那不是平常一般的師弟關係。奧登在英國，在美國都不是某一大集團的頭目，好像與從前的革命家達成了其任務便被遺忘，甚至會被感到累贅的存在一樣的情形。不過，現代詩人從借用的很多事實是殘存着。若無奧登，一九四〇年以後的詩必定會走向不同道路吧。大體說，現在比四十五歲左右的美國詩人們較年輕的一代，是以政客、或戰爭詩人而成長。並直接間接學到奧登的作詩態度。

形成美國詩最新時代且有力的詩人，以年長順序來說，即有艾伯哈 Richard Eberhart(一九〇四——)，魯士珂 Theodore Roethke（一九〇八——），皮休布 Fligabeth Bichop(一九一一——)，薛比洛 Karl Shapiro（一九一三——），施華玆 Delmore Schwartg（一九一三——），解瑞爾 Randall Jarrell（一九一四——），衛萊克 Peter Viereek（一九一六——），勞勃・羅威爾 Robert Lowell（一九一七——），韋爾伯 Richard Wilbur（一九二一——）等名人。

在此雖僅列擧如上九位詩人的名字，然而，他們的共通點是什麼?這個答案，可以說是沒有共通點。這些在同一時代、同一時期發表作品的詩人們，說沒有共通點似乎是奇妙的。不過，他們不作成流派，也不組織集團。也許現今的美國詩人們對那些孩子氣的作法已不感興趣了。也不向舊世代所持有的權威，一起發動抗議。從艾略特或奧登的聲望漸漸低落的今天，對於所謂革命一類的宣言，也已感到煩厭了呢。尤其，差不多大部份的年輕詩人們——這在英國詩壇也有其同樣的現象——，都從事大學關係的工作，喜歡把事情堅持以學問上、歷史上的觀念予以判斷處理，似乎這種氣氛頗爲濃厚呢。

上述九位詩人於順序來說，各持有其高揚聲調的修辭色彩，打出意識下世界的特徵，超現實主義性質的，顯示柔軟的知性和感性的，歌唱寓言式現代世界的、社會人道主義性質的、報導性的、具宗教味道的、平白的抒情色彩的等等，有各種各樣的格調，並看不出共通合宜的風格。其型態，也都立脚於各種各樣的基盤上。在年輕一代的詩人之間，能感到互相容忍的精神，因而不發生任何衝突。

美國詩最繁華的時代是於一九二〇年開始，在T・S・艾略特的『四個重奏』The Four Quarteta（一九四三），奧登的『不安的時代』The Age of Anxiety（一九四七），龐德的『比撒詩篇』Pisan Cantos（一九四八）爲成熟的時期。現在的老大家們是此時代的先驅者。年輕的詩人群似乎受到這些諸先輩的教示，現在正步入第二個時代的進口處。過去長時間，詩人們是以「語言」的主題爲他們主要工作的對象。而這些鑛脈似乎即將被掘盡了。而今後將發生的是，——如果這樣講法能被允許的話——不是在內部，而像會在其外部發生似地。因爲詩本身大約已完成了其姿態，此後的詩並不要求「結晶化」，爲了使其「開花」就必需向外發展。即詩人必需將其知識和經驗，從外部再編織起來。之後，始能招來文學本體的重要變化吧。似乎認爲美國的年輕詩人們指着這方向開始探求新思考的 Mechanism 的時期了。而跟着這些年輕的一代，曾經是前衛詩人的，也仍然不斷繼續其創作活動，這是頗爲壯觀的，據此景象我們也可以窺知，正式爲世界文學一環的最高潮的現代美國詩的生命已經展現了。

——譯自平凡社一九五九發行「世界名詩集大成」美國篇

蘭道爾‧解瑞爾詩選

（二十世紀的美國詩選之六）

宋穎豪

蘭道爾‧解瑞爾（Randall Jarrell）一九一四年五月六日出生於田納西州，少年時代在西南部渡過。畢業于范德畢爾大學。旋應聘于康延大學教授英文。一九四二年應征參加空軍，但自飛行訓練中被淘汰後，即任B—29轟炸機乘員訓練教官。戰後，曾任國會圖書館詩學顧問兩年。一九六〇年，因「華盛頓動物園的女人」（Women at Washington Zoo）詩集榮獲「全國書刊獎」。歿于一九六五年十月。

其詩以柔和見稱，多含蘊悲劇成份，使人讀之，悲憫之情油然而生。約翰‧克勞‧阮遜（John Crowe Ransom）批評說：「解瑞爾具有一種天使般的閃迅，其用字廣泛可喜。」史班塞（Theodore Spenser）說：「詩人的精力、諷語、與遣辭之重量，使他成爲當代最出色詩人之一」其詩集計有：「爲陌生人捐血」（Blood for a Stranger）（1942），「損失」（Losses）（1948），（The Seven-League Crutches）（1951），「華盛頓動物園的女人」，以及論文集「詩與時代」（Poetry and the Age）（1953）與小說多種。

一、槍砲手之死

從母親的眠中我跌落在這個國度，且
蜷伏于艙腹直到我的毛髮結冰。
離地六哩，鬆脫自生命之夢土，
我乍醒于濃黑的彈花和夢魘似的戰鬥
機，
我死了，他們用橡皮管將我自座艙中
冲出。

二、流亡圖

髒亂的火車座無虛席。
襤褸的小孩
面罩爛裂，靜坐在
破舊的車廂。我將如何逃亡！
這些生命跟我一樣。他們所有的
難道就是他們曾甘願換取的這個？
血漬乾結在小孩的面罩，
而他的昨日曾擁有比這個
更甜美的家園。
不是嗎？一夜工夫盡成襤褸，
火車無語地蠕動，虛茫的
呼吸漫升，消散——逃亡，逃亡！
曾以傾囊的代價換取這個自由；
所有的口袋一無所有。
睡吧，掏空的心靈逃亡
且發于心願——換得如此
一無隱藏，沉寂除脫面具，
歲月與容貌，他們擲碎的世界。
生命還有什麼，除了一段
爲死之虛茫滿足的旅程？而今夜
他們戴着的破面具
正是死的預演。因爲我也在逃亡，
我們審讀着臉；我們還有什麼
不願換取這個？

詩的欣賞

吳瀛濤

1. 詩—青春的苦悶

二十四歲

楊喚

白色小馬般的年齡。
綠髮的樹般的年齡。
微笑的果實般的年齡。
海燕的翅膀般的年齡。

可是喲，
小馬被飼以有毒的荊棘，
樹被施以無情的斧斤，
果實被害於昆蟲的口器，
海燕被射落在泥沼裡。

Y・H！你在哪裡？
Y・H！你在哪裡？

——詩集「風景」

夭折的詩人楊喚（一九三〇—一九五四）是值得紀念的。他唯一的詩集「風景」刊於他逝世後六個月的民國四十三年九月，再經過了十年後的民國五十三年九月，「風景」的再版本便以「楊喚詩集」的新姿態出版。多年來，詩壇的朋友們都爲他開悼念會，會上總是少不了要朗誦他的詩，以慰他在天之靈。

楊喚是夭折了的，可是他的詩留在此世，讓我們隨時可以朗誦。他像永遠活在我們的身邊。

是的，楊喚的詩是值得紀念，也值得朗誦的。

你看這一首「二十四歲」的詩吧。

他死於平交道上意外的事故，而這首詩是寫於死的前年，竟成爲了他紀念自己的作品。不，不祇是這一首詩，就是他所寫的詩的大部份都是成爲了他自己的紀念；例如，「我是忙碌的」、「鄉愁」、「小時候」、「小樓」、「醒來」、「失眠夜」、「船」、「詩人」等等，還有其他詩篇，都是那樣鮮活地「彫塑自己」。他寫：

我是忙碌的。
我是忙碌的。
我忙於搖醒火把，
我忙於彫塑自己；
我忙於擂動行進的鼓鈸，
我忙於吹響迎春的蘆笛；
我忙於拍發幸福的預報，
我忙於採訪真理的消息；
我忙於把生命的樹移植於戰鬥的叢林，
我忙於把發酵的血釀成愛的汁液。

直到有一天我死去，
像尾魚睡眠於微笑的池沼，
我才會熄燈休息，
我，才有個美好的完成，
如一冊詩集；
而那覆蓋着我的大地，
就是那詩集的封皮。
我是忙碌的。
我是忙碌的。

——「我是忙碌的」

如今，他的詩集的封皮，已像一片大地，覆蓋着他的死。啊！讓我們也喊着吧！

Y・H！你在哪裡？
Y・H！你在哪裡？

「二十四歲」一詩，是他苦悶的青春的紀念。他那二十四歲的年齡，是多麼可貴，多麼活潑可愛的呀。他的青春的夢又是多麼美麗純眞的呀。也正由於此，他的青春的苦悶，又是多麼悲哀的呀。他的青春充滿夢，也充滿苦悶，何況他的童年也是同樣充滿眼淚的呀。他寫：

小時候，
在哭聲裏長大，
讓我的日子永遠蒼白憂鬱。
從落後的鄉村走出來，
又跌落在都市的霓虹的燈彩裏
我做過夢，寫過詩，
也愛過一個美麗多情的少女。

——「小時候」

2. 詩——青春的夢

小樓　　楊喚

當風和雨在晴夜裡突然來訪，
這小樓乃如一株落盡了葉子的
窗；
那憂鬱的夢啊，是枚白色的殼
。
我呀，就是馱着那白的殼的蝸
牛，
我，有一對耽於沉思的眼睛；
樓，有很多扇開向藍天的窗口
。
但，陽先的啄木鳥是許久也沒
有飛來了，
不停地，我揮動着招引的手。

——詩集「風景」

楊喚是青春的詩人。他的詩是屬青春的夢和青春的苦悶，屬於夢與苦悶的交錯。

我們愛誦他的詩。而欣賞他的詩，是不需要多餘的解釋和說明。它會給讀者很親切的共鳴。這是由於他所寫的詩很簡明的緣故。這一點，我們要特別注意，詩並不是什麼詩句的造作，詩是眞情的流露，它使用的文句往往是又淺又白的日常用語，但予人的感受却回味無窮。

古添洪

齊風雞鳴篇

——雞既鳴矣，朝既盈矣，匪雞則鳴，蒼蠅之聲
東方明矣，朝既昌矣，匪東方則明，月出之光
蟲飛薨薨，甘與子同夢，會且歸矣，無庶予子憎

首先解析幾個詞句，

則——「匪雞則鳴」「匪東方則明」兩句中的「則」字，均可作語氣詞解，可作「而」解。

薨薨——蟲飛的聲音。

無庶予子憎——鄭箋：庶，衆也。這是文法上的倒裝，原因大概是遷就音韻，意思是：不要給予衆人憎你。

這首詩非常的簡單明易。這首詩之所以感人，我想有下列幾點：一、取材的眞實和普遍；夫婦之間，朦朧中從夜裏醒來，做妻子的催促丈夫起來上班，不是很眞實普遍的事嗎？二、對話性：用了對話，就充分表露出夫婦間枕邊細語的情調。三、戲劇性：女的說：「雞叫了，朝廷上滿是人了。」這就給予讀者一個刺激：對了，時間不早了，應該起來了。但是，男的却說：「不是雞鳴，是蒼蠅的聲音吧了。」於是，讀者扣緊的心又釋放下來，女的又說：「東方白了，朝廷上很昌盛了，」男的又答：「不是東方白，是月光吧了。」讀之使人發笑。其實，眞的已經是雞鳴，已經是東方白，因爲下面接着是「蟲飛薨薨」，是天快亮的情景了，所以做妻的，就體貼的說：「蟲薨薨的飛響了；我非常喜歡與你同夢的，朝會很快就可以回來，不要讓衆人憎你呀！」。這首詩描繪如畫，非常可愛，而且細細讀來，對於感官來說，也是別有一番滋味，先從聽覺開始——雞既鳴矣，再從視覺開始——東方明矣，最後聽覺視覺合一——蟲飛薨薨，因此，是非常美好的；而且，還有一定的次序。我們睡中，在朦朧中不是先容易接受聽覺的騷擾的嗎？由強烈的聽覺騷動——雞鳴，而視覺感到東方天亮，而後發覺周遭的蟲飛叫，這就是詩的邏輯。讀完這首詩後，我不能不深信，詩眞是一個完美的表現，只要你能慢慢的領略。

欣賞過後，我想探討一個重要的問題，就是作者的寫作狀態。這可能有三種情況：一、作者親身的經驗，把它記下來，作爲一種紀念性。二、作者偶爾在腦中飄過的意象，於是，把它捕捉下來，作爲一種抒情。三、作者故意寫這一首詩，作爲諷喻，因爲這首詩的主題很好，一方面寫出夫婦的恩愛，一方面寫出夫婦的互勵。如果是這種性質的，則還有一些問題，那就是他寫給他的妻看，還是寫給大衆看，這就觸及讀者的問題。而且，還有一個更重要的問題，那就是詩教的問題。本來，一首詩自有他的意象，可以不涉及教訓，但詩經，是眞善美的追求，後來的道學先生，則誤以爲有諷諭性，或故以爲有諷諭性，加以附會，加以引申，而完成所謂「詩教」。從左傳的「賦詩」，論語中庸的「解詩」，都可以得到證明。但還有一個問題，左傳的「賦詩」是斷章取義的，我們也明知是斷章取義，如果能識破這點，則無影響於詩學。如果是由「意象」引申爲「詩教」，雖是道學，也無可厚非，但我們應各歸其面目，然後引申。如果是附會，曲解詩意，那就不行了。

至於這首詩的寫作態度如何？是自傳性？想像性？還是諷喻性？沒有足够的證據，不敢下斷語。不過，這首詩意象明晰，主題高尙優美，引申爲詩教，是很容易，甚至是應該的，毛序說：「雞鳴，思賢妃也。哀公荒淫怠慢，故陳賢妃貞女，夙夜警戒，相成之道焉。」如果單要「夙夜警戒，相成之道」，那是毫無疑問的，那是由意象引申而成的詩教。但毛序在此卻肯定作者的寫作態度是諫喻性，不知何所據。而且確定是爲哀公而寫，那更非拿出證據不可了。然而這種證據，幾乎是無法拿出來的，因此，筆者讀詩經的態度，只止於意象，以及意象的引申爲詩教，以及當時的人文狀況而已。

德詩選譯

Erich Kästner 作

陳千武譯

調換臉的夢

剛剛想說明的夢　我做夢的時候
便有幾千人在那個家裡擁擠着
而且　好像受到甚麽人的命令那樣
好像誰也厭膩自己的臉那樣
所有的人都剝下了臉

像調換壁上的繪畫
我們都剝下了自己的臉
之後把它拿在双手
像化裝舞蹈會終了的時候　我們拿着假面具一樣
可是　那個場面　毫不豪華喲

沒有嘴　也沒有眼睛　像人影那麽滑溜溜的
都把手伸向隔壁
等待再次構成的臉
迅速　無聲地　調換了
看到人家的　就把它爭奪過來

忽而大人變成童顏
女的臉生出鬍鬚
老婆像妾姨那麽微笑了
然後大家都跑出去　我也一起　到鏡前
但是　却看不到我的面貌呢

人群越來越多
有一個人發現了自己的臉
大喊一聲　穿過人群去
緊追自己的臉
然即終于看不見了　臉仍然隱藏着

我是不是那個長辮髮的女孩？
我是不是在那邊的那個紅髮女？
我是不是那些禿頭裡的一個？
在紛雜的人群裡
全然看不見屬于我自己的一個臉

此時　我慄然覺醒　而感到很冷
不曉得誰在揪我的頭髮
用手指擾亂了我的嘴和耳朵
等到驚愕稍退了之後　我才知道
那是我自己的手

但不完全放心了呵
我的臉是不是裝着和我毫無關聯？
忽然跳起來　點亮了灯
走近鏡前　看一看臉
再熄滅了灯　才放心下來而躺上床

李魁賢譯

第四悲歌

哦，生命的群樹啊，哦，何時是寒冬落葉之時？
我們不是一體。不是像候鳥一般的
熟諳。追逐着，但已遲了
所以我們突然逼自己逐風而行
却投落入冷漠無情的水池裡。
花開和凋謝都同時在我們的意識中。
無論在何處，獅子仍然踱步着
且威風凜凜，不知何爲頹喪。

可是，當我們全心思索着一件事，
却感覺已展現了其他。對立
最緊靠着我們。互相之間
允諾着廣濶的世界，狩獵以及故鄉的
戀人們，不是經常踏入疆界？
在彼方，爲了一個瞬間的素描
對方的基地業已辛勞地建立，
猶似我們看見了那素描；因爲我們
已被充分的瞭解。我們不清楚情感的輪廓，
只明白從外部給予塑形的東西。
誰不心焦地坐在他的心的幕前？
幕啓：佈景是別離。
不難領悟。熟知的花園，
且輕輕搖盪着：接着出場的是舞踏者。
他不行啊！够啦。當他靈活地舞着
他是假裝着的，且成爲市民
就從厨房走進房屋。

我不要這半遮的面具，
寧要玩偶。玩偶是充實的。
我會忍受這軀體，金線，以及
只是外貌的面容。這裡，我站在舞台的前面。
旣使灯光熄滅，旣使我聽說：
完結了——，旣使從舞台
把空虛隨着灰色的串風吹來。
旣使我的靜默的祖先們沒有一人

坐在我身旁，沒有婦人，也沒有
茶色的斜眼睨視的孩童！
我依然留下。目不轉睛地注視着。

我不對嗎？父親啊，你爲了我備嚐着
人生的苦澀，品味着我的生命，
我的必然中的最初的濁液，
當我成長時，不斷一再地品味着，
以這般奇異的未來的餘味，
並檢驗着我模糊的仰望——
而你，父親喲，自從你亡逝後，常常，
在我的希望中，我的內層，焦急着
且把恬靜，有如擁着死亡的
恬靜的王國拋棄，只是爲了我屑碎的命運。
我不對嗎？而你們，我不對嗎？
爲了我對你們小小的愛的開端
而愛着我的你們喲，我經常在離棄那開端，
因爲我所愛的你們的顏面之中的
空間，移向你們不再留住的
世界空間……。當我殷切地
在玩偶的舞台前期待着，不，
太過於凝神了，所以在我的視力
終於均衡時，一天使有如演員般
高躍着軀體而來。
天使和玩偶：最後是演劇。
然後在我們的存在中，我們不斷地
把截分的事物連結成一體。此時
在我們的四季中，首次出現全體轉移的
圓環。超越於我們之上
天使表演着。看啊：垂死者
不該揣想我們在世上所成就的一切
如何充滿着遁辭嗎？一切
都是空白。哦，童年的時光啊！
形象的背後都只是超越於往昔的事物
在我們的面前沒有未來。
我們確實在成長，且我們時常催逼着
早日長大，半是承歡那些
除了已是成人外一無所爲的人物。
而在我們單獨地行進時；
我們喜悅那永續不斷的事物，並且站在
世界與玩具之間的中間地帶，
在太初以來爲純粹的一事件
而建築的場所。

誰能陳示，和他一般模樣的孩童？是誰
把他放置在星座間，把距離的量尺
遞給他的手掌？誰可用灰色的硬麵包
塑造孩童之死——或就讓死包容在
圓形的口中，像一顆
美麗的蘋果的核仁？兇手
容易查出。可是這：死亡，
全般的死亡，既使在生命之前
還是這樣的溫柔，而不忿怒，
却難以描述。

作品合評

時間：五十七年九月十五日
地點：桃園陳秀喜女士寓所
紀錄：林錫嘉

出席人員：
林煥彰
李魁賢
趙天儀
施善繼
王誠一
陳秀喜
吳瀛濤
吳建堂

藍楓作品

視覺的戰爭

夜，跌落在
一個不知如何的世界

左瞳開處
是一枚清晰的月亮
右瞳開處
是朦朧的鷄蛋黃

不同的近視
交織成一眞實與無知的世界
無知的標幟是快樂
眞實的樣本是悲哀
我不知道，應該
用那一隻眼來捕捉風景、

左眼、右眼
是一對命運的對手
運動場就在大腦的平板上

於是：
一鮮花
一枯枝
一遐思
一黑潮
兩葉眼簾交迭的開放

附記：我的左眼是100°右眼是350°近視。

林煥彰：很巧，這次我們選出的這三首詩有個共通點，都以「生活」入詩。

趙天儀：世界上如果沒有光，一切都將不存在。有了光，物象呈現在詩人的眼里都會是新奇的，因爲詩人觀察透視力要比常人銳利些。藍楓這首詩，把月亮比擬成蛋黃就顯得新奇感。但看他一開頭很有表現，似乎有個不平凡的構想，不過那只是一剎那的顯現，後面就平淡下來了。

李魁賢：這是因爲沒有把詩象徵化的關係，沒能造成餘音繞樑的效果。

趙天儀：這首詩有很好的Idea，是有所欲表現的。跟他以前寫的比較概念化的詩，是進步多了。或許這與他目前在研究詩經有關係。

李魁賢：題目用「戰爭」旨在強化視覺相差的爭執，他用「眞實」和「無知」，當然是一種比較，也是他視覺的兩個 Object.

林煥彰：如果不把「戰爭」硬是聯想爲只限於刀槍之戰鬪，那麽「運動場」與「戰爭」就不會是太唐突的事，而且，我以爲他這樣把「視覺」與「戰爭」組合在一起，所產生的效果是非常的強烈，也許，這就是所謂藝術效果吧！其實，當左右眼的一對命運之手在對決的時候，置之於大腦審判是很妥當的。

李魁賢：「無知的標幟是快樂」，這無知當然不是那種痴呆的無知，而是孩童無防衛的知覺裡，對成人爲不知其然而忙得團團轉的現實世界的無知，因此，在詩人的想像世界，無知或許眞正是一種快樂。

趙天儀：詩之難寫就在要使詩不平凡，而又要使它平凡。

施善繼：這首詩有很多的呼應。但人要做一件事情就不必考慮太多因素，所以在詩中，對稱與否並不重要。這首詩一開始，現出的 Idea 倒很奇特，可是再往後却顯得平淡無力了。

李魁賢：我最近常想，寫詩也應該要重視設計，就如同現在優秀的商業廣告設計一樣。要達到打動讀者心坎的目的，而又要不通俗，且提高讀者欣賞的水準，而二者同樣要完成傳達的作用，才算履行了任務。

吳建堂：我想後面的「附記」是會使詩顯得「表達不够」。

▲（大家認爲寫詩，附記是多餘的）

林煥彰：兩隻眼睛，是兩個不同的世界。生活在這兩個不同的世界之間，我們有不知應該生活在左眼的世界或右眼的世界的困惑和悲哀。

趙天儀：欣賞詩，年齡與心靈的狀態有很大的關係。同樣一首詩，年青時讀它和年老時讀它，感受不一定相同。心情或歡樂或悲愁，讀一首詩其感受當然也不一樣。

李魁賢：一首好詩的條件，是從年青到年老都會喜歡。富貧、老少、各階層都能欣賞。因而這是最大的挑戰。

鄭烱明的作品

襯衫

穿着破舊的襯衫四處遊蕩
穿着不可測的命運

常常脫下來補
失業的時候就把它掛在肩上
裝出很神氣的樣子
可是 在這個性喪失的社會
還有什麼值得驕傲
踏進擁擠的公共厠所
我以沉思和寂寞打發無聊的小便

趙天儀：作者對日常最接近最細微的事物都能注意到，這點很可取。以我個人來說，每天穿衣服，只知道它是用來避寒取暖，我就不曾想到襯衫之中也有詩存在。

李魁賢：里爾克在「杜英諾悲歌」裡曾提到衣服對我們人體最親近，但最不爲我們所了解。在人類的眼光中通常限於物象的實用目的，祗要求物象能爲我們做什麼，而常忽略人類能爲物象服役什麼。其實物象有其自己的生命，詩人就是要發掘透視物象的生命，物象有了生命，詩才有生命。

趙天儀：能找像「襯衫」這題材很好。當然我這樣的說法，也並不意味，我們在提倡某一類的詩。生活所至，詩就在那兒。

施善繼：「失業的時候就把它掛在肩上」與「裝出很神氣的樣子」，是不是有點矛盾？

李魁賢：不，他失業，穿破爛的衣服，生活很苦，可是也很有「不羈」的精神，所謂「人窮志不短」。因而他的神氣，在於表現了「生活」其奈我何的氣概，很令人感動。

陳秀喜：這樣的精神有點像日本流行的一個故事。日本的窮武士，走過市街，沒錢吃飯，看到別人從飯館出來，拿着牙籤在挑牙，他也拿了個牙籤拼命挑牙，表示自己也已吃了飯，且裝着很神氣的樣子。

▲（哈！哈！大家哄然大笑）

李魁賢：不過詩要給人力量，不是消極頹廢。我們讀了這首詩，並不爲他是失業，穿破舊的襯衫而悲哀起來，倒是從詩的骨子裡我們嗅到激奮的氣息。

趙天儀：現在很多詩人只生活在自己狹窄的世界，歌唱自我。又有些是讀了幾本洋詩，回過頭來，寫中國的西洋詩。我們仔細觀察思索一下，如今我們的河川裡，被毒死的魚蝦，被電斃的魚蝦，聽不到蛙鳴，看不到游魚，這都是血淋淋的詩的好材料，如果我們光在那兒寫卡繆、卡夫卡、寫艾略特，倒不如回轉頭來寫寫我們的青蛙、魚蝦、溪流好一點。

李魁賢：我們不能忽略了對社會的關心，每一代有每一代的心聲，將來的文學史上如何落筆，那只有全看詩人自己的知覺與努力了。

林煥彰：「常常脫下來補」這是多麼平常的一句話，但安排在這里却蘊含着多深長的意義。寫詩就要從這里去挖掘，生活是值得注意的。

吳建堂：藍楓的「視覺的戰爭」是利用特種題材來表現。鄭烱明則是利用普通的題材來表現。兩人都處理得很好。

林煥彰：藍楓把生命交給命運去批判。鄭烱明則把命運掌握在自己的手裡。

龔顯宗作品

那個上午

我在中山北路踢着石子慢慢走，
這是太閒了的一個上午。

遠離了狹窄的寫字間，
遠離了發熱的沙發椅；
躲開了大肚鏡的監視，
躲開了胖經理的嚕囌。

樹微微揮動手臂，
喇叭聲淹沒了阿哥哥，
十字路指着南北東西，
人們各沿自己的方向忽忽走去。

我在中山北路踢着石子慢慢走，
這是太閒了的一個上午。

趙天儀：這首詩雖然也是有所表現，但比不上前面兩首。處理得比較保守，用外在的事物做比較，當然比以內在之呈現來得膚淺、薄弱、不深刻。不能凝聚於一點。如果他能深刻去觀察，成績會好一點，「慢慢走」並沒有走出一點什麽來。沒有像「襯衫」的豪氣。

李魁賢：遠離狹窄的寫字間，離開了生活的重壓，在中山北路踢石子。我們知道他要表現逃離煩囂的現實，回歸孤獨自我的境況，可惜起頭與結尾均未強調出來，因而使人有無所事事的無聊感。

趙天儀：我看他是太無聊，可是却無聊不出一些東西。

施善繼：無聊得缺少設計，走也走得沒有設計。眞是無聊得太無聊了。

趙天儀：所以說，詩人應該是一個發光體，自己本身應該有希望，才能給讀者以希望。

陳秀喜：像胡品清最近的作品是發不出希望的光。

李魁賢：詩人在寫詩時，選擇 image 上往往對自己很殘忍。詩人要有壯士斷腕的決心，應該割愛的就要棄掉，不重要或重疊而見不出效果的意象應該斷絕，才能使詩純淨。

近作二首

吳瀛濤

1. 有一點奇異

有一點奇異
同一個人
却在不同的時間
不同的場所
做不同的事

去過婚禮
也去過喪葬
以及去看病人
去應酬喝酒
去看脫衣舞
去開開會
去談愛情
幾乎於同一天

如此，同一個人
不斷以不同的表情
不同的姿態
忙碌於人生
就像一隻善變的 chameleon
是有一點奇異的

2. 醒於靑空

醒於靑空
靑空是一片海
床是一隻船艇
我有航行愉快的感覺

這是早晨
晨光的時刻
午前六點
早晨的微風喚醒我

這就是幸福
爲何不起來
走走蒼翠的山邊
走走葱綠的田園

今天，我該乘雲去
像一個年靑人
我該有多美麗的夢
一點也不褪色

醒於靑空
幸福已來到我打開的門窗
是的，我要吹口哨
去迎接她

戲罷

林錫嘉

燈的陽光
厚厚的鉛粉底下的愁怨
猶是那款擺着腰肢的貴婦
侍者、婢女，以及雕花的夢
引蝶穿風而來

負一只破包袱的老嫗
是一隻從幽暗中伸進來的手
隨着風，就撕去她胸口那襲華飾
當風景遠去
故事也結束一些

鑼鼓收歛綳張的臉時
陽光就褪盡了
她廉價的向世界購買痛苦的位置
點五燭光的希望
洗落臉譜
就見到木椅張着眼渴望人的溫暖

蹲坐在戲台的木板上
掏出奶喂向哭着的孩子
孩子不知戲外的戲
香爐的香煙圍繞着整個疲憊
因而鏡也糢糊了

戰爭販子

龔顯宗

固然戲罷
戲仍上演着

撥過來。晚報第一版
標着以阿戰火重燃，
並記載越戰的傷亡。
（遂想起北伐孫傳芳，臺兒莊大捷
以及戰史裏的滑鐵盧和諾曼第
以及負傷退役前的八二三炮戰）
翻開去，副刊連載着
赤壁之役和淝水之戰。
歌廳的海報是卷錄音帶，
蓋在籃子上，
便響起磁性的歌聲和謝幕時的喝采。
在燈火漸弱的街上，
他準備廉價地兜售戰爭。
哦，那個拾荒的老頭。

墨藍的鄉愁

潘艦

一、

是百五十公尺的低欄賽跑
經過防波隄後，浪濤們在終點
最猛勇的衝刺
然後輕吁在碼頭横與豎的樁木上
（低艙裏水兵在廉價女人身上的
　那種發射，也是屬於高潮後沙灘前
一種海洋疲憊起伏的故事）

不是基隆的雨季
也非高澎航道上那種短暫的
祈望，即化爲口中的唾沫
不高興的時候可以隨便吐掉
除了全然依附風景的創痛
一切的思念歸翻起的魚肚去渲染
說：海上播種的不用種子，以及
收穫的無期——在夏裏被榴火爐煉
　或在秋裏結成串的
金黃？是一種絕對凄美的色彩

二、

有不定根，繁殖成一股洋流
繁殖成多瓣女人開合的唇
唇除了供人索吻就沒有其他
洋流除了堆積厚厚的孤寂，厚厚的
鹽漬，就是學不中用的溪水
訴說唐朝味好古典，好霉的離情
　船也會醉成另一種踉蹌
除了航跡以外，仍然爭辯北極星座的
遷移，除了鄉愁
誰還去爭辯星光的是否微黯
海峽長年墨藍否？

說雨，說淚水，說舷邊的濺浪
均不能構成一幅暖意的風景
張掛在那面朝南的牆
　那家朝北的渴念
而張掛在桅頂的旗旒
儘是飄展的藍
儘是撼然的依稀
直到烟肉斜
長桅斷處，血流成海
成湖，湖邊楓葉波徑，雁飛成陣
海上：依然我行躑躅
　依然燈眼凄楚

重逢

陳秀喜

如今你擁有美麗的花園
茉莉花開放在你的足傍
我也擁有茶飯的江山
君臨這個可愛的厨房
我是你的鄰居怕羞的少女
不知愁只怕羞
更怕穿過牆射來的少年深情的眸光
追思往事你給我的青棗子酸甜的滋味湧上

當我飄然探訪南方的小鎮
只有你是認識的鎮民
然而鎮上的人我都覺得可親

自從彩色的夢被一座低牆隔離了三十年
初次在你的花園共遊
當年偏愛插上茉莉花的兩條辮子
已成稀疏的短髮
怎能再配上那不變的芬芳
如今茉莉花開滿你的足傍
喚起了我漠然的妒意
揮手向你的笑容道別　踏上宿命的軌道
青棗子酸甜的滋味又湧上

百菓山即景

謝秀宗

在褶曲的八卦山脈綿亙裡
你留了一片幽邃的綠海
一撮撮的黃土交雜在一叢叢的輭草之間
是一幅美麗底風景畫

紅紅的太陽一恒射不透的綠幛
看到鬱鬱的岡阜起伏
童年的嬉遊脚印
早已蕩然無存
迎面嶄新臉孔
眞令我屈指驕傲

曉陽塔巍峩的屹立
古寺廟院隱約木魚的傳聲
拱橋、御道古典的建築遺跡
一排一排的相思林
站在山上眺望是大平原的綠禾一片

我在山上說着如許故事
關於那群渾汗純樸的子民
辛勤耕耘的創造　以及
一滴一滴累計的成績

落階之後

方艮

依然是座疊的黃昏
我們的四月傾斜在路上
路　已有些黯然了

索取一瓢古城的夜色
一九六八的鐘擺　輕蕩着一種期待
樓角是遺忘的古典
第一顆晚星已冉掛在記憶裡

你淺淺的影痕遮掩了時間
那一疊漠然的黃昏
星與名字在門上編結着
一條繁花之串

就這樣　我去了南方
海烟與山影都碎作窗前的枯瓣
我們的步履是踱蹀的暮春
是低低的呼喚

星落時　移步盡是淚苔
久年期待的　柔柔的淚苔
當你遺忘　那古典裡的鐘擺
當你緩緩下階
路　便輕輕地撒下
一疊黃昏

塔

傅敏

它就這樣撐着雲
　用靜穆的建築毗鄰着樹影
呵！一些禪
　一些暝想的飛昇

曾經化爲一縷青烟
通往不回歸的燃燒着火焰的西方的黃昏

曾經化爲禪
用千手千眼撥開雲霧
那冷冷的空茫

生命

郭啓祿

由時間供給燃料的
　　　鉅輪
絞着生命線，一分一秒的……，

在生命線成一線團時
那七彩的美夢
也將與生命一樣的
　　　停止

詩的纖維(二)

林閃

茶花女A

一對赤裸的身子
有一張灰色的毛氈，在上面浮動
你擁着我一如擁着苦悶
流着黑紫色血液的時間呵
停止了滴落

你是誰
突然的，你的手把門砰一聲
我便傻楞楞的回望壁鏡
笑看鐘中人爲何流淚

我的影子呵
漸漸漸漸的縮小
成爲一隻何其卑微的雌獸

茶花女B

這是一個下雨天
穿褲子的人怕淋溼了褲子
我們的工作輕鬆多了
我起床去揮動久被遺忘的器官
等着吃下一頓飯
室內的蒼蠅圍繞在壁上
裂着嘴看床上的一枝花
在青春的曙色中黑萎
旁邊，擺着一隻烏鴉的標本

茶花女C

誰把妳擺在這兒
這塊雨時廳堂前的門踏
一大陣鞋子以不同醜度的泥濘
踩着妳不被人稍加憐愛的
卻被造物者撫吻過的屬性
妳翻身在痛苦的前後左右
喊着那只床說是妳底母親

茶花女D

你看過車輾石子嗎
尖銳如刃的苦刑
日以繼夜的等加上去
你見過一種淚嗎，流出後
突然的碎成了笑聲
你能想像出地球上的另一種生物嗎
每天一二三四的數着
罪惡的大名和小名

而人們的色盲本是故意的

茶花女E

那個男孩哭了
他顫抖的雙手抱住我的脚
要我替他懺悔
因爲他的心走向那邊
他的脚却帶他來這兒

我的淚溝
已成爲烈日下曝乾了的河床
孩子
我們的肉體即是我們的悲劇

同飲的長途

林忠彥

說你揮着長鞭揮毫自己的天地
騎欲奔的鐵馬
看長空永斯年靑
大晴天笑你牽着那種英雄

屬於我們的年代·
路不是向花叢去開拓
嬌媚的一切陳列在生命的博覽室
讓自私暗自拋錨

過多的事故迷住腦門和肺葉
一程波折的疾速流轉
垂靑於將來

如同角鐵與角鐵構成力學的信心
滾向第二個箭頭全倒的掌聲
冠着勝利如滿天漂亮的星辰

球婆

黃進蓮

才十六歲而已
小學生也叫妳
球婆球婆球婆
太滑稽了是吧
才十六歲而已

天階夜色
如果涼如水
她們會去臥看
牽牛織女星
而妳呢　該去
看昨天看的前天看的
五種色球
在桌上碾來碾去
把未老的青春碾得扁扁
想及今天的鈔票
換來明日爸爸一瓢飲

哦　爸爸的意義
也不模糊　是不
未免要怨尤
今夜的潮
　漲得恁慢
弄潮兒啊　知否
這手勢　有多少無奈呀
那眼眸　有多少睡意
　而睡意已年老不堪

打烊時節
已是半夜時分
一輛小轎車
載妳馳上　燈紅酒綠
啊唷　今宵酒醒
何處　球婆

才十六歲而已
小學生也叫妳
球婆球婆球婆
太滑稽了是吧
才十六歲而已

現代詩的諸問題

北川冬彥作
徐和隣譯

(二)關於詩語

我已經具體的列擧過，現代詩不必仰賴美麗的詞藻而用現代國語依然能够寫出出色的詩，而且，比用文言、雅語還寫得出更有高度、廣度、深度的詩。現代，我們的國語確實很混亂。大和語言（從古代傳下的雅語）、漢語（中國古文）、以及其他各種的外來語、生硬的翻譯語等。亂七八糟的混合使用着。從這些紛然的現代國語裡，詩人們選擇熟練的語言而爲詩語使用。爲了要使詩人的心象活生生的躍動，需選擇適當的語言。然而詩人之中，常有誇耀語彙豐富的人。譬如北原白秋、現代詩人的三好達治、金子光晴等，是很好的例子。不過豐富的語彙未必就能使詩成爲優秀。反因豐富的語彙的舖張而失去詩的眞實性和迫力。豐富的語言到底只是一種裝飾，藉以掩蓋貧弱的詩質而已。爲此，波特萊爾也曾說過：優秀詩人使用的語彙確實不多。因爲優秀的詩人除了創造一種確切的語言之外不用其他的緣故吧！小野十三郎、山之口貌、高橋新吉、村野四郎等之語彙並不多。大致比起明治大正的詩人，現代詩人所使用的語彙確實較少，這是由於討厭虛飾的誠實性引起的。對於這些人的詩，或許初學寫詩的人會因其使用的語彙少而感到驚異吧！我常碰到初學者喜歡用難懂的漢字的形容詞寫詩，以爲那樣才像詩。事實上，他們不過是想用難懂的漢字的形容詞來裝飾欺騙而已。設若把那些難懂的形容詞的枝葉掃除了以後，畢竟能留下些什麽？

說起漢字，現代日本的國文裡面確實太多。至於文部省（教育部）所制定的漢字制限法，在要減少國民的精力這點，作得非常的好。可是，要求在象形文字上所呈現的意義這點的把握，漢字的魅力的確還很大。然而時勢所趨，漢字一定會逐漸的減少。爲什麽呢？隨着收音機或有聲電影的發達普及不能沒有用眼睛看文字和用耳朶聽語言的現代人的環境裡，漢字的發音常有相同而不能聽清其意義的緣故吧！譬如說「我不贊成你的嗜好（Shi ko-）」的時候，能用文字明白地寫出「嗜好」，可是用耳朶聽的時候，有時可聽爲思考（Shi ko-），或聽爲志向（Shi ko-），容易混同的。是以我們的現代詩，也會逐漸地增加朗誦的機會，所以必須留意採用以耳朶聽得明明白白的詩語。大部份的現代詩，用耳朶聽不清楚的地方很多。有人主張現代詩不必爲朗誦而寫，可是我在想眞正好的詩是耐得朗誦的。於今，詩在喪失着社會性的原因之一，是因爲有人主張寫詩不必意識到被朗誦這個偏狹的詩觀所致誤。

前面已經示例過的吉田一穗的「岩山」一首詩裡有（標石）「砂」一首詩裡有（流餓）等文字，倘若朗誦的話，聽不懂其意思。這一點，丸山薰寫（飛沫）、（氷柱）、（容姿）的旁邊加注音爲（しぶき），（つらら），（かたち）等，其用意是相當周到的。在我們這個時代，以眼睛讀這些漢語的時候確還有象形文字的魅力，可是在不久的將來將會失去象形文字的魅力，而會以振假名——用五十音 Ka na 注音爲（しぶき），（つらら），（かたち）來代替，變爲主體，這是能想像的。然而用耳朵聽的時候，將失去（飛沫）（氷柱）（容姿）的漢語的字意的印象而留下（しぶき），（つらら），（かたち），即讀（Shi Bu ki），（Tsu Tsu La），（Ka Ta Chi）的印象。

制定「新假名使」（Shin Ka Za Tsu Kai），大多數的文學者都反對。尤其是現在的小說家，幾乎全部都不用，而以「舊假名使」（Ki yu u Ka Za Tsu Kai）來寫作，至於詩人則比較贊成用「新假名使」從事寫詩。若是有人以輕擧、雷同、盲從等字眼來責備詩人的話，那是不當的。詩人選擇什麼樣的工具自有其道理，何況對於語言的使用，詩人比小說家是更爲敏感。依照「新假名使」，「Te-Hu, Te-Hu」改爲「CHi-yo-u, CHi-yo-u」，雖然對這些改法，詩人並非沒有不滿，可是比起那些末梢的文字予人的感覺，不如重視精力節約的効果爲佳。寫出「Te-Hu, Te-Hu」，而聽的發音，不是「Te-Hu, Te-Hu」，也不是「CHi-yo-u, CHi-yo-u」，雙方都是「CHi-yo- CHi-yo-」的發音。比起採取語言的委婉進步的詩人更要採取實體感，因爲他們要求確切的給出。假若有人說不以「Te-Hu, Te-Hu」表現就以爲沒有味道，那麼他們就是依然對文言、雅語戀戀不捨的，有一脈相承於舊態詩人的精神的。讀書的時候雖然默讀，但在頭腦裡是發音着。說到心象與心象的組合的構成詩，也是一樣。默讀的發音對於形成（非音樂的音樂）這一點有很大的效果。內在的節奏自然借默讀的發生而產生。相反的，小說家他們使用的是記述文，雖然表面上有種種講得通的反對理由，但都比不上詩作品那樣跟發聲更有關聯性——因此提不起精神來改用「新假名使」。常常被「舊假名使」的煩瑣所懊惱的我，因積極的採用「新假名使」而獲得精力節約的功德不少。然而習慣這個東西是奇妙的，後來讀「舊假名使」的文章的時候，尤其是讀詩的時候，就感覺有古色蒼然的味道。日本假若有什麼文化革命，或者會做到徹底採用發音主義路線來羅馬字化的時候，很難相信就有廢止「新假名使」而倒過來使用「舊假名使」的一天。現今的小學生長大到會讀小說和詩的時候，「歷史的假名使」（即舊假名使）的詩和小說，恐怕會變成「讀書圈外」的東西吧！

小說，在性質上，很少使用難懂的特殊的漢語，所以較爲沒有問題，但像喜歡用難懂的漢語的詩，不久就會被揚棄。現代詩人深深的覺悟着必需創造新的詩語，來代替漢語改爲容易聽懂的語言。原來詩人創造的詩語多是仰賴漢字創造的。日夏耿之介、吉田一穗、草野心平等就是。不過將來的新的詩語不可能這樣。語言是活的，無論怎麼不流暢的卑猥的語言，假若它能活在人類的實生活裡，是沒有道理反對它成爲詩語的。我想，由現在的語言生活裡找出詩語，把它繫於作品裡安定下來。詩人要創造新的詩語的一大理由，也即在此。

何謂現代詩

鮎川信夫作
葉笛譯

I 詩人的條件

1

我們能够把詩——把詩本身，單獨分割開來討論嗎？當然是不可能的。然則，把詩本身，能够單獨將它分割起來似的，把詩從其他孤立的一概念，或將它當做絕對化的一形式來處理的傾向，還根深蒂固的存在着。同時，在詩論中談到的詩的法則，大抵都在詩底實作之後誕生，像經濟學者和歷史學者所作的社會法則似地，決不在我們之前，卻慣常地從我們之後出現的。這樣被固定了的詩的法則，常常一般地給予人們以詩是不變的概念似的錯覺。

而詩的固定化的概念，宛如一種權威一般地被談到時，那對於在曾有過歷史意味的意義上，確實是權威的，但對於認爲：「未來特別在某一點上和過去是不同的，即人們不但能够等待它，可是也能够改變它的。」〔註1〕活在現代的詩人之想像和希求的精神，大都未必是一致的。對於我們來說：理論之美並不是大問題。我們要承認那理論，抑或要否定它，依照自己所喜歡的去做的自由是不論何時何地都存在着的。

在這裡，首先我想爲了活在現代的我們要否定：從近代詩的過去出現的一個固定的概念，即從愛倫坡、波特萊爾，以至馬拉美、梵樂希等由象徵主義詩人所造成的詩的觀念。這決不是因爲輕視歷史的象徵主義的運動，毋寧是罣念着象徵主義波及我們的世代的巨大影響，將搾取我們的現在，將來，以及想除掉由於象徵主義以降第一次大戰後的達達和超現實主義受到暗示的，對於一般的詩之偏頗的想法的緣故。

象徵主義事實上的完成者保羅・梵樂希的有名的所謂「純粹詩」的限界概念，雖然暗示着和生底任何條件都不能共存的詩的至高的明澄境，但，卻毫未觸及在任何場合都由詩人和社會的關係作爲條件而成的詩的事實的面。那是打破詩人和社會的關係，亦即由社會的要求和轉變，關係着到達某種程度的詩的平衡的觀念的上昇的產物。我願認爲藝術至上主義的象徵主義已由於達到所謂「純粹詩」的限界概念而打了終止符。當然，瞭望某種詩的發展說：那裡是出發點，那裡是終點，可能是愚不可及的。可是，我想暫且去掉一切框子去思索。因爲今天許多詩人尊重的概念之框差不多都不過是不必要的習慣而已。

即使離開梵樂希，各色各樣的純粹詩的理論還是存在着，可是由於「那些大多只把重點放在詩人的自我保全和做爲創造者的自己的責任」〔註2〕，把詩人和社會的關係全然漠視着。因爲純粹派恆常急於對自我解說的卓越性和才能的豐饒，過分把重點放在自己的藝術的磨練的結果，而常陷於要把詩的形式從內容分離的學究式的自家中毒。使現代詩痲痺的這種症狀，大多由於以儀禮、習慣、惡趣味，繼承了十九世紀的頹廢的逃避的浪漫主義文學的殘滓而起的。

素朴地說來：我們的日常生活，看來，好像與其說是活在詩裡，毋寧說是在不是詩裡的。然則，我們要發現我們自己，到底還是要在語言之上的。「所謂詩的概念會成立，就在於詩和非詩的境界裡。對於活在詩和非詩之間的人類來說，把他驅向詩的東西，毋寧是非詩的」〔註3〕，這意見充分表示着我們要寫詩的立場。把我們驅向詩的，不在於詩本身的空虛的美的價值世界，而是非詩的，換言之，就是在我們活着的現實的生活中的。

而且由此活在詩與非詩之間的人類，才能向着做爲自我確認的場所而發見的詩的機能上，怎樣才能集中自己全存在的投影，並且它擁有什麼人生的價值，這種可能性的問題發展下去。對於何以詩人做爲自我確認的場所，不用散文而選擇詩的疑問，我們必須證明：詩比詩以外的任何言語形式，是更能極端地把觀念和意像凝縮的，能把語言的價值發揮到最高度的事情。我得先說清楚：我想在這裡說的，並不是對於散文的詩的優越。

只是我會想起對T・S・愛略脫的話——「用散文能說的事情，還是用散文更能說得好的」New Country 派的抵抗。除非愛略脫所說的「更能」的意義把着技術的東西，能以散文說的，不能不說用詩也能說得好的。但，愛略脫又在他處說着：「只是我要斷言：我們得照我們能寫的去寫，得照我們所看的去接受它。」而發出了耐得住文明的荒廢的危險，以及由於喪失傳統的精神的不安的領土「荒地」的幻滅的詩人的輝煌的宣言。

2

所謂現代詩是什麼？如果拿這個問題去對今天的各階層的知識份子發問，到底會在他們的心中喚起什麼樣的聯想呢？這，恐怕會由於獲得相當分岐的回答，而質問者自己會困惑而難於遽下判斷的吧。這，好像不僅日本是這樣。阿吉波德・馬克利修雖然曾對這問題說：「也許你會從青年時代聽過Amy Lowell〔譯註：美國女詩人兼評論家〕的一夥人獲得「自由詩」的回答。也許從仔細讀過Ezra Pound〔譯註：美國詩人及評論家〕的『康德斯』，結局不懂其意義的人們會得到回答說「曖昧」的吧。從生長於十九世紀的范連泰恩節〔譯註：即 Pound St. Valentin's day 二月十四日，男女相愛之日也〕的人們，你可能獲得「醜惡」這個回答，而從那些揚起手杖想打垮俗世的貴婦人們，說不定會得到「藝術」這個回答的。並且，從愛好名稱的一幫人獲得那些名稱，從愛好流派的一夥人獲得那些流派的回答的吧。」但，這種混亂的情況，也許悉數搬到日本來還是適用的。於是乎，稍爲懂事的人們，便對這種獨善和無秩序以及權威的喪失感到心灰意冷，馬上就認爲所謂現代詩是和自己的期待相背的東西。而多數的詩人們，看來就像在這種情況下爲了反對那些知識份子們的期待在努力着似的。

我在剛才敍述過：詩的既成概念在現代的日本，彷彿就在象徵主義的影響下形成似的，但，這種說法是把今天的詩人以及詩讀者的知識水準估計得相當高的看法，其實，和象徵主義以前相彷彿的光景在現在的詩壇上仍有很多存在着。Matinée Poétique〔譯註：即韻律派，第二次大戰後，日本的年輕詩人們組織的詩派，着重語言的美和腳韻。〕的詩人們看到大部分無能的自由詩的低迷狀態，而把詩的革命的幻影寄托在文學上審美的價值安定的定型押韻詩的十四行定型詩（Sonnet）形式，把「詩與詩論」以後的日本近代詩的展開置之不理的原因，不就是由於現代詩的無意義的混亂——毋寧就是由於看破把混亂本身置之不顧的詩壇的無自覺性的吧。在那樣的所謂現代詩的世界的特定場所裡，差不多所有的作品都描寫着奇妙的歪曲像、多種多樣的形態以及精神的殘骸，像垃圾堆積處一樣地到處散亂着，而且所謂各流派的主義，主張經常放散着臭味不當地強調着那些存在。

所有這些都是因把詩本身割離起來思想而產生的壞習慣的結果，就是忘記了把我們驅使向詩的、非詩的現實生活的實感使然的。全然沒有現代意識的詩人在寫現代詩，這不能不說是無聊透了。

3

我們有必要再一次深思：「爲什麽要寫詩？」這件事情。那不是因爲看丢了詩，而是因爲不願迷失給予我們的詩以意義的生活。我們得不斷地反省：輕易被詩化，輕易被小說化的地方，有什麽樣的生活。

對於我們來說：唯一共同的主題，就是現代的荒地。活在被戰爭和戰爭所挾住的時代，曾經一度把血肉之軀睹注在戰爭上的我們，即使現在仍然不能從黑暗的現實和被撕裂了的意識逃脫出來，而看守着冷戰的去向。我們的生活不曾有過像歐洲和美國的做爲共同的理念的「文明」。却只生長那沒有傳統之根常有的植民地文化的雜草。對於不曾擁有必須守住的「文明」的民族而言，戰爭也不過像天災地變一般偶然的災難而已。

由於擁有所謂戰爭的共同體驗而殘存於戰後的荒地裡的我們，隨着我們自己的生活而面對着新時代的課題。並且從第一次大戰後的荒廢和虛無之中，愛略脫的『荒地』誕生於一九二三年，到現在雖然已經歷了四分之一世紀以上的年月，然則，依然並未抹去對現代的荒地的不安之意識。「沉浸於破滅的要素吧，那是唯一的路」隨着史蒂芬・史班德說的這句話，我們爲了追求；在荒地裡，在被描畫的文明的幻影裡，能拯救我們的東西而走進去了。

「一九四……年
在強烈的太陽和火的菫花的戰線上
我毫無理由地倒了下去
我底幻影仍然活着」
「我還活着
死去的是我的經驗」
「我的房間已被關閉
可是我的記憶的椅子以及
我的幻影的窗
額頭浮着星光似的汗
我們用我們的指甲扒着這面地上
你是不能否定的」
我們埋葬我們死去的經驗
我們夢着我們受傷的幻影的蘇醒〔註5〕

出現在此地倒下去的男人，不但是在戰爭裡活下來的人，同時，也是「荒地」自身的象徵。我們的經驗已和肉體一起滅亡。然則，對於我們那未經驗的文明的幻影，猶如十字架上的基督的幻影一樣地活着。通過活着的幻影，我們發現我們的荒地。可是，要翻開這塊荒廢了的地上，我們却只擁有肉身的指甲。

環繞這戰後充滿破滅的要素的社會，把現代的知性的限界描繪在 nihilism, catholicisme〔譯註：即羅馬舊教主義〕，Communism 等圖式上已成常識。在那裡，根本地存在着所謂把現代完全荒地化了的終末的近代自覺的歷史的意識。對於我們恆常否定地接受從外部來的問題的懷疑的傾向。實在來自近代主義自 Bergson〔譯註：即 Henri Bergson，猶太系的法國哲學家，1859—1941，重體驗和直觀，提倡創造的進化，一九二九年獲諾貝爾文學獎」和佛洛伊德以降，對於一般性的社會危機或由政治壓力形成的人類的不安、苦惱、絕望、不滿等均無能爲力的，以及對於每當那時便扛出馬克斯・列寧的事情含有不信的感情。

是以所謂要活在現代，便是被強制着阿爾培・卡繆的三個命題：肉體的自殺，哲學的自殺，以及叛逆的決擇，亦即從叛逆走向社會革命的熱情，對於行動的知識份子已成爲最寬濶的門，成爲一步步地走近新全體主義的危險的深淵。特別像日本，從歷史上看，思想的對立和抵抗稀簿，也沒有基督教的傳統的國家，對於那解釋現實有着簡易的圖式的歷史唯物論來說，委實是再好沒有的風土。

我們仍然不能從我們的不安的荒地的幻影遁脫。埋葬了死去的經驗，夢着負傷的幻影的我們還在夢着失去的人類的價値的正義、眞實、愛和美。我們夢着現代文明的母體的「歐洲」。

她底眼睛充滿着盡凝望過崩潰和滅亡的人的悲劇的諷
刺
她底耳朵只聽見海上遠方那失事的人底叫喚
她底文明是黑的那顏色不在近代的繪畫中
她底肉體使地球變得極爲不穩定
她底詢問在所有的精神裡喚起內亂和暴風雨〔註6〕

所謂她就是現代的歐洲，同時，也是所愛的一個女人。在這裡批判的東西和情緒的東西極端地被壓縮着融合在一起，搖曳着我們人類的愛底黑暗的宿命的影子。像愛着一女人一樣地，擁抱那幻影，也在腦海裡描畫着歐洲的文明，同時即是我們的生活，像這樣地在語言的秩序裡影射自己的意識，這一聯語言的關聯才能成爲我們的詩。

我們對於荒地的愛，不是單單對於正在滅亡着的布爾喬亞文明的愛，亦即意味着對於現代本身的愛。那是忍耐着由於戰爭招致文明的傳統的危機，陷入荒廢和瘋狂和不信的世界，想盡辦法要發見拯救我們的永續的價値的一種詩人的態度。然而，就是這種愛說不定還是不能給我們任何約束的。

留在幻滅的領土是極爲廣大的。因爲它在某種意義上，是占在神的以及人的中間的無限的領域。並且我們的戰爭恆常是必敗的戰爭之故。近代詩人的歷史，便是想使自己對社會保證而不合適的人的歷史，也可以說：「詩首先必然是詩人之罪惡的祭品」〔註7〕。

但，我對自己的罪惡持着自信。雖然，成爲我們的罪惡的犧牲的愛，不過是幻影，不久將終止於幻滅，荒地仍然不過是荒地，可是，與其相信未來的現實世界，我寧願尊重現在的幻影。雖則不久，我們的幻影會有死來臨，但，能夠聽見她在如下一般地歌唱着。

在新娘的牀上，
您超越愛，變爲盲目，打着鼾聲。
如果我不眞是您的，
您將會胆怯而憂心冲冲？一直到我心滿意足地
精神煥發地和我共舞的您
您永遠會是那樣一個愉快的君主嗎？
怕不是那樣吧。
可是您是卓越的，是不是，啱
現在可不就像王侯的死屍嗎，
直到您要統治時，
我將把您放入靈柩裡，
而我所愛的人喲，

為了我們倆睡覺且做夢吧
當您醒來要喝咔咖時
我該已在着裝呢……〔註8〕

對於我們，詩的未來常是被這樣描寫的。在純粹詩的觀念凝結於詩的無償性的場所時，我們反而要求着有償性，而常因現代社會的荒地到某一種程度被條件化的詩的有機的統一之中，想要發見生的方向以及生的中心的。對於呼吸着現代活着的人類，各色各樣的內心的課題，一旦向外被表現時，帶着絕望、苦惱、屈辱的色彩，委實是難以忍受的。但，詩人的精神在活生生的人們之間，或洋溢着生氣的地球上活動着，想要發見人類精神在內心暗地裡承認着的無名而共同的世界。對於我們的生活之向上，最需要的，不是某某的思想，某某的觀念以及能個別地指名出來的東西，而是要發見能夠互相地連帶在一起前進的源泉的感情的基礎。

4

誠實這句話，恐怕由於使用那句話的人而有相當不同的意義。但，不管有那一種意義的差別，它在任何場合，都含有對道德的態度，以及某種社會的感覺的，所以能在我們的心中喚起對倫理和道德的一種感情。

誠實這句話的古老，是由於做為文藝復興觀念形態的人道主義，有了相當頹廢的十九世紀時代的氣味使然的。在現代，誠實這句話相當被濫用時，例如在私小說的領域裡，毋寧是對於眞正的誠實做為諷刺被表現的。其誠實的類型，要不是逃避罪惡，就是對不道德的恐怖心，二者之一的場合居多。換言之，就是畏懼不能誠實的人才是在現代誠實的人的類型，而以其身衡去罪惡本身，道德本身的積極的誠實者是不存在的。

毋庸置疑地誠實做為個人的道德是最高的東西。然則，愈自明誠實是個人的美德，往往也就會變成惡德的假面具。對於我們來說，所謂誠實單是個人的美德還是不够的，它必須含有個人對社會的責任的積極觀念才行。

「不曾擁有天主教的傳統，以及共產主義的獨斷的我們，最少在今後十年之間，有必要頑固地造成為我們所需要的倫理」〔註9〕，這樁事確是需要的，但，我認為必須從這裡進而把所謂為我們所需要的倫理社會性地展開來，確立於社會之中。為了要不迷失對自己本身的誠實性，必得常要求對社會的我們的責任。所謂「對於活在詩與非詩之間的我們，把我們驅向詩的，毋寧是非詩的東西」，就是意味着那種我們的社會責任，必須時時刻刻作用在寫詩的自我意識之底的。我們的誠實的問題，與其說是關於詩的形式或方法的藝術論，毋寧是多存在於素材和經驗之上的。根本地說：就是現代詩的現代主義的傾向的完全的反面。是以我們底詩，乍見之下，有時便會呈現一種對私小說來說是私詩的，所謂人生派的外觀。

我們的誠實在於「寫詩」這一點上。換言之，就是由於「寫詩」—對現代才能誠實。而就在不得不把它特別地目為悲劇性的東西，這一點，有着現代意識的特徵，在這種無法割離這兩個東西上，有着現代的良心之宿命。如果失去誠實性，同時也就是失去了悲劇性，也就是拋棄了面對現代文明的破滅的危機時課於知識份子的嚴肅的使命。

冷戰——它對於知識份子，是最熱的戰爭。我們不能因為說：我們對它無可奈何，或者和我們的議論無關，或者它是起於無視於我們的，日本的存在的國際情勢，所以我們就三緘其口。

對於「是那個，還是這個」的問題，說不是那個，也不是這個，是我們的自由。但，當我們說爲了我們所需的倫理，自身提出「是那個，還是這個」的命題，事實上，早已決定了那個，或這個的。在精神的世界裡是不存在賭注的。賭注是以無需思考的東西爲對象的。雖然巴斯葛〔譯註：Pascal，法國的數學及哲學者，發見液體壓力的原理等，著有「沉思錄」〕的「賭注」是有名的，但，巴斯葛却不是因賭注而變成基督徒。

「我的敵人要使我粉身碎骨地，終日對我大聲謾罵且譏誚說。你底神在那裡？（註10）

要發見這詩篇的作者所歌唱的這樣的神，這才是活在這個侮蔑的時代裡的詩人的願望。假如詩人能够擁抱着所謂神這巨大的空虛，在現代的「荒地」裡，還能繼續歌唱下去的話，那就是詩人的勝利了。

註：①阿吉波德•馬克利修『關於現代詩』。（2）C•D•路易斯『對詩的希望』。（3）黑田三郎「關於詩的難懂性」詩學一九四九年四月號。（4）T•S•愛略脫『詩的效用和批評的效用』。（5）田村隆一「一九四〇年代夏」。（6）同上。（7）北村太郎「殘酷時代」荒地第五輯。（10）『詩篇』。

詩壇散步

柳文哲(一)
柳文海(二)

亞　歌　著
長歌新詩叢書
57年7月出版

白岩山上

(一)

亞歌在他的詩集「白岩山上」底「自序」中說：「我喜新詩，是因新詩有無限新的展望，更有無邊的自由天地可以翱翔。」誠然，我們希望新詩有如此的魅力！

但是，當我讀了亞歌的詩集以後；一則以喜，一則以憂；喜的是他的抱負，憂的是他的表現。「白岩山上」分爲飄、思、定三輯；風格是一貫的，我覺得亞歌的詩，抒情的較爲可取，說理的較爲枯澀空洞。試舉例說明

「僅是浪花那種沒有住留的吻
僅是碧色那摸不透的渺幻
使你匆匆地　匆匆地
在這多斑的沙地留下深深的脚印」（失落）

這是在抒情中捕捉意象的烘托，自然而親切。

「人生如紙　我思我在
存在似氣　焚後成灰
知覺在理念界裡啞於朽木
觀念於邏輯盤上蠢似野燕
康德的理性泛舟
寄生在斑花的萬年化石之上」（俯拾的牢騷）

這是在說理中失去了詩味的表現，生硬而乏味。

我想作者當能體味詩的奧秘，不是在架空的形式。至於像「嶄新的晨昏」一詩，如「黎晨」、「心望」、「冀希」、「稚憶」、「恆歌」等等語句；不知是否因作者創造新詞藻力不從心呢？抑是有意杜撰標新立異呢？我想這種不通順的語詞，怎麽不令人擔心新詩之被門外漢誤解與攻擊呢？

(二)

亞歌寫詩八年，最近才出版詩集，收有作品三十三首，分成「飄」、「思」、「定」三輯。只選三十三首詩，可見選詩之謹愼；以單字做爲輯名，殊有意味。

這本詩集的特點，在於每首詩都沒有標點符號，以空格代替標點符號。另外，亞歌排比的句子很多，幾乎每首詩都有，這易於造成句法上的呆滯。亞歌似乎要力求去掉此種句法上的型式，而使句子能多變化。而且，文言句子也很多，使詩中有文白兩種句子，未能使詩純粹化。

「飄」、「思」、「定」三輯中，以「定」輯較有份量；其他兩輯是他感情上的紀錄。「白岩山上」、「立在哨前」、「鋼也似的細懷」等詩，有濃厚的時代氣息，頗能激盪讀者的心胸。

金蛹

夐虹 著
藍星叢書
57年7月出版

（一）

「金蛹」是女詩人夐虹的第一詩集，在中國現代的女詩人群像中，我認為林泠、朵思和夐虹三位是才華最顯著，落筆最自然，而且構思最靈敏的。雖然，夐虹的詩風是沿着鄭愁予、林泠等約婉的系譜發展出來的，但獨樹一幟。她說：「衆弦俱寂，我是唯一的高音。」（我已經走向你了）這是何等的華彩，何等的氣派！

夐虹的詩，並不是全部都已趨向成熟的境地，但不可否認的，她已有一部份在藝術的表現上頗為超凡。「珊瑚光束」、「白鳥是初」、「水紋」以及「若夢」四輯中；我較欣賞「金色洋中」、「黑色的聯想」、「不題」、「我已經走向你了」、「未及」、「藍網之外」、「寫在黃昏」與「詩末」等八首。我們且分三點嘗試分析作者的優點和缺點。

一、意象的準確性：作者對意象的細工，有若一種純熟的刺繡，且以「藍」為一種象徵！（也許是一種愛神的象徵罷）。例如：

「黃昏，是哭後的眼睛
望着我，以全然的感情」（黑色的聯想）

「圓葉浮起，光陰刻在青蒼的臉上
我們的心是海，是湖
最後是小小的池」（寫在黃昏）

前者是詩人白萩最稱讚的一節，把握了黃昏的眞境。後者頗能表現自童年而少年而青年的時光，壯志却愈來愈小的一種心境。這種意象，寫意而不露骨，寫景而不溺情。

二、節奏的流動性：作者對節奏的考究，有若一種跳動的音符；他是在「而且我已俯首　命運以頑冷的磚石圍成枯井，錮我且逼我哭出一脈清泉」呢！這是甘美的泉水吧！例如：

「從盼企中走出
請上階石，踏着叮咚音符
有顏彩以繽紛來，有江海以澎湃來
我的神，請上階石
豪華的寂寞，在你之後」（不題）

當然，作者頗愛中國古詩詞的影響；我們如何消化這種的影響呢？如何才能免於消化不良症呢？作者有些不順嘴的詩節，也許便是消化不良的痕跡。

三、哲理的深刻性：也許詩人是一個愛者，是一個夢想家，是一個魔術師，是一個祈禱者！或者什麽都不是。夐虹常常在自言自語中，流露了一些智慧的語言，頗為中肯。但有時因失去了愛神的依憑，過份觀念化的結果，也會導致了一種敗筆。

簡言之：「金蛹」是一部可愛的詩集，雖然尚有些許的瑕疵，但並不淹沒她那閃爍的詩的心靈。

(二)

在自由中國詩壇上，女詩人寫詩最可觀的，而又年青的，那該是夐虹了。細讀她的詩集後，佳處在此不述，只指出值得注意的地方。

詞句很不自然，如「睜窗」、「前憧」、「慘金」、「正燦」、「撥垂」、「燦輝」、「悠宙」、「燦燦」、「感撼」、「淺淺的」、「綠湖湖」、「栽護」。

詩中有不協調的句子以及生硬的句子出現，如

1.有睜窗之複眼的時常流溢歡歌的巨廈
（如果用火想）

2.那時，夏贈給你許許多多的
美，翠島的棕漣漪紋身的貝殼。
（想起翠島）

3.瞻走廊延向墳塚
（小葉簡）

4.南方，小樓上舒正數我歸期
（懷鄉人）

5.在「獵人的腰帶」中，有「月色是慘白的日本小姐」、「管夫人的指頭，留着寂寞的泥香」等句子，破壞了全首詩的純粹性。

詩中常有重複的句子，增加詩的節奏，使詩有前後呼應的美感，但就全詩集來看，有許多首都有如此情形，這並不是一個好現象，可看出內容及句法的貧乏。

「莫」這首詩，簡直是舊詩詞的形式，應該可以不選。由此也可看出她的詩深受舊詩詞的薰染，「隕星」中的「是一窗細雨是一窗淚」，「不題」中的「有顏彩以繽紛來，有江海以澎湃來」，「藍色的圓心」中的「有怨懟，則說盡它」，「彼之額」中的「以珠石之明艷以琴韻的高彼之額，在錦繡之中」，「迷夢」中的「抑折髮絲」，「扁柏樹織，髮也織」，「時光」中的「時不我予，時我予」，「浪女」中的「護我者報復之神」，「拋置者」中的「往何處拋置虛年虛光！」，「贈」中的「焚身於一片水光」，這些句子，在那一首詩中，都沒有以文言句子表現的必要。也可以說，她的文言句子太多了。

讀夐虹的詩，有時會感覺出來，她的詩有佳句，卻沒有佳篇。

夐虹頗受余光中的影響。在她的詩句中，常有余光中的影子，如「迷夢」、「時光」、「彩色的圓夢」、「懷人」、「蒼白的牋」、「詩末」、「泛愛觀」等詩，都有或顯或隱的脈絡可尋。

詩壇漣漪

・詩人動態與出版消息・

※詩人鍾鼎文代表中國新詩學會前往比利時參加國際詩人會議，途經西班牙，並赴美國一行。

※詩人桓夫近移居豐原郊區，所譯村野四郎詩論「現代詩的探求」，童話「杜立德先生到非洲」與「星星的王子」刻正交由田園出版社出版。

※詩人李魁賢所譯「里爾克傳」、「杜英諾悲歌」、「給奧費斯的十四行詩」亦將交由田園出版社出版。

※九月十五日，由詩人陳秀喜女士招待，笠詩社北部同仁前往桃園郊遊，且舉行「作品合評」。會後由詩人吳建堂帶路，參觀信東藥廠，且招待口服液「益益」。

※留日詩人杜國清所譯「艾略特文學評論集」亦將交由田園出版社出版。

※「葡萄園」詩季刊第二十五期由女詩人陳敏華主編，已於五十七年九月十五日出版。

※詩人鄭愁予將前往美國愛奧華大學「作家工作室」深造，中國新詩學會曾設宴歡送。

※由詩人余光中主編的近代文學譯叢第一輯十本已出版。有余光中選譯的「英美現代詩選」上下兩冊，共三十元，可逕向臺北市廈門街一一三巷八號余先生洽購。

編輯報告

在這個不關心詩的時代，寫詩、出版詩，無疑都註定是要賠本的。誠然，我們已賠了廿六期，還想賠下去。

最近印刷費隨着物價的波動，印刷工人待遇之調整，而提高了兩三成。這對於一個不圖營利，而又想繼續出版的詩刊，僅依靠幾個熱衷於詩的人掏腰包來維持，該是多大的負擔！讀者到底能體味多少這其中的辛酸？我們無意在此訴諸情感，只因廿六期我們增加到了七十四頁（當然內容也是提高的），還是不見有人自動訂閱。因此，我們想到，要想依靠讀者支持是多麼的不可企望，而與其增加篇幅去討好讀者（同降低水準去適應大衆是同樣地不可能），倒不如減少篇幅，節省一點錢去做更有意義的事來得好些。所以我們決定自本期起，縮減篇幅，繼續提高作品水準爲目的。敬請作者們和我們合作，拿出比以前更好的作品來，我們將由衷的感激。而提高作品水準，我們並不是想就此拋棄讀者，我們仍想從「詩的欣賞」、「詩的解剖」、「詩的註釋」等方面去努力，以期提高讀者欣賞的興趣。是以，對於這一類的稿件我們將更爲歡迎，希望作者們能多做這些工作，把中國現代詩帶出這種讀者畏於接受的困境。

這期來稿甚爲踴躍，有些高水準的作品因基於某些因素，不便借重，而忍痛割愛實非得已。請作者原諒我們的苦衷。

上期我們寄出之後，才發覺有很多缺頁，如作者讀者收到有缺頁或破損的，歡迎寄回經理部調換。特此致歉。（林煥彰）

本刊同仁通訊

1.日譯「中國現代詩選」已由詩人桓夫、錦連積極選譯中，預定今年十二月在日本出版問世。第一輯定名爲「華麗島詩集」。本社同仁請自選代表作五至十首，並附自傳，詩觀各一份（如能自己翻譯，請將譯好的）寄給桓夫，以便譯輯。

2.本社爲慶祝明年五週年紀念，擬出版「笠下影」第一輯「笠系譜之一」（截至26期已在「笠下影」介紹過的同仁爲準，以後介紹的則列爲「笠系譜之二」）。爲增加收錄詩作品，故已列入「笠系譜之一」的同仁請另自選代表作十首左右，寄來經理部爲禱。

3.因「笠系譜之一」的籌備出版，原擬「第一次集合集」（詩選）就不再重複，謝謝同仁們熱烈的支持。（經理部）

中華民國內政部登記內版臺誌字第二〇九〇號
中華郵政臺字第二〇〇七號執照登記爲第一類新聞紙

笠双月詩刊 第二十七期
民國五十三年六月十五日創刊
民國五十七年十月十五日出版

出版社：笠詩刊社
發行人：黃騰輝
社址：臺北市忠孝路二段二五一巷十弄九號
資料室：彰化市華陽里南郭路一巷十號
編輯部：臺北市林森北路85巷19號四樓
經理部：臺北縣南港鎮南港路一段三十巷廿六號

每冊新臺幣 六元
定價：日幣六十元 港幣一元
非幣 一元 美金二角

訂閱全年六期新臺幣三十元・半年新臺幣十五元
●郵政劃撥第五五七四號林煥彰帳戶
及中字第二一九七六號陳武雄帳戶

笠

詩刊

28

PAI CHOU

笠28期目　　錄

Georg Ried

德國現代詩史（1）

李魁賢譯

第一章 前言

德國現代詩約興起於一八九〇年。現代詩的根本，是悲觀論的。根據嚴禮希（Wilhelm Emrich）的見解，因文明的發展，一旦素來佔優勢的秩序與關聯瓦解了，立即會造成普遍「存在喪失」，客觀世界「知覺空虛」的現象。「較高級的知覺關聯，在現代已破壞無遺。」（嚴禮希）

在古典時期，浪漫時期，以及寫實主義裡，依然存在的、超越客觀的「約束」（信仰和諧，信仰眞、善、美的規律，信仰博愛倫理；世界精神與萬有精神；人與環境的協調），已全部失落（尼采：「上帝已死去………」；薩瑪耶 Hans Sedlmayr：「中心喪失」；路卡斯 Georg Lukács：「先驗的無家可歸」）。詩處於世界動亂崩潰的徵兆與經歷中間，且尋求嶄新的存在關聯。赫勒(Erich Heller) 說這種關係是「現代詩的奇聞」。

從一九一四年起，災禍在德國及全世界爆發了連鎖反應：第一次世界大戰，結果是政治與經濟的崩潰，一九一七年的俄羅斯革命，一九二九—三〇年世界經濟危機，威瑪民主制度的失敗，瀕臨內戰的暴動，納粹黨的獨裁，第二次世界大戰，全面敗戰，國土分裂，以及永久的東、西方的衝突，造成世界對立。其徹底程度不亞於此外在事件的是，精神上，對世界景況的結構轉換，和生命感的改變。至此，有效的價值範疇（君主政體、教堂、祖國、榮譽、自由、人類尊嚴、信仰、神等等），已經動搖。自然科學的知識和技術的進步（量子論、相對論、原子物理、太空旅行等等），已經把迄今爲止對空間、時間、因果與物質的認識，徹底變更了，創作空間爲機械所取代，人類生活型態的變化之大，非意料所及（機械化、大衆媒介、日常生活的技術化）。心理學與生物學開拓了無意識、下意識、與有意識，以及可能性的驟變的新天地。核子的陰魂使信心麻痺了。

詩，經此變故，貧弱了，同時，也繁盛了。貧弱的是由於上述的存在喪失、視域萎縮、接觸阻塞的結果，逃遁於虛僞與貪慾的世界，於煩瑣的「違美」，於形式單純的美學論，脫離知覺的「詭計」，抽象的「科學詩」。繁盛的是因意識的普遍擴延與提升，因戰爭的體驗，及其隨之而來的現象，破壞、死亡、俘虜、殺戮、逃亡、飢饉、與作奸犯科，而自無意識及超越眞實流動出來的新題材，因向知覺的深入追問，尋求新價值與形式。

經過兩次世界大戰以及政治發展的結果，德國文學的持續性，一再敏感地受到阻擾。第一次世界大戰之後，彌漫着一片沒落之音（史賓格勒 Oswald Spengler：「西方的沒落」，1918/22）。接着，於二十年之內，在存在主義哲學（齊克果 Sören Kierkegaard，海德格 Martin Heidegger，雅士培 Karl Jaspers 等等），已經消聲匿跡的表現主義，以及新卽物主義的影響下，在多變的世界景況中，找出一條通向人道的新途徑。此項發展，置納粹主義於窮途末路。

第二次世界大戰後，一直凝聚的力量又再度分散了，德國文學分裂成西德與東德。

德國現代詩的「奇聞」，似乎是茫無涯際的。然基本態度究竟有別。爲了便於處理，略去互相交錯的部份，依其對世界景況的答案，概分成下列詩派：

「價值的互解」的診斷者與分析者（托瑪斯曼 Thomas Mann，布洛克 Hermann Broch，穆吉爾 Roberd Musil，卡夫卡 Franz Kafka 等人）；社會改革傾向的文人（在東德的詩人普雷希特 Bert Brecht 等）；與傳統結合的「新卽物主義」的詩人，從施鐵爾（Hermann Stehr）到雲格（Ernst Jünger）與艾赫（Günter Eich），以及强調超越意識的見解，從赫塞（Hermann Hesse），到貝根古倫（Werner Bergengrun）與拉旺特（Christine Lavant）；寫新「時代詩」並有實驗傾向的，從波爾（Heinrich Böll）到殷成斯培格（Hans Magnus Enzensberger）。

在德國現代詩中，各種風格雜然紛陳，自寫實主義，自然主義，新羅曼主義，新古典主義，表現主義，迄超現實主義，以及所謂「構成」與「抽象」的形式。守成與求新的詩人，並行不悖。而往往在創作中，二者的性格兼備。在所謂「前衛」的名下，可以發現很保守的獨樹一幟的大家，而「傳統的」，也正是「現代的」。

在所有詩的族類裡（史詩、詩劇、抒情詩），於繼承之餘，都在試探新的形式。一致地愈來愈加多「散文主義」（思想精密的文體）的成份。

屢屢受到外國文學的影響，斑斑可攷。在下文中偶或提及。

第二章「價值的瓦解」

當然，整個的德國現代詩，早在十九世紀末，卽致力於「價值的瓦解」和社會批評。這些詩人是可以歸納成羣的，他們特別衆多的作品，把診斷及記載「世紀末的境遇」，當傚創作，「黑夜中的時代……頻臨深淵。」（海德格）。他們以諷世、悲觀論、棄絕、渺茫的希望，以及驚人的對比法，來處理題材。

屬於這一羣體的，有托瑪斯曼、卡夫卡、穆吉爾、布洛克、杜卜琳（Alfred Döblin）、賓恩（Gottfried Benn）、柯勞斯（Karl Kraus）、朱科邁爾（Carl Zuckmayer）。他們多少受到外國的影響。——喬依司 (James Joyce, 1882-1941)，紀德 (André Gide, 1869-1951)，普魯斯特 (Marcel Proust, 1871-1922)，歐尼爾 (Eugene O'Neill, 1888-1953)、吳爾芙夫人 (Virginia Woolf, 1882-1941)，蕭伯納（George Bernard Shaw, 1856-1950），帕索斯 (John Dos Passos, 1896-) 等等。

托瑪斯曼（Thomas Mann, 1875-1955），以其作品的廣袤與淵博而享盛譽。

他出生於留培克（Lübeck）富有的貴族家庭。父親是漢撒同盟的富商與議員，母親出身於南美洲。他娶了慕尼黑大學教授的女兒。

十八歲起即住在慕尼黑。一九二九年榮獲諾貝爾文學獎。納粹黨執政後，他於一九三三年，出國旅行，未再回國門一步，他住過法國、瑞士、和美國加州，在國外聲討納粹。一九五二年重返歐洲（瑞士），死於蘇黎世。

托瑪斯曼詩中的兩個根本問題是：人類精神的徬徨，與中產階級文明的頹廢。

詩人深深感覺人類的精神與本能自然的生命之間的分裂。在藝術家身上，尤為顯著。倘若他願服從召喚，盡職而快樂地超越正常的生活，提升到「習俗的喜悅」之上，而又沈溺於生活的「誘人的老套」，那是必然的。不發生諸如此類的，就與藝術家無緣了。

但此項對立，不僅僅困擾藝術家而已。他到處指出，精神性之所在。精神傲慢地凌駕於「生活」之處，例如，在文明進步蹣跚時，即發生「頹廢」。在這病態的文明場合，必定有一種生活與精神結合的，健康的文化，一種新的人道興起。

根據漢伯格（Käte Hamburger），托瑪斯曼的創作，可分為四個時期，可以四部主要作品——「布登普洛克」（Buddenbrooks）、「魔山」（Der Zauberberg）、「約瑟夫及其兄弟們」（Joseph und Seine Brüder）及「浮士德醫師」（Doktor Faustus）——為依據：

在「布登普洛克時期」，除主流之外，「特里斯坦」（Tristan）、「東尼奧・柯勒革」（Tonio Kröger）、「威尼斯之死」（Der Tod in Venedig）亦屬此，這些小說都在處理精神與生活的對立，以及藝術家的種種問題。

在「魔山時期」，宣示因對立興起新的人道理想的希望之渺茫不可期。

在「約瑟夫時期」，以詼諧的譏諷，使沈着的人在完整的世界秩序中，實踐了理想。「威瑪的羅泰」（Lotte in Weimar）也產生於這個時期。

在「浮士德醫師時期」，予人印象是，於納粹獨裁及世界大戰中，所有希望寄託於新的人道。只有等待奇蹟。

第一部小說「**布登普洛克**」（Buddenbrooks, 1911），描述留培克的一個貴族家庭，歷經四代而衰微的故事。從富裕的中產階級生活，而沉緬於藝術家的，却是奢侈的，病態的浮華（頹廢）。

在「非常約制的尼采主義」（漢布格）裡，人在强勁的生活中，不會變得精神消沉，而是「交錯的靈化」，且甚至由此導向生活與精神之間的矛盾。

於此作品中提示的立論、批評觀點、遣詞用語的嚴格與準確，已展現了托瑪斯曼的全貌。後期作品大多是這裡所說的主題的變化。

小說「特里斯坦」(1903)、「東尼奧‧柯勒革」(1903)、「威尼斯之死」(1912)，還有「艱困的時刻」(Schwere Stunde)，都在處理藝術家因生活的逼迫而陷入困境。在「特里斯坦」的六篇故事裡，是詩人、音樂家和聖賢的造型，倘若他們也想參與平民生活，參與愛與榮譽，他們是沒辦法那樣「生活」的。只有諷世而振奮人心的小說「國王陛下」(Königliche Hoheit, 1909)，是英雄的綜合體，從君侯的，單純「代表性的」，因之「反常的」虛僞存在，導至平民團結一致的，以及愛的安穩。

「主人與狗」(Herr und Hund, 1919)，是不討論這些問題的一篇小說，明朗而思索地探究人獸關係，是在慕尼黑的伊薩河邊草地上散步時，觀察所得的結晶。

「威尼斯之死」及「魔山」之間，隔着第一次世界大戰。大戰的後果是，帶來托瑪斯曼觀念上的轉變——「非政治的考察」(Betrachtungen eines Unpolitischen)，寫於一九一五至一七年，一九一八年出版；「德國通訊」(Von deutscher Republik)，出版於一九二二年；「考察」一書於再版時重加改寫。當詩人在處女作裡，就看出時代的人道任務，而站在贊助「德國文化的價值」，與反對「把國家意識腐化地傾向於世界主義」的立場，他是期望戰後能夠滿足於民主的原則。

小說「魔山」(Zauberberg, 1924)的重心是，在象徵着高高在生活的「平原」之上的達弗斯(Davos)一家療養院裡，一羣代表第一次大戰前奄奄一息的「文明時代」的坦率無隱的人士。凡「動搖平民健康、規範與道德的根本者」(F. Strich)，均全部表露無遺。這部作品，不是像「布登普洛克」那樣的家庭小說，而是一部社會小說。

以一種「對白方式的時代報告」，藉富機智的討論，提示了頹廢的身心矛盾性之重點：

哲騰白里尼(Settembrini)，辯方，是代表擁護人道思想的自由精神(自由主義)，奈弗塔(Naphta)，受過狡猾教育的猶太人，死硬派，無法容受的嫉妒者，代表暴力觀念(恐怖主義)。外加荷蘭人皮培孔(Peeperkorn)，貪戀權力，却無領袖才幹的爪哇地主，和曹霞夫人(Madame Clawdia Chauchat)，病篤的俄羅斯美人(象徵衰弱的東方)。

這一羣人，不期邂逅了二十三歲「率眞的英雄」，健壯的平民工程師卡斯脫普(Hans Castorp)。他不覺為疾病、死亡、無生氣的文化這些氣氛而着魔，自己也病了，失去了回歸平民生活，「義務之谷」的意願。

疾病不但痲痺了卡斯脫普平民的精明，還給予他一種高度的「自由」，使他擺脫了生活的拘束。

同時，疾病又使他生機蓬勃，不久來到「谷」裡，逼得他和同伴「辯駁」一場，且回頭尋求人道的觀念。

在小說高潮的「雪」這一章裡，卡斯脫普滑雪時，迷失於雪堆中。他在瀕臨死亡及自然力時，於天高氣爽中，對此秩序世界的組合，有了燦爛的夢想。他預見健康的「生活觀念」之融洽無間。

他再回到「魔山邸第」，可是夢想又在他內心蠢動，逼他面向「眞實的生活」。終於他在戰爭爆發的霹靂聲中，重返現實，在殘酷的戰爭中，非常堅定。他陣亡沙場。

在小說的結尾，新世界並未出現，只有一種希望帶着不確定的疑問：「愛也會自死亡的慶典上，升起嗎？」卡斯脫普正代表了托瑪斯曼，追求「人類的思想，一種後來通過最淵博的知識，在疾病與死亡環繞中消匿的人道的概念。」

詩人在「魔山」中，把散文風格引進現代史詩裡，在行動的場合裡，延伸而對整個人類與時代的問題，做機敏的觀察，並承受着焦急不安。

到一九四五年後，在德國，「魔山」才以詩人的新著姿態，爲讀者所知。

在四大卷的小說「**約瑟夫及其兄弟們**」（Joseph und Seine Brüder）裡——「雅各的歷史」（Die Geschichten Jaakobs, 1933）、「青年約瑟夫」（Der Junge Joseph, 1934）、「約瑟夫在埃及」（Joseph in Ägypten, 1936）、「贍養者約瑟夫」（Joseph der Ernährer, 1943）——托瑪斯曼自述，是描寫「自神話的集合中，我的誕生」。

它取材自聖經故事。約瑟夫是雅各之子，被其兄弟投擲泉中，被伊斯邁爾賣到埃及當奴隸，他在那邊獲得權力與聲望，終於拯救了他的兄弟，且爲猶太民族奠立了基礎。

可是詩人處理這故事，不帶有神話意味，而直接予以人性化。據 Robert Faesi 的意見，約瑟夫圓滿達成了舊約中一元論的神的進化過程，且——具有歌德意識——克服了精神與生活之間的分裂，「當然是幸福的人生造形中最完美的例子」（Karl August Horst）。

托瑪斯曼這種諷世的、斷續的表現方式，確實給全體賦以一種不受約束的浮動，而又永久地消散掉。「光之形態」的約瑟夫，同時以崇實政治家的身份出現，有如法魯王稱呼他的「無賴與妙女之子」，而埃及社會正與法國洛可可時代的，相彷彿。

小說「**威瑪的羅泰**」（Lotte in Weimar, 1939）描寫的是，歌德如何於一八一六年沒有什麼特別意興地，前往拜訪曾是他的初戀女，夏綠蒂（「少年維特的煩惱」），如今已是老太婆的經過。「奧林匹亞衆神」的形姿，在深奧的心理方面，先是因周圍人民的描述，接着在歌德的獨白中，經「更有力的色彩」，「解除了魔力」。於歌德身上，天才與生活的對立現象似乎消失了，於此，托瑪斯曼有部份與他相像，可是其高度運用的譏諷，在那種「近視」的分析性細景上失敗，而這是歌德眞正偉大之所在。漢布格認爲，托瑪斯曼在此描寫出「提升的約瑟夫」；而在馬惕尼（Fritz Martini）看來，仍有「諸多難解決的問題」。

托瑪斯曼晚期作品「**浮士德醫師**」（Doktor Faustus, 1947）——副題爲：德國作曲家雷娑昆（Adrian Leverkühn）的生活，由其朋友口述——不再有「約瑟夫」一書中那種振奮人心的人道氣氛。天才在此以不可救藥的悲觀，陷於昏黑的深淵。他的命運，與納粹主義，第二次世界大戰及崩潰等現代史事件並行：

作者分裂成兩個性格。他一度是文科教授與「平民人道主義者」，在德國現代史的眉批上，寫下他天才朋友的生活。同時，他又是作曲家本人。經與魔鬼的結合——他故意安排一場性病，予以象徵化——並經「放棄愛」，他獲得了才智的上進。「完美的，令人類訝異的靈思，並非藉神，而是藉魔鬼，狂熱的眞正主宰，成爲可能。」雷斐昆於創作偉大的音樂之後，身心崩潰了，在悽慘的場面、在瘋狂中結束。

在托瑪斯曼看來，雷斐昆富有象徵意義，一方面符合藝術家及普遍的人，另方面又可適用於特定的德國人。其分裂的，介於極端的悟性與靈性之間狂熱的「惡性」本質，「抽象而神秘」，兼具邪魔與高貴。特出的德國藝術、音樂，適合此本質。在小說中，「象徵着德國人本質的禍福」（漢布格）。

魔鬼的契約指出了，與野蠻結盟的二十世紀人類，以及「德國文化與社會，經過納粹主義的浸淫，其乖僻的外貌下的一付形象」（Curt Hohoff）。雷斐昆的沒落，是德國人民的命運。

更有一連串的行爲發生了。時代與事變互相交錯。這部小說也活生生地製造了現代人混亂世界的景象。對話、思索、描寫，交替出現。由於高超的散文技巧，加上報導式的風格，在語言上變化場所。

漢布格稱「浮士德醫師」是一部「苦味的作品」，馬惕尼說是一部「確實誇張寫下的，德國人本質的神話」。托瑪斯曼的諷世已消聲匿跡（K. A Horst），屈服於猙獰的暴力下。根據 Curt Hohoff，詩人對這一部作品「已盡力」，它「文獻上的價值超出文學上的」，而德國的題材「尙未了結」，在其後的創作中，仍時時出現。

在小說「**當選人**」（Der Erwählte, 1951）裡，托瑪斯曼大量運用譏諷，借用悲悽的史詩素材，表現了他巔峯的語文藝術，令人振奮。

一九五四年，托瑪斯曼出版了最後一部作品，「**巨騙克魯的信條**」（Die Bekenntnisse des Hochstaplers Felix Krull），回憶錄第一卷。平民時代的騙子小說，根本上由幕後的克魯的得意展開——而詩人與世界，都被騙了，經永久的角色與形態的改變，以細心欺詐的方式，有所行騙。於此，譏諷的應用最爲成功。

在席勒去逝一五〇週年時，托瑪斯曼發表了一篇精神煥發的紀念講詞：「**試論席勒**」（Versuch über Schiller, 1955），收羅在一九六五年出版的托瑪斯曼講演集，及書簡集裡。

托瑪斯曼目睹人道的式微，並爲人道奮鬥。他「爲一種脫棄神秘與玄學色彩的人道主義之最後陣地而苦鬪」（Hans Schwerte）。當他一再地以擴大的形勢，呈示精神與生活之間的分裂時，二者的綜合似乎只是幻想，或是一種藉譏諷「平衡化」的形式。

在德國詩中沒有發生什麼力量的幽默感，他能够善加支配；他灌輸諷刺的寒冷，也適如其量地給予愛的溫暖。他懷着一種特殊的悲觀論，他明白這種「對文化的厭惡」，是出於一種深思過的譏諷的冷靜態度，來加以考察的。他利用它，以便此後隱藏他感情過度的關懷，而且在「多愁善感」與理智之間，在「羅曼派」與科學之間的緊張中，獲得不受拘束的，超然的「中庸之道」，以及精神上的優越，以一種「精神的自我磨鍊與生活的逼迫對比」（Herbert Seidler）的方式。約瑟夫並非聖徒，而是腐化的蠟像舘般的魔山上，「沒有見識的圓桌武士」。

邇來，所謂譏諷，已和當初大不相同。倘若譏諷以愛爲出發，則成爲幽默，倘若光只爲「嘲笑」，則成了犬儒主義和虛無主義。於托瑪斯曼，譏諷善加發揮，則促進眞情，如加以抑制，則破壞了眞情。

從華格納的音樂承受得來的樂旨（Leitmotive）——死亡、疾病、時代、棄絕、東方、音樂等等——的技巧，使得他的作品和諧，建築結構，更深入的關涉。因此，一再迴旋的死亡主題，有着從膚淺的表面進入深奧的存在內層回歸意識的「機能」（Wilhelm Emrich, Joseph Kunz）。

托瑪斯曼的出身與本質，與十九世紀平民的人道主義以及自然主義，有強烈的關連。憑其批判的才智與特殊能力，他以「象徵的寫實主義」手法，把眞實性抬高到「赤裸的現實」之上，且透入時代中。留培克與威尼斯，是腐化與美的象徵。

托瑪斯曼其他表現的手法，有精確的細部描寫，心理觀察的尖銳，純淨的即物性，把行爲的結局與對白、獨語混用的星期一小說，散文式的思考，把不同時間層次揉合成同一時間性的技巧，尤以在「浮士德醫師」裡爲最。在此，他融合了自然主義的與現代的原理。

他的小說結構並不一致，在「布登普洛克」裡，最緊密，「約瑟夫」，重點片面，「浮士德」裡，間或牽强。

托瑪斯曼的語文，在「冷靜的距離」（F. Martini）上，表現了最少變異的柔順性。他「在應用弧號與分詞方面，在子句的插入與錯綜複雜方面，簡直是語句結構的實藝者」（Adalbert Schmidt）。

托瑪斯曼，所受批評，毀譽參半。譽之者，針對他的才智、「對人類的愛」、對「蠱惑的渾沌」（F. Martini）之爭鬪、他的幽默、語文的成就，以及勤奮的訓練。毀之者，認爲他的作品只限於偶爾流於幽默不足刻薄有餘的譏諷，而且缺少嚴肅性，事實上他的小說境界「不具有絕對的、有把握的準繩」。——「它彷彿立於所有天體之間，非全部屬於某方面」（W. Emrich）。托瑪斯曼在此飄搖不定的情勢，確然看出他自由的本質。昆茲（Joseph Kunz）提及，由於種種「對立的均衡」，和存在俗世的蔑視，在全集中有一股「內在的脆弱性」。穆賓（Walter Muschg）認爲，托瑪斯曼把「平民眼中神聖的」一切，都歪曲成爲滑稽之事，從超越歌德的聖經，到德國音樂。

詩人晚年居住的瑞士基希堡（Kilchberg），獻給詩人八十歲誕辰的頌詞中，對托瑪斯曼的氣質，有最切當的包容：

> 托瑪斯曼——藝術與生命的探勘者
> 在招損與成就之間，頗多滄桑
> 在精神的歡暢裡，爲時空的內容所繫念
> 於文字中塑造自由安祥。

稿約

一、本刊園地絕對公開。

二、本刊力行嚴肅、公正、深刻之批評精神。

三、本刊歡迎下列稿件：

▲富有創造性的詩作品。

▲精闢的詩論及有關詩的隨筆。

▲深刻、公正、中肯的詩或詩書評釋。

▲海外的詩、詩論、譯介及詩訊。

▲詩人研究介紹及詩書簡。

▲詩活動報導及詩書出版消息。

四、本刊每逢雙月十五日出版。截稿日期：詩創作每單月之五日，其他稿件二十日。

五、來稿請寄臺北市林森北路八五巷一九號四樓本刊編輯部收。

杜國清譯

小論詩的批評

A Brief Treatise on the Criticism of Poetry (1920)

一九二〇年三月發表於「廉價書月刊」
(The Chapbook: A Monthly Miscellang)
譯文根據研究社英文學叢書矢野禾積註釋的
「Essays by T. S. Eliot」(1966)

安納特・法朗士（Anatole France）①，一位知性必須受到尊重的人，在有個地方②表示：「批評是所有文學形態的最后一種；批評或許併吞所有文學形態而結束。批評令人驚嘆地適應富有紀念遺物而且傳統已經年老那種非常文明的社會。批評對於好奇的，有學問的以及洗鍊的人種尤其適合。批評爲了能够發達比所有其他的文學形態更需要培養。」

這種聲明在我看來是錯誤而且有害的。批評的天才和創造的天才是不可分離的。並不是大多數「創造的」天才必定是最善於批評的作家；但是較一般說，假如一個民族不再能產生藝術家，這個民族就不再能產生批評家。因爲假如我們不再能够創作出藝術作品，我們一定不再能够鑑賞藝術作品。而且，在目前的時代，我想或許被認爲不利於寫出好詩的條件對於寫出好的批評也是不利的這種說法是對的。在過去幾年中大量的韻文被印刷出來，而且對這些韻文的鑑賞文章也被大量地印刷出來：而韻文和批評成爲相同的性質。韻文值得一讀的詩人有三四個；優秀的批評家爲數並不顯得更多。

就寫關於韻文的人事實上也就是寫韻文的人這點來說，這種一致是不足驚異的。詩人該寫關於詩的這點是名正言順的；但是當無所謂的詩人寫關於無所謂的韻文，那種批評或許同樣是無所謂的吧。當他們做個詩人而沒有詩的方法時，做個批評家他們當然沒有批評的方法。假如閱讀評論雜誌的公衆沒有任何他們自己的批評能力時，這沒有什麼問題。但是公衆還不知道對雜誌評論正像對來自蘇聯的報導應該抱着同樣的懷疑；也許一部分是因爲詩的聲望看來不像總理大臣的聲望那麼重大。

然而讓公衆問問自己爲什麼他們從來沒有聽說過休姆

③（T. E. Hulme）的或是艾薩克・羅森堡④（Isaac Rosenberg）的詩，以及爲什麼他們聽說過普瑞柯西亞・彭多芙⑤（Precocia Pondoeuf）夫人的詩而且看見過她在裡面寫這些詩的那間托兒所的照片。讓他們探索那些因爲不能給什麼人利益所以他們不談論的作家們，以及那些因爲辛辛苦苦貶抑一番對誰也沒有什麼利益所以他們不時談論的作家們吧；而且讓公衆不論在什麼情況下也注意發行人是誰吧！最后他們會明白現代的評論介紹之墮落只有新聞事業的根本病症的一形而已。批評和這種大不相同。

有好幾種著作是在批評的名稱下通過的。第一是蒼白化了的創作。這種是不值得太多考慮的，因爲它只是訴諸虛弱乃至疏懶得不敢面對面接近純粹的藝術作品那種精神。華爾特・佩特⑥（Walter Pater）是一個例子；在巴黎有無數的例子。這種不算數。

還有另一種是完全合法的批評。那也不是文學的或是藝術的批評，而是一種哲學。假如你從聖柏偉⑦（Sainte Beuve）的作品中將純粹文學批評的東西孤立起來，你無異將事實上最有價值的部分置之度外。你將無法鑑賞根本不是文學的聖柏偉的絨氈式樣。聖柏偉的主要興趣不是在藝術，而是在人類的靈魂和肉體，以及靈魂和肉體所穿的各式各樣的衣服。而歷史家，或是哲學家，可以用詩當做他的資料。當然他必須是個具有敏銳的識別力的人。他的作品或許是最重要的。它確實是比安納特・法朗士或是佩特的作品更重要得多；它必須和我定義爲詩的批評那種東西一樣重要。但是那是另一種東西。對於當做藝術的詩具有興趣——狹窄的興趣，假如你喜歡這麼說的人，應該絕不寫些關於壞詩或是無關痛癢的詩那種批評。歷史家或是哲學家可以。因爲他可能在這種作品中發現到有價值的證據文獻。而公衆應該學習區別歷史家和哲學家怎樣不同於評論家，以及怎樣不同於詩的批評家。實際上，所有這些不同的類型都被稱爲「批評家」。

第三類的「批評」是眞正詩的批評家。聖柏偉是個歷史家。柯律治（S. T. Coleridge）本人是哲學家，形而上學家，形而上學家和藝術家的混合，不但寫哲學的批評也寫詩的批評。這兩者你可以在「文學評傳」（Biographia Literaria）中找到。在他的講演和評註中，你可以發現所寫關於較早劇作家的一些最好的詩的批評。卓萊頓（John Dryden）是第一流的詩的批評家。亞理斯多德（Aristotle），非常奇怪地，比柯律治更純粹地是詩的批評家。他具有比柯律治更明晰的心靈，以及本身處理調查研究的每一課題那種顯著的才能。

所有形態的眞正的批評都是指向創作的。詩的歷史的或是哲學的批評家是爲了創出歷史或是哲學而批評詩的；詩的批評家是爲了創造詩而批評詩的。

最后這句說明不可太拘泥於字面上的意思。雷米・德・古爾蒙⑧（Rémy de Gourmont）是一位有趣的詩人，但是我想他做爲一位批評家更是傑出。但是除非他是一位詩人否則他不會是一位批評家。批評家的興趣在於技巧——最廣義的技巧。你不能了解數學的書，除非你積極地，不單單被動地，是一位數學家，除非你能做運算，而不單單是隨着運算。而且你不能了解詩的技巧，除非你有某些能力做這種作業。只有用那種方法操作語言文字的人才能了解語言文字的價值。將數學的或是物理的理論運用是自己在體系中的哲學家確實是在「批評」那種理論；但是對於一心想將自己的理論進一步發展的數學家或是物理學家，這種哲學並沒有多大用處。而對於詩人只有詩人的批評才是有用的。

因此。我們並不認爲批評家是一位理想的審查員，一位被派遣阻止胡作亂爲的詩人的監視者。詩人所能夠發現到對自己有益的那種批評，第一是古來詩人的忠告和對話，第二是卓萊頓，坎普昂⑨（Thomas Campion）以及半打其他詩人的著作，第三是他自己對於比他優秀的詩人的批評。詩人從傑西伯遜⑩（Jespersen）的「英文法」比從聖柏偉能夠學得更多。

讓我們同時宣告不論是在天賦上或是在教育上並沒有什麼特殊的東西可以指示批評家。詩的批評家需要和詩人同樣的專門準備；對詩同樣的知識，對詩同樣的欣賞，同樣的耳朵和眼睛，同樣的語言學，同樣的一般教育。假如任何詩人問他自己關於詩的什麼著作對他曾是有用的，他發現，幾乎沒有例外地，是詩人們——坎普昂，卓萊頓，柯律治，古爾蒙甚至波瓦羅⑪（N. Boileau-Despreaux）——的著作，而且幾乎唯一的例外是那位對每種題目著述甚佳的人：亞甚斯多德。

我再重覆一遍，能夠將詩愼重地而且有益地加以研究的見解形形色色不一而足。詩也是一種社會的記錄，而且能夠讓歷史家、道德家、社會哲學家或是精神分析加以利用。我並不是說批評家可以不知道這些方面。他只需要知道他正做的是什麼。而且因爲詩本來是一種藝術，換句話說，是傳達藝術所特有的從消遣娛樂到心醉神迷的那些直接感想的一種手段，詩應該給與的第一印象是對於藝術感情，而詩應該引起的第一個問題是藝術問題。然后，詩是社會的記錄。而且因爲一篇詩應該首先當做藝術作品被討論，現代韻文的批評家應該有能力將它當做藝術作品來討論。接着讓我們考察一下當批評家偶然發現他眞地相信是藝術作品的一首詩時，他應當怎樣處理，以及是否我們的批評家令人相信能夠處理得很適當。

我還記得最近在一個評價非常高的定期文學雜誌——在任何其他國家無從比較的一個雜誌上看到的一段文章。這段文章不是在卷頭論文或是評論內，而是在簡單的書評內，同時是一則關於其他作家所寫的其他詩集的短評。我記得用的是叫做鑽石體的活字，大概的內容如下：

「亨尼狄余（Honeydew）先生的詩，『金色的戴勝鳥』，將使任何登載它的書或報紙成名。那是偉大的詩。里德比特（Leadbeater）先生的詩歌名不虛傳……」⑫等等。

仔細想想「那是偉大的詩」這句話，以及所有它所隱含的意思。假定這位批評家是你對他的意見具有莫大敬意的一位：其次假定他已經告訴你所有你需要知道的。你讀那篇詩，你對新的藝術有了新的認識，而那個定期文學雜誌到了定期文學雜誌所能達到的最重大目的。但是這種事情未曾有過。恐怕讀了這種短評的人誰也不會眞的相信，或者甚至心裡認爲，那篇詩是偉大的詩。沒有一個人從早餐的桌上氣喘吁吁地站了起來帽子也忙不及戴地衝到書店去買一本。下一星期這個雜誌又出版了，雜誌的卷頭社論並沒有論這篇詩。也許編輯本人根本沒注意到在他的鑽石體活字中這位小批評家，而且他也不相信是偉大的詩。我也是不能信的；我從來沒讀過那篇詩。沒有一個人相信這位小批評家，懷疑的眼光一直逼視着他，然而他是個勇敢的小批評家。因爲他敢說出關於偉大的詩唯一不算離譜的話：「那是偉大的詩。」他是個偉大的批評家。否則他是一個非常不負責任，完全不足相信，極其有害的小批評家。

他，那位批評家，採取了誠實之道，假如他眞地相信那篇詩是偉大的詩。其他還有什麽說的？誰需要關於寫那篇詩的人以及他的使命，他的人生觀，他做爲某些什麽代表的地位，他的來歷，他和他的同仁里德比特先生和斯彭納⑬(Spooner) 先生之關係的分析，說明——在他閱讀這篇詩以前？但是事實上對於新作的批評不能那樣。它必須是鎚鍊般的嚴厲和苦心。因此優秀的批評家會用幾百種不同的說法只說這是一篇好詩。」他會將他的批評寫成一欄。他將一再引用。當他寫到關於別的什麽人時，他會說「到處我們看到亨尼狄余氏的劇烈緊張感的輕微暗示，」或者說「亨尼狄余先生是不得已的例外」或者千萬個這樣的辭句。他會勸動親切的莎芙絨 • 華爾登⑭ (Saffron Walden) 夫人寫一篇關於亨尼狄余的小論文。閱讀華爾登夫人的論文的人們不會閱讀那些詩，但是他們將準備接受感動當他們在下個禮拜讀到了另一篇談及亨尼狄余的文章。亨尼狄余知道一些作家，而那些作家常常提到他的名字。於是不久以后一些重要的批評家們——重要的報紙上的批評家們——也就好意承認亨尼狄余了。並不是他們會讚賞他。可於他們會說「亨尼狄余先生的奇妙的作品」，「得到承認的青年作家熱病者派的指導者，亨尼狄余氏。」除了那位「優秀的批評家」和華爾登夫人以及少數沒有影響力的個人關係的人以外，沒有人會讚賞他。但是因此他反而更安全；他避開了惡意的責難。亨尼狄余不能使自己過份惹人注意，否則他會沉到甚至鑽石體活字的批評似乎也很名譽的深底。他只希望在每一個時代都有兩三個聰明的人能够無意中發現到他的作品那種程度的名聲和再版的次數。而在一百年中，或許有論英國文學「從喬叟（G. Chaucer) 到亨尼狄余」的通俗講演吧。

優秀的批評，價值是這麽大，這種批評是設想週到的廣告。

我絕不是主張批評的唯一的職能在於給好詩做廣告。但是一再極力主張也不算過份的是出版詩——不是寫詩——的目的主要地應該是在給與樂趣；而且我們認爲批評介紹所莊嚴地意圖的目的主要地在於指出能够給與人們最大樂趣那種作品；如果沒有批評介紹人們可能不知道這些作品的存在。可以說，這不於批評 (Criticism) 的目的，而是批評介紹 (Reviewing) 的目的；因爲批評和批評介紹不能混爲一談。批評介紹，假如有做的必要，應該由批評家來做，但是批評家還有其他要做的事。且說，一篇文章不再是批評介紹而成爲批評論文這點是很難決定的。但是假如我們將批評介紹和批評分開，它本來唯一的動機在於喚起對某種好的和新的東西的注意。而且這正是最不引雜誌評論家興趣的動機。會有這種情形並不完全是雜誌評論家的過錯。因爲批評介紹不幸地是賺得生活的最腐敗，墮落以及報酬最差的一個手段。雜誌評論家只不過是近代的文學制度中最低工資的奴隸。許多知識份子本身處在這種狀態中；具有本身應該做的正當工作的作家們認爲批評介紹是他們唯一能够護得報酬的工作這種看法是社會組織制度乃至社會組織解體的一端。因此，雜誌評論家，除非他墮落到沒有其他的職務，應該享受批評介紹的樂趣這點幾乎是難以期望的。從具有最少智力或是趣味的任何人的觀點看來，沒有好的韻文足够使雜誌評論家在一年中忙上一個禮拜。沒有值得攻擊的有害的作品足够將他佔去另一個禮拜。因此雜誌評論家的二十六分之二十五的時間不得不讓完全不精彩的著作所佔據。而進退兩難的是這點：要麽雜誌評論家是個拙劣的作者和拙劣的批評家，因而他不應該被允許介在著作和公衆之間；要麼他是個優秀的作者和優秀的批評家，因此不應該忙着寫些關於無聊的書那種著作。

另一個明顯的困難是這點：假如論詩的著作不是用批評介紹的方法，你必須尋求某種別的方法將這種著作介紹給公衆。假如某種別的方法是可能的，批評的機會說起來只是更大而已，因爲殺死批評家的是雜誌評論家。而批評介紹制度所加的危害不僅僅是對批評家，不僅僅是對公衆，而是同時對批評家，公衆和詩人。在書出版之前經常有不僅僅聲明有好書可讀的那種文章出現，而且在另一方面，它並不被認爲批評，因爲閱讀批評而沒閱讀過被批評的書是毫無意義的。詩人可以在三方面從自己的作品中獲得正當的樂趣。他可以獲得表現的喜悅，將自己的材料變成藝術作品那種孤獨的喜悅。他可以獲得被少數持有他所尊敬的趣味而且他相信多少了解詩的人們欣賞的快樂。而且他可以獲得給與完全沒了解他的大多數人娛樂以及他們所能欣賞的樂趣那種同樣正當的滿足。至於評論雜誌，每個人都被「挺好的批評介紹」呵得心地癢癢的。但是這不是重要的。然而因爲有少數詩文的作者對於自己作品價值太確信了以致對於他們給與別人的樂趣莫不關心，而且因爲不論在什麼情形之下給與別人樂趣是一種樂趣，以及因爲詩人只由於看到鉛字上有人討論到他才知道自己給與別人的快樂，批評介紹這才似乎是重要的。而且意料不到的結果是大多數論詩的書的確只是爲了獲得批評介紹而寫的。在作者的心中「挺好的批評介紹」代替了被給與公衆那種快樂。那些書被出版，批評介紹，然后毀滅。我不知道誰讀那些書；我從來沒看到或是聽到什麼人讀過。有些人看了一瞥。但是那種書從來沒有在「單純的」狀態下送到公衆的手中。由於我們浸潤在批評介紹的心理狀態中，我們閱讀關於書的東西而滿足；結果，我們只不過是——增廣見聞而已。有些具有反抗精神的人抱怨說我們的批評太多而「創作」不足。但是我們沒有批評也沒有創作。

首先只要能夠除去這種討厭的批評介紹，我們或許能夠期待詩文的狀態有些進步。假如青年詩人跳入過眼雲烟且無意義的聲名中更加困難，他們或許更能自我批判。每天的報紙上不會再有詩的批評介紹。在不太常出現的定期刊物上不會再有任何作品被討論除了從得到承認的一些批評觀點，歷史的，哲學的，內行的，專家的觀點之一以外。從最后的觀點看來，根本只有絕對的第一流的東西才該被討論。假如一些正當類型的批評得到承認，而且公衆和批評家學會了區別那些類型的批評，我們或許會有各種更好的批評，而在目前關於自己的意圖一點也不困惑的批評家只有兩三個人。讓我們將批評介紹當做半文明時代的一種野蠻的習慣來回顧。讓專門出版限定版書那種印刷廠增多，而大出版公司的廣告篇幅縮小。讓新詩人的小型書首先流通在可能對這種書最有興趣的兩百個特定的讀者之間。讓書名，定價，以及發行人的住址姓名能夠被刊在定期出版的文學雜誌上。這些定期刊物除了批評介紹以外還有許多該做的工作。假如「批評的新聞事業」是一種和創造的活動毫無關係的活動，假如批評家是一種和那些將藝術家的命運握在手中的藝術家們沒有關係的人種，那種批評和藝術兩者都要消滅。讓那些具有充分的共同興趣和標準而且實際從事某種藝術或是數種藝術的人們在他們自己的定期雜誌上發表他們的對話，他們的理論以及他們的意見吧。他們結成「徒黨」在所不懼，假如他們的徒黨是職業性而不是個人的。傾軋之風越來越盛。的確對於一個詩人並沒有比另一詩人的批評和讚賞更有益的批評以及更可貴的讚賞：

「〔這一個〕是使用本國語言的更佳能手……

而且讓笨人談論……」⑮

"Fu miglior fabbro del parlar materno……

e lascia dir gli stolti……"

即使我們眞地在精神上和陪爾美爾 (Pall Mall) 街⑯的俱樂部，郊外的別墅，以及地方的研究完全脫離，我們却不得不依賴他們要求援助這點是很遺憾的。假如他們看到權威報紙上的批評介紹結果買了我們的作品，可是我不太知道他們是不是這樣做，他們應該自覺到批評介紹和批評之間的差異應該在於批評介紹並不是他們的感情和思索的完全的代用品，而且優秀的批評是某種本身必須由讀者加以批評的東西。

文人假如不寫批評介紹怎樣維持生活，這是個重要的社會問題，我沒有解決的辦法可以提供。

從專門的雜誌評論家或是得沒有實際寫過什麼的優越的文藝愛好者你絕不可能獲得優秀的批評。還有將美學，哲學，歷史，社會分析，以及對自己所從事的藝術時常反省的人們的「對話」加以容納的餘地。所有精神活動的這些形式具有即時應用現況的各點，而且當對於現況且有某種適切的關係時，它們特別適合於定期雜誌上的文章。一本批評的雜誌或者雜誌的批評部分，是用來代替一千間客廳的一間客廳，但是它至少要求認爲在這間客廳裡談話的人是那些最適合於做這種談話的人這點有所不同。但是更重要的是詩人應該在一間才智高明的客廳裡被熱烈討論而不是在一打平平凡凡的評論雜誌上——而這是詩人永垂不朽的一個較適當的預測方法。

譯註

(1)安納特•法朗士 (Anatole France, 1844—1924)：本名 Jacques Anatole·Thibault，近代法國文壇上傑出的小說家，印象主義批評家。一九二一年得諾貝爾文學獎。

(2)見法朗士所著：「La Vie Littéraire」第一卷第五頁。

(3)休姆 (Thomas Ernest Hulme, 1883—1917)：英國近代最傑出的青年思想家，批評家，詩人，對當代及后代的文學影響甚大。意象主義 (Imagism) 運動以他的理論爲胚胎。一九一七年戰死。Herbert Read 於一九二四年將其遺稿題爲「Speculations」出版。詩共有五篇，最初當做附錄收在 Ezra Pound 的詩集「Ripostes」中，后又收錄於「Speculations」卷末。

(4)艾薩克•羅森堡 (Isaac Rosenberg, 1890—1918)：英國詩人。生時自費出版詩集「Youth」(1915)，「Moses」(1915) 等。一九一六年戰死。死後選集「Poems」由 Gordon Bottomley 編集，Laurence Binyon 作序出版。

(5)普瑞柯西亞•彭多芙 (Precocia Pondoeuf)：艾略特爲了諷刺所杜撰的名字。

(6)華爾特•佩特 (Walter Pater, 1839—94)：近代英國唯美主義批評家。艾略特的佩特觀見「Arnold and Pater」(1930) 一文，總之評價不高。

(7)聖•柏偉 (Charles Augustin Sainte-Beuve, 1804—69)：法國最大的批評家。學問廣博，兼創作小說和詩。所著「Portraits Litéraires」(1829)，「Causeries du lundi」(1849—61) 十五卷，(文轉26頁)

淵深的思想

古丁

巨浪有海洋的淵深思想
不知道曾沉潛過多久，深思過多久
沒有下降的鉛錘能測探他的心底
沒有誰知道眞正潛藏的力量
也許岩石曾爲此試探過
試探過，終不過是空磨損了自己的額角
岸邊常堆起浪的嘲弄

佇望時之沉默
表示不在乎小風浪搖着前進的步武
表示不認識海洋的深度
而巨浪興起，被推起時的岩岸顫慄
他又回到海上
留下岩石繼續守候與嘗試的茫然

憑持自己的堅强
以爲抵得住長久的拍岸驚駭
身形隨時日而消瘦，僅記痕留在額上
巨浪却依然有淵深的思想
神秘如昔

斛嵌溪上的卵石們

孫家駿

渾圓如夢。

夢是斛嵌溪河床上的大卵石。

遺留自太古，遺留自洪荒，問你，可曾留住歲月的脚步？

也許你說：「這些卵石們，多像斛嵌溪仰望蒼穹的眼睛！」

是啊！但它們老是那麽無言的瞪視着，究又爲了些甚麽呢？昨天不是有隻鷺鳥在這兒臨流照影嗎？竟也像夏日流失的那朵白雲，一去不歸來。

想起那朵流失的白雲，卵石們就有點心酸酸的，那在火燒的季節，是它，曾爲卵石們遮過片刻蔭凉的。

雲飄過，水流過，歲月踱過，斛嵌溪河床上的卵石們，就這樣默默的日夜沉思着，而且渾圓的夢着。夢那飄過的，夢那流失的，夢太古，夢洪荒，可怎麽也記不起自己是在那兒以及是那天誕生的。

而閃爍在銀河裏的星子們，是否也是這麽着？

碑外一題

辛鬱

或許 成碑當也有一種快感
在濕了翅膀的午後
一條街拉得琴弦似的
將我釘在
某個呼之欲出的音階上
而我 只這般地想着乘雲而去

是誰的淚溢出如泉
在象樹仰視一列塵埃雁行的
這城市某地的上空
我看見我的明天的四肢
在操演着一幕……

就說那是一次不經意的事變吧
啞澀的我的咽喉企盼吐出
一道虹 而後
便讓我是碑

失題六行

去年今日 象鼻中的殘餘的芬芳
在秋的切割中痙攣着右邊的一隻脚
而另一隻便空蕩蕩的懸着
讓路的重量在無聲的時辰中消失
或者成灰
或者 化爲明春的蟲鳴

狼人之死

宋穎豪

死了
狼人死了
不死于饑餓，而溺斃于人之慈愛
你的死猶似我的生
我生于白猥破城的火光裡
(你應是那一次被擄持的活票)
習而遺忘五個指頭的敏靈
且塡塞摔不碎的食品
(你倖免于引發胃病的習慣)
咿咿呀呀地在學甜的話
(你的嗥嘯最赤裸)
光天下，嘗須盛裝赴會
(你的親戚也愛市遊？)
——不過，你確是吃狼奶長大的！
不幸，你又一次被刼持
(我早知道他們不會贖票的)
而被囚禁于愛的牢籠
以牛奶代替你的空氣
用舌頭抵壓你的喉嚨
而你頑冥如石
是塊彫不成器的原始
我想該由巴納德醫士爲你換顆心

也許可以救回一命
死了，狼人死了
死于頑冥，抑文明？
狼人死了，死了
死而歸于眞。

後記：印度狼人拉姆死於一九六八年四月二十日，享年二十八歲。

喬林的詩

1. 晨以後

還是整排的樹
還是整排的樹
還是從我的睡眼中朦朧醒來
還是悄悄的走自妳常年攤開的手板
還是略爲嫌得響了些
還是驚動了一條平平坦坦的路
落慌奔馳而去
……
還是左右擁抱着腫大如球一般的眼珠盡量的張開尋求下一
個哈欠

2. 愛喲

把窗打開把窗打開把窗打開把窗打開
把窗打開把窗打開把窗打開把窗打開
把窗打開把窗打開把窗打開把窗打開
愛喲
如此展開的接納袮
刀戈以及破壞
歡呼在每一個甬道
每一窗扉穿掛在刀尖上
都成爲一種呼號的彩旗
愛喲
如我在域外
將如何呼回那碎片中的自己
除了攤開奔赴的手臂
皆已目盲耳聾

敦煌壁畫室

藍楓

在此，移植的畫面間隔了
一個空間；假想，我在洞穴，
水聲中，面壁而立，
我默坐一個長長的上午。
跌落，在時光的湍流，

閃爍中我溯流而上；
他，烏紗帽，拱手裏捧著奉獻，
一份虔誠，一份禮物，是的，
他曾證實，在中原，開放著異國的花朵，
而燉煌，是曲繞的藏廊。

默坐，
神話的斑點，幻想的線條，如網，
網我在混沌中；其上，羅刹翅膀如
繽紛的絲帶，在雲中翻過，雲中有
瓣瓣的蓮花；而薄薄的胸衣，
快樂的雙鳥欲飛，靜止時，
如一藝術的舞孃；其下，枯燥的山頭，
活潑的動植物形容，如流水輕柔散開，
萬物調和，有一人彎弓而戲。

美，原始，曾一度凝結在
合什的掌上，盤坐的膝上，只是
一種錯誤。那人在菩提樹下，
只是偶然的遐思。畫，以自己
證實了藝術，人是一流動的
雲。

噫！變種的奇花！
（中原，是一肥沃的土地，
唐虞夏商層積著的肥料，會默化
種子的紅唇；誰來，
誰就添上光彩。）

近作四首

鄭炯明

1.解剖的詩

躺在解剖室的五具屍體已經開始發臭
沒有人注意到這些
不能分辨頭尾的腸子
香腸般地　被切成兩段

我們是割死的
有的人是殺活的
在荒蠻的密林

一隻蒼蠅在室內飛繞　我的手
伸進如遭砲彈炸開一個大窟窿的腹腔摸探
在這裡　什麼是我尋覓的對象
神經？血管？生殖器？
死亡抑自由？

沒有人注意到這些
五具屍體猶如五頭羔羊匍匐於祭壇上

2.路

從市區的傭工介紹所走回家

似有走不完的路在脚底延伸
一邊觀看華燈初上的街景
一邊內心想著
多需要那點點的燈暈照亮落寞的前程

而路却愈走愈暗愈難行
譬如走往墓塚……

隔壁的阿伯又喝醉了
依稀可以聽到他叫喚私奔多年的妻的名字

3.陌生的愛

儘管生活在陌生的世界
却沒有一件東西
比妳底愛　更陌生
因爲　我不會祈求　也不敢……

不是不信任妳　只是
瞭解事實的眞相
嘗徒增痛苦與懊喪而已

在幽暗的咖啡室裡
什麼都看不淸楚
才覺得安全　妳底愛
也只能在其中
我才感知它聖潔的存在

4.無聲的歌

時常寫醜劣的詩寄到報社去
是支無言的希望之歌

伴著上一代殘留的苦痛
屢次　我彈奏它
不管白晝或夜晚

像比手畫脚的啞吧那樣
懵然戴上歷史的假面
爲發不出聲音而抽泣
我不是那樣的人！

而總有一天會走調的啊　那歌
我淸楚　只不知在何年何月……

事實是——
給在燒焦的祖國的領土
誰底歌還會有聲？你說
誰底歌還會有聲？

垃圾箱裡的意念

桓夫

① 部落

建築廟宇 又短絀經費
於是 天主堂落成了
樓閣吊着搖幌的銅鐘

祖傳道教 祭祀鬼神彫刻像
那不是太土氣了嗎
來一套橫的移植吧
聖母・瑪利亞 眞帥眞誘惑

羨慕的乳房
文明的源泉
文化是被掛在枝椏上
那些骷髏的變相 是不？

通姦有罪 就用供獻的
猪和酒 灌醉部落民吧
灌醉土神
神會遺忘了一切的罰則呢

天主堂的鐘鳴響了

② △夫人

年輕的母親 祇知給粉紅的新芽
澆牛奶 滲雜澱粉的牛奶
不是母奶 因而像交尾期的貓叫
新芽拼命地哀求……
却求不出母親幼小時候的記憶

祇爲了執行睡的特權
張開着疲憊於性的嘴唇
年輕的母親 △夫人
任慌慌的火車搖幌去
拖着剪不斷的煩瑣
仍祇愛去 豪華的旅行

在鹼、酸、甜的痛苦和磨擦中
年輕的母親 △夫人
祇吸吮了甜味 笑嬉嬉地
祇吸吮了 老丈夫的慇懃
還有 祇迷信了媽祖

日本現代詩史（八）

高橋喜久晴

供爲日本戰後在第一線出現的年輕詩人（現年三十歲左右）所活躍的「櫂」（谷川俊太郎、川崎洋、大岡信、茨木のり子等）「氾」（堀川正美、山田正弘）「貘」（嶋岡晨、笹原常子）等均在此年（一九五三）創刊。可以說由這些年輕詩人們開拓了戰後抒情詩的新生面。大岡信便出現在國際性的活躍。谷川俊太郎即在電視及其他新聞界發揮了其多方面的成就。而且在這一年詩壇之外，現代詩獲得了市民權，向一般文壇的發言也被重視了。

茲介紹會經迷住了讀者，且至今仍使我們唸起來會感到人生意義的一篇詩於次；

對我們的語言

飯田耕一

臉頰上的日之斑
我們的動作仍然像難民
那張開飢餓的眼和
渴乾的口 依然很配合我們的相貌

在遙遠的天空
兵器廠的幻影崩毀了
未來都市的幻影崩毀了
反仰着被燒燙
而出現的姿態

我們還不習慣
向死者行盡禮儀
我們不知恐怖
且無法計量
語言能支撐多少空間

記憶都繫于崩毀了的
語言也都收拾碎片
我們的視野是
不照任何東西的鏡子
面向昆蟲的死骸散亂了的平地
（中略）
我們是最後來的
或是最初站着的一個人
不結結巴巴講出來的是
給空虛的幫助
給現在走着的人的責難
（後略）

這是我愛誦的一篇作品。也許在現代詩這個「音樂」的機能不比「思考」的機能爲重，換句話說，在這思想的側面和語言結合的型態上，說「歌唱」是不適當的吧。然而我在一邊沉思一邊走路，或在獨自飲酒想着人生意義的時候，這篇作品的一行一句對于在戰爭時期渡過青春的人來說，會感到是安魂曲或新活氣的源泉。「張開飢餓的眼和渴乾的口依然很配合我們的相貌」「不結結巴巴講出來的是給空虛的幫助」無意中會衝口誦出來的這些詩句，究竟為甚麼而飢餓，要講甚麼的時候才不致結結巴巴講呢。現代就是常如此要求苛酷的時代。

村野四郎的「現代詩讀本」「現代詩的探求」似乎在臺灣也被介紹而得到好評。他的詩論「現代詩的語言問題」亦於此年刋登在權威的文學研究雜誌岩洋書店發行的「文學」。其由于正統派的發想所寫的詩論，給與日本詩人們影響極大。不過，另一方面他那固定型式的「詩的語言」論，並不完全給新進詩人們得到好影響。尤其研究法國文學的年輕一輩有着學者氣派的詩人們，現在也都嚴格地批判村野詩論。

此年第三屆H氏獎頒給我一個友人上林猷夫。（聞最近臺灣也新設了笠詩獎。我想如果選不到好作品的時候，應該把它保留不濫給獎而維持高度的權威才好。必須嚴禁濫發，而要發掘對臺灣詩壇發揮了偉大力量的詩人，評價其功效才對。）日本的H氏獎現已成為最高權威的詩獎了。當然其他也有很多種的詩獎，但H氏獎便是新人躍登文壇詩壇的龍門呢。

翻閱這一年的記事，並有國際上具重大意義的幾個案件。那是史太林的死亡，羅禪拔克夫妻的死刑，韓戰的停戰，在日本即有共黨謀略的松川事件被判有罪。日本詩人們都對于這些時代的動盪，很敏感地反應了。另有左翼詩人的活動也相當活潑。

原爆詩人峠三吉，近代日本最大歌人齊藤茂吉，從中國回來常寫北平或上海的詩人沈田克己，都也在此年逝世。

E・L・馬士塔詩選

（二十世紀的美國詩之七）

宋穎豪譯

艾格、李、馬士塔（Edgar Lee Masters）于一八六九年八月二十三日出生在美國堪薩斯州卡奈特鎮之一個清教徒家庭。其父爲律師。詩人克紹箕裘，學習法律，嗣擧家遷居芝加哥時，已成爲一位知名之律師。此前，他曾寫過不少傳統之韻律詩；二十九歲以後，相繼出版兩本詩集（A Book of Verse與 The Blood of the Prophets）。然自一九一四年，承其知友 William Marion Reedy之建議，開始專研希臘古詩，得其精髓。因而完成其成名作「匙河吟」（Spoon River Anthology）。匙河眞有其地，原是一條流經林肯故鄉依利諾州之原野，不見經傳之小溪。然透過詩人生華之筆，遂成爲擧世聞名之聖地。詩人攝取純樸誠摯之人物與質土無華之生活入詩，而以深入淺出之筆觸，刻劃入微，感人至深，遂成爲二十世紀二個十年期間「芝加哥文藝復興運動」主將之一，而與桑德堡（Carl Sandburg）齊名。一九三〇年，擧家喬遷東部賓西尼亞州之費城。歿於一九五〇年三月五日。

「馬士塔克紹箕裘，從事律師事務。因其急公好義，公正廉明之信譽，經常門庭若市，車水馬龍。他常從中排解，伸張正義。而他尤能潛心『研幾于心意初動之時，窮理于事物始生之處』之神妙，細察世態之衆生相」。其妻曾爲文介紹「匙河吟」之來龍去脈時，又說：「其詩材係攝自其個人生活經驗與悉心審察週遭之景物所凝煉者。詩人在詩中所浮繪之人物，似眞似幻，予人以不同之品性與生活之熱誠。使人品賞之餘，捕捉到一種神秘而雋永之一瞥」。

馬士塔一生著述頗豐，但無一能超越其成名作「匙河吟」。故其作品能流芳詩史者，亦唯其「匙河吟」一冊而已。

沉　默

我深知星和海的沉默，
城池冷止時的沉默，
男和女的沉默，
惟音樂尋得語言時的沉默，
春風未閃進森林時的沉默，
以及病中的沉默，
當目光巡視屋宇。
試問：
于此深邃，語言何用？
野獸頻連哀鳴，
當「死」攫去牠們的幼兒，
而于此情此景，我們無聲，
我們無言。

一個頑皮的小孩在問
坐在雜貨店門口的老兵，
「你的腿怎麼掉了？」
老兵陷入沉默，
也許他的思想飛逝，
因爲他無法滙憶格玆堡之役。
于是，他打趣地說：
「狗熊咬了。」
小孩更是不解，
但一幅悽慘的戰爭圖又浮現
老兵的腦際
砲火閃閃，加農隆隆，
被人刺殺時的尖叫
他橫臥在地上，
醫院的外科大夫，刀鋸，
竟日躺在病榻。
他若是一個藝術家
或能繪描其全貌
即使他是一位藝術家
也難以勾出更深的創痛。

深恨的沉默，
大愛的沉默，
恬淡寧靜的沉默，
和患難與共的沉默。
心性危微時的沉默，
靈魂歷經折磨
湧至不可言喻
崇高生命的至境，
神靈相互契合的沉默。

挫敗時的沉默。
忍辱時的沉默。
彌留的病人猝然緊握你手時的沉默。
當父親無從解釋生命
甚至被誤解時
父子間的沉默。

夫妻之間的沉默，
失敗者的沉默；
漠大的沉默籠罩着
苦難的民族與不屈服的領袖。
林肯的沉默，
緬想年青時的貧苦。
滑鐵爐以後
拿破崙的沉默。
聖女貞德的沉默
在火焰中祈禱「願上帝賜福」
顯示着無限的「憂慮」和「希望」。
年代的沉默，
豐盈的智慧，
使訥舌無法闡譯
給未達遐齡的人。

死亡的沉默。
假如我們活着時不能
細數深邃的閱歷
又何必希奇
死者未傳授死之奧秘？
當我們走進
沉默將必傳授我們。

第五悲歌

獻給赫達・柯尼希夫人

李魁賢譯

可是說吧，誰是這些流浪的人
這些比我們自己還要飄浮不定的人，他們迫切地
從早就為誰——啊，為了誰
一顆從不滿足的意志絞扭着？
可是意志把他們絞扭、捲曲、盤繞且搖盪
把他們投出而又捕回；有如從油狀的
更光滑的空中，以他們不朽的跳躍
落下到稀薄襤褸的毛氈上
在全宇宙中失落的
毛氈上。
好像郊外的天空把大地擊傷
而貼上去的一帖藥膏。
　　　　　　可是他們很少在彼處
直立着，此處顯示出了：大寫字母般
站着……而且，最强壯的男兒
戲謔着再度把他們滾壓
以愈形接近的把手，有如英勇的奧古斯特王
在桌上玩弄着錫盤。

啊，圍繞着這中心，
凝視的薔薇！
綻放而散落。圍繞着
這杵槌，這雌蕊，以自己
盛開的花粉去碰觸，再度
孕育着不悅的僞果，他們
從不自覺——在極稀薄的表皮閃耀着
假笑的不悅的光芒。
那邊，衰萎縐縮的舉重手，
如今還一直在擊鼓的老人，
萎縮於他那强壯的皮膚裡，那皮膚
看來好像曾經能够容得下兩個男子
一個如今躺在墓地，他活得比另外的還久，
耳聾而且常常有些錯亂，
在失了伴侶的皮膚裡。

可是那青年，有如頸項與尼姑之子的

那男人：緊張且結實地充塞着
筋肉與純樸。

哦你們
曾經把依然幼嫩的一種憂愁
在那長期的病後療養中
當做玩具接受下來的你們啊……

你有如只知道菓實似的
擊打着，未成熟的
每日百次從共同建立的技藝之樹上
落下（那是比噴水還疾速，在刹那間
有着春，夏和秋季的樹）——
落下且在墓上反跳：
常常，在短暫的休憩時間裡，你抬起
可愛的面容，朝向你很少慈祥的
母親；可是那膽小的
很少敢試探的眼光，就在你外表耗損的
身上消失……而且父親再度
拍着手召你跳躍，而在你還沒意識到
曾經一陣痛苦清楚地逼近急跳的心臟之前，
足掌的焚燒引起，數點肉體的淚滴
急速奔入眼眶中。
然則，目盲的，
微笑啊……

哦，天使啊，摘取那小小花朵的藥草吧。
製造一尊花瓶來保存吧！插進那
尚未對我們開啓的喜悅裡；在可愛的罐中
讚譽着以錦簇感奮的文字：
「舞者的微笑」。

然後是妳，可愛的，
妳，由於最動人的喜悅
無言地跳越過去。或許妳鑲邊的流蘇
代妳而幸福——
或者覆蓋着妳青春豐潤的乳房的
綠色金屬性的絲絹胸衣
感覺自己無限的縱情，且什麼也不缺乏。
妳啊，經常變化着姿態地
被放置在平衡擺動的天秤上的
木然的市場的水果
公然地安置在衆多肩膀之間。

何處，哦，何處那得有此場合——我在心中盤桓着——
那裡他們長久還不能學會技藝，
却有如非正當結合而交尾着的動物
互相離棄而落下——
那裡重擔依然很重，
那裡他們徒然地
用棍棒廻轉着盤子
蹣跚着……

而突然在這疲憊的烏有的地方，突然
在難以言宣的處所，那裡純粹的過少
不可思議地轉變——變化成

那空虛的過多。
那裡數行的計算
正好除盡爲零。

無數的廣場，哦，巴黎的廣場，無涯的舞台，
女裝社老闆，賴末路夫人
不安的世間的道路，無盡的絲帶，
盤繞且捲纒，編成新發明的蝴蝶結，
褶邊、飾花、徽章、人造果實——都
塗上虛假的色彩——爲了
命運的廉價的冬帽。
…………。
天使啊：還有我們不知在何處的廣場吧，
在那裡難以言喩的毛氈上，
從未帶來技能的戀人們，大膽表演着
驚心動魄的高空的姿態
表演着他們喜悅之塔
在沒有基地的位置，久久地
只是互相倚靠的搖擺的梯子——能做到噢，
在週圍的觀衆，無數的沉默不言的死者之前！
因此這些死者不是抛擲出他們最後的，邊儲蓄
這隱藏的，我們無所知悉的
有永恒價值的幸福的貨幣，在最後露出
衷心的微笑靜靜地立在毛氈上的
一對伴侶之前？

，（上接⑬頁）「Nouveaux lundis」（1861—6）十三卷，爲十九世紀文學批評的精髓。

(8)古爾蒙（Rémy de Gourmont, 1858—1915）：法國詩人•批評家。見艾略特「批評的機能」譯註(30)。

(9)坎普昂（Thomas Campion, d. 1619）：英國詩人，留下極富音樂性的抒情詩。有主張廢棄脚韻的散文著作：「Observations in the Arte of English Poesie」（1602）。

(10)傑西伯遜（Otto Jesperson, 1860—1943）：有名的英語學者，一八九三年以來任哥本哈根大學英語學教授，關於英文法的名著很多，以「Modern English Grammar on Historical Principles」（1913—14）爲代表作。

(11)波瓦羅（Nicholas Boileau, 1636—1711）：法國批評家。詩人。以「詩法」（L'Art poétique, 1674）一書聞名的古典主義者。此書於一六八三年由Sir William Soames 譯成英文，對當時英國詩壇影響很大。

(12)所謂「一個評價非常高的定期文學雜誌」，以及「亨尼狄余」•「金色的戴勝鳥」，「里德比特」等都是艾略特杜撰的。

(13)斯彭納（Spooner）：假空的人物。

(14)莎芙絨•華爾登（Saffron Walden）：假空的名字。

(15)見但丁「神曲」「淨界篇」第二十六章，前句是一一七行，后句是一一九行。

(16)陪爾美爾街：倫敦的Trafalgar Square 和 Green Park 中間的繁華街，俱樂部生活的中心地。

人類的發達

Erich Kastuer 作
陳千武譯

往昔　那些都是毛茸茸的傢伙　長相獰猛地
蹲在樹上
不久　便被引出原始林
施行地面的柏油路化
且疊積高達三十層樓

現在他們在那兒不被跳蚤咬
可坐在中央暖氣的房間
現在他們在那兒打電話
却仍然做着在樹上時代的
那個老樣子

他們聽聽遠方　他們看看遠方
他們維持與宇宙接觸
他們刷牙　呼吸着現代
地球是擁有許多自來水的
文化星星

他們用管子發射郵件
他們追求微生物　並培養
他們應用所有文明的利器　促使自然快適
他們垂直地翔空
而在上空可停留着二個星期

把自己不便消化的東西
加工做成綿絲
他們使原子分裂　矯正了近親相姦
還有　他們依據生活方式的研究
發現了凱撒是扁平脚的人

如此他們用腦筋和言語
使人類進步了
然而　再次　轉過眼睛
在光亮的地方一看清楚　究竟
還　是往昔的猴子嘛

何謂現代詩

鮎川信夫作
葉　笛譯

2. 關於幻滅

對於我們一直寫着的詩的陰暗，早在十年前，便被各色各種的人指摘着。然而，不管誰怎樣說：例如他們用陰暗這種隨便的字眼說着決定我們的詩的要素，我們總是沉默地領受下來的。

當一首詩被說成明朗或陰暗，大多數的場合，只是對表面的氣氛說的，想來，這並不是特別重要的問題。面對詩價值的評價，那是不足一顧的。

但，長時間，對於一般地說我們的詩陰暗這件事，又覺得不能不了了之了。因爲寫詩是一生的工作，即使是一首詩，也投映着那個詩人的歷史和全部生活的。

所謂我們投映的意義陰暗，而且時常是幻滅的，那是因爲我們的歷史和全部生活是陰暗的，並且恒常是幻滅的。然則，這不是說對於我們，幻滅永遠是最後的意象。我們是一直持着：「所謂幻滅就是向健全性的一階段，由於跨越它而能達到新的眞理和信念」這種確信的。

第一次和第二次的兩大戰爭的戰後——我們的戰後感覺並不單單植根於第二次大戰後。我們做爲詩人的精神是在第一次大戰後，不斷地反覆着分裂和破壞的世界史的，幻滅的尖端的現代意識裡滋長的。

說我們在戰前便已是戰後的，也許是由第一次大戰後的歐洲文學的影響吧。達達或超現實主義，確實給予當時幻滅的環境以新鮮的刺激。

對於把達達或超現實主義當做藝術上的現代主義接受之輩而言，也許達達和超現實主義只不過意味着新的技術和新流行吧。對於說過「不是傷感的系統的藝術，是把所謂表現，表現的技巧當做重要的要素，同時，有意要表現和日常平凡的表現或感覺不同的，恒爲新顯的，在感覺上從未存在的東西」以春山行夫氏來說，超現實主義便是藝術的重要的思考、方法以及感覺，換言之，其注意只集中於怎樣地寫，而決不把所謂要寫什麼這一種詩的主題的側面當做問題的。當時的現代主義者大抵都有這種風尙，但，沒有一個詩人更比春山氏更徹底地不把要寫什麼當做問題。他那種把要寫什麼認做一種屬於人生論的工作，不能成爲藝術批評，極端厭惡主觀的傾向或印象主義的想法看來，這，也許是必然的結果。在現代主義的詩論上，內容之所以化爲無意義的形式，我想是超現實主義的外表的壞影響使然的。

超現實主義在藝術上是一種叛逆的精神。然而，日本的超現實主義者多屬於貧血的，缺少想像力和創造性，而非常地線條纖弱的一型。安德烈·布魯東雖然在『何謂超現實主義』裡說：「赫拉克烈伊斯特以其辯證法，路魯以其定義，弗拉梅兒以其黃金之杖，綏夫特以其惡意，沙德候爵以其性的殘忍性，卡里埃爾以其溺斃，路易斯以其惡的美，波特萊爾以其道德，藍波以其在生活上的實行及其他，卡羅兒以其無聊，由伊士曼以其厭世主義，修拉以其主題，畢卡索以其主體主義，全部成為超現實主義者。」可是，這些多彩的超現實主義者們，並非藝術方法上的超現實主義信奉者，而不過是他們可能的唯一的現實的生的表現，亦即表示着對現實的生的強烈的抵抗，其結果屬於超現實而已。

今天的超現實主義者對現實的生不擁有任何抵抗。他們充其量只是極為惰性的沙龍趣味者，或者，只不過是依賴感覺效果的一種純粹派，大抵是屬於兩者之一。對現實的生喪失源泉的感情，是產生不出優異作品的。

對我們來說超現實主義之所以成為過去的東西，就是對做為藝術運動的超現實主義不再感到新鮮魅力的緣故。同時，無疑地，第一次和第二次的戰後的社會環境不同也有影響。因為和達達或超現實，『荒地』或『海邊的墓地』的時代相比，今天的精神狀況更有危機，更加幻滅，所以沒有餘暇對達達或超現實一般的藝術運動保持興味了。

海是世界的墓地
所有的人類被扣上手銬，
拖着鐵的義肢的黑暗都市，
是暗黑的夜底泥沼，
在那裡蠢動着的狗的眼睛紅紅糜爛着，
沾粘灰塵的舖道上，
睡着海草粘滑滑地糾纏着的疲憊的子宮，
是無風之中的黑帆。

海是迷藥的甕，
那是充分明白罪和罰，以及，
連神祇的慈悲都一清二楚的人們
都互相刺探着，醉酒、瘋狂，
飢餓着，爭執着，褻瀆着自己的時辰，
在那裡，
連睡夢裡微笑着的幼兒的笑靨，
在我，看來也是個洞穴。

我很清楚，每一秒，
在世界的某地，有人在死亡，
而我血液中的一個個寶石
逐漸在化膿，在崩潰，
但，我能怎着？
在鯨吞所有陸地的深夜的洪水中，
所有的義務已盡完，
所有的東西已說完。

我們只等待着，唯一的一個人，
那是我們的命運，有人這麼嚅囁着，
可是，他將帶來的信息是什麼，
它是否確實，
我們仍不能相信，
何時他到這裡來，
他是否能從熟練的娼婦身上站起來，
而由這海上走過來？

這是中桐雅夫題爲「終焉」的作品，是否是優秀的詩另當別論，可是，我想其具有現代的特徵是一目了然的。然而，這首詩的手法決不能說是嶄新的。毋寧是相當保守的。在這裡，我想說的：就是所謂現代的，和手法拙或技巧的新穎這件事，並不一定永遠一致。在這首詩中，有很多過去的東西，從象徵主義至超現實主義以後的繁雜的影響交錯在一起，形成一個有意義的世界。並且它在本質上，是和由態度向技術的現代主義者的路線逆行着，而由技術向態度進行着的。

姑不論什麽樣的詩，在今天，各各詩中必須要有表示其現代的正統性的東西。現代主義之所以由態度走向技術，是因爲希望詩的技術的獨立，以及由於要求技術的特殊化，專門化的時代的影響。由於這個緣故，詩便成爲極端主知的，在頭腦上，某種被限定的種類的文化的，極爲狹隘的技術的一分派獨立起來。同時，由此，我們也逐漸明白了詩的技術的獨立是如何地無意義，偏向所謂詩技術之進步的奇妙觀念的現代主義已靠近了終點。

並且，隨着詩人和社會的關係成爲問題，詩在根本上是由詩人和社會的關係而被條件化，進而成爲「我們必須認識：詩人和大家的關係，是遠比有一個鏡子的人，或者不着的人更加密切，更加複雜的東西。」隨它，比內容更主張形式的卓越的現代主義，或逃避的微妙的形式的純粹詩；便不能不成爲日薄西山的存在了。

所謂一首詩的現代的正統性，就是把詩在過去的機能或效用，如何地使它們沽在現在，是和這一種歷史的意識密切地結合在一起的，如果缺少這種歷史的意識，光拿進現代意識，或使用現代的素材時，便常陷入現代的異端。眞與僞的區別，在於永久的和一時的區別，在於正統的和異端的區別。

「終焉」的陰暗，就是現代的陰暗。這首詩，雖然有些地方過於技巧，稍爲缺少生底感覺，概念上過於統一，然而，其暗喩和觀念的關連却極其有效果地結合着。而對這首詩，最需要注意的重要點，便是這位作者想擺任做爲詩人在現代的經驗全體的想像的把握。對他而言，詩既非實踐意志的工具，反動的個人主義，浪漫主義，亦非絕望的避難所。這首詩是陰暗而幻滅的，但，那決不是由於作者個人的愛好才變成那樣，而是在現代的經驗全體的想像的把握在終極上使它顯露出現代的黑暗。

詩在表面上看來即使不談什麽，終究還是決定性地，最後地，要談某種事情的。

把這首詩的第一節「海」和過去的各色各樣的詩人的「海」比較起來看。我們一定要注意到以這陰慘的形象爲背景，在現代裡的幻滅，象徵地，做爲完整的經驗被把握着，圍繞着我們的闇黑的影像，極其鮮明地被視覺化，而付予了意義。

很多人想從這種黑暗的現代逃開。被戰後社會的不合理的齒輪咬碎着，在抑壓和隸屬之下呻吟着的人們，翹望從日常生活上沉重而暗黑地覆蓋下來的幻滅感解脫。這種願望才會成爲新時代的十字鎬的一擊。

然則，如果看丟了結合相互的一種共同目的，忘記愛鄰人如愛自己的心，那十字鎬的一擊將成爲建立新刑場的東西。那些把探究的喜悅和絕望的觀念意識交換的人們，就是自掘墓穴的人們。

戰爭的犧牲，政治的背信，失業問題，並且其他一切暗澹的社會環境——我們的陰暗並不是驀然從這些現象背後產生的。只要很多人所經驗的苦惱和不安，不從我們的意識離開，任何事都沒有被解決。在這個新的血和淚的時代裡，拯救是不容易來訪的。

那潛入我們的日常生活中的死的觀念，是從我們過去的經驗生存下來的幻影。然而「很多東西死滅了。將有更多的東西要死滅。」即使在這種反覆中，未始沒有對明天的殘酷的期待。

我們在死之中只是個數目
只是氣味以及堵塞地方
死到處存在着
死在這裡那裡之中
我們喝着水
翻動着紙牌
穿着衣領骯髒的襯衣
發出笑聲
死不是異樣的陌生客
而像要好的朋友似地
毫不客氣地
來到我們的餐廳或寢室
而眠床上有時散亂着吃丟的橘子皮
而月夜裡有時氤氳着馬醉樹花的氣味
並且戰爭終了時
木瓜樹上浮着白白的小雲朵
在輸掉戰爭的人這點上我們互相輕蔑着
在輸掉戰爭的人這點上我們互相哀憐着
醉漢和騙子，老百姓和鎖匠，僞善者和銀行員，饕餮
　者和樂天者
互相照顧着傾軋着

我們共享被遣返故國的命運
在遣送船到達的碼頭
我們
把各自被切斷了的命運
像帽子一般輕輕揮動着離開
那傢伙是騙子那傢伙是老百姓那傢伙是銀行員
一年是怎麼打發走的
而二年
有一個人
騙往日的夥伴賺過錢後
喝醉酒掉落運河
死了
有一個人
以少得可憐的薪水養着妻子
五年前因不足道的創傷
又頻臨死亡
有一個人……

其中之一的我
活在東京街上吊在電車的吊帶上
在所有的吊帶上吊着我陌生的男女
而我底娘原來的上校夫人在故鄉
因爲營養失調面臨死亡
而要撫慰死
我的二九二〇圓不論怎樣總是不夠的
死　死　死
死是件費錢的事情
在我不認識的男女們吊着吊帶的電車裡
我也吊着吊帶

想起橘子皮散亂的眠牀或
放散着馬醉樹花的氣味的夜
而且誰也不知道
我變得更不高興地吊在吊帶上

這是黑田三郎的「在死之中」一詩。

這首詩的長處，首先在即於事實的觀察和視覺的明快。它以憂鬱的調子和嘲謔的模樣描出，吊在電車的吊帶上的二九二〇元的所謂薪給人員平凡的一市民日常的一片斷，且相當現實地凝視着緊跟着生的死之陰影。這位「在死之中」的作者的眼睛，洋溢着對觀念的懷疑的光輝和譏諷的影翳。

我們毋庸特別假藉都市的絕望的場所，或格外地頹廢的人們的姿影。死亡靜靜地噬蝕着在電車中吊在吊帶上的凡俗的市民生活。死亡每天每天出入在我們的家門口。

這首詩既讓人們笑，同時，也叫人沉思。因爲作者幽默的感覺，驀然鮮活地觸及現實，所以在那裡面使人感到一種奇妙的自虐的疼痛。社會的現實和個人的生活，外在的東西和內在的東西之衝突就是主題，其有彈力的表現確切地捕捉着現代的風景。

我所說的現代，便存在於使前記的「終焉」和這個「在死之中」對立的，亦廣濶，亦狹窄的兩者之距離內。這兩首詩在某點上表示極端的不同，但，均擁有現代的正統性。

「在死之中」是非常有人間味的，但，整個看來，宛如無表情的臉似地沉默着。一市民的惱恨，像多數市民的惱恨似地密閉着現代生活的一斷面。這位作者把人類、現實、社會、包括自己的一切在內，只像看着汚穢的風景似地眺望着，沉默不語。既不期待革命，也不等待一個人。這無表情的臉，和今天的知識份子的臉擁有相同的東西。

我們的詩之陰暗來自直視現代的生底現實。即使像「終焉」似地象徵地表示，或者像「在死之中」似地用鮮活的語言表示，其所站立的地盤是相同的。

我們底詩愛撫着幻滅的現代底風景。我們的感受性不同於容易受騙的知性，它能正確地把現代的黑暗都市感應在心版上。我們懷疑的眼光守望着，從那載着很多人的呻吟的熟練的娼婦的肚子似的現代上面，會射出什麼樣的曙光，會產生什麼樣的信仰，會站起什麼樣的人類。

我們的詩要刺穿市民們無表情的臉中潛藏着什麼，然後，使之流出穩藏着的感情。

然而，我們做爲詩人的敗北性是無可異議的。那是我們在戰前便已明白的。今天，雖然有一部分共產主義詩人們在攻擊我們，可是，其推測大錯特錯。不是因他們攻擊我們才敗北，而是由於我們自覺才敗北的。我們是天生的詩人，恒常拿定一貫的態度。我之敢說「天生的詩人」，是想要從開始就予言敗北性之故。因爲在某種意義上，我們底詩只不過是我們的有罪觀念之逃避所。

我再也不會受到創傷　因爲
受傷只因要如此才有我底存在
我再也不會倒下去　因爲
要毀滅　這便是我唯一的主題

這個片斷極其明瞭而決定地宣言着活在現代的詩人之態度。

在這裡，毋須再加贅述。我雖然關於我們是幻滅之子，做了很拙劣的說明，但，似乎後面還剩着什麼。是的，猶有超越表現，難以捕捉的什麼殘留在灰燼中。關於我們的幻滅，我能說出的最好的語言，就在那還沒爲我們寫出的未知的詩中，放着美麗的光芒，照耀着遙遠的幻滅的那一邊。

外國詩人投稿作品

朝（Ⅲ）

醍醐華夫

天のゆるやかな弧が　顫えている
私の上眼蓋で
紺青が紺青のああ翳るので
私は爵ぎこむ

天には中心があるのに
私のなかにはそれがない
いつだろう
うちなおせない大切な點を
こざかしく　私が消したのは？

かつて　私の下眼蓋に
四季を彩色した土
冬――
足許の野で　睫毛だけが
枯れ殘つた

――點は
重みと重みとで累ねられている
重みを剖つのに相應しい
形象み　探し當てる示で
そのようにして……
そのときでさえね

朝（Ⅲ）

陳千武譯

天的舒暢之弧　顫抖着
在我的上眼瞼
深藍仍以深藍蔽翳着
使我鬱鬱

天有中心
在我內裡却沒有它
不知何時
把無法更正的重要之點
自作聰明地　我把它沫消了？

曾經　在我的下眼瞼
彩色了四季的土
冬天――
在脚下的原野　祇有睫毛
尙未枯萎

――點
被重量和重量叠積着
一直到能找得適應於解剖重量的
形象爲止之前
依然那樣……
又在那個時候

私のなかの中と天のそれとは
累なつていたのだ
美しさに堪えきれなくなつて
愛は實る
あなたよ
あなたは　誰？
下眼蓋より高い
遠ほ線の弧
つらなる朝露のひかり
私の背丈を測る
地平線の目盛り——
で搖れ搖れおさあるもの
眼蓋のフラスコへ
フェノール・フタレンを垂らしたように
私の綴じ目が
暗くなる
もう
輕い一片の葉にしかぬ　こころを、
讀み捨てな本のどの頁で
臘し葉にしよう
（生が幻覺であるなら
私は醒める
屍にたつて
一片の葉の　旋い墮ちる日に）

我裡面的中心和天的那些
確實叠積着
不能堪耐於美
而愛結實了
你呀
你是誰？
比下眼瞼更高的
遠望線之弧
蜿連的　晨露之光量
我身高的
地平的量線——，
任其搖幌　搖幌的事物
向眼瞼的長頸瓶
滴落 Phenolphthalein（酚酞）那樣
我閉合的眼
黑黑
已經
一顆心　祇是輕輕的一片葉
該挾於看完了的書本哪一頁
做成臘葉呢
（如果生就幻覺
那麼我要醒來
在成爲屍骸的
一片葉的　旋落之日）

作者簡介： 醍醐華夫，本名澀田耕一，昭和四年生於北九州市八幡區，九州工大肆業。曾服務於九州電力，現在大木建設任職。詩誌「沙漠」同人。詩誌「詩淵」主編。

笠下影 ㊷

洛　夫

詩是一個生命，一切的價值都在其中。詩生命之得以永遠保持，乃在詩人不斷地走着再發現之路，走無路之路。

詩亦如一塊强力磁石，任何頑鐵在未完全挨到它時即被吸了過去，非實際的連繫正是表達較理性更高一層的靈覺所必有的特徵，禪亦如此。我已說得太多。

I 作品

灰燼之外

你曾是自己
潔白得不需要任何名字
死之花，在最清醒的目光中開放
我們因而跪下
向卽將成灰的那個時辰

而我們也不是，紅着臉
躲在褲袋裡如一枚贋幣

你是火的胎兒，在自然中成長
無論誰以一拳石榴的傲慢招惹你
便憤然擧臂，暴力逆汗水而上
你是傳說中的那半截臘燭
另一半在灰燼之外

曉之外

猛力推開昨夜
我推開滿身的癢
雙臂高擧，任體溫透過十指直衝屋頂
而化爲一聲男性的爆響

第一個醒來的是整整睡了一宿的床
其次是小女兒的黑眉
　由左額
　跳到右額
唯有睡鞋上的那朶紅蓮
尙放棹未歸……

血醒在血中
如光醒在燐中
噢，牆上那位獨釣寒江雪的老滿
將餌扔過來了

——妻以半啓的眸子噙住
掀開窗帘，晨色湧進如酒
太陽向壁鐘猛撲而去
一口咬住我們家的六點半

西貢之歌

㈠夜　市

一個黑人
兩個安南妹
三個高麗棒子
四個從百里居打完仗回來逛窰子的士兵
嚼口香糖的漢子
把手風琴拉成
一條那麼長的無人巷子
烤牛肉的味道從元子坊飃到陳國纂街穿過鐵絲網
一直香到化導院
　　和尙在開會

㈡政變之後

機動車是那個塔克薩斯佬的
灰塵是我的、
木棒是那羣呼嘯而來的孩子的
血是我的
太陽是那堆挨坐街沿絕食僧尼的
饑餓是我的
西貢河的流水是天空的
那抓不到咬不着非痛非癢非福非禍非佛非禪的茫然
是我的

㈢沙包刑場

一顆顆頭臚從沙包上走了下來
俯耳地面
隱聞地球另一面有人在唱
自悼之輓歌
浮貼在木樁上的那張告示隨風而去
一付好看的臉
自鏡中消失

Ⅱ　詩的位置

當「創世紀詩社」在民國四十三年間崛起的時候，「創世紀」雖然還是薄薄的一本，但是張默、洛夫、瘂弦當年便是這樣起家的。當時臺灣北部的詩壇，早已成立了「現代詩社」與「藍星詩社」，且有分庭抗禮的趨勢，而「創世紀詩社」却於臺灣南部自成一個局面，於是，三者鼎立。

在左營，比詩人墨人、彭邦楨較晚出現，却頗有後來者居上的「創世紀」的進軍；以張默、洛夫、瘂弦爲首的早期的「創世紀」，聯合了南部的一些詩人，在所謂「新民族詩型」的號召之下，也頗有一番幹勁。但一直要等到民國四十八年四月「創世紀」的革新，他們才繼承了現代詩的潮流，且跟後期的「藍星詩社」，成爲一個對比。而在民國五十四年九月十八日的所謂「創世紀詩刊改組座談會」（註1），無疑地，是受了當時興起的「笠詩社」衝激的結果；也許我們可以就「創世紀」的創刊，而革新，而改組，分爲他們發展過程中的三大階段。

詩人洛夫的三本詩集（註2）；恰恰是這三大階段的一個反映。他的創作歷程，正是顯示着「創世紀」由浪漫而象徵、而超現實的過渡；當然，洛夫有權說：「實際上我是一個純詩的服膺者」（註3），他想克服超現實主義的創作技巧，他想借重實存主義的哲學觀念，甚至涉及禪。不過，他說：「但首先希望別人承認我是一個詩人」。（註4）作爲一個詩人，洛夫想從生活中滾出來，倒是事實。

（註1）參閱「創世紀」詩刊第二十三期「創世紀詩刊改組座談會紀錄」一文。

（註2）洛夫的三本詩集，是「靈河」、「石室之死亡」以及「外外集」。

（註3）見「外外集」的「後記」。

（註4）見民國五十七年九月五日洛夫寄趙天儀的書簡。

III 詩的特徵

洛夫的詩，從他的詩集，可看出他創作的三個時期：第一時期，是介於浪漫與象徵之間的產品，在愛情的題材中，表現出一種空靈而又富於情趣的抒情曲。第二時期是介於超現實技巧與實存意識的揉合，在不同的題材中，凝聚於「石室之死亡」的組曲。第三時期，從現實的感受中，企圖從即景到詩劇的飛躍，在豪邁的堅硬的詩質中，捕捉「躲在褲袋裡如一枚贗幣」的落空。而在「西貢之歌」的第二首「政變之後」，他如是歌着：

「西貢河的流水是天空的
那抓不到咬不着非痛非癢非福非禍非佛非禪的茫然
是我的」

他扣緊了時代給他的强烈的震撼，他知道什麽不是他的，而什麽是他的；就這一點來說，他已領悟了「衆人皆醉我獨醒」的詩人的落寞了。就整個創作活動來說，洛夫的詩，是在意象的不妥協，韻律的不拘泥，以及詩質的不含糊的追求中，使他從晦澀到透明之中，從片段的閃爍到全首的呼應之間，時時在矛盾與掙扎之中，雖然，我們沒有窺見產婦生產後的倦容。

IV 結語

一個詩人，而又兼爲一個評論者；也許是現代詩人雙重的負荷，當詩人從事創造活動時，是藝術的；但詩人從事評論活動時，却是要科學的。因此，理論雖是在創作以後的活動，而創作却也是理論批評分析的對象；因此，詩人應有一種自覺的自我批評。我們所肯定的詩的價値，是自我透過了創作品，所產生的一種生命活動的認識。

笠下影 ㊸

余光中

我的詩觀一直在變化之中，正如我的詩。可是無論它怎麽變，我恆相信內容與形式的相互依賴，不容分割，正如心靈與肉體的不可分割一樣。一個眞正的詩人知道：沒有內容的形式只是韻律的練習，不講形式的內容只是一種原料式的思想和感情而已。

我始終相信：詩是一種高度綜合的藝術。

——錄自「六千個日子」

I 作品

越洋電話

要考就考托福的考試
要迷就迷很迷你的裙子
我說，**Susie**
要簽就簽上領事的名字
要來就來過復活節，現在是三月
一個人看彩蛋要流淚的
(對不起，三分鐘到了)

要考就考托福的考試
要迷就迷很迷你的裙子
我說，**Susie**
要簽就簽領事的名字
要來就來過感恩節，現在是十月
一個人吃火雞要流淚的
(對不起，六分鐘到了)

要考就考托福的考試
要迷就迷很迷你的裙子
我說，**Susje**
要簽就簽上領事的名字
要來就來過聖誕節，現在已下雪
一個人聽聖歌要流淚的
(對不起，九分鐘到了)

一枚銅幣

我曾經緊緊握一枚銅幣，在掌心
那是一家燒餅店的老頭子找給我的
一枚舊銅幣，側像的浮雕已經模糊
依稀，我嗅到有一股臭氣
一半是汗臭，一半，是所謂銅臭

上面還漾着一層惱人的油膩
一瞬間我曾經猶豫，不知道
這樣髒的東西要不要接受
但是那賣油條的老人已經舉起了手
無猜忌的微笑盪開皺紋如波紋
而我，也不自覺地攤開了掌心
一轉眼，銅幣已落在我掌上
沒料到，它竟會那樣子燙手
透過手掌，有一股熱流
沸沸然湧進了我的心房。我不知道
剛才，是哪個小學生用它買車票
哪個情人曾用它卜卦，哪個工人
用汚黑的手指捏它換油條
只知道那銅幣此刻是我的
下一刻，將隨一個陌生人離去
我緊緊地握住它，汗，油，和一切
像正在和全世界全人類握手
一直我以爲自已懂一切的價值
百元鈔值百元，一枚銅幣値一枚銅幣
這似乎是顯然又顯然的眞理
但那個寒冷的早晨，我立在街心
恍然，握一枚燙手的銅幣，在掌心

母親的墓

此地葬一個可愛的女人
肉體已成灰，只留下靈魂
一縷靈魂，只留下一束記憶
記得小時候，在江南
秋天拾楓葉，春天養蠶
一縷靈魂，曾經是一張臉
是我記憶中最早的形象
早於這世界，早於月，早於太陽
一張臉，曾經是一雙眼，一種笑容
小時候，是我唯一的氣候
母親啊，你竟已成爲一縷靈魂
一縷靈魂，曾經是一雙手
辛苦經營，將我編織成形象
凡顱所頂，凡足所履，凡身所衣
來自你，來自那一雙手掌
此地葬一個可愛的女人
葬的是骨灰，不是靈魂
這首詩是她永生的陵寢
保存一種美好的形像
防腐，防火，防盜，而且透明

附記：母親骨灰將於一月二十一日自圓通寺移往碧潭永春公墓，歸土安葬。她是江蘇武進人，民前六年生，民國四十七年歿。

Ⅱ 詩的位置

從詩壇來看，詩人余光中好像是在朝的，屬於學院的；但從學院來看，則又似乎是在野的，屬於詩壇的。近十多年來，也許就是所謂「六千個日子」吧！余光中自「舟子的悲歌」開始，在「中副」與「野風」漸露頭角，當時他擷取了英、美浪漫主義的精神與風味，且繼承了新月派格律詩的遺風，給詩壇帶來了一種有別於覃子豪所提倡的自由詩，以及紀弦所提出而又否定了的現代詩。余光中所扮演的角色，雖是一個流行的抗議者，但他自己却又是一個造成了另一種流行的始作俑者。從他接編了「藍星週刊」（註1），到第一次赴美在愛奧華大學「作家工作室」深造的前後，也是正當藍星詩社第二代的成熟，如吳望堯、黃用、周夢蝶、阮囊、王憲陽、張健、夐虹、吳宏一等活躍於詩壇的時候，余光中掙脫了格律的枷鎖，加速地朝向詩的現代化的地平線。因此，當雜文作者如言曦之流批評現代詩時，在筆戰的過程中，余光中無形中便成為核心人物。由於余光中的崛起，覃子豪的逝世，加以紀弦自現代詩撤退，遂形成了以余光中為核心的「藍星」與以張默、洛夫、瘂弦為盟的「創世紀」在南北對峙的局面。所以說，詩的現代化運動；第一期該是紀弦與覃子豪爭雄的時期，第二期該是余光中與「創世紀」爭霸的時期；是否余光中只有霸氣而無霸才呢？作為一個詩的創作者、翻譯者、批評者以及佈道者，對於中國的現代詩壇，不時提出強烈的批評，同時也常常成為被批判的對象。

（註1）余光中主編「藍星週刊」，自第一六一期起至停刊為止。

Ⅲ 詩的特徵

寫詩而想贏得知音的共鳴，乃是人之常情。一個詩人的作品，成為多數讀者們所愛好，固然可喜；但成為少數內行者所珍惜，亦極可貴。因此，詩的優劣，是在作品本身，而不在讀者的多寡。余光中的詩，由於多方面的因素，頗有票房價值。而他，的確也頗執着，產量相當可觀（註1）。因此，就詩論詩，他的多變，跟其生產量極有關聯，但萬變不離其宗，余光中還是余光中，他的古典知識，他的格律觀念，他的浪漫情趣，他的俏皮花樣，他的假借抽象，他的回歸中國，都有他的理由的。在他左右開弓，自誦作品，以及有關詩的活動上，使他的作品熟悉者頗廣，連反對新詩的老教授，批評新詩時，便往往以他為例。就余光中在詩的創作底發展過程來看，他能不能憑其詩而成為主要的詩人（Major poet）呢？所謂詩的眞摯性，是不是超越了技巧的層次底一種存在呢？「越洋電話」的幽默，是俏皮中帶有諷刺；「一枚銅幣」的機智，是冷靜中帶有透視；而「母親的墓」底懷念，更是在憶念中流露着愛的不朽的渴望。例如：

「這首詩是她永生的陵寢
保存一種美好的形像
防腐，防火，防盜，而且透明」

當然，對於一個多產的詩人的評價，是不能憑三首詩就認定了的，就對於其全集來說，易流於斷章取義，不過，一言以蔽之，余光中的詩，往往令人感受到彷彿俏皮有餘，韻味不足；透明有緻，奧秘不深。

（註1）參閱余光中著「望鄉的牧神」所收集的「六千個日子」一文。

Ⅵ 結語

也許一種文學運動，是因時勢造英雄，英雄造時勢一樣地擁戴出領導者來。但寫詩本身，却無所謂誰領導誰；紀弦的舊調重彈，覃子豪的壯年消逝，自然而然，余光中便脫穎而出。余光中之所以擁有讀者，之所以贏得大專學生的注視，之所以左右開弓向前邁進，最主要的還是在他有着走向現代化的本錢，以及研究英、美現代詩的基礎。所以，對於一個不可忽視的號碼，在詩的歷史的跑道上，我們該有一種眞摯的期待，也要有一種嚴酷的批評。

趕路

陳秀喜

兒子遭遇車禍
樹不爲我招手
世界無助於我
行人無助於我
捏着沒有力的拳頭吞吐嘆息

倘若能够乘上閃光多好
老早就趕到現場
倘若能够乘上破曉的曙光多好
老早就趕到醫院的窗口

白紗布紮不住血
頭破腿斷瀕死的是我
我的血哀喚着兒子的乳名
——乖乖等候我　等候我

詩兩首

傅敏

1. 鍵板

惆倦時
不經意地微觸黑堤下的白琉璃
竟也有跫音響著
像撫摸女性冰潔的肌膚
我的手
久久戀眷著不忍離去
故鄉的情人是否也正在給蕭邦寫詩呢？

寂寞裡——
我回到那扇臨近鋼琴的
伊臥室唯一的窗

2. 吉他手

他彈著吉他的表情是十分民謠風的
不爲什麼地垂下眼瞼
月暗的時候
從相思林中傳來的音符聽來特別溫柔
彷彿北風
初秋時輕輕地
輕輕地怕跌碎寄回南方的鄉愁

海邊卽吟

吳瀛濤

1

海轟囂在身邊
我在思索一些什麼
不，我什麼都沒有思索
爲了思索，海是過近
風也過於蕭颯
轟隆，轟隆，啊，隆隆隆隆地
我只在聽海，聽風
然而我還是沒有聽見了什麼
轟隆，轟隆，啊，轟隆轟隆地
我只給自己無心地告訴着
在身邊的那個就是海

2

來海邊
凝坐於岩上
有點奇異的心情
那海浪什麼也不說
也不會知道
自己坐在這裡
在凝視着海
風也是一樣
只有自己這樣地來在這岩上
於是，昨天的太陽也會來着
啊，這樣就好啦

3

來海邊，我突然變成啞者
言語被波浪掠奪，不再回來
在遙遠的水平線
雖然我還在找尋着那些
不久，我又突然變成盲者
閃閃地我已看不見什麼
而最後，轟隆地只剩下海的轟響
和那索漠的風的呼嘯
哦，耳朶刺刺地疼痛

4

波浪碎落，海風刮吹
岩石就那樣被蝕刻
它被刻成怎麼樣的形狀
波浪都不知道，風也不知
又我也不知道
大概只有岩石知道的吧
不過那些岩石也不說出來
啊，波浪與風嘯與岩石
只有我一個人孤寂地被留下在這裡

浪子與狗肉

岩上

1.
豎起風衣的領子　雙手插入褲袋
冷仍然衝擊着牙齒上下咀嚼豆子
趕夜的步伐無法逃脫香味的網罩
鴨舌帽下的斜眼又一次交融饕餮的嘴臉
先生　來坐
一把大肚的菜刀　急切急切　爆噴肉聲

2.
冷慄的夜風飄幡四柱竹桿圍堵的帆布
黃黃的燈光搖動着一脚蹲在長凳上的身影
喂　老闆　來一瓶高粱
火爐燃燒着熊熊的烈火
熊熊的烈火燃燒着胸膛

3.
一條蹣跚的影子沒入一管陋巷
汪汪　一隻飢餓的狗
躍自垃圾箱猛撲而來
閃　畜牲　順勢蹲下檢起一塊石頭　擲去
他媽的　畜牲　唉唉　夾尾跑了

4.
幾節酒味的山歌變調地停了
漆黑的長巷裏似有慈母暖暖喟嘆聲
孩子　天這麼冷應該早點回家
不要吃狗肉　孩子　吃狗肉狗會咬你

5.
木魚聲停了
遠處又傳來一陣凜冽的吠聲
汪汪　汪汪

夢底死屍

葉笛

別叫醒我，
我還要繼續我的夢，
爲什麼我要離開夢底碼頭，
只有在這孤獨的夢裡，
我才有微笑。

扭掉收音機「早晨的公園」吧
燒掉那份從門縫投進的日報
天氣預報、明星、車禍、謀殺、强姦，
冰凍的冷戰，開花的炸彈……
使我底夢顫慄！

咳，誰叫你打開窗來着？
看看吧，陽光一蹓進來
向日葵枯萎，靜謐的草原變成戰場
七彩噴泉乾涸，
一羣白鴿斷頸折翼，
天使的頌歌戛然而止，
哀，夢底死屍滿牀滿牀

每天每天每天
從清醒的夢中醒來，
我就看見哭泣的太陽，
………

禮物（外一首）

林宗源

我正在翻修的街路走着
踏在不平而且隨時會地震的街路
看到那些不敢抬起頭
依然是矮矮的空洞的房子
跟我離去的時候一樣

使我想起掙脫已經是很老的父親
那虛弱得不能再虛弱的手
我說：爸爸！我要帶很多的金錢
　來醫好你的手
走着，我趕緊地走着，跌倒
從黑色的西裝褲裏流出熱滾滾的血
沒有綳帶，還是利用滙票吧！

順便拿起一塊石頭回去
父親憤怒地揮動更加蒼老的手
那一塊石頭仍然被抛在翻修的街路

一大塊發臭的肉

曾經被紳士玩弄
被年輕的婦女羨妬過的那一大塊肉
漸漸地腐敗　漸漸地發臭
她深深地願意獻身給大地
她在等候一個屬於她的儀式
告別而後埋藏她溫柔的心
不願掙扎，柔順的心
也許發臭就是抗議
可是從前很熱鬧的室內
如今只乘下她的愛犬伺守着
她今也只有蒼蠅來探訪
可是牠又能怎樣
她的愛犬好意地勸她離開
用舌舐着被沾染着的汚穢

詩壇散步

柳文哲

千葉花

上官予著
商務印書館
57年8月出版

「千葉花」包括三輯：「北方的牧野」、「南方的菓園」、以及「鐘聲與笛音」。我們都知道，上官予先生寫作的歷史已頗長久，可是，就詩論詩，他的詩作，好像依然缺乏某些質素。

第一輯「北方的牧野」，略有塞外情調，以「樹」那一首，表現得較爲蒼勁。第二輯「南方的菓園」，雖然「想起江南」，但沒有描出江南的景色。第三輯「鐘聲與笛音」，作者在「心聲」中透露：「我感覺，我粗糙的歌聲，是鮮血傾吐於破裂的咽喉」；然而，並沒有造成令人更深的感動，甚爲可惜。

我覺得作者的詩，有幾項缺點，値得一提：

一、詩質不够濃郁：這是一個極大的致命傷，作者似乎很少把詩素凝聚於一個焦點上，因此，散文化便不能避免。

二、韻律不够自然：作者喜歡押脚韻，可是，沒有韻味。例如：

「一切，一切都不能無動於衷，
蓮亦逃不出感情的泥沼；
候鳥爲季節的變換移動，
你，苦苦憶念歸夢？」（憶念）

「衷」、「動」、「夢」；這種脚韻，沒有造成更緊湊的氣勢，也沒有補助了更暗示性的意象。

三、意象不够靈活：作者常常使用較通俗的明喻，因此，頗缺乏令人感到一種新的戰慄！尤其是對於詩的藝術性，對他便成爲一種不可抗拒的挑戰了。

簡言之：對於上官予先生的「千葉花」，我想比他個人過去的作品，是稍爲進步了些，不過，目前詩壇上有的是後浪推前浪，我們希望他的浪花，不要再被掩沒了！

第一屆笠詩獎接受推薦候選作品啓事

本社

第一屆笠詩獎將於明五十八年六月頒發，即日起至58年元月底止，接受各界人士推荐。茲簡訂辦法如式：

一、笠詩獎給獎項目：1.詩創作獎。2.詩論評獎。3.詩翻譯獎。4.詩人傳記獎等。

二、獎　　額：1.每項一名，各得笠塑像獎一尊，獎金新臺幣若干元。2.如無適當作品，即予保留。

三、候選作品：必須以中文印刷於五十三年元月以後出版者爲準。

四、推　　薦：資格不限，歡迎推荐。

五、附表格式：請仿製塡寫並簽章，如能付作品更佳，寄「豐原鎮三村路四十四號之七桓夫收」。

第一屆笠詩獎候選作品推薦書

推薦人　　　　簽章

書名	類別	作者	出版者	出版日期	推荐理由

備註：每項至多推荐二本。

詩壇消息

‧詩壇動態‧

△民國五十七年十一月十二日，中華民國新詩學會於國際飯店舉行年會，會後聚餐，晚間則假文藝沙龍舉行新詩朗誦會。

△臺大中文系葉嘉瑩教授應臺大海洋詩社演講：『從比較現代的眼光談幾首「中國詩」』。

△詩人瘂弦應師大噴泉詩社演講：「談現代詩」。

△作家咖啡屋於十一月份，一連串舉行詩展、詩朗誦會，以及詩座談會。

‧出版消息‧

△梁實秋教授繼莎士比亞戲劇的翻譯，另完成了莎士比亞詩集的翻譯，計為「十四行詩」（The Sonnets）、「露克利斯」（Lucrece）與「維諾斯與阿都尼斯」（Venus and Adonis）三種，由遠東圖書公司出版。

△葉泥著「里爾克及其作品」已交大業書店出版，另譯安德烈‧紀德的「凡爾德詩抄」已由十月出版社出版。

△鄭愁予詩集「窗外的女奴」，列入十月叢書，已由十月出版社出版，定價十六元。

△張健詩集「晝中的霧季」，列入水牛文庫，已由水牛出版社出版，定價十五元。

△李魁賢譯「天涯淪落人」列入商務印書館人人文庫出版，又譯卡夫卡小說集「審判」，交由大業書店出版。

△張彥勳短篇小說集「驕恣的孔雀」，已由水牛出版社出版，定價十五元。

△葉笛譯「芥川龍之介選集」兩輯由衆人出版社出版，又譯石原愼太郞「太陽的季節」，已交大業書店出版。

△楊光中詩、散文合集「詩人與少女」，由正言出版社出版，定價十五元。

△上官予詩集「千葉花」，列入人人文庫，已由商務印書館出版，定價八元。

△瘂弦的詩集「深淵」，已交衆人出版社出版。

△洛夫詩論集「詩人之鏡」，已交大業書店出版。

△由洛夫、張默、瘂弦主編的「中國現代詩論選」，亦已交大業書店出版。

△劉咸思譯「勃朗寧夫人的情詩」，由純文學月刊社出版，定價十五元。

△由陳子實編選的「北平童謠選輯」例入中國民俗叢書，由大中國圖書公司印行，定價四十元。

△葡萄園詩季刊第二十六期業已出版。中國新詩第十一期亦已出版。

△盤古詩頁第六期已出版，該刊以「我們是宣揚詩的存在，並不宣揚我們的存在」爲號召，係由南部一羣青年詩友所創刊。

△由王耀錕、謝秀宗等籌組的「野馬」雜誌即將創刊，由謝秀宗主編。

△「臺灣文藝」第二十一期業已出版，該刊「自由詩」一欄，由許其正主選，歡迎投稿。

田園出版社新書預約

艾略特文學評論集

艾略特著　定價七十元
杜國清譯　預約五十六元

在二十世紀的英語世界中，艾略特不但是一位最具影響力的詩人，而且是一位最有透視力的批評家。他的文學批評，透過歷史的眼光，極有突出的見地。誠如詩人余光中先生所說的：「他的批評，以詩爲主要對象，在重新評判前代的作家之餘，幾乎改寫了半部英國文學史」。

現代詩的探求

村野四郎著　定價十八元
陳千武　譯　預約十四元

日本現代詩人兼批評家村野四郎，以深入淺出的方法，討論現代詩的基本問題，通過了實存主義、新卽物主義等現代文藝思潮的檢討，澄淸了現代詩的各種非難與誤解，誠爲一可以攻錯的他山之石。

杜英諾悲歌（附解說）

里爾　克著　定價十六元
李　魁　賢譯　預約十二元

什麽是「世界空間」的境界？在詩人的心目中，什麽是生與死的意義呢？里爾克之所以偉大，是在這一部代表性的巔峯作品，也可以說是二十世紀文學的瓌寶。

給奧費斯的十四行詩

里爾克著　定價十二元
李魁賢譯　預約十元

奧費斯——一色雷斯的歌者，里爾克何以對他特別傾心，把他提升到「主」的地位，調和了生與死的王國呢？請咀嚼這一部包含了五十五首十四行詩的結晶。

里爾克傳

侯篤生著　定價二十元
李魁賢譯　預約十六元

孤獨是絕對的嗎？孤獨如何把一位「文藝青年」雕鑿成大師的風貌呢？這位死後曾被列入實存主義作家之林的詩人，他一生的行誼，正是最好的典範。

「艾略特文學評論集」一書爲二十四開本，編印精美大方。其餘列入「田園叢書」，爲三十二開本；五冊一次全部預約者一百元，請用郵政劃撥第一五〇〇六號**田園出版社趙哲仁帳戶**。

田園出版社社址：臺北市延平北路三段23巷15號

第一屆笠詩獎

開始接受推薦

詳細辦法請見本期內頁。

中華民國內政部登記內版臺誌字第二〇九〇號
中華郵政臺字第二〇〇七號執照登記為第一類新聞紙

笠双月詩刊　第二十八期
民國五十三年六月十五日創刊
民國五十七年十二月十五日出版

出版社：笠詩刊社
發行人：黃騰輝
社址：臺北市忠孝路二段二五一巷十弄九號
資料室：彰化市華陽里南郭路一巷十號
編輯部：臺北市林森北路85巷19號四樓
經理部：臺北縣南港鎮南港路一段三十巷廿六號

定價：每冊新臺幣六元
日幣六十元　港幣一元
菲幣一元　美金二角

訂閱全年六期新臺幣三十元・半年新臺幣十五元
●郵政劃撥第五五七四號林煥彰帳戶
及中字第二一九七六號陳武雄帳戶

笠
詩刊
29
PAI CHOU

笠 29期 目 錄

詩話

瘂弦

※對於僅僅一首詩，我常常賦予其本身無法承載的容量，要說出生存期間的一切，世界終極學，愛與死，追求與幻滅，生命的全部悸動、焦慮、空洞和悲哀！總之，要鯨吞一切感覺的錯綜性和複雜性，如此貪多，如此無法集中一個焦點。這企圖便成爲「深淵」。

※一個沒有妻子的詩人會在詩中寫出一位新娘來。詩，有時比生活美好，有時則比生活更爲不幸。而現代詩人的全部工作似乎就在於「搜集不幸」的努力上。

※現代詩人並非只是「美學的人」，而同樣也應該是「人」。修道院或禪院底藝術已顯示出他們的蒼白與缺乏生氣，藝術不僅等於「不食人間烟火」的纖巧細紙工。我們不要忘了詩人也是人，是血管中喧囂着慾望的人，他追求，他疲憊，他憤怒；前一小時人們看見他低頭靜觀一株櫻草的茁長，後一小時他却在下等酒吧的啤酒杯子裏泡他的鬍子。

札根在藝術中而非札根在生活中的作品是垂死的，雖然也可能完美，但却是「頹廢」的。

※對我來說，詩只怕是唯一的一種赫然存在吧？它的召喚多麼使我無法抗拒！它是對於「絕對」的探險，它是對於「永恒」的衝刺，它有太多的或然率，太多的未知。它生活着，在作者那裏以及讀者那裏，甚且，在歷史那裏。它是輝煌，整體的輝煌，它是甜蜜，整體的甜蜜。

第一屆笠詩獎候選作品

一、詩創作獎

『石室之死亡』洛夫著創世紀詩社54年1月出版。

意象的凝聚，技巧的熟練，表現了詩人不斷的追求的成果。

『風的薔薇』白萩著笠詩社54年10月出版。

表現了詩人敏銳的觀察力，並給物象灌注了堅靱的生命力。

『不眠的眼』桓夫著笠詩社54年10月出版。

表露了對存在環境的批判性。

『外外集』洛夫著創世紀詩社56年10月出版。

有時代現實之感受。

『窗外的女奴』鄭愁予著十月出版社57年10月出版。

以東方人之靜觀精神揉和新技巧表現人與自然貫通之一面。

『瞑想詩集』吳瀛濤著笠詩社54年10月出版。

以平易的語言表現時代人類的苦悶，難得的思想詩。

『哀歌二三』方旗著55年年底出版。

好的作品，令人喜歡。

『五陵少年』余光中著文星書店56年4月出版。

從古典到現代，想像突出，風格豪邁，爲其轉變中的力作。

『金蛹』敻虹著純文學月刊社57年6月出版。

把少女的情感生活作眞摯的觀照。

『紫的邊陲』張默著創世紀詩社53年9月出版。

以移情手法表現現代人之存在情況，使苦悶虛無之情緒得以昇華。

二、詩評論獎

『現代詩的基本精神』林亨泰著笠詩社57年元月出版。

①理論精銳，具獨創的見解，有「一針見血」之感。

②有個人堅强立點之詩評論集。

③系統地論列中國現代詩的問題，以此爲首；且指出詩的眞義，對詩壇之建設，厥功至偉。

『批評的視覺』李英豪著文星書店55年1月出版。

對現代詩的介紹，推廣現代詩頗多貢獻，且其評論犀利，有獨到的見解。

『現代詩的投影』張默著商務印書館56年10月出版。

列評最多的評論集。

『中國現代詩論評』張健著純文學月刊社57年6月出

版。

對中國現代詩作最中肯的論評。

三、詩翻譯獎

『日本現代詩選』陳千武譯笠詩社54年10月出版。

①有系統的翻譯日本現代詩以此書爲嚆矢，使我們對日本現代詩有一個清晰的輪廓，對中日現代詩壇交流貢獻良多。

②目前在臺灣此書是日本戰前詩壇最有系統且深入之翻譯本。

③翻譯正確而能把詩味移植無遺，譯筆巧妙。

『里爾克詩及其書簡』李魁賢譯商務印書館56年10月出版。

有系統之譯介里爾克作品，且譯筆暢達，得其神髓，使讀者獲睹里爾克之本來面目，而對中、德文化交流，其功厥偉。

『英美現代詩選』余光中譯學生書局57年6月出版。

①目前在臺灣此書是英美現代詩最週全之翻譯本。

②譯者對英美現代詩介紹不遺餘力，而以此書集大成，由此書可見出英美主要詩人的風貌。

『凡爾德詩抄』葉泥譯十月出版社57年10月出版。

譯筆忠實，並附原作者年表，談自作（部份），使讀者對原詩更易領悟其精義。

『灰毛驢和我』王安博譯敦煌書店57年9月出版。

譯筆流暢，中文和西班牙文對照，可窺見一九五七年諾貝爾文學獎得主西班牙詩人赫美內斯的代表作。

『勃朗寧夫人的情詩』劉咸思譯純文學月刊社57年出版。

譯筆清麗，韻味頗濃，其纏綿之深情，洋溢於字裡行間。

『韓國詩選』許世旭譯文星書店53年10月出版。

韓國現代詩的介紹，譯筆謹嚴，態度中肯，可一窺韓國現代詩的呼聲與風貌。

四、詩人傳記獎（缺）

五、

㈠上述作品承白萩、宋廣仁、張默、辛鬱、施善繼、嚴文聰、楓堤、詹冰、趙天儀、洛夫、王憲陽等推薦，謹致萬分謝意。

㈡請笠全體同人執行初選，於三月十五日以前將初選意見，以書面寄送桓夫彙辦。

㈢複選委員正聘請中，下期公佈。

㈣有人推薦『第九日的底流』羅門著藍星52年5月出版，因出版日期已超出詩獎辦法所限，故無法列入，謹向推薦人及作者致歉。

作品一輯

陳明台

Ⅰ 假日和搖椅

願溫煦的視界
永遠存在網中
色彩繽紛的一面安全網中
縱使球場內
如何激烈的球賽在進行
慵懶症的延伸期
搖椅上
搖呀搖的一個假日下午
靠近吧 鬆弛了雙手靠近吧

這諧和風景的深邃裡
這不會搔首弄姿 原野的懷抱裡
情人呵 輕柔的撫着
搖椅正幌蕩
坐下吧 伴着風的叮噹坐下吧
優雅的闔上你疲憊的眼睛
藍天在 綠草在
慵懶症的延伸期
搖椅上
情人的懷裡
搖呀搖的一個假日下午

Ⅱ 茶和午後

在螺旋了漫天的煙霧裡
太多的塵埃腐蝕着慵洋洋飄渡的時辰
在我們恆常動盪不定的心底
一切都不再存在
香味 以及報紙 以及美麗的聲浪
除了被驅逐外出的
零亂終歸是零亂
只留下一陣紛擾渦漩着
些許來自一角落的孤傲

或者
一點點尖銳的高音和長嘯
或者
即使一種木然無所謂的姿態
沒有更迫切的需求了
還希冀擁抱什麼
既已選擇寄身的洞穴
而這是午後
一個渴望淡淡的暖茶
以及溫煦陽光底
吃過了飯的午後

林安世 六歲 繪圖

Ⅲ　溫柔和陌生

1

長久期待着你溫柔的凝視慰籍我　而這小小的房間却充斥了陌生的聲音　無法滲入心坎裡　溫柔和陌生眞是令人感到秋天落葉一般絕望和無奈的嗎

確實是怎樣努力也得不到吧　我也曾經儘量的給你所有的溫柔呢　怪只怪在這是個陌生的地方　分開以後你我的溫柔都會被遺忘了　此時此地　避免傷害的痛苦　陌生的隔離眞是迫切的需求哩

所以　你和我已經把溫柔和陌生的區別截然拋棄了　共同的活着　陌生也會習慣地　裝成很熱絡的　溫柔的面目拉近你和我呢

2

妳的臉上已習慣於溫柔的樣子了　雖然　在伸出手來要求什麼的時候　偶而成爲陌生人的冷酷表情也會迅速湧現出來　我是準備好了的　來在這樣陌生和溫柔的差距裡　冷靜地活下去

妳是最最愚蠢的女人呀　總是在溫柔的我的眼前露出陌生人的姿態　雖然妳也知道　而且喜愛把作嘔的媚態四處拋送　所以　連天眞的小男孩也遠遠的離開妳了、

我確是不想把溫柔的樣子指示給妳的　這種陌生的地方　配上妳眞摯的陌生面孔　眞是一種溫柔的安慰哩　那麼事實上我只要當作陌生人一般　瞧着妳笑笑就夠了

Ⅳ　風和風箏

在田野的藍空下
山風吹起的時候
風箏總是伴隨着
拉長的絲線在奔馳

這個時節
晚風的吹拂裡
遠遠的天邊
彷彿也飄着
飛馳的風箏
奔放的小男孩

而那是遠方遙迢的懷念了

山風吹起的時候
風箏說該伴隨着
拉長的絲線在奔馳

今天
走在迎風的山坡上
我却看見一隻
斷了線的風箏

德國現代詩史②

Georg Ried

李魁賢譯

托瑪斯曼的「魔山」出版那一年，**卡夫卡**（ Franz Kafka, 1883-1924）去逝。卡夫卡是維費（Franz Werfel）和布洛德（Max Brod）的知交。和托瑪斯曼的冷靜方式廻異，卡夫卡字裡行間充滿熱心的同情。他引人爭執紛紛的作品，對現代詩發生了巨大的影響，尤其是在一九四五年後，更爲強烈。

卡夫卡是猶太富商之子。對嚴父的畏懼與誤解，在他心裡糾纏成永遠打不開的結。他研究德文，然後被逼攻讀法律，而於一九〇八至一九二三年間，在一家保險機構當雇員。

他生性孤僻，難與人相處；兩次訂婚，都解除了婚約；一九一七年染上了肺病。他屢次在歐洲各地旅遊和療養。在當時非常活躍的潑拉格文學界，他是重鎭。他因喉頭結核，死於維也納附近的基爾林（Kierling）。

卡夫卡塑造了現代人在荒謬的現象世界裡的焦慮不安，他被棄絕，無家可歸，神也失落，卡夫卡控訴機構化的世界。

神（超驗者），在卡夫卡眼中，是在遙不可企及的、極其糢糊的遠方。穿過現實（俗世），遠離神性的世界，而通向神的道路，是不可超越的。此現實是醜惡、作嘔、病態、着魔，「挾着陰府的幻象」的。它以巨宅的衙門、曲折迷離的地道、陰森的古堡、奸滑的法庭等等姿態出現。「一盞蒼白的灰色光在他的世界上方」（Walter Muschg）。正當布洛德及他人注目着象徵神性的處所時，卡夫卡的這些現實，却爲在超驗者之前惡意的阻絕，提供新的解釋。

人無助地一任禁錮於此不毛之地。他「生活於剝奪了所有精神財產的世界，飢渴着超驗的確實性，狂亂而不懨足。」(Erich Heller)

人必須克服「謊言」，尋求眞理。據Wilhelm Emrich意見，卡夫卡欲「消彌把人類逼入斷然的法定性並使人淪爲此法定性的奴隸之一切無情，一切過早的僵化，而把人引導至自由與眞理」。

可是，自由，於卡夫卡，往往只是夢想與幻覺。他書中的主角人物，沒有一位成功地「攀升於高度的自由」。一切的努力全都是荒謬的。他們依然痛苦地被禁錮於世界的「官僚機構」，而毀滅於「法律」之前，如像「法律之前」一幕中所說的：

『在法律之前，站着一位門房。有一位鄉下人來到門房面前，請求進入法律之門。可是門房說，他現在不許進去……』

因此鄉下人等待着。他等了一輩子。可是得不到許可。在等待中聾了，瞎了，也衰弱了，可是徒然。臨死時，極其痛苦的問題，依然在空中飄盪，得不到答覆。門房只說道：「那麽，現在，你還想知道什麽？你貪不厭足！……」

卡夫卡的人物，無非大「蟲」，莫名的動物，說人語的猴子，「偵查的狗」，迷途的鄉下醫生，聰明的絕食鳥，瘋狂的刑手，匿名的K，凍僵的騎桶者。

在小說「**古堡**」（Das Schloss, 1926）裡，有一位人被召到古堡村來。

他以爲，他是被主管機關指定來做測量工作的；可是在他到達後，竟無人知道他，把他撇開一旁，全體排斥他，他想立定脚跟，澄清「權威中樞」的一切努力，均屬白費：「你自以爲是土地測量員，如你所說的：可是，抱歉，我們不需要土地測量員。這裡連芝蔴事也沒得他做的。我們的小農場都已標立界限，一切井然有序……。那麽我們要土地測量員幹嗎？」就這樣，他死於異鄉，沒有找到目的和立身之所。

在小說「**審判**」（Der Prozess, 1925）裡，有類似的境遇。銀行襄理，某晨在床上被捕。

他不知道何故遭此無妄之災，也從無經驗。從此，他是「犯人」，雖然他可以自由到處走動，也能够上班。可是「判決」拖延不決，而他全幅精力也放在追查法院高級主管的秘密。沒有結果。最後，他接到莫須有的處決命令，不經程序的判決，也不知理由何在，就被處死了。

卡夫卡的本質，他與「內心存在的可怕的不確定性」掙扎，從日記（Tagebüchern 1910–1923）尤其能清晰看出。一九一一年十一月廿一日手記裡，談到詩人自責的苦楚：「長久以來，今天清晨，第一次愉快地提示了縈繞我心頭的利刃。」

卡夫卡的小說塑造形形色色可厭的角色，無論是動物或人的形態，都有如惡魔，圍擁着讀者：

有：父親判決兒子「溺斃死刑」的「恐怖人物」。——「判決」（Das Urteil, 1912）

有：薩姆撒於某晨自不安的夢中醒來，發現「在他床上，變成了一條大蟲」，而「荒謬地到處匍匐爬行」，使家人痛苦而厭惡。——「變形記」（Die Verwandlung, 1912）

有：鄉下醫師出診，在「晚鐘的誤鳴」中，走過鬼影幢幢的幽徑，結果「這位不幸的老人赤裸地，被棄置於寒霜中」，一去無回。——「鄉下醫師」（Ein Landarzt, 1916/17）

有：一隻猴子在「學術泰斗」之前，提出他的「猿猴的前生」的報告。——「學術報告」（Ein Bericht für eine Akademie, 1916/17）

有：兇煞恐怖的「私人機構」，判決把人活生生地剝皮。——「在充軍處」（In der Strafkolonie, 1914）

有：「可憐的臣」徒然等候着中國皇帝的聖旨，因爲使者無法通過皇宮的殿堂、曲徑、院落。永遠，永遠，進不去。——「聖旨」（Eine kaiserliche Botschaft, 1917）

有：被遺棄的絕食鳥斃於籠中，因爲「近十年來，對絕食鳥的興趣已大爲衰竭」。——「絕食鳥」（Ein Hungerkünstler, 1921/22）

有：一條狗爲「犬屬」，努力尋求思想體系。——「狗的研討」（Forschunger eines Hundes, 1921/22）

有：一隻莫名的動物，想出一套複雜的地下建築，但雖面面顧到，仍無法着手。——「建築」（Der Bau, 1923/24）

有：一位乖戾的教員，自找麻煩地佈置環境，「證明大眞鼴的出現」，「數年來，在村莊的附近，有人看到過」。——「大眞鼴」（Der Riesenmaulwurf）

這些「恐怖人物」意味什麼呢？那是多方面的，總之，卡夫卡把這一代以及普遍的人類的困境，壓縮在這些人物裡。他用這些人物，在實在的世界之外建立一個特別的世界，一個暴虐的，「奴役的」世界，那是自然的世界的反映，且有邏輯的關連。根據 W. Emrich，卡夫卡是不幸的，他把他的見識「塑造於荒謬的眞空地帶，他生存於斯的現實，他同時又加以否定；他所不能生存的非現實，他却肯定爲眞」。所有人、地、事，都有「模型個性」（Jakob Steiner），意即，在機械操縱的時代裡，所有的結局和現象都是依樣畫葫蘆，如像公式。只有早期的小說片斷「失踪者」（Der Verschollene，一九二七年出版，題爲「阿美利加」（Amerika），有部份眞實的背景。

卡夫卡幻想的人物世界，很有諷示力量。此世界升漲，藉語言，而達實在的地步。且與卡夫卡所描繪的「世界」絕對相反逆。儘管這是非眞實（超現實）的「妄想」，而卡夫卡的語言是簡潔、客觀、有條有理，如像會議記錄。把空想的幻象當做客觀的、科學的物象，這樣一來，很逼眞。他處理得很明朗，很炫目。文字、句子，單純易解，往往是日常口語，有寫實的魔術，因此能把握住非現實。

騎桶者，全部虛構，在「冰山區域」騎行，完全非眞實，可是在字裡行間，所發生的一切，能使讀者當做眞實而接受。

在群相推崇他的語言藝術當中，其往往太過抽象的寒冷，不易爲人一目瞭然；幻想的人物造型的能力——在「騎桶者」中有震撼的逼力——之强，常常能超越病態的矛盾，如「變形記」中令人作嘔的大蟲的妄想，或超越不自然，如「判決」中父子之間的爭端。詩人自稱，這些作品的產生，「有如正常的生育，帶着穢物和羊水」。

卡夫卡整體的幻象是「否定的神話」（W. Emrich），我們時代與生活的畸形，「象徵對自身的無望」（H. Broch），正如卡夫卡遺留的一則筆記中所說，「期望窒息」的夢魘。Martin Buber 的宗教哲學則判定其爲肯定的。他覺得卡夫卡這種遠離神的透澈的閱歷如此深刻，則他「根本是穩重的」人。Max Brod 在一次電視談話中，稱卡夫卡是「純潔良心的開拓者」，他相信良心在人類中，尚未被破壞，且將重現。

在想像世界的見解上，波茨坦出生的**卡薩克**（Hermann Kasack, 1896–1966），與卡夫卡相近。他把今日生存的疑惑，表現在陰森森的死亡王國的慘象，其中的人民——半死不活——過着無意義的生活。

小說「**急流後面的城市**」（Die Stadt hinter dem Strom, 1947），喚醒「魔山」中心死的「文化社會」，從鬼靈的世界，經第二次世界大戰的死之隊伍，蔓延到絕望的，式微的人的社會。

書記林霍甫被一道神秘的公事，召到急流後面如謎般的廢城，爲了實施歐洲人類的永久同化。他在那裡，經歷着荒謬的作爲。

詩人對其作品的內蘊做如次的解釋：

「此書是一個類似於陰府的城市的年代史。歐洲人的生存逐漸成爲幽靈般的，所以轉變成陰府，是再恰當不過了。」

在此書第二部，討論到政治時，卡薩克提出，已經無力康復的西洋，要跟「亞洲區域」學習，且抱着印度的生命學說，把個人的我歸併於超越個性。

卡薩克於其他小說中——「織機」（Der Webstuhl, 1949）、「大網罟」（Das grosse Netz, 1952）——攻擊現代世界的機構。他還出版一卷薄薄的詩集「水印」（Wasserzeichen, 1964），歌詠樸素美的澄澈與氣質。

托瑪斯曼與卡夫卡，跟他們所塑造的小說人物一起生活，同患難，而繆塞及布洛克，則跟他們描繪的角色和故事有距離，如像研究人員面對着標本。他們不願付以熱心的同情。他們解剖、分析而記錄之，在幕後揭穿，透視，指出他們所見的人與世界的空虛。因此，諷示與批評佔優勢，而「一切所言所爲，從頭起，就要打上折扣」（R. M. Albérès）。

奧國籍的繆塞（Robert Musil, 1880-1942），稱得起「現代小說」界的標準代表人物之一。

他出生於克拉根福（Klagenfurt），父親是工程師兼任大學教授。和里爾克及卡夫卡相似的是，他幼年時，深受不幸的父子關係之苦。

他研究工程學、哲學與心理學，擔任過大學圖書館員和公務員，可是不久，即專事寫作。一九三八年，他遷居瑞士。因腦中風死於日內瓦，死時，孤獨無依且窮困潦倒。

他的重要作品是皇皇三大卷巨著「**無性格的人**」（**Der Mann ohne Eigenschaften**, 1930/43, 新版 1952），全書一六七二頁，且尚未結束。

此書描寫一九一三年現實狀況，以及奧匈帝國的人民（在小說中稱其爲卡卡尼人）與時代反面的特徵。其遠大的見識，已預示了一九四二年以後的情狀。

此外，事件與角色，都從內在觀照，係藉小說人物的思想與對話，讓我們認識其本質。

時值約瑟夫皇帝執政七十週年慶，成立一個政黨，事前已有妥善的準備。在此可看出新的德意志帝國的觀念，與古老的、稱善的奧地利國家觀念的對比。這與主角的另一面並行發展。

該政黨包羅了一群高階層的大人物，對各方面的關係，都很良好。因此，消息特別靈通。他們是「關鍵人物」。

人物之衆多，思想之深湛，與乎觀察之週密，均不可能用通常的方式，予以勾宏提要。

主角是精神分裂，放眼維生的鄔禮希，他把世界從「理論家無法解決的處境」，向各方面胡思亂想，無能徹底了悟。主角影射着作者自己。

此外，比較出出的人物有，奧國老貴族的代表，德國大實業家，熱心的維也納藝術家，沙龍老板娘，「人類的女友」，「現代的」哲學家，怪癖的將軍，猶太銀行經理的一家人等等。

政治、宗教、性——以至鄔禮希和其妹的手足之情——無論怎樣變化，總是主要的題旨。全體人物在爭論着世界的崩潰，從討論的立場可見出勾心鬪角。結果，彼此不能聯繫。每一位都「直接展示了他們的空虛」。

隨着一九一四年大戰的爆發，中產階級社會破產，並顯示了將來大災難的幻影，如像托瑪斯曼的「魔山」。

繆塞依照現代科學的方法（相對論，量子物理），追求一種相對主義，以代替「遲鈍的概念」「熱烈的想像」（Gerhart Baumann）。其有效性，在「創作行爲」中，與平常的境遇交替。我們的時代思想之「混亂」，該藉數學與禪理，藉邏輯與「超邏輯」，同時解決。他認爲，我們世間的科學特質，在於希望成爲「心靈豐饒之谷的征服者」（Musil）。

當現代小說受到重視時，他不再以進取的舉止與書中人物明朗的心理，來表現創作才能，而是將各項因素分別考察，並任其孤立虛懸，批評諷世的基調，除前例外藉經探討，熟慮的報償，科學的分析，瑣碎的品性。

出版者曾提到「面對繆塞作品的龐雜而困惑」（Wilkins-Kaiser）。

在繆塞對世界的視域中，批評是其否定與分裂思想的主力。他曾與其他作家相較，自謂：「我的批評，使我成爲幾乎所有人的極端對立。」

Bernhard Rang 稱讚其「無敵的作品對時代及實存所做的診斷之珍貴」，Gert Kalow 稱其「不僅是德語中最有意義，而且是最罕見的書」。Fritz Martini 意見是「時代精神最銳利的分析」……「雖然討論既廣且深入，卻無結果」。

心理學研究著作「生徒托雷斯的迷惘」（Die Verwirrungen des Zöglings Törless, 1906），描寫一位軍校學生自述其心靈上的痛苦。此外，繆塞的日記和論文——「論愚笨」（Über die Dummheit, 1936）——值得注目。

布洛克（Hermann Broch, 1886-1951）和他的同胞繆塞一樣，有着杞人憂天的天性。他把世界的坦誠與神秘的傾向，結合一體。他是技術人員，實業家，科學家，同時又是詩人。

他生於維也納，紡織工廠老板之子，專攻保險會計，在紡織公司養成後，進入他父親的公司服務，於一九一六年至一九二七年止，擔任經理。他是奧國工業協會的理事。

一九二七年，放棄蒸蒸日上的事業，在維也納研究數學、哲學和心理學。一九三五年起，專事寫作。

德軍進駐奧國時，他因猶太人而被捕，後經外國的調解而獲釋。旋即遷居美國。在普林斯頓大學攻讀群象心理學，一九五〇年任耶魯大學德國文學教授。翌年去逝。

布洛克詩的創作，無一例外地，探討着「價值的瓦解」諸問題。他瞭解各種生活境域的衰頹，自其原先的一致性。超越時代破碎的認識，他導向一嶄新的人類的倫理。在他的研究論文「時代與時代精神」裡，他寫着：「全體人類行爲的終點是失落了神的和諧與一致。」他和繆塞相似，他藉兩個途徑，即超越科學（尤其是數學）的理性及超越人心的神秘。

他的小說三部曲「夢遊人」（Die Schlafwandler, 1931/32），以三個經歷層次，描寫一八八八年至一九一八年間，破碎的德國社會裡，倫常與文化的瓦解。他在這一代的文化裡，看出「一種制度，藉口優良的秩序，光明的舉止，又優良又光明的記帳，掩飾着所有無恥(卑鄙)」。

第一部「巴舍諾或羅曼主義」（Pasenow oder die Romantik 1888），描寫往昔普魯士封建貴族社會，介紹了「地主氣派」和「奧斯特賓地區」。侍衛軍官巴舍諾在全書中途出現。他的生活，因曲解的軍中羅曼主義，脫節的「榮譽觀念」，以及空洞的習俗（社會形態），而扭曲了。

第二部「艾息或無政府主義」（Esch oder die Anarchie 1903），從普魯士軍國移到萊茵河邊，暮氣沉沉的大都市生活中，汚糟而混亂的部份，尤其是在科隆。雄心勃勃而猛浪的「會計長」艾息，以其四週的狀況證明了，在野心、殘忍與荒淫之前，所有人類價值的消滅。

第三部「胡根瑙或即物主義」（Huguenau oder die Sachlichkeit 1918），從好作弄人的逃兵胡根瑙身上，見出地痞流氓的粗暴橫行。他驅逐了巴舍諾，射殺了艾息。最後像夢土上的花朵，兩位可憐的年輕人的愛情，寂寞地開放。

由此三主角及其四周，普遍地顯示了「人的卑賤」。在布洛克看來，人類「無非是塡塞的標本或木偶，由此提示，人生並非如戲，簡直是破產」（R. M. Albérès）。

小說「**味吉爾之死**」（Der Tod des Vergil, 1945），和前述三部曲相反，極爲內省的作品。幾乎是無匹的「內心的獨白」，宣述去逝的創作者的思想與見識，一如自詩人的靈魂深處攀升的永恆作品。高潮是，奧古斯大帝與味吉爾對談人以及詩人的使命。

小說描寫西元前十九年九月廿日至廿二日在布倫第遜發生的事。敍述垂死的詩人煩惱着，究竟該把他的作品「亞奈玆」（Aeneis）銷毀呢，還是完成呢。另方面，正陳示了價值瓦解與個性喪失時代的人類，所面臨的分裂境遇。奧古斯羅馬時代，正是我們這一代的寫照。

奧古斯大帝成爲人類秩序的衛護者。詩人的使命不在於審美，而是扮演着「救世主」，「人類中之不朽者，呼喚着幸福」。因此，味吉爾決定，在他餘生中，要把作品完成，而不銷毀。

布洛克未完成的遺作，小說「試驗者」（Der Versucher, 1953），敍述迷信的異鄉人拉悌（Marius Ratti），如何不調和地進入山區的事。村婦姬松（Gisson）有極大勇氣反對他，以及他那漫無際涯的空想。一種「虔敬的新態度」能否克服拉悌的蠻幹，則未見分曉。其間穿插以風景的描寫，使人想到史蒂夫特（Adalbert Stifte, 1805-1868）。

布洛克和繆塞一樣，部份受到喬司（James Joyce, 1882-1941）的影響，善於應用小說的現代技巧；所謂內心的獨白（由人物的思維來引導小說的發展）；於敍述中，情節跳躍；故事的抑制與合理化；符合深潛的，與大衆的心理；小說的境遇緊密關涉。

步亞倫特（Hannah Arendt, 1906- ）歷史哲學之後塵，布洛克發展成與教會不相關連的基督教哲學。文學評論克布樂柯（Günter Blöcker）認爲，布洛克把希望寄托在未來世界的和諧：「和所有人一樣，沒能找到與時代有效的關係；於是，他遁入烏托邦，現世所無法達到的一切，在此都得到了保證。」布洛克在一首詩中，吟詠着：

……我從未發現的風景，
輝耀至最後的夜晚
而死亡和孩童一般
牽引我，深入他的心靈。

笠下影 ㊹

瘂弦

現代詩人並非只是「美學的人」，而同樣也應該是「人」。修道院或禪院底藝術已顯示出他們的蒼白與缺乏生氣，藝術不僅等於「不食人間烟火」的纖巧細紙工。

我們不要忘了詩人也是人，是血管中喧囂着慾望的人，他追求，他疲憊，他憤怒；前一小時人們看見他低頭靜觀一株櫻草的茁長，後一小時他却在下等酒吧的啤酒杯子裏泡他的鬍子。

札根在藝術中而非札根在生活中的作品是垂死的，雖然也可能完美，但却是「頹廢」的。

I 作品

鹽

二嬷嬷壓根兒也沒見過退斯妥也夫斯基。春天她只叫着一句話：鹽呀，鹽呀，給我一把鹽呀！天使們就在榆樹上歌唱。那年豌豆差不多完全沒有開花。

鹽務大臣的駱隊在七萬里以外的海湄走着。二嬷嬷的盲瞳裏一束藻草也沒有過。她只叫着一句話：鹽呀，鹽呀，給我一把鹽呀！天使們嬉笑着把雪搖給她。

一九一一年黨人們到了武昌。而二嬷嬷却從吊在榆樹上的裹脚帶上，走進了野狗的呼吸中，禿鷲的翅膀裏；且很多聲音傷逝在風中：鹽呀，鹽呀，給我一把鹽呀！那年豌豆差不多完全開了白花。退斯妥也夫基壓根兒也沒見過二嬷嬷。

紅玉米

宣統那年的風吹着
吹着那串紅玉米

它就在屋簷下
掛着
好像整個北方
整個北方的憂鬱
都掛在那兒

猶似一些逃學的下午
雪使私塾先生的戒尺冷了
表姊的驢兒就拴在桑樹下面

猶似嗩吶吹起
道士們喃喃着
祖父的亡靈到京城去還沒有回來

猶似叫哥哥的葫蘆兒藏在棉袍裏
一點點淒涼，一點點溫暖
以及銅環滾過崗子
遙見外婆家的蕎麥田
便哭了

就是那種紅玉米
掛着，久久地
在屋簷底下

宣統那年的風吹着
你們永不懂得
那樣的紅玉米
它掛在那兒的姿態
和它的顏色
我底南方出生的女兒也不懂得
凡爾哈崙也不懂得

猶似現在
我已老邁
在記憶的屋簷下
紅玉米掛着
一九五八年的風吹着
紅玉米掛着

脣

——紀念Y・H

厚厚的
不會扯過謊的
嘴脣

說過很多童話的
嘴唇
被一個可愛的女孩拒吻的
嘴唇
　玫瑰一樣悲哀的
　　悲哀的嘴唇啊
我們將去吻你
雖然我們
很多人
並不認識你
我們將去吻你
　玫瑰一樣悲哀的
　　悲哀的嘴唇啊
並且給你
一小朵花
一點點酒
和全部的春天
並且
帶一群鄉下窮人的孩子們
放風箏給你看
並且
叫他們唷過窩窩頭的嘴唇
輪流地吻你
氷冷的，被殺死的
　玫瑰一樣悲哀的
　　悲哀的嘴唇啊

Ⅱ 詩的位置

倘若我們一面創造，一面回顧；在創造過程中的自我批評，便是批評眞正的立足點。要瞭解一個詩人，我們可以在個人與時代之間尋找歷史發展過程中的一種隱藏的線索。在「創世紀的路向」上所揭曉的「詩是最崇高的藝術，而詩人乃是民族正氣的象徵」（註一）這一點來說，瘂弦的出現是以「創世紀」詩刊爲根據地，且也是從左營那個小鎭跟張默、洛夫邂逅而出發的。不過，他的戲劇性的轉變，正如他的本行戲劇一樣。從「我的靈魂」（註二）中，我們不難傾聽到他內心呼喊的聲音，來自中國，經過希臘，經過印度，他畢竟要回歸於自己的老家。古典的中國詩給他精神的滋養，翻譯的西洋詩（很籠統的一種說法）給他創造的啓廸與飛揚，以及當代中國詩人給他的衝激，不能說沒有影響。瘂弦是行伍出身而有着泥巴味兒的中國詩人，在他尚未成爲所謂留美學人以前，他的詩已經成熟，正如英吉利浪漫時期的詩人濟慈一般，藉助於翻譯作品的啓發，却沒有沈溺於翻譯的生呑活剝。我們曉得，一種語言之所以成爲文學的語言，乃是文學工作者創造的結果。瘂弦在融和中國現代語與外來語上，顯現了他的一種高度的能耐，使他在詩壇贏得了一些讚嘆，而非一陣噓聲。但這一點却是最容易造成高估的，而且阻礙了一種發展的可能性。

（註1）參閱民國四十三年双十節出版的「創世紀」詩刊創刊號的代發刊詞「創世紀的路向」一文。

（註2）參閱「創世紀」詩刊第九期瘂弦的民國四十六年春天作品「我的靈魂」。

III 詩的特徵

我們常常感到語言能力强的人，不一定文學品味高；但文學品味高的人，至少要有一種語言能力强。瘂弦被認爲他善於靈活地使用中國語言，誠然，他的語言的魅力是不可否認的，然而，他是否除了演出語言的特技以外，能另外再賦予他的詩，以一種靈視，一種智慧，一種潛能呢？誠如他在「深淵」（註1）的「序」上所說的：「誰不願意對自己生活着的，參加着的歷史負責？誰不願意放下某種絕對的純粹，來挽救我們這個遲遲緩緩的中國。」他在「鹽」的悽愴的呼聲，在「紅玉米」的北國悲涼的憂鬱，以及屢次給已故詩人楊喚（Y・H）的詩中，他格外注視着「厚厚的　不曾扯過謊的　嘴唇」；好像他是替楊喚豎立着一尊銅像，却也是給他的自畫像留下一個伏筆，警惕着他自己，同樣是在苦難中成長的孩子，同樣是一個情深的愛者，同樣是一個荷鎗的戰士；而楊喚已不幸逝世，而他却享有了他努力所換來的成果；這使他深深地警覺着，唯有那種純眞，那種質樸，那種憂患中奮鬪不懈的精神，才是詩眞實的寶藏。

「我們將去吻你
雖然我們
很多人
並不認識你
我們將去吻你
玫瑰一樣悲哀的
悲哀的嘴唇啊」

我們不認爲瘂弦只是超現實主義的亞流，也不當他只是國粹主義的末流；在他的骨子裡，他持有中國北方豪邁的性格，也有南方婉約的氣質，使他的詩，在嫵媚中不失莊重，而那些僞超現實主義者的劣作，却是他所諷刺的對象。

（註1）瘂弦第二詩集「深淵」，收集「瘂弦詩抄」以後的主要作品。

IV 結語

如果說批評是一種危機的意識；當我們面對着世界的現代詩壇，再返顧我們自己這十多年來以臺灣爲復興基地的中國現代詩壇，我們不得不承認，要擺脫文學上的被殖民地化，而走上眞正的中國詩的現代化，除了强調詩是有國籍的論調以外，我們如何來開拓歷史的一個新的樂章呢？綜觀瘂弦的詩，他的典故推銷有術，他的語言花招有力，但爲了詩藝術的良知，爲了詩人精神的塑造，爲了詩運前程的開創，他能不能放棄「某種絕對和純粹」呢？

日本現代詩史

（九）

高橋喜久晴

當詩集或詩人的工作，帶起濃厚的商業主義色彩的時候，往往會在作品或工作的本質上走向下坡。在日本，即有爲數不少的出版社，出版詩集、詩誌爲主要的營業。然而這些出版社，一旦因此賺到了錢，便會擴張營業向非本質的工作方面進展。一九五四年五月「由利卡」（ユリイカ）社發行的「現代詩全集」全五卷，是關于現代詩的全集中，現在被視爲最有價值，且難得購買的全集。那是小規模的「由利卡」出版社貫注全力，以良心編輯的結果，應得的評價吧。「由利卡」是在數年前，隨着主編兼社長兼工友的伊達得夫，因年青逝世而消失的小出版社。地址設在東京神田，現爲昭森社那個古老的樓上的一隅，只放着一個桌子而開辦的。（昭森社是前年筆者曾陪臺灣詩人吳建堂氏去訪問，而遇到黑田三郎在那兒大醉，使吳氏嚇了一驚的地方）。敬慕伊達得夫的人現在也很多。天生的詩人伊達得夫蔑視了營利，僅爲發掘優異的詩人，和發行高度的詩集而努力。當時在月刊「由利卡」詩誌，發表作品的新進詩人們，現在已經是一流的青年、壯年詩人了。大岡信、安東次男、吉岡實、飯島耕一等，都是重新探求超現實主義的根源，而把它移植過來站於世界視野的詩人們

詩是賺不到錢的——瞭解這一原則而寫詩，或能賺到錢的時候，並無不可，因詩的精神尚未枯渴。最近的日本，時而會出現僞前衛詩人，跟隨着報導界的尾巴，而只寫能賺到錢的詩。如果要以文學變換金錢，索性去搞黃色雜誌，寫黃色文學較捷徑。我們應該以寫本質上賣不到錢的詩爲自誇。

黑田三郎是我喜愛的親友詩人，他的詩集「給一個女人」也是這一年出版的。

那個時候

黑田三郎

那個時候
我竟茫然站立着
像在等着不知何時到來的火車那樣
等着死的次序
在這世上排着隊
茫然排着
在售票處
在課長或主任之下
在外食券食堂（註）
在地獄門
甚麽地方都沒關係

很端正地排着次序
而等着的我　在我的裡面
一天像一年
一年像一天那樣過去了
啊
那個時候
你也像風那樣飛進我的裡面來
刹那間
把我從這世上的隊列推出去
那個時候
我一定叼着香煙
茫然站着

(註)戰後依照飯票只賣配給品的飯店。

村野四郎氏的詩論集「現代詩讀本」也在此年二月出版，村野四郎給與戰後年輕詩人的影響極大；尤其「現代詩讀本」「現代詩的探求」二本，現仍以詩的入門書而博得信譽。因而一般商業雜誌徵求詩的時候，很多都請村野氏擔任選者呢。靜岡縣的藝術祭詩部門也從一般徵求詩，迄今一九六九年已是第八年，共收到一一五首詩。投稿的作者，從無名的新人，以及曾在東京的詩誌或詩競賽上入選過的有實力的詩人都有。選者是村野四郎氏與筆者擔任的，這一年日本的產業界也忽然活躍起來，加入了世界工業國的一員。而詩的世界也非常活躍了。新銳詩人們的同人雜誌(「今日」清岡卓行、平林敏彥，「砂」關口篤、原崎孝，「歷程」草野心平、山本太郎——這個「歷程」的歷史已久)也陸續刊行，並由于原子彈被害的「死灰詩集」而惹起了政治與詩的論爭。

從一九五五年開始，世界詩人全集的刊行也興旺起來，由各出版社出版了多種的叢書。而戰後詩模索的時代已過，呈現了百花競放春意正濃的狀態。尤其在這年，由飯島耕一、大岡信、東野芳明等所發起的超現實主義研究會，也開始接受西歐的理念或技巧，與一九二〇年代的超現實主義，有其異質的研究特別令人注目。

還有對過去詩人的評價也重新被提出，而出版了高村光太郎、宮澤賢治等的研究書籍。

茨木のり子是我喜愛的一位詩人，在此介紹她於十一月刊行的詩集「對話」裡的一首：

六月　　茨木のり子

有沒有美麗的村莊？
一天工作終了　喝一杯黑啤酒
揷上鍬柄　放下籃子
男人和女人都舉起大玻璃杯

有沒有美麗的城鎮？
吊着能吃的果實的街路樹
無止境地延續着　藍紫色的夕暮
溢滿了年輕人的喧嚷聲

有沒有美麗的人與人的力量
同樣活在一個時代的
親密和可笑　還有懷疑
成爲尖銳的力量　顯現出來

何謂現代詩

鮎川信夫作
葉笛譯

3 爲什麼要寫詩

「爲什麼我離不開詩呢？」我有時這樣自問。詩會給我保證什麼呢？——我對於在生活的空白中寫詩，關於思考詩以具來的蒼白的魅力，漫無止境的思考的遊戲，首先便不能不感到厭惡。

有人說——對於疲憊於現實的人們，詩是幻想的天國，或做爲精神的安息所，即使爲一種美麗的誘惑，不也是可以的嗎，對於過着有餘裕的精神生活的人，即使詩比高尚的娛樂，高爾夫或紙牌遊戲更高一等的消遣法，那不就有充分的意義了嗎？——這種想法是最劣等的想法。

何以說把詩視同某種玩具，或娛樂的想法是劣等的？那是因爲詩做爲娛樂，決不能說是上等的。把窮兮兮的玩票，只是業餘文學的自慰的東西，欲把詩做爲一種遊戲的想法正當化，委實過於淺薄。

「詩是一種遊戲」這種想法，在梵樂希或愛略脫也有，奧登也有的。在這裡，我想說的是，即使對梵樂希以及愛略脫是眞實的，在我們的環境裡却全然變成另一回事了。只能寫拙劣的詩在報屁股上勉勉强强發表詩的日本詩人，要說「詩是遊戲」，那是可笑的。

梵樂希和愛略脫的話，不能單純地從那成爲他們的精神、性格、教養的根幹的歐洲文化切開。如若梵樂希和愛略脫僅是個人，僅僅不過爲有才能底人的話，在我們裡面，也相應着能理解他們的語言的程度能夠竊取某種高度水準的，但，事實不然。

「詩是遊戲」這句話擁有某種程度的力量時，却只限於那詩人在詩中認識遊戲以上的東西，且又是在能證實它的情況下才有可能。

如果對詩人而言，詩永遠不過是遊戲的話，用不着特地聲明詩是遊戲了。舉例言之，即詩像遊戲似地有一定的規則，有一決勝點，僅有那種意義罷了。

同時，也有以爲詩是自我表現的工具的想法。這種想法，在根本上是重視詩人的個性的態度，包含快樂主義乃至感傷主義以降所有對藝術的主意的態度。詩無疑地多少是自我表現，但，過分强調這一點，便會陷入個性的末端肥大症。個性尊重的態度，有一種只强調自己和他人的差異的傾向，最易令人吃驚，或只追求奇異的東西的未熟的心理傾向增長。加以在所謂「要寫」的根底裡，只有所謂自我的不安定的內面的基準，是以其稱爲信念的東西，是極爲流動的，或常爲全無任何信念的時候居多。我們每月閱讀的大部份詩，就是這種謬誤的個性主義的可憐的殘骸，且是「爲自己而寫」這樁事的悲慘的犧牲。

就是「爲自己而寫」，也曾有過漂亮的意義的。然則，在個性解放有歷史意義的時代和今天，當然這句話在重量上是有非常的差異的。恐怕對自我表現仍感傷地固執着，被限於藝術的分野上，也只有文學的領域吧。那並不是基於近代文學的歷史發端於人類個性自覺的傳統的歷史的理由，而是對文學尋求安慰的現代人的要求植根於錯誤的個性主義的趣味之故。那是因爲廉價的自我陶醉和妄自尊大的態度，還在文學的世界裡佔着優勢。

但，如今那種自我表現乃至爲自己的想法，已逐漸喪失現代的妥當性。個性這個古老的透鏡無法映出現代的任何風景。我們的內省的歷史，由於經驗二個大戰的廢墟，徹底發覺圍繞着自己的世界的空虛。

那曾支撐住我們的——不論那是歐洲的，抑或日本固有的傳統的，在今天，當我們站在未來的前面時，它完全已喪失其權威。談到生活的不安，社會的危機，在那種現實的叫喚當中，我們不能不承認糢糊地從現在到未來，時間徒然地漂白着虛無。——假如我們不能發見眞正能把我們所面臨的精神的危機克服的力量和光明，我們的工作終將走到末路，亦將如這種由時間的漂白，除自然地成爲空虛的遺物，此外別無他途。

對於把詩看做高等的遊戲和做爲自我表現的工具，從敍述日常的喜怒哀樂的感傷主義，以至更費手脚的到達個性的悅樂的隱遁的藝術至上主義，我們感覺不快的第一點，即在理解現代這一點上，那種不想承認我們的存在正不斷地暴露在不安裡的樂天的態度。

我們且因爲是詩人，就有從現代的不安和危機的諸相能逃避的任何正當的理由。不，我們毋寧是把現代當做荒地，在毫不能保證精神的自由和物質麵包的不安的危機的相貌下凝望世界，想發見我們的生活的前途而掙扎着。在成爲詩人之前做爲一知識份子的自覺上，我們强烈地意識到這一點。

對我們而言，寫詩這件事，是做爲活在那種危機時代的一種特別的知性的行爲，換言之，雖在所謂日常的現實生活思考和感情的平面能獲得區別，却決不能從（危機本身）獲得區別。不，我們毋寧爲了要確認（危機本身）的一個場所才選擇了詩，由於携手於「寫詩」這種創造的工作，我們才能碰見危機。如果我們光沈湎於現實的日常性，單和圍繞自己的狹窄世間相接觸就是全部生活，危機未必會變成和自己有關的現實而被認識。也許它只會被認爲是悸懼着未來的空想的幻影。因爲這樣，才有必要把現代的黑暗——把無可拯救的精神的危機在我們身邊的現實中可視地描寫出來。當看不見的東西變成可視的東西而以物質的感覺逼出時，詩才會活起來。那是看不見的東西的證明。況且我們得揭發在對立着相剋的政治社會的不安的根本裡面，作用着的是什麼樣的隱藏着的力量。我們必須把恐怖和絕望的根源的諸惡，怎樣地從外部向我們的內部世界偷偷地潛過來的情形，用我們的語言在所有現在的，或未來的性質中强有力地射影出來。不管詩人喜不喜歡，總不能不負起幾分預言者的角色。詩人不能走出世間的呻吟，悲哀和嘆息之外。

戰後的絕望或虛無，是從所謂敗戰現象的裂縫裡，自然地流出來的，可是，在它成爲一觀念的流行語上，有着絕望和虛無在敗戰五年變成趕不上流行的理由。在絕望和虛無中，勉勉强强想尋覓自己的立場的戰後思想，像窮鬼似地被知識階級以及一般的關心趕出來。如果說那是沒有和權力結合的思想的命運，也就沒什麼可說了。

然而事實上，那並不是說產生絕望或虛無的事態而易舉地解消，在未來現出一縷曙光，或什麼希望。對立着絕望的見解的樂觀的見解，在根本上亦不過是相同的東西而已。那裡面，只有對絕望地將崩潰下去的世界隱藏着的內部症狀的不確實的診斷。

我們知道，那種言論的表面的診斷是一點也無法解決我們的內部症狀的。對於這種我們的精神狀況，只固執刻刻轉變的現象的意識形態，只追逐最新流行的關心的一時的知識等，差不多不能給予任何東西，它只植下錯誤的希望，錯誤的思想罷了。

斯時，對我們寫詩這樁事是能够喚起關於我們的精神危機的正確的感覺的。並且會把絕望的根源的內部症狀，現代之惡，我們的精神的黑暗，正確地剖開的。由於剔抉將至於死的世紀病，「寫詩」的一種特權狀態，才對活在現代的荒地上的我們，實際地變成有必要的生活的意義。

我們只能靠詩才能發見「可感的世界」的最大振幅。那對精神而言，可說是本原的故鄉的調和與纖細的秩序世界，那是一面尋求不可見的神，一面和可見的東西深深交融的深邃的內在經驗的領域。

我認爲對「爲什麼要寫詩」的自問，如不關聯我們的世代所面臨的精神危機，終究是無法認識我們的詩的存在理由的。我之無法離開詩，正如我不能從我們所面臨的現代的危機意識離開。結合這兩個概念的，就是我活着的有機體，同時，也是我活着的良心。和人類精神的拯救不相關聯的思想，是完全不能承認有什麼價值的。這件事拿別種話說明，也就是在自己精神的分野上，我並沒給詩以特別的位置，只是做爲認識的遠近法承認（所謂詩的狀態），或有一種蓄意致力於要造出那種狀態的一定的持續意識而已。並且，我想說的是，那種認識的遠近法有所貢獻於我們的精神，對於我們的文化以及生活是有重大意義的。

這種想法，對於一切只重視實證主義的經驗和科學的，合理判斷的進步主義者，或不相信精神價值和道德的客觀基準的唯物論者來說，也許只能當作一種觀念論的神秘化吧。我知道像那種進步主義者和唯物論者占優勢就是現代的一種性格，他們的思想也已逐漸到達最後的試鍊。然而，「在現代靈魂的問題是不是還能成立？」（註1）像這一個詩人的奇妙的抗議的叫喊，在我的耳朵裡比實證主義的俗物的理論更尖銳地響徹着，會剜我的肺腑。在（靈魂的問題）有點古老的話中，猶然有做爲一個人的切實的迷惘在活着，尖銳地對立着科學的實證主義的現代——我不能不站立於這種事態之前。

被稱爲現代最進步的文明，不是還有解決靈魂的任何問題嗎？即使在社會變革的方式中，想承認眞平等和行動的自由的唯物論的世界觀，當它做爲實踐顯現於現實面時，到底誰能保證，它不會轉化爲不但行動的自由不必說，連內在自由都會被剝奪的全體主義呢？並且，不承認人類的原罪性的一切無神論，結果，不是落得把人類一文不値地賤賣給時代的權力下嗎？何以故呢？因爲對無神論者而言；在這世界最值得注目的是權力，是支配着可視的世界的權力組織。代表眼睛可見的權威的，對於他們就只有權力而已。

但，當然他們的思想的投機不只限於常投向現在漸趨脆弱化的權力，一般說來，也可能投向未知的要素的新權力的萌芽。從最能代表無神論的世界觀的歷史唯物論，以及諸多寄生的流動而沒骨頭的人道主義、實存主義、自由主義，均忘記迷失的靈魂的問題，只是以其卑俗的宗派主義的貪慾把世界當作剝削的對象罷了。

我並非認爲面對這些思想狀況，唯有詩才能弄清我們的靈魂所在，沒有精神的認識便可明白我們的存在不完全。只是我想鄭重地說：詩是擔當那些問題之一端的。我願把詩認爲在現代要弄靈魂的問題所在，連繫在精神拯救的形而上有價値的擔當手。

對於我們，寫詩也好，寫其他的散文作品也好，在根本上是同一行爲。當我們寫下一連串語言——揮動那支筆，決不是爲詩而詩的技巧的修辭學，也不是想表現直接的思想，夢，情緒，以及希望等等欲望。無疑地那是一種欲望，但，不是僅僅由於我們相信（詩）這種架空的實在，因其刺激而產生的欲望。

對於詩人，那是關聯着本源的先前的靈魂問題的希求，即使不想定所謂詩的情境，還是强有力地攫着我的精神的欲望的。畢竟那是憧憬着和宗教精神互爲交叉的禱告的狀態的（註2）。只是實際上，詩不是產自禱告似的靜止醇化了的心，而是有着屬於積極的能活的精神活動，由其形式和機能的制約產生的一連串語言的成立過程，由技術的知性和直觀的協力而成的映像和觀念的結合，或對作詩最需注意的制作的各階段的。但，現在，我在這裡不談它。因爲技巧論或詩的構想法，不論如何詳盡地說明，也不會特別使詩變得美好進步的。

那些訓練，在知性上、精神上，差不多屬於徒勞無功，我們從未聽過有人由詩的入門書能寫出優秀的詩。詩人除非生成的詩人別無辦法。

我所關心的：是僅爲藝術的樣式之一的詩，你怎樣地去想它如何承認其價值的問題。只有它才和我們的文化問題發生關聯，徒然增加無聊的詩的氾濫或不懂意義的詠嘆的傾向和文化是沒有任何關係的。

卡露路・尤伊士曼曾說：「藝術家，僧侶和醫生是人類的悲慘之證人」，只有徹底地深化這種自覺，藝術家才能對文化完成地上的鹽的角色。唯有這種藝術才能讓人類的魂靈覺醒。並且，才能從我們予以診斷的自己活着的世界以至自認的我們存在的暗黑裡，發見一條拯救我們的精神道路。在埋沒現在的悲慘之中，有許許多多過去的陰影，在那近代的性格底下，作用着不想承認神的實證主義時代的罪的遺傳分子。而近代文化不絕的危機的眞因，在這裡可集中地看出來。

雖然一面喊叫着自由與平等，進步和變革和革命的近代主義理論，却不斷地反覆着挫折。並且終於到了現代遭到最後的歷史的難關。法國革命給予面臨近代的轉捩點，現在想起來，委實給了無可測量的精神的慘害。對自由和平等相反的想法，在今天由於歐洲、美國和蘇俄的對立已爲衆人所知，但，以涂遜爲首〔譯註：D'Ohsson 生於阿爾馬尼亞的瑞典外交官，東洋學者（Abraham Constantine Mouradgea D'Ohsson, Baron, 1780—1855）〕，傅倫奈〔譯註：Emil Brunner, 一八八九年生，瑞士神學者〕等的基督教新教徒神學者指摘着似地，溯本追源起源於無神論的近代的分裂，其淵源可溯至十六世紀的文藝復興或宗教改革。

這種對近代的反省已成爲現代的一個重要課題。把近代社會單純地具象化爲文藝復興的意識形態，以其各色各樣的變更的形態圖式化，而簡單地烙印爲無神論，也許難免會被說是太公式的見解。然而人類的悲慘的見證人的許多詩人或藝術家所看到的近代，和進步主義者或社會改革家們所看到的這世界漸進的近代社會的進步大異其趣，說它是人類墮落，逐漸喪失靈魂的自由的過程，並非言過其實。啓蒙時代以前的理論和人文主義的文藝復興的光明，雖由巴斯葛的一擊而崩潰，但，近代猶然因實證主義者和無神論者的跳梁，依然不會從其黑暗裡解脫出來。波特萊爾，尤伊士曼，藍波等的叛逆精神，可說由於窺探了這種近代的淵藪而厭惡現實產生的。

雖略爲大時代，我願讓現代詩人站在人類悲慘的證人的位置。並且弄清楚：那種以爲「寫詩」一事爲非現代的想法是多麼謬誤。那些覺得「寫詩」和（現代的）事情矛盾的俗物思想，不外是把所謂現代感覺或現代意識，錯覺爲一切的時間就是（現在）罷了。

詩的世界不是僅由（現在）才能成立，這是一件不喻自明的道理。那是把很多的時間，包含着儘可能想像的很多的時間的。那是「由時間飽滿着的現在」。那些不能把所有的時間掉換爲（現在），而去分辨時間的人們，終究是連分辨現在的能力都缺乏的人。

現在的時辰，過去的時辰
在未來將成爲一個時辰
而未來包含在過去裡
假如一切時辰都是現在
便不能贖回一切時辰（註3）

對那些人們，我們把（靈魂的問題），在需要慌忙緊急的政治的、社會的、經濟的諸問題洄漩着的現實之前提出來，也許會視爲很不現代的吧。

然而，把我們的荒地的世界塗成灰色的呻吟，悲哀和愁嘆，決不僅僅由眼睛可看到的病態徵候的政治的、社會的、經濟的外科手術所能解決的。倒是由於盲信外科手術能解決的蒙古醫生們，現代才變成了半死半生的病人。

幸虧所有的時間不止是現在，所以能由我們自己的努力贖回過患病的墮落了的時間。如若不能要回時間，我們就不能贖回過去的我們的過失，也不能繼承過去的榮耀和價值。那對我們就意味着未來不復存在。未來不存在的現在倒底是怎樣呢？那不是死去的不復甦，活着的唯有死嗎?!那不是禱告，是走向死的誘惑，追憶是毒念，我們不能哀悼死者，而意味着死是永遠之死嗎？那麼所有的人類終將成爲沒有墓地的死者，其稱爲文化之幕就要閉上了。

然而，所有的時間不止是現在，所以我們能（贖回時間）。我們才能相信不滅的價值。在「未來包含在過去裡」這句話中，暗示着我們已發見和歷史在一起不磨滅的永續的價值。人類的拯救如同沙特的實存的人道主義似地，未必常常只投擲在前方的。

我們該把詩的價值如何地使其在現代環境中蘇醒起來，使其面臨現代精神的危機裡，鑽出現代的戰場而成爲在人們靈魂中一種活着的聲音，我們該使詩怎樣地生長起來，那是今後留在我們身上的工作。

我以爲「爲什麼要寫詩」這一問語，對現代所有的詩人是個必須自問的重大問語。許多現代詩人雖然看似丟了自己的詩的存在理由，卻仍以習慣的惰性像鸚鵡似地反覆着一種老套。他們自己佯裝已淪滅的東西仍活着，沒有權威的東西仍有權威似地。

斯時，問「爲什麼要寫詩」，決不是再塗一層懷疑。那是在自己岌岌可危的存在中，從外部導入明亮的光，把光凝斂起來要發見一個中心的。就像愛略脫稱爲「靜謐的一點」的，凝視着那種精神的作用，把（超越時間的東西），一直到把自已從時間裡認識出來，愛撫自己的世界的。除此以外，我們還能對詩企求什麼!?

「爲什麼要寫詩」這樁事，和「爲什麼樹木的葉子會綠」並不相同。我們並不像樹木的葉子是自然地綠，那樣在自然地寫詩。

由於發出非常單純的問語，我所能回答的，不外是我們的詩的一個可能性，也許「荒地」還殘留着很多可能性。同時，我的答覆，可能隨着我的想法的傾斜或多或少地和宗教精神結合着。然而，我必須在這裡言明：我決不是把宗教和詩視爲一體。把詩看做宗教的代用物，把詩裝扮成一種擬似宗教，如同我常常反覆過的，那是我最不屑爲的。我並不那樣輕視宗教，也不輕視詩。這件事，我們的詩是比什麼都明確的證明。

可是，我也自認我對詩的想法非常獨斷。我對現代詩人有很多不滿倒是他們太少主義之故。這是現代主義的一個壞影響。詩人是唯有獨斷才能發見自己要走的路的。只是我所說的主義並非個人的獨斷。無論如何想把主義的意味和獨斷的意義結合的人，應把它當做超越個人的普通的獨斷才是。

關聯着我們對羅馬舊教主義的關心，有人便說「荒地」是保守的，甚至有反動之說的滑稽批評，兩者之說都太謬誤。大體上，只要論者不完全了解羅馬舊教主義，對於關連着它的「荒地」集團的批評便無法成立。「向羅馬舊教主義的逃遁」這類奇怪的事態，不論怎樣張惶失措的日本知識份子之間，還是從未發生過一次的。羅馬舊教主義並非專等待着悸慄於莫須有的幻影而遁逃過來的知識份子，或經常反覆地失敗於購買期貨的批評家之門。

「現代是荒地」雖然即爲我們所有的思想的底邊，可是，對於只能把（荒地）以其語言的象徵的氣氛去理解的人，可能很不了解我們的工作到底是以什麽爲基準的吧，由於經常用不同尺寸的尺被測量，我們所感受的幾分爲難，含有我們自身不能巧妙地說明荒地的困惑。

也許我還沒確切地抓住共同的希望、思想、或被稱爲愛的東西。然而，與其抓住錯誤的東西，毋寧不擁有任何東西好些。不過，我們却直覺地了解現代的闇黑和光亮來自何方。

對所謂「戰前對法西斯主義，戰後是對共產主義感到抵抗」的我們的主張，以及其抵抗的實體不明確：這種批評（註4）對我們促醒着某種重要的反省。那就是我們怠情於弄清自己的存在這件事。可是，關於抵抗的實體不明確這件事，却賭注着「荒地」這一流派的生死的答案。我不想把它用思想的差異這類容易的說法予以答覆。

對我們來說，對法西斯主義的抵抗，既不是在過去反抗法西斯主義的暴力而被投獄啦，或批判法西斯主義的國家體制、政治、思想等，預言了它的沒落，也不是做了助成眞內部崩潰的運動等事情。並且也不關聯使當時知識份子的良心困惱的「轉向問題」的一時期。做爲對法西斯主義感到抵抗的世代屬於最年輕的世代的我們，既沒有批判法西斯主義的機會，也沒有反抗的實力。然而，不能據此便說我們對法西斯主義不曾感到抵抗。關於在日本最年輕的世代對法西斯主義的抵抗感，到底怎樣？全然不爲一般所知。

然則，我認爲此一問題最後的關鍵該歸於知識份子一般人對法西斯主義的抵抗給現代帶來什麽成果的問題。可能有殘存的法西斯主義者洋洋得意地敍述着，在戰爭中自己怎樣反對過法西斯主義，也有戰前爲反法西斯主義者，戰後却成爲法西斯主義者的。要之，對法西斯主義的抵抗如果眞實，當然其對法西斯主義的理解也就有深沉的苦痛和認識的體驗。況且也會厭惡法西斯主義，其否定法西斯主義也將更熾烈。然而，那並不就變成只聽見法西斯主義便跳起來大罵就行的條件反射的生物，對法西斯主義抵抗的實體是應該向更深的日本社會的傳統問題肉搏才對的。

對於被指摘「抵抗的實體不明確」一樁事，我之所以回答賭注着「荒地」一流派的生死，易言之，不外意指明白表示抵抗的實體並非過去的問題，而是面對日本社會的傳統問題的我們未來的問題。如果光要把過去的問題弄清楚，並不是件大事情。設若要解決日本社會的傳統的困難問題的一種知性的，精神的非常政策的嘗試，如果不因「對法西斯主義的抵抗」給予自己的靈魂以生命，我認爲終究連其問題的所在都會不理解的。

註：（1）三好豐一郎、書簡。（2）過去安理・布烈門曾說過類似的事。而由於那把梵樂希或其他批評家、詩人們捲入的「純粹詩論爭」布烈門雖形同敗北而爲當時的現代主義者所笑，可是，在今天，對布烈門不一定是不利的。（3）T・S・愛略脫的『四個四重奏』。（4）荒正人氏的「藝術前衛和荒地」詩學。一九四九年十二月號。

給菲莉莎

施善繼

贈

啣着青翠泥香的燕子們
都結伴飛返南方去了

你在一個港灣凝望
等候載有記憶的鞋音
和着輕巧地恍惚
點亮水門汀微暈的雙燈
想：這就是溫存的對立

我的眼波有一海航程的紀錄，你說
於是依着鐵柵
你聽見漫霧的船歌漸漸開始
頭頂上浮動滿天的星星

水鳥與風信互道晚安
桅杆與繩索繫緊熱帶的帆
朗朗的這調子
裹着你棕色的剪影

當靜夜曳長晨紗
抖落那些稀薄的寒冷
在衆葉間，你仍爲行囊採集露珠
請面向我
容我贈你一握粉綠的感激

啊 馬車伕

輕輕地，我們
駛入古典了的街道
你揮鞭
另一手勒着繮繩
從棕色馬的頸項
數落搖幌的銅鈴
橢圓的蹄音
斜過你左肩蓬散髮間的風
輪子輾成的兩痕黃昏印
啊　馬車伕

西班牙的馬車伕
你是夕陽僅愛的一叢晚雲

讓我們轉身沿逝去的時間
返回蔭涼覆蓋的正午
運行一廂芒果的纍纍
背後曳着變換的風景
我們溶解在無纖維的南方
那汁液軟軟
軟軟地流動，如你恰走近丹麥
一則安徒生童話的邊緣

我們滿披雨句，看珠簷漏滴
三角鐵叮噹叮噹
合奏南太平洋的呂宋呢喃
而晶饞裏藏着你底笑意
深藍，沉寂又沉寂

我們已抵達盛裝以前
馬與車都仍在熟睡
那湖夢可任意漂遊或者棲息
我們划着一個島嶼
在月與夜的中央
水草與青蛙忘憂的岸上

三月

把一畝陽光，不管別人如何，全拿去晒在你的胸前，還需什麼呢？懶散的愉悅，愉悅的羽毛球遊玩，繽繽紛紛自拍擊間飄落，像天鵝湖的雪。菲莉莎總任性得可愛，在春天，仍貪戀冬天裏那截沒點完的臘燭，而耶誕紅熄了，爐柵的火也殘了。你提着那一籃新鮮的乳酪去樹林，餵誰？歸途上，趁便告訴祖母和小花鹿，溪澗溶了，你的籃子換來盈盈的鳥聲。

築一幅小屋黏在你的鬢邊，讓它不要如金子般擺盪。連小貓兒都習慣你的靜默，闔眼、打鼾，在你的屋內馳思。菲莉莎，你送不送我狩獵來的野兎皮，一段坡路，或那一片酥酥的藍天。我撿拾的枝椏足够燃燒，在乾燥的清香中，將料峭驅逐。你已不在熟悉的那隻曲子，你在鬢邊，在菓子與菓子的輕唱，在鋪滿霓虹的渾沌，與衆多盤旋的祝福。

假使東風敲門，不要回答，只在窗口探首，騙他，你把神燈還給阿拉丁了。給他看看我們用的茶壺，告訴他，那並不是神燈呀！如果他自楣縫閃進，菲莉莎，就請他嘗嘗褐色的年糕，讓他分享你喜歡的那種平凡。將他婉轉的送出二月，叫他趕着月亮，尋訪短笛藏匿的地方。你聽，扮成村姑的三月，在哼她的玉蜀黍唷，她們撥動麥浪，她們撥向你。你是不是婀娜多姿的三月。

紅葉

楓堤

不願被踐踏成泥
我俯臉水面
一滴血
滴湊在鄉愁的漩渦

在喧嘩的沉默中
像咬着時間的輪齒
那麼清脆
有杜鵑在季節的彼岸
唱着心焦的歌

獨守在頑石旁
背着蒼白的水仙
任血一滴，一滴……
沒有怨嘆

因急於投身
也不管是否有人在
遠方的大海撈穫

我只知道
糢糊的臉逐漸擴大
會像一陣秋雨
落得很瀟灑

孫家駿・有贈

外兩首

有贈

四兩米酒，兩塊錢的花生米
哥兒們！坐過來
聊聊咱穿草鞋夜翻廻龍嶺的
那段往事

是你問我近來囊中可有佳句
呸！談這幹啥
千行詩嘔盡一腔血
下不了酒的

旱季

你們高高的
高高在上
我仰望
仰望你們如經天日月
難得有那巴掌大的一片雲
即使擰不出半滴眼淚

施捨

伸過手來的
你拿去
無需乎再說大些
萬一在報紙上露了臉兒
我這個新科進士
可不慣佩紅響花的

一杯咖啡中拾到的寶石

陳秀喜

她的信箋是月亮
月亮上面的墨水的筆跡
朵朵如幽蘭
我就熱愛這樣的月亮

出現敢死隊的時代
我的國籍觀念更倔强
她責我：你爲什麽不能娶我
面對着敢死隊員
我答：因爲我是中國人
我是中國人才勝過敢死隊員　愛的忠誠
從此，我拚命想忘却那朵的幽蘭
然而却忘不了埋怨的墨水

三十年後
佇立已沒有敢死隊而現代化的道路
曾經散步的小徑
暮風送上草香讓我倆踢小石嬉笑的
那光景已杳茫
孤影在人口如蟻的異國
無法尋找我的女王
如今國籍觀念低潮
更增加了我的痛楚

數根灰白髮的紳士苦笑
朋友　你對於未完成的愛的懷念
比那名貴的寶石更珍惜呀
在這杯已冷的咖啡中
拾到　懷念的寶石
是你自國籍觀念倔强中得到的
直到老邁這顆寶石更發出光彩來
朋友，你我是中國人
才知道珍惜這顆美麗的寶石
朋友點頭微笑　幸福底——

回憶

鄭烱明

遺忘的海
在不遠的前方
默默地閃爍着
一隻海鷗自雲端飛過來……
盤旋了一下
又飛走了

詩兩首

白萩

金絲雀

把整個世界關在檻外
那是不可信賴的陌生人
充滿窺探的眼
竊聽的耳

遺忘自己的存在吧
立在空隙地帶的一隅
將生命消磨吧
沒有遺憾地消磨吧
（當天空洩下晨光
　擊痛了翅膀）
這個世界有誰可看見那是盲眼

不被信賴的生命
把歌唱給沒有人聽吧
把血一滴一滴地
從胸中釋放

唉，我唯一的金絲雀
每日每日地啄掉翅膀的羽毛
每日每日用歌聲吐着血

天空

天空必有母親般溫柔的胸脯。那樣廣延，可以感到鮮
血的溫暖，隨時保持着慰撫的姿態。
而阿火躺在撕碎的花朵般的戰壕
爲槍所擊傷。雙眼垂死的望着天空
充滿成爲生命的懊恨

不自願的被出生
不自願的被死亡

然後他艱難地舉槍朝着天空
將天空射殺。

旱

向明

看我之龜裂
在我之篤信的
唯一的太陽下
看我之水分子蒸發
看我之枯槁，我之龜裂

不知被誰停住
時間的馬錶恆落在固定的刻度上
而掬飲我的雨神們
乘不上一塊來自八方
來向這方向的行脚雲

而旱魃們躲在腹之墓穴裡
密謀看我之僵化

慾望們在燃燒着，烤炙着
他們把顏色塗在我的面容上
額上的河道遂更形涸竭，更形凹凸
鵝卵石的細胞擠不出半點水汁
更惶論毛髮的田畝
血漿的地下水自每片骨骼間的岩隙中擠出
而滋潤不了一小片發乾的唇

而尤不敢仰視，赤陽之下
峯頂之上不知何時已開始灼成灰灰
而窗裡的靈魂
不爲什麼地
尤固守着一片炮烙了的寂靜。

寒流

謝秀宗

我是過客，流浪在臺灣海峽
徘徊在瀨戶內海
有時更流漣那玉山的冰峯峭壁
流遍在每一個子民
（我聆聽到許多人咀咒）
我是過客，在山脈與海洋之間
造福了許多滿載雀舞的漁夫
（我聆聽到許多人狂歡）

哦！朋友輕輕的挪移我的步履
世界便呈顯着蓬勃的生氣
就是一些朋友企求我底冷寞
我也如迷路的行雲
追求那更高的雲層而逸去

鬧鐘

拾虹

夜 這個玲瓏的棺木
是我喜愛的小玩具
躺着 像嬰兒
我是疲倦地睡去的嗎

我發現我早已死去
却又喘息一般 匆促地呼喚
遠去的靈魂 然而
我的靈魂愈去愈遠了
我的聲音也愈來愈微弱

只有我一個人嗎 好冷
呵…………………
…………………媽媽

負荷

朵思

子彈，描向敵方射落
而不知去向
女子們時常那樣
造就了你心中的
一種負荷
一張掛號的收條

月光歪在窗緣上
日曆的指數是九
有時候
你就得很傻的站起來
對井邊垂楊的倒影
做着預知失望的撲殺

(而切齒以後)
當她疲累
當她空遊倦歸
或是心血來潮，那時候
猶之處於一片漆黑的無耐
突聽到馬達悠然的轉動

她，遂那樣
以一紙突然
扭直了你變形的五孔

流入心臟的杯子的液體

詹冰

如綠草中尋找白蛇一般
在妻的黑髮中找出白髮
我細心地一根一根拔出——
想要叫回妻的青春

曾經　黑亮的香髮
爲了生活的辛勞　一根一根變白了
隨着拔出一根一根的白髮
我的淚液一直流入　心臟的杯子

撿回扔掉的白髮　排在掌上
一根一根的白髮發出銀的光輝
忽然白髮的銀針刺進我的胸脯——
傷口的血液又流入　心臟的杯子

無聊的雨天 外一首

古丁

陰暗圍城的時候
雨點紛紛射向窗口
冷酷的將軍驅策着雲團

千軍萬馬的呼號
嚇死了許多細胞

什麼都封鎖以後
只有炊烟照舊昇起
天空緊張地誤解了煙突
其實這裡是不設烽火的內地

叫囂的戰爭，用什麼告示也沒有用
如果圍城還要繼續許多日子
我們只有拉長睡眠來縮短時間

乏味的生活

總想生活是甜的、苦的、或鹹的
而我嚼着的
却是最無味的那一種

轉着三百六十五度的圓周
一遍又一遍的
不知道是什麼內容

也許笑是被眼淚冲淡了的水中漩渦
苦日子溶解在美麗的謊言中
回憶是唯一剩下的一枚橄欖
我却沒有地方將它珍藏
過去都在手上變成灰
在風中飄零四散

紅葉

杜國清

枯葉蝶飄着……
樹根盤纏的山路上橫倒着一棵朽木
我佇立着
蝴蝶飛過了還在那邊兒濃綠的夏天
我傾聽着

簌簌地，多少蝶兒爲花生
簌簌地，多少蝶兒爲花死

可是這條山路沒有野花而蝴蝶遍地
一踩步我的足跡就染上了殉情的血……

可是我不能不再趕路。秋越過海在山坡上
撒下了南方的雲霞。我的肩膀上枯葉蝶
棲息着。

可是我不能不再趕路。片斷的影子紛飛。
褪色。飄落。在幽幽的清溪裡無數的海星
浮游着。

有些什麼吸住我的脚哪，吸吮我的血
一路上我逐漸枯乾而消瘦——
在白雪覆身之前
且以枯骸
支撑着
秋。

游

桓　夫

黑黑的虛僞　淤積在池裡
如鏡的水面浮游着
虛僞的渣滓……
沈澱下去的虛僞和浮顯出來的
幾千年的虛僞的渣滓！
——水渾濁了
水越來越渾！
有如媽祖祭典裡　汜濫的香爐
含毒的水蒸氣　閃晃在陽光裡

年輪的漩渦　被歷史的
細香燻黑了的媽祖
把媽祖划出來吧
躲避水面那虛僞的渣滓
游入漩渦……
爲清不潔的虛僞　而氣憤而染紅臉頰
在含毒的
水蒸氣裡　我逐漸
忘掉了自己——

——詩集「媽祖的纒足」

蟄伏之頃刻

林錫嘉

蟄伏於地層之後
就得背袱石塊頑固的重量
縱使樹的根鬚謙讓葉子去攀折陽光
以蟄伏的耐性
足夠緊抓鬆散的泥土了

蚯蚓鑽研着長遠的路程
倘若臉上豎起石祉無數
以及凝血的磚屍體
啊！倘若……
渡河而無橋

只有煙哪！
那種爆開的慾望
自烟囱口冒出
且伸展手臂去控告雲

蛹的破繭以及展姿的豪放
鞭炮的暴裂以及聲音的延綿耳朵

若是深淵的手掌宛如天蓋
就撐起一把火吧
宛若盲者的能見世界

回顧

徐和隣

一條長蛇從後面追來
可怕嗎？似乎又不是
那條蛇總之帶着黑影
追來，追來，追來
回顧吧！沒有什麼可怕的

但是總拂不了心中一個結
聽說雖有罪惡神明能救
像我這樣的，神明忘記了吧
因此，總拂不了心中的罪惡感

聽說人人都有罪惡感
所以我很感謝這句話
可是，相對的沒有罪惡感的
就是聖人吧！
因此，我們又做不了聖人呢！

孔夫子是歷史上的聖人

在此想起亞當和夏娃的原罪
基督曾經背起十字架來爲人贖罪
西方看起來充滿着罪惡
當他們鼓起勇氣來找尋
罪惡的根源而求脫皮時
就產生了

純知性和純智識的哲學

我們有的是孔子的修身哲學
他的教條留下二千年的歷史
我們奉着教條就萬無一失了
但是當我發現教條並非哲學時
那條蛇似乎抬頭起來，可怕極了
教條帶着黑影
追來，追來，追來……
教條太多，黑影太多，背不起
因此，我不得不僞裝起來
就像不曾犯過什麼罪惡的樣子
是的，沒有罪惡感
但是，我還是憂鬱的

總之，永遠拂不了心中一個結
若是爲探究眞理而來
一條長蛇從後面追趕
可怕嗎？似乎又不

海湄之旅

彭捷

僅跨越一步
即從嚴冬走進春天
咬破一缺口
衝出囚禁的繭
由蛹蛻變成蛾

振新生之翅奔向南方

回歸線的陽光照見媽媽的笑容
童話搖籃搖着半睡的嬰兒
阿麗絲的夢飄落在南方海湄

海浪以古老的兒歌迎我
熱帶植物呢喃細訴海的秘密
鐘乳石潛蟄的岩穴
是千古怪獸的樂園
珊瑚礁有一千零一個小孔
每一個小孔藏着一個故事
海的白頭宮女流落在土產小店
每個貝殼有數說不盡的往事

白色灯塔巨如天鵝
長鼻伸入海中
登臨鼻端
迎七級海風
探三海洋阡陌
沿地平線漫步
看旭日是怎樣跨越地平線的

伊斯萊姑娘

沙白

來自深邃的沉淵
來自莫知何的家鄉

伊斯萊姑娘
霓虹灯殺不死妳的漂亮

早晨六時起而洗衣
白天與無血緣的孩子嬉戲
而晚上喲！妳上罪惡的課
黑暗底霓虹灯的，霓虹灯的

白色已被殺死
而妳的純潔仍在
雖已鮮血落蒂
而萌芽的是善底枝枒

伊斯萊姑娘不善歌唱
也不善花旦
又不善做何媽媽
伊斯萊姑娘只是伊斯萊姑娘
只善於啜飲孤虛之苦汁
悶坐於電視底下
讓它洗淨過酸、過鹼、過辣、過苦的寂寞渣滓
伊斯萊姑娘
潑掉了醉客的酒
撕碎了恐怖的黑暗
點燃了自我的光明
這是伊斯萊姑娘
啊！伊斯萊姑娘
妳明天可會再來？

黃昏的紙鳶

林鋒雄

彷彿自己都很難肯定的一些
而事實却又藍得如此開朗的一些
在黃昏。連賴帳的機會都沒有的

黃昏。晚報覆蓋了半邊的天空
在公園，油漆斑駁的亭子
一雙花了的瞳孔無意之間
瞥見黃昏在額上烙下了血般鮮艷的歲月。

藍的是天空。
開朗的是天空。
不快樂的黃昏是晚報是我！

從長長的路迴望過去。禁按喇叭。
過了水銀灯輝映的橋，那端
桃花飄落的一個春天
一隻潔白的紙鳶彷彿自己的童年
斜斜地飛起。

風吹斷了記憶的線
斷了線的紙鳶從桃花的春天
斜斜地飛起。從向晚的亭子一張晚報
斜斜地飛起。紙鳶在黃昏
斜斜地飛起。染上薄薄的
一層昏黃。

無采的瞳中，暮色更濃了
拍拍身上抖不去的歲月
斜斜的站起，向着自己也難肯定的黃昏
斜斜的，彷彿也飛了起來。一隻斷線的
飄搖於異鄉的黃昏的紙鳶。

稻草人日記

王浩

僅僅走着灯籠的記憶
在老祖父缺了牙的隙縫
我看到了一個又一個春天

在那樣的日子裡
所有的稻草人就這末飛了起來
打穀機的喘息一直訴說着
點心來了，點心來了
大概是午後二點半

（我不敢吃牛肉
他們總是說：「牛肉不可以吃」）

當月亮昇上屋脊的時候
我依舊躺在晒穀場上吸烟蔕
且咳得很兇
還是到土地廟前看看紅巾與黑巾的大戰吧

僅僅走着灯籠的記憶
在老祖父缺了牙的隙縫
我看到了一個又一個春天

現代詩的諸問題

北川冬彥作
徐和隣譯

㈢現代詩的形式

現代詩，是由明治的文言、雅言體的音數律定型解放出來的口語自由詩所發展的。它的形式，就如同自由詩本身的名稱一樣自由的。並無必須具備的條件，係模倣西歐近代詩的分行形式。

因其形式不受限制，於是常導致種種問題。第一自由分行的形式，因爲本身是自由的分行，容易惹起詩的平易化和墮落。像有些僞詩人把散文分行寫出來即稱之爲詩。或未經嚴密選擇語言，亦無充實的詩精神，僅僅把單一的思想、感想和日記分行排列即表明爲詩。或像大正時代受美國詩人惠特曼、特羅貝爾等的刺戟而沒寫詩才能的詩人們，常誇耀民主主義的所謂民衆派，跋扈詩壇使詩失掉社會上的信賴等這些都是問題之一。後來普羅列塔里詩派在馬克斯主義旗下利用詩宣傳思想而使詩喪失原有的情趣。戰後也有以僞裝民生主義的非詩硬說爲詩，想使其通行的無才能詩人在蠢動等等也都是問題之一。

自由詩的形式爲不受拘束的分行。這對於眞正的詩人正是苦惱的原因。因不受拘束等於要求各人必須創造獨自的樣式。大正末期，荻原葉次郎用黑圓圈或粗線條和大鉛字寫詩，或者草野心平的「蛙詩」的外表形式，都因苦惱而焦燥才那樣表現的。對於詩人因爲形式自由，每首作品都是一種冒險。各人的獨自樣式，若無完全的詩性燃燒的結果，則無由形成。於是眞正的詩人自然寫得少了。任憑感動的流露把行中止或改行，任憑節奏把行中止或改行，如此分行寫出來的文章，如果那是天生詩人的場合，就會成爲詩，譬如素朴派，感情流露派就是。可是，不滿於素樸的感情流露的前衛詩人，便不得不針對分行的方法理論有所考慮。於是現代詩人的理知派產生了。這一派，在昭和初期，依據日本近代詩史上頂有名的「詩與詩論」季刊誌所發起的「詩」運動。「詩」是法語的「Poesie」。受到第一次世界大戰後的法國新詩運動的刺戟，批判明治、大正以來的自由詩並予整理而構成了新的日本現代詩的基礎。日本現代詩靠此運動纔確立起來，自由詩的面目也由此一新。由春山行夫和我召集「詩與詩論」的同仁。安西冬衛、近藤東、吉田一穗、笹澤美明、西脇順三郎、瀧口武士、竹中郁、三好達治、丸山薰、瀧口修造、阪本越郎、北園克衛、村野四郎、田中克己、江間章子、岡崎清一郎等還在現代詩的第一線活躍的詩人們，均據于本刊躍出詩壇而確立自己的存在。把法國的前衛詩人高克多，立體派的阿波里奈爾，超現實派的普魯東、艾呂雅、阿拉貝，美國的前衛詩人龐德，和英國的雪脫維爾三姐弟、斯太因等，正式介紹於本國的，也是本刊。除了介紹前述的前衛詩人之外，完成革新日本現代詩絕不可忽視的任務，就是我和春山行夫所提倡的「新散文詩運動」。「新散文詩運動」是我命名的，春山行夫即站在「無詩學時代的總決算」之批判的立場，向同一目標邁進。

什麼叫做「新散文詩運動」？此一運動在日本詩史上分擔劃時期的任務幾年之後，我說過：此「新散文詩運動」是非常平凡的運動。是自然而然的一種趨勢。因爲大正末期，自由詩，因其形式自由，墮落到極點，隨便的分行，一點也沒有詩的感動的非詩，佈滿整個詩壇。爲要清除此類非詩，必須廢除作僞的分行，提倡改換散文寫詩，而改用散文，是否有其可能？對此我們充滿自信。爲了詩的純化我們主張用散文寫詩。而確信不必依賴韻文（音數律定型詩）也能够寫詩。因此，我和春山行夫、安西冬衞、三好達治、近藤東、笹澤美明、竹中郁、阪本越郎、吉田一穗、丸山薰等即積極的寫了散文詩發表。以前並非沒有人用散文寫過詩，譬如北原白秋、室生犀生也寫過散文詩。但那是屬於外國已有的散文詩體的所謂散文詩的文學形式，而我們依「新散文詩運動」寫的散文詩係有意的用散文寫詩。是以懷疑分行寫詩的必然性，據以方法論寫的散文詩。因此，跟原有的散文詩，性質上有不同的意義，所以稱爲「新散文詩運動」。不說「散文詩運動」而說「新散文運動」的理由也在此。所以說「新散文詩運動」係把自由詩的形式解體了之後，再從中發展的詩的純化運動。「新散文詩運動」並非意圖造成詩的一形式的運動。可是，這樣產生的散文詩，可以看出接近於波特萊爾在他的散文詩集「巴黎的憂鬱」序文裡說過：（沒有音律，也沒有腳韻而且音樂的，尚且能做到適合靈魂的抒情的抑揚、幻想的波動、意識的飛躍、又柔軟且信强的詩性散文的奇蹟，我們之中有誰曾經在充滿野心的日子裡沒有夢想過）這種理念。也許由于否定韻文和分行形式而追求詩的純化的「新散文詩運動」精神，與波特萊爾對散文詩的觀念有一脈相通的地方——那是在自由詩追求的極限的彼方顯現的。茲舉數例看看：

內　部

向外部露出牙齒那個垂直骨格的人，在其最兇的生活斷厓磨爪，吠後月沉了。掙扎於敗北的泥土裡日日陰慘的生活！遂有難忍的飢渴，顯然屈膝着把他打倒。空虛留下的反射痙攣所畫的半圓，忽然龗風的死班陰陰的襲擊肉體。

從他的內部朝着蒙古的原始有一隻鷲翻翼戰慄。然而向靈魂離開之後的自己的腐屍尖銳的裂嘴啄食。刺身的劇烈的痛癢，把它的白鱗閃於旋渦的意識的暗流中。他站起來匆忙的再向內面的深處投身。

夜

梆子的聲音巡着街路的胸壁透夜規則的響着。它好幾次巡廻八人睡眠的周圍，朝着遠方的地平線越叫喊天亮越發響亮的聲音，回響來自各處。

那夜年青的巡警拾到丟在草上的一顆青色的星。它冷冷的滲在手掌上，把近處螢光般的明亮而黑暗中浮起他的姿勢。他感覺奇怪而仰空時，有一星座的鑰匙的一處失掉青色的鈕扣而微微的變白，於是他匆忙的喚醒受深度麻醉而睡着的星星，像放螢般撥手指輕輕地把它擲回。星放晃眼的光，最初大大的搖擺，一會兒一直線的回到原有的星座，像做了短暫的夢。

一會兒百年來，不久千年會來吧！然而這個，最正正堂堂的行爲之後，向再也不會墜下地上的那顆星，懷着像悔恨般的心情，在沒有形跡的虛空中，他久久的看守着。

在磚台上

擾亂水沫，傳拋物線的刻薄空中痙攣的船體悲哀的沉下。向燒盡的磚台上投身的我，在聽鮮花和狼狼逝去的時間。扭動於墜下的氣流的去向，候鳥青黑色的飛過刹那刹那的斷面。我那憎惡的手掌裡，深握自己的額唐，自由自在的行雲。死不久會把我捲到天上的水沫裏去。好，那雖是向無限境界的不馴服的架子，也會在那磚台上留存一沫的血漿吧！

啊！如今有倒反的船體的悲哀，在它深透的深度裡，發誓與最殘酷的意志結婚。要拋棄被拒絕的這雙手。把水沫攪亂之後遙遠的要傳出這種刻薄。

好友，我要把你打倒而由此出發。

風景

山腹赤土的崖下有爛布包的棄兒。漂着壓小鼻腔的討厭的臭味。近處的泥塘裡，是她的母親吧！把膨脹的脊背掛在木樁。池塘邊緣有桔梗花朵搖着。

桔梗

赤土的崖下，桔梗開花。那是被遺棄的嬰兒的嘴唇。把唇形的記憶放在掌上，她推手推車，搖擺於薄暮裡。

霧

白色化的曠野。煙硝的香味籠罩灌木。墜下的鳥兒開着嘴，是屍。馬脚埋在煙硝中不動。微微的切風的聲音，把他從鞍上掃下。

「內部」是吉田一穗的，「夜」是三好達治的，「在磚台上」是逸見猶吉的，「風景」「桔梗」「霧」是我的，大致都是「詩與詩論」時代的散文詩。在第一部解說過的竹中郁的「地圖」，北園克衛的「仙人掌」等散文詩，也是這時代的作品。

讀了這些散文詩之後，雖然沒有文言、雅語所裝飾的音律，可是充滿着詩的幻想，始終迫切激發着悠久幻想與機智的近代精神。這裡，讀者不難看到不以音數律定型詩所能表現的內在的音律的底流。

總之，讀過第一部的解說之後，我們知道現代詩人可用分行或用散文形式寫詩，其形式依然自由。是以連提倡「新散文詩運動」的主要人物的我，也不一定就用散文形式寫詩。這又爲什麼呢？前面已經說過，「新散文詩運動」係站在爲着詩的純化運動的立場上，針對原來的自由詩有所批評的詩運動，並非主張寫新的散文詩的運動。曾經(公元一九二八年)我在某次的隨筆裡談過如下的話：

「詩人(指現代詩人)必須並接受新散文詩運動的洗禮。這是要做今天的詩人的必須條件。(中略)而能成爲明天的詩人，他必須耐得住此新散文詩運動。一旦接受了新散文的洗禮，詩人就能回醒。然後就能得到驅使寫詩所需的各種形式的能力。」

他，將使用散文詩的形式
他，將採用愛情主義的形式
他，將追求超現實主義的形式
他，將借重劇本的形式
他，將導入劇曲的形式
他，將再次起用韻文的形式

就是說「新散文運動」是使詩人有詩的形式的意識化並反省其自覺的運動，一旦自有意識自覺則能自在的運用形式。

我在前面說過：因自由詩不受任何拘束的形式，因此每一首自由詩都是一種冒險，但是分行的詩，在它是分行這一點已經是一種形式，至於說散文詩，它是完全的無形式。就其形式來說，無疑和散文是沒有兩樣的。散文詩與散文有所差別，在僅賴於疊積在散文裡釀成詩精神的詩的意象——有無存在着這一點而已。若是沒有充滿着緊密的詩精神的持續，即會墮爲散文。可說散文詩是把兩脚踏在詩與散文兩邊的冒險的走繩索的事。但人不能久久都做走繩索的工作，自然會有走向定型的安定感的憧憬。雖然强烈的憧憬着定型可是以現代口語來做是不可能達到目的的。三好達治轉變寫四行詩，或逆轉以文言雅語寫韻文詩而向音律上求安定感，都是基於上述的理由。然而他祇做到半桶水的詩人，由現代詩人的名堂脫落下去了。

現代詩人以現代口語寫分行自由詩，不過這個分行自由詩跟大正時代的口語自由詩，性質上已經不同的了。暫不說素朴的感情流露派，所有走過「新散文詩運動」的詩人的分行，都有意識和自覺。有分行寫詩的根據理論。也不說所有的詩人都能表明理論……，而我在下面舉三四個例：

村野四郎說：「詩各行所表示的心象相應其詩的心象，以某種平衡來構成最後的目的。每行的長短都應於爲這種均衡而決定。而這種均衡美同會帶來詩的形態美。就是說一首詩的心象要求着每行的心象的分擔、決定，每行的心象都需爲着均衡和安定自行決定行本身的長短。」

北園克衛說：「原則上，在句點來停頓換行，不過這總是一個手段，很多時候把文句平均了之後再切。就是說，文句很長的時候把動詞和形容詞獨立爲一行。再者原則上是不可使意義跨過第二行，不過也不少有意識的給它跨過第二行的時候。也有爲了强調心象而斷句，也有爲了整理沿字面，把名詞和動詞用漢字好或用假名好而苦思的時候，到最後都沒有辦法解決就切行處理，也有這種現象。」

近藤東說：「不過是選擇醒目易懂的辦法。詩要怎麽樣來表明，其實體不會有變化。爲着讀者理解方便而表明，是作者應有的禮節吧！」

笹澤美明說：「想到原來寫詩的經驗，就得知因節奏的關係而分行寫詩的習慣，並非亂七八糟的分行寫詩。」

我發現在心象的構成和節奏的音律的合成之下帶有分行的必然性。

以上都是表示分行並非馬馬虎虎的。確確實實在意識和自覺之下的分行。法國的梵樂希堅持着古格的定型。文藝評論家伊藤武彥在敗戰之後說過：「在法國自由詩不久就被遺棄。如今多數已經回古律格式寫詩，日本的詩壇依舊淫於放恣的律動。這樣習慣的繼續下去，對詩全體的命運，是災禍之外沒有什麽。除僅有的例外，現在日本的詩人們睡在無反省的自由詩形裡面。詩人必須死在不自由的格調裡。」然而梵樂希警告日本現代詩人爲文說：「把語言決定於自然律以外的法則即使其服從人爲的拘束。」可是若說「日本的詩壇依舊淫於放恣的律動」，這不過是應對大正期的自由詩而發，不應該對經過新散文詩運動的現代詩人們而論，這是門外漢所見，讀者應該瞭解這點。「詩是慶祝和祭祀知性的」，我贊成這句梵樂希的話，但不能承認依藤武彥所說的梵樂希那句服從人爲的拘束的話。我們現代詩人從事古律格式的人爲拘束這事就等於逆轉於我們的現代詩依靠其歷史的發展和自覺之後得到自覺的詩人的意力而脫出來的「短歌」、「俳句」、「音數律定型詩」。如果在日本要回轉古律格式除了這些以外還有什麼呢？不像法國有「Alikisandorar」、「Sonnet」、「Kolo Ran」等定型存在。

然則前面說過也並非沒有憧憬定型的現代詩人。這是可說人類的本能。也許被宇宙運動的定型引誘着的！現代詩人的詩形雖說如何如何的自由，但每個人的詩型拿起來分析都是有其定型的。吉田一穗有吉田一穗的，丸山薰有丸山薰的，山之口貘有山之口貘的，金子光晴有金子光晴的，村野四郎有村野四郎的，小野十三郎有小野十三郎的，安西冬衛有安西冬衛的，菊岡久利有菊岡久利的，雖不大明顯，也是有其定型的。可以說這個個性的、獨立的、非群的個別定型的東西，對於我們這個時代是適當的。向定型的憧憬的反面就有從定型脫離的欲求，而且把「定型」的自然表現於其詩作品這事，就是我們這個時代的生存辦法。對定型抵抗的百花怒放的現代詩，這是在歷史上的必然，不可避免的姿態。

戰後有「Matine. Poetic」的一派，欲把法國的「Sonett」的形式移植過來作定型詩，但只能做到古色蒼然的文言、雅語的舊體詩，這事就證明我們這個時代還沒有產生眞正的定型詩的具體根據。

炎

時間在旋渦的光的波浪上
擴張　把星星歎息的胸膛
新新的　潤濕生命　日日
在閃耀的帆上　搖動船

追——乳房的谷間　遠遠的
角笛被薔薇吸入　冰凍的
世界　如今　在明亮的一個
炎之中　被抱　睡着

愛是天空的菫　懷疑是
死在枝頭　香香的憂慮
沉着向髮的夜　(享着的
血的啜泣)　肩頭顫動
昨天的暗夢　動搖
向海的葉櫟　心溶解

Sonnet

想向西方開着的此窗
風拉着哀悼的銀之矢
亮夜的大理石的記憶之外

亂來的紙牌——占明天的好友——
映着時間的酒杯上我的詩冰凍
虛無地有因緣的牧場宴會
搖籃的幼時的傷口上蝴蝶開花
不動的睡眠，暗暗地休息的陽影
禮節在樅的梢上　大大的
裝着沉默的眞珠　遙遠的
叫天堂指向秩序……挖眼睛
、
死在忘却的羊毛雲上　追着鈴
紀念的瓶吸收回響之數　哦！
你最後的祭品一把百合花

這是「Matine. Poetic」派的中村眞一郎（炎）、窪田啓作（Sonnet）的試作品。這模倣法國象徵派的，又模倣上田敏的（海潮音）的，沒有現代詩氣息的時代錯誤作品，曾經被認爲學者的遊戲，因此受到排斥，但是一時惹起戰後詩壇的波浪這點，可以想知這是現代詩憧憬定型的欲望所使然。

另一面，戰後出現的頗有才華的詩壇新人大部份都採用自由詩的極限詩形的散文型。例如扇谷義勇、牧章造、祝三之介、伊藤桂一、向井孝等。他們在詩史上當然可說參加過「新散文詩運動」的詩人們。這時「新散文詩運動」的目標（詩的純化）已有成就，這些詩人們無需再提倡這個目標的必要，其特色唯企圖（詩的擴大）就可以。戰後鬱積的意欲，被打爛的靈魂，若用分行寫詩總不能搬入其內容的複雜性，這些傾向自然的使他們採取了散文型。

起　步

何時起疲勞捲於竇蓋頭暈。額頭冷。寫字的我忽然下垂頸。很像日沒時的信號機。——冬天更有撕碎了的被單的海。其底下有不飛的東西，在我曲折的內面裡，悠久的美麗的炎燃燒着。從睡懶覺的手中墜落輕便的重量。啊！無情的書本。

——不久漠然的二條鐵軌架在天空，光亮的笨重的音，壓倒我扁平的胸膛。以荒廢的風箱的嘆息。——忽然在其騷擾的靜寂中，我明明的聽到我血液的脈膊。向我回來的現實的表情。現在我正確的含着引擎。但是我的周圍有什麼東西呢！我都不能逃出何處！薰煙的睡眠。逐漸的向我蜂擁而來的最後。在此，我纔知道有我墜落的路。模倣微寒的死的容貌。——絕望的時間永續着。

終於三十歲的諦觀把安堵一樣的東西給我握在手裡。剎那，轟然的車輪礫軌聲像電光一樣打破了我薄薄的胸膛，有透明的虛無的快樂。

——風習習地吹着百葉窗。腐銹的鉸鏈。天亮時那邊成爲有幅度的瀑布，晃眼的曙光膨脹起來。

雜草與穿岩機

無論在什麼地方，結局唯留下殘餘的生存力量，我又回來了東京。爲找職業，我徘徊於炎熱的街上時，被二個東西所感動。其一是在火災後的人間的意志和情熱早已恢復了的地面給雜草輕便的剛毅的埋沒了的事。近代的鄉愁，多麼的豐富啊！它在都心被風颯颯的吹着的難言的安定感這是從喪失一切凡事無欲的心裡產生的實在的安定感。看見雜草，因它跟繁華的地帶越接近就越來焦急的想出自己好像忘記了什麽，可是結局從最初開始我就什麽都沒有忘記的樣子。

第二就是那個穿石機。爲着鋪裝新都市，以驚人的響聲穿入柏油的肌膚，它的憤怒眼看着以鐵板穿入地中，眼看着翻起鋪道 眞的爽快 特別衫袋裡無錢而又無職，背後似乎被什麽追逐的我凝視着。忽然感覺自己的肉體切實的思慕着那種激烈的運動。它是由機械特有震動來的，把那諸大的東西碰到自己的肉體時產生的焦燒感。展開下去的雜草的海跟先要破壞現有東西而後再施建設的意志。

這二項在爭取某種平衡，唯有對它的興趣，纔使我在飢餓中求生存的意志。可是在那邊有眞正的美麗的風景，現在的我，看不出來。

孤絕

從給黑暗的壁包圍的家屋中跳了出來，瞬間我被射倒。燒灼的太陽把我遮斷。簡單地我就盲目了。在燦然光亮的太陽之下，在燦然光輝的萬物之前。

我從我所犯的錯誤，然若能從這深深的迷夢醒過來，能逃出來……啊！被赦免的早晨的光明！搔掉薔薇之花一朶，到我沉悶的夢變成像汚點一樣小爲止。

我過去的日子喲。而這孤絕。從這孤絕的斷崖我要拋散祝福的花瓣——在我所想像的生涯的斷崖裡，死之斷崖裡。

果實

因爲站前的黑市場要受取締，違章建築的小屋被拆。未拆的柱頭，幾十天間，都站在寒風裡顫動着。每天風大，迫迫到最後的季節。

電線混亂着，處處電球垂下。雖說工事開始，但營造商木工都走了，不知道跑到那裏去了。只有黑市買賣的，季節也在此冰凍起來。

連日寒風，每晨垂下的電球一齊光亮起來。它好像將要掉下的熟果，從陰天垂下。

出發

從待避壕和隱蔽處陸續走出來的人群，再次越過牆頭彎過鐵路開始回來。

背着破爛的行囊，帶着以繩細好的傢具財物，連小孩也各個帶着行李。

從這邊或那邊回到車站，話也不說，一齊的把日晒的有塵灰的臉倒下躺着。

早晨開始，這是第三次的疏散。

都是穿着燒剩的一身衣服，歸回的家已經沒有，躺在行李之間，想起今後要依靠的故鄉和兄弟之臉。

有時站起來走下鐵路，看看鐵軌的盡頭，等待不知何時會到的火車，然而作長時間的小便。

周圍一帶，唯有留下壁的倉庫，到處留有裏面空空破爛的高層建築物。圍着光亮的鐵軌，沒有人影的廢墟，晃眼的亮着。

「起步」是扇谷義勇的，「雜草和穿岩機」是伊藤桂一的，「孤絕」是牧章三的，「果實」是祝三之介的，「出發」是向井孝的，都是散文詩。每首作品都不會難懂。認眞的讀，大致都可了解的作品。大概都是從戰後荒廢的現實產生的詩。不過這些作品不會難懂的理由，依靠其發想係散文的關係不少，因此不能說沒有自由詩的極限文體的散文詩將越過散文詩的世界而流入散文世界的危險性。尤其伊藤桂一和向井孝的作品都在散文的邊緣。如果在詩內容的立場來企圖（詩之擴大）我也很贊成，但是不能不警戒流於散文。其關鍵在於散文詩作者是否憧憬於定型這一點。對定型有着憧憬的理念就是詩的結晶化。將來這些散文作者如果不會因（詩之擴大）而越過散文詩的領域走入散文（小說）的話，自然而然的會想用分行寫自由詩吧！因爲分行寫自由詩就是現代詩形式的結晶化。

而且：

我的風琴開始壞了
鍵褪色已經太舊
中間也有雖用指頭大力彈
也像沒有神經一樣
永久失去了生命的
如說我的風琴音調有異
有跟那微弱的鍵音所不同的
我的歌將會放出異彩

這樣開始的笹澤未明的長詩和下面我將舉例的安藤一郎的「Sonnet」形式的「舞踏」係在我公元一九二八年間主張的「新散文詩運動」之後，關於現代詩的形式的隨筆（前面已提過）之中，我寫的（它將會再次起用韻文式的形式吧！）這點證實了我的豫見是對的。

舞踏

手　從外面招呼音樂
像多少崩壞的薔薇
你走入　我的世界
可是　不能打碎其柔軟
跟隨我的動作
輕輕的　活潑的脚
豐滿溫暖的胸膛　壓我
又到側邊　稍稍避開
薄明之中的往回
二人在搖動　搖動着
順着翻覆於床上的波浪
如此　到別處去
（到邁阿米去啊！　去邁阿米）
在此忽然　斷絕一切的時間到來

這「Sonnet」比「Matine-Poetic」的詩還新鮮，可是依舊有現實性氣息薄弱的缺點。活生生的現實性氣息的結晶化，定型化的實現，是那一天呢！

（它似乎繫於社會組織的根本的變革）

我的詩觀

—詩與詩人

美國・Gregory Corso
宋穎豪 譯

詩與詩人是不可分的——要談詩自必論及詩人。誠然，我是詩人，亦是我的詩。我幼年失恃，父親出征在外，一九四三年大戰期間，我十三歲，孑然一身，流浪紐約街頭。從不曾受過學校教育，靠偷竊爲生，蓋天舖地，露宿于露臺或地下道中。就這樣渡過那凄苦的一年，而這種「窮而後工」的詩人歲月却使我獲得無可名狀的苦樂。當時，我眞想向全世界宣達，祇是不知如何着手。

假如我迄今還在浪跡街頭的話，我將依舊無法表達。十七歲那一年，我被捕入獄。人們也許認爲入獄是件不公平之事，但監獄對我這一位最年輕的囚犯而言，好像是輔導感化院，使我終生受益無窮。

獄中的一切並不曾妨害正在發展中的頑皮青年。在獄中，我與成年人交往。他們都是和靄可親，而被關進牢籠的不幸的一群。三年當中，我讀了不少的書，並接觸到不少有思想的人，他們或被判多年徒刑或褫奪公權。但他們的談話使我畢生難忘。記得有一位對我說：「孩子，別服侍時間，應讓時間服侍你。」一出獄時，我已是一位自學有成的成年人。職是之故，我不能說有關監獄的任何壞話。但我並沒有說監獄是個好去處。事實上，恰巧相反。對中年人及老年人而言，監獄活像一具僅可以出氣的棺材。人之被囚禁不是一件光彩之事。可是，我是我，是非自有論斷。而我總不願將那曾使我終生受益之事，違背良心硬說不喜歡。假如地獄之有在證明天堂存在的話，地獄有時也不失是一個好地方。當時，我的天堂就是詩。

我從來不寫有關監獄或囚犯的詩。出獄後，我又回到外在的世界，我只寫外在世界的詩。因爲我屬于世界而不屬于監獄。在獄中，我不曾寫詩，只在學習。假如一個人登高而望遠，其筆下盡是美好的風光，恐將隻字不提他所由攀登的扶梯。然而，監獄就是我所由而上的扶梯。

一個人欲寫出其眞心話，談何容易。而我則我手寫我心。誠誠實實地寫，甚至保存其粗糙面。詩人雖不喜歡粗糙，但我祇求表達眞實，粗糙亦在所不惜。詩人的心意一旦定型，其詩亦必定型。

我已經記不得我所寫的第一首詩，連原稿已早失落了。其實，我丟棄在米亞邁市公共汽車站及其他地方的詩稿何止千百。一首也記不起了。通常，我將詩稿放在手提箱中，因我旅行時總愛攜帶一大型的手提箱。箱內裝一套衣服，一件襯衫，還有一堆詩稿。丟在米亞邁車站的那隻手提箱，我從沒去認領。幾年以後，我才去找汽車公司的經理，他說已經銷毀了。這就是早期作品的下落。但我並不惋惜，我認爲詩材是取之不盡，用之不竭，而我擁有充裕的「詩」之補給品。然我所關切者乃不喪失詩人的身份；祇要我是詩人，我將有詩。

當我旅行歐洲的五年中，我還是攜帶一隻手提箱，還是同樣的內容：五十首詩稿加上一套內衣褲。多次經過海關檢查時，總須打開箱子。海關人員看到的全是詩、詩、詩。依慣例只有外交人員才會携帶如許文件。當然，憑我的長相與外貌根本不像外交官。難道我是一位間諜人員或是一位詩人，或者身兼間諜與詩人的雙重身份。其實，詩人就是間諜。但不是政治間諜，他在窺伺每一個人，在每一個人身上做情報，並且向每一個人提出報告。濟慈（Keats）說他是上帝的間諜。基于此，我相信人，我也成爲人類的間諜。不過，海關人員從來不曾爲難我。祗是每次關閤箱子時，常令人頭痛。我的箱子裝得實實的，每次在擠滿人的車廂上打開時，詩稿翻飛到處，實在煩人。所以我曾考慮旅途中不帶詩稿。豈知結果適得其反，因而我却眞的將詩稿丟掉了。我想丟掉的詩要比我現存的詩爲多。最好的解決辦法就是找個出版商。每當我寫好一批詩，就寄給我的紐約出版商。如此，我的詩才得到保存。從幼年以迄出獄之時，我是一位沒有作品的詩人。出獄後，我才開始寫詩；而且寫得已經不少。不過，這些作品尚談不上好。我常喜歡以此理由揚棄自己的詩稿。以後寫詩日漸減少時，始才珍惜自己的詩。當初，我總以爲寫詩是一件輕而易舉之事，儘管許多評論公認詩是最困難而可貴的藝術並不太難。可是後來我每月却只能寫一二首，而且想將心頭的話表達在紙上也漸感困難了。如今，我保存的詩多是經過一番嘔心啐血，苦樂兼嚐的作品。

詩在詩人中間的配佈相當公允。今日人們對詩的瞭解已較以往顯著普遍。一首詩，勿論其配佈如何以及能懂與否，祗要其內涵詩人自覺的眞實性與魅力即可及時通達人類的一般重要意識，而獲致惠益。這就是詩人的魔術，詩的眞正奧秘乃在促進並化人類意志的能力。

詩人寫詩猶如探險家之縱橫海洋而在發現。有人有哥倫布的偉大思想與拓展的自覺意識，詩人也是一樣。其不同者：哥倫布發現一個新大陸，一個實在的世界。詩人必須創造一個新世界，在冥冥的虛無中創造一個新的，詩人必須爲全人類及時代開創一個新世界而發現。我體悟到我所寫的猶是開啓未言之門的一把鑰匙，我的詩就是那扇門。門內的堂奧如何？空無所有。我知道我將一無所獲，除非我放進點什麽，而須創造爲擺設我的眞實的屋室；然後，我才能登堂入室而平安快樂地進居。一旦詩人得到平安與喜樂，也就是全人類的平安與喜樂。可是，人類不曾有過平安，亦不喜樂。未來可以嗎？人類未來的命運如何？我認爲不可能。人類不是一個民族，有的快樂，有的不快樂。一面使全世界快樂，一面又懸有吊人的繩索……我知道死的威脅存在一天，就無快樂可言。憂愁與死亡都不可避免。此即是人之命運。但最好的解愁方法是設法使他人快樂。至于死，我們只可以設法防止凶死。這就是今日詩人的關切的事，他敢于接受不可避免之事，尤在學習如何善處。

我覺得詩人之生存在這個今日的世界像是一齣喜劇。雖然「現代」與「當代」是騙人的名詞，全人類屬于一個時代與一個精神，我却有着一種有趣的感覺；詩人可以在此一世界寫出完美的詩，但無法完美詩人本身，故詩人常次優于其詩。我們可以使詩人受苦，但不能讓詩受折磨或令詩使我們受苦。這樣，又像是一幕悲喜劇。因爲詩人獻出光，而非詩。故光來自詩人，詩人將光賦予詩，由詩再傳達于人。在美國，我們却榮耀詩，而不榮耀詩人。

我是我的詩之本體。人們榮耀我的詩就等于榮耀我。人們貶抑我也就是貶抑我的詩。我爲詩而生，而受苦，而喜樂。我希望我的詩對我、對全人類具有其偉大性與奇妙。我的詩無不是如此，而我的每一首詩都視如我的肉體。

我的知識來自人、書本、與我自己——書本在寫人生，我也是人。因此可以說：詩之爲物在人。詩如捨棄人即無詩。世界本是個生存不易之地；對詩人而言，簡直是不可忍受。在人類生活的漩渦中，詩人註定應卜居在人類的外緣。是故詩人在人群中得免于沾黑暗的行徑——然其生活猶是放逐的生活。外緣嘗是辛苦而無報償的地方。雖然詩人不算是人群中最快樂的人，但至少他個人是快樂的。

我懷疑昨日的詩人是否跟今日的詩人一樣受苦；我懷疑將來的詩人會不會跟今日的詩人一樣受苦。今日成爲一種可愛而完美的藝術品是詩人而不是詩。時代要求詩人跟其詩一樣眞誠。而詩人應是他的詩。

今日詩人之異古代詩人的原因不一。蓋今日詩人强調心理而非詩之本身。因爲他們全然相信詩人如囿于型，其詩亦必有所囿限。同理，歪曲的詩人絕不可能創作正直的詩。另一原因是今日詩人必須面對一個變化的世界與一個變化的共同意識。他必須處理一切非詩的事物，如此則有異于其全部塑造與全部存在。而他必須自我轉變而適應，否則即是死——他知道世界在變，也知道要想生存適應。這就是他所面臨新穎、困難而沉重的境況。世界在變化，人亦須隨之變化。但詩人對此一變化的知識較任何人爲早，故他應須吹響號角——誠然，今日的詩人並不急于歌頌樹木。雖然我也曾一度熱中樹的詩，但我必須加以割捨。我記得某些「自然」詩人指責我說：「樹這樣美好，而且比人類更壯麗慈愛」，我不禁揮拳捶桌咆哮：「這完全是人搞得鬼玩意。」

今日在美國，有許多詩人似在表達某種事物，其表達祇有良莠，但他們都在宣達善與愛，以及個人自由的熱望；而且都表現着一個新的時代與一個新的意識。他們代表了微曦的曙光。今日不同于歷史上的任何時代，詩人必須全然面對其四週的世界。他有自知之明，也知道人們對他的看法。但這兩道視線絕少相遇。詩人爲社會的變化而吶喊，並不爲他自己而是爲全民。是故，需要變化者不是民衆而是詩人。於是乎詩人沒有自己的社會；而在美國，詩人像是一則笑話；甚至偶爾觸犯社會即被視爲叛徒。無人能够獨攬社會，如有人胆敢如此說，詩人應是最後的一個。不過，詩人嘗能啓導社會的轉變。雖然他有此能力，但命運常阻止他進入變化了的社會。命中註定他須居住在社會的外緣。這不能說是誰的錯，詩人嘗屬于他自己的世界。詩人應當獲有最理想的生活，可是應當是應當，事實上詩人從無這福份。

我想將來也許產生更多的詩人，詩之精靈于焉推廣而達于所有的人。唯精靈不顯現于文字或詩的字裡行間，而在于人的生活與行爲。一旦如此，詩人的世界與人人的世界將可能會合。世界各國總有一些詩人可以生存在這兩個世界。其生存不論因機緣、意志、或命運，但詩人總不願其自己的世界遭受侵犯。人類林林聰聰、形形色色，當人被詩人精靈所擁抱，詩人的世界不在文字而在行爲與思想以及美。因此社會將變得更適宜生存。人正朝着此一方向前進中。人之命運如此，且知其所處之時代。同時，其智慧與情感亦使他能以應付所有可能發生的困難。若能如此，詩人將不只是一個名字，而是勝利。

人將轉變，詩人也將轉變——更需要轉變。因爲他不是十全十美的人，而且甚多詩人都是一群邋遢鬼。特別是在美國，詩人不受尊敬，毫無榮譽可言。尊敬與榮譽爲人人所企求着。最糟的是，在美國的尊敬與榮譽常須以金錢買取。所以美國詩人如企求尊敬與榮譽，則早已先期被擊敗了。因爲賺錢不易，何況詩人賺錢如緣木求魚。守財奴將失其財，但詩人經常一文不名，將無所失。然而他們所有的只是「詩人固窮」、「窮而後工」的生活。

我惦念詩人。因爲我深切體認詩如無詩人即非詩，無詩人即是無詩。似乎今日的每一件事物都在敵視詩人，詩人隨時都有剷除的危險。鑒于今日詩人所處的境遇，我擔心在將來恐怕無人再願爲詩人。既使因極度感性或輕微敏感而致得意忘形，亦無法忍受汚名。蓋詩人之爲詩人，必是有個性或不願同流合汚的叛逆性的人物，然其才華尙不願被廉價的宣傳所沾染。不過，電影明星喜歡這個調調兒，因爲宣傳可帶給他們名聲與金錢。但給予詩人者只是破壞性的聲譽，絕不是黃金的報酬。詩人不同于明星與歌星，因爲詩人不是獻藝人。我常以美國爲例，我認爲不像是詩人的國度。但是我並不憐恤美國今日或昨日的詩人，爲美國詩人的呼聲，如果有的話，不是爭自由的呼聲。在美國，詩人一向可以暢所欲言，而從心所欲言，而從心所欲地寫。假如他覺得詩人的職業卑賤，則隨時可以改變其個人的環境，但改變不了詩的環境。因爲古今中外的詩人一向自由，在其詩之國度，嘗須孤軍奮鬪而需要援助，但無人願伸出援手。在林林聰聰的人群中，詩人不受優待且常被傷害。但是，詩人恒不願其詩受苦，而受苦的乃其人性的尊嚴。可是，我所關心者就是詩人的人性尊嚴。我認爲他的人性尊嚴世世代代都遭受到粗暴、愚弄，有時甚至危險的虐待。我並不是說，一旦人們尊敬與榮耀詩人，即可有詩人。我訪問過許多國家。有不少的國家善待藝術家，但他們仍然缺少詩人。是故，無論詩人的待遇如何，冥冥中尙有其他因素來決定詩人的命運。

我關心的不僅限于美國一國的詩人，而是全世界的詩人。因爲詩人是屬于全人類的世界人，而非某一特定地域之人。因此，眞正詩人應不受國界所限，詩人如專爲某一地域而寫詩，不寫其心靈，即已註定了詩人的死期。

因此，我覺得今日世界上的詩人到處遭受歧視。在美國，他被視爲不合流美國方式的怪人。在蘇俄，詩人不唱歌，只爲國家而唱，但不是他自己。在歐洲，詩人多呈强弓之末。在亞洲，詩人不存在。不確定的墨雲漫天密佈，世界不確定，曾一度是美之探子的詩人恒在追求確定。

世界在轉變中，因爲世界已經自覺世界之轉變故而不確定，且茫然于世界的變化，期如古老熟悉世界之確定。蓋往昔較未來衡定，我們認識往昔却無知于未來。昨日衡定的世界已矣。一旦世界溶于新的觀念與方式，即形成人所熟悉、衰老的世界。昨日的觀念與方式殭化。似乎世界恒在質問：「那末，現在呢？爾後呢？」無人知道，也無法知道。人祇可以希望、預測，或者將希望與預測成爲事實。我認爲不確定乃臻于確定之必然歷程。聰明的人應須知道無人能對生命加以肯定，特別是今日正在轉變中的生命——過于確定也未免太嫌放肆與錯視，如此已非其眞生命。今日的人與世界應予等量齊觀。世界不斷前進，尙需人協力推動。非因世界而係因人之自身的緣故。世界恒在變化，但人有時可能不前進。人生在世，無法逃出老死的厄運。人雖能統治世界，但亦無所選擇。只要人想繼續前進，世界即不斷向前。生命綿延，但死亦影隨。詩人容有榮枯，死恒投影在生命之前面，而詩則在生命之後。世界上每一事物都在變化；人在變化、山海在變化、服飾與汽車在變化。恒如是，從不曾像今日之頻速。今天，我們認知變化的過程，且有近切之感；而在人類歷史中，我們首次對自己的未來不能確定。

我不是詩人之典型，但𨚫是我自己的典型。我所說的事態僅限于我目之所擊或深自體認的眞實性。我所體認的眞實性並不足以證明其爲事實。詩人曾否搭救過詩人，眞是鳳毛麟角。詩人向生命與人類獻出其聰慧的思想，尤須以其思想應付許多危險、疾病、癲狂、及一些可怕的事物。然而詩人得到的補償極其有限，但所付出者確是雙重的愁苦。本來，眞實則是一騙人的東西。每當詩人覺得眞實之時，他又開始懷疑自己所持的眞實之觀點。而且，他已經感到眞理之爲物害多利少。也許有人對眞實性採取擇善固執的態度，但詩人對偶然的眞實性並不執着。於是乎眞實又好像障碍——通向下一步的阻絕。至少不眞實的事物常有無限之前景，不致像「眞實」似地囿限詩人。因此，「眞實」亦須隨之變化。此外，上帝亦須變化。人在變，上帝也得變。今日宗教的難題即在此。宗教的善男信女已經走在宗教的前面，而教會還是十四世紀的組織。當然，十四世紀的人絕對不同于二十世紀的人。總之，在變化的漩渦中，不變者必將泯滅。我不是說宗教形將泯滅，但宗教必須向人屈尊紆貴，使宗教成爲我們時代的宗教。

世界日在縮小，但亦在日漸擴大中。因高速火箭而縮小，又因人之思想與人之意識而拓展。世界上可資開拓與征服的土地所留無多。是故，今日的哥倫布必須轉航于思想的海洋。誰說他不能發現新大陸呢？新奇的思想領域一旦被發現、被開拓，人們必將移民安居而大興土木。人們奔月之想久矣。我們自己就是火箭，火箭動力愈大，射程愈遠；思想展延亦愈廣遠。於是，我們學習、享樂與探險的可能亦必大增。但是，人仍然在受苦，其破碎的心嘗向「無神」呼救：「神呵、神呵」，在人的心中似乎有着一個「神」的動物。其實，根本沒有神。人知道環境不確定的原因，也知道折磨人的也是人。生活無所謂苦與憂，祗因人有苦有憂。人都知道：操作電子、大砲的是人，地獄的鬼玩意也是人的傑作，戰車、槍砲是由人來操縱而殺人如蔴。人的瘟疫在蔓延，又是人在製造死之腥臭氣息，爲全人類擺設死的可怕與哀慟。誠然，人必有一死，問題在于如何去死。世界早已有人滿之患，遂大聲疾呼：節育！節育！其實，我們更需要努力者是：「節死」。然而死從不曾成爲人的資財。

我們（美國）是成長的民族，學習快速，但拋擲在我們面前的是「死」。因此，我們應須假自己的手謀取安寧、愛與尊嚴。

最後，我總覺得今日的詩人有點不像是詩人。他不是心意與靈魂、靈與肉、美與醜、眞與僞之間的準尺，他卓然而特立，蔚爲堂堂正正的人，人之意識的守護者。當他死後，必然有人接棒，以使意識更趨完美，使人生光明磊落，使生命千古不朽。

〔原著人小介〕

哥里克雷・寇蘇（Gregory Corso 1930— ）是美國詩壇上年輕一代的詩人，也是極具創造聲音、創造自己的文字與旋律的詩人，遂成「必特一代」（Beat Generation）的中堅份子。他曾漫遊歐洲各地，其作品相當暢銷，甚受青年人的喜愛，而使美國諦聽到一種生動、新穎的聲音。其詩是承繼了惠特曼的粗狂詩風。

他曾先後出版了四本詩集 The Vestal Lady on Brattle、Gasoline、The Happy Birthday of Death、Long Live Man。還有一本小說 The American Express (1961)。

朝（III）

醍醐華夫

天のゆるやかな弧が　顫えている
私の上眼蓋で
紺青が紺青のまま翳るので
私は鬱ぎこむ

天には中心があるのに
私のなかにはそれがない
いつだらう
うちなおせない大切な點を
こざかしく　私が消したのは？

かつて　私の下眼蓋に
四季を彩色した土
多——
足許の野で　睫毛だけが
枯れ残つた

——點は
重みと重みとで累ねられている
重みを剖つのに相應しい
形象を　探し當てるまで
そのようにして……

そのときでさえも
私のなかの中心と天のそれとは
累なつていたのだ
美しさに堪えきれなくなつて

愛は實る
あなたよ
あなたは　誰？

下眼蓋より高い
遠望線の弧
つらなる　朝露のひかり
私の背丈を測る
地平線の目盛り——
で搖れ　搖れおさまるもの

眼蓋のフラスコへ
フェノール・フタレンを垂らしたように
私の綴じ目が
暗くなる
もう

輕い一片の葉にしかぬ　こころを
讀み捨てた本のどの頁で
朧し葉にしよう

（生が幻覺であるなら
私は醒める
屍になつて
一片の葉の　旋い墮落ちる日に）

編者按：①此詩已於上期發表，因校對疏忽，特此重刊，謹向作者讀者致萬分歉意。②譯文請參閱上期33頁。

詩壇散步

柳文哲

貝葉　羊令野著
南北笛詩叢
五七年十月出版

從「筆隊伍」到「貝葉」，從「南北笛」詩刊到「詩隊伍」詩刊；作為一個創作者以及一個編輯者，羊令野這個名字對我來說並不陌生，但卻一直要等到這一部詩選集「貝葉」的出版，才算使我更熟悉了他的詩。在其「自序」上，他自勉自勵的警語說：「剩有詩名，早驚華髮」。這種謙遜，對於那些徒有詩名，卻無詩的名詩人，不知有何感想？

作者在「自序」上又說：「我不知這個集子能給讀者一些什麼？或者讀者能從這個集子裏獲得一些什麼？但我盼望的：每一位讀者能款步而來，走進我的世界。我盼望我自己，就是一枚貝葉，錄寫每位讀者的跫音。我盼望我自己，就是一座噴泉，為這渴望的季節，吐出滿天的虹霓。」誠然，作者的希望沒完全落空，對於已入中年的作者，對詩還這麼眞摯，這麼熱誠，我們不禁深感「詩是青春的文學」底所謂青春，該是跨越時間的一種精神煥發的象徵罷！

有些詩人，一到中年，早已像江郞才盡似地，依靠着早年的盛名，倚老賣老者有之，吃利息者有之，改行寫小說者有之，甚至老調重彈者亦有之；因此，到了中年以後，還能不能拿出結結實實的作品來，已不僅是對於T・S・艾略特的一種挑激，而且是對於自己的一種對決。

「貝葉」雖然分為「一瞬」、「酒之噴泉」、「貝葉」以及「建築」四輯；但風格卻是統一的。顯然地，作者是脫胎於中國古典詩的一種現代詩，而非虛有其表的所謂現代詩。不過，從他在語言的表現上看來，他的文言味兒，他的楚辭調兒，這種文白滲雜如能溶化得恰到好處，固然亦有其可取處。而這跟詩人余光中在「蓮的聯想」底那種現代詞兒，卻不得不說是有些異曲而同功。

因此，作者白得較純的部份，意象也較透明可喜；而文得較雜的部份，意象卻也較晦澀難釋。前者的例子如下：

「薔薇啊！以你多刺的手，
握住那滾地而來的旭日；
刺繡一個燃燒的早晨，
讓許多鳥語朗誦。」（薔薇啊・昂首）

「角色。就是這個樣子的
扮演着一個自己，以麥管吸吮音響的
脈流，而探測宇宙胸臟之跳躍，以陽光
傳遞一句不習慣的語言」（角色）

而後者的例子呢？如「彼之眸」一首便是一種古色古香的調調兒。當然，新詩的文言化，頗能濃縮語言；但過份的文言化，卻也會跟活生生的語言脫節而僵化。新詩的口語化，頗能白描意象，但過份的口語化，卻也會放逐於非詩的邊陲！

在這集子裡，我個人比較欣賞「薔薇啊・昂首」、「角色」、「盼望」以及「現代」四首。至於「貝葉」組曲十三首，固然有其特色，讚許為其「巔峯之作」（註一）；但筆者不敢完全苟同，在這一組詩中，作者過份的文言化本不足病，而其過份的說明性，便有「落入言詮」之嫌，尤其是「第三葉」就是一個顯著的例子。

我想對一部詩集的評價，跟對一位詩人的評價一樣；一則不能過譽，如把詩人說得非神即仙，固不足取；二則不能過貶，如把詩人說得一文不值，亦不足道。我們要給詩定位，如同給詩人適得其所，才是批評應有的節操。

總之，欣賞了「貝葉」的大千世界，我們對於作者的節制，頗為欽佩。尤其是在目前一些年輕詩友的濫產的風氣中，更值得借鑑。但在我神遊之後，却有一種不過癮，不够溫飽的感覺，這也是我的由衷之言。

（註一）見張默・洛夫・瘂弦主編的「七十年代詩選」第三一七頁「羊令野詩選」的羊令野小評「一貝葉一世界」一文。

非馬譯

即物性的詩

William Carlos Williams三首

詩

當猫
爬上
果醬櫥
頂
先是右
前足
小心翼翼地
接着後足
退下
到空
花盆的
陷阱裡

鳶尾花

鳶尾花開所以
下來用
早餐
我們尋遍所有
房間爲
那
絕頂的清香起
先找不
到它的
來源然後有藍如
海
衝出
震撼我們自
喇叭的
花瓣

鳥

鳥伸展
雙翼翱翔
于騷亂的不可觸及
而竟觸及
你十一月的意象
滑行
到一個終點
伸妙地停落在我
捕捉的眼網裡

Adelaide Crapsey 三首

三韻詩

這些是
三件靜物
落雪………黎明前的
時辰………剛死者的
嘴。

預兆

就在此刻
從怪異的
死寂的暮色……一般怪異，一般死寂……
飛出一隻白蛾。爲何我變得
這麼冷？

耐阿瓜拉

——十一月某夜所見

多麼脆弱
在萬般
奔騰的激流之上懸掛着，
渺小而蒼白的晚秋之
月。

關於張默

現代詩的投影

方方

詩評家始終是讀者與詩人之間的橋樑，他主要的任務在使讀者如何進一步去接近詩人的心靈，讓讀者和詩人儘量沒有隔閡，同時他對於詩人的作品要做適度的評價和中肯的詮釋。一位好的成功的詩評家，無形中會使詩人的聲音在讀者心谷中迴響，達到「銅山崩而洛鐘響」的效果。因此，要做一位詩評家，而且是優秀的，確實是一件困難而又冒險的事。余光中先生在其「翻譯與批評」一文中提到過，要做一位夠資格的批評家，應該具備下列起碼的條件：(1)他必須精通(至少一種)外文，才能有原文的直接知識。(2)他必須精通該國的文學史。(3)批評家必須具備一些特殊的學問；他要介紹但丁，必先懂得耶教，要評述雪萊，最好先讀柏拉圖。(4)他必須是個相當出色的散文家。余光中先生這樣的說法是很客觀的，我想這對於一位批評家，並不是一種苛求，因為詩評家不但對現在負責，即使對百年以後，也要負責。然而最重要的，一位批評家必須有他自己的創見，也就是他應該能把握住自己的中心思想，然後依這套思想做一個標尺，去衡量詩人作品的長短，假如他發人所發過之言，他的思想完全憑藉別人的一篇文章，或者一段帶引號的字句，那麼，他的批評就等於沒評，其見解也沒有意義。

今日的中國現代詩在創作方面是非常豐收的，這當然要歸功於詩人們的努力，不過在詩論和詩評方面，就貧乏之得可憐了。詩壇上除了擺兩三冊薄薄的詩論外，這方面實在是赤裸裸的。最近，商務印書館的人人文庫出版了詩人張默先生的「現代詩的投影」(編號476)，書中收集了張默過去發表的詩論和詩評。在中國詩評非常沈寂的今日，這本書的出版多少有點刺激作用，可是很教人失望，因看完這本書以後，發覺張默先生在理論與批評方面的力量非常薄弱，甚至可以說幾乎沒有。

首先個人要大胆的說一句，張默先生很少有自己的主見，書中三分之二以上完全引用外國詩人的語錄，我們不反對這種批評的方法，但是批評者本身必須有自己的灼見，如完全依靠在別人身上，那麼他可以直接開列出原書的書單，讓讀者自己去尋求探索。我們常常要求詩人們憑感情憑眞摯去寫詩，而反對憑藉知識去寫；對於詩評我們也應該有同樣的要求，批評家對於被批評者的作品應該依其欣賞力和感受着筆，如果只憑一些知識的片斷來寫，必徒增讀者耳目的混亂。張默在『方莘及其「致孤獨」』如此介紹方莘：

『從亞爾培・卡繆的「訪客」到

J・駱賓士的「與韓馬修共乘一輛吉普車」，從「夜的變奏」到「睡眠於大風上的人」，再從急鼓般的「咆哮的輓歌」，到浴於無限和諧的「致孤獨」，方莘滑行的步姿，頗有「衝浪曲」令人震顫而又極端驚愉的感覺。』(P124)

在『楚戈及其「流浪的房屋」』，他這樣描寫：

『當我們從容地從聖約翰・濮斯的「年代紀」裏走出來，再鑽到里爾克鯨吞一切的「戀歌」的世界裏去，然後再自阿保里奈爾的「獵狩的角笛」出發，沿昂・米修、麥克里希，D・艾呂雅、克勞德・羅依而下……然後把視矚停放在楚戈的稿紙上，你會赫然發出一聲驚奇的詢問，驚奇我爲什麼會舉出這一大堆歐美詩人的名單來。』(P162)

在『羅門及其「都市之死」』他如是勾劃：

『像岩美第支(K. Armitege英雕刻家)聳立青空有着半沈思的「生命之探究」，像莫拉維亞(A. Moravia)所擁有生命的「悲劇的峯頂」，像尼采(Nietzsche)，透過嚴肅無情的考驗而終必是「勝利者」，像弗洛斯特(R. Frost)的「靈魂的鋼索」纏繞着他那複雜的心闈。……這一連串的比擬(也許並不恰當)，祇是表現我在努力勾劃羅門時的一點影像的記錄而已。』(P167)

我們確實很驚訝張默列出那麼多的歐美詩人，而且更令人奇異的是，他能够用簡單幾個字便把外國詩人的作品風格寫出來，我們懷疑他是不是在下筆之前經過一番斟酌？詩人的風格是很難下定論的，即使一首詩也不能決定詩人的方向，以今日中國詩人余光中先生爲例，如果我們只看了他那首「蓮的聯想」，我們便說他是屬於古典美的，這就犯很大的錯誤，因爲他的詩風恒在變，而他的詩觀也永遠在變，我們拿它與最近的作品，如「或者所謂春天」或是與「如果遠方有戰爭」來比較，就會發現風格完全不同。確實，張默這番比擬很不恰當，他在這方面的努力可以說徒勞無功，他不但弄亂了讀者的思緒，而且也使讀者對於他所介紹的這三位詩人的影像更模糊了，最教我們不懂的，這群歐美詩人到底與這三位詩人之間有什麼關連性？

我們不了解張默寫詩評的立場到底是要求「知性」或者是要求「感性」。他在「現代詩的特徵」文裏說：

『「一首詩必須是知性的慶典」，梵樂希曾經這樣說，詩不是囈語，也不是感情的琴弦，所以當詩人從空白狀態而進入到可讚美的收獲季，這是一段相當艱辛的痛苦的歷程。』

可是在「同溫層的鼓手」他評析辛鬱說：

『S，史班德曾經勸戒現代詩人應以感性來寫作，而辛鬱的這首「景象」，感性確是出奇的濃烈，彷彿他的詩與他的生活與他的生命本身無一不緊密地擁抱在一起』(P122)

他在『從鄭愁予的「旅程」出發』裏也說：

『在現代詩的領域裏，大家都在强調「知性」的重要，甚至認爲抒情要不得的。但是像鄭愁予那樣「詩情」橫溢的作品，又使我們覺得過份强調「知性」實在是多餘的。好的詩不在於「知性」與「感性」的成份有多少，而在詩中沒有一個「眞我」』。

對於這樣的詩評，我們眞有手足無措的感覺，張默先生自己的中心思想是什麼？他爲了創造出一些格言式的句子，更不惜自己相互矛盾，例如他在「探向永恒的跫音」中說：「詩根本是不能相互比較的——好的詩自然會流傳下去，不好的自然會受天演的淘汰。」首先我們要問，「詩不能比較」與「好的詩自然會流傳下去」之間有什麼關係存在，難道一首好的詩比較之後就會貶值？然後我們要問，詩爲什麽根本不能比較？其理由何在？

如果眞的不能比較，那麽在『從鄭愁予的「旅程」出發』裏，張默做了下列的比較：

『如果一定要拿愁予的詩與外國詩人相比，我以爲法國的古爾蒙（Remy de Gourmene）與他同是屬於抒情的一型，一個是「雋美深致」，一個具有「夢幻的魅力」，都同樣給予人精神上以全新的感受。』姑不論這樣的比較對不對，至少他已做了比較的工作。

在「現代詩的特徵」，他把瘂弦的「深淵」與T・S・艾略特的「荒原」比較，在『「水之湄」裡的漣漪』，他將葉珊的「夢中」和魏爾倫的「秋歌」比較；凡此都是張默先生對自己的理論和批評不能把握住，使讀者的眼睛迷失在他沒有秩序的堆砌文字裏。

最不可原諒的，他任意將詩人的作品分割，且賦於不同的意義和詮釋。他在『還魂草與周夢蝶的靜觀』裏犯這樣的錯誤，請先看周夢蝶的「樹」：

等光與影都成爲果子時。
你便怦然憶起昨日了

那時你底顏貌比元夜還典麗
雨雪不來，啄木鳥不來
甚至連一絲無聊時可以折磨自己的
觸鬚般的煩惱也沒有

是火？還是什麽驅使你
衝破這地層？冷而硬的
你聽見不，你血管中循環着的吶喊：
「讓我是一片葉吧！
讓霜染紅，讓流水輕輕行過……」

於是一覺醒來便蒼翠一片了！
雪飛之夜，你便聽見冷冷
青鳥之鼓翼聲。

這首詩，完全是詩人以客觀的態度去觀察一株樹成長的過程，確實，詩人在描寫事物成長的痛苦；他說，啄木鳥不來，雨雪不來，表示樹在年青的時候還沒有嚐到折磨的滋味，等到開始成長時，就好像有什麽東西在體內驅使他，有某種聲音在他的血液中吶喊，第一節和第四節都在說明生命成長的結果。讀者可以一目瞭然這首詩是很單純的，並不像張默先生所說的：「他藉元夜，藉啄木鳥，藉煩惱的觸鬚來呈示自己來到這個世界時的刻刻不同的心境，它是含蘊的，也是犀利的，它是獨立的，也是附麗的。」他這樣龐雜的解釋等於沒有，而且說什麽「獨立的，附麗的。」完全與原來的詩攀不上任何關係。

張默接着又寫着：『「是火？還是什麽驅使你衝破這地層，冷而硬。你聽見不，你血管中循環着的吶喊？」這幾句可說是作者發自靈魂深處的呼聲，他欲衝破一切而去，捕捉一片永屬一己的光輝，但稍一停息，畢竟覺察難以如願，於是乃不得不「讓我是一片葉吧！讓霜染紅、讓流水輕輕行過……」的怡然自得一下。』他將原詩第三節的第三行與第四、第五行分割，同時第四、第五行本是樹的血管在「吶喊，而非張默說的什麽「怡然自得一下」，什麽「難以如願」。總之，原詩被分割得慘不忍睹，而且也被他解釋得曖昧不明，這是讀者所不能容忍的。

現代詩壇之所以混亂，有兩種人在主持，一種是某些詩人，一種是詩評家。某些詩人常創造出成群的胡言亂語，其句法之顚倒，用字之冷僻令人招架不住，反正到時候自有他的一套解釋與辯白。而詩評家對於自己不熟悉的詩人也妄加斷語，本來詩人與讀者之間就有一段距離，結果經過詩評家的亂評，其間的距離更不知以好幾萬光年計。張默先生在詩評方面是失敗的，假如沒有那些歐美詩人的名字在支撐他，「現代詩的投影」是出版不出來的。

一位詩評家不一定要對每個詩人都做一番評價，他可以尋找幾位和自己的情緒、思路相同的詩人做對象，最起碼也要找興趣接近的詩人。而且對於沒有絲毫感受，或者不知如何欣賞的作品，最好不要去評它，就像張默自己所說的：「評述一個人的作品是非常冒險的事。」（P120）何況是評述一位與自己格格不入的詩人呢？

「現代詩的投影」一書，如果說沒有半點收獲，就未免太苛薄，至少他能介紹一些外國詩人的片斷。但如果就全書看來，這座橋樑實在造得不堅實，很容易陷讀者於危險的深淵，在此，我願意建議張默先生，將這座橋拆起來重建，也許會有個令人意外的驚喜的收獲。（五六・十二月）

本刊小啓

一、本刊創辦迄今，將屆五週年，在朋友們的愛護之下，已按時出版29期，趁新春發刊，謹向朋友們恭賀新禧，並致謝忱。

二、本刊因印行冊數有限，復因近期讀者日漸增多，每有不够供應之虞。擬自下期起（除作者及詩社交換外），一切贈閱將予停止，敬請朋友們原諒，並請已訂閱的朋友們繼續惠予支持，而未訂閱的朋友們盼能本乎愛詩的心推及愛於詩刊，來參加訂閱爲感。**笠詩社敬啓**

•詩壇消息•

•詩壇動態•

△菲華詩人兼翻譯家施穎洲先生以「世界名詩選譯」一書，榮獲「中正文藝獎金」的翻譯獎。其「現代名詩選譯」已交皇冠出版社，近期將問世。

△女詩人馬瑞雪繼「送給故鄉的歌」以後，又於五十八年元月十九日在聯合副刊發表了以明代民間傳說爲題材的敍事詩「黑鰻」，那天恰巧是她結婚的日子。

△余光中應臺大學生社團的邀請，演講他所追求的幾個繆思——詩、散文、批評以及翻譯。

△趙天儀應中國文化學院華岡詩社邀請演講：「詩的語言、修辭及批評」。

△瘂弦、洛夫一同應東海及成功大學學生社團的邀請，前往演講與座談。

△林亨泰繼「現代詩的基本精神」以後，除了「J•S•布魯那的教育理論」底編著以外，刻正醞釀着第二部教育理論的論著。

•出版消息•

△由傳記文學籌劃，跟旅居美國之徐志摩先生哲嗣積鍇先生合作，並請徐氏生前好友梁實秋、蔣復璁兩教授主編的「徐志摩全集」已經出版。精裝本定價每部肆佰捌拾元，平裝本定價每部參百陸拾元，分裝六巨冊。

△詩人羊令野詩選集「貝葉」已列入南北笛詩叢出版，定價十二元。作者刻正主編「詩隊伍」。

△女詩人淡瑩第二詩集「單人道」亦已列入星座詩叢出版，定價十二元。作者正赴美於加州大學深造。

△一九五七年諾貝爾獎得主西班牙詩人黃•拉孟•赫美內斯（Juan Ramón Jiménez, 1881-1958）所著散文詩集「灰毛驢和我」（Platero Y Yo）又名「安達路西亞的悲歌」（Elegia Andaluza）一書，已由現任職西班牙中國大使館的王安博先生全譯，由臺北敦煌書店出版。

△赫塞(Hermann Hesse, 1877-1962）爲德國詩人兼小說家，亦曾獲得諾貝爾文學獎，所著長篇小說「流浪者之歌」（Siddhartha），已由蘇念秋譯，列入水牛文庫出版，定價十五元。

△歌德（Goethe)著「浮士德」（Faust）第一部，淦克超譯，已列入水牛文庫出版，定價二十五元。

△瑞恰慈（李察慈）（I. A. Richards）著「科學與詩」，曹葆華譯，列入人人文庫，商務印書館出版，定價八元。

△「文學季刊」第七•八期夏秋號合刋，業已出版。本期有姚一葦、葉嘉瑩的詩論，有商禽、洛夫、周夢蝶、余光中、夐虹等的詩創作，譯詩則有葉泥譯法國詩人古爾蒙的「西蒙及其他」。

△由林海音女士主持的「純文學」月刋，按時出版，翻譯與創作並重，第二十五期有「徐志摩詩文選」，以及蘇雪林的「我所認識的詩人徐志摩」。

△「臺灣文藝」季刋第二十二期業已出版。第四屆「臺灣文學獎」評選結果已揭曉，鄭清文先生以「門」一篇得獎，他著有短篇小說集「簸箕谷」、「故事」等。

△「創世紀」第二十九期已於五十八年元月出版。

△河馬文庫已出書，第一輯共出六冊：①七等生的小說「僵局」二十元，②劉慕莎譯「狐雞」十五元。③托爾斯泰夫人原著「結婚生活之告白」十元。④黃凡譯「魂斷巴黎」十五元。⑤林佛兒散文「脚印」十五元。⑥「戒煙」十元。以上各書直接向林白出版社函購七折優待。其地址及劃撥帳號詳見本刋「河馬月刋」廣告。又其第二輯即將推出五冊，已開始預約：司馬中原小說「十音鑼」十元，鍾肇政小說「江山萬里」十四元。葉石濤小說「羅桑榮和四個女人」十元。松本清張小說「零的焦點」十元。白萩詩全集「白萩詩抄」十元。全部預約僅收五十元。

中華民國內政部登記內版臺誌字第二〇九〇號
中華郵政臺字第二〇〇七號執照登記爲第一類新聞紙

笠双月詩刊、第二十九期

民國五十三年六月十五日創刊

民國五十八年二月十五日出版

出版社：笠詩刊社

發行人：黃騰輝

社址：臺北市忠孝路二段二五一巷10弄9號

資料室：彰化市華陽里南郭路一巷10號

編輯部：臺北市林森北路85巷19號四樓

經理部：臺北市南港區南港路一段30巷26號

定價：每冊新臺幣六元
日幣六十元　港幣一元
菲幣一元　美金二角

訂閱：全年六期新臺幣三十元
半年三期新臺幣十五元

●郵政劃撥第五五七四號林煥彰帳戶
（小額郵票通用）

民國五十二年六月十五日創刊
笠
詩双月刊
PAI CHOU
30

笠30期目　錄

笠創刊五週年紀念專號

第一屆笠詩獎候選作品

㈠笠詩獎候選作品（續篇）

一、詩創作類：

⑪「蓮的聯想」余光中著。⑫「蓉子詩抄」蓉子著。⑬「人造花」胡品清著。⑭「還魂草」周夢蝶著。⑮「春安・大地」張健著。⑯「南港詩抄」楓堤著。⑰「島與湖」杜國清著。⑱「力的建築」林宗源著。⑲「過渡」翱翱著。⑳「綠血球」詹冰著。㉑「燈船」葉珊著。㉒「秋之歌」蔡淇津著。㉓「患病的太陽」王潤華著。㉔「少年遊」夏菁著。㉕「雨季」鍾鼎文著。㉖「青菓」袁德星著。㉗「貝葉」羊令野著。

二、詩評論類：

三、詩翻譯類：

⑧「溫柔的忠告」陳千武譯。⑨「西班牙浪人吟」葉珊譯。⑩「秋舞」林綠譯。

四、詩人傳記獎（缺）

㈡初選結果入選作品

一、詩創作類：

1.「風的薔薇」白萩著。2.「不眠的眼」桓夫著。3.「外外集」洛夫著。4.「窗外的女奴」鄭愁予著。5.「哀歌二三」方旗著。6.「五陵少年」余光中著。7.「金蛹」敻虹著。8.「還魂草」周夢蝶著。9.「南港詩抄」楓堤著。10「綠血球」詹冰著。11「紫的邊陲」張默著。12「過渡」翱翱著。

二、詩評論類：

1.「現代詩的基本精神」林亨泰著。2.「批評的視覺」李英豪著。3.「現代詩的投影」張默著。4.「中國現代詩論評」張健著。

三、詩翻譯類：

1.「日本現代詩選」陳千武譯。2.「里爾克詩及書簡」李魁賢譯。3.「英美現代詩選」余光中譯。4.「凡爾德詩抄」葉泥譯。5.「灰毛驢和我」王安博譯。6.「韓國詩選」許世旭譯。7.「西班牙浪人吟」葉珊譯。

笠詩誌五年記

陳明台

一、前言

對於現代詩而言，這是依舊必須在奮鬪、掙扎中挺進的時代。我們已經很清楚的體會了新詩運動以來的辛酸苦澀的遭遇，然而，我們仍舊在雙重的艱辛中搏鬪——一方面是外來的抵抗，亦即現代詩的地位被提昇和承認，一方面是內在的追踪，亦即現代詩本身的變化、創造和革新——十多年來，無數次的論戰，多方的嘗試，似乎，我們已看得見一線曙光漸漸在明亮了。然則，詩壇的眞正情況又如何？誠然，我們可以清楚的感受其混亂紛擾，各自爲政的苦楚。這個時代應有怎樣的詩？中國現代詩的正確方向何去何從？當前現代詩呈示的風貌會造成何種結果？無數個尚待開啓的疑問之鎖還是擺在眼前，層層的疑惑仍難以澄清，這些似乎是造成今日詩壇吵吵鬧鬧，議論紛紛的一個主因。然而，在各自秉持本身的觀點去摸索，去追求和嘗試的情況下，這種不和諧未嘗不是値得諒解且令人欣喜的現象，我們相信，如果不是詩人們的自大狂和自我吹噓的流行，如果不是互相標榜，倚老賣老得過份，今日，我們的詩壇必然更加健全，我們的現代詩必然更加堅實、可愛。儘管如此，對於自認爲是詩壇的發光體、星期日教主的當代大詩人們，自以爲是權威的當代詩誌，我們實在可以淡然一笑置之。這點只須看看十年以前，甚至幾年以前的作品、選集，我們就可以放心、釋念了。那些作品，在時間的長流中似乎已得到明確的證實，甚且許多已被認爲過往的陳跡了。我們只是承認他們，開拓者的地位和意義而已。同樣地，數十年後，當代的作品，當代的詩人之被賦予位置焉知不像過去一般呢？所以，目前最重要的問題實莫過於認清狀況和需要。我們可以肯定，在中國現代詩尚未被認定之前，尚未建設完成之過程中，種種的摸索將只是作爲一種前驅、開拓者的舖路工作而已。所謂當代的名詩人將只是開路的先鋒，所有的詩誌、「現代詩」、「藍星」、「創世紀」、「南北笛」、「葡萄園」、「中國新詩」等等，將只是前驅的開拓詩人們所提供的，作爲供證的信物而已。重要的不是湊湊熱鬧的詩展或者表演似的朗誦會，而在於謙冲的去探討，眞摯的去追求，努力的去吸收這種踏實的作爲。以這樣的角度，以這樣的覺悟，我們去認識，去批判所有的詩誌，尤其是「笠」詩誌，則必然易於得到客觀而契合的結論。

如果認定「笠」詩誌爲一項前驅的開拓者辛苦經營下提供的信物，則「笠」詩誌的年齡實在微不足道，這五年，在不終止的追求中，如果有意義，則只能是五年來笠詩社同仁所獲得的決心和信心——對現代詩的火炬繼續傳遞的決心以及重新建設中國現代詩的信心——就此一點而言，笠詩社同仁實有其不只成爲開拓嘗試者的覺悟，更且有其成爲創造建設者的責任感。觀之創刊號的「本社啓事」中所云：「所謂這個時代的詩是什麼？其位置如何？其特徵又如何？這種檢討和整理的工作，對保存民族文化是非常重要且必須的……本誌有鑒於此，遂不顧力量之微薄，毅然起來從事此一工作。」觀之二十五期的「編輯後記」所云：「詩屬於年輕人，刊年輕人新銳的作品本來就是本刊的主旨……幾位年輕詩人的作品均有獨特之表現而具共通之傾向，即從過去祇重空虛之形式美而改變，進入追求精神活動的現實眞摯美……這些前途有爲的青年詩人的成長正孕育着新時代的詩。」都可得一證實。也就由於此，介乎「現代詩」、「藍星」停刊，「創世紀」走向低潮，「葡萄園」躍躍欲試之際，轟然崛起的「笠」詩刊不能不負荷多種的任務，兢兢業業地，邁開穩重的步調前行。笠詩社同仁們更時時對內、對外雙層地奮鬪着，一方面爲了其本身的生氣蓬勃和進化而不斷的求變、求新，一方面爲灌溉新血液、呈示新氣象給予詩壇的責任而不斷致力於擴大其影響力，介乎此種艱辛的奮鬪中，笠詩社同仁的互相砌磋、團結、聯繫遂成爲不可缺少的希求了，紀弦曾說過的『時常聚會，顯得十分熱鬧』，豈是「熱鬧熱鬧」而已？五年以來，秉其信念而從事，「笠」詩誌和笠詩社同仁們究竟表現得如何？貢獻和影響詩壇又如何？這些問題只要對於詩壇五年來之狀況有所注意，對「笠」詩刊有所關切的人都可以很客觀而正確的尋得答案。本文的動機並不在於此種問題的解答或宣揚，却只願儘量眞誠的報導笠詩社及笠詩誌之作法及對其五年來的作爲提供一番檢討和期望。作爲一個始終密切注視着現代詩及笠詩誌的筆者而言，這是一種責任感的驅使，對於一位歷史系的學生而言，這却是對於臺灣文學發展探討的一部份經驗和起始的嘗試。

二、同仁的威力

——笠詩誌的精神

從誕生以來，笠詩誌即以同仁詩誌的姿態出現。同仁詩誌的慘淡經營，苦心孤詣是各個同仁詩誌必須面對的困境，似乎沒有必要再予反覆强調，然而，作爲一份同仁詩誌的强烈個性和基本精神却是必須明顯地確立。從原始的十二位開拓者擴充爲三十三位同仁的笠詩誌，又是如何的樹立其獨特的精神面貌呢？這一點，我們就不能不對其同仁的組成、作爲和態度作一個內在的剖視了。

首先，同仁詩誌的鼓勵作用，對於笠詩誌的同仁有何效果呢？如果我們從五年來笠詩社所存留的大事記錄中去查詢，似乎立刻可以提出令人頗感滿意的答案，例如「同仁通訊」的不斷寄發就是一項精神聯繫的佐證。也就是說，作爲一份同仁詩誌的起碼條件——同仁間的合作無間和團結一致，不只是表面的且爲感情交流的——這一效果在笠詩社諸同仁來說是相當堅固而有力的。依我的看法，這一威力的存在乃源於他們同一追求的理念和同仁核心份子的推動。對於前一點而言，若果將笠之各期逐一閱讀即可明白的了解他們一致的追求傾向，對於後一點而言，我願意指着開拓「笠」的幾個重要人物，尤其是笠詩誌的各階段的編輯們。以此二動力爲基因，環繞在周圍和間接參與的，却是其餘同仁們無條件的熱誠給付（包括精神和財力），顯然可見，如果沒有這些令我深深感動的默默出力的同仁們，同仁的威力將仍在潛伏中無法飛躍。如此，我願意指出，這五年來，笠詩誌的威力實是借助於所有同仁們對「笠」詩誌本身的奉獻而發揮的，同時，未來的長途旅程中，仍然有賴於此一精神的結合。

其次，就其本身的潛力問題作一番探討；此時我們已涉及同仁的組成和素質這一課題了。若以笠詩社所保存的同仁錄上之記載作一番分析，依年齡的統計是：五十歲以上佔三名，四十歲—五十歲佔八名，三十歲—四十歲佔九名，二十歲—三十歲佔十三名。依創作之年代而分，則有所謂跨越語言的一代、年輕繼起的一代以及笠下活躍的一群。目前的情況，雖然還是可以看出三十—五十歲跨越語言的一代及年輕繼起的一代之成爲重心，但是，顯然的「長江後浪推前浪」的氣息也已隱約可見。就是作爲同仁中堅的白萩、桓夫二位都曾肯定的以爲不出五年，笠詩誌將會成爲年輕詩作者的天下了。目前活躍的年輕作者如鄭烱明、藍楓、龔顯宗均可爲佐證。依同仁素質的分析又如何呢？笠詩社大部份的上一代詩人們均有其自日文中得到深厚的文學基礎，年輕繼起的一代則有中國文學的基礎和英文、德文、日文的訓練，笠下的一群，若非屬於已經歷長期的摸索和努力者，即爲學院中求學的青年，似乎可以肯定的說，這三代的狀況是有受過學院訓練的，也有屬於學院之外成長的。如此說來，在探求一種新契機的過程中，世代的更替、新血輪的吸收、智識和經驗的混合在笠詩社本身而言，似乎有其相當的潛在力了。歷史的進化本來代代不同，笠詩誌本身苟能利用其已有之條件，則維持其開放的衝勁和生氣蓬勃的氣象而形成最重要的詩誌，似乎是可以指日以待的了。

然而，在和笠詩社諸同仁多次的認識之後，我却深深的發覺和體會到笠詩社和笠詩誌最大的威力乃在於諸同仁共有的氣質和態度之上。我認爲笠詩社各同仁各有其執念，有其不同的氣質，如趙天儀、楓堤的溫文篤實，杜國清的純眞和才氣，白萩、葉笛的潑刺衝勁，林宗源的深厚樸實，桓夫的親切果斷，林亨泰、錦連的銳敏、嚴謹、詹冰的謙冲木訥等等，但是，他們之間却有其共通的精神聯繫和態度——對事物之眞摯、謹愼和踏實樸素——這一點，旅日同仁杜國清在更加清楚的觀察了本國詩壇之後，就曾經語重心長的說：「要找出像笠同仁一般能長期守着孤寂而眞摯追求的詩人太不容易了，笠詩誌之作風正是同仁們這一共同性情的表現。」（見杜國清致桓夫手札）就連『首先希望別人承認我是一個詩人』的洛夫先生也會表示其對笠詩社同仁樸實作法，予以相當贊同和敬佩（見洛夫致趙天儀手札）。

青年詩人拾虹和傳敏都曾誠懇的告訴我，他們對「笠」詩誌的看法，他們一致以爲笠詩誌的魅力主要在於其可親近的純樸，若以這一觀感，配合上面所述笠詩社同仁們之合作狀況作一印證似乎也不足爲怪吧！畢竟，笠詩誌及同仁們的威力還是建基於其精神吧！

三、開創的局面

——笠詩誌的五年檢討

當笠詩誌開創之際，正值笠詩社重要同仁們活躍之時，憑藉此一衝勁，遂使這五年來，在相當孤獨中仍能不曾脫期地不斷發行下去。雖然，直至目前已達到三十期之數字，然而，以整個笠詩誌之發展而言，我寧願稱此五年爲笠詩誌之開創局面，我們可以在此一開創局面的發展過程中發現二大特色：其一爲輪流編輯的作法——由於同仁之分佈中、南、北部，詩誌之編輯採取輪流之變換制度，此一作法下，依照編輯者之氣質，作爲不同，就顯現了多變的姿態，其二爲求新、求變的意圖，同仁們幾乎於每期至少有一次聚會以討論編輯之方式、內容和改進，這種不斷研討的結果多少也影響了每期的面貌有齊一之水準和不同之特色。可是，對這五年之開創局面作一番檢討性的觀察時，我確不能不再加以概括之分期，以下，我且就主觀之看法分爲：奠基階段、起飛階段、成熟活躍階段和轉變階段四期分別討論。

一、奠基階段

這一階段始自籌備時期終至六期出版，我認爲此一時期乃笠詩誌最艱苦的階段——開創局面中的開創時期。由林亨泰、錦連、趙天儀、白萩、桓夫、古貝負責主編的六期中，我們已可以見到踏實地，只問耕耘，不問收獲的作法，雖然，顯得相當單薄，却也「麻雀雖小，五臟俱全」，尤其是笠下影，作品合評，詩史資料之確立爲後來之各階段作了一健全的舖路工作，如果有其缺點即是開創之初，不免顯現得只有守成而未十分活躍。

二、起飛階段

這一階段開始自七期終止於八期，我之稱其爲起飛階段，實由於這兩期中的煥發衝勁和革新氣象顯目之至，由年青而富衝力的白萩主編，大刀濶斧的作爲，遂使理論、創作雙方的篇幅造成了經費上赤字的出現，對於後來兩個階段之形成却有足够代價的刺激力。可惜，他只編了兩期就以工作生活之忙碌而停頓。

三、成熟活躍階段

這一階段始自九期終止於二十五期，又可劃分爲二時期。九—十四期由楓堤執行編輯，十五—二十五期由桓夫執行編輯。除了一—八期的基礎之外，我認爲這一階段之顯現熱鬧氣息似乎是笠詩刋已步入成熟之後，對詩壇引起的刺激再度回歸於對笠本身的刺激所致，同時，笠詩誌之趨向積極亦造成了活躍的氣象。這一階段中，記錄最爲詳盡而多彩多姿，如笠叢書的出版，省籍詩人詩選集之編纂，早春詩祭之參與，西門町圓環現代詩畫展之舉行，新詩學會理監事之提名等等。另外，由於笠詩誌本身之成熟和規模之確定，使其有餘力從事於擴大影響之工作，據我所知，當時的編輯工作重點有二項要求：①對年輕詩作者之吸收和提拔，如鄭烱明作品研究會、二十五期之年青新銳作品專輯等均是，②對國外詩壇之交流，除了努力介紹外國之詩作外，對本國詩作之介紹亦相當致力，如詩學八月號「中國現代詩特輯」之刋載，日本詩人高橋喜久晴返國後，對我國詩刋、作品，所作的介紹工作等。我之所以認此一階段為成熟而活躍之時期，亦即由於對內、對外均有相當的積極表現所致。然而，我認為此一階段亦有相當之缺失，例如編排上之顯得呆板、單調、作品水準之顯得不够齊一，同仁之作品許多不能令人滿意等等。

四、轉變階段

這一階段始自二十六期迄至最近之三十期，我之稱為轉變時期，乃依編輯中心的趙天儀之主張而言，他的主動爭取優良作品，版面編排之要求，內容之精鍊和濃縮，在在都有開創新氣象之表示。同時，我以為笠詩誌發行至此，亦確實已面臨一轉變之新契機，亦即從奠定了基礎之開創局面再度有所超越，應該在此最近之將來。詩壇既有山雨欲來風滿樓之勢，笠詩誌本身似宜再作一番提昇。而這一階段中之二件大事記「日文中國現代詩選譯」「笠詩獎」之設置，則有待其結果作一證實。

綜合論之，五年來笠詩誌本身之追求工作，似乎已為其打下開創之局面，做了一番實際的準備工作，然而路遠知馬力，笠詩誌既屬於同仁詩誌，則更進一層樓，已從具備的共同立足點再做一番積極的建設似乎是迫不急的待需求了。

四、結語

五十多年以前，正當日人鐵蹄蹂躪臺灣同胞之際，為民族意識、鄉愁感情之驅使，毅然起而負擔保衛民族文化責任的臺灣古詩人們，由中部詩人之發起曾創立了「櫟」詩社，發願本着櫟木之堅毅樸實維護我民族之文物。聯合北、南部詩人，在當時之蓬勃詩壇中和壓迫環境下，曾經長久的領導了詩壇。每當我憶念昔日他們奔馳活躍，擊鉢吟詩，相互倡和之際，不禁熱血澎湃，引發久久不能釋懷之感動。五十年後的今天，中部現代詩人們也聯合了南、北部詩人創立了笠詩社，亦立志以樸實之作為，竭力保存發揚民族文化為已任，雖然，此時此地的溫暖已不能與上一代古詩人們所處之苦悶環境相比擬，然而，詩人之熱情，詩人維護斯文之決心實具有共通而不變之本質，何況，今日詩壇較之往昔更加艱辛，前程依然荆棘重重，尚待開拓、實踐之工作不知有多少，諸如：有系統之介紹中外作品，當試詩之創作新方向，編選一部眞正代表性之詩選集，確立眞正嚴肅而公正批評等等，在此種不能令人樂觀之情況中，只有短短五年歷史，尚待長久衝刺的笠詩誌，責任是何等重大？脚步是何等艱難？所望於笠同仁者，當緬昔懷今之際，切莫忘懷上一輩詩人們在默默耕耘中對詩壇，對民族文物之貢獻和成就，而僅以此時之表現和成績自足。在群策群力更加密切結合之下，我們期望笠詩誌、笠詩社當不只是和「櫟」社一般遙相輝映，而且要求其更長遠之傳遞，更賣力之建設。

詩人所選的最近五年內最佳創作

五年詩選

我推薦的五年內（53年至57年）最佳創作

作品名稱	發表刊物	作者	推薦者
首仙仙	大學雜誌	大荒	方艮
文物速寫	葡萄園26	文曉村	吳夏暉
刼後	現代月刊5	方艮	方艮
流浪	創世紀22	王渝	白萩
暴裂肚臟的樹	笠8	白萩	詹冰
雁	七十年代詩選	白萩	趙天儀、楓堤、陳芳明
世界的一滴	中國新詩10	白萩	吳夏暉
盛夏	笠26	白萩	吳瀛濤
天空	笠25	白萩	羅浪、吳重慶、藍楓、曾貴海
猫	創世紀25	白萩	張默
路有千條樹有千根	笠17	白萩	喬林
史前魚	王陵少年	余光中	趙天儀
雙人床	文學季刊2	余光中	白萩
在冷戰的年代	笠27	余光中	吳重慶、曾貴海

火浴　現代文學　余光中　陳芳明
傳道者亞瑟的酒歌　島與湖　杜國清　楓堤、桓夫
土壤的歌　幼獅文藝176　辛　鬱　洛夫
蓮歌　葡萄園25　李　弦　陳敏華
旅社　笠4　林宗源　詹　冰
月光光　笠27　林煥彰　羅　浪
九月十日的記事　笠24　林煥彰　藍　楓
中國中國　中央月刊　林煥彰　方　艮
清明　青溪雜誌　林煥彰　趙天儀
給瑪琍的戀歌　瞑想詩集　吳瀛濤　詹　冰
海的微笑　葡萄園25　吳瀛濤　陳敏華
過程　南北笛2　紀　弦　喬林、陳芳明
狼之獨步　中國現代詩選　紀　弦　白萩、藍楓
西貢之歌　外外集　洛　夫　趙天儀
西貢詩抄　文學季刊　洛　夫　張　默
灰燼之外　外外集　洛　夫　陳芳明
事件　笠26　洛　夫　藍　楓
春喜　笠23　桓　夫　羅　浪
曇花盛開在深夜　笠9　桓　夫　吳夏暉
雨中行　笠3　桓　夫　詹冰、藍楓
咀嚼　中國現代詩選　桓　夫　張默、吳瀛濤
野鹿　笠11　桓　夫　楓堤、張彥勳
太陽　笠25　桓　夫　白　萩
墻　創世紀　張　默　桓　夫
門或者天空　創世紀22　商　禽　張　默
傷　南北笛4　商　禽　楓　堤

鴿子　七十年代詩選　商　禽　白　萩
逢單日的夜歌　創世紀21　商　禽　洛　夫
晴雨人　現代文學　張　健　方　艮
球　笠24　陳明臺　羅　浪
花訊　葡萄園26　彭邦楨　陳敏華
悲美的距離　笠3　詹　冰　吳瀛濤
七彩的時間　綠血球詩集　詹　冰　桓　夫
愁渡　現代文學35　葉維廉　洛　夫
搬家　笠15　趙天儀　桓夫、吳瀛濤
塔　南港詩抄　楓　堤　桓　夫
維納麗沙組曲　純文學1　蓉　子　吳夏暉
下午　創世紀20　瘂　弦　洛夫、張默
三朵紅色的罌粟花　創世紀21　管　管　洛夫、張默
春之組曲　長歌詩集　鄭愁予　楓　堤
浪子麻沁　窗外的女奴　鄭愁予　陳芳明
草生原　窗外的女奴　鄭愁予　方　艮
襯衫　笠27　鄭烱明　趙天儀
黃昏　笠24　鄭烱明　羅　浪
石灰窰　笠23　鄭烱明　吳瀛濤
挖掘　笠6　錦　連　詹冰、吳瀛濤
垂釣　笠8　羅　浪　張彥勳、吳夏暉

依照上列詩人所推薦的創作，因限於篇幅，經本社編輯部加以選擇，抽出十一首刊載於后；謹向參加推薦的各位詩人，表示最高的謝忱。

流浪

王渝

終點的城市釘死在墻上
流浪的那人雙目中是一條幽深而遙遠的路途
我不僅是唯一的旅人，還有
北風，唱着冷冷的冬之歌，還有

那些沒有根的植物，披着長髮漫走

方向是一詭譎的情人，閃爍，變幻，還不時
豎起碑石般的驕傲

寂寞便隨着雪的白投向我

我將行囊裝滿了夢的碎影
搖幌在風雪中

感語：詩人新鮮而濃厚的離情躍然紙上。

雁

白萩

我們仍然活着。仍然要飛行
在無邊際的天空
地平線長久在遠處退縮地引逗着我們
活着。不斷地追逐
感覺它已接近而抬眼還是那麼遠離

天空還是我們祖先飛過的天空。
廣大虛無如一句不變的叮嚀
我們還是如祖先的翅膀。鼓在風上
繼續着一個意志陷入一個不完的魘夢

在黑色的大地與
奧藍而沒有底部的天空之間
前途祇是一條地平線
逗引着我們
我們將緩緩地在追逐中死去，死去如
夕陽不知覺的冷去。仍然要飛行
繼續懸空在無際涯的中間孤獨如風中的一葉

而冷冷的雲翳
冷冷地注視着我們。

感語：表現一種歷史性的使命，對生命存在的一種觀點。並在時代的魘夢裡，給人以堅守的力量，充分發揮了詩人的新人本精神。

雙人床

余光中

讓戰爭在雙人床外進行
躺在你長長的斜坡上
聽流彈，像一把呼嘯的螢火
在你的，我的頭頂竄過

竄過我的鬍鬚和你的頭髮
讓政變和革命在四周吶喊
至少愛情在我們的一邊
當一切都不再可靠
靠在你彈性的斜坡上
今夜，即使會山崩或地震
最多跌進你低低的盆地
讓旗和銅號在高原上舉起
至少有六尺的韻律是我們
至少日出前你完全是我的
仍滑膩，仍柔軟，仍可以燙熟
一種純粹而精細的瘋狂
讓夜和死亡在黑的邊境
發動永恆第一千次圍城
惟我們循螺紋急降，天國在下
捲入你四肢美麗的漩渦

感語：詮釋了愛情在時代中的新意義。

傳道者亞瑟的酒歌

杜國清

「自從那天，沒人像你那樣接近他。
你追蹤着他的每個脚步。
你日夜緊跟在他的身邊。
你尋索着他的思緒。
你挖着，擰着他的心哪……」

乾杯吧！爲你
今夜謝神祭的歡宴
汹湧着笑浪拍岸的杯聲
讓我們乾杯吧，舉起這半透明的杯舟
在黑夜嘈嚷不休中向自己開航
穿過暗礁和漩渦，歸向寂滅的終港
湯液漂浮着滿桌的殘屑
灯光照亮了沒人能預測的航線
隱約的風暴在遠方呼叫
隱約的狂濤在記憶之外奔騰

殘剩的蛤蜊淺流着海水
盤底的細紗沉澱着海濱的黃昏
島沉溺在藍藍的回憶中泛起白波的微笑
島沉溺在藍藍的回憶中濺起浪花的眼淚
從鼾睡中驚醒，貝紋在餐桌上計數年齡
八年、十年，又在今夜謝神祭的歡宴中
尋覓失落的睡眠
讓我們乾杯吧，舉起這半透明的杯舟
夜已蹲踞在島外，我們還能等待
還有時間回憶那殘喘的口沫下一夜的狂歡
還有時間等待另一張淚水的臉來送航
還記得餐桌上湯匙飲盡了笑聲
客床上消毒縐紋紙埋葬了青春
啊！一夜間我已長大，我要面對
以另一張臉譜，我已長大
我要謀殺，在創造之後
我要毀滅，在成全之前

我要知道不可預測的航線
是逃亡？是冒險？是沉淪？
隱約的風暴在遠方呼叫
隱約的狂濤在記憶之外奔騰

我已長大，我要面對
微弱的心臟常因驚悸而顫動
臉上好醜陋的蒼白啊
當不掉的短大衣套在排骨架上
搖幌着一幢好卑賤的姿態啊
我要面對，必須面對
罪孽，飢餓和嘲弄，眞的
我必須面對子孫以及
時間的陰影，我必須抉擇
在這半透明的杯舟開航之前
在駛向寂滅的終港之前

乾杯吧！爲你
因我必須有勇氣啊
曾經陰謀，曾經渴望
曾經憎恨的一切，載着累弱的靈魂
像被强囚的獸，今夜
就讓我們瘋狂吧
朝着遺忘開航吧

暗昏昏的夜空閃爍着不滅的繁星
昏沉沉的暗黑中掠過幾痕的流光
啊啊，我沒醉，我仍淸楚那些禁忌
我仍知道這般騷動的夜裏
洶湧着彼此佔有的情慾
我仍感覺到血液裏奔騰着
一隻欲撕裂血管殺戳而出的小獸
眞的，我沒醉，我要乾杯
我要逃避這可能的一切！

可能的悲劇就要來臨——
我不能，我再也不能
那一個我必須阻止，在這黑暗的邊緣
在今夜謝神祭的歡宴裡
何忍再撕裂一片純眞的美夢
讓裂聲無力地抗拒數個罪孽的世界？

……………
沙灘上我尋覓着貝殼
檢拾之後再把它遺棄
……………

一切就要來臨，黑潮洶洶然！
理性的堵牆在今夜已崩潰
我必須逃亡，避開那些猴子們的嘲弄
我必須逃亡，拒絕與烏鴉們妥協
從嫉妒與Juno的心罅逃出
從亂石與那婦人的羞辱逃出
從紅字與親親的胸乳逃出
也許成爲轟動社會的新聞主角
他，創出一些更聳聽聞的情事
像拆走祖宗大廈的一塊基石那麽

脆弱了那些龐大而固定的信念
然後從大廈轟然崩塌聲中
逃到電欄的高牆裡，那麼
他是不肯的啦？他是？
就給他兩個大過的懲誡吧
就給他褫奪那終身多餘的公權吧
就將他的軀殼編號勞役吧
這些他都不在乎
他已完全不在乎

暗昏昏的夜空繁星迸裂
流光旋繞着昏沉的什麼
什麼？啊？什麼阿波羅？
撫抱月桂樹還在跳動的枝幹痛哭那麼
撕裂衣服拔髮痛苦那麼
今夜唯一的灯泡破滅了那麼
在黑暗裡繪出神經的混亂
在混沌中組合心靈絕望的噪音
在這虛無的夜裡喊出沉默的控訴！
道德像猴子，烏鴉的謊言！
我是盧騷，我跪在專橫的情婦下
聽從指使……

我要把頭髮理光！
我擁有無數的宮妃！
我醉了，但我沒醉
我背棄，我已經背棄了
我抗拒，我叛逆，我罪孽

為了可憐而脆弱的人生
為了需要交媾和飲食一般的眞實
就把整個社會沸騰了也好
就把整個宇宙揑成床，吸出奶也好
啊？什麼？我醉了，但我沒醉
我可以痛苦之後再乾杯
我可以任意去尋搜柔滑的海螺
然而我累了……我的腿軟了……

我還要準備最後的一次冒險啊
跨在一隻烏龜的背上
向着波浪出發
尋覓眞珠去吧
嘔吐之後，像一隻巨蚌
我沉淪到海底，昏睡千年。

感語：以神話與傳說的外衣，包容對「性」的苦鬪與掙扎，理性與感性的挑戰與矛盾，是富有時代性的特殊作品，在當代的詩壇上，是一首獨創風格的詩。

清明

林煥彰

如果下雨，應該是三月；如果是細細地，那應該在清明時節。而路，路則應該泥濘，讓我們一步一個脚印，一駐足一朶沉思。

（打從我生下來以後，
我就不曾見過我祖父。）

如果碑石是臉；如果沒有了名字；那路應該泥濘，讓
我們一步一個脚印，一駐足一朶沉思。

（沉思，
面對衆多的碑石。）

如果有了斑剝，如果有了青苔；如果蔓草叢生，……
爺爺，這些就是您的顏面嗎？

（歲月，
歲月從不曾給我們美麗的臉。）

如果墳墓也是建築，同我們住的地方一樣；那這裡的
違章，不知鎭公所該怎樣去編排門號？我們怎樣去找您？
爺爺，我想走向您的路，應該泥濘一點才好，讓我們一步
一個脚印，一駐足一朶沉思。

（很多人圍着篝火，
爆竹在歡呼。）

如果這是拜拜；如果這是熱鬧，爺爺，我們來找您，
爲的該是一頓豐盛的晚餐。

（媽一向很節儉，
我們平時不易吃到大魚大肉。）

爺爺，如果您已經吃過，我們就要收了。
爺爺，……

感語：杜牧之的清明，是唐朝的清明；而林煥彰的清明，却是現代的清明。然而，當作者在未見顏面的祖父的墓上，竟給他帶來了一種戲劇性的啓示。

狼之獨步

紀弦

我乃曠野獨來獨往的一匹狼
不是先知
沒有半個字的嘆息
而恒以數聲悽厲已極之長嗥
搖撼彼空無一物之天地
使天地戰慄如同發了瘧疾
並刮起涼風颯颯的令我毛骨悚然
這就是一種厲害
　一種過癮

感語：表現了人之孤獨。對生命自覺後的抒情，悽厲豪邁而過癮。

咀嚼

桓夫

下顎骨接觸上顎骨，就離開。把這種動作悠然不停地反復。反復。牙齒和牙齒之間挾着糜爛的食物。（這叫做咀嚼）。

——就是他，會很巧妙地咀嚼。不但好咀嚼，而味覺神經也很敏銳。

剛誕生不久且未沾有鼠嗅的小耗子。

或滲有鹼味的蚯蚓。

或特地把蛆蟲叢聚在爛猪肉，再把吸收了猪肉的營養的蛆蟲用油炸……。

或用斧頭敲開頭蓋骨，把活生生的猴子的腦汁……。

——喜歡吃那些怪東西的他。

下顎骨接觸上顎骨，就離開。——不停地反復着這種似乎優雅的動作的他。喜歡吃臭豆腐，自誇賦有銳利的味覺和敏捷的咀嚼運動的他。

坐吃了五千年歷史和遺產的精華。

坐吃了世界所有的動物，猶覺饕然的他。

在近代史上

竟吃起自己的散慢來了。

感語：一種現實的批判，透過最銳利的感受；一種民族的聲音，浸入最深沉的關懷。詩，要追求一種眞理的可能，表現於活生生的心象之中。

西貢之歌

洛　夫

(一)夜市

一個黑人
兩個安南妹
三個高麗棒子
四個從百里居打完仗回來逛窰子的士兵
嚼口香糖的漢子
把手風琴拉成
一條那麼長的無人巷子
烤牛肉的味道從元子坊飄到陳國纂街穿過鐵絲網一直香到
化導院
　　和尚在開會

(二)政變之後

機動車是那個塔克薩斯佬的
灰塵是我的
木棒是那群呼嘯而來的孩子的
血是我的
太陽是那堆挨坐街沿絕食僧尼的
飢餓是我的
西貢河的流水是天空的
那抓不到咬不着非痛非癢非福非禍非佛非禪的茫然是我的

(三)沙包刑場

一顆顆頭顱從沙包上走了下來
俯耳地面
隱聞地球另一面有人在唱
自悼之輓歌
浮貼在木樁上的那張告示隨風而去
一付好看的臉

自鏡中消失

感語：尖銳的感受；在戰爭下的一種透視，一種參與，一種靜視，是現代詩即物性的表現。

下午　　瘂弦

我等或將不致太輝煌亦未可知
水葫蘆花和山茱萸依然堅持
去年的調子
無須更遠的探訊
莎孚就供職在
對街的那家麵包房裏
　這麽着就下午了
輝煌不起來的我等笑着發愁
在電桿木下死着
昨天的一些
未完工的死

（在簾子的後面奴想你奴想你在青石舖路的城裡）

無所謂更大的玩笑
鐵道旁有見人伸手的悠里息斯
隨便選一種危險給上帝吧
要是碰巧你醒在錯誤的夜間
發現眞理在
傷口的那一邊
要是整門的加農砲沉向沙裏

（奴想你在綢緞在瑪瑙在晚香玉在謠曲的灰與紅之間）

紅夾克的男孩有一張很帥的臉
在球場上一個人投着籃子
鴿子在市政廳後邊築巢
河水流它自己的
　這麽着就下午了
說得定什麽也沒有發生
每顆頭顱分別忘記着一些事情

（輕輕思量，美麗的咸陽）

霎時三刻一個淹死人的衣服自海裏飄回
而抱她上床猶甚於
希臘之挖掘
在電單車的馬達聲消失了之後
伊璧鳩魯學派開始歌唱

——墓中的牙齒能回答這些嗎
星期一、星期二、星期三、所有的日子？

感語：透過超現實表現方法，寫實的語言產生了新的功能，作者似乎很輕鬆地背負起一個世紀的沉重。

鴿子　　商禽

忽然，我捏緊右手，狠狠的一拳擊在左掌中，「拍」的一聲，好空寂的曠野啊！然而，在病了一樣的天空中，飛着一群鴿子；是成單的或是成雙的呢？

我用左手重重的握着逐漸鬆散開來的右拳；手指緩緩的在掌中舒展而又不能十分地伸直，祇頻頻的轉側；啊，你這工作過而仍要工作的，殺戮過終也要被殺的，無辜的手；現在，你是多麼像一隻受傷的雀鳥。而暈眩的天空中，有一群鴿子飛過；是成單的或是成雙的呢？

現在，我用左手輕輕的愛撫着在抖顫着的右手，而左手亦在抖顫；就更其像在悲悼她受了傷的伴侶的，啊，一隻傷心的鳥！于是我復用右手去輕輕地愛撫着左手，……在天空中翱翔的說不定是鷹鷲。

在失血的天空中，一隻雀鳥也沒有。相互倚着而抖顫的，工作過仍要工作，殺戮過終也要被殺的，無辜的手啊，現在，我將你們高舉，我是多麼想——如同放掉一對傷癒的鳥一樣——將你們從我雙臂釋放啊！

感語：生在一刹那的觸覺之中，掌握了一個性命的詩章，是生命與生命的衝激，是一種令人顫慄的音符，隨着紛紛落下。

三朵紅色的罌粟花

管管

悼亡友 Y. H.

聞說有了戰事，那麼下一站，下一站是蛺蝶。

於是我爲汝再鑿一泉。汝之右泉是敵人之泉。汝之左泉是友朋之泉。雙泉淙淙。淙淙雙泉。單單爲了一個理由。讓汝速速淙淙。淙淙至斜斜的天河。

一株白楊自汝之身。就忽的拔地舉起。舉起一些再也不會停止的蕭蕭。舉起一些烏鵲聒噪的歲月。

自然那條河是發源於汝之雙足。彎彎的流去。一條黃黃的緞帶。只這一條黃黃的緞帶。就把這小小的戰事給遙遙的束住。或許明年。或許去年。自然有些牛羊在汝之河上牴角。而今歲不從。今歲汝之雙目可曾望見。自汝之首向前。是一遍未被春雨酥開的飢渴的大地。祇疏疏落落的東邊跑着一株紅罌粟。西邊跑着一株白罌粟。三月的邊野呀。追雀的孩子呀。一些踏青的姊妹。左邊跑着一株白罌粟。右邊跑着一紅罌粟。稀稀落落的一直跑到那栽着鹿柴的遠方。那不時扔一顆炸裂那些低低地軟軟地白絨線織成的遠方。

在汝之臉有一株紅罌粟。在汝之背有一株紅罌粟。在汝雙足之間亦有一株紅罌粟。美麗之墓呵。汝之墓是三朵紅色紅色的罌粟花。

汝之碑是那株再也不會停止蕭蕭蕭的白楊

昨夜。月亮被刺刀削去一半之後。我趁矇矓。爲友朋之泉種上一株小小罌粟。又爲敵人之泉種上一株小小罌粟。不必管他能開花。更不必管他是紅是白或紅白相間啦。

將汝之書。焚汝之墓。焚而化之。讓書燒着夜。燒着被削之月

不管春風走不走到江南。汝以及汝之書勢必化爲蛺蝶

感語：意象晶瑩，節奏明快，充份流露對已故詩人Y．H．最眞摯之追思。

我所期望的「笠」

張默

a不是回顧

對於一個藝術刋物，尤其是詩刋，特別是「笠」，想要作一番評斷實在是很艱困的。第一、目前我手頭上祇有廿二期以後的幾本。第二、它發行迄今祇有五年，還在蓬勃的生長階段，驟下評語實在爲時太早。基於以上兩點認識，我還是漫談一下對它的感想吧。

首先就「笠」目前所包含的內容來說，大概有下列幾項，即詩創作、笠下影、詩評論、詩選譯、詩壇漫步、其他等（如「作品合評」），就這六者而言，「笠」對於外國詩的選譯厥功至偉，譬如有系統地翻譯日本現代詩，還是從「笠」開始才步上正軌的。其次對於德國詩的譯介，也給國內詩壇甚大的刺激。詩評論中，對現階段詩壇能及時提出建議性的檢討，當以林亨泰、白萩、趙天儀、葉笛諸人做得較多，對外國詩論的選譯，桓夫、李魁賢、杜國清、錦連……諸人的確盡了不少力。「笠下影」迄至廿八期一共介紹了四十三位詩人，其中較大多數爲「笠」的同仁，最近幾期他們才致力於介紹「創世紀」、「現代詩」、「藍星」、「南北笛」……等詩刋的主將，開頭的幾期由林亨泰執筆，以後則改由趙天儀主持（不知確否），這是一門極有價值的工作，透過帶有批判性的介紹與整理，將來即是一部極有參閱價值的「中國現代詩人譜」，但是由於篇幅的限制，寫得還不够詳盡，同時被介紹的詩人，水準極爲參差，這是特別値得一提的。

「詩壇漫步」專欄，一開始就是由柳文哲包辦，且很少間斷，凡是坊間發行的詩集，都一一逐期提出評介，這是其他詩刋所未曾做過的，究竟效果如何，這不是本文所能蓋棺論定的了。

詩創作是「笠」最弱的一環，雖然有很多新人出現，但作品紮實有經得起考驗的實在太少。（我曾與白萩談過，他亦深表同感。）希望從卅期開始，努力在創作上擺開陣勢吧。

b期望中的「笠」

作爲詩刋，尤其是由詩人們自己所創辦的詩刋，發表並非唯一的事，詩人和編輯人所做的就是切確要求刋物辦好，下面特坦誠地提出幾點，以就教於「笠」的朋友，盼勿見怪：

第一、創作水準力求提高，做到寧缺毋濫。

第二、置每期於一個重點之上，狠狠地把所要做的全部弄好，絕非像現在那樣什麼都有，但是重量則嫌不足。

第三、連載譯詩及評論較多，儘可能擇優選譯，一次刋完，如出日本、英美、德國、法國現代詩專號等等，一定會引起海內外有識之士更大更多的珍視。

第四、封面色淡雅，編排力求完整，不要太零碎。（像「文學季刋」就很値得借鑑。）

「笠」詩誌中，批評、翻譯、創作人才濟濟，如能傾全力去做，我想讀者大衆心目中所期望的「笠」，絕不像現在這個樣子。我們有理由相信，「笠」的同仁如眞能大發狠心，這個詩刋一定會凌駕一切詩刋之上的，但看他們今後是怎樣的向前邁步了。

——五十八年三月十日於澎湖測天島

晴雨兩宜雅俗共賞的—笠

彭　捷

五年前我第一次看到「笠」。那天是詩人節，中部詩人舉行端午的聚會，詩人們從各地趕到臺中市。詩人桓夫、錦連、林亭泰等帶了「笠」來，介紹給大家。新生的「笠」以樸素的儀表出現，它無驚人之貌，却有令人喜愛的鄉土味，有晴雨兩宜、雅俗共賞的象徵。翻開薄薄的二十八頁篇幅，更見內涵清新的氣質，韻味像一杯新泡的瀛茶。

五年來「笠」成爲我喜愛的讀物，它不脫期，內容且隨着時日增長。六十八頁的份量雖仍難滿足詩饕餮的胃口，與其他詩刋相比，算是够豐盛的。

詩廣場之側，詩壇散步是一條橫街，漫步其間，以極少的時間可瀏覽到新出版的詩集。詩史資料展開詩的縱貫大道，佇立路口，可看到詩壇一些來龍去脈。

作品合評創詩壇新風氣，可惜評語多屬片斷，如能作有系統的合評，不論對讀者，或對作者的獲益都較多。

我曾有幸兩次被邀參加合評，據我所知，每次合評聚「笠」同仁三數，有時外邀詩友一、二。或採座談，或採郊遊方式，交誼兼合評。邊談邊評，不拘形式，氣氛極活潑，大有「桃李園宴遊」，「蘭亭之集」的況味。在這樣輕鬆的氣氛裏，評論的流於片斷也是極自然的表現。不管怎樣，眞摯的評論即是反照了某一方的看法。

合評之外，二十二期的詩問答——最欣賞的我國現代作品一首——更能反映多方面的意見，我爲這一頁喝采。憑「笠」同仁對詩的熱切，我對「笠」寄予極高的冀望。

我對笠詩刊的展望

古添洪

如果一個詩刊，只是詩和有關詩的文字的發表園地，那詩刊是沒有什麼價值的，尤其是要自己出錢來發行，更是不必了。一個詩刊，必須根據它自身的能力，來厘定它自己的任務，我認爲，笠的任務，應使自己成爲自由中國裏詩的中心，把最佳良的詩創作與評論等都引進來，成爲代表，並策進詩的運動。

根據這一個目的，並就幾年來笠的內容，筆者在此提出幾個建議。

一、門戶開放，本來，笠園地一向都是公開的，但由於一種心理的阻礙，外來的作品不多，因爲，一班人總把作者與刊物連在一起看，以爲某是某刊物的作者，也就把刊物的色彩加諸作者頭上，而使作者裹足不前，爲了這個原因，笠似乎不妨把詩創作分爲兩大類，一是外稿，一是同仁的，既可彌補上述的困難，亦可有砥礪之效。而且，笠爲盡地主之誼，是應該去函請大家們執筆，而大家們爲了詩的推度，大概會拿出精美的代表作來的。關於這一點，近幾期笠上，已有余光中，洛夫等大作，已爲此啓開了機運。

二、專題評論　在笠最近的編輯會上，已經提出邀請名家寫詩論的議案，這是非常重要的，在這裏，評論最落伍，希望藉此從詩下手，啓開評論的大門。這也是笠最貧乏的地方，評論都是譯稿，本國的評論家，應該是有話可說的。在評論方面，如果就專題的方式，效果會更好，如笠21期，就提出「詩的難懂性」作討論，桓夫譯了村野四郎的「現代詩應該難懂嗎？」，但可惜限於「詩的問答」的形式，諸位沒能作深入的探討，如果諸評論名家都能發表精闢的個人意見，那這一課題便可得某程度的解決。因此，如果以後能用專題的形式，對詩的諸問題來深入的探討，則自由中國的詩論可逐漸成立，而不必總是翻譯了。

三、關於詩史　笠好像對史有很興趣的樣子，先後有「日本戰後詩史」「臺灣詩壇十年史」「美國詩史」「德現代詩史」等，但以這麼少篇幅的笠，是否能負擔「史」的龐大任務？筆者對這些詩史看得頗爲乏味，如果只是一些人名的排列，那是沒有多大價値的，與其直接的翻譯詩史，倒不如消化後作一個精神的介紹，來得簡單有效。

四、關於翻譯　這裏是指詩創作的翻譯，因爲我對世界文學陌生，不敢置評，只好提出我的理想。翻譯的對象，應該是有代表性的詩人與作品，並且最好能給作品以介紹，指出它的藝術特點，這樣才能吸收他人的長處。

五、一個遺漏　傳統與現代的問題，在近代中間文化裏像一根刺，尤其是在詩的世界；笠不妨在這裏下點功夫，這是一個很大的課題，譬如傳統詩與現代詩精神的探討，民初詩壇所接受中國傳統詩詞與西方文學的影響，近代詩壇如何由舊詩詞變爲徐志摩朱自淸等的詩體，又如何變爲近時詩體等，作深入的精神的探討，是有價値而必要的，問題是作者人選的問題。

六、其他　笠廿二期有「您對本詩誌的意見或希望」一欄，在此，作一整體的檢討。笠欠缺一篇精闢社論，那實在是値得强調的，要推進詩的機運，就必須有好的社論，「詩合評」是有它的存在價値，但作品應該選擇有批評價値的，而批評者態度應深入而嚴肅，至於開闢詩習作之頁，似乎言之過早，其他各文藝刊物對這一項都束手無策，在笠是辦不來的，只好等笠發行擴大，成爲學生爭著訂閱的時候，才有實現的可能。

總之，一份詩刊的成功，必須賴詩刊同仁本身的努力，更需要各方的支持，願從事詩工作的先進們，能協助完成，使在自由中國裏，有一份可看的詩誌。

給「笠」詩刊的兩點建議

王　浩

我認爲以一本薄薄的詩刊，而能够包含作品、譯作、評論、詩史與欣賞介紹等多方面，可說是不簡單的事，而笠詩刊可說已做到了這一點，但有時爲了多方面的顧及，勢必減弱各方面的份量，而笠詩刊似乎也有這種缺失，以致給人零散的感覺，所以我的第一點建議是斟酌需要而做適度的調整，比如詩史似乎可以減少，多出來的篇幅可拿來加强評論方面的份量。而且笠詩刊在論的方面也似乎多隨筆座談記錄性質，缺乏完整性與系統化。

再者詩壇散步，如果能够一期就只拿一本書出來，而作更深入的剖析，我想在效果上會比較好，要是在有限的篇幅中，一下子要介紹二本或二本以上的書，確實有散步的味道，但看詩到底不是賞心悅目的事，所以我第二點的建議是詩集的介紹可併入詩壇漣漪一項，而詩壇散步可以改成書評性質。

笠詩社五年大事記

——民國五十三年三月八日至五十八年二月九日

陳明台編

民國五十三年

▲三月八日　笠詩社之籌備。

中部詩人詹氷、陳千武、林亨泰、錦連、古貝等聚於卓蘭詹氷宅，討論笠詩社之成立，笠詩刋創刋及其他各項事宜。

▲三月十六日　發出通知邀請書。

由中部詩人詹氷、陳千武、林亨泰、錦連、古貝五人署名發出笠詩社成立及創刋詩刋之通知書，邀請吳瀛濤、薛柏谷、黃荷生、白萩、趙天儀、杜國清、王憲陽等七人爲同仁，此十二人即爲笠詩社、笠詩刋之發起人、開拓者。

此次通知邀請書之內容計有五部份：

甲、名銜事項　乙、工作分配　丙、選稿方式

丁、費用收入方式　戊、其他。

此次通知書中載有笠詩刋創刋之各項事宜甚詳，尤對笠詩刋創刋之宗旨揭櫫甚爲明確：「目前詩壇雖尙稱活躍，但諸多詩誌，仍未能達到令人滿意之地步，其一爲創作選稿之流於人情，未能確立看稿不看人之神聖編輯信條，其二爲以捧場或漫罵代爲正當批評，此似有損詩壇之推進，同仁等有鑒於此，決定毅然而出，針對其弊病，籌組出版一夠水準的，愼重其事的詩誌，以挽救目前詩壇之頹廢現象。」

▲六月十五日　笠詩刋創刋號出版。

此期雖薄，但卻「麻雀雖小，五臟俱全」蔚然成其樸實、大方之氣度，笠詩刋之印行規模自此奠定。在「本社啓事中」編者更加明確揭示笠詩誌之路線和方向：「……不論如何，這個世代終於有了屬於這個時代的詩，這是比任何事情都値得慶賀的……那麽所謂這個時代的詩是什麽呢？其位置如何？其特徵又如何？這種檢討和整理的工作，在保存民族文化與幫助讀者之鑑賞方面都是非常重要且

必須的，可是却很少有人肯從事這一工作，本誌有鑒於此，遂不顧自身能力之微薄，毅然起來從事這一工作。」創刊號並設立三項專欄：笠下影、詩史資料、作品合評

▲八月十五日　笠第二期出版。

▲八月二十三日　中部同仁郊遊。

是日中部同仁詹冰、桓夫、林亨泰、錦連、趙天儀、張彥勳、古貝、杜國清八人前往后里毘盧禪寺郊遊，並舉行第三期作品合評。曾攝影留念，盡歡而散。

▲十月十五日　笠第三期出版。

▲十一月二十七日　經理部發出第一號同仁通訊，內容計有一、二、三期同人繳費支出明細表，笠詩社年會通知，各項報告及第五期徵稿啓事。

此次通訊爲以後開一慣例，同仁間之消息，笠詩社之決定均藉此爲媒介。幾乎每期出版後均發出同仁通訊。

第一號同仁通訊中所載同仁名單，除原有十二位外，另有方平、楓堤、蔡淇津、張彥勳、林宗源、邱瑩星等爲新加入。

▲十二月十五日　笠第四期出版。

經理部寄發同仁通訊二號。

截至五十三年底笠詩社同仁計有下開二十人：詹冰、陳千武、林亨泰、錦連、張彥勳、羅浪、蔡淇津、方平、白山塗、古貝（以上中部）、白萩、杜國清、趙天儀、楓堤、黃荷生、薛柏谷、王憲陽、吳瀛濤（以上北部）、林宗源、邱瑩星（以上南部）。

民國五十四年

▲元月二日　第一次年會兼同仁大會。

是日上午十一時在吳瀛濤同仁處集合並午餐，下午二時抵達南港臺肥六廠召開座談會，熱烈討論笠詩社及笠詩誌各有關事宜。並舉行第五期作品合評，至下午五時三十分完畢。由楓堤同仁招待晚餐，圓滿結束。

此次與會同仁計有吳瀛濤、詹冰、桓夫、林亨泰、張彥勳、羅浪、錦連、趙天儀、白萩、杜國清、楓堤、王憲陽、吳宏一、古貝、方平等十五人。來賓有「新地雜誌」社長林煥彰、「葡萄園」詩刊編輯史義仁及洪文惠女士。

第一次同仁大會決定諸事宜如下：(1)同仁費提高每人五十元，(2)原則上大會每年召開一次，(3)發行笠叢書，(4)選林亨泰、錦連、白萩、桓夫、趙天儀爲編輯委員，吳瀛濤爲顧問。

▲元月十六日　三號同仁通訊寄發。

此次通訊中有文壇社爲慶祝臺灣光復二十週年而印行省籍作家叢書中之「新詩選集」徵稿啓事，按此集爲文壇社委託笠詩社編輯由桓夫、林亨泰、錦連、趙天儀、古貝五人編委會所主編。

▲元月三十一日　四號同仁通訊寄發。

新加入同仁三名：李篤恭、游曉洋、鄭仰貴。

▲二月六日　中部同仁趙天儀新婚誌慶，笠同仁，北部、中部、南部多人參加，桓夫擔任介紹人，杜國清朗誦詩祝賀，熱絡之情充分顯示同仁間之感情交流及合作無間。

▲二月十五日　笠詩刊第五期出版。

▲三月十四日　同仁通訊五號寄發。新加入同仁有：潛石、白浪萍、何瑞雄、葉笛、羅錦文等五位。

▲四月廿一日　笠詩刊第六期出版。

未舉行任何慶祝形式的儀式。

發行已達一年，本樸實之精神從事開拓和墾荒之工作，顯然已可略見其對當時詩壇之沖激。

▲四月廿二日　同仁通訊六號寄發。

▲五月　日本最大且最久之詩誌「詩學」刋載同仁詹氷之作品「美麗的時間」、「液體的早晨」、「春天的視覺」，且以四分當選爲合評作品，此不只爲詩人詹氷之成就，亦爲「笠」之榮譽。

▲六月十四日　第七期「笠」出版，改由白萩主編，革新面目，充實內容，厚達八〇頁，頗有蓬勃之新氣象。

▲七月五日　第七號同仁通訊寄發。

▲八月十五日　第八期「笠」出版。新加入同仁林煥彰、羅明河。

▲九月三十日　曙光文藝「詩展望」由桓夫主編出版，「詩展望」可算是一份「笠」詩社的副產品刋物，以油印方式印贈同人及年輕作者和讀者，其作用寓寄研究之性質，許多年輕詩人之作品均曾先於此刋物披露。它的形式似乎不甚了，然以樸實純眞之風格出現，默默播種，令人感動，後來曾轉由趙天儀、藍楓執行編輯，後以多種因素而停刋，然亦發行長達三年半之久。

▲十月二日　同仁通訊第八號寄發。

▲十月十五日　笠詩刋第九期出版，改由楓堤任執行編輯。

「笠詩社」正式依法登記完成，由同仁黃騰輝擔任發行人，黃先生早年從事詩作，對詩之熱誠始終不曾減退，近來雖有擱筆之勢，然對「笠」詩社、笠詩刋之熱心毫不遜色。

「笠」叢書第一輯九本出版，書目如下：

2風的薔薇——白　萩著　3島與湖——杜國清著
4力的建築——林宗源著　5瞑想詩集——吳瀛濤著
6不眠的眼——桓　夫著　7綠血球——詹　氷著
8大安溪畔——趙天儀著　9秋之歌——蔡淇津著
10日本現代詩選譯第一輯——陳千武譯

第一輯笠叢書水準甚爲整齊，均爲詩人活躍時期之創作，日本現代詩選譯之一尤爲第一本對日本戰前重要現代詩人有系統介紹之作品。

▲十一月十七日　同仁通訊第九號寄發。

▲十二月十五日　笠詩刋第十期出版。

同仁杜潘芳格女士訪日本。

「文壇社」委託「笠」同仁編輯之「省籍詩人新詩選集」出版，計有方平等九十餘人入選，誠爲二十年來臺籍詩人作品之集大成。

「笠詩社」參與日本靜岡縣圖書館舉辦「早春詩祭」，我國各詩社之資料、笠詩刋1至10期及笠叢書、詩人手稿均行寄出。

民國五十五年

▲元月一日　第二次年會兼同仁大會。

是日下午一時於臺北新光物產保險公司五樓擧行，至六時半止，檢討過去、策勵將來，並擧行現代詩座談會。重要決定有二：(1)歡迎加入爲新同仁，名額不予限制，(2)下屆年會在暑期擧行。會後由巫永福同仁招待茶點、晚餐，盡歡而散。

參加同仁有吳瀛濤、桓夫、錦連、趙天儀、杜國清、李魁賢、黃荷生、喬林、林煥彰、林錫嘉、游卓儒、徐和鄰十二人，來賓有黃得時、洪炎秋、葉泥、吳濁流、楊奕彥、魏畹枝、李文顯、李篤恭、施叔青等。

▲元月十三日 第十號同仁通訊寄發。

▲元月卅日 十一期作品合評。

上午十時假同仁張彥勳后里宅舉行，參加同仁有桓夫、趙天儀、詹冰、吳瀛濤、林宗源、張彥勳、林亨泰、楓堤、杜潘芳格九人，年輕詩友有廖春發、林良雅、柯錦鋒、林德連、陳培峯、周銘淵等參加。

▲二月十五日 笠第十一期出版。新加入同仁林錫嘉。

▲三月十二—十四日 參與日本靜岡中央圖書館所舉辦「早春詩祭」詩展。

本社送展爲笠1至10期、笠叢書第一輯共九種。另有桓夫、白萩、楓堤、趙天儀、杜國清、林亨泰、錦連、吳瀛濤、林宗源等之手稿多件。

▲三月廿五—廿七日 參與現代藝術季（假中美文經協會）展出詩畫。

本社參加有杜國清、桓夫、楓堤、趙天儀、林宗源、白萩、吳瀛濤、黃荷生、詹冰等。

▲三月廿九—四月一日參與現代詩展。

此次詩展爲笠詩社、幼獅文藝社、現代文學社、劇場社等所主辦，假西門鬧區圓環舉行，由於籌備週到，引起極大之高潮，參觀者絡繹不絕，効果甚佳。同仁參與詩畫展有桓夫、白萩、趙天儀、黃荷生、潛石、杜國清、吳瀛濤、詹冰、林宗源、楓堤等，電視及報紙均加以報導。

▲四月六日 同仁通訊十一號寄發。

▲四月十五日 十二期「笠」出版。同仁趙天儀著「美學引論」出版列入笠叢書。

▲五月十日 同仁通訊十二號寄發。

▲五月廿六—廿八日 青草地詩展假臺肥六廠揭幕。

此次詩畫展爲同仁楓堤、林煥彰、林錫嘉主催，同仁有多人參與。

▲六月十五日 笠十三期出版。

▲六月十九日 同仁通訊十三號寄發。

▲六月廿三日 詩人節。

中國詩人聯誼會於是日聯合各詩社舉行慶祝酒會、同仁多人參與，會中贈同仁林煥彰、喬林，各一面錦旗，爲當選五十五年度優秀青年詩人。

又，同仁於本月出國訪問、留學者，有杜國清、潛石。

▲八月九日 「笠」中部同仁及詩友暑期詩話會。

由林亨泰主持，於上午十時假慈濟寺召開，在和靄氣氛中閒談「笠」之開創動機、基本精神、詩諸問題及詩人態度，下午接受林亨泰之素餐。至傍晚而散。

是日參加同仁有林亨泰、桓夫、錦連、趙天儀、方平、喬林、張彥勳、吳建堂等人。詩友有古貝、沙白、、蕭蕭、陳明台、周文輝、依塔、鐘友聯、夐古、施淑等人參加。

▲八月十五日 笠第十四期出版。

又，日本權威詩誌「詩學」於本月號發表「現代中國詩特集」，此爲笠詩社參與「早春詩祭」之部份稿件。計有林亨泰詩抄，錦連之「挖掘」，詹冰「五月」，吳瀛濤作品，桓夫「殺風景」及陳千武譯沙牧、趙天儀、喬林、林宗源、白萩、楓堤等作品。

▲十月二日 十五期作品合評會暨編輯會議。

是日上午假卓蘭詹冰宅召開，參加有錦連、桓夫、張彥勳、詹冰諸同仁，五時散會。

▲十月四日　同仁通訊十四號寄發。

▲十月十五日　「笠」第十五期出版，此期起改由桓夫任執行編輯。

又楓堤詩集「南港詩抄」出版，列入笠叢書。

▲十月廿四日　北部詩話會。

是夜八時假臺北吳瀛濤宅舉行詩話會，談論詩之諸問題，計有桓夫、吳瀛濤、趙天儀、楓堤、吳建堂、黃騰輝、杜潘芳格、林煥彰、戰天儒、林錫嘉等人參與。

▲十一月四日　同仁通訊十五號寄發。

▲十二月十五日　笠第十六期出版。刋行滿三週年。

民國五十六年

▲一月十五日　鄭烱明作品研究會座談。參加計有桓夫、林亨泰、錦連、喬林、鄭烱明、張彥勳、潘秀明等。鄭君爲新近崛起之新銳青年詩人，五十五年度在笠詩刋中甚爲活躍，此次對其作品之討論實含有嘉勉獎掖之意義，此爲笠詩刋對青年詩人鼓勵之一端。

又，同仁謝秀宗詩集「遺忘之歌」、靜雲詩集「生命的註脚」及菲華詩人林泉詩集「窗內的建築」出版，列入笠叢書。

菲律賓大中華日報「話夢錄」選笠詩刋爲本年度之詩刋亦揭曉，同仁引以爲慰。

▲一月十六日　同仁通訊十六號寄發。

▲二月十五日　「笠」詩刋十七期出版。

林煥彰「牧雲初集」出版納入笠叢書。

▲三月廿六日　舉行第十八期同仁作品合評，是日上午於苗栗羅浪同仁宅召開，參加有桓夫、錦連、詹冰、鄭烱明、張彥勳、杜潘芳格等。

▲四月十五日　「笠」第十八期出版。

▲四月十六日　同仁通訊十七號寄發。

▲四月廿日　日本詩人高橋喜久晴來訪。

高橋喜久晴先生爲日本靜岡中央圖書館負責人、日本現代詩人會會員、彼早與同仁陳千武頗有聯繫，此次來訪一方面爲了解中國現代詩之實況、一方面爲考察自由中國兒童教育之情形。四月廿九日，接受中國文協會青年寫作協會之歡迎，四月廿四日接受各詩社之歡迎並與中國詩人交換意見，五月二日赴中南部訪問並接受中部文協及中國青年詩人聯誼會之歡迎。曾蒞成大演講。在訪華期間尤與本社同仁有所接觸、了解，五月五日返國後，曾連續爲笠詩刋撰寫「日本現代詩史」「日本詩壇消息」等。且在日本大力介紹笠詩刋及各大詩刋，對促進中日文化交流頗有助益。

▲五月一日　楓堤同仁訪問歐洲三月後返國。

▲五月四日　雨季詩畫展假蘭陽召開。

此次詩畫展由笠詩社、幼獅文藝等單位合辦，同仁羅明河企劃，參展同仁有喬林、林煥彰、靜雲、羅明河等。

▲五月二十八日　第三次年會兼同仁大會。

是日假彰化濟慈寺舉行，北部趙天儀、吳瀛濤爲代表、南部葉笛代表、此外有羅浪、詹冰、桓夫、林亨泰、錦連、謝秀宗、鄭烱明、岩上、張彥勳等人參加。此次大會決定「日文中國現代詩選」之編輯、翻譯工作。

▲六月十五日　笠第十九期出版。

▲六月十六日　同仁通訊十八號寄發，經理部轉林煥彰負責。

七月二十二日　桓夫、吳瀛濤詩集合評會。

是日晚八時假臺北黃騰輝宅舉行，參加有趙天儀、吳瀛濤、吳建堂、陳秀喜、藍楓、楓堤、林煥彰等人。

▲七月二十六日　同仁通訊第十九號寄發，此期起，通訊改由林煥彰寄發。按此期通訊所附同仁確定統計名單如下：

北部：巫永福、吳建堂、吳瀛濤、林煥彰、林錫嘉、陳秀喜、杜潘芳格、施善繼、戰天儒、龔顯宗、趙天儀、楓堤（李魁賢）、藍楓（古添洪）、黃騰輝、黃荷生、靜雲、羅明河、徐和隣。

南部：喬林、吳夏暉、涂秀田、莊金國、鄭烱明、白萩、葉笛、林宗源。

中部：桓夫（陳千武）、林亨泰、錦連、詹氷、張彥勳、羅浪、謝秀宗、鄭仰貴、岩上。

國外：杜國清（日本）

又，詩人節慶祝大會本社同仁多人參與，楓堤並當選為優秀詩人。

▲八月十五日　笠二十期出版。又日本大阪詩人會同仁益田鼎來訪。

▲九月十五日　同仁通訊二十號寄發。

▲九月廿四日　北部作品合評會。

是晚假黃騰輝住宅舉行，參與者有巫永福、吳瀛濤、陳秀喜、桓夫、黃騰輝、趙天儀、楓堤、黃荷生、林煥彰、藍楓、梵菴等。

▲九月廿七日　同仁陳秀喜女士為波音唱片公司，錄灌唱片歌詞二張。按：陳女士為新近加入同仁，對笠詩社之熱誠極高，奔走籌募會費、捐款不遺餘力。

▲九月廿八日　中部同仁郊遊員林。

是日為教師節，由員林同仁謝秀宗邀約中部同仁桓夫、錦連、林亨泰、詩友陳明台、林勝憲、林松源、鄭邦雄、鐘友聯等多人暢遊玫瑰中心、百菓山、柳橋諸名勝，並於百菓山公園暢談詩的原始感覺，曾攝影留念，至黃昏始散。

▲十月十五日　笠詩刊二十一期出版。　同仁吳建堂訪日，曾拜訪詩人黑田三郎等多人，歷一月而返。

▲十月廿六日　白萩詩集「風的薔薇」合評會。

是晚七時假吳瀛濤同仁宅舉行，除熱烈討論白萩作品之外，對笠詩刊諸問題亦做廣泛之研究，參加有桓夫、林亨泰、白萩、葉笛、吳瀛濤、趙天儀、楓堤、林煥彰，林錫嘉、羅明河、詩友有陳芳明、陳明台、簡耀堂。十時半散會。

▲十一月四日　同仁通訊廿一號發出，畢禧加入為新同仁，彼為旅越華僑詩人。

▲十一月十二日　中國新詩學會成立大會。

本日為國父誕辰紀念日，中國新詩學會奉准成立，並召開第一次大會，此一組織以研究中國現代的詩而開拓新詩機運為宗旨，聯合各大詩社及有關單位，為中國詩人之一大結合。成立日有酒會，本社同人全部參加。又，該會所選舉之理監事，本社同人計有白萩、林亨泰、桓夫、吳瀛濤、葉笛、趙天儀、楓堤、羅明河、林錫嘉等人當選。

▲十二月十五日　笠第廿二期出版。

民國五十七年

▲一月八日　同仁通訊廿二號寄發，艾雷先生加入為同

仁，彼會當選五十六年度優秀詩人。又，本月中林亨泰詩論「現代詩的基本精神」出版納入笠叢書。

▲二月十五日　笠二十三期出版。

▲三月十六日　本社同仁林亨泰應華岡詩社之邀赴中國文化學院演講「現代詩的基本精神」，又經理部於前一日寄發廿三號同仁通訊。

▲三月十七日　第四次年會兼同仁大會。

是日上午十時開始，假中壢同仁杜潘芳格女士宅召開，會中討論笠詩社諸有關事宜外，選出編輯委員，社務委員及經理。又曾討論有關詩之創作、傳統與現代之問題。至下午四時而散，由杜潘芳格女士招待豐盛的午餐。

此次年會參加同仁有林亨泰、桓夫、錦連、羅浪、趙天儀、陳秀喜、吳瀛濤、羅明河、鄭烱明、杜潘芳格、林煥彰、林錫嘉、白萩、葉笛、林宗源等人。詩友來賓有洪炎秋、郭水潭、小說家鍾肇政、鄭清文、林鍾隆、辛牧、陳明台、拾虹等人。

▲三月二十二日　同仁趙天儀應華岡詩社之邀赴中國文化學院講「中國現代詩的研究。」

▲四月十五日　笠第二十四期出版。

▲四月八日　「華岡詩社」詩朗誦會。

華岡詩社爲同仁龔顯宗所創辦，此次朗誦會甚爲成功，趙天儀同仁曾應邀爲示範及指導，本社提供作品有桓夫、杜國清、詹氷、趙天儀、龔顯宗、陳明台諸人。

▲五月　詩人節，本社同仁多人參與慶祝酒會，同仁林錫嘉並當選爲優秀青年詩人。又，廿四號通訊亦於一日寄發。

▲六月十五日　笠詩社成立進入第四週年，笠詩刊二十五期出版。

▲七月十二日　同仁通訊二十五號發出，決定「笠」詩獎之設置，按：笠詩獎之設置乃爲紀念笠詩誌發行五週年而設立，其項目有四：(1)創作獎(2)評論獎(3)翻譯獎(4)詩人傳記獎。給獎對象爲本國詩人之最有表現影響力者，訂於每年六月評審完畢，頒贈得獎者以「笠塑像獎」一尊及獎金若干。此一設獎之措施將以最嚴肅之態度從事，俾建立其榮譽性及權威性，以選取眞正有成就之詩人。

▲八月十五日　出版二十六期笠，並寄發同仁通訊二十六號。此期起轉由北部編輯。

▲九月十五日　北部作品合評會。

此次合評會於陳秀喜同仁桃園住宅舉行，計合評青年詩人藍楓、鄭烱明、龔顯宗作品各一首。出席者有趙天儀、李魁賢、林煥彰、施善繼、王誠一、陳秀喜、吳瀛濤、吳建堂等人。

▲十月十五日　笠二十七期出版。

▲十一月二十一日　同仁通訊二十七號發出，新加入王誠一、林忠彥二位同人。

▲十二月二十五日　笠詩刊二十八期出版。

民國五十八年

▲二月九日　中部同仁聚會

上午十時假彰化濟慈寺舉行同仁會議，南部同仁有白萩、葉笛和林宗源參加，中部有桓夫、林亨泰、錦連、張彥勳、羅浪等人參加，會中主要討論(1)笠詩獎之設置有關事宜(2)笠詩社「日文中國現代詩選」之編輯進度及有關事項(3)笠五週年同仁大會之籌備事項。中午由林亨泰招待午餐，至傍晚而散。

笠詩誌一—一八期總目錄

陳明臺輯

I 上篇—創作、

(一)本國作品

篇名	作者	譯者	期數	頁數
禮物 外一首	林宗源		28	44

(二)外國作品

A日本

篇名	作者	譯者	期數	頁數
跨在駱駝瘤上	(三好達治)	陳千武	1	20—21
夜的要素	(北園克衛)	陳千武	2	11
旅人不回歸	(西脇順三郎)	陳千武	3	23
假設的運動	(上田敏雄)	陳千武	4	9
黃昏的人	(山中散生)	陳千武	5	17
ALBUM	(春山行夫)	陳千武	6	16—17
荆棘與薊	(三好豐一郎)	陳千武	7	39—41
幻想的人	(田村隆一)	陳千武	8	35—38
作品二題	(鮎川信夫)	陳千武	9	31—32
春天	(西條八十)	郭文圻	11	52
街孃外三首	(王榕青)	張彥勳	9	15—17
作品二題	(各務章)	陳千武	10	25—26
作品二題	(黑田三郎)	陳千武	11	26—28
向異數的世界走下去	(吉本隆明)	陳千武	12	30—32
作品二題	(北村太郎)	陳千武	13	39—41
堀口大學詩選	(堀口大學)	郭文圻	13	45—46
詩	(中桐雅夫)	陳千武	14	39—40
破甕	(薄田泣菫)	郭文圻	14	36
作品三章	(木源孝一)	陳千武	15	47—48
作品三章	(中村千尾)	陳千武	16	46—47
火焰的季節	(峠三吉)	陳千武	17	56—57
作品三章	(中桐雅夫)	陳千武	19	42—43
淚將乾涸	(吉本隆明)	陳千武	20	35
詩三首	(鮎川信夫)	羅浪	23	45—47
詩三首	(關根弘)	羅浪	24	40—41
詩三首	(那珂太郎)	羅浪	25	50—51
沒有語言的世界	(田村隆一)	羅浪	26	55—57
陸橋	(大木實)	趙天儀	26	49
朝	(醍醐華夫)	陳千武	28	33—34

B德國

篇名	作者	譯者	期數	頁數
詩二首	(賓恩)	李魁賢	10	21—22
形象之書(一)	(里爾克)	李魁賢	10	31—33
作品三題	(忒刺柯)	李魁賢	11	22—23
形象之書(二)	(里爾克)	李魁賢	11	36—38
詩二首	(赫姆)	李魁賢	12	28—29
形象之書(三)	(里爾克)	李魁賢	12	35—36
詩三首	(普雷錫特)	李魁賢	13	37—38
新詩集(一)	(里爾克)	李魁賢	13	42—44
衣冠塚	(舍楠)	李魁賢	14	37
新詩集(二)	(里爾克)	李魁賢	14	44—46
詩二首	(柏赫特)	李魁賢	15	43—44
新詩集(三)	(里爾克)	李魁賢	15	44—46
詩二首	(傅理滋)	李魁賢	16	45—46
新詩集別卷	(里爾克)	李魁賢	16	48—50
新詩集別卷(二)	(里爾克)	李魁賢	17	52—54
形象集三首	(里爾克)	李魁賢	19	40—41
形象集	(里爾克)	李魁賢	20	32—33
形象集	(里爾克)	李魁賢	22	58—59
即物性的故事詩	(凱斯特那)	陳千武	23	20
形象集	(里爾克)	李魁賢	23	48—50
杜英諾悲歌(一)	(里爾克)	李魁賢	24	38—39
列車的譬喻	(凱斯特那)	陳千武	25	52—53

Ⅱ 中篇——評論

㈠本國作品

(二)外國作品

篇名	作者	譯者	期	頁
現代詩用語辭典		吳瀛濤	10	18～20
北川冬彥詩自剖	北川冬彥	楊奕彥	10	40～42
現代詩用語辭典		吳瀛濤	11	19～21
湯瑪斯論	Frank N. Magil	周伯乃	12	18～19
現代詩用語辭典		吳瀛濤	12	22～25
現代詩用語辭典		吳瀛濤	13	55～58
現代詩用語辭典		吳瀛濤	14	49～50
現代詩用語辭典		吳瀛濤	15	19～20
詩與實存（上）	村野四郎	桓夫	16	28～31
詩與實存（下）	村野四郎	桓夫	17	19～23
怎樣欣賞現代詩	村野四郎	桓夫	18	4～9
法國詩史（上）	安東次男	葉笛	18	10～15
法國詩史（下）	安東次男	葉笛	19	22～27
現代美國詩論	Conard Aiken	蘇維熊	17	67～73
日本戰後詩史㈠	高橋喜久晴	陳千武	19	44
詩與自由	村野四郎	桓夫	19	48～50
語言的本質	村野四郎	桓夫	20	50～55
日本戰後詩史㈡	高橋喜久晴	陳千武	20	56～57
日本戰後詩史㈢	高橋喜久晴	陳千武	21	30～32
現代詩應該難懂嗎	村野四郎	桓夫	21	39～43
日本戰後詩史㈣	高橋喜久晴	陳千武	22	19～20
音樂的構造	村野四郎	桓夫	23	10～13
日本戰後詩史㈤	高橋喜久晴	陳千武	23	39～41
詩情	西脇順三郎	錦連	23	63～64
俗的釋義	大岡信	羅浪	24	20～27
日本現代詩史㈥	高橋喜久晴	陳千武	24	48～49
詩的構造	村野四郎	桓夫	24	50～56
美國詩展望	世界詩論大系	陳千武	25	11～13
美國詩史㈠	福田陸太郎	陳千武	26	13～17
現代詩的諸問題	北川冬彥	徐和鄰	26	18～23
日本現代詩史㈦	高橋喜久晴	陳千武	26	24～25
詩與非詩諸論	大岡信	羅浪	26	42～47
美國詩史㈡	福田陸太郎	陳千武	27	15～21
現代詩的諸問題	北川冬彥	徐和鄰	27	42～43
何謂現代詩	鮎川信夫	葉笛	27	44～49
德國現代詩史	Georg Ried	李魁賢	28	1～7
小論詩的批評	T.S.艾略特	杜國清	28	8～13
日本現代詩史㈧	高橋喜久晴	陳千武	28	20～21
何謂現代詩	鮎川信夫	葉笛	28	28～32

Ⅲ 下篇——專欄‧隨筆及其他

㈠專欄

A 笠下影（按：一—八期由林亨泰撰寫八期以後由趙天儀）

篇名	作者	期	頁
詹冰	本社	1	6～8
吳瀛濤	本社	2	4～6
桓夫	本社	3	4～6
林亨泰	本社	4	6～8
錦連	本社	5	6～8
紀弦	本社	6	4～6
楊喚	本社	7	8～11
方思	本社	8	23～26
鄭愁予	本社	9	3～5
黃荷生	本社	10	9～11
林泠	本社	10	12～14
羅行	本社	11	7～9
薛柏谷	本社	11	10～12

張彥勳	本社	12	10～12
羅浪	本社	12	13～15
黃騰輝	本社	13	11～13
葉笛	本社	13	14～16
邱瑩星	本社	14	12～14
謝東壁	本社	14	15～17
覃子豪	本社	15	13～15
鐘鼎文	本社	15	16～18
白萩	本社	16	16～18
彭捷	本社	16	19～21
向明	本社	17	13～15
蔡淇津	本社	17	16～18
曠中玉	本社	18	16～18
張効愚	本社	18	19～21
金軍	本社	19	28～30
楓堤	本社	19	31～33
李莎	本社	20	18～20
林宗源	本社	20	21～23
墨人	本社	21	22～24
趙天儀	本社	21	25～27
杜國清	本社	22	12～14
張秀亞	本社	22	15～17
林郊	本社	23	14～16
喬林	本社	23	17～19
林錫嘉	本社	24	13～16
林煥彰	本社	25	8～10
施善繼	本社	26	10～12
孫家駿	本社	27	12～14
洛夫	本社	28	35～37
余光中	本社	28	38～40

B 作品合評、詩話會

性質（名稱）	附註		
作品合評		1	22～24
作品合評		2	20～22
作品合評		3	25～27
作品合評		4	23～26
作品合評	出席十八人	5	23～26
作品合評	中部十一人 北部九人計二五人 南部五人	6	36～50
作品合評	出席二六人	7	65～76
作品合評	出席一八人	8	52～68
作品合評	出席一六人	9	46～53
作品合評	出席一二人	10	46～48
現代詩座談會	出席二三人	11	2～6
作品合評	出席一五人	11	42～45
作品合評	出席一一人	12	40～45
作品合評	出席一六人	13	17～28
作品合評	出席一二	14	22～31
作品合評	出席五人	15	35～37
笠詩話會	出席一〇人	16	25～27
鄭烱明作品研究	出席七人	17	40～43
同仁作品合評	出席八人	18	35～37
作品合評	出席五人	20	14～16
作品合評	出席一〇人	21	18～20
詩話白萩詩集	出席一四人	22	34～36

電燈爲什麼會亮	錦連	15	1
不要從現代脫線	黃騰輝	16	1
釣與詩	羅浪	17	1
瑜珈與詩	張彥勳	18	3
雨季詩畫展一些話	羅明河	18	50
藥與詩	詹冰	19	3
河上祭	杜國清	19	34
詩與愛情	趙天儀	20	1
歷史的，詩的	陳明台	21	1
魂兮歸去	鄭烱明	25	36～37
優秀詩人的條件	古丁	26	2
閒話詩與共鳴	陳世英	26	2～3
詩的問答			
A 您開始寫詩的動機			
開始寫詩的動機	錦連	20	43
我開始寫詩的動機	蓉子	20	44
也算是動機	彭捷	20	44
寫詩的動機	莊金國	20	46
寫詩	吳建堂	20	46
寫詩的動機	杜潘芳格	20	46
詩是一種抵抗	桓夫	20	46～47
開始寫詩的動機	吳瀛濤	20	49
B 您的筆名由來			
關於筆名	詹冰	21	33
我的筆名	蜀弓	21	33
筆名的由來	楓堤	21	34
我的筆名的由來	藍楓	21	34
我的筆名的由來	羅浪	21	35
我的筆名	靜雲	21	36
筆名的數理	岩上	21	36
我的筆名	戰天儒	21	36～37
我的筆名	吳夏暉	21	37～38
C 論發現新的詩語			
發現新的詩語	錦連	20	43
給詩及向詩生命進軍的伙伴	西丁	20	45
語言與文字	桓夫	20	47
詩的語言	林宗源	20	47～48
詩語與現代詩	吳瀛濤	20	49
D 你對難懂的詩的看法			
關於難懂的詩	詹冰	21	33
難懂的詩	蜀弓	21	33
我對難懂的詩的看法	藍楓	21	34
我對難懂的詩的看法	李莎	21	35
對難懂詩的看法	羅浪	21	35
詩的難懂是詩人的悲哀	岩上	21	36
難懂　懈怠　僞詩	戰天儒	21	37
略談難懂的詩	吳瀛濤	21	38
E 您對本誌的意見或希望			
對笠誌五點希望	靜雲	22	41
願望	高峠	22	41
一丁點祝福	黃進蓮	22	41
對笠詩刊發展的期望	陳世英	22	42
我對笠的淺見	吳夏暉	22	42
㈢其　他			
啓事：			
本社啓事		1	5

笠下影 ㊺

夏菁

我認爲，現代詩人不能僅僅在詩中用幾個核子、火箭等科學名詞滿足。他們可以向科學學習分析、歸納的方法，實驗、嘗試的態度，精確、效率的表達等等。總之，我們不要對科學加諸人類的影響，視若無覩。現代詩也不必向科學投降，或是記載科學的種種事實，而是要想方法，將它給予或可能給予我們的影響，反映於詩內。現代詩如果無法容納科學，終將被科學扼殺。

——錄自「現代詩的面面觀與前途」

I 作品

池邊塑像

抬頭瞥見，水仙邊
一尊愛神的塑像。

它沐着冬日淡淡的陽光，
似剛從愛琴海裡起來。
帶一分自賞，帶一分吃驚，
突然是殘斷的永恒。

再也無法繼續看書；
每當我低頭時，
遠處有一對盲目圓睜。
更屏息着，
不敢吐一句頌詩
恐傳來竊竊的笑聲。

它的光輝如初雪，
我的心，像冬夜的痲雀
深藏在卑怯的稻草裡。

但當我，以呑食禁果前的
目光，觀看它時——
生命忽超越，
時間已不在，
我頓返回伊甸園，
第七日的一尊塑像。

百老滙夜景（紐約之三）

到了晚上，
紐約的星欲稀了！
帝國大廈一百零二層的尖頂
刺得她們閃閃隱隱，
（幾乎使上帝失明。）

有人在四十二街的十字路口
高嚷世界的末日將來臨。
一位牽着黑貓的金露華走過，
答以輕鄙的一瞥。
而在對街的書店中，
裸體照和禪宗並列；
一對亞當和夏娃小立
耳語着櫥窗中的「婚姻與性」。
老闆却以慷慨的姿態
拍賣着詩人的靈魂。

擁擠、蠕動、
人潮、車潮、
警察在馬背上浮飄，
擠得時報方場的鐘樓
連嘆了兩聲；
而 Time 及 Life 的霓虹燈，
猶暗示着這不夜城——
今宵一刻值萬金。

燈光、十彩的燈光，
瞬息萬變的燈光；
效果、群衆的效果，
車輛的效果；
還有女主角的藍眼圈，
神秘、挑逗的藍眼圈。
（這時，模特兒都走出了櫥窗。）
一齣複雜、龐大的舞臺劇，
正上演到頂點……

（有人問我：你感到快樂嗎？
我說：是。那末，他說，
你爲什麼皺眉呢？）

I 詩的位置

一位農業專家，一位中年的留學生，一位業餘的詩人。一提起夏菁，差不多就使人聯想到詩人余光中，他們是一對老搭擋，同時崛起於「中副」，同時成爲「藍星詩社」的發起人，而且同樣地從格律至上主義者轉換爲廣義的現代詩人，由於他的性格，加上科學訓練的啓示，使他冷眼地注視着這大千世界，他佇足，他靜觀，他回顧，且時時刻刻不忘自己是一位詩人，即使他沒有透露，也在字裡行間顯示着。我們不能否認，當余光中大踏步地朝向現代詩的時候，他也曾經渾身解數，表現了他的才華。而詩人夏菁在早期謹守格律實遠超過余光中，但憑心而論，他並沒有跟余光中穿同一條褲子，他還是有其獨自的境地，獨有的風貌。詩人白萩當年曾批評過他的第一詩集（註1）時說：「……這一偏差，終於使夏菁先生祇作了歌吟者而不是作曲者。」這一招確確實實擊中了要害；因此，夏菁先生在他的第二詩集「噴水池」（註2）的「後記」上便有了這樣的反應：「我以極度的虔誠與虛心，來接納各方嚴正的批評。雖然要全然了解一首詩是頗不容易的。但只要不以一概全、偏頗為是，或事先編妥了詞句來套取了作者的長（短）處，都是我所歡迎的了！」這是何等的紳士風度，誠然，要了解一首詩是需要多方面底修養的，何況要了解一個詩人的風貌？

（註1）見民國四十六年三月一日出版的「復興文藝」第四期，白萩以另一筆名邵析文發表了一篇「評夏菁的詩集『靜靜的林間』」一文。

（註2）見民國四十六年六月初版的夏菁第二詩集「噴水池」，明華書局印行。

Ⅲ 詩的特徵

談到夏菁的詩，我們不想踢翻了他的韻脚，說是有韻的散文；也不想取消了他的典故，說是作僞的裝飾。夏菁先生是篤學的，是懂得幽默的，而且是頗能諷刺的！比方說：他對詩人紀弦的批判。又比方說：他對笠下的一群比擬為土撥鼠的調侃，都有他的一手。

老實說，夏菁也是不斷地想突破自己寫詩的成規，走上一條比較更現代化的路。不過，他的觀照方法，往往顯示着他是一位傍觀者，而不是一位熱中者。固然，有時的確是傍觀者清，但詩本身如果是缺乏一種生命的參與，則所表現的詩素，將是止於前景的喝彩，而不是幕後的淚滴。在「池畔塑像」那種冷靜的默視中，他歌詠着：

「它的光輝如初雪，
我的心，像冬夜的麻雀
深藏在卑怯的稻草裡。」

而在紐約的「百老匯夜景」中，他更如魚得水似地，以一位林間的過客來攝影這多彩多姿的摩登的夜都會，諷刺得頗有分寸，描繪得也頗為得體。

我們從夏菁留美的副產品散文集「落磯山下」看來，他是一位有功力的散文家；但從他的另一副產品詩集「少年遊」看來，他却是一位古典的詩人。他小心翼翼，勤奮好學，使他的小品散文，如話家常，精鍊而中肯。但他尊重傳統，眷戀古典，也使他的詩，稍嫌拘謹，形式上雖已掙脫了格律的枷鎖，但畢竟還是「一隻古典的貓」（註1）。

（註1）參閱夏菁第四詩集「少年遊」中「華盛頓廣場鼴鼠」一詩。詩集列入文星叢刊，民國五十三年十月初版。

Ⅳ 結語

所謂詩，如果沒有比散文有着更結晶的沉澱，恐怕也會顯現出浮上來的水份過多，彷彿是不夠精純的人造的芒果汁一樣地，甜是够甜了，可惜芒果味兒稀薄了些。對於詩人夏菁來說，他也許是好吃甜的東西，而忘了果汁的芳香四溢，當然，我們也不能說那樣就沒有營養哩！

動物詩集

阿保里奈爾作
何瑞雄譯

馬

我那豪壯力强的空想，
足以控制你吧；
我那駕着黃金車之命運，
將成爲你美麗的御者吧；
它會狂烈地緊握着，
那馬韁呀，
乃是一切詩歌之範本的
我的詩句。

鼷鼠

「時間」的二十日鼠，你們美麗的日子喲，
你們一點兒一點兒地啃着我的生命。
不久我就二十八歲了，
就在這麼潦倒的生活之下。

毛蟲

勤勞工作可以致富，
貧窮的詩人啊，工作吧！
毛蟲是肯不斷地吃苦，
才變成綺麗的蝴蝶的哩！

跳蚤

跳蚤也罷，朋友也罷，情人也罷，
凡是愛我們的都是殘酷的傢伙！
我們的血液要被他們全部吸去，
唉，唉，被愛是災禍。

猫頭鷹

我可憐的心是一隻猫頭鷹，
是釘上了釘子，又拔出釘子，
又被釘上了釘子的一隻猫頭鷹。
我拼出最後的一滴血，一絲氣力
來稱讚愛我的人。

朱鷺

而不久，我也將奔赴
地下冰冷的幽冥吧。
到頭來呀，誰都難免一死！
哀哉！有限生涯的有限命根，
朱鷺，住於尼羅河岸的鳥。

海豚

海豚喲，你們在海中嬉戲，
可是，這海水却永遠都是苦的哩。
唉，有時候，我倒也並非毫無快樂，
不過，人生無論那一條路都是殘酷的啊！

「附記」阿保里奈爾的「動物詩集」又名「奧菲斯的孩子們」。原書每首都配有木刻挿圖，極美。全書分獸、蟲、魚、禽四輯，凡三十首。各輯之首均冠以「奧菲斯之歌」。奧菲斯 Orpheus 是希臘神話中的詩和音樂之神，爲一絕世的豎琴聖手，每當他撫琴作歌，所有飛禽走獸便聞聲陶醉而向他跑來，其妙技連最冷酷的冥王都深受感動云。惟阿保里奈爾的這一卷作品，非尋常詠物詩，乍看近乎戲筆，却隱含着一股嚴肅的蒼涼。

德國現代詩史③

Georg Ried

李魁賢譯

羅特（Joseph Roth, 1894~1939），同繆塞與布洛克相反，他的小說繼承了寫實主義的風格。

他生於Ostgalizien，第一次世界大戰時，當過軍官，然後從事新聞工作。一九三三年，他離開住了不多久的柏林，前往維也納。後來，又遷居到巴黎。死於貧民醫院裡。

他的傑作是「**約伯**」（Hiob, 1930），描寫貧苦的東猶太教師辛格（Mendel Singer）的命運，他以為失踪了的小兒子，卻出乎意外地，成為享譽的作曲家，與他重逢。

在我們現代的背景之前，更虔誠、更謙遜的人群的小生命，在他們多姿多采的舞台（家族與祝典場面，猶太街的生活、帝國衙門的調解、復活節初夜的重逢）與多苦多難的途上活躍。

「……他睜大着眼睛，和衣躺在沙發上，嚅囁着：『完了，完了，辛格是完了！沒有兒子，沒有女兒，沒有妻子，沒有錢，沒有房子，沒有神！完了，完了，辛格是完了！』臘燭昏黃又發青的火焰，微微搖幌着……」

正當此小說以深刻的虔敬為基調時，「拉得茲基進行曲」（Radetzkymarsch, 1932）卻以極強烈的悲觀，描寫多瑙君主國的顯赫與衰落。羅特的作品，於一九五六年，由克斯登（Hermann Kesten）選輯為三卷出版。

身兼新聞記者、評論家與演員，多才多藝的**柯勞斯**（Karl Kraus, 1874~1936），嘲笑着與他同時代人的懦弱。

他生於基矜（Gitschin/Böhmen），一生大部份時間花在維也納，並去逝於斯。他在政治上和文學上的生涯，都算得上一時之選，他親歷過各種政治上的變動。

身為勇於論戰的刋物「火炬」（Die Fackel）的編者與創辦人，他起先寫了很多文章，主要攻擊政治、語文與報界的弊端，轉而反對「報紙語文的庸俗」。他一再地指責陳腔爛調與矯揉作態，而提倡語文的明朗與伶俐。在他看來，語文的伶俐意味着思路與處事的伶俐，反之亦然。於柯勞斯，語文是帶有世界秩序的氣質。他「諷世的根基是其內心的信仰，對生活的秩序所採取防禦的姿勢」（Erich Heller）的確，很多評論家也貶斥他的語文。

當然，他也並非無譴責誇張的淺薄，尤其是在他諷世的反戰劇「人類的末日」（Die letzten Tage der Menschheit, 1919），極强烈地冷諷與痛斥第一次世界大戰期間的狀況。

凍斃的戰士：

僵冷的星辰無法挽救我們。

而什麽也救活不了你們。

分別用四個筆名發表作品的柏林人**涂果斯基**（Kurt Tucholsky, 1890~1935），也是當時流行文學的一位善諷的嘲弄者。在威瑪共和國，他是唯一集中攻擊「公民」、「復古派」及「國家」的一人。後來，他也猛烈評擊納粹黨。——見「選集」三卷（Ausgewählte Werke, 1965）。一九三三年，他喪失了國籍。

、與柯勞斯熱心的諷世作風迥異，涂果斯基比較唐突。他的「小調」（Chansons），於柏林土話及觀察入微的素描中，帶着苦楚與悲戚。

托瑪斯曼的哥哥**亨利希曼**（Heinrich Mann, 1871~1950），寫過一部大塊頭小說，和無數的散文。

這位於留培克出生的詩人，經常居住國外，後來，事事寫作，主要在慕尼黑及柏林。一九三〇年，他擔任普魯士詩人學會會長職務。一九三三年去職，途經捷克、法國、西班牙，而移居美國加州。在他計劃重返德國之前，於此去逝。

亨利希曼表現了了不起的造型能力。他試圖創造「精神」的概念與寬容的空間。可是一再地呈現一種政治的傾向或相當的成見。這導致他的偏見。

在「窩囊教授」（Professor Unrat, 1905）中，硬把唯一的角色提高到「專制模型」。「屬臣」（Der Untertan, 1914）裡，暴發戶赫斯琳，是威廉第二時代，被揄揚的陰錯陽差的「平民」諷刺畫。此外，亨利希曼的此項「文化批評」，於面臨下列矛盾時，喪失了確定性，該矛盾發生在他一方面極端厭惡普魯士帝國的權力機構，另一方面卻嚮往共產專制制度。

「小鎮」（Die kleine Stadt, 1909），杜撰意大利一小城市富有諷刺味的「革命」，和「亨利四世的少年時代與成就」（Die Jugend und die Vollendung des Königs Henri Quatre, 1935/38），兩卷描寫法國皇帝的晚年精心巨作，都是成熟作品。亨利希曼無疑忽略了，亨利四世不僅是有多方面的嗜好和主張容忍觀念的民主作風，而且是一位冒險家和戰士（Curt Hohoff）。

出生於史鐵汀（Stettin）的醫師**杜卜琳**（Alfred Döblin, 1878~1957），像一部地震計，記錄着我們時代一切精神的潮流。這一點，他和巴爾（Hermann Bahr）相似。他依次通過表現主義、新即物主義，以及東方的思想領域。終於能超越而皈依天主教教義，他從單純文化批評的不斷吸收，突破而臻玄學的回應。

一九一一年至一九三三年，他在柏林東區，任人壽保險醫師；然後遷居蘇黎世與巴黎。他取得法國公民權，大戰爆發時，加入法國情報部。一九四〇年，前往美國。一九四五年回國後，在巴登巴登（Baden-Baden），服務於法國教育會。在巴黎住過短期後，一九五七年於艾梅底根（Emmendigen/Südbaden）去逝。

懷着文化支離破碎的情感，他早在一九一九年就在尋求出路：「向泉源，向生命的知覺，向宗教，找尋中心，予以淨化，予以宣判。」他的詩作，「聳立於歐洲大陸上」。包括有描寫中國的世界（「王倫三元及第」Die Drei Sprünge des Wang-lun, 1915），甚至南美的宗教之爭（「藍虎」Der blaue Tiger, 1936），技術與物質問題（表現在幻想小說「山、海、巨人」）Berge, Meere, Giganten, 1924/32，以迄德國政治與社會的緊張（「一九一八年十一月」November 1918，「柏林亞歷山大廣場」Berlin Alexander-Platz, 1929）。上述最後一部小說是柏林搬運工人畢貝可令人同情的蒙難記，他被大都市搗碎了，因他爲了生活而拼命賺取麵包。

「不朽的人」（Der unsterbliche Mensch, 1946）是一部宗教對白（詩人對基督教的感悟）。

小說「**漢姆雷特或長夜已盡**」（Hamlet oder Die lang Nacht nimmt ein Ende），寫於一九四五及四六年，出版於一九五六年，描寫第二次世界大戰後，英國艾里松一家的故事。

重傷解甲的厄篤洼，有着漢姆雷特般的頑强，因其無謂的問題，帶回潛在的緊張，在他父母家裡爆發。

穆竇（**Walter Muschg**）稱此作品，是「戰後文學中傑出的小說」。

在杜卜琳少數引人注目的作品中，兼具英勇與人性的親切。他的書中角色，老是柔弱者，與强悍者對抗。他應用現代的結構原理。

雅安（Hans Henny Iahnn, 1894～1959）亦是如此。他生於 **Altona-Stellingen**，是風琴製造者、音樂理論家、養馬者、荷爾蒙研究者、和平論者，而且寫詩，還卓有成就。

他在爲數衆多的小說——部份未完成，例如：「皮魯亞」（Perrudja, 1929）；「無岸的河流」（Fluss ohne Ufer）三部曲：「木舟」（Das Holzschiff, 1949）、「札記」（Die Niederschrift des Gustav Anias Horn, 1949）、「終篇」（Epilog, 1961），遺作——戲劇、論文裡，他那固執而語言熟練，常常又是混亂、冷酷與乏味的心靈，把文雅、確切的情況與傳說的、不信仰神的形象，跟過份病態的，與有推進力的恐怖幻象，揉和在一起。

詩人的思考方式，從他情感洋溢的列辛獎授獎講詞，或論文「詩人與當前的宗教情況」（1930）裡，可以很清晰地看出來。在此，他反對「掌握權力的人」，且認爲：「逐漸形成的、完全無希望的情況，與拯救的能力，人類心靈的權力對立。」

柏林醫師**賓恩**（Gottfried Benn, 1886～1956），是詩人當中，特別具有表現震人心弦的文化意識的天賦。

他出生於曼斯菲（**Mansfeld/Westpriegnitz**），是牧師之子。攻讀哲學、神學與醫學，在兩次世界大戰期間，均參加軍醫工作，在柏林行醫，經過一段充滿內心不安的生活後，一九五六年於柏林去逝。

早在一九一〇年及一九二〇年，賓恩便是前衛的表現主義者之一，寫自然主義的與表現主義的詩篇。起初，他肯定地贊同納粹主義——論文「新國家與知識份子」（Der neue Staat und die Intellektuellen）——因爲他可以由彼獲得鼓舞，一旦期望一種「新的生物學的人類典型」的出現，便可以抵制虛無主義與麻痺。

不久他改變了，學金人之三緘其口。到一九四八年才又重新執筆寫詩。他先是精心觀察，然後加以把握。

在這些詩裡，他的視域擴大了，在人生的基本經歷方面，如像愛、遺棄、死亡、渴慕與失望等等，均與前不同。他的特點是强烈的「文化評論的悲觀主義、塵世的憂愁、尖銳的犬儒主義、嘲弄歐洲淵源與意念的批發」（H. E. Holthusen），和吸引人的「現代時尚」。

賓恩在傑作「失落的我」（Verlorenes Ich）一詩裡，歌詠了我們一代的世界與人類的支離破滅（請參閱「笠」第十期拙譯）

他對「何故」的疑問，沒有答案。只有「空虛和紋身的我」——見「僅有兩件事」（Nur Zwei Dinge）一詩：

邁步穿過如此多的形態，
穿過我和我們和你，
可是一切依然忍受
永恒的問題：何故？
這是一則孩童的問題。
你到後來就會知道，
只有一件：收穫
——知覺也罷、奢望、流言也罷——
你久已決斷的：你必須。
薔薇也罷，雪也罷，海也罷，
盛開、凋謝的一切
僅有兩件事：空虛
和紋身的我。

面對着價值、秩序與眞理的普遍瓦解，他相信只有在創作的語言和所謂「純詩」中，才能找到支持。因此，他在著作「詩的問題」（Probleme der Lyrik, 1951）中，建立了一系列的規則。宣示着他的價值：

事物冷冷地擁擠入幻境
且古老的連繫已匆促而去，
只有一種遭遇：事物
藉經字語而禁錮於詩裡。

現代詩該是「無信仰的詩、無希望的詩、無所表達的詩、用字語迷惑地架設的詩」。可是也該「處在迷惑與字語的背後充足的陰暗與實存的根基，爲了滿足於抑鬱」。此項迷惑，也是因透過技術與科學世界的外來語與表現方法，以及愕然的轉變，而造成的，在上述「失落的我」一詩中指示出。

賓恩採取的題材，對現代詩有很大的影響。他晚年的詩集有：『靜態的詩』（Statische Gedichte, 1948）、

『酩酊的潮』（Trunkene Flut, 1949)、「蒸餾」（Destillationen, 1953)、Aprèslude(1955) 包含有「你不再瀏覽」、「部份——部份」、「憂鬱」、「旅行」、「無人哭泣——」，以及提過的各詩。

賓恩提倡「純詩」之抽象的冷靜，經常與詩人的「感性」對立。又透過他的「文化的虛無主義」，在很多詩裡，顯示對「最古老的衆神」之企望，滿懷信心。（「……刀劍猶執在世界的時間之前」，……「啊，如全體俯身向中央……」）。

賓恩的散文値得重視，他在散文裡，對時代提出了破壞性的批評：『酒店之狼』（Weinhaus Wolf, 1937)、『現形的小說』(Roman des Phänotyp, 1944)、『托雷瑪王室』（Der Ptolemäer 1947)、『兩棲生活』(Doppelleben, 1950）。賓恩也提倡一種「純散文」，但既不能使人有明晰的概念，自己也不實行。

在「詩人能改造世界嗎？」的廣播詞裡，他所持的立場是，詩該「不是改造和影響」，而是「存在」。

柏夏特（Wolfgang Borchert）的詩，也是吟咏面臨疑惑與空無的人生。柏夏特是漢堡人，一九二一年出生，一九四七年去逝並葬於瑞士的巴翟（Basel），他切身體驗過混亂的生活。因此，在他薄薄的全集中，譴責且譏誚世界，滿是謊言、虛僞與冷酷無情。他在「長長的街道」(Die lange, lange Strasse lang）故事裡，藉返鄉人憤慨的口吻說：「他們（在音樂會上）正襟危坐着，打扮得整潔漂亮。可是他們不知道，我餓壞了。」

最著名的是他的劇本「**門外**」（Draussen vor der Tür, 1947）。描寫一位戰後返鄉的人，他回到德國，但並沒有回家，因爲他已經沒有親人、沒有家、沒有工作、也沒有心靈的安祥。他以譴責神與人類，來狂喊出他的困境：「那位自稱爲神的老頭在何處？一點回音也沒有嗎？」

柏夏特作品的意義，不在於圓熟的藝術家的宣述，而是詩人的「狂飆時代」的見證，和被「投入」於虛無主義的一九四五年後世界大戰的一代，首先表現協和的一人。

（柏夏特的詩，請參見「笠」十五期拙譯，其第一首題目爲「鳥」，被手民誤植，並此更正。）

漢堡人**諾薩克**（Hans E. Nossack），生於一九〇一年，精神上，他和卡繆、卡夫卡、卡薩克同一類型。他的作品於一九三三年遭受禁止出版。他主要的題材在表示人的沉淪、死亡、不正當的生活，以及在眞眞假假之間浮盪。作品有『尼基亞』（Nekyia, 1947）、『沉淪』（Der Untergang, 1948），描寫一九四三年的轟炸漢堡，『不可能的資料收據』(Unmögliche Beweisufnahme, 1959)、『最終叛變之後』（Nach dem letzten Aufstand, 1961）、『尤理奴的見證』（Das Testament des Lucius Eurinus, 1965）。他以嚴謹、簡潔的語言，把事件推入神話的朦朧之中。

黑森人**朱科邁爾**(Carl Zuckmayer)，一八九六年生，在他活躍文壇的二十年當中，以其動人心絃的劇本，給德國詩壇帶來新血。他也是從時代批評的立場出發。

他生於納肯罕（Nackenheim/Rheinhessen），工廠老板之子，第一次世界大戰時從軍，攻讀過自然科學，然後當劇評家和助理導演，一九三八年，薩茲堡（Solzburg）的家被抄後，經過瑞士，遷居美國，在那裡經營一片農場，一九五八年起，住在Saas-

Fee/Wallis。

身為現代少數德國戲劇詩人之一，朱科邁爾兼具戲劇塑造能力與生命的悲劇感。可是並非否定，而是愛好和信仰「眞、美與至尊的人類」的主題。他以詩人自己「純眞」的關係，獻身於探究自然與生命的概念。他的人物並不生活於分裂狀態，而是出於「理智與感情的融合」（Wolfgang Paulsen）。明晰地拒辭宗教的「感性」，他知道「永恆的往往是現實的」。

所以他除了撰寫通俗劇「茂盛的葡萄園」（Der fröhliche Weinberg, 1925）、Schinderhannes(1927)和「卡妲麗娜之膝」（Katharina Knie, 1928），也寫了一齣「柯本尼，一則德國的寓言」（Der Hauptmann von Köpenick, ein deutsches Märchen, 1931），是社會批評的諷刺劇，迄今仍常在舞台上演出。

一九四五年後，朱科邁爾的時代劇「**魔鬼將軍**」（Des Teufels General, 1046），成為德國最成功的舞台劇。在哈拉飛將軍的塑像中，處理軍人的責任心，與軍官的內心拒斥政治統攝之間的交戰。對朱科邁爾來說，這一部作品表現了詩的特性，因為他捨棄了白描的方法。每個人物，特別是具有反抗精神的奧德布魯，都表現得生機蓬勃。此劇呈示使人印象深刻的人物個性和舞台效果良好的景緻；在結構上，尤甚於成功的描寫，但不照嚴謹的「結構學」。

朱科邁爾其後的劇本——「火爐內之歌」（Gesang im Feuerofen, 1950）、「冷光」（Das kalte Licht, 1955）、「塔帕的生活」（Leben des Horace A. W. Tabor, 1964）——處取材於人類心靈之克服戰爭的惡魔、處於科學、為人群負責以及祖國愛之間的原子科學家的難題，柯洛拉多淘金者的堀起與敗落。一位當代導演認為朱科邁爾的舞台造型：「那種色彩，是劇院所不能放棄的。」朱科邁爾在「我的一齣戲」（Als Wär's ein Stück von mir, 1966）一書裡，談他的生活回憶。

朱科邁爾從「魔鬼將軍」起，愈强烈地傾向於「時代詩」，轉向現代史的情勢及直接過去性的問題探求。

日本現代詩史（十）

高橋喜久晴

不僅限於文壇，任何集團壯大了以後，就會在離脫了其本質上的地方發生爭執。憧憬於名利的似是而非的藝術家，就會開始分黨派鬩爭取權益。日本的短歌、俳句或繪畫的集團也有這種傾向頗强，而聚集有利於自己的夥伴互相捧場。起初還很熱心於研究會，但後來逐漸陷於千篇一律的作風，到覺醒了時，已成爲只屬一種同好會而已。

今天二月底在東京有一詩社研究會請我出席，我便上東京去參加。（從我所住的靜岡市要去東京，如坐了數年前建設的新幹線火車，不超過一個半鐘頭就會到達；並不很遠，因此我常去，而辦完了工作當天就回來。但我却很少爲了詩的事而去，詩話會總是會發生下面的情形），那天也不出所料，有些失望回來。參加的人雖大多數是我國中堅詩人，若以個人來說從親友們可得到些收穫，但研究會本身却變成了一種同好會。又無異質的有格鬪精神的夥伴，終於毫無觸及問題的核心就解散了。因爲參加的人都是親密的朋友們，自然會互相在雜談裡渡過了時間。大家快樂當然很好，但研究會變成了雜談會就沒意思了。若無切實勇爲的討論，研究會便喪失意義了。

所謂文學獎也同樣，若被利用於夥伴互相捧場的工具就會喪失意義。一九五〇年時候，在日本也設置了幾個比較大的文學獎。像藝術院獎啦文化勳章啦，是世界有名的。此外像讀賣文學獎、新潮獎、藝術祭獎等，都是報社或雜誌社提出壹佰萬元左右的副獎金來辦的。配合日本經濟情況的增進，文學界也越來越興隆了。在一九五六、五七年就有西脇順三郎（諾貝爾獎候補的世界性詩人）和木原孝一（原詩學主編）等，獲得了上述的獎。從這個時候，政府文部省也開始盡力於有計劃的文化運動了。

※

曾經也說過我所喜愛的詩人高野喜久雄的第一本詩集「陀螺」是於一九五七年三月出版的。在集裡的一首；

陀螺

無論依靠如何的慈愛
如何的孤獨
你也無法永恒站立着
你能站立　就是
你徒然　在
你的周圍旋轉的時候
然而
你徒然旋轉周圍

會如何的頭暈
會如何的超越你的Vie（生）呢
而且
更進一步　仍然
依靠那些　誰
會堪耐着那麽多餘的無聊呵

這首詩是我訪問臺灣的最初晚上，在臺北介紹給當地詩人們的。如果能在詩造型的巧妙處，瞭解原作持有的深刻思想就幸甚啦。

高野喜久雄此後並不屬於任何詩的集團，是走孤高的路的優異詩人，頗受年輕詩人們敬愛。這首詩傳給我們的是，孤獨的人生的意義與型態。再介紹他以後的詩集「存在」裡的一首吧。

蔓草

意欲纏住
而辛勤地　伸向天空
蔓却撲了空
抱住虛無　扭勁
終于互相
瘋狂似地和同類們互相
糾纏着

從這個時候「詩學」「由利卡」等有力的詩雜誌，都以活躍中的一位年輕詩人，或以有名的一位詩人爲中心，專輯其作品論或詩人論。專對在時代裡生活的一位詩人，從各種的角度來分析，等於是分析當時代的特性。這不是有趣的嘗試嗎。小野十三郎（右翼詩人）、藏原伸二郎（以硬質的語言表現强烈抒情的詩人）、丸山薰（抒情詩人）、中原中也（夭逝的抒情詩人）、金子光晴（有名的反戰詩人）等，都成爲專論的對象，提出了各種各樣的資料。又這一年對于戰爭責任的追求，外國詩人的作品，評論集的介紹也相當活潑。

答客問

（我的詩觀之二）

Marianne Moore（1887—）

宋穎豪 譯

芮麥諾夫先生問：

「一、您認爲您的詩在特質或風格上與您初期的詩有無顯着的轉變？」

沒有。當初，我的主要目標爲韻脚，祇要將韻脚安排恰當也就滿意了。

我認爲湊合制式詩節的長度似乎最重要，有時我常在每行詩的結尾加上一個連字符號，原希望讀者繼續讀下去，（其實，連字符號毫無他用），但我發覺讀者經常誤以以爲這個符號是一種强調的秘密方式。因此，我現在就很少用了。

我深切明白今日世界的困境，我似乎感覺到，人對人的反應嘗導致一種强制性的責任意識——一種被迫參與他人問題的義務。

「二：美國詩是否，或曾否，或者已經發生了一次『革命』，或者祇是一種花招的玩意？您的詩與此一問題的關聯如何？否則，您對『新詩』、『美國語言不同于英國語言』、『韻律字的崩潰』、『無思想而在物中』、『學院派的論戰』，以及其他論調的看法如何？」

作者的個性與情感應該超越形式。大約是在一九一二年吧，我偶爾有着過于孤獨的感覺——似乎不受任何「流派」的影響，更不可能被列爲「想象派」的一員——但我決心將我認爲最重要的東西予以强調，且予自然的表達。我喜愛運用完整句法的詩行，而且押韻；不過，韻脚常不明顯而不易被察覺。當初，我開始寫詩時，常認爲綿延不絕的氣勢不可或缺。

水母

隱約可見，而不顯見的
一隻流滑的魔物
一顆琥珀色的柴水晶
居其中，你的臂伸出
它一張一闔地；
你本來想捉它
它在顫慄
你也就算了。

後來，我讀到 Clarles Sorley 的「觀念」（The Idea）（可能刊載于倫敦的「自我主義」雜誌），使我體悟到弱音節（The unaccented syllable）輕韻脚（the light rhyme）對我的意義：

我把守
　都是我自己的
不讓大風吹走
　太痛苦地……

在「飛鼠」（Jerboa）一詩中：

……一個人，也許
不祇是他富裕。
……
收攏前爪，彷彿長有軟毛
在脫險逃跑。

另一首 Occassionem Cognosce——一首老調的詩——我會將輕韻予以倒置：

……
「擎天神王」
（壓縮的玻璃窗）
看來是最好
精巧的浮彫
……

詩是一種「頓」的魔術，使我常想起 Pauses與Pauses協韻的比較。然而，我從不知道詩的音步爲何物，我也不會找到適當運用的範式。再準確地說：寫詩時，祇斤斤于音步的多寡似乎像是畫蛇添足一樣。

讓我再談一談輕韻。艾略特（T. S. Eliot）爲我的「詩選」（Selected Poems）寫序時，曾稱許我爲「當今運用輕韻最偉大的高手」，他的話在暗示一種嫻熟，或者我寫詩的一種慣用藝術，令我有點受寵若驚。

我認爲奧登（W. H. Auden）在其「短詩選集」的序文中的話，最爲眞切：「在每位作家的眼中，我時常這樣幻想，可將其以往的作品概分爲四類：第一類是一堆純粹的垃圾，使他悔不當初。第二類最使他痛苦，是一種有良好的意念，但限于才智或缺少耐性而不能充分發揮。第三類是一些雖無大瑕玼，但缺少其重要性，任何選集中的大部作品多屬這一類。假若其作品僅限于第四類或限于衷心所激賞的作品，那末他的選集一定會薄得可憐。」

讓我說一句題外話，窃幸辱蒙奧登先生選定我爲翻譯 La Fontaine 的「寓言」（Fables）的適宜人選。他之毅然推擧我，可謂俠義之擧。因爲他爲出版商的顧問，有權決定重譯「寓言」一書，也許他就硬性指定了我爲該書的譯者。雖然，這些話與問題無關，但 La Fontaine 所傳授的功課，我認爲其最具價値的部份應是對輕韻的廣泛運用，在 The Rabbits 一詩：

寓言的誘惑奇妙
只因它故事短小。

When fables allure
Rest assured that they are short.

芮麥諾夫說：「新奇是一種特質，屬于語言與心象，而有不可分性。」約瑟夫・康拉德（Joseph Conrad），說過：「藝術本體原超越你目視所及的一切。」作家的目標「在賦予可見世界以最崇高的判證。」看與說：——語言爲視力的一種特殊延展，如此不僅可以窺見已經陳列在眼前的世界，並藉着視力的特殊延展而看見所有關聯與類似的世界。」是否爲靈性的世界？不過，靈性一詞很難予以界說，我覺得「創擬性」或許可爲我們能夠找到比較近似的定義。

總而言之，詩不能祇求押韻，而屬于高渺的自覺意識。請看 Eric Schroeder 描寫海的詩：

海——五行之四

倉卒張皇而倉卒海的恐怖
滾落而踩躪而驚慌撲來，
曳退，霜白的瀑虐的夢，聳起，翻捲
傾倒，又一次無奈的投擲
摔碎而匍匐
示警地
泡沫飛濺
潑污了天空
白沫迸洒
一隻小鳥御風而來，順風搖擺，
在掙扎，在復元，揚帆而去
順風飄搖而去了

李恰茲教授（I. A. Richards）經常在創新，他在「不是不」（Not no）一詩中：

嗨，在布林克的溜冰人
何所去
何由從？
到處
隨地
我無法確定
不是我的，不是我的，這一切在我之中度過。
誰在問？誰在答？腹語在說些什麼！

請注意 George Herbert 的「天籟」（Heaven's Echo）一詩，就嫌得浮而不實了。

呵，誰能示我以天上的
快樂？我。
你是回聲，自必消失
且無人不知。不是。
那末告訴我在高渺的快樂是什麼？
光華。
光華閃亮心靈：意志何所
高興？眞高興。
但是憂慮與俗務可有
舒甜？賦閒。
光華、高興和賦閒；他們可將
折騰？曾經。

最後，英國詩人斑揚（John Bunyan）導言「朝聖行」（The Pilgrim's Progress）時，也就毫無風格可言了。

我從不想向世界展示

我的筆和墨汁。
我也不曾從事
取悅我的鄰居；不、不是我，
我這樣做在滿足自我

佛勒（T. B. Fowler）說：「這也許是不加雜批評思想的最後一本英語著作。」Bunyan 自己也說：「它甚至是最後一本讀本。」「在他生前售出十萬冊，在一六七八至一七七八年之間，其第二部曾先後付印三十二版，其第一部與其第二部合訂本付印達五十九版之多。以後，出版商就不再統計了。」論及詩的自足——無須押韻——我們談過 Bunyan 的「約伯書」（Book of Joh）以及「悼念追求眞理的維倫德先生」：

當維倫德先生（Mr. Valiant）「接到紀念品，奉召是眞的了……他的水壺砸破在噴泉……于是他說……『我來此歷盡艱辛，但我幷不因來此以後所有的不幸而悔恨。我交給他以我的劍將繼續我的朝聖行，我傳遞他的勇氣和技能足可以完成素願。我帶走的徽記與傷疤可爲我見證我曾爲聖戰而盡瘁，這就是我的勛章』……當他走的日子到臨，許多人隨着他去到河邊，走下水中，他邊走邊說：『死神，你的鋩刺在那裡？』他越走，水越深，他又說：『坟墓，你的勝利在那裡？』他就這樣過了河，遠岸的號角都響了。」在上述「創擬性」的各階段中，我們似乎有着極大的撞擊力，絲毫不模糊，而且是天賦的。

我認爲「創擬性」——詩創造的泉源，根本無「革命」一事。壓抑不住的情感、歡樂、憂傷、失望、勝利——內蘊力（inward forces）產生了「雅各書」，但丁的「煉獄」、以及喬塞與莎士比亞的作品，也導致今日的詩。「不休止的好奇、觀察、搜尋、以及對事物的莫大喜悅」，漫畫家喬治．哥洛茲（George Grosz）解釋藝術時說：「這種內蘊力就是形成藝術形式的原因。」但我認爲約翰．希維泉（John Cheever）的話最眞切：「人常有着一種需要將快樂的高漲傳達給他人的衝動。我的文學觀不在表現一種漸次衰弱的意識……而在確認某一種感受，生命本身即是創造的歷程。不經一事不長一智，以及我們具有賦予事物發生以意義的力量。

當然，一個人對客觀感覺的態度是多面性。情感的控制與激昂的知覺力似乎就是藝術。梭羅（Thoreau）說：「一個動作的眞正原因即是最稀珍的詩。」佛勞伯特（Flaubert）說：「描述一棵樹不使誤認爲另一棵樹」爲最基本者。達文西的每一幅作品就是最好的範例。故弄玄虛與迂腐不應存在于藝術之中。龐德（Ezra Pound）總括地說：「不要運用那些在情緒受到强制時，你不會說的文字。」

至于美國語言一詞，我分辨不出美國語言與英國語言有何差異。但我發現我們所有的作家在用字上在日益簡潔。事實如此，也無須再加贅釋。

「三、在本世紀中，這個世界已經有了變化，此一問題對您的詩有無影響？您的詩是否在現示一種新的人性，無論其是好是壞，會否在技巧上顯出許多明顯的轉變？」

在基本上，曾連續影響了我。每天，我們被迫需要對情感加以嚴厲，或更好的控制。我們的行爲像是猶力賽斯（Ulysses）的伙伴，在思想「假如奴隸是出于自願就縛，放蕩不羈則可以使人解脫。」像是 Marc Connolly 的「青草原」（The Green-Pastures）一書中的暴徒；像是所多瑪城（Sodom）的市民，使上帝悔恨造了人，而又要毀滅人類，所以傳揚福音的天使說：「神啊，就照祢的意思行事吧，重新創造一個新的動物。」

我想，我看見一種共同的了解在發軔，一種「對全人類公正」的誠意。

想到「炸彈」，艾森豪將軍與 David Lilienthal 曾經提醒我們：「憂慮與即將臨頭的危險已經成爲人類數世紀以來貼身的伴侶。」白禮（Adaef Berle）說：「讓我們在鉅細的事物中一齊工作，藉工作將潛隱的危險逐出思想……面對我們所可能及的情況。」

「四、評論的正當功能爲何？有無您所欽佩的論著？」

我認爲評論在激發對主題討論作進一步的了解——無須客套或看情面，一如 Moutacgne 所說：「不要那種又腥又臭的一派霸氣。」

若干評論我的文章，我認爲有其必要性，不僅可以矯正始料未及的錯誤，並提供一些寶貴的參考資料，更可以爲寫作的借鏡。江森博士的評論觀點與說教略帶有一點輕度或激奮抗拒。愛默生的「代表人」（Representatiue Men）毫無忌憚地大事讚賞與比較，立場堅定，恰到好處。我認爲克拉克公爵（Kenneth Clark）應是最理想的解說人，他說：「風景畫必須表現信念」，以及「藝術無感情，則無法達于自然之境。」

卜克（Kenneth Burke）愼審推理時，認爲人需要在時間中打滾，始才求得成就；並且强調應須體認作家下筆躊躇的難處常是藝術家的良機。

佛德（Ford Madox Ford）在「英國評論」所刊登的書評，對我有莫大的價值。魯易士（Wyndham Lewis）在「Blast」一書中的那股熱勁（充沛的勁兒）與技巧，也有着啓導的意義。

評論應使引發想像，爲作者提供始料未及的比較，但須肯定而毫不含糊其詞，像龐德的「浪漫精神」（The Spirit of Romance）一樣。三月間，威爾斯詩人維遜•瓦金斯（Verson Watkins）來紐約見我，曾談起葉慈（W. B. Yeats）對他說的一句話。我也想拿這一句話作爲此次談話的結束。

「智慧像一隻蝴蝶；它不是犧牲者悲傷的鳥。」

原著人簡介：瑪莉安•摩爾女士（Marianne Moore）于一八八七年十一月十五日出生在米蘇里州之聖路易。一九〇九年畢業于 Bryn Mawr Callege，旋執教于印第安學校，曾任紐約市立圖書館分部主任與「日規」（Dial）雜誌主編。

其詩在二十世紀之美國詩壇一幟獨樹，嘗從生活點滴或報刊廣告中擷取詩材，且其透視力銳敏，善用散文于詩之技巧，爲自由詩開拓新穎之境界，素有「客觀主義」詩人之稱。早期詩偏重予韻律之組合，後即妙用輕韻，可謂個中之翹楚。生平獲得詩獎甚多，包括一九五一年之普立茲詩獎。

其詩集計有「odservations」（一九二四）、「Selected Poems」一九三五、「What Are Years?」（一九四一）、「Neverthless」（一九四四）、「Like a Brlwark」（一五九七）、「Collected Poems」（一九五一）、以及「O To Be a Dragon」（一九五九）等。

寄天儀的信

杜國清

天儀兄：年底到東京去玩了幾天，三十一號晚上十一點半左右再回到大阪來。這是我第二次到東京去，在日本所過的第三個年。「一年將盡夜，萬里未歸人」，除了這點鄉愁以外，還有站在東京塔上「撫今追昔」的無限感慨。總之，誰能相信東京在二十年前會是廢墟呢？日本人在廢墟上建立了人口一千三百萬的世界第一大都市，這是憑着什麽力量呢？由於日本人也使用咱們的漢字，頭髮皮膚相貌也和咱們一樣，老實說，在日常生活中我並沒有置身異國的感覺。但是每當我走進了書店，以及這次在東京塔上沉思時，就有一種異樣的衝動，有一股什麽力量，使我興奮，也使我沮喪。興奮的是發現到許多西洋的聖賢作家詩人，不論他們原來說的是希臘語、拉丁語，或者是英文、法文、德文，這下子他們都改用了一半以上咱們的漢字說話；還有在那差不多絕對準時的電車上以及高樓大厦中來來往往的人們都是和咱們一樣也念過論語，知道孔夫子是誰的人。可是再進一步想下去也就只有感慨萬千了……。

常常有人說日本人最會模倣，也有人說日本是「翻譯的王國」，甚至有人說日本的文化沒有「根」。我想這些說法都不無道理，但只說出了表面的現象。兩年半以來的生活和觀察給了我許多比較和反省的機會。日本是島國，而且島上多火山和地震，再加上每年颱風的侵襲，使得他們自古以來在和自然鬪爭的過程中，養成了最「現實的」性格。這種性格和佛教的「無常」觀念融合在一起，使他們在「適者生存，劣者淘汰」的進化中，能够順應環境隨遇而安。所謂善於模倣，我想只不過是意味着善於順應環境而已。於是他們只要遇到比他們優越而爲他們所欠缺的東西，他們立刻加以接受模倣以適應現實。他們從接受中國的漢字開始直到現代大量使用外來語，便是這種性格的一種表現。有一次我跟幾位學生到大阪附近的「綠地」去郊遊，看到一片草地上種有許多樹苗，我就說要是五十年後這裡一定綠樹成蔭，是個很理想的公園吧！他們說「五十年後」這種想法眞是中國人的想法。萩原朔太郎在「詩的原理」中也指出日本文學自古以來即以現實主義爲其特色，認爲日本人是極爲現實的國民。日本的俳句所描寫吟詠的不外是自然風物和日常茶飯的生活；日本人也說不出他自古以來有哪位偉大的思想家。痴情男女的海誓山盟只不過是「愛你愛到死」或者「赴湯蹈火，在所不惜」，和咱們的「天長地久」「海枯石爛」固不可同日而語；至於「春蠶到死絲方盡，臘炬成灰淚始乾」更表現出中國人的一種「執念」之深。這種執拗的性格在今天却成爲中國人接受外來新東西的一個莫大的阻力。

日本人「現實的」性格表現在文學上固然有其缺憾的一面，但也有很大的特色。日本的和歌或俳句大多描寫自然風物和日常生活的別離愛慕而以抒情性爲其主流。日本的抒情詩中往往具有現實的背景，換句話說，往往在詩中使用實實在在的地名、河名、街名等等而將詩情和現實緊接在一起。芭蕉的「五月梅雨聚，急流最上川」或者島崎藤村的「千曲川旅情之歌」等便是一例。月前在書店裡看到了一本「詩的故鄉」，那是現代詩的「風土記」似的書。許多日本現代詩選集都配有詩人所吟詠之地的彩色照片，使讀者身歷其境以體驗詩人的心情。甚至一些流行歌曲都唱出銀座、日比谷、新齋橋等等實際生活中的地名。說來奇怪，這點竟使我感到有點兒新鮮。是不是咱們在强調詩的生活性和眞實性中寫出來的詩却有點兒和生活隔離的感覺？

日本經過明治維新以後能够成爲亞洲第一個現代化的國家，甚至在戰後短短二十年間能够百廢俱興，突飛猛進，我想這種現實的性格是一個重要的因素。關於這個問題固然有各方面的看法，但是使我深深感覺到的一點是：他們的國家能够現代化是因爲他們的語言能够現代化。日本的文字由表音文字（假名）和表意文字（漢字）所構成，因此具有表音和表意這兩種文字的優點和缺點。到了戰後（一九四六）由政府明令規定現代假名的用法和當用的漢字，將日本文字做了一次適當的整理。所規定的當用漢字共有一千八百五十字，因此許多難寫的或者只用來表音而不構成意思的漢字都一概廢除而由假名所代替。比如說「憂鬱」的「鬱」字寫起來實在太麻煩了，或者表示「恭喜」的意思但是藉用漢字表音而不表意的「御芽出度」四個字，按照規定便使用假名來代替。這種情形使我回想到咱們在小學作文時，常常有說得出但寫不來的字，那時候就在旁邊兒寫上注音符號，再讓老師給塡出漢字來。這個事實說明注音符號有時候不妨用來代替難寫的漢字是有必要的，尤其對一般「國文程度不好」的人。漢字有很多的優點，這是任何中國人都不會否認的，可是也有很大的缺點，尤其是難寫或者容易使人寫成「白字」的字太多，實在有待整理。這點不知道老兄的意見怎樣。我到日本來以後有機會教日本人學習中國話，我發現最使學生頭痛的除了四聲之外，便是一些他們所從來沒有見過的難寫的字，以及意思莫明其妙的像「吉他」那種音譯的名詞了。

說到音譯的名詞，我想這是一個很嚴重的，可能關係到國家現代化的問題。咱們所使用的漢字根本上不是用來表音的文字，因爲每個漢字都有獨自的意思。這在過去，中國即天下的時代，倒沒有問題，可是到了近代許多西洋的東西，咱們既沒看過也沒聽過，總之咱們的祖宗也沒看過或者聽過的東西，大量傳來，當然也傳到了日本。於是日本人就像當初完全接受唐朝文化一樣，對於西洋文化也完全加以接受。所謂「接受」除了物質生活上的輸入以外，在語言生活方面也流入了許許多多的「外來語」。日本人使用了咱們的漢字使用了一千多年，到了這個時候才有點兒反哺報恩；也就是說他們也用漢字翻譯了不少西洋的名詞，這些名詞再由日本輸入中國。「科學」「民主」「哲學」「經濟」等等都是在日本出生的語辭；咱們寫詩的朋友每天高談闊論的「抒情」啦，「浪漫」啦，「象徵」啦，甚至咱們在結婚之前的「肉體關係」都是！可是有些東西用漢字實在很難表達，於是日本人淨用假名音譯。角川書店最近出版的一本「外來語辭典」共收錄了二萬五千多個語彙，其中百分之九十九來自中國以外的西洋各國的語言。這些日本話中的外來語大部份對咱們中國來說未嘗不是外來語，可是咱們怎樣接受，怎樣使用漢字表達呢？

有很多在日本話中很普通的外來語，學生常常問我用中國話怎麼說。我的知識本來就不廣，何況一些新的知識。於是我回答不出來的時候，只好查辭典。比如說到菜市場買一塊豆腐外邊兒所包着的「塑膠袋」日本語叫做「ㄅㄧ ㄋㄧ ㄌㄨ」（vinyl），而「綜合日華大辭典」裡寫的是「乙烯合成樹脂」：天啊，我怎麼教學生買一塊豆腐時說「請用乙烯合成樹脂給包起來」！這種例子太多了。總之，有許多在現代中國話裡沒有的東西，除非咱們不想知道，否則怎樣用適當的中國話表現出來，這是咱們在這個時代所面臨的一個問題。沒有表達現代東西的語言，一般現代知識無從普及；一般人沒有現代知識談什麼國家現代化！在這個外來語的問題背後，似乎隱藏着一個「文化倒流」的問題。若說中國文化在現代面臨着危機，未免危言聳聽，但是仔細一想實在令人不安！

談到翻譯的工作，也有一些感想。前些時候寄上的「艾略特文學評論選集」原稿是我在去年前後花了差不多兩百個日夜才完成的。在翻譯的過程中，最使我困惑的不是那些難懂的長句子或是繁雜的譯註，因爲這些問題一參考日文的翻譯大多就迎刃而解。最使我頭痛的是許多人名一般沒有固定的譯法；即使譯音相近，所使用的漢字如果前後不一致，讀者一定說譯者太健忘太不負責任了。這個問題是我翻譯到一半以後才感到嚴重的，於是我從新查看了一遍，做了一張譯名表。可是我的譯名未必別人同意，別人的譯名我也未必同意；結果每個中國人在翻譯時都要爲一些譯名使用什麼漢字而傷腦筋。後來我在圖書館裡找到了一本日本天理大學編的「漢譯漢名西洋人名辭典」，雖然有些參考價值，但是其中有些資料實在太舊，和咱們一般慣用的譯名也有些出入。總之，我深切地感到中國文字中很需要一些只用來表音而無字義的補助文字，如此至少在翻譯固有名詞時可望獲得一致，否則希望教育部能早日爲咱們統一編一本適當的世界人名地名辭典。咱們的學術工作談不到上軌道，有些地方簡直連軌道都還沒舖呢！

還有一點也是在這次翻譯中經驗到的。艾略特的詩或者評論中常有引用的句子；碰到這些句子時眞是頭大，因爲艾略特所引用的常常是原文，不是希臘文就是拉丁文或義大利文或法文或德文。當然，有了日文的翻譯本這些問題都能解決。所引用的句子在日文中往往已另有專家翻譯，只要找到出處抄來，註明誰翻譯的就行了。他們關於古典作品的翻譯可說極其忠實貼切，換句話說是可以被引用的。咱們呢？要是只看中文的翻譯而不核對原文往往叫人不敢放心。例如但丁的作品有位王守仁先生以相當流暢的中文加以「譯述」。我雖然不懂義大利文，但是在英譯和日譯對照之下，往往發覺和王譯的有些出入。只是有些出入也許限於中文的表達方式不同，倒也可以容忍。可是在艾略特論「新生」中所引用的「我一切的心思訴說着愛」這一句，日文的譯註上註明出自「新生」第十三章。可是我找遍了中文也找不到使我感到意思相近的句子。後來我從日譯本中知道那是「新生」第十三章中詩句的第一行，這才恍然大悟，原來是王譯的「我的心頭就這樣被『愛情』弄得如醉如癲」這個句子！關於但丁的作品，日譯本至少有四五種以上，中文我所知道的就是王守仁先生的翻譯而已，而且譯得這麼令人不敢放心！翻譯「可以被引用」該是起碼的條件。西洋的古典名著要是能找到一本中文的翻譯已是難得，如果再要求譯得「可靠」，將來得從頭幹起的工作太多了！

總之，面臨着一種更優越的文化侵入的時候，日本人馬上順從模倣，進而獲得適應，咱們往往是搬出過去老祖宗如何如何的偉大。這兩種態度實在大不相同。這也就是爲什麽在今天日本的汽車產量居世界第二位，日本製的用品充斥世界各地，日本的文學獲得諾貝爾獎，而咱們樣樣來個「中日合作」的緣故吧！

可是在另一方面，一般日本的年輕人大學畢業以後都安份地想進入一流的公司求得舒適的生活，然後搬進小洋房，買輛小汽車，客廳裡擺出世界大百科全書或世界名著全集，牆上掛起幾張複製畫來！

咱們呢？說來是幸運也是不幸。一些日本的年輕朋友常常感嘆地說，他們想幹的事情前人都已經幹過了，而且每個部門都有「權威」。這點我能了解；至少在日本有關艾略特的譯著幾乎已經達到「過剩」的程度。在中文方面，除了找那本「艾略特文學評論選集」以外，在臺灣還沒看過有其他任何單行本！咱們面前有一片廣大的荒地等待咱們去開拓，何其幸也。無論咱們完成些什麽，咱們只不過是爲下一代舖路而已，何其不幸！來日方長，任重道遠，在我精通中文、日文、英文和法文以後，我希望至少能在翻譯介紹方面爲國家現代化默默地做些舖路的工作，當然也希望老兄的出版社能夠隨時付給最高的版稅。

弟 國清

五八、元、十二、大阪

詩壇散步

柳文哲

詩集點滴

金色年代　曉騎著　中國青年詩人聯誼會　57年6月出版

這一部集子，從作者寫作的時間，以及多次的修改來看，似乎是經過了一番潤飾的工夫，可是，由於表現的藝術性不够濃郁，儘管意識鮮明，戰鬪性濃烈，但就詩而言，還有一段距離尙待努力。

黎明創作集（獻詩十九首）　廖本郎著　大新文藝叢書　56年10月出版

這是一位自命爲「現代的白居易」底作品，這樣的集子使我們的詩壇蒙羞，按理該放逐到非詩的領域去，不談也吧！

流浪船　綠綺著　中國青年詩人聯誼會　57年11月出版

作者似乎還很年輕，「流浪船」是一本詩與散文的合集，依他的作品而論，他的詩是青青的果子，澀澀的，酸酸的；然而，只要他不流於俗氣，稚氣一點無妨。在這集子裡，我較欣賞「木馬」與「太陽」兩首。我認爲作者該探索屬於他自己的路子，繼續他行吟的路程。

詩集漣漪

單人道　淡瑩著　星座詩叢　57年8月出版

從臺大外文系畢業，回僑居地執教鞭，吃粉筆灰，而赴美進入加州大學（U. C. S. B.）的英文研究所深造。在她的「單人道」上，已經有患病的太陽照耀着哩！

「太陽，你從此不再患病
不再作飄泊的異鄉人
我也不再唱千萬遍陽關」（今夕）

當然，以「單人道」爲詩集的名稱，是意味深長的。當一個少女的矜持已逐漸消失；表明了「我很倦，欲睡在希臘人的臂彎」，且自白着「說海倫如何被希臘人的精神感動」。換句話說，他們的愛情已經白熱化了，不再是「千萬遍陽關」的由陌生而熟悉，而是進一步的由熟悉而深深地互相陶醉着；因此，她不論是在教書，或是在課餘，都有一種莫名的渴望！尤其是在夜深的時候。試看在「不眠夜」那種令人咋舌的大胆的告白：

「絕望如今强姦我
絕望從此與我併居
絕望將來是我的陪葬」

顯然地，「單人道」已比她的「千萬遍陽關」來得成熟些。可是，却也失去了她那一份早期稚氣的天眞，懂得了賣弄，懂得了撒嬌，懂得了任性哩！我一向覺得寫詩需要自我的節制，尤其是語言、感性以及知性的節制；過與不及，都會變成造作，不自然，而失去了詩在表現上的眞摯，而流落到非詩的邊界。

我想，作者在自我的省察上，似乎有待於調整到一個更妥貼的焦點上！

畫中的霧季 **張健著**
水牛出版社 57年9月出版

乍看之下，近幾年來，詩、雜文、短篇小說、評論以及翻譯，樣樣都來幾下的張健先生，詩人余光中譽爲聲名蒸蒸日上；可是，當我拜讀了他的第三部詩集「畫中的霧季」以後，不禁爲他捏了一把冷汗，心中暗暗叫苦！已經身爲人師，又是方塊的一家，而對詩也有一番期許的他，在這一部集子裡，使我如墮五里霧中，伸手不見五指似地，一陣恍惚，不易辨別出作者的方位。他的第二部詩集「春安·大地」，顯然是較爲結實而有點份量的；在「畫中的霧季」呢？他在「自序」中說：「主要收集近兩年來的作品，另加一些前二集未收錄而仍爲朋友提及的舊作，並附錄譯詩十七首，其中里爾克詩還是由德文譯出，唯曾參照英譯本。共計一百餘首」。這是一部雜菜麵似的集子，不夠純粹。

第一輯「星子的呼吸」：是一些抒情詩，因爲找不出令我格外回味的作品，甚爲悵然！

第二輯「新絕句」：是自「三行到七行的小詩」（註1），其中以四行較多；「十二月之什」與「廻翔的一週」；在季節與時日的變換中，捕捉着刹那的感觸！但我們如果對楊喚、向明、蔡淇津、曠中玉等的四行短詩不太健忘的話，總覺得張健的小詩，似乎不是在意象取勝，而是想在意味見長。

第三輯「猶大之額」：是一連串抒情兼說理的較長的詩，可惜沒有給我留下深刻的印象。當作者自稱爲「大詩」時，也許是一種對稱的說法，不過，不過他言下頗有點得意而忘形，難免有出言輕率之感。我想，實在犯不着稱爲「大詩」，這種語詞相當含混。

附錄「譯詩」：作者雖爲中文系出身，却也相當重視外國語文的訓練，這是很有意義的。他的譯詩，雖沒有集中火力從事專門而深入的研究，却也頗有些功夫。但一鱗半爪的翻譯，只是止於淺嚐，彷彿是蜻蜓點水一般，微盪着淺圈水紋的漣漪而已。

總之，一個從事寫作的文藝工作者，該珍惜自己的筆墨，愛惜自己的令譽；我不認爲作者已受了盛名之累，但從最近種種的跡象看來，作者寫作的龐雜，落筆的草率，以及推敲的欠缺，都使他很輕易地露出馬脚來，而一向以寫詩而有名的作者，筆者極希望由衷地忠告：要懂得藏拙，不要浪得虛名！

（註1）見「畫中的霧季」底「自序」。

詩壇消息

・詩人動態・

△鍾鼎文已自美返國，除撰寫「克諾克（Knokke）記」報導出席第八屆國際詩人雙年會(VIII Biennale Internationale de Poésie) 誌要以外，並得詩數首，均有關秋的主題。

△余光中除在臺大、師大等校敎授英美詩以外，主編「現代文學」雙月刊，版面革新，內容加强，一新耳目。

△瘂弦接編「幼獅文藝」，相信該刊將逐期充實。

△中國新詩學會與國軍新文藝工作詩歌隊在元宵夜假臺北市峨眉街十七號二樓作家咖啡屋舉行新詩朗誦晚會。又於三月三十日跟中國青年寫作協會假國立藝術館演出詩朗誦會。

△東方工藝專科學校成立青年寫作協會分會，文學組邀請白萩演講「新詩的歷史」。

△彰化青年救國團自三月份開始舉行彰青研習會，設有「文藝創作研習班」與「哲學講座」，請林亨泰講解詩論與美學。

・出版消息・

△瘂弦詩集「深淵」已由衆人出版社出版，定價二十元，該集包括「瘂弦詩抄」中的作品，以及以後的一些作品。

△何瑞雄、吳金水合譯「但丁神曲畫傳」、「失樂園畫傳」等已由開山書店出版；另譯阿保里奈爾「動物詩集」亦將出版。

△國立臺灣大學中文系僑生雲從詩集「向陽的眼睛」，已由海洋詩社出版，定價十元。

△「盤古詩頁」編輯之一的沙穗詩集「風砂」，已由澎湖週刊社出版，定價十元。

△由洛夫、張默、瘂弦主編的「中國現代詩論選」，已由大業書店出版，特價三十六元。

△漢斯・澤德邁牙（Hans Sedlmayr）著「近代藝術革命」（Die Revolution der modernen Kunst）已由徐代德自石川公一的日譯本重譯，例入三民文庫出版，定價十五元，又該書附有徐譯瀨木愼一的「近代藝術」。

△「海洋詩刊」第七卷第一期已出版，本期由湯伊信光編輯，有葉嘉瑩教授的演講稿及創作十多首。

△「噴泉詩刊」第三期已於五十八年二月出版，該刊由秦嶽主編，本期有孟洲、瘂弦、李弦、趙天儀的評論，以及創作約二十首。

△「盤古詩頁」執行編輯換手，由陳鴻森交給黃志廣，該刊已出版至第八期，歡迎詩友惠稿，稿寄馬公郵政七〇九七附二號信箱黃志廣收。

△省立臺北師範專科心潮詩社的「心潮詩刊」第三期已擴充版面出版，本期有羅門、蓉子、紀弦等的詩論，及創作十餘首。

△「南北笛」詩・散文季刊，第四、五期合刊已出版。

△「葡萄園」詩季刊第二十七期已出版，刻由陳敏華主編。

△傅敏詩集「雲的語言」將由林白出版社列入「河馬文庫」出版。

△孫家駿刻正於「詩隊伍」双週刊連載長詩「太陽的誕生」。

△黃雍廉詩集「燦爛的敦煌」，列入新世紀叢書，由新中國出版社出版，定價十元。

△由張麗堂、郭文圻、陳文棋等籌組的「鳳凰」双月刊第一期已出版，白萩被邀請爲編輯顧問。

中華民國內政部登記內版臺誌字第二〇九〇號
中華郵政臺字第二〇〇七號執照登記為第一類新聞紙

笠双月詩刊　第三十期

民國五十三年六月十五日創刊
民國五十八年四月十五日出版

出版社：笠詩刊社
發行人：黃騰輝
社址：臺北市忠孝路二段二五一巷10弄9號
資料室：彰化市華陽里南郭路一巷10號
編輯部：臺北市林森北路85巷19號四樓
經理部：臺北市南港區南港路一段30巷26號

定價：每冊新臺幣六元
日幣六十元　港幣一元
非幣一元　美金二角

訂閱：全年六期新臺幣三十元
半年三期新臺幣十五元

●郵政劃撥第五五七四號林煥彰帳戶
（小額郵票通用）

民國五十三年六月十五日創刊
笠
詩双月刊
PAI CHOU
31

笠 31期 目錄

第一屆笠詩獎

本社

1.得獎人及其作品

㈠詩創作獎

(1)應予得獎作品名稱：「**還魂草**」

(2)作者姓名：**周夢蝶**

㈡詩評論獎

(1)應予得獎作品名稱：「**批評的視覺**」

(2)作者姓名：**李英豪**

㈢詩翻譯獎

(1)應予得獎作品名稱：「**日本現代詩選**」

(2)譯者姓名：**陳千武**

㈣詩傳記獎（缺）

2.評審委員會紀錄

一、時間：民國58年5月31日晚上八點至八點半

二、地點：臺北市峨眉街作家咖啡屋四樓

三、出席：葉　泥　洛　夫　瘂　弦　趙天儀　桓　夫
　　　　　白　萩　楓　堤

四、書面投票：余光中　林亨泰

五、主席：趙天儀

六、記錄：李魁賢

七、主席報告：

第一屆笠詩獎，我們敦請了鍾鼎文先生、關外柳先生、紀弦先生爲本詩獎評審委員會顧問，又敦請了葉泥先生、洛夫先生、余光中先生、瘂弦先生、林亨泰先生、白萩先生及本人爲評審委員，桓夫先生爲執行秘書。

茲將第一屆笠詩獎投票結果報告如下：

一、詩創作獎

周夢蝶「還魂草」四票

夐虹「金蛹」一票

詹冰「綠血球」一票

桓夫「不眠的眼」一票

二、詩評論獎

李英豪「批評的視覺」五票

張健「中國現代詩論評」一票

棄權一票

三、詩翻譯獎

陳千武譯「日本現代詩選」四票

王安博譯「灰毛驢和我」一票

李魁賢譯「里爾克詩及書簡」一票

棄權一票

根據「笠詩獎評審辦法」第七條規定：初選作品獲得全體評審委員參加審查「應予得獎」佔最多票數者爲得獎；故得獎人如下：

一、詩創作獎：**周夢蝶**
二、詩評論獎：**李英豪**
三、詩翻譯獎：**陳千武**

八、討論：

一、由執行秘書綜合評審委員評審意見書擧出最中肯的評語，以簡單扼要爲原則。

二、由執行秘書正式備函奉告得獎人。

三、由執行秘書將評審結果奉告三位顧問。

四、關於詩翻譯獎，部份評審委員認爲翻譯來源語文不同，不跟原文對照，缺少客觀標準。另一部份評審委員認爲笠詩獎的精神在於重視其翻譯者的貢獻及其翻譯作品所發生的效果，並非做翻譯比賽，故不必大顧慮語文上的問題。

3. 得獎人簡介

(一) 周夢蝶

周夢蝶，民國九年生，河南淅川人，河南省立開封師範畢業。來臺以後，自軍中退役，在臺北市武昌街設一別緻的書攤，專門代售詩刊詩集，無形中成爲一詩人俱樂部，素有「街頭詩僧」的雅號。著有詩集「孤獨國」、「還魂草」等。其爲人淡泊，境界孤絕，詩如其人，意境深遠。爲藍星詩社重要詩人之一。

李英豪

李英豪，民國三十年生，廣東中山人，香港羅富國師範學院畢業，現從事教育及寫作。其人英姿煥發，才情豪放，一如其名，經常於香港及臺灣發表詩及一般文藝評論，頗有見地。曾辦「好望角」雜誌，推動現代文學與藝術的發展，頗有建樹。著有「批評的視覺」一書。

陳千武

陳千武，本名武雄，筆名桓夫，民國十一年生，南投縣民間鄉人，省立臺中一中畢業（日據時期）。現服務於大甲林區管理處，早年曾以日文寫作，有自家藏版的日文詩集「徬徨的草笛」、「花的詩集」及與賴襄欽合著的「若櫻」。近幾年來，始用國文寫作，創作與翻譯雙管齊下，勤奮賣力，創刊並主編「詩・展望」及「笠」詩雙月刋等。中文詩集有「密林詩抄」、「不眠的眼」、「媽祖的纏足」（中日文對照）等，譯著有「日本現代詩選」、「溫柔的忠告」、「體操詩集」、「現代詩的探求」等譯詩集及詩論集，以及童話「杜立德先生到非洲」與「星星的王子」等。

4. 評審委員會名單

（依筆劃順序）

顧　問：紀　弦　鍾鼎文　關外柳

評審委員：白　萩　余光中　林亨泰　洛　夫　瘂　弦　葉　泥　趙天儀

執行秘書：桓　天

5. 顧問及評委簡介

■顧問

紀　弦

本名路逾，在來臺之前，即爲戴望舒倡導之現代派旗下一員。來臺之後，編了一期「詩誌」，並和鍾鼎文、覃子豪合編「新詩週刋」。「新詩週刋」停刋之後，獨力創刋「現代詩」，鼓吹現代主義，成立現代派，導進主知精神，對今日自由中國詩壇之發展，其功厥偉。今日詩壇中堅，半出其旗下。與鍾鼎文、覃子豪，被尊爲詩壇三老，地位崇高。紀弦先生安貧若素，一生敬奉詩神，爲藝術忠貞不二，足爲後輩青年詩人楷模。詩風明朗而不失幽玄，兼具理知與抒情，語言流暢活潑。富現代精神。出版詩集計有：「在飛揚的時代」、「摘星的少年」、「飲者詩鈔」、「檳榔樹」甲、乙、丙、丁四集。詩論有「紀弦詩論」與「新詩論集」。

鍾鼎文

在大陸來臺以前，便以「番草」爲筆名，發表新詩。在詩壇三老中，保持超然地位，既不參與「現代派」，也不盡傾向於「藍星詩社」，不理詩壇是非，孤獨地以自己富於旋律的語言，抒發心中一份排遣不盡的愁緒，具有詩人本色和典範。鍾鼎文先生最令後輩心服的是：身爲國大代表，並兼數處高職，但仍可貴地保持一份赤子之心，愛詩終身如一。領導詩壇種種活動，並代表中華民國新詩學會，參加比利時國際詩人雙年會。詩風樸素自然，用語清楚暢曉，型式工整，富古典之幽雅情韻。出版詩集計有：「行吟者」、「山河詩抄」、「白色的花束」、「雨季」等。

關外柳

本名左曙萍，寫詩甚早，來臺後，曾於民國四十年創辦「今日新詩」，對推進詩運不遺餘力。提倡愛國自由之詩風，作品淺白上口，現任中國新詩學會常務理事，對詩壇服務良多。

評選委員

白　萩

本名何錦榮，十八歲時即獲第一屆中國新詩獎，與林泠同被目爲天才詩人。尤其當時本省同胞剛接觸國語不久，白萩先生能克服語言上的困難而獲獎，更屬難能可貴。爲「藍星詩刋」初期主幹，後加盟爲「現代派」同仁，歷經「南北笛」、「創世紀」編委，現爲「笠」詩社同仁，貫串自由中國詩壇潮流之遞變，參與其中而發生作用。詩風堅實明確，形象奇異突出，語言流暢、技巧多變，能把握時代精神，呈現生活體驗。作品九首，曾由現代音樂開倡者許常惠譜曲，並公開演唱多場，爲作品被譜曲最多的現代詩人，出版詩集計有：「蛾之死」、「風的薔薇」、「白萩詩抄」、「天空象徵」等。

余光中

從詩壇來看，余光中先生帶有濃厚的學院氣，從學院來看，余光中先生却又帶有一股不馴的野氣。這一點是他可敬又可愛的地方，他比一般詩人有較優的學殖，比一般學究虎虎有生氣。從早期的豆腐乾到現在知識份子的眞摯性，其間變化多端，令人應接不暇，他的衝勁，早把他的同道和學生，抛在百里之外，而成一枝獨秀的狀況。他的詩風沉鬱龐大，語言清楚富於韻緻，既理智又抒情，創造了現代中國知識詩人典型。工翻譯、理論、散文和詩。表現了他旺盛的創作力。出版詩集計有：「舟子的悲歌」、「藍色的羽毛」、「鍾乳石」、「萬聖節」、「天狼星」、「蓮的聯想」、「五陵少年」、「天國的夜市」。散文集有：「左手的繆思」、「逍遙遊」、「望鄉的牧神」。批評有：「掌上雨」。翻譯有「老人與大海」、「梵谷傳」、「英詩譯註」、「美國詩選」、「英美現代詩選」，和英譯的「中國新詩選」。

林亨泰

以極少量的作品，而引起詩壇最大的騷動，就是以符號詩爲標誌的林亨泰先生，對於臺灣詩壇的現代化，林亨泰先生的出現，是一劑强力的催生劑，這一點奠定了他在詩史中不可磨滅的地位。和他騷動性的詩一樣地，他那匕首似地深刻、銳利的詩論評，在中國詩壇中也是不作第二人想。林亨泰先生治學廣博，淡泊名利，與世不爭，充滿詩人氣質。出版詩集有：「靈魂的產聲」、「長的咽喉」、「非情之歌」，評論集有：「現代詩的基本精神」。

洛　夫

在臺灣詩壇上，洛夫先生的成熟也許相當緩慢，但經過了長久的努力，今天已成爲鎮據一方的大家。從「靈河」到「石室之死亡」，洛夫先生有三級跳的飛躍。在中國，擁抱着超現實主義以至執迷的熱戀，洛夫是唯一的一個人。依據超現實主義的信條，洛夫先生的詩呈獻了；衆多而又奇異的形象，和他的涉世論結合成了他個人特異的格調。已出版的詩集有：「靈河」、「石室之死亡」、「外外集」。另將出版詩論集：「詩人之鏡」。

瘂　弦

瘂弦先生是我們詩壇最幸運的寵兒，以詩，獨得在中國所能給予的最大的利益和名聲。自「印度」一詩，奠定了他個人在詩壇的地位之後，由於吸收了某種營養，使他的言語呈現了；新鮮、流動和華麗的特性，造成了風靡一時的風氣，甚至一些知名的詩人，也跟在他的屁股，大量製造仿製品。無疑的，瘂弦先生特殊的風格，使他成爲中國詩壇幾個熾熱的太陽之一。自從艾奧華回來之後，整個詩壇便注目着他今後的動向。出版詩集有：「瘂弦詩抄」、「深淵」，詩論集有「詩人手扎」。

葉　泥

做爲詩壇主要媒婆之一的葉泥先生，不僅在文學上嚴肅，同時在生活上也是一個堅守的清教徒。以他人格輻射出來的光輝，集結了六十年代大部份重要的詩人。在漳洲街的那個小房子裡，多少詩壇俊彥傑士？做爲沙龍主人的葉泥先生，瞭解這個詩，關聯這個詩壇，可說無出其左右。葉泥先生致力於紀德和里爾克的研究介紹，版本之多，藏書之豐，詩壇找不出一二。出版有：「凡爾德詩抄」。

趙天儀

與白萩先生小學同校的趙天儀先生，接觸詩壇也是白萩先生正在藍星週刊活躍的時候。可說歷史甚早。但是他眞正開始活躍，却是在他成爲笠同仁以後。趙天儀先生專攻哲學和美學，在臺大執教也是哲學和美學，是我們詩壇對理倫最具有專科性訓練的詩人。尤其以誠實的態度執筆，平實地寫來，不做玄學性的吹拍，贏得青年一代普遍的愛戴。出版詩集有：「菓園的造訪」、「大安溪畔」、理論集有：「美學引論」。

6. 審查書

笠詩獎評審委員會

笠詩社舉辦第一屆笠詩獎，已根據「笠詩獎評審辦法」評審完竣，且已由執行秘書召開評審委員會，於民國五十八年八月三十一日晚上八點，在臺北市峨嵋街作家咖啡屋四樓舉行，決議如下：

一、詩創作獎：**周夢蝶著「還魂草」**

二、詩評論獎：**李英豪著「批評的視覺」**

三、詩翻譯獎：**陳千武譯「日本現代詩選」**

第一屆笠詩獎評審委員會評審委員（依簽名順序）

林亨泰

余光中

趙天儀

瘂弦

白萩

洛夫

葉泥

第一屆笠詩獎評審委員會執行秘書　**桓　夫**

詩創作獎・周夢蝶著「還魂草」

現代詩如想成功的承接我國光輝而綿長的詩傳統，必須經過極爲痛苦的試鍊過程。周夢蝶在「還魂草」中的作品，正可說意味着這種過程。透過一種純東方式的對宇宙萬象的靜觀，傳統文化的反芻和個人生活嚴酷的內省，作者肅穆而完美地表現出一個充滿了哲趣與禪機的世界。在思想上，周夢蝶的詩是對生命悲苦的掙脫和超越，在語言上，其鎔鑄新與舊，古典與現代的努力，無疑爲中國的現代詩如何去承先啓後繼往開來提供了一項可能。

詩評論獎・李英豪著「批評的視覺」

在貧乏的評論風氣籠罩下的詩壇，以非詩人的身份，對詩做了相當程度的瞭解，不同於一般即興式的評論。李英豪在「批評的視覺」中，縱使他的某些批評方法是借自若干英美的理論，縱使他的評論尚未建立一套完全屬於自己的系統，但他對現代詩本質的把握，現代詩人精神動向的透視，均有其獨到之處。尤其是他以一個諍友的坦誠之態度，針砭時弊，中肯精闢，爲近年來文壇所罕見，誠爲一值得我國現代詩壇參考的論著。

詩翻譯獎・陳千武譯「日本現代詩選」

中國詩人將日本現代詩作有系統的譯介，陳千武是第一人。所選彼邦現代詩亦一時俊彥，譯筆足信。從「日本現代詩選」中，我們可以發現一重要的事實，即日本詩壇由消極的反叛精神而逐漸地朝向知性深度的追求。這本詩選的譯介：㈠有助於我們對日本現代詩的發展作一有系統的認識，㈡爲我們提供了一個中日現代詩比較的機會，㈢擴展我們對現代詩欣賞的範疇，培養我們接受新形式新技巧的容忍力。

7. 評審辦法

一、依照笠詩獎設置辦法，笠詩獎候選作品之複選，由笠詩社聘請詩壇權威人士組織評審委員會執行評審。

二、評審委員會暫置顧問三名，委員七名，執行秘書一名，名單另行公佈。

三、執行秘書應於四月五日以前將初選結果入選之候選作品遞送評審委員審查，評審委員必須在五月四日以前評審完竣，並以有格稿紙撰寫「笠詩獎審查書」送交執行秘書彙辦。

四、評審委員本身乃一項榮譽，係超然於得獎範圍，因之評審委員作品，不列爲給獎之對象，以昭公允。

五、評審委員就每一詩獎項目中選一名爲該項目之得獎人，寄交執行秘書統計。

六、審查書應塡內容如左：

㈠詩獎項目：

㈡應予得獎作品名稱：

㈢作者姓名：

㈣評語：

「評語」一項應詳細撰寫得獎之理由。

七、初選作品獲得全體評審委員參加審查「應予得獎」佔最多票數者爲得獎。

八、評審委員審查結果由執行秘書彙集整理後，必要時得由執行秘書籌開評審委員會議決定受獎作品。

九、評選結果及評審委員所寫審查內容，由執行秘書統計滙編後，於六月份出版之笠詩誌上發表。

十、本辦法如有未盡事宜得隨時提請修正之。

春天詩篇

吳瀛濤

逆旅

我一步步地走
走在舖紅磚的人行道，看看雜鬧的街景
生活擠在這裡，煞苦的生活
不，有人正沉湎在歡樂，以金錢的代價
很多色情的場所可不是擠滿了人

我一步步地走
走着，我無意間竟獨語起來
獨語那些一再的自問
關於人不幸的命運，關於人相殘殺的戰爭
關於人與人之間的不信等等
老是一連串莫可如何的反問

我一步步地走
跫音都被街上的喧吵淹沒，更看不見什麽足跡
成千成萬過路的人不也都是一樣
一樣的芸芸蒼生，同樣的走在逆旅途上

我一步步地走
走得也不快也不慢
走着，偶然看起天空，仰望一片光耀的蔚藍
幸好有這一個太陽照在頭上，有這煦暖的陽光照在這世界
就使我幸福地又想起海
想起海悠久的波浪，想起海爽朗的一切
快到夏天了，那海又在邀我

陽光

一份漠然的期待
不覺漠然一笑·
祇因這是春天

祇因今天陽光初露
於多日的下雨之後
就覺得那過去了的一季冬天還是値得忍耐

隨同一場場雨，一天比一天有點暖意
就這樣冬天已成爲了昨天的往事
儘管到昨天爲止，雨還是下得那麽鬱悶
却像根本沒有過那一段冷寒的季節

啊，今天陽光初露
何況亞熱帶的太陽一出來就是這樣熱烘烘的
眞的够晒一整天，够晒一整個早上和一整個下午
好捧的太陽

就這樣不覺漠然一笑
以一份漠然的期待
難怪這是春天

告白

何瑞雄

噢，我們不慣於做小鳥，
不慣於成爲
呆在巢窩裡的小鳥，
不慣於安逸，不慣於享樂，
不慣於仰賴，不慣於求保佑。

我們不盼望。
造物主，就是你
我們也不盼望。

在這淒風苦雨外加寒流侵襲的天氣，
我們需要出去，
出去覓食。

我們自己有幼小者要保護，
要爲他們找吃的東西，
要爲他們安頓住的地方，
我們要投身到
風雨中去爭一日一日的生存。

沒有怨言。

噢，造物主！
造了這地球、這世界、這宇宙萬象，
也造了我們人類之元祖的造物主！
我們不慣於被愛，被照顧，
不慣於受支持，不慣於等候
等候安撫的手。

噢，造物主！
我們是那保護螺肉的硬硬的螺殼，
我們是那包裹內臟的皮，
我們是那聚溫抵寒的羽毛——
我們是最外層的部分，最暴露的部分。
一切生之淒厲、凌辱、折磨，
隨時都可指向我們，向我們猛發。

當然，我們毫無怨言。

我們是保護者，
溫暖的施予者，
創傷的療治者，
悲哀的安慰者，
軟弱的支持者，
絕望的鼓舞者，
我們是愛者。

但願像鋼鐵一樣强，人類！
我們的意志和生命力，
但願像最粗最堅韌的橡皮一樣經得起拉，
像山壁一樣經得起撞，
像塑膠布一樣耐摺，耐揉，
像老牛的肩皮一樣耐車軛盡情的磨擦。
但願像大地一樣受得住、
受得住任何重壓！

而終於有一天，
我們只祈望迅雷突然的一殛——
撒手永眠。

荒謬的女子

朶　思

繁星夜
她用扇形思念把天空圍住
並以蟹形步履
去捕食歇息的蒼蠅
以印證她解不開的蠱惑

砰砰敲擊鐵門
就像敲擊天堂的那夜
是否有月
有月的夜晚
是否變葉樹就任讓
黃與綠
不協調的發生了爭執？

而蠶尚未成蛹以前
蛹尚未孵成飛蝶的時候
湖泊的鏡中
映現的
就是她眼中的荒謬

閒散的
吃着陽光
剪手散步
那女子，在她母親
腐蝕了的笑容裡
把自己一脚踩落
一手拾起

歸來

陳秀喜

自妳離開我
家裡的每一件東西都出現妳
展綿花的翅膀
等待妳歸來

如今不是幻影
失意的妳露出笑容　奔向我
欣悅的我却咬着下唇　走近妳
淚珠映着妳貧血的嘴唇
淚珠映着妳散亂的黑髮
驚喜和心痛的刹那
衝口說
「我做一道妳最喜歡的菜好嗎」
（而强忍住欲哭的嚎聲）
妳歸來

整個世紀的春天一齊飛進來
凄冷的寒風已從後門溜走

聽海的人

張　默

一、

花白白的，如絹絲的月光，一縷縷地
飄在我的眉睫上
「好美喲」！那個聽海的人，不由地
發出如此的驚呼，以及不必再有什麼的
唏噓。

要是夜的翅膀，要是海有生殖的興趣，要是風
永遠停駐，我會數着海裡的
金幌幌的夜，夜裡的
渺小小的海，海裡的
赤裸裸的風

風，它能鼓得起我們的心靈之舞嗎

二

據說，那個聽海的人，是心不由主的
他常常把那些線裝書，一頁頁地
掛在腸胃上
他常常喜歡朗誦海的磅礴的溫柔
他常常愛在潮汐升降的水漩裡打呵欠
讓海自焚
讓海豐實
讓海是一撮雲翳的沒有雲翳的影子的影子
（噢，何不讓一切靜止）

三

想飛嗎？想立刻去飛嗎
一切俱是眞實的存有
在時間之海的夜裡
似應把我們最最原始最最美麗的迷亂
埋藏

詩二首

古　丁

龍燈的遊戲

隨時日以俱滅的過去了幾萬年
仍不肯屈服於歷史的一條中國的巨龍
張牙舞爪的吐着火焰來了

世界從背面睜着一雙好奇的眼睛
很有興趣地扭曲着臉來看它

像一群好玩的孩子
只覺得它從博物館裡跑了出來
中國龍不再是眞正能嚇人的巨物

喧天的銅鈸，僅在提醒我們
爲了節日，爲了再沒有別的遊戲
但我們仍能很古老地活着
活得沾沾自喜
在摩天樓與敞馬路上
跟着豐收的人，優哉遊哉

這是奇異的中國人，是不？
我們是玩龍的民族
希望異邦人還心有餘悸
想着龍的歷史，以及還沒有成爲歷史的我們
覺得暫時已經好過多了

改變中的街景

昨天還傴僂着
無精打采的畏縮在過時的古老街邊
然後掙扎着起來
只一夜，就很豪華地挺直、站直了
像一個煙囪，把頭伸進了雲裡

在那上面的一些思想
就忽然年青了起來
伸手去抓那旁邊飄過的雲彩

這時候俯身向下看
有驚心動魄的擁擠潮流
在街上流來流去
在趕赴兩個不同方向的約會
塵埃在街上忙碌，無可奈何地想
——管他們要去的是個甚麼地方

秋

陳鴻森

如果那面圍堵我的牆在永夜裡是面鏡子
我將演奏自己且遣開遙遠的幡祭
深深的秋意了
少年　昔日的驕傲正散射着七彩的顫慄呢

我數着牆角下那些小黃花
三朵　五朵　六朵　西風的手緩緩垂下
我的 SENTIMENTAL 隨即被抛出圓外
剩下幾朵無美感的便低低的談論着
枯槁上掛着的不知是落日抑或燭台

貝殼集

簡誠

貝殼

美麗的貝殼像女陰
在柔柔的防風林的沙灘
吸收月色的青輝
諦聽海潮千年的呼喚

殼裡一樣有地平線
而無戰爭
一樣的河山
而無時間的鄉愁
祇有愛情

瑪瑙的女陰像貝殼
貝殼裡另有一個世界
雖然鍾戀，奈何
無法長駐
因爲恣意的海潮會捲沒

皮球

小小皮球
掉進了古井裡
女孩哭泣了

黑亮的古井
好像媽媽死去時的眼睛
沒有回答
祇聽到自己哭泣的回聲
女孩更傷心地哭泣

即使落盡了眼淚
怕是永遠添滿不了古井吧
也拿不到它呵
女孩還是哭泣着

小皮球
小皮球
女孩小小心兒
掉進了古井

追憶之歌

追憶留在旅客留言欄上
握着一張無法識別日期的車票
走進夢境似的月台

突然驚鳴汽笛
我立刻踏上迷惑於不知開往何方的列車
車窗外急速地更替模糊而美麗的風景
故事像發生在遙遠的山村

以暴雨夜崩斷的鐵橋
列車停靠無情而不知名的小站

握着一張無法識別日期的車票
走回冷清下來的月台
追憶原祗是旅客留言欄上的字眼
等待另一個旅客擦拭

戰爭・死亡・愛情

終於
原野恢復了原來的寂靜
留下我們
絕望地躺在壕溝
斜陽同燒焦的樹林
合唱動人的輓歌
催眠在靜靜的原野上的
我們

夜晚，星辰俯身下來
安慰我們
將給我們許多花朵
春天時圍伴我們
無知地盛開。
以及許多美麗的夢
然而我們夢見的是
在幽會的妻子
就如後方的妻子
夢見戰勝的我們
摟抱女人溫存
在黑沉而寂靜的原野
並不是只有我們
然而誰能解救
已經死亡的我們

啊，讓鳥啄去眼珠吧
讓軀體腐爛吧
讓風，讓雨，讓蛆虫
滿足久久的飢餓吧

故鄉之歌

故鄉把經歷過
島嶼、山脈、湖沼、月光的泥土
裝在一個粗陋的小盒子
並且滲進燈蛾的熱情
贈給我攜帶着流浪

在異地
迷失在黑暗的小巷時
它成了唯一的燈籠
雖然盒裡空無一物
却照亮了黑暗的前程

泡沫集

陳明台

一、泡沫

①愛

母親
曾經妳細嫩的肌膚
在這樣刺痛手的
泡沫裡
揉搓了又揉搓

母親
曾經妳細嫩的肌膚
在這樣刺痛手的
泡沫裡
把潔白披上我的肉身
光亮一次盛大的舞會

伸直了酸痛的腰
憩息的時候
忽然想到這些
不習慣洗衣服的我
惟恐失落愛似的
急促地
遂捧住了
一手溫馨底

②夢

泡沫
一顆
又一顆
雪亮晶瑩底
泡沫
攫住之前
就消融了

一個
又一個
張牙舞爪底
惡夢
醒來之前
就逃遁了

充滿這小小的房間
確實到處都是
七彩的泡沫
白色的惡夢

③惑

浸在氾濫的泡沫裡
襯衫上底汚漬
竟是怎樣也無法漂白

「浸在氾濫的泡沫裡
　永遠也沒有潔淨的衣裳嗎？」
恐懼邪惡的癖性
這般盤據了心房
再也不能剔除

所以
那天夜裡
劃成一個又一個圈圈
泡沫　魅魑的陰影似地
纏住了
我整個的夢

二、火石

踽踽獨行的時刻
慾望向氾濫的人群奔馳
爲了觸探什麼
屢次用心地垂下長長的思緒

火石衝激了火石
在漫不經心的事件之後
抹不去的過往
恒常那麼嘔心似的沖刷了腦袋
憎惡地

首先發現火的靈光
原始的人們呵
讓火石劇烈碰撞
火石　震盪的痛楚
之後　遺棄得毫不憐憫
可是憶念的齒輪變換太速？

火石的魅力
埋葬在深邃層次
總是等待
下一次的錘擊。

我的車廂

拾虹

如果思想像蚯蚓一般地鑽入血管
密佈的動脈形成千萬種蠕動
我的車廂就必須葉葉開窗
夜夜聽取人們飢餓的聲音

漫長的旅途壓抑不住的悸動
就是想排泄一點什麼的徵象嗎
可是　每一停下
我的身子就蔓延着一種半身不遂的疾病
我只好痛苦地從一節車廂換過另一節車廂

到了終站
我急忙自我的車廂中跳下來
然而　蹲下去想排泄一點什麼的時候
我却嘔吐着　嘔吐着已成爲腐質土的自己

近作二首

傅敏

事件

酒後
跨出門檻
兩條腿溫度計般地有水銀下降的聲音
「低氣壓從西北向東南移動
冷鋒近似自流……」陰偶雨的天氣
突然
他站成一種起跑的姿勢
向未被命名的整張黑奔過去
遠地有一隻狗吠聲。或者
遠地有兩隻狗吠聲

某日清晨與你在新店溪畔看晨景

忽然我變為一顆石子靜靜地躺在那裡
你與友人在遠處望着我
以漠然。
無法辨識的整張肌膚頓失去原有的色彩
雲都不會駐足的
荒地。以及天空
我是一啞者
祇能以遙遠的視覺回答你的呼吸
而你。以及你的友人
悵悵地面向另一端行程
（一顆石子靜靜地躺在那裡）

木偶箱

藍楓

買來一個四方盒
有排列整齊的空洞格子
每一小洞一木偶
像一些零件鑲嵌在一件機器裏
隔板隔音
大家默然不講話
打開相片本
有一張我住所的照片
竟然和這玩具箱相似
我趕快走向窗口
朝隔壁叫一聲阿惠
阿惠對我一笑
我就安心釋然
不要忘記這差異啊！

　　掏撈着什麼
　　跛脚乞兒

告訴他　金亭不能給他什麼
這時節　憐憫不再是人的癖性
連神也是

很高興看見鼎盛的香火
很高興看見吹嗩吶的人鼓鼓的雙腮
好大的火鷄
瞧呀　白髮的土地公笑得多迷人

小小的年紀
大人即教會我們辨認聖杯的陰陽
福高德厚正爲神？

告訴他　金亭不能給他什麼
除了慾望的灰燼
這時節　憐憫不再是人的癖性
連神也是

土地廟

王浩

銀河

施善繼

喜鵲用它們全部族的翅膀排列七月說那是鵲橋要你與他一齊放牧星星一齊騎牛一齊自指尖傾寫柳笛的悠悠他曾是印地安的紅鷹酋長有一臉歌的圖騰許久就繪着相似你的側影在獵季之後他撥弄七弦琴的雅典娜並與篝火對飲不自恃的與你對飲獵季之後你就是他響着嗩吶的一頂花轎的迎春的閃着睫毛的流蘇了

酋長及其扈從自村中經過伊波里托夫依凡諾夫的高加索素描在行列裏親愛的酋長光彩而勇武所有的馬立正山羊豎起耳朶於是酋長就向這個盈着幸福與美的年齡行禮於是酋長就向你行禮你把聆者引至高加索叢山中的村落的炫目的白色牆垣回教寺院梯形屋頂健美而攜着水罌的少女雪掩的山峯那般原始的光輝

蓉蓉當你織完布匹在節日發亮的銀河小憩梳理短髮他便是鏡中蟄伏着終於反照出來的你那時他給你帶去鷄冠花檳榔水粉胭脂並沒有甚麼茫然的傳奇你拭乾別人滴漏在你身上的血跡將啓示錄焚化使它幡飛片片蛺蝶片片舞蹈的芭蕾那時在拿玻里在珊塔露淒亞港灣傍晚在藍波深處漁人已歸自海上他的故里蓉蓉

旅韓詩抄續稿

孫家駿

一、駐韓大使館即景

朱門獸環，一邊還蹲着一隻石獅子
於是，那個穿制服的警衛就被襯托得太俗氣了
可是早在十九世紀就會出過風頭的辦公室大樓，可不在乎
　這些
不待雪融，靠右手那叢嫩黃的迎春花
總還是最先醒來

我不知道那塊「撫孤松而盤桓」的石碣在夢着甚麽
我也不知道石碣背後那棵百年的孤松又在夢着甚麽
自從用袁世凱八抬大轎的轎桿支起臨窗的一架紫藤
我只知道有個白頭髮的花兒匠，老愛在那兒打瞌睡

註一：我駐韓大使館原爲袁世凱任駐韓委員時之駐節處。

註二：大使館花園有古松一棵，前立「撫孤松而盤桓」石碣。

二、水原道上

莫問古朝鮮的水原城在那裏
莫問惹鄉愁的小西湖在那裏
先檢閱五十里垂柳
先聽五十里鶯啼
且讓我們吉普車的駕駛手權充船長吧
五月閃金的麥浪波湧而來
復急忙忙旋轉着倒退

註：小西湖在水原城郊，環湖有祝壽堤，遍植櫻林。

三、正午的仁川港

海偎向山的臂
山輕攬着海的腰
舞過來

舞過來
陽光下，風擺着仁川港鑲銀的藍裙裾舞過來
陽光下，仁川港閃動着叢林的長睫毛舞過來

嗬！看那個喘氣來的冒冒失失的小火輪
想必你是第一次來這串門兒的傻小子
別儘扯着嗓子直嚷嚷好不好
現在，正是中午十二點

就說麥帥手裏那個被戰火烤焦了的烟斗吧
我們也應該讓他有個安靜的午寐

註：一九五〇年韓共南犯，九月中旬麥帥率聯軍由仁川港登陸反攻，克漢城，陷平壤，直迫鴨綠江邊。該港半山公園建有麥帥立姿銅像及涉水登陸浮雕圖。

四、漢江秋暮

就像迎面的那陣秋風
凋盡了一池蓮荷
那些載浮載沉的紅男綠女呢
那些擊腰鼓而歌的遊人呢

怪不得卸却鉛華的畫舫更憔悴了
自從那人去後
鎮日價只伴着被遺棄在沙灘上的履痕嘆息

要不！還是那危巖沉思的錦湖莊像個哲者
無動於潮漲潮落
却也新添了幾莖蘆花頭白

註一：漢江經漢城南郊，有泳場，每値盛夏，市民多裹糧前往，作數日歡。

註二　漢江泳場對岸有危巖聳立，上築茅屋數間，日錦湖莊，騷人墨客常在此把酒論詩。

五、飲別釜山

以海的翡翠盤盛着
就山的碧玉杯飲着
飲五月向晚的玫瑰紅
飲三更月釀的銀輝

誰說我醉了呢？你瞧
這兒的山川也知我將離去
我揮別燈裏的釜山市
我揮別水裏的釜山市

六、夜過瀨戶內海泊大阪

以你長長而曲折的黑海峽誘我
以你躲在夜背後的兩岸閃爍而多疑的燈光窺我
雖然你明知我們不過是來此歇歇脚飲飲馬的

不過，我還是會以觀光客的身份向你說多謝
當陽光用金手指掀起你昨夜深垂的帷幕
雖然你待理的雲鬢只允許我們遠遠的用眼睛去品嚐

即興四首

白萩

謝謝

那些手要採摘些什麼
那些無知的花兒怒放着
在母親的胸脯上
看着天空

一隻小鳥在生活的時候
沒有預告地被射殺
生命的碎片和鮮血
灑向草地發出嘲笑的聲音

那些手要採摘些什麼
那些無知的花兒怒放着
那些無知的花兒怒放着

看着天空有什麼用？
天空也要暗了
在鐘聲中
那些模糊的亡靈叫着：
「再見了，世界
謝謝你
太謝謝你了」

催喚着催喚着

春天公平地在外邊催喚着
一朵在岩石中的花
仍無法被釋放

我不知道爲什麼這樣
祇知道已被這樣

春天公平地在外邊催喚
他們早已奔赴前去
在天空下競相歡暢

祇有一朵在岩石中的花
仍無法被釋放

不要問我
爲什麼要選這樣
祇知道
已被選這樣

春天公平地在外邊催喚着

向日葵

阿火要去播種
在覆雪的山坡
要看三角褲裡面一樣地
大家跟着他的謎

他對着太陽要升起的
東邊挖着穴
「你要種什麼東西？

現在是不生長的嚴冬」

「我有一粒向日葵
在這個世界幾十年
都沒發芽。
雖然試過了幾十個春天」

・

「哈，阿火要在石頭中
收穫稻糧」
耐心過了一個夜
大家來看他的謎：
他把自己種在穴裡
祇剩頭部看着太陽
像一株向日葵

鳥兒

鳥兒老在尋找着天空
在那兒，我們一定遺失了什麽
被土地所禁錮的樹林
狂厲地舉手哭嚎
　太空無限晴朗
　地球有一半幽暗
當夜走了，世界灑滿了失貞的眼淚
在青草地上
有人自焚爲一隻火把
將烟升向天空
成爲尋找的鳥兒
　地球永遠有一半幽暗

莓溪畔

溫柯

你不記得嗎？流浪的漢子
淙淙的莓溪埋着一個冬的秘密
秋來時，螢火蟲星光似地閃着
草莓花鑽過林投樹
然後就到聖誕節
螢火蟲霧也似的化了

只有週末的時候，你記得
有人從夾竹桃後的綠紗門邁過
坐在斷腸紅的棘下，低吟
更深了，踏着夜露
沿着清冷的溪畔，上崖，逝去

你什麽都不記得？——我告訴你
你這沒有心的漢子
你跋涉在西海岸的時候
也曾這樣悲過，寂寞過？
你哭了，你這浪人
躺在綠地上
把大盤帽掮在林投樹頂
讓草莓花貼緊胸臆

笠下影 ㊻

張默

一切藝術是一個創造，而詩則是創造在永恆的歷史中。

今日吾人所追求的即是自我的不斷翻新與不斷的跳躍與不斷的超越，如果有一日你停滯了，那麼繆斯的金馬車是不會耐心地等候你的。

祇有眞正從事創作的人，他才懂得一首詩的完成，是充滿着多少生命、多少難以壓抑的痛苦與喜悅。

I 作品

紫的邊陲

——而Chin的純白跳躍在永恒裏

A

那個影子蜿蜒在百花間
傾聽。欣欣的吟誦，歌聲落在
光潔的枝頭，緣着香溢溢的
春之水，
春之水
是一叢叢的黑髮，一茸茸的細草
一鏡湖，一幽蘭
而愛紫的人是有福了
而愛紫的人是變幻了

以握不盡的顏彩去束窄腰的衣襟
而心，撫着撫着的半邊多麼深呵
我們不是都曾鑽入，在氣息低低的
夢之海，相遇，你
抖一抖翻着波浪的花傘
像翻轉着每個自己
嘰嘰，喳喳，淒淒，切切
那頂撞你的韻律是什麼
無由攀登與無由飲盡濕漉漉的內裏
如霧的聲光膠住我們素色的唇沿
以沉默來把肌膚擊碎嗎
陽光照射陽光透露陽光洩示
犂及繽紛的音色
在她的紫髮髻上
撒種，噢那怎麼能夠說是謊語

如果不是自然搭起的傍晚的虹橋
如果不嫌我們的步履過重
你怎麼不提一提裙裾
擲出一把星斗，躍上去

B

我們不是大地的搜尋者也不是夜聲的捕捉者
觸一觸感情的蔓草
嗨，拋過來您的手吧
我們唱着新廸亞高的戀歌
飾滿矛盾飾滿痛苦飾滿歡笑

唉，肅肅的雨滴儘管落在新廸亞高的城坊上
從您的蝴蝶夾，從您的眼睫
從您的今年剛試着的洋服的邊緣
冒出一股款款的甜意
而無端地塞滿了我的兩支大口袋
您要我把它攜回南方嗎

您要我把它洗滌得一無所見嗎
時間在步履裏搖着
想緊緊扣住從前的自己
猶之滿天的沉雲向虛無
道着再見，而又不忘飄渺的山間
您是否曾把胸臆中的雲翳趕出去
把它漆成一片褐又一片褐
把它摺成一道紫又一道紫
您是不是最喜歡中色
——那個難得形繪的慣於逃逸的中色

C

擴散的是時間，而寂寞搖着
　　而我們搖着
但，誰是繆斯呢

I 詩的位置

一個銳力的詩人，往往是獨來獨往的；一個卓越的詩評論者，往往也是獨具慧眼的。當中國的現代詩壇，各以派鳴的時候，我們是否能給予詩壇以一種客觀而具有遠見的構想呢？對於曾經是一種詩刊的編輯者，且是一連串詩選的編選者而言，我們不但要有一種深遠的期望，而且要有一種嚴厲的鞭策。張默、洛夫、瘂弦；在「創世紀詩刊」、「六十年代詩選」、「中國現代詩選」以及「七年代詩選」中；幾乎是三位一體的。作爲執行編輯的張默，跟「現代詩」的紀弦，「藍星」的覃子豪與余光中，「南北笛」的羊令野等一樣，該是掌門人罷！張默早期的作品；如「海的綴英」、「詩與論評」、「菓樹園」與「新詩評論」（註1）等，都只剩預告，不見結集出版。詩人白萩曾說：『軍中陣營；「創世紀」，在最初是打着民族的旗幟，那時候，實在乏善可陳，……』（註2）我們要了解張默醉心於現代化以前，他對詩的論調到底是怎樣的呢？「關於詩的民族性」（註3）一文中，他曾說：「可是，反觀今日中國詩壇，詩作品之無民族意識已比比皆是，更有甚者，竟有人以師承外國祖宗爲榮，抱着一己心中偶像的死軀殼，於是便大事吹噓……」又說：「欲求中國詩蹈入永恆的正軌，非有一次最莊嚴而最中肯的大革命不可。這些被革命的對象，爲首的是破壞中國固有文字的形象美，其次是視覺重於聽覺所謂詩的圖案與符號，其三是全歐化或半歐化的字句以及根本無法理解的作品，最後是無腐（或爲「病」之誤）呻吟與赤色黃色黑色的虛無空洞之作。」也許張默當年是有感而發的，而今，張默好像站在某些被革命的對象底陣容裡去哩！

（註1）「海的綴英」見墨人與彭邦楨編選的「中國詩選」。「詩與論評」見「創世紀」第七期。「菓樹園」與「新詩評論」見「創世紀」第十期。

（註2）見「笠」第四期白萩作「魂兮歸來(一)」。

（註3）參閱「創世紀」第七期。

Ⅱ、詩的特徵

張默的創作歷程，跟「創世紀」的革新（註1）一樣；可以分爲兩個時期；一是「新民族詩型」的時期，一是「現代」的時期。他早期那些歌詠海洋的小品、抒情的篇章，以及一些新詩評論，都比較平實。當他投身到現代詩的行列時，他想把「詩情」移位到「詩想」，雖然說他的衝勁够狠，他的痛苦够深，他的意志够强；可是，他缺乏哲學的思辯工夫，他的哲理是薄弱的，語言是抽象的，而詩思遂陷入概念化的泥沼裏去。倘若欣賞詩，好比是飲食；那麽，詩是一杯霜冷冰淇淋也好，是一杯溫熱的鮮奶也好；而張默的詩，却好比是一杯淡淡的清茶，有點澀澀的。也許張默的確是想在「——那個難得形繪的慣於逃逸的中色」裡去尋獲一點什麽？去表現一點什麽？然而，他能不能憑這去開拓自己的境界，去雕塑自己的靈魂呢？不錯，「詩人應永遠是開始，而非終結。」（註2）但是，當張默脫離了詩的感性，而跳躍到詩的知性時，彷彿是游到沙灘上曝晒的魚失去了優游自如一般，頗有力不從心的感覺。

（註1）「創世紀」第十一期開始改版型革新，時爲民國48年4月。

（註2）參閱張默詩集「紫的邊陲」收錄的李英豪作「從拜波之塔到沉層」一文。

Ⅲ、結語

忠實於詩，醉心於現代化，原是無可厚非的。但是，凡事該量力而爲，不論熱情是多可貴，創造是多艱難，能付出一番心血，來從事創作無利可圖的詩，已經是難得的了！不過，爲了使心血不致於白費，對詩的看法似乎是創作的一個關鍵。張默的論評（註1）之跨不出「創世紀」的版圖，正如余光中、張健等跳不出「藍星」的領空一樣。至於張默的引經據典，以及邏輯知識的欠缺深入而正確的了解，不能命中詩的紅心，自不在話下。

（註1）指商務印書館人人文庫四七六張默著「現代詩的投影」一書。該書第六十三頁「他們對邏輯學與語意學甚至是理則學是非常重視」一語，頗有語病，邏輯學與理則學是同名不同譯法的稱謂，而語意學則跟邏輯學密切相關，且有獨立傾向的一種新興的科學。

我的詩觀

——詩的構架

William Jay Smith
宋穎豪 譯

一、

維廉・普勞麥（William Plomer）是我所敬羨的一位詩人，他曾經說過他個人在詩的天地中像是一位「孤獨的眺望者」，這句話亦同樣適合于美國文藝界的許多作家。至于我，我聲明過我熱中于抒情詩，祗不過我聲明時不曾大張旗鼓而已。我憎恨任何種類的邋遢相。雖然我不屬于任何詩派，却有些初出道的文學界鄉佬竟將我歸屬于學院派。其實，我之與大學發生關係還是最近幾年的事，而且是零工性質的兼差；何況我最厭棄在課堂上研討詩的那種做法。不過，無論在學院的內外，在今天詩的流傳紛紜不一，其中最令人難以受用者莫過于一群師承韋廉士（William Caclos Williams）與龐德（E. Pound）的「新」詩人，他們一個勁地高唱其「自由滾轉的詩論」（free-wheeling Poetics）。這一群自我表現主義者曾經默默耕耘多年，如今已出人頭地，相繼有詩集問世，而且他們雄心萬丈，海濶天空。最近，這種詩的妙論已是屢見不鮮了，不僅使得許多好的詩蒙羞，更孵育並激勵了不少的劣詩。

二、

詩的變化跟其他藝術一樣包羅萬象。猶似調味品之與烹飪；無調味品，菜餚必將粘澀而無味。如果詩人一味在重複自己，像某些才華橫溢的現代詩人一樣，我認為他必將自我鎖囚于腐臭而令人作嘔的厨房裡。我一直信奉高克多（Jean Cocteau）的名言：藝術家應須發現其所能，然後再發展其他。詩人恒在探險拓疆，恒在試驗新的東西。像是一位滿懷幻想而週旋于試驗室中各蒸餾器之間的醫師，並不為試驗而試驗。不過，詩人應須不斷冒險，試驗每一件事物，且投以高價的賭注。是故，詩人必須經常不斷在四下探索，這並不說必須要發展全然新穎的風格，乃在擴張並延展其個人的基本風格。換言之，旨在促其發芽，像一株樹似地繁茂濃蔭，蔚然形成一番光華與氣象。我認為我的「鬱金香」一詩在此一方面有所表現。在十八世紀，鬱金香為數學家與哲學家喜愛在花園中蒔栽的花木，產于波斯，經由康斯坦丁堡傳入歐洲，曾掀起過一陣鬱金香的狂熱，而其價格遠超過珠寶黃金。因而聞名于世。誠然，鬱金香為花木中最似金屬的一種，而其最主要的特性在其無香氣。

「鬱金香」

一隻高脚杯被圍繞在火焰中，
自伊斯坦丁堡
異花捎來美麗與名字。
而今每當我高擎，那火焰
自拱門頂端掃越金色的塔尖

直到東方燃燒起來：
弧狀的花瓣全然盛在
獻祭火焰的杯中，
肅穆供在杯架上。

我認爲詩應須恒在其構架中不斷延展。而幽默本身則屬于一種延展的方式，正如畢爾和（Max Beerbohm）所說：「歡笑祇是一種快樂的輸誠」。我一向對輕鬆的諧趣詩有所偏愛，因爲我堅決相信幽默感爲美國最大的財富與最耐人回味的一種特質。由于兒童詩之廣泛運用分節的形式，以及其盡量胡謅的幅度，我想即已形成一種解脫性的影響，而促使我不斷索求輕鬆的主題，然後再予以發展並延用于成年人的作品中。

三、

有些詩的冒現似蕈菌，轟然成長，具有其神秘性，且每一細節無所不備，使人莫名其所由來。「爪蛙的孔雀」就是這類的詩，雖然這首詩也可以被視爲事實的組合。

「爪蛙的孔雀」

我縈念所羅門的水手，
在一次漫長的航程，他們
跨騎珍禽，爪蛙的
孔雀，渙然
天堂、天堂的玉樹。
恁是吃力地飛越黑暗
麗安娜，他們仰望樹，
而樹上，一面錦扇
猶是帝王的徽飾。
他們返航于平靜
無波的海上揚帆，
孔雀的尾巴
點化着海上的神話。

我記得在大戰結束不久，我留居在紐約州山維爾的豪頓農莊。當時，我曾自一本鳥書中抄錄一些有關孔雀與所羅門水手的故事。不過，現在這些資料早已散失。當初，我在哈佛的拉曼特圖書館中，曾寫過一首詩，並引用了若干資料。因爲我總想依據我在太平洋服務的經驗寫上幾首詩，而且這些資料或將可以排上用場。後來，我去紐約，卻祇利用幾分鐘的時間完成了這首詩，也不曾參照任何抄錄的資料。此詩中最令我棘手的一個字「點化」（committed），當時頗費一番斟酌工夫，才決定使用此字。現在想起來該字用得恰到好處，且有點睛之功。但在完稿時，我始終躊躇不定，總以爲它不够完整，或者作爲一首長詩的一部。不久，我才豁然了悟其中的緣由。顯然，此詩涉及我在太平洋服役多年的往事，但不是爪蛙，因爲我從來未去過爪蛙。爲確定漫升于詩中的滿意感受，我決定對經驗完全一字不提，或者于以全然轉化，而祇讓經驗藉暗喩的手法表達其與孔雀的關係。

當我服役于南太平洋艦隊時，被派往一艘法國軍艦上充任連絡官。曾奉法國艦隊司令之命，巡訪宣慰新海布里地碎島。我們每到一處，即受到當地法國僑民的熱烈歡迎。因爲二、三十年來，他們從不曾看見過一艘法國軍艦或任何一位法國同胞。一次，在某一個小島上，我們長途跋涉，穿越鮮有人跡的森林地帶後，豁然開朗，從一片廣大的墾殖地飄來一陣乾椰子肉的甜澀味與濃重的熱帶農壯的氣息。我們走過開濶地，一排農舍霍然迎面而立，農舍之前是一株蒼翠蓊鬱，呈圓形華蓋的大樹，好像在展其臂向我們致以最豐盛而美好的歡迎。美妙的景色頓使旅人心靈爽朗，忘却疲困。事後，此一景色以及當日的旅程時縈于懷，歷久不能忘記。于是，我一直希望能夠加以記述，但我完成這一首「爪蛙的孔雀」已是多年以後的事了；也許，我已經盡所欲言矣。

「**伽利略**」一詩是我所喜愛的一首作品，因爲這首詩有其奇妙的來歷。

伽利略、伽利略
走來頻頻地敲
在平庸的腦海
敲扣幽隱的甬道。

世界轉向光明，
時鐘指着六點鐘；
烟囱的炊煙漫升
金燭台燒得通紅。

蘋果樹壓得折彎，
但不是太陽的熱氣；
Minotaur（註）正在醒轉，
牛群奔竄在街衢。

伽利略、伽利略
穿一襲飄展的紅袍，
當星宿伴隨地球旋轉
轉下河流去了，

跌跪在黑色的聖母像前
天使圍擁而來
仰起一臉的肅穆
映現着受震撼的世界，

以及燃燒中的果園，
以及照亮的崗巒；
以及融燼的紅燭
在黑夜的祭壇。

伽利略、伽利略
走來頻頻地敲
在平庸的腦海
敲扣幽隱的甬道。

「註」：**Minotaur** 爲希臘神話中人身牛頭的怪物。

一九四七年，我在牛津大學讀書，有一位朋友告訴我，他在前一夜做了一個夢，夢中他的詩興激奮，迸射出幾行詩，依其記憶寫下了開頭的一段：

伽利略、伽利略
走來頻頻地敲
在平庸的腦海
敲扣幽隱的甬道。

當時，我將這幾行詩記載下來，就算了。豈料那天晚上我却一直無法入睡，遂即燃灯起床寫下了這首詩，和現在的大致差不多。雖然，這有點像柯萊雷基（Coleridge）夢詩「忽必烈汗」（Kubla Khan）一樣奇妙，但這確是千眞萬確的事實。現在我才體悟到那幾行詩之所以如此使我激動，祇因當時我剛從意大利遊歷歸來，而遊歷佛羅稜斯城也是我平生第一次。當我在佛羅稜斯時，我與友人宿于 Pian dei Giullari，該處轉角過去就是伽利略的故居，也是他與英國詩人密爾頓（John Milton）晤談的地方。我知道這首詩表現着許多有關意大利以及僧侶在聖壇上的舞姿等各種印象。

無論如何，我對我所完成者，深感欣慰。翌晨，我即向那位朋友獻寶。他很憤慨地表示我所寫的與他所想的風馬牛不相及。我雖加以駁斥，但他依舊不以爲然，並對這首詩不屑寄以奢望。不過，他却同意這首詩是我的。嗣後，我們就未再見過面了。

奇怪的是：喜愛這首詩的讀者咸對其奇妙的夢境來歷表示意見。

夢中能夢者自古有之，但作夢常是睜大着眼睛。記得在大戰期間，我有一次驅車經過聖路易城的一所建築物，（以前曾經經過不知有多少次了，只是不會注意吧了。）那是慈恩修女院主持的盲人學校。日前，我聽說在那一帶曾有一度停電。當我經過時，霍見「盲人學校」的校牌。一時靈感湧現，本來停電對終生盲瞎的人絕無任何影響。于是有一行詩驀然閃現在我的腦際，祇有感謝上帝了。

「盲人學校的灯火熄了。」

這一行詩在我的思想中盤旋很久，而使我深切體會到我已經抓到一首詩的開頭。眞的，我已經有了韻律，也有了標題：「停電」。我感覺到有一種神妙的力量在促使我，推我向前，但始終無法捕捉住詩句。忽然間，我想起一個故事：當年畫家狄格士（Degas）拿着詩稿往見詩人馬拉美（J. Mallarme）時，他表示在試將舞蹈與賽馬時的狂烈喜悅融凝于詩。一時使馬拉美不禁茫然。最後，畫家說當他開始寫詩時，曾經有着一種極其美好的意念。于是，馬拉美回答說：「詩表現在文字，不在意念」。不過，我似乎已抓到了某一些文字——既使尙無任何意念——一直縈縈于懷，反芻了相當時間。直到一天下午，我訪問新蘇格蘭的諾米亞城山上的一所痲瘋病院歸來，晚上靜坐下來，遂一口氣呵成了這一首詩，僅將標題更改爲「憐恤」（Miserere）。

「**憐恤**」

盲人學校的灯火熄了；
垂落所有的暗影。
修女們在草坪上移行。
修女們移行在心靈中
以最閃迅的步度；
像一枚便士，光射自眼珠。

盲人學校的灯火熄了；
車道上的灯光熄燼，
而凶手伺候以舞躍的眼神。

凶手抑耐地伺候，
當黑夜，一位黑色修女，
修道院的修女，掃遮了日頭。

詩的奇妙湧現，正如考斯雷（Charles Causley）最近所說：藝術作品必須具有一種神秘性。雖然詩可以跟鬧鐘一樣予以分解，但當各零件結合在一起時，即有着一種不可言狀的奇妙。于是油然滋生，並散射，一如西班牙大詩人洛卡（Garcia Lorca）所謂每一件偉大的藝術品必須滋生，並散射其隱約而幽深的聲音。我認爲此即偉大詩品所應具有的共鳴性——一種不可測度而祇可以虔誠與愛意接近的心理奧秘。

四、

我認爲詩通常發軔于某種特殊性，僅可藉我個人的經驗而予以平俗化。我有一首詩常被收入詩集中，可以用來說明我的詩是如何在特殊性的狀況下完成的。

「美國的原始」

看，他戴一頂高筒的禮帽，
厚底皮靴，多漂亮的硬領式樣；
祇有俺爹才這麽驕傲，
俺愛俺爹，他愛他的「大洋」。

有人在敲門，聲音有點不妙——
但他却正浴于黃金中；
口袋塞滿褶叠的鈔票，
他的嘴唇發青，兩手冰冷。

他用黑領巾在大廳上了吊，
婦女嚇暈了，孩子們驚慌；
祇有俺爹才這麽驕傲，
俺愛俺爹，他愛他的「大洋」。

某次，有一位詩人朋友對我說：這首詩是他最欽佩的一首，而寫這類必然是一種極大的喜悅。我眞的有着這種感覺。說實在地，這首詩完稿時不只是一種最大的喜悅，而且是一氣呵成並未作任何的潤飾。不過，這首詩在我的思想中咀嚼與反芻的時間有五個年頭的光陰。誠然，這首詩我不知道試寫過多少次，但多已被丟棄了。我知道我應該在何處下筆。其實，問題就在如何下筆，而下筆時應直接並使熱情洋溢。于是，我想起一隻密西西比河上的吉他樂曲——絕對機械式的旋律——一種全然使無邪的兒童驚懼的聲音，一種錚錚然的弦音共鳴。在初稿中，這首詩比較長，詩中激盪着不少民謠的節拍。以下四行即其一例：

我害怕鋼刀的寒光，
我害怕血紅的鋒刃；
我怕見鰻魚的模樣，
我更怕見投機暴利的商人。

眞的，我見過那種不擇手段、唯利是圖的投機商人。本來想藉陽光與簾門暗示出我自幼所熟悉的寬敞、空氣流通的南方建築。然而，詩中有一行最使我躊躇，（當然現在看起來是最容易不過之事）；而這一行詩又爲全詩的轉捩點。

他用黑領巾在大廳上了吊

詩的樞紐在動詞，也可以說是動詞與名詞。我認爲全詩的重量完全置于「上了吊」（hangs）一詞上。我曾經多次應邀跟小學生討論這一首詩，雖然這是教師的一種驚人而不智的選擇。但我們發現小朋友們的反應相當敏捷。他們了解該詩是一個小孩在說話，而且他的父親因金錢竟自上吊而死。可是，大學裡的學生却常對這首詩感到困惑，因爲他們捨棄了兒童最基本的暗喻方法，而無法逐字通達于不預期的結論。我覺得我並不需要再增添些什麼，雖然依羅濱遜（E. A. Robinson）的「理查・考瑞」（Richard Cory）的傳統手法而論，「美國的原始」確是一首使人痛苦的詩。不過，這並不能涵蓋我對美國風習的全部觀點。

五、

最近，我的詩已經有了許多新的發展。若說我過去醉心于短詩，一種濃縮的抒情詩——銅匠的火焰，（借用摩爾女士Marianne Moore評論女詩人鮑甘 Louise Bogan的話），如今我正偏向于長句型的長詩，期以徐徐延展，搧揚熊熊的內心火焰。不過，自由體的長詩亦有其本身的缺點，且易于流于惠特曼的窠臼。詩人必須有所冒險，打破構架，再將支零破碎的構架予以組合，成爲煥然一新的形式。詩應須不斷在延展與凝煉，我認爲長詩的詩行應像手風琴的褶葉——而每一褶葉必須完美潔麗，無時不在應和着整體樂音的鳴奏。

〔原著人簡介〕——維廉・史密斯（William Jay Smith）于一九一八年四月二十二日出生在路易斯安那州的文非爾城。因母親一系，使他有着十六分之一的印第安血統。曾入讀聖路易城的華盛頓大學。大戰期間，充任海軍聯絡官，戰後，先後畢業于哥倫比亞大學與牛津大學，並遊學法國與意大利。娶女詩人 Barhara Howe 爲妻，傳爲詩壇美談。嗣後相繼應聘執教于各大學。一九六〇年，曾被選爲州議會的民主黨代表。

女詩人 Leonie Adams 對「美國的原始」一詩讚賞不已，稱譽爲今日的一種稀有而韻味十足的抒情詩。

其詩集計有 Celebration at Dark, Poems 1947—1957，翻譯過不少的法國詩。也曾出版了七本兒童的讀物。

一九六八年德國詩壇報告

李魁賢

我們對國際詩壇動態，一向很隔膜，既無人熱心加以報導，又很少人眞正關心想瞭解，這種貧乏的文化交流現象，是頗令人氣餒的。筆者近年來多花點精神去注意德國現代詩的種種，惟經常苦於資料之難求，有力不從心之嘆。茲就一九六八年當中德國詩壇的一鱗半爪，予以綜合，向有興趣的讀者提出報告。

一九六八年恰逢詩人史蒂芬•郭奧格（Stefan George）百年誕辰，在巴黎的戴維斯（Claude Davis）率先出版了一部專論，接着，研究郭奧格的書，相繼大量出籠。德國文學資料室，在 Marbach（靠近 Stuttgart）的席勒國立博物館，舉行一項紀念展，展現了郭奧格的生活與著作全貌。展覽說明書題爲 Stefan George 1868-1968，柯瑟出版社(Kosel Verlag) 出版，厚達四百餘頁，並有圖片五十八幀。倫敦大學也在夏天舉辦了一次展覽，在德國研究院，展出照片、信函和原稿手蹟，加上英文譯本及文獻。國際間的德文學者和文學專家，應邀到科隆（Köln）參加郭奧格研討會，自九月三十日到十月五日，討論議題，由註釋、詩評到社會學的分析。

郭奧格生於萊茵黑森（Rheinhessen），他和里爾克（R. M. Rilke）以及奧國籍的霍夫曼史達（Hugo von Hofmannsthal），被公認爲本世紀德國詩復興的重鎭。由於他的詩，用語精純，及對藝術與文化的嚴肅態度，他對德國人文藝術有極大的影響力。（請參閱拙譯郭奧格詩五首，刊「臺灣文藝」廿二期，五十八年一月）

另一項熱烈的活動，是紀念已故詩人劇作家普雷希特（Bertolt Brecht）七十冥誕。普雷希特，一八九八年二月十日生於奧格斯堡（Augsburg），一九五六年逝於東柏林。

從元月廿七日至二月十一日，德國表象藝術學院，聯合蘇康出版社（Suhrkamp Verlag）和法蘭克福劇院，在法蘭克福（Frankfurt/Main）舉辦特別慶典，以朗誦普雷希特詩之夜，揭開序幕。二月三日，「普雷希特在德國戲劇界」展，翌日有「國際間普雷希特海報展」。並召開討論會，以「未來如何編導普雷希特劇本？」爲題，參加人士有製片家 Buckwitz, Sistig, Ulrich Brecht, Palitzsch, Heyme，和設計家 Teo Otto 及 Grübler；主席是慕尼黑的劇評家凱塞（Joachim Kaiser）。活動的壓軸是演出「馬哈哥尼市的盛衰」（Aufstieg und Fall der Stadt Mahagonny, 1928-29）一劇，並由哲學家 Ernst Bloch 對該劇發表演說。

二月十一日，在柏林，由席勒劇院的藝術指導巴樂（Boleslav Barlog）主持特別茶話會，由瑞士劇作家胡禮希（Max Frisch）主講，製片家 Fritz Kortner, Hans Schweikart,和演員 Martin Held, Hans-Dieter Zeidler 朗誦普雷希特作品。

在西德，二月間，共有四十餘個城市上演普雷希特劇本。德國廣播電台及電視台熱烈報導各項活動，並安排特別節目，盛況空前。（請參閱拙譯普雷希特詩，刊「笠」十三期，五十五年六月。「笠」本期對普雷希特作品有詳盡介紹）

爲鼓勵詩人及文學工作者，並爲了表揚他們對文化的貢獻，在德國設有各式各樣的獎，由於主持人都能深入其間，且評審公正慎重，沒有任何風風雨雨，且獎金都很高，並非僅是象徵性而已。

如施樂德基金會文學獎，於元月廿六日，詩人施樂德（Rudolf Alexander Schröder, 1878-1962）九十週年誕辰，在布雷門（Bremen）頒給女詩人諾華珂（Helga M. Novak）。諾華珂是一九三五年生於柏林，在萊比錫大學專攻哲學和新聞學。一九六一年起，住在冰島。她的詩集『四層皮的方言』（Colloquium mit vier Häuten）獲得此項爲數一萬馬克的獎金（一馬克約合新臺幣十元）。

巴登及瓦敦堡邦（Baden-Wurtemberg）設立的席勒紀念獎，頒給詩人艾赫（Günter Eich），獎金計一萬五千馬克。艾赫，一九〇七年生於列卜斯（Lebus），專攻法律及漢學。出版有『詩集』（Gedichte, 1930）、『遙遠的田園』（Abgelegene Gehöfte, 1948）、『地下鐵道』（Untergrundbahn, 1949）、『雨訊』（Botschaften des Regens, 1955）、『詩選集』（Ausgewählte Gedichte, 1960）、『擱置』（Zu den Akten, 1964）、『機緣與石園』（Anlässe und Steingärten, 1966）。詩人新出版一部文集，題『眞鼴』（Maulwürge）。

詩人小說家畢湼克（Horst Bienek），以詩集『一成不變』（Was war was ist）獲得蘇黎世的雅可庇獎（Hugo Jacobi），獎金二千瑞士法郎（一法郎約合新臺幣九元三角）。畢湼克，一九三〇年生於席列西亞（Silesia），最近接編文學刊物 Blätter und Bilder。在授獎致詞時，畢湼克談到詩應該影響時代，而且抵禦時代；一首詩，既使僅有幾位內行的讀者，引起共鳴，也就值得了。他新出版一部小說『斗室』（Die Zelle），頗獲好評。

法蘭克福大學詩學客座教授，是很崇高的榮譽職位。過去擔任此職位的，當然也都是一時之選，波爾（Heinrich Böll）、女詩人巴哈嫚（Ingeborg Bachmann）、殷成斯培格（Hans Magnus Enzensberger）等。上年度新任詩學客座教授，是諾薩克（Hans Erich Nossack）。諾薩克生於一九〇一年，出版過小說、戲劇、詩、論文及翻譯。他在法蘭克福大學開的課，叫做「詩能不能傳授？」諾薩克新出版一部小說『亞鐵茲的墜落』（Der Fall d'Arthez）。

一九六八年這一年的出版情形，依然呈現蓬勃氣象，有成就的詩人，都有新著出現。

謝朗（Paul Celan）新出版了一部詩集『呼吸的轉機』（Atemwende）。早在一九六〇年，謝朗於接受德國語文學院布希諾（Büchner）獎致答詞中，即談到一種創作想像力衰頹的「呼吸的轉機」，並爲現代詩被人指責爲曖昧一事辯護。他說：詩是「將所有我們的材料，加以永久濃縮」，同時，嚴肅地與事物交談。謝朗的處女詩集『骨罈倒出的砂』(Der Sand aus der Urnen) 出版於一九四八年，到一九五九年出版『語言方格』(Sprachgitter) 時，詩的語言已趨向凝鍊。而在此『呼吸的轉機』中，履行他對「純詩」的要求；這些詩都能面對現實，而在「內在的本質」上建立自由空間。謝朗生於一九二〇年，專攻文化及語言學，長年居住國外，並勤於翻譯法、俄、瑞典等國詩人作品。他的詩集尚有『罌粟與記憶』(Mohn und Gedächtnis, 1952)、『逐一軌枕』(Von Schwelle zu Schwelle, 1955)、『詩選』(Gedicht-Eine Áuswaht, 1962)、『無人玫瑰』(Die Niemandsrose, 1963) 等。

麥斯特 (Ernst Meister) 新出版詩集『交換信號』(Zeichen um Zeichen)，分五輯，不標題，不押韻，都是四、五行的短詩。「這些詩不是抒情的，而是箴言的；讀者應加以潛思，以發現其中最嚴格的簡樸與精確性。」(「文學世界」評語)。由於評論家 Walter Jens 之垂青於麥斯特的詩，故他的作品已使他被目爲對今日德國詩最有貢獻的詩人之一。一九六三年時，麥斯特曾獲 Rhine-Westphalia 邦大藝術獎。麥斯特生於一九一一年，先是研究神學，後攻讀哲學、德國文學與文學史。出版有詩集『展覽會』(Ausstellung, 1932)、『在黑裘下』(Unterm schwarzen Schafspelz, 1953)、『在鏡櫃對面』(Dem Spiegelkabinett gegenüber, 1954)、『南風對我說『(Der Südwind sagte zu mir, 1955)、『休止符』(Fermate, 1957)、『和亞拉拉』(Und Ararat, 1957)、『庇廸莎』(Pythiusa, 1958)、『支付與姿勢』(Zahlen und Figuren, 1958)、『光的迷宮』(Lichtes Labyrinth, 1959)、『形式與場所』(Die Formel und Stätte, 1960)、『潮與石』(Flut und Stein, 1962)、『詩選集』(Gedichte 1932-1964, 1964) 等。

柯洛婁 (Karl Krolow)，由蘇康出版社出版了一冊『詩的日記』(Poetisches Tagebuch)。約當一年當中，他對自然與季節的素描與思索，以及對文學方面評論式的觀察紀錄。柯洛婁，一九一五年生於漢諾瓦 (Hannover)，專攻文學與哲學，一九六〇年當過法蘭克福大學詩學客座教授。柯洛婁也可算得上多產詩人，從一九四三年出版『稱羨的良善生活』(Hochgelobtes, gutes Leben) 以來，已有詩集十餘種，一九六五年出版的『詩全集』(Gesammelte Gedichte)，一巨冊，無論印刷、裝訂，均極漂亮。

蘇康出版社另外也出版了一部『沙克絲之書』(Das Buch der Nelly Sachs)，由Bengt Holmguist 編輯，厚四四〇頁。第一部份是女詩人沙克絲二十年來詩文的精選，第二部份是沙克絲的研究論文，執筆者都是一流的評論家，如：Beda Allemann, H. M. Enzensber, Walter Jens, Siegfried Melchinger等，並附傳記資料及文獻。沙克絲生於一八九一年，於一九四〇年逃往瑞典首都，即定居於彼邦，一九六六年獲諾貝爾文學獎。從一九四七年，出版『在死亡的寓所』(In den Wohnungen des Todes) 之後，共有八種詩集問世。她並譯瑞典詩選，於德國出版。

此外，卡爾漢舍出版社 (Carl Hanser Verlag) 籌劃詩人海涅 (Heinrich Heine) 的六大卷新版全集，亦將是一件盛事。其編輯方式係按寫作順序，而不照文學分類。每卷附有詳註，說明每一件作品的來源和變遷，以及其同時作品的脈絡關連，第六卷再附全部索引。第一卷業已出版，收集『歌謠集』(Das Buch der Lieder)、『集外集』(Nachgelesen Gedichte 1812-27) 及拜倫的譯詩。

今年的新銳詩人當中，值得一提的有：兩年前剛有處女作問世的漢堡年輕女詩人杜婷妮 (Heike Doutinè)，又出版了一冊詩文集『長矛上的心靈』(Das Herz auf der Lanz)。柏林的鏡報 (Der Tagesspiegel) 評此集說：杜婷妮「以一名具批評眼光而好思的現代作家，表現了敏銳觀察的才能」。

還有：廿八歲詩人布琳曼 (Rolf Dieter Brinkmann)，出版了一部詩集『領航員』(Die Piloten)，他題獻給四年前去逝的美國敲打詩人 (beat poet) 歐哈拉 (Frank O'Hara)。和歐哈拉一樣，布琳曼也深信，在世界文學上，只有低級、通俗的類項，如西部電影、滑稽圖畫、和科學小說，才有前途。K.H.Bohrer 撰文評論說：布琳曼的詩，失去原有的存在的負荷，如今只剩下藝術的空架。這是德國文學史上，頭一遭直接受到美國作家的影響。

最後提到一位詩人的殞落，那是二十世紀德國重要抒情詩人之一的列曼 (Wilhelm Lehmann)，於十一月間去逝，享年八十六歲。他於一九二三年得克萊斯特(Kleist) 獎，一九五二年獲列辛 (Lessing) 獎。蘇康出版社曾收集出版其詩集。一九六二年，全集出版。

●詩人動態●

△中國文化學院華岡詩社於58年4月18日下午七時半假該院大仁館舉行「詩朗誦之夜」，被邀請參加的詩人有洛夫、羅門、蓉子、菩提、大荒、羅行、辛鬱、趙天儀、李魁賢、彭邦楨等。朗誦以後，接着新詩座談，該院教授張曼濤亦列席參加，情況非常熱烈。

△余光中教授應臺大海洋詩社的邀請，舉行「朗誦新詩」，為一次詩創作與英譯的發表會，有吉他伴奏、有獨誦、有合誦、有和聲，可謂別開生面。

△趙天儀應中國文化學院哲學會邀請，於58年4月24日前往演講「美學的現代概念——兼談英美的現代美學」。

△李魁賢應中國文化學院華岡詩社邀請，前往演講「德國詩概況」，主要談德國現代詩以及里爾克作品。

△杜國清在日深造，一面於大阪中國語文學院教中國語文，一面在關西學院研究現代詩，已譯成「艾略特文學評論選集」一巨冊出版。

△陳千武（桓夫）近來移居新宅，並潛心譯著，工作勤奮，已譯成童話、詩集及小說多種。其「現代詩的探求」譯本已問世。

△余光中近曾赴香港一行，頗受中文大學及香港文藝界歡迎；演講、座談及報導，情況極為熱烈。

△由中國新詩學會等單位主辦，五十八年度詩人節將於國軍文藝活動中心音樂廳舉行慶祝大會，會中頒獎給優秀青年詩人綠綺、李壯源、晶晶、陳明台、鄭烱明五位。

德國現代詩史④

Georg Ried

李魁賢譯

第三章　人羣與社會

由於社會的不平與偏頗，導致另一批詩人，强調戰鬪的立場。浮茲堡人**富蘭克**（Leonhard Frank, 1882-1961），在他的小說『人民』（Der Bürger, 1924）中，尖銳地攻擊平民風尚，鼓吹「無產階段」社會主義社會。在另一部作品——『緣由』（Die Ursache, 1915）——裡，他反對過死刑。小說『人是善良的』（Der Mensch ist gut, 1918）却表現人類之渴望獲得國際和平。

『卡爾和安娜』（Karl und Anna, 1926），是小說，又是劇本。此戲劇描寫第一次世界大戰後的返鄉情形。

> 從蘇俄戰俘營遣回的主角，發現妻子已和「同志」結婚了，那位同志，是他在軍營時，一再和他談到妻子和家鄉情形的夥伴。

富蘭克全部的詩篇都在歌詠愛和眞正的人性。「人類是瘋狂的，眞正的瘋狂，因爲他們已經遺忘了愛。」詩人於移民美國十八載後，一九五〇年回到故鄉，一九六一年死於慕尼黑。一九四九年出版的『年輕的耶穌』（Die Jünger Jesu），是他的成名作『賊黨』（Die Räuberbande, 1941）的續卷：

> 在浮斯堡幻想的世界裡，有一群年輕人聚在一起，想改革成人那種無情無義，利慾薰心的世界。

奧格斯堡人**普雷希特**（Bertolt Brecht, 1898-1956），以劇作家的身份，極力而且堅定地控訴「貪心」、「自得的市民」，及其對道德的僞詐。

> 他是紙廠老板之子，在慕尼黑專攻自然科學與藥學，一九一八年秋在某野戰醫院當衛生兵。然後又就學，於一九二〇年在慕尼黑小型劇場當戲劇顧問。
>
> 一九二四年，他輾轉於布拉格、維也納、瑞士、法國、而前往丹麥，而後當任一家莫斯科雜誌的撰稿人。一九四〇年，他逃

經瑞典、芬蘭、莫斯科、海參崴、到加州。一九四七年，到蘇聚世，翌年前往東柏林，担任為他設立的所謂「柏林人普雷希特總滙」(Berliner Brecht-Ensembles)直至去逝爲止。（普雷希特詩請參見「笠」十三期拙譯）

從普雷希特的全集，顯示下列醒目的特徵：强烈地同情「被壓迫者」，對「壓迫者」有着激烈的革命性的憎惡，對一般的人民，特別是「資本主義者」的唯物主義的與虛僞的傾向，有明晰、但膚淺的認識。就憑此，他想把人群從空洞與詐僞的感情中拯救出來。「別看得這麽羅曼諦克！」，他在『夜裡的鼓聲』中，讓戰後返鄉的柯拉勒，公開咆哮着。他想藉着戲劇來改變「世界」，即在他心目中，社會與經濟的關係。

配合大量生產的時代裡，一般對個性概念的泯滅，普雷希特在戲院裡，放棄排演傳統性的戲劇與悲劇英雄。他塑造的人物，沒有「衝突」，他們是「反面的英雄」。

根據普雷希特，「罪」與「悲劇」的概念再也不能適用於此思想空洞的世界。「人於赤裸的自衞中，回到我的强調」，是唯一正確的答案。命運不在世界之上。在這種世界裡，金錢是德行的唯一衡量尺度。「最大的罪惡」是「缺少錢」。

普雷希特的創作生涯可分為四個時期（尚未求得一致的定論）：第一時期該是到一九三〇年左右止，對公衆的激憤，以『三毛錢歌劇』爲代表。第二時期（到一九三三年移居國外爲止），詩人轉向所謂宣傳劇，因中馬克斯思想之毒素，在舞臺上鼓動勞工界進行階級鬭爭。第三時期，他浪跡國外從一九三三到一九四五年，是他創作上的高峯，劇本有『迦里萊的生活』『四川好人』『柯拉惹母親及其孩子們』『彭底拉先生和他的農奴』。第四時期，從一九四六年到逝世爲止，普雷希特創作了『高加索白堊圈』後來並重加修訂過。

在他嘗試把表現主義的素材與新即物主義融於一爐——『巴爾』(Baal, 1918)、『夜裡的鼓聲』(Trommeln in der Nacht, 1920)、『在城市的叢林裡』(Im Dickicht der Stadt, 1924)、『男人就是男人』(Mann ist Mann, 1926) ——之後，他發表了『三毛錢歌劇』（Dreigroschenoper, 1928）。那是模倣一齣英國的乞丐劇（John Gray 作，一七二八年）而寫的。以倫敦陰間的角色，代表了人民敗德的普通典型。在此形式裡，插入了歌曲，獲得最高的票房效果（由 Kurt Weill 譜曲）。冷嘲熱諷的詞句，頗發人猛省（「先是狼吞虎嚥，然後道貌岸然」）。

歌劇式的『馬哈哥尼市的盛衰』（Aufstieg und Fall der Stadt Mahagonny, 1928-29）宣述「有錢萬事足，無錢難出門」的狀況。於此，也嘲弄地讚美粗鄙的權力：

首先別忘了，先來狼吞虎嚥
其次跟着談愛，
第三別忘了打拳，
第四盡情尋歡作樂。
尤其是要持別注意，
在此任何事都允許做。

在宣傳劇裡，詩人熱衷於政治的教條。如「言是者」(Der Jasager)、「言否者」(Der Neinsager, 1929-30)、「部署」(Die Massnahme, 1930)。

「屠宰場的聖女約漢娜」(Die heilige Johanna der Schlachthöfe, 1930)，演的是芝加哥屠宰場中，艱困而貪婪的環境，終於演變成屠殺一切的慘局，「在全部現實裡可怖的故事」(P. Fechter)。聖女約漢娜在此殘忍的世界裡毀滅了。

在他遷居國外時期裡，除了脆弱的宣傳劇——「圓頭與尖頭」(Die Rundköpfe und die Spitzköpfe, 1932-34)、「卡拉太太的武器」(Die Gewehre der Frau Carrar, 1936-37)、「烏依被阻擾的得志」(Der aufhaltsame Aufstieg des Arturo Ui, 1941)、「第三帝國的恐怖與不幸」(Furcht und Elend in Dritten Reich, 1941-45)、「馬夏的臉龐」(Die Gesicht der Simone Machard, 1943)——之外，還創作出普雷希特比較重要的作品。

戲劇**「迦里萊的生活」**(Leben des Galilei, 1939, 1956)是核心作品。

迦里萊不承認且欲取消科學的眞實，並堅持其可能性，至少可祕密地進一步探討。他確信他的工作必將留傳。他依恃不可控制的權力的發現，做此反抗，代之（如他所牽先力行的）藉堅毅，以培養全體科學家的一種思想結合。迦里萊不但敗於詭機，且尤其是，由於在刑具前之焦灼，因爲他是花花公子，不願放棄他愛吃的烤鵝。

在普雷希特眼中，他就是一名「反面的英雄」，和「社會的罪人」——儘管算得上是天才——也不比一位所謂下層階級可悲的廢物來得强。

他如此自責：

「我背叛了我的職責。一個人犯此，在科學的行列裡就不能受到容忍。」

「柯拉蕊母親及其孩子們」(Mutter Courage und ihre Kinder, 1938)劇中的主人翁，也是屬於這類發揮不了作用的人物，發生在卅年戰爭的背景，令人想起格林枚豪森的「簡素主義」(Simplizissimus)。柯拉蕊母親無疑地蔑視無意義的戰爭及其造成的毀損，但她無能防止，亦絕對無所作爲。她身爲隨軍販賣員，却懂得各種狡計以預防販賣軍遭受意外。她的孩子們不够「現實」和「機敏」，却有「積極的」人生的變故，尤其是終身殘廢的女兒卡特玲，墮落紅塵。戰爭的荒謬更有進者：

……戰場尚未結束！
早春來臨！醒來，你基督啊！
雪已融化！死者已安息！
而尚未死亡者，
如今已驚惶逃竄。

寓意劇「**四川好人**」(Der gute Mensch von Sezuan, 1938-42)，描寫好人沈德小姐，在被壓榨的環境下的奮鬪。在揭幕之前，有位演員向觀衆請罪：

……會有什麽解決辦法呢？
我們不能有所發現，對於金錢，已不止一次。
那該是另一位人嗎？或是另一個世界？
或許只是另一位神？或者沒有？
我們已粉碎，不僅是外表而已！
唯一的出路是從此困乏中掙扎出來吧：
他們立卽思考着，
用何種方式可以幫助好人
獲得好報。
敬愛的觀衆，別緊張，你自己尋求結論吧！
那必然是好是，必然，必然，必然！

這種寓意形式最能表現普雷希特卓越的藝術造詣。現狀，被後推至歷史的或寓言的空間裡，但另方面，又能賦予一種無時限的通性。

有詼諧劇風格的故事「**彭底拉先生和他的農奴馬愓**」(Herr Puntila und sein Knecht Matti, 1940-41)，處理地主與農奴之間的對立，不再用三毛錢歌劇那種尖銳的方式，寧可出之於幽默的智慧。

「**高加索白堊圈**」(Der koukosische Kreidkreis, 1944-45) 也是一齣寓意劇，這是普雷希特歸國前不久的作品。……(下略)

●出版消息●

△田園出版社新書五種；即艾略特著，杜國清譯的「艾略特文學評論選集」，定價七十元，厚達五百頁。村野四郎著，陳千武譯的「現代詩的探求」，定價十八元。里爾克著，李魁賢譯的「杜英諾悲歌」，定價十六元。里爾克著，李魁賢譯的「給奧費斯的十四行詩」，定價十二元。侯篤生著，李魁賢譯的「里爾克傳」，定價二十元。五種已全部出齊，風格硬朗，內容紮實，編排清新，爲現代文學最佳讀物。直接函購八五折優待，請用郵政劃撥第一五〇〇六號帳戶田園出版社，社址是臺北市延平北路三段23巷15號。

△洪順隆譯，村野四郎著的「現代詩研究」，已由大江出版社出版。

△由中國新詩學會編的新詩選輯「寶島頌」，選峇子等三十家作品各一首，均有關本省風土的表現，例入省政文藝叢書之二十，由臺灣省政府新聞處編印，民國57年6月出版。封面設計及插圖由方向設計。

△紀弦自選詩卷之六「檳榔樹」丁集，選自民國五十三年以來的五年中的作品，例入現代詩叢出版。

△嘉揚詩集「處女之泉」，由新亞出版社出版。

△朱沉冬詩集「錦之歌」，由高青文粹社出版。

△中國青年寫作協會世界新專、臺南市、東方工專的分會特刊「欣欣」雜誌創刊號已經出版了。

△余光中詩集「天國的夜市」，原名魔杯，已列入三民文庫出版，定價十五元。

△以有關紀念屈原的詩作，收集爲「端午詩選」，已由中國新詩學會編妥，交由臺北市文獻會出版。計有左曙萍等約二十多首。

海洋詩展

井邊——贈鳳五兄

何大安

我們到井邊汲水，那轆轤上的繂繩，已經
朽了很久了

一尊古井，垂髯坐着
看秋天如何把落葉
以輕微的歎息飄近
一堵新砌的石牆，如何
在暖暖的陽光下，雛菊們
靜靜的生長

他的雙掌合什
龜裂如斑駁的松枝
袖口綻起蘆花
胸前翻疊着海浪，月光下——
我也有過迷舟，有過歸航
在故鄉的山腰上，引領
如一株翦徑的桑
那還只是捧着棉鞋就
雀躍的年齡，第一次穿它在脚上
就被母親的淚水打濕

濕過了塞北，濕過江南
半生行役，一曲陽關的憂傷
而柳樹下，牽馬問渡的日子呢？
行過木橋
自己已是被問的樹
只能守在江邊
聽搗衣的砧聲
只能坐着，看葉落拍井
看石苔輕輕的掩蓋
來時的蹄痕

蛹化

泥雨

春醒的光輝在草原彼方長坐
從玻璃面後的冷冽投注另一群明眸
看他們虹彩的簾圈旋盡四摺記憶
在廊上刻下的許多名姓
終將在石廊氷森的前額剝落

我們把自己夾在一部厚字典裏
呼吸那種難耐的期待
何時一隻破蛹而出的蝶翅
撲遍繁艷後又歸在你的頁裏
將隨風欲散的蒲公英擕下
它們是屬於流浪的族類
在牆垛間結蕾開放

你是一叢欲枯的玫瑰

失句

梁春生

以一個酷似的相貌便想刻劃出一個完整的輪廓
汝可知瘋癲之中似也匿藏了一些秘密
令人欣喜的意外
汝可知月光圓，瘋人病。 知否
風起兮颯颯聲中便也夾雜着萬鬼呼應的厲嗥
如何去謀奪一些靈感
以辨別假人的微笑以及眞人的木納
今夕，昨夕。昨夕之夕非不可留
然而戰事已畢。戰燼已颺向往北的方向
鬼嗥也會牽住驚悸，也會引起噓唏
一忽兒想起革命，一忽兒憶起歸隱
此時以及彼時以及永遠
生命不該是柔弱的手擁着堅硬的臂膀
生命不該是垂死的母親望着懷中的死嬰
生命不該是計程車勾引赴喪的忙人
或者欹枕慵臥與暢達音樂同暢或者
年事已老該是讓位的時候
仍不得不乞丐似的用手在人群裡遊說
說散亂的眼神，白色隨着白色拉着白色
依舊是白色
於此不孕土上便將埋藏着一項秘密，不作出岫之想
如此回首來路時
路已毳，路已風化，路已消逝。汝可知月光圓。

變

呂興昌

突然發覺面目可憎了
（這風好冷）
晨起盥洗時
小池依舊吮滿暮色
老榕一旁輕挪龍鍾的古閑
一隻小犢施施然走來
低頭欲飲早起的星光
驀然驚覺
水裡擠眉過牙起一頭怪獸
（波紋蕩漾）
星子夭竄惶惶

那夜
他就編了一綑夢
變形蟲望他
他望變形蟲

今夜，在月光裡

鄭培凱

夜的摺扇。瀟灑的展開了
一長串一長串的風流

今夜星很聒噪，是否
嫉妬我們編織的靜默。
離七夕還遠，碧落演不出
愛情。（神話很守時）
不受時間的虐待，在
紅塵裏，我們用月光
紡成綠色的夢，紫的未來

月光在路上展覽樹影
星已沉睡
我亦默然，如一口
發寒光的大鐘，在等待

獄語

李壯源

囹圄裏一個守着獄卒眼光瞭望的人
算不出秋風吹上幾度斜嶺後
潸潸然的泛濫思鄉病了

靠在牆角下大早心靈就被桎梏
法庭內旁聽席上的風雲紅比艷陽天
好心的律師以層層保護色守着他
法官却將目光紐結在手裏
東廂外黑暗把犴狴裝飾得很冷酷
因爲天平的彼端負荷太多的忿怨
那個斤斤計較的主宰哪，就那麼天眞
把「自由」表示於三年後的命令上，不是契約

第一次訓誨師以孔子孟子取悅他
使他把頭低到胸前，想起耶穌想起佛
一手捕捉陽光　一手格斃跳蚤　人性本善
散髮是一種象徵
心亂如麻也是一種象徵

什麼皆無所謂　即使
探監人癡癡的呼喚眞誘惑
只不過喃喃着該死的咀咒
這雙手，撤旦啊，這只臉
碎裂於高懸的禁果上
再也完整不了一個美麗的泡沫

則追念乳語不清的年代實無意義
（哦，蘇格拉底，上帝在那裏？）

睜開眼睛，兩隻螞蟻在頰上對泣
未經打點，就趕赴一個夢裏的際會
那時候風勢大得扶搖青雲
小窗內倦臥的人還沒回歸呢
軀殼正向靈魂懺悔不已

善哉，我們都宥恕自己吧
他就解脫了
——丁未夏切，和沈神父論犯罪心理，作此——

你底眼睛

彭錦堂

閃爍着一種濡染的亮光
秋水般的晶瑩波動着
自玻璃上無邊的透明

直到彼個孕育着晴天的雨季
停滯在零時夜空的漠然悄悄移去
有白鴿自原始的叢林振起
你底淹人的眼睛
氾濫着某種奇妙的意志

於是有一組樂音自天窗瀉出
露現了幽靈們底秘密
當我溯着擊來的星光
你底深藏的澗谷
有萬丈的巨波掀起

遇痕

她在旋轉
自芭蕾舞的
脚尖
凝住了
窕窈的美姿
面對面的屏息
使兩條鐵軌
觸吻

怯生生的綠徑
伸開梯形兩臂
迎女孩
灑下切識的清淚
一頭搖亂的褐髮
網住多少狂喜……

荒城

鮑利黎

不再是焚燒中的一座古典
一座無助的歷史
從此你脚下便是漫地碎心的紅葉了

誰是那彈豎琴的唱遊詩人？
流浪的心無奈地吟訴那些故事
關於長廊的廻音，石柱的斑駁
以及你叩門時的憂愁
那曾滿是烈日的城堡啊
傳說你的圖騰是那種荒謬的藍色
傳說那人曾閒閒地走過石墩拱橋
傳說那年夏季是怎樣的死去

而此刻風廻轉來時
夜空已黑得冷清

什麼才是回首 當你
放逐了一季的繁榮，一度隔世的約會？
什麼又是放逐 當我
把歲月抛入虛無？

幾時我能鎖住睫間的希冀
便步向這荒廢上的廢墟
聽石隙的苔蘚如何在霧裡嘆息
爲許久以前的一次小小的毀滅
小小的自焚

野營

古偉瀛

記憶也彷彿染上莓苔
潮濕的日子 鬢髮紊亂
胸臆間植不起一株開春的青翠
徐徐推開季節的雙睫
你清淺的眸光裏閃爍着
一次休憩忘懷時的愉悅

塑造明日 向晚的歌聲水聲
湧過額際 袖珍的傘
蔭不住滿山煙雲雨意
營火圍繞着我們
焚燒的眞實總能保有一些

遼西夢玉關情
行程的你和他和我
坦途不再 命運的蠻荒
展開着崎嶇 正如我褪於
柴薪的山鞋 炭火之上
有晴暖健康的時節

平安夜 歲末的決心
弭去漫漫的寂寥
當嘲暾燦爛 又負起行囊
蹣跚着歸來時
便不再有公開的離愁了
這昔時的夢幻

紫花苜蓿

蘇籬

清明的荒塚邊，
總有許多遺落的脚印，
　在泥濘的山羊道上，
紫花更容易被遺忘。
　曾經活着的人，
曾經記住她的名字，
　像曾經年輕的姑娘，
曾經被愛。

春雨灑落在卑濕的墓穴，
紙灰飄零。
沒有活人的嚎啕，
來破壞紫色的早晨。
幽靜的早晨，
早晨之荒山。

當墓誌銘沒有人將它再添，
黑色的藤蔓爬上了「后土」。
只有苜蓿的紫花去安慰，……
曾經憂鬱的孤魂。

大學生日記

——而冬天來了

鄭魯魯

冬天畢竟是來了，雖然
還戀戀於行之未遠的春夏及秋天
將有一個漫漫的冬天了
而春夏不再，而秋不再

總想不通何以冬天長得像
一段憂鬱，讓你一生也走不完
而春夏就像一陣笑聲
而秋天成熟就如一顆朝露，快得
讓人勻不出時間來採擷
第四季來了，就這麼糊裡糊塗地來了
葉會下墜而雨常脫軌
冬天是無可奈何的，在南國
笑聲只是一種回憶，當冬天來時
就有烏鴉在老樹上打旋了

向陽的眼睛

雲從

在牆壁與牆壁之間
猶有古典的煙霧裊裊
猶有喃喃然延長的音符
五千年的塵土累積
擺在年青的心中有幾多困擾
而少年的心中正欲創造

來自季節的
陽光不是偶然

雖是流浪的方向
每一季都播種着燦爛
穿梭着的時空
遂編起了錦繡的預言

而向陽的眼睛 擺渡着
窗前浮雲自東而西
它不是該向東方走的嗎？
只怪這是季風區，不是
不是西風帶

何謂現代詩

鮎川信夫 作
葉笛 譯

4 詩與傳統

(A)

一般都認爲近代詩和叫做傳統的東西，站在全然相反的立場。所謂傳統就是固定化了的習慣，安易而無特色的形式，保守的儀禮，這是在這種場合的概念。

詩自從愛倫坡以來被定義必須給予什麽驚奇才是詩。清新的東西，勝於古老的反複。只要傳統的概念和過去的文化結合在一起，藝術的最前衛的，文化的最尖端的詩首先必得打破傳統。這已成爲所謂近代詩人們漠視的信條。

然則，想打破傳統時，對必須打破的傳統，一定要有清楚的認識。一首詩能稱爲新，是在和其他的詩比較起來說的。

能被新的詩比較的詩，即使是過去的詩，抑爲同時代的詩，必得在某種意義上擁有價值的作品。而假定新的詩的價值比過去的，或同時代的其他的詩更卓越的事情，爲批評家、鑑賞者們所認識。這裡就發生了問題。換言之，就是新的詩的價值是由什麽，根據什麽基準來認識的問題。是由歷史的見地，由審美的見地、抑或由鑑賞者的趣味，個人的主觀，一時的高興等等。其判定的基準未必是一定的。最壞的時候，就是因爲那首詩是奇特的，破格的，只因其新而被讚賞。

並且對於這些基準，在批評詩的人們之間也極爲混亂。說來這是因現代詩尚未長成能做爲眞摯的批評的對象，或者所謂要訂定詩批評的基準困難，兩者之一。恐怕二者都是眞實的，可是，我想在這裡想的，特別是關於後者。我以爲如能解決後者，前者自然是個能解除的問題。

在詩批評基準難訂定這件事的背後，能够指摘出眞的傳統的缺乏。何以故？因爲批評就是比較的問題，當然含着價値判斷，而價値在某一意義上是和過去結合在一起的。並且所謂過去，在這場合是現存着的過去的意識，不是已滅亡了的過去。仍給予現在以影響的過去的文化遺產，就是現在仍然不滅的，作用於現在，而擁有指導現在的力量的東西。它不是單單被認爲因循姑息的傳統，而是在反複中仍充分擁有新的生產力、推進力的，做爲歷史的要素的傳統。那種所謂缺乏傳統，對批評家、對詩人而言，就是對過去的，現在猶然主張其不滅性的有形無形的文化所產的東西（在這場合裡是詩以及產生其詩的條件、環境）的意見不安定而衆說紛紛的現象。設若因各個人的傳統的意識不同，那就和已經不存在着的傳統相同了。

既無傳統，也就沒有打破傳統這樁事。光有過去並不能就說有傳統。而現代詩的歷史雖然幾經變遷，却只是對前世代的反動和脫出的連續，如從傳統的見地視之，可說在文化上殆無可觀的貢獻。

在這種殺氣騰騰的精神的風土上，以後出現的東西，常常占着較前世代有利的地步。後來者可憑極容易的方法，得以凌駕前世代的人。屬於前世代的人，當後來者把一個抗議，一反對意見提出在面前時，會感到不能不守住的價值極為薄弱。然而，大部分場合，後來出現的世代所主張的價值，通常也和前世代的人們同樣地薄弱的，個人的，且只適用於狹窄的集團。

於是錯誤的信條，歪曲的審美的見解，地方的人生觀等，不論何者勝利都不會有所改觀的新舊對立的爭執便發生起來。我以為日本近代詩的歷史（新體詩以後的發展），不管怎樣更迭都沒有關係，也不認為我們會因它受到重大的影響。在朔太郎之後出現有明，在順三郎之後出現白秋都是無所謂的，即使三好達治位於島崎藤村之前也是沒關係的。

總而言之，我們可說：只有批評的新聞主義的競爭和個人的才能之爭，近代詩的意匠便變化了起來。雖然也有以發展史的見地去觀看近代詩的嘗試，可是，只要沒有傳統的骨骼，就會單單最後附與時代的排列順序能了。要使發展合理化是容易的，可是，即使被分色的排列或順序搞亂，合理化也不是很困難的。

(B)

實際上，今日的詩人們並非完全沒有傳統意識的。一般說來，在今天寫詩的人九成以上，雖把傳統認為只不過是陳舊了的習慣，但，少數詩人對傳統擁有意識，對它感到很大的困難和責任。他們不會光對前世代和自己的不同就感到安心或滿足。

不過，對我們相當棘手的，就是在這個傳統裡面，有全然不同的起源而植根於兩個文化的，不容易融合的兩個傳統。一個是西歐式的詩傳統，一個是日本式的，因之，也當然含有東洋式東西的傳統。而在這裡並不存在着第三個傳統的立場。

由西歐的和日本的兩個傳統之無秩序的交錯，現代詩的世界徒然地混亂着，陷落於無傳統的、價值的基準不明確的弊端，這就是我們詩壇的現狀。在那裡面存在着本質上指向全然不同價值的個兩體系，任何一邊都有能夠主張自己存在理由的正當性的幾分根據。

表面上有極多流派，看來都各持着自己的異說不相讓的多種多彩的詩人的集團，結果還是由其一的價值，更多是由其所派生的價值支撐着。

並且每每在這兩個傳統之間有一種價值的交換，以及新的混淆在進行着。所謂混血兒的，殖民地的現代詩的一面就是從這裡產生的。並且極為特殊的異端的傾向，就從這個培養器裡發生。

然而仔細檢討起那兩個傳統時，在詩人的意識裡，它只是以各各很不完全的，或者僅以漠然的形態存在着，似乎對詩的發展沒有什麼大用處。

即使說詩的西歐的傳統，對於非歐洲人的我們，要站在艾略特正確地定義的意義上，完全是不可能的。連艾略特自身都說詩的古典主義的、傳統主義的立場，是要求着令人看來滑稽地需要博學，而敍述其詩論的困難的。我們連要讀艾略特說必須閱讀的古今書籍的十分之一，都是不可能的。

是以如果不能理解歐洲文學的古典主義立場，那麼包含其反對立場的浪漫主義在內的，歐洲文學的傳統也就完全不能理解了。我們做為知識雖然大抵上理解它，實際上不容易拿那些價值在詩的實作裡有益地應用。如果說要站在西歐的傳統的立場上，如不擁有可與歐洲的詩人比較的作品價值，可說完全是無意義的。並且如若不了解歐洲的傳統，即算單以其異國情調（exoticism），斷片地接受一個人，或者幾個詩人的思想和情緒，感應其詩的影響，其影響也不過成爲奇態的東西罷了。同時對所謂西歐傳統的想法，連歐洲人之間也有不少對立的意見，在英國和法國其看法和色調也相當不同。假定說我們克服那些困難，從西歐的傳統裡面把一個永續的價值，移植於我們能利用的範圍內吧。可是，那時候，我們得覺悟會碰到更大的困難。那就是國語的障碍。

不必說在國語裡面，是根深蒂固地留着那一國的傳統性格的。它滲透着那一國國民的日常生活氣味，也有文化的種類及其水準的反映。並且也不是沒有國語自身擁有的制約的。

這麽一來，日本傳統的立場就變得有利了。談到詩歌的日本傳統，有萬葉集以後的短歌，短歌以後的俳諧、俳句之流，以及在今天已非常微弱化了的漢詩的影響。說來把影響算在傳統之中是可笑的，但，李白、杜甫給與日本詩人的影響是不能輕視的。並且這些詩的傳統，在綿延千年以上的儒佛思想的感化，以及固有的民族的宗教的影響下，被各時代的社會制度、風俗、習慣、世態人情培養着，完成了獨特的文學的發展。

不論是好、是壞，那些傳統，不單囿限於詩，也在一般的文學表現裡强有力地活着存留下來。它在國民感情裡，只要殘留着支撐那種要素的心情，是決不會消滅的。某社會學者曾說過：「志賀直哉、谷崎潤一郎等，連今日的文學的巨匠的作品，離開日本人的思考、感情，被儒佛思想所培養下來的傳統是不可想像的，」而在詩的日本傳統的場合，也可說到同樣的事情。國語就是在那種日本傳統中，幾經思想的、文學的試鍊，變化着，發展下來的。

然而在現代，這點立場也有很多難點。因爲這個保持着日本的傳統，各種制度和習慣，由於歐洲或美國文明的影響正激烈地變化着，由於西歐文化和東洋文化相互滲透，該滅亡的東西正急速地滅亡着。就算目前稱爲日本傳統的東西，仍根深蒂固地殘存於國民感情中，即使是個保守的傳統主義者，一定也是一點不能安心的。傳統的强度，大抵上，正比例於社會的遺制的强度。然而，處於今天一般社會的變革激烈的時代裡，也許一種革命是很容易改變其國民感情的吧。在第二次大戰之前和以後，其國民感情已經相當不同。

可是，也許，始終執着於日本的風土的人會說庶民生活的低流，以及在其底下的人情的哀歡，並沒有多大變化。並且想把詩固定於古老的庶民的人情之上。然而，如果那樣，也就完全失去現代的意義了。說不定那些地方的土俗的詩人會以爲現代的意義的無所謂的。但，那不是緣由於那種狹窄的趣味和處世觀所律的詩的，無可奈何的傳統主義（conventionalism）想法之錯誤，而是由於極其只狹窄地，淺而習慣地捕捉着他們不斷地愛着的庶民之人情的緣故，他們是該受責備的。在今天，往往在某種詩中，觸及如同沒有電信也沒有電話的時代的庶民感情，我們會驚訝於寫那種詩的詩人的頭腦的貧乏。

像這樣地想下去時，西歐的、日本的，不論那一邊的傳統立場，直至目前就變成根據甚爲薄弱了。現代詩之所以帶有無傳統的性格不能不說是理所當然的。

所謂沒有傳統和對價值的意識薄弱是相同的。如果說今天的詩人在某種意義上對自己的詩承認價值的話，也不過是由一集團，以及支撐一世代的一時的信條引出來罷了。

(C)

把傳統這東西，只認爲含有某種持續的價值的過去的遺產，當然是錯誤的。如果單單在過去的文化型態上，成爲價值的源泉，現在只不過在那些古老的文化型態的遺影之中留着痕跡的話，即使它成爲歷史學、考古學的研究對象，也不能在藝術的實際制作上成爲必要的意識對象的。然而，在某一時代，被認爲確實滅亡了的東西，也有在下一時代重新被估計，而被宣言其價值的復活的。

任何時代的文化的產物，如果它足以代表其一時代的優秀的東西，要確認其完全死滅是很困難的。傳統的因子是經幾世代次第地層疊化而深深地融化於民族的生活裡，形成一個巨大的全體的經驗的。

那樣地被確立的傳統是一個不滅的證明。假如不相信不滅這椿事，那麼文化的傳統便成爲毫無意義。不論如何詩的經驗也只有和巨大的全體的經驗成爲一體，才能存留於人們的胸臆裡。

所謂不滅的概念是多少離開時代，並且在那裡面還能感到迷信似的東西，這恐怕就是現代詩人不造作的心情吧。諸多的思想、宗教、學問、知識都約束着不滅的眞理，自己滅亡了。差不多所有的現代詩人都以爲所謂不滅的，便是沒有實益的、空虛的、觀念的幻想。

然而，看他們總想使自己的作品永續下去而做的工夫，或想把自己從其他的同類們區別出來，總想凌駕別人而做的努力，決不能認爲他們是在拒絕成爲不滅的。

毋寧爲了僅只一點也好，想接近不滅的迷信，而在一首詩上所費的犠牲之大，可說是滑稽的。爲自己自身的快樂，只爲遊戲而寫詩的人，完全沒有一個人，實在是件可驚的事情。所有的詩人都不知爲何而做着創造的工作，都在想活下來。我所想挑戰的，倒是對那種詩人們的文學的自恃。

我並不是對很多該滅亡的東西，將不滅的另一概念使之對峙的。絕對多數是恆常該滅亡的。在那種局面下，不滅的概念是全不被了解的。在這裡我想說的，就是關於不滅的東西的絕對多數。只要沒有傳統，連傳統也就不觸到的了。而傳統這東西，決不是憑自由的個人，或集團的意志而能隨意樹立的性質的東西。不能由意志所左右的，不容任意的個人的解釋，而超越死干涉着現在的生之價值的就是傳統。

我說過想敍述不滅的絕對多數，換言之，這是想談談關於比之滅亡之事不滅亡是更容易的事情的意思。對於但丁或莎士比亞而言，比之滅亡，不滅亡這一邊是更容易的。對世阿彌或芭蕉也可以說同樣的事情。這意思並不是說：要模仿但丁或莎士比亞、世阿彌或芭蕉，或從研究他們之中，能够發見有益於我們的永續的價值。

能有益於我們的永續價值的，決不在於死去的他們裡面，而是在活於現代的我們自身中。我只是說，爲了要從我們自身中找出永續的價值，無論如何必須明白死去而成爲不滅的但丁、莎士比亞。換言之，我是說：如果沒有但丁和莎士士亞，或者世阿彌和芭蕉的話，我們對現代的知識將大大地會被削減。

(D)

人類把死這東西怎樣地想過來的？由於宗教不同、國家不同、時代不同，那裡可想到有幾個不同的類型。人民的多數人，不論在任何時代，總是把自己的死交給其他的，他們倒因爲交給其他的，才能緩和了死的恐怖。佛教、天皇制、儒教、武士道、愛國心等，在過去的日本憑吊了很多的死。而由於那些所憑吊着，人們以爲死者才能成爲活在民族的傳統之中。並且過去的文化是建築在那些死之上的。

這在日本的場合裡，從思想史上看，輕生的傾向强烈，所以其傳統文化委實有陰慘的感覺。從今天的各種觀點，雖喊叫着要從這種過去的心理的遺制解放，可是，在本質的意義上，無疑地文化是建築在死上面的。易言之，就是把人的意識連結於不死的文化的，不外乎人的個體之死的事實。好像認爲人類活着工作着的結果，就會產生自然和文化似地，一向不意識自己的思想的主人是什麽的文化人，在我們的周圍實在太多了。即使能爲思想而活着，却不能爲思想而死，這就是因爲不太信用思想本身之故。對那些人們來說，所謂思想不過是一時的內心之聲，只因它是內在，也就和自己本身一樣不能信用的了。於是乎，那也就沒有了確實的保證。

思想並不是什麽爲了人類之死才有，或爲思想而死才有益於人類，或者有益於文化的。那種事毋庸置喙也是清楚的。我並非排除着自明之理闡揚死的意義的重要性，而是站在自明之理上說明文化和傳統和死的相關關係的。

今日，某種傳統主義者好像以爲只要我們是日本人，結果必得死在日本的土地和傳統上，只要是藝術家就不能不把其名留在日本文化上。這不論是無神論者和文明論者，不論是共產主義者，或是法西斯主義者，都以爲只要死掉就會被葬於祖先以來的寺院的墓地，由永久的習慣被葬其死似的。那些認爲死掉後的事情無關痛癢的一夥人，對某種傳統主義者是極其易於爲伍的對手。再沒有比無神論者的墳墓更悲慘的了。

然而，我們明白：被稱爲民族的，國家的傳統的東西在我們的意識的舞台上演着的形形色色的把戲的形態……。而我們有着要把那些操縱手的，某種傳統主義者的期待，激烈地背叛一下的欲望。

眞實的傳統不是從過去貫穿着現在的價值，而必須從未來到現在，而且貫穿着過去的價值。那才能說是永續的價值。

在現代裡面，存在着關於未來文明的兩個有力的假說。就是唯物論的假說和基督教的假說。然而只要它是假說，未來的文明也許將和它不同。可是，我們不可忘記未來是包含在世界的過去裡的。未來決不是日本的，是不能從世界的過去切開的。並且未來將會審判現在以及過去，且會從很多收穫中選擇出毒麥。

如果能從世界的未來摘一絲光明，現在正迷惑着我們，對其解決感到非常困難的傳統的問題也許會被解決吧。然而我在這個序篇裡，必須謹愼於操之過急的判斷。因爲那是仍和我們的工作一樣，尙未完了的問題，即使我在此地敍述一個結論，它也不和結論一起終結的。

詩人的語言與思想

高橋喜久晴作
陳千武譯

在這數年來，我所收到的同人詩雜誌上，差不多都刊有類似「詩裡的語言」或「詩與語言」那樣題目的評論；這些不過是一至三頁的短篇，而引用沙特的「文學是甚麼」或毛利斯、布蘭舒的「文學空間」或彭儒的「物象的看法」等原典的內容，當然其中也有屬于獨特見解的卓論。但看到這些評論，時而會有很奇異的感覺。因爲那些評論，常僅捕捉着單語，便從實際的作品分開以獨立的語言來處理。所提出的問題，則語言論變成了單語論或語彙論，脫離了實作上的問題理論，始終停滯於觀念的遊戲而無結果。

「語言的力學計算」

究竟對于詩人，所應用的語言或語言與思想之間，持有何種的關係呢。例如我們讀到「夜」一個單語的時候，這個「夜」只能喚起我們一種固定性，却非常不確實的觀念的心象而已。然而這種不確實的單語，若一旦被放置於其他語言的緊密關係裡的時候，隨着其位置的關係「夜」便會喚起了讀者持有的許多經驗或記憶——連一些早被遺忘而睡着的體驗或記憶，也會被喚醒起來。並將拒絕了「夜」一個單語以外的任何代用的語言，而開始持有了其一回性和絕對性的力量。等於詩人據於語言的表現，是要利用語言的那些象徵性來創造新的經驗。

但是這種語言和語言的力學計算，若不是詩人的思想或所謂作品的主題的要素，以「係數」關聯起來，便會成爲計算不可能的狀態。詩人的思想或體驗這種東西，是在語句與語句的關係裡發現其必然的親和性，——以超現主義的說法就是異質性——，而在結合那些的作業過程中成爲「融和劑」。

我們說「詩是難懂」，平常是指在被這種融和劑的詩人的體驗或思想吸引的，語言與語言的力學計算裡，未顯示成功的解答的時候。事實，在不鮮明的，未具充分的解答裡，便找不到鮮新令人感到戰慄的經驗世界的面貌了。

「石原吉郎的詩的思想表達」

位置

安靜的肩膀
並非僅排列着聲音
而比聲音更近
却有敵人排列着
勇敢的男士們作目標的位置
不在其右　也許
不在其左
無設防的天空終于墜彎了
成爲正午的弓的位置
你呼吸
且打個招呼
從你的位置　那是
最優美的姿勢

這是石原吉郎氏(伊豆出身)的詩集『Sancho Panza的回鄉』裡的第一首詩，具有一種說奇妙以外無可言喻的魅力捕捉我們不放的優異作品。這裡有生於不條理的人，最具人性的反抗和安靜，却具堅强意志的人現出朗爽的姿勢，語句與語句之間有彈力性的緊張關係，構築着詩以外不能表現的世界。

前月我見到這位令人敬愛的詩人的時候，他贈送我一本『思想的科學』(三月號)，要我看看刋在裡面一篇他的評論「從『共生』的經驗」。大家都知道他曾在西伯利亞被强制了十年的重勞働。他一方面引用那個時候的體驗，而提出了他那獨特的「孤獨與連帶」論。一看，我就瞭解了他的體驗在前記的作品裡被融和的程度，以及怎樣選擇語句與語句使位置固定的方法。

「我們得到了在最親近的地方發現最初的敵人的一種想法……(中略)，可是這種不信任的感覺成爲人類共存的堅强紐帶，事實我們經過了很長的時間才學到了這些」

「認知相互的非難和憎惡上的連帶——這就是所謂孤獨的眞正的相貌。孤獨絕非指單獨的狀態之謂。孤獨是被包含在難予脫離的連帶裡。如不能毅然站在這種孤獨裡，任何連帶也結不成。毫無傷害而悅樂的連帶，在這世界是不存在的。」

據於他這種「孤獨與連帶」論，讀者便會很容易地與僅接觸作品時有所不同的感動，而能瞭解前面舉出的他的作品了。(當然作品是一個完整的個體，在其內部含有其本身獨自的能量。而解釋性的背後思想是可與作品無任何關係)

「以共有體驗的再生」

就詩人來說，思想或體驗本身無論怎樣屬于特殊或個人性的，若在作品裡融和了語句和語句，而以凝固的力量作用消滅在一篇作品裡的時候；曾經是特殊而個人性的思想或體驗，就必會變成與讀者的共有物再顯現出來。這一點石原吉郎的個人體驗在作品裡是最現代的，以現代人所共有的經驗再生了。在這篇作品裡，舞臺已不是西伯利亞，却被遷移到現代社會來，喚起了睡在每一個讀者心裡的經驗，成爲石原體驗的共犯者而戰慄着。

倚靠着「安靜的肩膀」的時候，本來應該只有「聲音」排列着的連帶型態而已，然而在此，却有比聲音更親近的地方「排列着敵人」呢。他認爲只在這種型態裡才有連帶的成立。石原吉郎在西伯利亞的連帶痛苦，却再生在環繞我們的現代社會共鳴了某連帶的痛苦，在每一個讀者的個性裡創造可能的經驗了。

一般語言與語言的緊密關係，是用暗喻或直喻，或以象徵的語言有效果的使用法而成立，形成爲一行或數行的詩句。石原吉郎或吉岡實等的作品，與其他戰後的諸多詩作品，大部份都是依據這種手法形成的。

但是吉野弘或黑田三郎等的作品，却是作品本身就是比喻或象徵。

「吉野弘的詩的方法」

餘暉

和平常一樣
電車是客滿的
而且
和平常一樣
年輕人和小姐坐下來
老年人站着
臉朝下的小姐站起來
讓位給老年人
老年人慌張地坐下來
到下一個站老年人謝謝也不說就下了
小姐坐下來
另一位老年人從後方被推上來
又站在小姐的面前
小姐把臉朝下
但又站起來
讓位置
給老年人
到下一個站老年人道謝下了
小姐坐下來
所謂有二就有三
另一位老年人又被推到
小姐的面前
多麽可憐的
小姐把臉朝下
但這一次她不站起來讓位了
到下一個站
再到下一個站
她緊咬着下嘴唇
硬縮着身軀——
我下車了

硬縮着朝下着臉的
那位小姐不知已到了什麽地方
持有溫柔的心的人
無論在何時何地
都會受想不到的苦難
爲甚麽
持有溫柔的心的人
都會諒他人的痛苦爲自己的痛苦
忍受溫柔的心的苛責
她能耐到何處去？
咬着下嘴唇
抱着難堪的心思
看也不看美麗的餘暉

作者把少女的溫柔的心理痛苦比喻甚麽？象徵甚麽？鮎川信夫針對這一點說「吉野弘的詩，有些講到詩人使命的詩句，那是（持有溫柔的心的人，無論在何時何地，都會受想不到的苦難，爲甚麽，持有溫柔的心的人，都會諒他人的痛苦爲自己的痛苦）如此在溫柔的追求現代『受難』的意義，令人覺得這位詩人對人性愛的瞭解有其特殊的感受」。

確實，這是對詩人使命的比喻，對人的悲哀、溫柔或强靱的象徵吧。在此爲了決定素材的行爲或思想的方向，詩人的體驗或思想便信賴於語言的意義性機能，即散文的機能，與之直接連結。也許吉野弘是欲求銳利的屈折度與較高密度的比喻，才假託於散文的機能的吧。

「夢的可能性」

他在「黑田三郎作品論」裡說「比喻雖能使自己與自己的感情有所共鳴，但難能使對自己的感情有所懷疑，從比喻持有的這種酩酊，要使語言覺醒就不得不倚靠散文的機能」這就是指他的詩方法吧。

詩用特殊的詩語始能寫成，和詩用普通的日常用語也可能寫成的兩種意見，似乎常在相反的立場被論議。但就語言與思想的關係來說，事實都是屬于同樣的方法論。

要考慮詩的語言，若僅對一個體的單語來分析的話，實不會對作者發生重要的意義。應該在語言與語言的粘着力或構造力上，才有可能使詩人的夢實現。

如前舉石原吉郎、吉野弘的詩，我想詩人操作語言所構築的優異作品是含有 educare-education （薰陶）的價值。那些是埋沒在人人的血肉的遙遠的暢流裡，叠積於記憶的皺褶裡，發掘被遺忘了的過去的時間或歷史的經驗、思想，使其覺醒，並將善意或勇氣或誠實那些人存在的最根元的依據，或能力交給於現代。所謂文化遺產就是這樣方式依序地被傳承下去的。（一九六九•四•三、七日發表於日本靜岡新聞）

現代美國詩選譯

非馬譯

往事如畫

勞倫斯・福苓蓋迪

9

「眞理不是少數人的秘密」
　　　　　　　　但
你也許會這樣想
　　　當你看到某些
　圖書館員
以及文化大使們
　　特別是博物館員
　　　　　的作爲
你會以爲他們專利
　　　　了它
　他們
　　昂首
濶步的模樣
　　　就如同他們從不會
　進過洗澡
　　間或什麼似的
但我可不責怪他們
假如我是你的話
　他們說表達靈智最好是用
抽象的名辭
　　還有
走在博物館裡常使我
　想
　「坐下來」
　我總感到
　　　便秘
在那種
　高度

13

那是一張黑暗頓時殺得死
　的臉
一張笑或光不費吹灰之力便傷害得了
　的臉，
「在夜裡我們的想法不同」
　她有一次告訴我
無力地往後躺下
　接着她便引Cocteau的話
「我感到有一個天使在我體內」　她會說
　「不斷受我驚擾」
然後她便微笑且把眼光移開去
　爲我點支香烟
　嘆口氣又爬起來
活動活動
　她甜蜜的骨架
　讓一隻襪子掉下來

21

天堂

那晚只有平時一半遠
在詩歌朗誦會上
　滿耳是火辣辣的辭句
當我聽到詩人作了
　一個音韻鏗鏘的結尾
然後望開去以一個
　迷失的眼神
「所有動物」最後他說
　「在性交之後都是悲哀的」
但末排的情人們
　看起來心不在焉
　且很快活的樣子

抗議

巴塞・米雷

那裡這房間的空氣在爐邊取暖像隻貓
那裡不可觸摸的音樂在錦緞裡的耳邊繚繞
那裡話聽起來像可品嘗
那裡酒在舌上翻攪滑下像情人的吻
那裡僅有的愛情陰影帶着玫瑰香
在它心頭我如被火炙
這裡我赤裸地躺着，爲理智所刺
像一隻荊棘叢中的困鳥

維廉·卡洛斯·韋廉士詩選

——二十世紀的美國詩選之八

宋穎豪譯

1. 詩畫

白楊林中有一隻飛鳥——
那就是日頭！
木葉乃小小的黃魚
游弋于水；
飛鳥掠過——
日頭展動着翅膀。
鳳凰！
日頭泛越白楊
華光絢爛，
而他的妙歌
使風中木葉擠撞的雜音
暗然失聲。

「註」日頭爲北方俚語，就是太陽。

2. 賽艇

競賽于陸地環抱的內海
免受自洶湧的大洋
襲來的狠打，而大洋在挑戰

折磨巨型大船，（老練的水手曉得
與風浪搏鬪），沉船于無情。
如霧中的蠹魚，炫耀于無雲日子

晶明的須臾，鼓動飽脹的帆
划向碧波萬頃
挺銳利的船首，而艇上的水手匍行

如蟻，悉心整理，鬆纜
使急轉，傾斜
乘風，併肩駛向標的。

在安全平濶的競技海上
大小舟艇簇擁着，嘩然，
趨附着，而賽艇格外矯健，不凡

猶若喜悅的眼神，獨邀寵眷
却一味懶散，漫不經心
耽溺于安逸，而載浮的海

怏然，巡行兩舨，猶在吹求
最微細的罅疵，却徒然。
今日無賽事。遂而風至。賽艇

開動，幌如起賽，一聲信號
競先進發，風浪襲來，而賽艇
堅固，忽的划出，白帆展揚。

急促揮舞的手臂猶在稿制船首
霍然，船身翻覆。
圍睹的人懊喪，失望，

而艇賽的恐怖猶在人心閃現
整個的海橫陳着浸水的艇
遂消沒于不勝承浮的世界。破碎

沉痛，凄凉，打撈艇殼
他們慟呼，失敗，失敗！他們的慟呼
猶在波上盪漾，熟練的賽艇倏然駛過。

原著人簡介：

威廉・卡洛斯・韋廉士（William Carlos Williams）于一八八三年九月十七日出生在新澤西州的路得佛鎮。一九〇六年畢業于賓州大學醫學院後，即回故鄉懸壺行醫，以迄于一九六三年三月四日，因大腦貧血逝世于斯。

他主張現代詩人必須擇善固執，走自己的路，進而開創前無古人的詩風。他潛心于尋求美國語言中特有的音樂性，不斷而熟練地將有生命的語言予以音樂化。他棄絕舶來的文學傳統，反對艾略特（T. S. Eliot）的濫用典故與「古爲今用」，而創拓一種適合音樂的形式。其崇高目標在以直接處理手法，創造一種道地美國語言的詩。其詩不僅抓住語言與意象的眞象，一股活力與靈巧使感性控制着全詩，由一意象跳躍至另一意象，由一聲音波漾及另一聲音，而使心靈創作的進程蔚爲藝術的整體，且深蘊着强烈的主觀邏輯，使詩更有深度與魔力。欣賞其詩，應須品味其中音樂的旋律與抑揚頓挫的絕妙。

誠然，韋廉士已是二十世紀美國詩壇上最具影響力的偉大詩人之一。如今又被「必特一代」詩人（Beat Generation）（註）擁奉爲一代詩宗。

註「必特」（Beat）有譯爲「冷敲冷打的一代」，有譯爲「打擊派」，但該字首創人小說家Jack Kerouac說係由Beatitude（庇佑）一字脫胎而來。實爲第二次大戰後美國詩壇的一股流派，沉溺于爵士樂，喜與黑人偕遊，常藉酒、性、毒品來尋找刺激。（這些與韋廉士的詩無關）。但他們主張養「禪」，而敵視文化，崇拜原始、本能、力與血。目前該派的主將爲金斯堡(Allen Ginsberg)。

——譯者識。

寄桓夫的信

杜國淸

姊夫，很久沒有寫信給您了，也許是因爲我最近詩寫得少的緣故，也許是因爲我最近的生活中沒有再惹出煩惱來讓您也爲我煩惱的緣故。可是，只要我還寫詩，只要我還有煩惱，我總是把您當作我唯一傾訴的對象，因爲只有您看過我所有的詩，只有您才是我寫詩以來眞正了解我的人。每次我在精神上有了苦悶，就向你訴苦；每當我寫了一首詩，就寄給您指正；在這追求詩的人生中，您不知道給了我多少的啓示和影響。每當夜半驚醒，我知道只有您了解我那段「貪睡而爭執的青春」；我知道您也因我而受到「地殼隨之陷落的威脅」以及我那「地蜂毒針刺傷的痛苦」。姊夫，我曾經痛哭過，我的意志像雪崩，我的肉體竟是「春爛的肉體」。在痛苦的時候，你告訴我：寫詩吧！於是我寫詩，因爲痛苦而寫詩，也因爲寫詩而痛苦。您又告訴我，寫詩只是在探究人性的眞實。因此，我赤裸裸地寫出了醜惡的我，眞正的我，以我所受的痛苦爲人性立證，爲青春控訴：愛是什麽？愛是什麽？姊夫，每次我再讀到那首「傳道者亞悲的酒歌」，我總感到心中還有些極其脆弱的東西在顫動。至少這首詩是摒除了一切現實的顧慮，或者說拋棄了社會的一切假面具之後所產生的，寫出了我在那段「亡魂」的日子中最眞實的感受。

姊夫，在我大學畢業開始眞正踏出人生的第一步後所留下的足跡是那麽殘缺、那麽迷亂。沉溺在「戀愛的空巢」裡，囚禁在「罪惡感的地窖」中，這就是我、我的青春。這就是我的青春嗎？今年秋天到了京都的鞍馬山回來以後，寫了一首「紅葉」。一片紅葉是一隻蝴蝶。沒有野花的山路上蝴蝶遍地；一踩步我的足跡就染上了殉情的血。片片紅葉在我心中紛飛，褪色，飄落。無數紅葉是無數的海星；

有些什麽吸住我的脚哪，吸吮我的血
一路上我逐漸枯乾而消瘦——
在白雪覆身之前
且以枯骸
支撑着
秋。

姊夫，到今天我總覺得我活得很眞、很實在，因此也很痛苦、很醜惡，但是也很心甘情願，至少我寫詩沒有一點虛僞，對於走上寫詩的命運沒有一點後悔。在這追求詩的生活中，波特萊爾和艾略特分別佔據了我整個的心靈。「惡之華」不知不覺地在我心中種下了根。每當我寫詩的時候，「僞善家的讀者喲——我的同類！——我的兄弟！」這句話就在我心中迴響。在我上次翻譯艾略特論波特萊爾的文章中，有一句話使我感到異樣的驚心，使我深深受到感動，也使我獲得了無上的安慰；他說：「戀愛唯一最大的快樂在於必然爲惡之中」——當然這裡所謂「惡」只是指「邪克思」(sex)而言。這位法國詩人的詩，艾略特認爲，與其說是人們模倣的樣本或吸取的泉源，無寧說是他的詩使我們想起誠實的義務，那種神聖的工作。波特萊爾相信自己能够遭受到法國的政治家和巴黎的報紙編輯們所望想不到的天罰；這種至高的使命感支持着他安然走向地獄。姊夫，您知道這位「惡魔詩人」的幽靈常在我心中在我詩中出現，他隨時接近我，早已攫取了我的童眞。在我二十四歲有一天的晚上，在我背棄、屈膝、悔恨、徬徨之後，在哭聲歸於沉靜之後，我走向了深淵——在我最後掉進去之前，日子只是黃昏。

……………

姊夫，前些日子您的來信說，有些大詩人對「笠」上發表的作品擺出「不聞不問」的態度。這又有什麼關係呢？「笠」既然是同人雜誌，就應該始終保持同人雜誌的風格。老實說，在詩壇上像「笠」的作風這樣平實、謙遜、認命、反省的可說絕無僅有。這點只要看看「笠」上面的廣告和編排以及大多數同人的性格就知道了。最近我一直深切地感到寫詩只是使命，不是權利或義務。尤其隨着年紀的增長越覺得社會上詩壇上有些人的作風實在太卑鄙、太狡猾、太無恥了。一些圈外聞名的名詩人，他們的「聞名」往往只是圈內人喝酒時談笑的話題吧了。在今天的詩壇上不知道哪位詩人的大名是最鼎鼎的？所謂「名詩人」就做個詩人來說是最不幸的了。艾略特說過，名詩人的作品往往沒有什麼獨創的地方，因此才容易爲一般所接受而成名。對於詩人眞正最重要的不在於寫出獲得當代廣大讀者的作品，而在於寫出在任何時代都能持有至少也有少數讀者的作品。因此，詩人的「盛名」只不過是意味着「二流」或者等而下之，這點我想您早就看透了吧！

姊夫，在我第一次知道您也寫詩的時候，您已經耐過了二十年的寂寞。寫詩，對您來說，具有什麼意義呢？從「鼓手之歌」這首詩中，我深深地感地您所具有的一種最眞實的使命感——時間選了您當鼓手。雖然您寫詩的年齡比我大得多，在中國的詩壇上我們是同時出發的。自從我們開始談詩，自從您修改了我的第一首詩，我就把您當做了我的詩學教授；到了日本以後，我更相信您從日文中所吸取的有關日本和西洋的文學知識，絕不亞於其他詩人從英文中得來的。只要我們始終抱定寫詩不是權利或義務，我們能够寫出眞正自己想寫的詩而無名利之爭；只要我們認定寫詩只是使命，這種至高的使命感將使我們眞正在中國詩史上寫下應有的一頁。姊夫，現在是個大寂寞的時代，不是嗎？鼓聲不響，銅聲震天——

弟 **國清**

五七年十二月十二日大阪

詩壇散步

(一)

柳文哲

長歌

鄭愁予著
中山文藝獎金委員會補助
57年6月出版

這是包括了三首「長歌」的集子；作者在「後記」中說：『我正力求將一個主角扮進詩中，使意象「動出」而非「靜出」，使全詩有一個戲劇性的時間的過程』。

第一首「革命的衣鉢」；便是國父 孫中山先生革命史蹟的縮影。

第二首「仁者無敵」；便是總統 蔣中正先生從北伐、抗戰到反共復國的藍圖與寫照。

第三首「春之組曲」；便是中華民族覺醒的呼聲。作者如是歌詠着：

「這民族雖古老而一如塵封的鐘
以巨大的吼聲回答……敵人的棒子」

當然，這種史詩性的題材，是不容易表現的，表現得不妥貼，便會顯得吃力而不討好；然而，作者已表現了他的一種自然的仰羨與希望了。

窗外的女奴

鄭愁予著
十月叢書
57年10月出版

在我的記憶中，鄭愁予的第一部詩集「夢土上」，只是他早期的「微塵」的一部份而已。可以說，他是在我們這個詩壇上出詩集的時候，第一個採取分輯，且加以美麗的名稱的。人人文庫那一本「衣鉢」；一部份是時代性的長歌，一部份却是個人性的短詩。而今，「長歌」收集了他主要的三首作品；而「窗外的女奴」該是收集了他主要的抒情詩了。

「窗外的女奴」共分五輯；計有「採貝集」、「知風草」、「右邊的人」、「五嶽記」以及「草生原」。讓我們依順序說吧！

一、採貝集…以「採貝」、「當西風走過」與「生命」三首較爲突出，他的抒情詩，多半短小而簡潔，富於「靜出」的意象。例如：

「那時，我們將相遇
相遇，如兩朵雲無聲的撞擊
欣然而冷漠……」（採貝）

「却使一室的黝暗，反印了窗外的幽藍。」（當西風走過）

作者常常在一首詩的中間或末了，這樣輕輕地一點，達到畫龍點睛的效果。

二、知風草：以「天窗」一詩最被人津津樂道，也許是因有着一種樂音一般的空靈的調子，令人着迷的緣故吧！「窗外的女奴」包含三首散文詩，頗難以捉摸。

三、右邊的人：「裸的先知」頗有海洋的情調，「寄埋葬了的獵人」是寫給已故詩人楊喚傾訴着一種情愫。

四、五嶽記：據說作者是一位爬山的高手，我們却從他的詩裡瞭解了他也是一位詠山的妙手。什麼「你知我是少年的仙人 泛情而愛獨居」（南湖居），什麼「惟呼嘿名輕悄 互擊額際而成回聲」（鹿場大山）；都在末了輕輕地一點，由隱而顯，境界浮出，令人咀嚼。

五、草生原：有點兒現代的意味，却也有點兒令人難以捉摸的一輯。

以上所述，不錯，鄭愁予的詩之所以迷人，是在他的語言的豐盈，意象的晶瑩，抒情的明麗，節奏的輕快以及韻味的充足。然而，由於他有着這些特點，也就不太節制地任其漫延，優點是在其自然生動，缺點便也隨伴着產生；他的詩，往往會陷於片段的警句，而缺乏全首的完整性，過份的雕琢固然不是上品，而過份的破格該也不是創造的眞諦吧！

簡言之：鄭愁予的詩，好比是一個戲路較窄的英俊小生的演技；這跟一個戲路較寬的性格小生的演技，剛好成一個對比；前者是天生自然的表現成份高，而後者却是後天學來的表演成份濃。也許他也該拓寬一些戲路的時候了！

死亡的觸角

翱翱著
星座詩叢
56年8月出版

詩經過詮釋，也許能讓欣賞者更深入一點。然而詮釋者本身的條件，却也是一個關鍵的所在，詮釋者的高明與否，自然是不可忽視的。

翱翱在政大畢業前後，曾經推出了一部頗有浪漫色彩的詩集「過渡」，以及一部所謂的現代散文「第三季」。當他回到僑居地香港，那充滿了十里洋場的浮華世界，那充溢着苦悶的殖民地，他的心情是夠灰暗的。

「死亡的觸角」是一個象徵性的總標題，好像音樂的標題一般。詩人洛夫的「石室之死亡」、林綠的「十二月的絕響」都採取這種方式，企圖在詩本身的純粹性上下功夫，而不拘泥於標題的限制。這一本「死亡的觸角」共收錄了二十三首作品。

我覺得作者在「過渡」的那種爽朗、那種豪情、那種揮霍；在「死亡的觸角」中似乎已經消失了。在這集子裡，彷彿是一系列的變調的樂章，閃爍着一種暗室般的畫面，躍動着一種濁流般的音符，令人沉悶。

也許，這就是所謂的「死亡的觸角」吧！

我認爲我不能完全把握住他那種不太流暢的語言，有如詩人白萩所說的「香港的外來國語」呢?!又在中文詩集中附有英譯，好像已經成爲「星座」的註冊商標哩！

王夢窗

(二)

窗外的女奴　鄭愁予著　十月叢書　57年10月出版

由「夢土上」到「窗外的女奴」，鄭愁予仍繼續着他一貫的飄逸與溫柔。在詩風上，並沒有重大的轉變。在現代詩中，仍是保持着他獨特的寫詩風格。只不過「窗外的女奴」詩集中，所表現的內蘊、觸覺比「夢土上」深些、廣些。

我較喜愛「夢土上」的一撮詩，那些詩很純樸，更「原始」的飄逸，一句一行都出於自然的流露，每首都晶瑩可賞，不像「窗外的女奴」般的雕琢。我懷念：

趁月色，我傳下悲戚的「將軍令」
自琴弦　　——殘堡

我達達的馬蹄是美麗的錯誤
我不是歸人，是個過客　　——錯誤

在「窗」集中，除「草生原」輯外，餘輯都是些篇幅小的詩，遣興之作。「五嶽記」描寫山的形形色色，與一般寫山的詩不同，作者的影子忽入忽出，着些痕跡。但二十首詩中，可作一首詩看，每首詩格調相同，沒有什麽新的創意。

在「窗」集中，我最喜愛「右邊的人」這首詩，醇味很够，色調很諧和（包括月色、秋色、乳色、寒色、白色等色素。）意象很美、境界很高、感情很眞，又不堆砌辭藻，在指間自然的流露而出。在詩的星系中，可算是「恆星座」。

這集中的詩，觸及時代的氣息，戰爭的邊緣，佛書的意味，個人生活的脚印。

又鄭愁予很喜歡用藍色、雨、酒、燈火、夢、星、月、光、雲、青山、風等字詞，在這詩集中，處處可俯拾得到。

深淵　瘂弦著　衆人出版社　年　月出版

瘂弦的詩風一再的轉變，仍不失其調調兒。剖析他詩的內在精神的論著不少。在此，就其詩集「深淵」，寫出個人的側面觀。

我認爲他的詩有下列幾個特點：

一、瘂弦在詩中慣用的表現手法，就是句子重複的安排，以加强節奏感。此種句法成爲新詩中獨有的風格，而自他也屢用不厭。也就是由民歌蛻變而成的。由他早期「野荸薺」輯中至近期的「從感覺出發」輯中，都慣用此種句法。句子重複的安排成爲他的專利。

二、字詞强烈的對比，以增加頓挫的感覺，這也就是

戲劇性的增加

①抬着存在與不存在
②今天的雲抄襲昨天的雲
③今天的告示貼在昨天的告示上
④在訣別與遇合之間
⑤朽或不朽的太陽下
⑥概念與非概念，有風的天或無風的天
⑦你的昨日與明日結婚
⑧既不快活也不不快活

三、瘂弦在詩中喜用下列各種名詞，翻開詩集，每首幾乎都可讀到：

①動物名詞
②植物名詞
③異國國名、地名
④異國人名
⑤星名
⑥顏色名
⑦數目名
⑧提到女性的字詞

這本詩集附有作品年表，便於後人作「歷史性」的文學研究。我很贊成這種作法。又葉珊的「深淵」後記，是篇可讀的介紹文字。要看這本詩集，有先看葉珊這篇文字的必要。

畫中的霧季

張　健著
水牛出版社
年　月出版

張健已出版有三本詩集：「鞦韆上的假期」、「春安，大地」、「畫中的霧季」。(早期的「鞦韆上的假期」，給人以生澀的感覺。) 我較喜愛他的「春安，大地」，詩集中內容很廣，而且幾首詩頗具有時代性。這本詩集包括有「星子的呼吸」、「新絕句」、「猶大之額」三輯，並附有譯詩十八首。「新絕句」是張健獨創的名詞。只是名詞新，抓住瞬間的意象，並無特殊的創意。這種短詩沒有繼續寫下去的價值，因其不能有較多的展現詩意。

張健的詩有下列幾種特點：

一、展現在他詩中的境界，是冷靜的世界。他的詩沒有繁複的意象，沒有眩耀的辭藻，只是在一片冷靜的詩思中，流露出瞬間的眞摯的情愫。讀他的詩，如咀嚼橄欖般的：

如果你咀嚼，請將我唾爲
夜空的點點寒星
在每一個消遙的夢中窺你

——蕊中之蕊

二、常用中國古人物事入詩。他是浸潛在中國古文學裏的新詩人，在他的詩中常有如此的躍現，或者是喻己。

三、頗受佛書的影響。可在他的詩中，聞到此種氣息。他讀書很廣，無所不及。

四、喜用「一」字，幾乎是每首詩都有「一」這個數目字的出現，或是作者的偏愛。

中華民國內政部登記內版臺誌字第二〇九〇號
中華郵政臺字第二〇〇七號執照登記為第一類新聞紙

笠双月詩刊 第三十一期
民國五十三年六月十五日創刊
民國五十八年六月十五日出版

出版社：笠詩刊社
發行人：黃騰輝
社址：臺北市忠孝路二段二五一巷10弄9號
資料室：彰化市華陽里南郭路一巷10號
編輯部：臺北市林森北路85巷19號四樓
經理部：臺北市南港區南港路一段30巷26號
定價：每冊新臺幣六元 日幣六十元 港幣一元 非幣一元 美金二角
訂閱：全年六期新臺幣三十元 半年三期新臺幣十五元
●郵政劃撥第五五七四號林煥彰帳戶（小額郵票通用）

民國五十三年六月十五日創
笠
詩双月刊
PAI CHOU
32

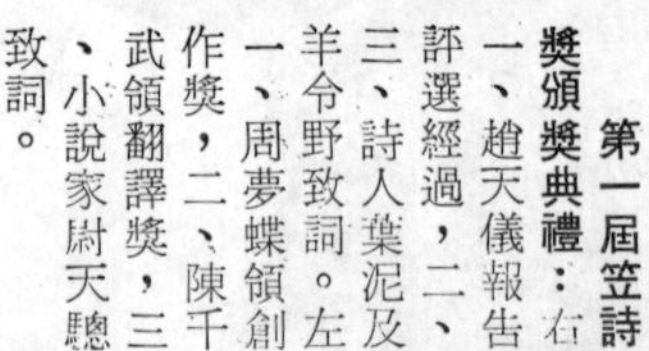

第一屆笠詩獎頒獎典禮：右一、趙天儀報告評選經過，二、三、詩人巢泥及羊令野致詞。左一、周夢蝶領創作獎，二、陳千武領翻譯獎，三、小說家尉天驄致詞。

笠 32期 目錄

笠詩社五週年

暨第一屆笠詩獎頒獎大會

本社

時間：五十八年六月十五日
地點：臺北市武昌街新光產物保險公司四樓
出席人員：七十餘人，發言踴躍，場面熱烈融洽。

㈠主席黃騰輝致簡單開會辭。
㈡趙天儀講述評審經過及結果。
㈢頒獎：詩創作獎——周夢蝶，由鍾鼎文先生頒發。
詩評論獎——李英豪（居港由瘂弦代領），由巫永福先生頒發。
詩翻譯獎——陳千武，由陳逸松先生頒發。

評審委員會顧問**鍾鼎文**先生：今天以愉快的心情來道賀得獎詩人及笠詩社五週年紀念。記得年輕時，就感到舊詩已經沒有再大發展的可能，眞感情眞意境已很難利用舊詩來表達，那時，就覺得新詩運動是唯一的創新路徑，於是就開始摸索，已經三、四十年了，目前不敢自說有成就，但深覺必須更摸索下去。在五四時代的新詩運動並沒有給臺灣多大影響，然而當時臺灣詩人却在日本統治下，保持着中國文化。我對笠詩社由衷的敬佩，笠詩獎的評審與頒發，完全沒有內陸與臺省的界線，譬如本屆得獎詩人周夢蝶先生，即是大陸來臺的詩人。我對他的爲人由衷的敬佩，在馬路旁擺詩攤的精神，實在令人難以形容。作爲一個詩人，對「利」大概不會太追求的，因爲寫詩是不會賺錢的，這不必講。但對於「名」，本身並不壞，是一種刺激力，但熱中名利，甚至不擇手段去爭取名利，却是壞事。我們看周夢蝶先生，對「利」不必講了，他的刻苦與淡泊，可以說是沒有人可以相提的，對於「名」，更是如此。這種行爲，實是中國文人的榜樣，足以作爲我們的典型模範。

評審委員**洛夫**先生：走進會場，就發覺有兩特點——㈠正如鍾先生所說，沒有地域觀念。㈡上一代與下一代連接的密切。在笠裡，有富於學養的年老一輩，也有年輕的一代，因此，對年輕人藝術的追求，都有所鼓勵幫助與指導，這是很難得的。此外，關於詩獎，如果以笠詩獎和中山文藝獎來比較，我寧願要笠詩獎；因爲獎必須是名符其實的才有價值，我並非對中山文藝獎有所歧視，但由於各種人事，主注難免有缺陷。但笠詩獎却是嚴肅的、公平的，並且聘請詩社以外的人來評審。在此我得聲明，評審人並不是說就比得獎人高，只是站在誠摯的讀者地位吧了。就如瘂弦，我們很接近，但評審時也沒有交換過意見，可見評審是很嚴正的，各得獎人也是名至實歸的。正如鍾先生所說，周夢蝶先生，不求名利，刻苦的精神實在值得敬佩。但話雖如此，生活倒是頂要緊的事，物質環境好了也可以促進安心寫作，目前，周先生健康情形欠佳，物質環境不很好，我在此提議中山文藝獎是否可以頒發給周先生？五萬元獎金雖不多，但總有點用，我希望能聯絡各詩社推薦。

來賓**陳逸松**先生：（陳先生，用閩南語發言，中間夾雜幾句國語，頗饒風趣）年輕的時候，沒有什麼語言的阻隔，現在就不同了，不過，最主要的是意志統一，地域觀念的問題便不成問題了。記得民國十四年，日本第六高等學校校刊上有中國現代詩雜選，中國詩譯爲日文，也許我是第一人。不過，鍾鼎文先生說：舊詩的文學，大多已被利用完了，我有些異議，在形式上我認爲可各自發展，重要的是要有詩思。現代詩有些我是看不懂的，不大可能引起共鳴，舊詩人是套形式，現代詩人對形式却未經訓練限制，可以自由選擇。我認爲形式上要有美的因素，這就是音樂與繪畫等的因素。

詩隊伍**羊令野**先生：對三位得獎詩人，我在這裡道賀；順便藉此機會談談「詩隊伍」。我主持詩隊伍，接觸到各階層的人士，他們對新詩都很喜愛。詩隊伍的作品，有些雖未絕對成熟，但亦可觀。詩隊伍的創刊是我個人的願望，這些作品一方面是老一輩的，一方面是新進繼起的，希望各位多多支持。

評審委員**瘂弦**先生：三位得獎人，正如洛夫所講的，是名至實歸的，尤其是夢蝶，我知道他得獎後，特地跑到書攤對他說必須接受，因爲這是純粹詩的，沒有其他因素。夢蝶的作爲，是中國典型的詩人，甚至可以說是中國文化的樣式，我們一班朋友，私下就曾設想給予他最大的光榮，現在到底如願了，眞使我高興。此外，笠詩社一貫有系統的編輯精神，他們的作風及按時出版等，很值得我們創世紀學習。

南北笛詩社**羅行**先生：對於推薦周先生競逐中山文藝獎，我亦繼創世紀後絕對支持贊成。笠詩社的一貫精神是令人敬佩的，據我所知，一般詩社的停刊，並不是經費，而往往是稿源的問題，笠詩社的分工合作，表現得很好。希望笠有更大的發展。

吳濁流先生（臺灣文藝社）：（吳先生是國語和客家語兼用的）對於新詩，我因爲看不懂，所以持反對的態度。

林衡道先生：（一上台，就用開玩笑的口吻）我和吳先生是好朋友，我事先就提醒他，不要講新詩的壞話，不要潑冷水（全場大笑），他以前是最反對新詩的，說唐詩如何如何好。對於他所說：我想提出一些意見：①他說唐詩如何如何好，當然，但那時是全力創作的，不像目前生活的紛雜，而且唐朝是詩的黃金時代。②他說新詩只有懂外文的人才看得懂，不懂外文就不懂，這也許可以說是環境使然，譬如我們的建築，不像中國也不像外國。③吳先生提出新詩要有音樂的韻律性。以前是歌謠民謠的極盛，已經習慣了，隨口都可以唸幾句，但，這究竟是粗糙之作，詩總得求更富的詩思呀！（講了一個比喩的笑語，全堂哄然）。此外，吳先生最崇拜莊子，今天得獎的竟是周夢蝶先生，眞符合他的意思了。（全場再度大笑）

彭邦楨先生：笠詩社創辦五年，特頒發笠詩獎，如此公正、隆重，我感覺很滿意，各位得獎人都是名符實歸的，特在此致賀。

小說家**鍾肇政先生**：我可以說是詩壇的逃兵，但，這樣講，是否自我抬舉了一點呢？原來，學生時代我就喜歡詩，我常看日文詩，以及被翻為日文的西洋作品，我尤其喜歡唐詩三百首，幾乎唸得滾瓜爛熟，民國四十年的時候，我曾寫了一首詩投到中國文藝，承蒙當時編者回函錄用，可惜，幾年過去了都沒有刊出來。我於是改向小說及翻譯方面進軍。

文學季刊**尉天驄**先生：我對笠詩刊一向很關心，尤其是獲獎者周夢蝶先生，更是我所崇敬的。此外，我覺得詩能否被大衆接受，能否繼承傳統，都不重要，主要的是面對自己的眞實。故作紳士狀的虛偽是不足取的。

評審委員**葉泥**先生：我一向很少講話，也不喜歡講話，因為我一開口就會得罪人，沒有好話講。我首先要向笠詩社提出抗議，抗議稱我為媒婆，我不是女人，那有男的作媒婆之理？（哄堂大笑）此外，關於這次評審，猶如和自己打了一架。周夢蝶的作品中，關於禪的地方很多，但我却是回教徒，怎麼可以給異教徒得獎？但我還是給了。（又是哄堂大笑）可見在評審的時候，是把自己完全拋開了的。

簡誠：我認眞接觸現代詩只有一年，年輕一代詩人們的寫作，總是在求新的變化中，現在超現實主義很流行，但，我覺得我們不一定就要從事，最後，我希望年輕的一輩團結起來，使詩壇繁盛。

笠詩社**巫永福**先生作結語。

試論周夢蝶的詩境

——兼評「還魂草」

洛　夫

在當代的中國詩人中，周夢蝶的思想，情懷，作品的風格，甚至生活方式都是別具一格的。他詩中閃爍着哲思的睿智，也含蘊着廣義的宗教情懷，但通過美學的處理，他的作品只是純粹的詩。在未討論正題之前，我想先就詩的欣賞方法提出一些個人的看法，以作探討周夢蝶詩境的一個基點。

就詩的欣賞而言，不論傳統詩或現代詩，兩者的精神，內含，觀念，經驗，意象，以及詩人賴以處理這些因素的特殊技巧容或不同，但欣賞的程序和方法却是一致的。詩評家或詩人自己經常不忘記提醒讀者的是：一首詩是一個鮮活的有機形體（Organic form）。詩的一組或多組意象，語言，節奏等，必須是各個相關部份的統攝，而成爲一個生命的結構。此一基本認識足以爲任何一個詩評家或讀者提供一個詩在美學上的基礎。如缺乏這種認識，不僅一般讀者爲文字詞章之瑰麗所炫惑，即使一位評論家也只知把一首詩作屍體的解剖，而不免蒙受「煮鶴焚琴」之譏。因此我們欣賞一首詩，必須把內容與形式當作一個整體來看，在進行知性的分析時，也不能忽視詩的另一面——詩的感性，故英人柯勒雷奇（Coleridge）認爲詩的批評基礎應建立在「生命原則」（life principle）上。一個普通讀者讀後就會立刻追問「另外一種樣子」是什麼樣子？這兩句詩的哲學意義是什麼？或在道德上情感上能給我們什麼好處？事實上他對古詩也是從分析開始，要求詩中的實用價值。他從字面上懂得了「明月松間照，清泉石上流」，認爲這只是寫景，平淡無奇，但他却忽視了詩中的「天趣」及「韻外之致」，更遑論王維在詩中暗示的人與自然的一種瞑合關係。

根據個人經驗，對一首詩我們至少可分爲三個層次來欣賞：

第一層次——直覺的欣賞（暗示的醞釀）

第二層次——知覺的分析（暗示的隱伏）

第三層次——知性與感性（直覺）的統合（暗示的產生）

所謂直覺欣賞，可說是一切審美活動的起點，同時也是一切審美活動的終結。換言之，直覺作用是知覺分析的初步工作，也是完成知覺分析的最後目的。就詩而言，直覺乃藉文字的感性而出，正如顏色之作用於繪畫，音符之作用於音樂，是欣賞詩的一種最眞切、最直接，曚朧而又清晰的感覺經驗，這種經驗能產生一種本能的快感，大凡我們面對着藝術或自然美景時，都會產生這種不可解說的心靈感應。這時，我們已開始進入欣賞的第一層次。在這一層次上，詩中的暗示性也開始在我們心中醞釀，但尚不能構成一個完整有力的暗示，故我們接着必須進行分析工作。分析時我們的直覺暫時隱藏起來，而讓理性執行任務。這時不論形式或內容，分析都在智力範圍內活動，而進入了欣賞的第二層次。但最終我們分析推理的目的，仍然在使這首詩對我們產生一種直接的眞切的感受，一種純粹的完整的審美經驗，不過這種經驗不僅是直覺的，也不僅是分析的，而是直覺與知覺的融合無間，渾然一體。這時——欣賞的第三層次——詩的暗示性才能產生。柏格森（Bergson）認爲：「直覺是出於本能之變爲無目的的企圖，但有清醒的自我意識作用，乃至能使當前的事物發生無限的反應與擴展。」這種說法正暗合了以上所說的欣賞三個層次，也正是對我們所謂的「暗示性」的最好的註釋。

詩人的情感、經驗與意象融化爲一整體的結構後，必然具有一種共同的普遍性，但更重要的是詩還須具有一種特質，或許這正是好詩與壞詩，平庸詩與偉大詩之分際。詩的特質並不在於詩的民族性或國家性，而在於詩人從自我出發，透過直感，對有限的人生與自然作無限的體悟與投射。基本上，詩既是個人心靈的呈現，也是大千世界的鑑影，所以我們認爲詩唯一的價值乃在「以小我暗示大我，以有限暗示無限」。其實這點，亞里斯多德早就在「詩學」中說過類似的話：歷史與詩的區別，乃在歷史是寫業已發生過的事，而詩是寫可能發生的事。「可能發生」即是暗示作用；所以詩實較歷史具有更嚴肅的哲學價值，而詩的特質也就顯示在這種暗示性中。

中國古人論詩雖沒有人提出「暗示性」這個名詞，但我們仍可以找出類似的說法，諸如嚴滄浪所說的「言外之意」，司空圖主張的「韻外之致」等。我們所說的暗示性似乎更接近超現實主義的「想像的飛越」，或禪宗的「機鋒」，是透露人的自性與心靈的神秘經驗的最好方法。但詩中的暗示性如何產生？功能爲何？我想這些該是欣賞詩分析詩時最重要的關鍵。

一般人讀詩僅讀出文字所產生的約定俗成的意義。這種意義僅包括哲學上某些概念，道德上的訓詁，或情感上的慰藉。他們不能接受現代詩，是因爲現代詩不重視甚至有意忽視文字所給予的有限意義，而着重文字本身所暗示的無限意義。溫塞特（W. K. Wimsatt）所謂：「詩的意義就是文字的意義，但它並不存在文字裏面……它在文字以外。」正是這個意思。譬如我在一首詩中表現刼後的戰場說：

單單一隻兀鷹
便把天空旋成另外一種樣子

以上所提出的對詩的欣賞程序和方法，目的在幫助讀者能對周夢蝶的詩作進一步的欣賞。至於討論周夢蝶的詩境，除了作更深一層的探討外，臺大教授葉嘉瑩爲「還魂草」詩集所作的序似乎是一條很好的線索。序中葉教授首先以㈠陶淵明、李白、杜甫、歐陽修、蘇東坡，㈡屈靈均、李商隱，㈢謝靈運等三類詩人各個不同的處理情感的態度與方法來說明他們詩境與風格的互異，繼而分析周夢蝶因他詩中「閃爍着一種禪理與哲思」，但他也是「一位想求安排解脫而未得的詩人」，故不屬於第一類之「有着對悲苦足以奈何的手段的詩人」，也不同於第二類「對悲苦作着一味沉陷和耽溺的詩人」，而根本上與第三類詩人也不盡同；「因謝靈運不得解脫的情感，乃得之於現實生活與政治牽涉的一份淩亂和矛盾，而周夢蝶不得解脫的情感，則似乎是源於他內心深處一份孤絕無望的悲苦。」故葉教授的結論是：「周夢蝶是一個以哲思凝鑄悲苦的詩人」；因他詩中的禪理和哲思確實有着一份得之於心的觸發和感悟，他雖未能如陶淵明做到將悲苦泯沒於智慧之中，而隨哲理以超然俱化，但確已做到將哲理深深地透入悲苦之中而將之鑄爲一體了。葉教授的見解至爲精闢，確已抓住周夢蝶世界中的基本精神。但我們似乎可進一步指出，周夢蝶的詩不僅是處理他自己情感，表現個人哲思的態度與方法，而更是一個現代詩人透過內心的孤絕感，以暗示與象徵手法把個人的（小我）悲劇經驗加以普遍化（大我），並對那種悲苦情境提出嚴重的批評。周夢蝶的悲劇情感，當非源自政治牽涉，甚至也不是源自現實生活，而是一個現代人「自我追求」，「自我肯定」（self-affirmation）而不可得時所感到的一種內心深處的孤絕無告。我們先試提出「六月」一詩來討論，再進而剖釋他的「還魂草」詩集，以便對周夢蝶的詩境作一全貌的探測。

六　月

枕着不是自己的自己聽
聽隱約在自己之外
而又分明在自己之內的
那六月的潮聲
從不曾冷過的冷處冷起
千年的河床，瑟縮着
從臃腫的呵欠裏走出來
把一朵苦笑如雪淚
撒在又瘦又黑的一株玫瑰刺上
霜降第一夜。葡萄與葡萄藤
在相逢而不相識的星光下做夢
夢見麥子在石田裏開花了
夢見枯樹們團團歌舞着，圍着火
夢見天國像一口小蔴袋
而耶蘇，並非最後一個肯爲他人補鞋的人

附註：小蔴袋，「巴黎聖母院」女主角之母「女修士」之綽號。曾爲娼。

從這首詩中，我們可以聽出一個孤寂心靈的呼聲，可以看出詩人企圖把世俗中悲苦的自我提升到一種超形體，超個性，使不可能成爲可能的境界。詩人的「自我」與「非我」，在某種情況下往往是不可分辨的，甚至互相衝突的，唯有在聽到自己心靈的獨白時才會發現自我的存在。「六月的潮聲」可能暗示詩人情感的激盪，慾念的衝動，或自我意志覺醒時的呼喚。但不論是什麽，這種隱約在自己之外，而又分明在自己之內的心靈的獨語，只有使人陷入更深的悲苦中。六月居然很冷，而且降霜，這頗有李白詩中「五月雪中白」的誇飾趣味，不同的是李白以它來襯托「山花異人間」其所異的氣氛，而周夢蝶的「六月」顯然不是季節上的六月，而是心中的六月，其冷處乃由內心冷起。這種矛盾語法的運用更加强了詩人「自我」與「非我」（自然）矛盾衝突之處，且益見其詩境之不凡。詩中的「潮聲」，「千年的河床」，「又瘦又黑的一株玫瑰刺」，「葡萄與葡萄藤」等可能都是詩人自我的象徵，不過詩人已把這些「自我」象徵客觀化了，意象化了，並企圖使自我的悲苦得以超越，在夢中獲得補償——使麥子在石田裏開花（這可能是引用聖經上的寓言），使枯樹重生，圍着火歌舞。最後作者再次運用矛盾語法把「天國」之大與「蔴袋」之小兩個矛盾意象併列一起而產生一種更爲强烈的暗示，暗示卑賤的意義（見該詩原註）與崇高聖潔的意義在詩人的世界中是相等的，而達到佛家無我無相的「比量」境界，或莊子的「齊物」境界。因此爲世人犧牲自我得以超凡入聖者不僅限於耶穌，或不僅限於某一宗教，這正是周夢蝶作爲詩人所具有的廣義宗教情懷。

許多評論家都認爲文學中最高的境界之一是由悲劇情感所產生的境界；現代文學的特質也强調對人的孤絕，迷惘，困境作赤裸裸的表現。其中的大師如卡繆，卡夫卡，喬埃斯，福克納，海明威等都曾在文學中提出這些嚴肅的問題。所謂悲劇，並非一般所說的「苦戲」，而是指極度嚴肅的，超乎個人的恐懼與憐憫，對人生及整個宇宙的澈悟。由於各民族的文化，各時代的精神不同，表現悲劇精神的文學形式也不一樣。例如源自古希臘的西洋悲劇，不是英雄個人與命運的衝突而產生悲劇，就是悲劇主角在冥冥中受到命運的擺佈毫不自知，當發現自己一直在受着無形力量的主宰時，他已陷入悲苦而不可自拔。但中國是一個講「天命」，講「道」的民族，個人面對巨大的自然力量時，唯一處理的態度是屈服認命，這種態度的結果，一則形成了與自然妥協而使兩者產生和諧的關係，這就是儒家「天人合一」的思想。一則是企圖超越自然的壓力，而把自我提升到一種無我無物，澄明自如的境界，這就是老莊與佛家的思想，所以中國文學中一直沒有那種衝突式的悲劇。但中國人仍具有一種崇高的悲劇經驗，而以另一種方式來表達這種悲劇的嚴肅效果，這種方式就是詩。

我們發現中國詩中往往以時間不可抗拒的無限流動，與空間浩瀚無窮的運化來暗示命運的力量；這種命運沒有人格意志，巨大無比，超乎任何個人之上，但它如出之以詩的形式，則產生的不是衝突式的，而是觀照式的，靜態的悲劇。所謂「靜態的悲劇」，實際上在歐洲十九世紀末即有某些文學評論家與戲劇家倡導過，他們主張取消悲劇中的動作。比利時名戲劇家梅特林克（Maeterinck）認爲：「生命中的眞正悲劇是一切驚險，悲哀和危險都消失後才開始的。」「只有純粹的完全的由赤裸裸的個人孤獨的面對無窮大的宇宙時才是悲劇的最高興趣。」因此，悲劇經驗最高的表現並不在於死亡與痛苦，而在「自我隔離」後所感到的「存在的絕望」（existential despair）。

在中國古詩中，表現這種靜態悲劇的作品甚多，如杜甫名詩「八陣圖」——「功蓋三分國，名成八陣圖，江流石不轉，遺恨失呑吳」與王維的「大漠孤煙直，長河落日圓」都是最好的例證。前者表現出歷史中一個大英雄功名勛業的消長，王國的潰崩，山河的變易，人生的遺恨……後者則顯示個人面對邊遠孤宿的景色，聯想到戰地狼煙未熄，悽苦中征人的命運如長河上的落日，美而悲傷，不可預測。這兩者因風格不同，表現技巧互異，故杜詩在通過歷史事件反映命運，王詩在通過當前美的情象，企圖超越命運；杜詩側重表現，王詩側重暗示。周夢蝶的詩也正是以暗示手法來表現中國詩的特色——靜態的悲劇，這種悲劇經驗的價值乃在以有限的事物來暗示無限宇宙中生存的意義，使我們能從深切的孤絕中感悟到生命的嚴肅性。

依然覺得你在這兒坐着

廻音似的
一尊斷臂而又盲目的空白
——空白

詩人自我不是一個存在的實體，是虛無，是一段空白，這是現代人悲劇的獨白，且無人訴說，詩人只好把他的苦煩，說與風聽，說與他自己的空白聽。

已離亞的毒怨射去不射囘
幾時纔得逍遙如九天的鴻鵠？
總在夢裏夢見天墜
夢見千指與千目網罟般落下來
而泥濘在左，坎坷在右
我，正朝着一口嘶喊的黑井走去……
——囚

這是詩人自囚的憤慨！想從悲苦中超脫而不可得，「泥濘」與「坎坷」（命運）反而將自我推向「一口嘶喊的黑井」中去，推向虛空中去。現代哲學家希望在虛無中找回人的價值，重獲人類業已失去的自由，但詩人的感歎是：「幾時纔得逍遙如九天的鴻鵠？」像這種自苦的詩心與佛心，這種非理性中透露的理性，這種從冷凝的冰雲中閃爍的火花，這種全人世，全宇宙的悲哀（Cosmic sadness），這種在自我悲苦中所雕塑的一座孤絕紀念碑，在周夢蝶的詩中無所不有。對作者來說，他固然未能從悲苦中獲得超脫，但對讀者而言，因詩中負荷着絕大的人生悲苦，讀後反而能產生一種澄清作用。（波特萊爾的詩即具有澄清人類邪惡的效果。）他的「六月」（第二首）「菩提樹下」，「燃燈人」，「孤峯頂上」等詩都爲這種「澄清作用」作了有力的詮釋。

影響周夢蝶思想最深而又在詩中表現得最透徹的是佛家的禪宗和老莊思想，但他的禪理與哲思大多是以完整的意象暗示出來，他詩中的禪不一定就是佛家的禪，可以說是一種妙淨圓明的自性的覺醒，是一切相反相成，一如一元的神秘經驗，有時甚至是源自潛意識。前面我們已提到，中國詩人最重視「言外之意」，「韻外之致」亦即由語言與意象所引發的想像的無限延伸。這種想象的延伸即產生了暗示作用，而禪理完全由暗示中悟出。中國詩評家以禪喻詩的首推嚴羽，他說：「禪家者流，乘有大小，宗有南北，道有邪正，學者須從最上乘，具正法眼，悟第一義……論詩如論禪。」禪宗的詩捨棄語言與形象而重視語言之外的無限想像，這就是嚴羽所謂的第一義，也就是「夫象以盡意，得意則忘象；言以詮理，入理則言息……」的道理。禪家認爲我們能悟妙理，是依靠人的自性圓融，直觀自得，而不是靠邏輯推演，或習慣用的語言符號所能表現的。其實，自性與直觀就是美學上所講的潛意識與直覺，故表現禪理的詩都只透露消息，道其髣髴，雖明澈但不可全解的詩。周夢蝶的詩中幾乎都有一種精微妙諦，禪的機鋒。例如：「是水負載着船和我行走？抑是我行走，負載着船和水？」（擺渡船上）這不正是佛家七祖得道時「風動幡動」的話頭嗎？至於「凡踏着我脚印來的，我便以我，和我的脚印，與他」（還魂草），「我的七指咄咄喧咈着，說你是空果，我是果中未灰的火核」（虛空的擁抱），「說火是爲雪而冷的，那無近遠的草色是爲誰而冷的？宇宙至小，而空白甚大，何處是家？何處非家？」（絕響），「伊人何處？茫茫下可有一朵黑花，將你，和你的哭泣承接」（天問），「當你淚已散盡，每一粒風沙，齊蟬化爲白蓮。你將微笑着，看千百個你湧起來，冉冉地，自千花千葉，自滔滔的火海」（尋），「隔着因緣，隔着重重的流轉與流轉——你可能窺見，那一粒泡沫是你的名字？」（托鉢者）「自灰燼中走出，看身外身內，煙飛煙滅」（囚），「我在那裏？旣非鷹隼，甚至也不是鮫人，我是蟑螂，祭養自己以自己的血肉」（六月之外）……等這些詩句，我們從中讀到的不是文字，也不是文字背後的意義，不是觀念，也不是思想，而是只能感悟不能解說的禪境，一種超現實的詩境。

禪機必須付托於意象才能稱之爲禪詩，雖然意在象外，理在言外，但唯有透過意象，讀者才能在詩中深切體悟到「覺性圓融」的機鋒，如在詩中說禪論道，就落言詮了。如「當你來時，雪是雪，你是你，一宿之後，雪旣非雪，你亦非你」（菩提樹下），「像月在月中窺你，你在你與非你中無言，震慄」（尋），即近乎邏輯的推理。古人以禪入詩，並不主張禪就是詩，禪可以爲詩的一種境界，但不是詩的本體。在中國古詩中，我們可以發現一種禪詩，一種詩禪，前者的本質是詩後者的本質是禪。陶淵明的「徂燕無遺影，來雁有餘聲」，這是禪詩，但「人生似幼化，終當歸空無」，却是詩禪。杜甫的「水深魚極樂，林茂鳥知歸」，「水流沁不兢，雲在意俱遲」，這是禪詩，但「王侯與螻蟻，同盡隨丘墟，願聞第一義，回向心地初。」這是詩禪。時下有許多靑年詩人喜在詩中「說」禪，而結果禪只是口頭禪，詩只是下乘詩，如載於「現代文學」第三十五期「回首，皆空」一詩即是這種例子。

周夢蝶在詩中暗示禪機經常使用的意象是「蝴蝶」，「雪」，「火」，而出現最多的爲「蝴蝶」。「蝶」本爲莊子寓言中所用的意象，事實上周夢蝶在詩中也會採用莊子「秋水」，「逍遙遊」中的哲思發展爲個人的詩境，但「蝶」在他的詩中往往轉化爲一種禪的暗示，有時爲具象的自我化身，有時又成爲抽象的非我的幻境，例如：

第二度的，一隻不爲睡眠所困的蝴蝶（六月）

像蝴蝶，你翩躚着自風中醒來（鮮指）

他裝作不認識我，說我愚痴如一枚蝴蝶（晚安，小瑪麗）

像一片楚楚可憐的蝴蝶
走在剛剛哭過的花枝上（關着的夜）

當你手摩我頂
靜似奔雷，一隻蝴蝶正爲我
預言着一個石頭也會開花的世紀（燃燈人）

死亡在我掌上旋舞
一個蹉跌，她流星般落下
我欲翻身拾起再拼圓
虹斷霞飛，她已紛紛化爲蝴蝶（六月）

在這一節詩中，「蝶」成爲死亡的象徵，不僅以它來美化死亡的恐懼感，且以它來暗示生命的超脫。其實像「蝶」、「蓮」、「白雲」、「流水」、「星辰」、「月亮」、「花朶」等本來都是具有高度感性的意象。感性意象即抽象而又具體，極富空間的延展性，使用得宜，頗有助於詩中「言有盡而意無窮」效果的加强，但因用太濫，易使讀者產生「固定反應」，反而形成詩的僵化。這些用俗了的意象在周夢蝶的詩中却能作新的定排與定位，而轉生爲一種新的意義。如：「在純理性批判的枕下，埋着一瓣茶花。」這些是他詩中的另一特色。

我們發現周夢蝶運用暗示以表現禪的神秘經驗最多也最爲有效的技巧是「矛盾語法」(The language of Paradox)。所謂矛盾語法就是一種似非而實是的說法。老子說：「禍兮福所倚，福兮禍所伏」，就是最佳的例子。耶魯大學教授勃魯克斯(Cleanth Brooks)在「詩中的矛盾語法」一文中認爲詩語言的特色就是矛盾語法，而詩的力量也是來自意象的矛盾情境他並引用華滋華斯的話說：「矛盾情境旨在於平凡生活中選擇事物與情境，但却要對這些平凡事物加以新的安置，使其以一種不平凡的景象呈現於讀者心中。」矛盾語法確能使詩產生「此中有眞味，欲辨已忘言」的效果，從荒謬的情境中現出眞境，從矛盾中當現和諧。

誰能於雪中取火，且鑄火爲雪（菩提樹下）

縱使黑暗挖去自己的眼睛
蛇知道：牠仍能自水裏喊出火底消息。（六月）

在未有眼睛以前就已先有了淚（二月）

自你叱咤着欲奪眶而出的沉默中（虛空的擁抱）

我鵠立着。看脚在你脚下生根
看你的瞳孔坐着四個瞳仁（一瞥）

以上都是周夢蝶詩中矛盾語法的典型例子，這些詩句中都存在着兩種或兩種以上的抗力，由不和諧的因素組成一種新的和諧秩序。這些矛盾語法最大的功能乃在使讀者對陳舊的熟知的世界獲得一種新的認識和驚奇的發現，或如柯勒雷奇所謂：「予日常事物以新的美感。」在歐美詩壇，象徵派及超現實派詩人都善於利用這種技巧來加强詩中的戲劇效果。

縱觀周夢蝶的詩，不論是意象的經營，文字的提煉，生命的體悟，詩境的把握，暗示手法的運用都有其獨到之處。他詩中的悲劇經驗是源自人的自性，他詩中的禪理哲思是透過自我的感應，尤其重要的是知性與感性在他詩中能得到適切的融合，不如浪漫派詩之令人生膩，也不像意象派詩之令人感到單調。在探討過周夢蝶詩的特質與詩境，並進一步分析過造成這種詩境所運用的特殊技巧之後，我們發現果如葉嘉瑩教授所言，他詩中有着一份遠離人間煙火的明淨與堅凝。就詩本身而言，「心靈之境」本爲詩人追求詩的純粹性的根源，但作爲一個現代詩人，其心跳與脈博自應與時代和現實相呼應，在紅塵中求佛，固爲實證的最高手法，但如一個詩人既具詩心眼，也有人眼，以更爲廣濶的胸懷，從生活經驗中以新的感覺之網去捕捉新的詩材與詩境，也許更能增加詩的廣度與風格的變化。至於周夢蝶詩中的語言，因許多是採自中國的古詩詞，缺乏一種現代生活的節奏感。葉教授雖譽爲鎔鑄成功，但像「山翠滴滴入望」，「榴花照人欲焚」等句，可能影響意象的鮮活。我覺得現代詩人用生活的語言較用文學的語言更能表現現代人的精神，豐富詩的生命。

本文轉載自五十八年八月出版之「文藝月刊」第二期

（附註略）

笠下影 ㊼

周夢蝶

我愛

我愛咀嚼醲郁悱惻的詩
我愛咀嚼「被咀嚼」的滋味
當「誘惑」把櫻口纔剛剛張開一半兒
我已縱身投入

I 作品

孤峯頂上

恍如自流變中蟬蛻而進入永恆
那種孤危與悚慄的欣喜！
彷彿有隻伸自地下的天手
將你高高舉起以寶蓮千葉
盈耳是冷冷襲人的天籟。

擲八萬四千恆河沙劫於一彈指！
靜寂啊，血脈裏奔流着你
當第一瓣雪花與第一聲春雷
將你底渾沌點醒——眼花耳熱
你底心遂繽紛爲千樹蝴蝶。

向水上吟誦你底名字
向風裏描摹你底蹤跡；
貝殼是耳，纖草是眉髮
你底呼吸是浩瀚的江流
震搖今古，吞吐日夜。

每一條路都指向最初！
在水源盡頭。只要你足尖輕輕一點
便有冷泉千尺自你行處
醍醐般湧發。且無須掬飮
你顏已酡，心已洞開

而在春雨與翡翠樓外
青山正以白髮數說死亡；
數說含淚的金檀木花
和拈花人，以及蝴蝶
自新埋的棺蓋下冉冉飛起的。

踏破二十四橋的月色

頓悟鐵鞋是最盲目的蠢物！
而所有的夜都鹹
所有路邊的李都苦
不敢回顧：觸目是斑斑刺心的蒺藜。

恰似在驢背上追逐驢子
你日夜追逐着自己底影子；
直到眉上的虹采於一瞬間
寸寸斷落成灰，你纔驚見
有一顆頂珠藏在你髮裏。

從此昨日的街衢；昨夜的星斗
那喧囂；那難忍的清寂
都忽然發現自己似的
發現了你。像你與你異地重逢
在夢中，劫後的三生。

烈風雷雨魑魅魍魎之夜
合歡花與含羞草喁喁私語之夜
是誰以猙獰而溫柔的矛盾磨折你？
雖然你底坐姿比徹悟還冷
比覆載你的虛空還厚而大且高……

沒有驚怖，也沒有顛倒
一番花謝又是一番花開。
想六十年後你自孤峯頂上坐起
看峯之下，之上之前之左右。
簇擁着一片燈海——每盞燈裏有你。

虛空的擁抱

擁抱這飄忽——黑色的雪
不可捉摹的冷肅和美
自你目中
自你叱咤着欲奪眶而出的沉默中

幾乎可以聽到每一根髮絲喃喃的私語聲
那種可怖的距離
我底七指咄咄喧沸着
說你是空果
我是果中未灰的火核

在感恩節。你走到那裏
（不沾塵土是你底鞋子）
那裏便有泉鳴如鐘，花香似雪
簇擁你——仰吻你底脚心
斑斑滴血的往日

來自你，仍返照於你的一天斜暉
猝然地紅，又猝然地黯了
向每一寸虛空
問驚鳴底歸處
虛空以東無語，虛空以西無語
虛空以南無語，虛空以北無語

Ⅰ　詩的位置

在以覃子豪爲中心的「藍星」，以及前半期的「創世紀」，周夢蝶已經發表了他的詩作。然而，他的詩之受我們詩壇的普遍的重視，却是在以余光中爲中心的「藍星」，以及後半期的「創世紀」。也就是說正當詩壇由抒情與知性之爭，轉到古典的回歸，以及現代的昂揚的時候，周夢蝶的詩也在此時更趨成熟，而且產量也相當豐饒。因此，當我們要給一位這種頗富自律性的詩人定位時，該是以他所創造的風格底親近性爲依據。當周夢蝶以中國古典詩深厚的教養，老莊哲學的興味與禪的啓示作爲現代詩底創作的基礎時，當然會贏得那時正醉心於倡導浪子回頭做孝子的詩人余光中的青睞了！（註1）因此，雖然我們把他劃歸於後半期藍星的系譜，但並不意味着他只是單純的復古主義者；正如詩人白萩我們雖把他劃歸於前半期藍星的系譜，但並不能限制他的多樣性的變化一樣。周夢蝶的詩之普遍受到愛戴，該不只是他爲人的孤絕與淡泊的風骨而已，而是他的詩有着不能被劃歸於某一單純的分類底彈性的原故。這就是說，他雖脫胎於中國古典詩，却已融化於中國現代詩，而有其一己獨特的風格的創造。

（註1）見余光中譯著「中國新詩集錦」（New Chinese Poetry）。

Ⅱ　詩的特徵

我們嘗說詩要不落言詮，然而，一落筆，詩便得依據語言，而非離開語言。因此，論禪已非禪，論詩已非詩了。我們用語言來寫詩，也用語言來論詩；前者是使用第一層次的語言，而後者該是使用第二層次的語言了。周夢蝶以第一層次的語言寫詩；倘若第一層次的語言是直覺性的，則第二層次的語言該是分析性的了。在「孤峯頂上」，他歌詠着「踏破二十四橋的月色　頓悟鐵鞋是最盲目的蠢物！」這是禪機呢？抑是論禪呢？如果寫詩只是任憑抒情，那將永遠停滯於玲瓏的小品。但如果寫詩只是尊崇知性，那也將永遠流落於非詩的邊陲。把眞情融化於哲理的思辯冥想，把頓悟兼消於詩情的潛移默化，這種努力，使周夢蝶的詩，寓中國古典詩的精神於中國現代詩之中，誠然，他的努力還有某些未完全彌縫的痕跡；例如：「落櫻後，遊陽明山」一詩便是一個例子；該詩第二節「不許論詩，不許談禪」事實上便落入了言詮，而第四節的詩，竟是無懈可擊的絕唱！（註1）這正顯示了周夢蝶尚有一些待克服的地方，如情的收歛與理的含蓄，可能使他的詩更爲純化。

（註1）參閱周夢蝶詩集「還魂草」第一三四頁。

Ⅲ　結語

觀諸中國現代詩壇，在書齋，在咖啡室，詩人們在風花雪月中吞雲吐霧者大有人在。然而，在十字街頭，一卷詩集，一碗陽春麵，仍然歌吟不絕如周夢蝶者，我們不得不由衷地欽佩，詩人也是人中之一人，他該獲得溫暖的現實生活，我們這個社會錦上添花者比比皆是，雪中送炭者却寥寥無幾？周夢蝶的詩，不但充實了他自己的生命，而且也溫暖了我們孤寂者的心靈。

日本現代詩的風貌

——陳千武譯「日本現代詩選」讀後

趙天儀

1

倘若我們從中國的大陸性格與日本的島國性格來加以省察的話：日本彷彿是東方的英倫。不過，在學術上，日本欽慕德意志硬朗的作風；在文學藝術上，却追隨法蘭西敏感的趣味。

我們曉得，日本在尚未接受西潮影響以前，頗受東方古國的影響。尤其是印度的佛學和中國的漢學，幾乎是跟日本的生活方式打成一片。日本人也寫「漢詩」，這足以證明日本接受了中國詩的一種具體的表現，而所謂日本的長歌、短歌、和歌、俳句等等，至今仍然流傳着，算是島國特有的產品罷。

當西潮東流，日本也開放了門戶；日本的新體詩，該是以一八八二年（即明治十五年）七月，由井上哲次郎、矢田部良吉、外山正一合著的「新體詩抄」開始的。巽軒居士井上哲次郎說：「泰西之詩，隨世而變。故今之詩。用今之語。周到精徵。使人翫讀不倦。於是乎又曰。古之和歌。不足取也。何不作新體詩乎」。當然，在新體詩的階段，就詩的本質而言，還不能脫離古詩的韻味，是很顯然的，但不可否認的，這是日本近代詩第一次的變革。

一九〇七年，川路柳虹「塵塚」詩集的出版，出現了所謂口語自由詩。口語自由詩帶來了日本近代詩的興盛時期；詩人輩出，有人道主義色彩的高村光太郎、千家元磨、萩原朔太郎、室生犀星等等；有民主主義傾向的富田碎花、白鳥省吾等等；還有藝術至上主義風味的北原白秋、三木露風、日夏耿之介、西條八十、堀口大學、佐藤春夫等等；口語自由詩的階段，使日本詩壇，從浪漫主義朝向象徵主義的傾向，這是日本近代詩第二次的變革。

日本口語自由詩的興起，大約是在明治末年到大正的時期。而我們中國五四時期的新詩運動，可以說是稍晚了十年光景。但眞正使日本詩壇走向現代化的，該是在昭和初年的時期，尤其是以「詩與詩論」爲中心而活躍着的一群現代詩人，他們受立體主義、達達主義和超現實主義的影響，其次是以「四季」爲中心而傾向於新抒情詩的一群新銳詩人，同時導引了日本詩壇的現代化。從昭和初期到第二次世界大戰結束以前，可以說是日本戰敗以前的現代詩運動時期。

戰後日本現代詩主要的流派；有草野心平等的「歷程」，池田克己等的「日本未來派」，鮎川信夫等的「荒地」，北川冬彥等的「時間」，北園克衞等的「VOU」，以及所謂左翼一群的「列島」等等。其中以「荒地」，繼承了「詩與詩論」及「四季」，且表現得更新銳，對於日本現代詩加以反省和批評，對現代主義提出疑問，而走向文明批評的傾向。——

2

由陳千武先生翻譯，笠詩社出版的「日本現代詩選」，是以日本昭和初期到終戰以前的現代詩爲選擇的對象，以在「詩與詩論」、「四季」、「文學」、「詩法」、「新領土」與「VOU」等發表作品的日本現代詩人爲主；計有西脇順三郎、北園克衞、山中散生、上田敏雄、春山行夫、北川冬彥、岩佐東一郎、城左門、安藤一郎、竹中郁、村野四郎、江間章子、三好達治、丸山薰、菱山修三、神保光太郎、阪本越郎、野田宇太郎、木下夕爾、立原道造、津村信夫、中原中也等二十二位詩人的作品，共有一〇八首。

關於詩的翻譯，譯者說得很中肯，他說：「詩的翻譯不但是困難，時有超越之域，而簡直感到不可能。但譯者竟敢大膽地嘗試了這種無謀的工作，乃感于詩的翻譯介紹有利於本國詩壇趨向之正確性。」對於譯者本身而言，可以加深他認識詩的密度；對於鑑賞者而言，可以刺激其創造詩的活潑性。自由中國的詩壇，也出現了不少詩的翻譯者，促進了詩壇的蓬勃的朝氣。已出版的專集，爲我們所熟悉的，有林以亮主編的「美國詩選」，余光中譯著的「英詩譯註」，覃子豪譯的「法蘭西詩選」，胡品清譯著的「胡品清譯詩及新詩選」，許世旭譯的「韓國詩選」，施穎洲譯的「世界名詩選譯」，方思譯的「時間之書」等等。

我嘗認爲翻譯是一種藝術性的工作，爲了詩的傳眞，翻譯詩的時候，似乎不必太拘泥於詩的形式和格律，而應以詩素爲重。過去詩的翻譯，有的用文白夾雜的，有的用歐化句法的，甚至用離騷體的句法的，總覺得有些不太對勁，那種喜歡用古字僻典的翻譯者，往往令讀者覺得欣賞原詩反而比譯詩來得不吃力！因此，除非是眞正的需要，派上用場，才使用文言或歐化的句法，不然，翻譯應儘量使用中國的現代語言，接近口語的句法，這樣才容易使人接受。

陳千武先生從小學到中學，以及被徵召到南洋，在日據時期的臺灣，可以說完全是在日本語文的教育環境中成長的，因此，日本語文的理解力是不成問題的，成問題的倒是自己祖國的語文能力；臺灣光復二十年來，他不斷地刻苦自修，並且從日文詩的寫作過渡到中文詩的寫作，已出版了兩部中文詩集；「密林詩抄」與「不眠的眼」，由於他比較沒有文言的障碍反而較能尋求現代語言的表現方法，雖然有些修飾得不够圓潤，表現得不够十分流暢，在詩的精神底翻譯上，却頗能一脈相通。日本的現代詩，對譯者而言，畢竟是很熟稔的，幾乎是他初學詩以來，影響他極深的一種外國文學。

3

當我讀了「日本現代詩選」，深深地感到日本在詩的現代化上，比我們較少阻礙，能澈底地接受外來的影響，而又沒有太多陰陽怪氣的表現，有一種清新的風味。

且選出幾首翻譯得較完整較簡潔的爲例子來說明罷！

以超現實主義的傾向出現的；例如：西脇順三郎的「旅人不回歸」，因詩較長，表現手法是「連結遠的，切斷近的，避免所有聯想的關係，就是詩的關係」。譯得頗費勁，並且鬆懈了些，也許這是譯詩最吃緊的所在。北園克衞的「水中運動」頗有立體主義的意味，他的詩，在詩的語言底表現上，極爲特殊，也有超現實的意圖，他說：「不爲意思而寫詩，只是以詩形成意思」。山中散生的詩是意識的「達利」式底遠近法的構成。上田敏雄的詩，則「否認一切精神的運動而認爲在假設的世界才有詩的究極」。春山行夫則有立體的視覺底追求，他的詩「ALBUM」就是一個例子。北川冬彥則從超現實主義傾向現代主義的藝術意識和現實意識底關聯上，追求新的藝術價值。

以新抒情詩的傾向出現；例如：岩佐東一郎的「初秋賦」，所謂「張蜘蛛網似的古老的街衢」的詩句，頗能捕捉現代都市的懷古的情調，意象明麗。三好達治從古典傾向的抒情走向現代意味的批評；「鴉」和「跨在駱駝瘤上」，都有他的新意味。他的「嬰兒車」，是一首抒情中帶有意志色彩的詩。我們舉例看看：

母親喲——
淡淡的哀愁在下降
紫陽花的彩色在下降
似無盡頭的夾路樹蔭下
颯颯　風吹來了

時已黃昏
母親喲　推我的嬰兒車啊
向哭濡的夕陽
轔轔　推我的嬰兒車啊

繫着紅緞的天鵝絨的帽子
冠於冷涼的額上吧

倥傯的鳥群的行列挾持着
季節飛越天空

淡淡的哀愁下降
紫陽花的彩色下降的路上
母親喲　我知這條路
是遙遠的遙遠的無止境的路

詩人以「嬰兒車」象徵着人類成年以後不可避免的負荷，借用少女成爲母親時，對於自己母親的哀訴，以「似無盡頭的夾路樹蔭下」爲伏筆，面對着侯鳥的行列，而感知了「我知這條路　是遙遠的遙遠的無止境的路」。對於人生有着很强烈而深刻的批評。

丸山薰和三好達治跟「詩與詩論」分離以後，丸山薰「在現代的內在世界裏尋求抒情詩精神的新主題」。

跟「四季」的抒情詩人不同，採取「批評」與「詩」同一性的方法論上的自覺，而以散文詩寫作的菱山修三，他的一首短詩「黎明」如下：

我遲到了　世上的鐘響完了之後　我才到達　我早已受了傷……

神保光太郎的詩，跟「四季」的抒情詩亦不同，帶有德意志的浪漫主義，並繼承了法蘭西現代意味的情調，阪本越郎那種機智的詩風，也會風靡了一時。木下夕爾是受「四季」影響的一位優秀的抒情詩人，他的「生之歌」極有衝擊的力量。

我許會活下去

我要活下去
像睡眠之後有清醒那麽
我許會活下去
我要活下去
像冷却了的碟子裏凝固的人工油脂那麽

我許會活下去
我要活下去
像在不亮了的燈泡內部發生的金屬性的
微音那麽

我許會活下去
我要活下去
祇剩下一個人我也要活下去
像刺在深夜的街道上
一只卡車的輪胎的平頭針那麽
我要把我底生載到陌生的世界去

立原道造是「四季」的詩人之一，他的詩具有音樂般波動的抒情，優雅而精純；津村信夫也是「四季」的詩人之一，他的詩，在現實的知覺「咳嗽」與「孤兒」兩首詩可爲證明。中原中也，他如前兩位詩人一樣，因失去了健康而短命夭折，他更是赤裸裸地表現了人生的痛苦的感受，新鮮而眞摯。我們試舉津村信夫的那一首「孤兒」爲例罷！

因她的聲音非常優美，在臨死的父親這麽私語着。
——唸書給我聽吧，還能聽得到妳的聲音，
我就希望繼續活着。
她坐在看護的椅子上，翻開書本，父親又不知不覺地
睡熟了。
變成了孤兒以後，或是，父親還在世的時候，
聲音的優美正是最令她悲傷的事呵。

這一首詩令我讀後有一種鼻酸而眞摯的感動，悵然良久。除了以「詩與詩論」的超現實主義和以「四季」爲主的新抒情詩以外，還有村野四郎値得一提。以新即物主義的傾向出現的；例如：村野四郎，他有新即物主義那種冷靜地觀察物象的精神，並且亦朝向實存主義的存在意識的過程。他的「體操詩集」，在冷靜而精細的觀照中，把握了明淨而深刻的意象，例如「體操」：

我沒有愛
我未曾持有權力
是白襯衫中之一個
我解體　而構成
地平線來交叉我
我無視周圍
而外界整列着
我底咽喉是笛
我底命令是音
我翻翻柔軟的手掌
深呼吸着

這時　我底姿勢
如揷上一輪薔薇

這種以運動精神的題材來表現爲詩，不只是描述了現代的日本人追求健康的活動，而且暗示了他們進取清新的氣象。

日本現代詩在這一選集中，大約如上所述；在日本現代詩的理論和批評方面；昭和初期，西脇順三郎評論超現實主義，可爲一大代表；昭和中期，村野四郎帶有新即物主義的意味，又有實存主義的精神，亦爲一大代表。戰後日本現代詩的評論家，則該以「荒地」的鮎川信夫爲一大代表，三者可說暗示了三個不同的年代，不同的階段。

總而言之：當我們對於日本戰前現代詩的風貌，有一番概括的認識以後，再回顧我們中國現代詩的發展，自五四時期的新詩運動至今，可以說是以自由中國這十幾年來的詩壇變化最爲激烈。日本在現代詩翻譯介紹和研究工作方面，下了不少笨工夫，也可說是硬綁綁的眞工夫。他們現代詩的活動已普及全國，且有健全的風氣。日本現代詩人的年齡，在六十歲以上者，不乏其人，並且繼續創作着，同時還鼓舞着新銳詩人的活躍，這是值得我們深深地警惕與反省的。

如果我們決不相信中國現代詩人原創精神薄弱的話，我們應該建立良好的健全的學術空氣，把現代詩的創造、鑑賞、批評、以及翻譯工作，以及理論的建設，都樹立起謹嚴而新鮮的環境，這該是時候了！

詩壇動態

△本社於民國五十八年六月十五日假臺北市武昌街新光產物保險公司四樓舉行五週年創刊紀念暨第一屆笠詩獎頒獎大會，來賓雲集，情況熱烈。

△本社同仁喬林已離開基隆前往臺東海端鄉新武呂榮民工程管理處南部橫貫公路東段工務所工作。

△五十八年六月十六日臺灣電視公司「藝文夜談」節目主持人姜文小姐電視訪問蓉子、一信、趙天儀及瘂弦，談詩的創作、欣賞、批評及運動。又「藝文夜談」節目主持人已由陳敏華接任。

△民國五十八年七月七日，「詩隊伍」双週刊慶祝創刊週年紀念，亦假國軍文藝活動中心音樂廳舉行茶會，吃魔鬼蛋糕，有朗誦詩、歌唱等餘興節目。

△菲律賓國際桂冠詩人會將於八月底舉行爲期一週的國際詩人會，中國新詩學會已推選代表參加，計有鍾鼎文、紀絃、羅行、蓉子、綠蒂、陳敏華、林綠等。又施穎洲、亞薇亦將在菲律賓會師。

△五十八年暑期青年育樂活動復興文藝營詩組由瘂弦擔任組長，詩人有張健、余光中、紀絃、趙天儀、商禽、羊令野、洛夫、蓉子、鍾鼎文、辛鬱、大荒、彭邦楨及瘂弦等前往演講。

△由南部青年詩人在七月廿六日於佳里鎮舉行「欣欣沙龍」，前往參加詩人有：白萩、林宗源、陳明台、傅敏、拾虹等，該會由羊子喬等所舉辦。

△暑期回國觀光的詩人，有來自日本的杜國淸，及來自美國的林泠等。

壓路機之歌

何瑞雄

就這樣
　壓
　　過
　　　去

把一切都壓過去
壓平
把一切塊壘、一切崎嶇、一切尖的圓的方的硬的
都壓過去
壓過去
把一切不平
把一切不平壓平

把一切殘忍的被殘忍的惡毒的被惡毒的
把一切冤枉的被冤枉的侮辱的被侮辱的
都壓下去
把拳頭、把蓄力彈起的腿、把蛇牙與蠍尾都壓下去
壓下去，壓過去
把獰笑壓成偏平的花瓣

壓下去，壓過去

把橫擺的、縱豎的、斜倚的、亂堆的，樣樣都壓過去
把凶睛、把暗中謀害的心，也把天鵝的翅膀
都壓下去，都壓過去

把痛苦、把呻吟、把狡猾、把可惡、把一切
把一切都壓下去，壓下去壓過去
把危險、把陷阱、把血、把同情悲憫、把淚
統統壓下去
把威脅、把哀號、把皮鞭、把腫痕、把刀鋒、把無助而堅
　忍的目光
把咒罵也把祝福、把一切
把流露於孤兒唇角的淒然的微笑
都壓下去壓過去
把如此破碎的世界！把如此叫人痛心的人生
把一切統統都壓在一起
用我的這一顆痛心，把這一切都實實地壓在一起
把失望、把委屈的心、把悽慘，也把希望
都壓下去，都壓過去
壓下去壓過去
以不在乎阻礙物，不在乎天崩地裂的步態
往前移去
直到把什麼都壓得結合在一起
叫一切在大愛般的大巨力大重量大憤怒的大法輪之下
都不由自主地扭在一起，抱在一起
熨成平平坦坦的一片
合成一條路，筆直地伸向天際

標本集

潛石

靜默的樹

靜默的樹
靜默的山
靜默的天
靜默的時間

標　本

捕蝶人用網捕捉
翩翩的彩蝶
爲的是要做春天的標本

大地用墳墓捕捉
初生的嬰兒
爲的是要做甚麽的標本

植　物

我喜愛植物
因爲他們不像狗
動不動就用聒耳的吠聲
來謀殺我的安寧

他們只默默的抽芽、開花、結果
從不向他人誇耀
他們永遠是無聲的
除非頑皮的風故意用他的手指
在他們身上奏出悅耳的音樂

他們是一支人口衆多的民族
佔有比人類更廣大的地域
他們的歷史也不止五千年
當我們的祖先還是爬蟲類的時候
他們就已經屹立在地球的每一個角落

自從有了人類
我們一直不斷的迫害他們
我們攫奪他們的土地
建立起喧鬧的市鎮
我們挖掘他們祖先的遺骸
來生火煮飯
我們甚至擄獲他們的美女
擺在我們的客廳或陽台上
然而他們沒有怨言
因爲他們的眼睛朝向過去——沒有人類的時候
也朝向未來——沒有人類的時候

裝飾品

桓夫

打開天窗吧
窗是我們的安慰
窗是藍天的裝飾品
我們沒有進進出出的門
我們摸不到鐵格子
簡陋的雙人床上
有洗過漿過的淨白床單
映在窗
有清涼的光的欲望
我們已厭煩在黑暗裡做愛
讓天窗永恒打開着吧
震顫斗室
傳來的晚禱鐘聲
刼奪了我們無爲的羨慕
搖撼斗室
傳來了財神的爆竹聲
繁殖着威脅我們的權力
我們睡在諦念的床上
仰望着
窗是我們的安慰
窗是通達星星的淚腺
牆上有厚厚的青苔
屋蓋有巧奪天工的蜘蛛網
有壁虎的監視
我們醒在寒冷的混凝土
踱着、踱着
打成無數個圈子
仍聽不到鐵鎖的聲響
因我們沒有進進出出的門
讓窗永恒打開着吧
窗是藍天的裝飾品

標槍

如今血管裡盡是人造的葡萄糖
如今心裡還遺傳着原始的染色體
一條白線又是白線，構成
一個尖銳的三角形向我刺來
我迎向尖端跑去
爲什麼必須拋在三角形的界限
如今人造的葡萄糖迎向染色體
如今染色體刺入抗拒着的肌肉

源宗林

夏日詩鈔

鄭炯明

雨夜

窗外
淅瀝淅瀝的哀愁
在飄降，沒有理由的飄降

發光的葉子
腐爛的鼠屍
埋在壁間的一對耳朵
靜靜地諦聽

它們在諦聽什麼？
它們想諦聽什麼？

此刻，語言如枯萎的花朵
夢想的遙遠的國度
染有愛的血跡

別

我走了以後
請不要流一滴眼淚
我走了以後
請不要說一聲再見

因爲
在我走之後
無論如何
我一定還會回來
捧着寂寞回來
像一隻疲倦的離巢的鳥
飛回溫暖的家

啊，那個時候
這個世界連一個人也沒有
這個世界連一個人也沒有

我們‧大地

美麗的花爆開在殘酷的天空
沒有根，只有我們
奄奄一息的我們

同樣是一條生命
爲什麼你必須受難？
我不知道

哭泣吧
如果你還有一絲力氣
你就哭泣吧

美麗的花爆開在遼濶的天空
沒有根，只有大地
已經死掉的大地

臉

你是一張不幸的臉
被遺棄在世界的一角
用帶淚光的瞳仁
茫然眺望前方

你是一張不幸的臉
被千萬隻笨重的歷史的脚踐踏了又踐踏
在封閉的房間裡
不能發出一聲哀叫

你是一張不幸的臉
被遺棄在世界的一角
每日等候一去不回的友伴
而音訊杳然

垃圾

有一天
鄰居的誰這樣說：
夜晚蹲在路邊的你
眞像是一堆垃圾

「眞的嗎？
骯髒、無用得像一堆垃圾
是眞的嗎？」
不相信的他
拿出鏡子照了又照
竟看到一副嘲笑的臉
正面對着自己

「天啊——」
他把鏡子摔成碎片
然後大聲地喊：
「我不是垃圾！
我是人！
我是人!!」

獨白兩章

吳瀛濤

1

有什麼好談
「什麼 Sex，什麼嬉皮
什麼所謂現代

人口在爆炸
且有三分之二的
飢餓、貧窮、文盲

人類已登陸月球
可是要怎麼樣
要把這地球怎麼樣

沒有什麼好談
什麼深奧的學問
什麼高妙的藝術

等於一場沙龍趣味的閒聊
二十世紀也等於白費
除非把握問題的核心

除非從最虔誠的根源開始
排斥一切不條理
一切畸形與墮落，虛僞與邪惡

該眞正站在人類的立場
站在生命的基點
堅實地站在母親的大地

不是口號
也沒有什麼好談
有什麼好談

2

寫詩該怎麼樣
花既然很美
女人也比花更可愛

於是你寫靜雅的風花雪月
於是你寫動人的戀愛情詩
你不能寫其餘的嗎

當你看到一個殘廢者
當你看到一個不幸的人
當你也喪失了些什麼，也祈求了些什麼

你能不能寫那些喪失，那些祈求
關於你，也關於隣人，甚至關於全世界的
詩正需要你那種善良溫柔的語言

天

杜芳格

無邊際的廣濶
無底邊的深奧

抓也抓不到的
空虛

那是釋迦牟尼的天
那是所羅門王的天

仍然，被允許
幾顆星星在此閃爍着的
藍天

難耐肉體底重量
的浮雲

藍藍的，無底邊的
抓也抓不到，但
仍然有其存在的
天喲

旱

朵思

被嚴肅、遲鈍的生活擰乾
呈現着如許的皺紋
寡慾的一張臉

昨日的風險已拋棄了
今日的狀貌
今日，不再柔和的採納
記憶中很多的潮溼
很多的愛

就算是有九重葛
有一輪月
有一陣風
像主一般發射着愛
將它撫抱

而在綠意戮倒歌音偃息的
敗勢下
他淨用憤怒去抵受
踩踏在胸口上流轉的影像
那——
那畢竟不能爭回
昔日絲綢般光滑的生意

石榴花的懷念

饒才福

姬姜的石榴花兒紅了
姬姜的石榴花兒笑了
　笑紅五月的臉
　笑出五月的淚
也笑沸我這顆孤寂的心

妳帶給我一縷已失落的夢！
妳帶給我永生的懷念！

　啊——！
妳像個迷
迷住夏季的名勝
迷住了我

當妳凋落時
妳那離瓣如船
我猶船上客
帶着流浪的命運！

在海上
在風中
在二十五個漫長的客歲裡！

紀念日的感想

古丁

好多風景又打去年的那個方向來了
又都擠上一列新漆過的
開往赤道的舊列車

還是那種樣子
一車的空氣都擠破以後
便輪流着呼吸了又呼吸
沒有風景埋怨過它自己的不衞生

我們也擠我們的 趕着
到每一個站上去致歡迎詞
去嘆息一聲
然後便被一道煙拋棄在後面
連什麽也沒有看清
它就遠去了

畫像

非馬

就這般讓沒有焦點的眼赤裸裸
去同太陽的目光相遇

當旋風運秋野交叉的枝梗在你嘴角
構築一個苦笑的時候，我瞥見你的靈魂
自枯焦的鬚叢中灰鼠般竄出而又急急鑽入
你黃黃板牙後面沉默的黑暗

死訊

徐和隣

阿婆妳必須接受
獨子的死訊
這是心靈上的死刑
風來雨又來

昨夜看到兒子大量吐血
就由床下爬到外面去拜神
一夜就是這樣暈過去的妳
天上沒有月亮也沒有星星

早晨騙妳，兒子去開刀了
其實阿婆不久殯車會接屍來
那麼誰來告知妳這個惡訊
留下的親戚都迷惑了

先請妳坐上安樂椅子
預防這一訊可能致休克
特請醫師和護士圍着
風停雨也停了

這時我看到兒子起床向妳說
假說母親會因我死訊而倒下
我死的不幸將會爲之加倍
人人有淚水人人纔會死呀

阿婆我腹中已有淚水怎麽來告訴妳
如今强調信宗教多麽好　也沒有用
如今重說哲學的悟性　也用不着
誰創造的，人爲什麽，要有生命

燈

拾虹

燈亮以後
猛然發現走回家的路竟這樣地漆黑
所以　我思索着
該如何才能點亮那盞屬於我的小小的燈呢

我一面走着
一面唱「我是夜晚」的那首歌
十字路口上
夜愈來愈寂寞
而我也愈來愈深了

摸索着
追尋從未謀面的影子
只爲燃亮我的燈
成爲一根火柴掠過夜空的聲音
即使燃盡了火柴棒
我的影子
依然是遲遲未能點着的一根煙

越戰印象

喬林

爆炸事件

奔跑的
那人是炮聲
那人是爆炸後飛起的彈片
那人是揚起的灰塵
那人是綠色套頭毛衣是飄展的長髮
是碎花洋裝

所有的樓房
嚇立在大街旁
都來上那麽一陣冷顫

前線

棕色的天空
在整個下午就只管繞着一隻烏鴉
盤旋
鎗聲在子彈帶裡
士兵在臥姿裡
排成一句不太短的衝鋒號
睜等着號兵的唇
測候兵派往103高地
陰霾天出勤到氣象台
叫着瑪麗的少婦
坐在秋天裡綉着春天
士兵在警戒裡
都還沒有回來

第一號狀況和空氣
全止步在野生樹的葉梢
在土製的酒甕裡
那該是上好的高粱陳酒
也許，伍長你那種汗

宵禁

只偶而有貓的眼睛
在街街口喚出一倆個衛兵來
聲音也是頗緊張的
就如日昨
春天的臉在樹椏間
喚你那種調調兒
花色衣衫和素色衣衫
皆明明暗暗的印染着一些炸彈
戰爭在哪家的燈下書寫自傳
伊的臉在第幾面鏡前梳粧

好久好久
一部查哨的吉甫
自一張張睡着了的床駛過
今宵是枚未爆的地雷
可疑的出現在每一處落足的地方

刼後

誰的孩子
誰的淚
誰的鮮血
誰的胳膊
誰的鞋

好心的瘦小的街道
淒苦的扭曲的打成問號
問向誰

贈
——給一位離校的朋友

文曉村

當你離校的前夕
我知道，除了詩
再也沒有任何適當的話語
可以表達存在我們之間的
那一份誠摯的友誼

已經是深沉的子夜了
我仍俯案握管，如一香客
敬待我的詩神之降臨
而窗外，只有淅淅瀝瀝的夜雨
輕輕叩響雨季的跫音

倘若那些物質的贈予
對你，只能代表有限與庸俗
那麼，就讓我以你爲師
把一切最最美好的祝福
都深深地，埋藏在心底

鄉里之樹

陳秀喜

遙遠的地方下雪
共存於鄉里親切的灯下
和你同嚐熱騰騰的鄉下濃湯
眞够有母親的味道
互訴曾患過懷鄉之苦
那夜　酒冲洗了我的俗念
夜冲洗了你的影子
白壁上你的影子
如雪中之樹
清潔而茁壯
心　如眞是有扉門
你不是我的鑰匙
你不會來叩門
爲何　別後你的影子會在我的心房
也許是同嚐鄉下濃湯的那棵樹
清潔而茁壯的樹
擅自　跳入沒有鎖的長窗
直到我的心房
不然　扉門是鎖着呢

未定稿

傅敏

燈之意味

臨窗的那盞燈
是夜黑後最明亮的眼睛
恰與我沉思的影子成凝視的位置

聆聽了我遺言的它老去的微光
在窗裡淌淚
並以自己的髮埋葬自己

燈熄前
我窺見另一個人在流淚
另一盞燈與他成相鄰的位置

天空

天空有一張受傷的臉
在向日葵眼中
必有輪迴的流血

滴下來
正好承住我祈禱的手勢
慘紅的我十指
你必無法飛躍

向日葵是被害者
夜晚低着頭
靜止的波汶另有一張受傷的臉
你必無法迴避

焦土

久久病瘉的土地上
吊鐘花受傷的形體被遺棄着
在彼方啼哭的是某個未亡人的聲音

而終於告別的斷垣倒下來
夜涼的碑石有簷滴的痕跡

像濶別了的情人
我跪着擁抱瘦了的肌膚
以暗啞的碣語

楓葉

它是一隻小小的可愛的手
習慣地把冷抓在掌心。並飄舞成一種
音樂
在雪的背景裡成爲傳統中血一般紅的
花

當風信子仍被囚禁在日曆裡
它便把春天的名字寫在掌心。和草們
追逐一個嫩綠的早晨

火石篇

——火石的魅力埋藏在深邃層次

陳明台

1

逐漸擴大位置
幌蕩的顏面
猶若胸前的勳章
不忍心捨棄
斷然地
帶着它遠遊去吧

單薄又脆弱
一顆心　高高懸掛着
不管走到何處
影子趨附影子
伴着底總是
驚懼的不安全感

「即使向着山峯墜落
也不願回頭嗎」
反覆這般殷勤的呼喚
而聲音都被淹沒了
在事件引發之後

有時候
漫不經心的一片葉
湖面就騷亂
火石
繫着長藤盤纏的苦楚
迸裂光芒

2

舞動臂膀的影像
始終重疊
舒柔起伏的鼻息
隨着離別的列車
拖出迴繞的憶念

旅途中
數落一個又一個
隧道的幽黑
猶若
呢喃一次又一次
繫念的懸疑
日日夜夜背負着

日日夜夜背負着
沒有答案的詢問
「揮別以後

「再見嗎」
即使有一天
火石的光芒
消隱而褪色
揮別以後
再見嗎

午夜的列車開出了
白日的光亮將在
陌生而遙迢的彼方
不復知悉

3

悚然坐起
每一度夢醒以後
對着暗灰的石壁
只是
陰鬱的顏面

急躁於
迅即消逝的磷光
擦亮一根火柴的刹那
去攫抓
光的幻影
像輕風吹去底
一片憶念
一場夢
延續着

解剖台上
無知覺的過程
悚然坐起
於一度夢醒以後
對着暗灰的石壁
只是
陰鬱的顏面

4

如果有一天
把火石迸裂的光芒
必須珍惜底
埋藏在深邃的層次
如同枯葉的紀念物
將被埋貼在什麼樣的位置
火石碰撞了火石
即或是光芒不再存在
拋却冲激的痛楚
那就是一種遺忘嗎
毫無憐憫的遺忘嗎
隨着掃過的秋風
枯葉也會飄零而去
枝椏上，
遺留下底
仍將是幾許殘存的
紅葉

霪雨后的黃昏

白 椿

·A·

霪雨后的黃昏。
天頂居然是藍的
好像曾經晴過無數個白晝
而雨不飄風輕吹
好像曾經撫遍處女的肌膚
在偕伊爬山的時光
好像曾經觸及存在的巔峯
霪雨后的黃昏。
我們閒談構成主義
好像荒謬僅是一條泥濘路
天頂居然是藍的
無虹也無彩霞。
霪雨后的黃昏。
無所謂悲哀的微笑麽？

·B·

double問：
「是誰要你來的？
「來這裡
「像昔日的夕陽般、淌血
「來這裡
「漠待死神的魔掌甥下

ego 答：
「是鞋與脚偶然的投契
「陰溝與渠水的融洽
「我來，並非霪雨后的足印
「我去，祗是秋風中的紅葉

·C·

鞋因了脚 他們不懂
脚因了路 他們不懂
路因了遠方 他們不懂
遠方因了霧 他們不懂
霧因了眼睛 他們不懂
眼睛因了他們不懂 他們不懂
啊啊，這正是悲哀
在霪雨后的黃昏……
我們不該微笑麽？

·D·

雷公忽在我們頭頂咆哮
抱怨我們不該把陽光收藏？
啊，除了再度忍受噪音隆隆的騷擾
我們怎能抱怨？晴日或者陰天？

思

艾柏

是去年的夏
也是我最後一個暑假
臥龍崗上，卡繆在流浪
基隆河畔，葉慈正低唱
修女的洞洞襪
神父的大領帶
總惹得我們咯咯發笑

「古典還是浪漫？
我們。」我問 忽然間
你回我以一個超光速的現代
閃電照亮了你熱情的眸子
巨雷擊中了身旁的柳樹
驚惶中，青鳥也迷失了方向
而蝴蝶，也醉倒在你的臂彎

恍惚裡，有滿林的柏樹
翠綠中，紅艷的寶石在閃爍
是心形的紅豆，而人家說
那是相思的種子
你豐實的唇
正似那晶瑩的紅豆
載帶着過多的電子
令人不堪負荷

每天，阿坡羅曝曬他的金髮
把熱情遍灑大地
而你，將那份不減於他的感情
濃濃的植於我心深處

願化作星星一顆
飄然落於你溼潤的掌中
像琥珀接受貓皮的輕揉
於是，產生了電和火花
我知道，你會將它串起
墜在你胸前
夜夜伴着你的呼吸而入眠
我知道，你會輕撫着它
對它低語
教它忘記在遼濶的寒空中流浪的日子

可是，請告訴我：
你會永遠珍視它嗎？
縱然是夏日逝去
太陽也收斂起光芒。

揷腰逆游

——給王蕙芬

李勇吉

一次次地撩開緊逼的黑色
血脈已開始疲憊

白色的床單負荷喘息的肢體
如你伸出單一的食指
不甘願的指出未來的狹徑

躺着凝思窗外樓下的深淵
那株棕櫚竟自伸來長度
寬濶的葉扇正舒展向陽的生命
聆聽枝上的雀語如急嘆
涓涓滴落在注射筒裡

彷彿未來的生命都孕育於一顆新腎
你終於想起故鄉夏日的芒果
那小小的模樣
曾經柔順地撫貼腰際後
又再度失落於弟妹的搶奪

你堅信世間必有一朵永不凋零的花朵
在雪夜之上
搖曳你的姿影
你此刻俯視一切引頸仰望者
視線交織成視線　成沃野
深埋醫師的移植
遠離那雪終日的嘩笑

層層的歡笑環繞無菌室
等你踩動醫師裁好的圈圈光榮出來
呼吸第二度生命的異樣
與撒旦逸去的甜蜜

雨絲綿延可測銀河的斜度
而你兩手插腰逆游
划動你同胞的愛

鐘

望星露

祖父母遺留的
鐘正在落淚
落入心鏡使我心傷

鐘正在落淚——
淚落使我甦醒
淚落使我對自我負責

鐘正在敲着
那是旅人的叩門聲
是的！我必須流浪
從流浪中找尋生活

鐘正在嘆息
那是枯葉凋零——
是的！我必須孤獨
從孤獨中找尋樂趣

啊！祖父母遺留的
鐘正在落淚

白萩論

李魁賢

在中國現代詩壇上，白萩是一位能夠展現多樣的面貌，並且在每一次的轉變中，都能留下令人矚目的典型作品的詩人。他像是一隻七面鳥（火鷄），每當他昂首向天空怒吼時，那霹靂的聲音就橫越過廣漠的空間，而凝固成一道虹。可是，誰都沒法預料，他在下一次怒吼時，會展現那一種顏面，因爲每一次都是無數色彩的混成。

這就是白萩。「從十八歲起，就在中國詩壇上扮演着重要角色的天才詩人白萩」①。十幾年來的詩壇，出現過不乏稍蹤即逝的「天才詩人」，但要能長期扮演重要角色的，簡直屈指可數。寫詩，畢竟不僅是靠天份，而且還要磨鍊，要不斷的觀照，不斷的超越，要不惜以今日之我與昨日之我對決。白萩深深自覺：

> 已存在的美，對於尚未出現的美是一種絕大的壓力與考驗，如果，不能超越與打破此種束縛，則新的美將無以出現。②

如果不能使新的美持續不斷地接踵出現，則創作活動必將沉滯而萎縮。白萩是最能以理論引導創作，以創作實踐理論的詩人。

對於一位這樣富有潛力而且一直在突破束縛的詩人，要評論他的位置，實嫌過早。本文試圖從白萩的創作歷史過程中，探究其迄今爲止的進程軌跡。

柳文哲曾將白萩詩集『蛾之死』前半部及其同時期作品，歸於浪漫主義時期③。其實，初期的白萩，風格一直就在改變中。嚴格說起來，眞正屬於浪漫主義的作品，也是寥寥可數，充其量只能說他的詩帶有浪漫精神。柳文哲說得對：「因爲他的詩，意象奇特，想像豐富，我們不能視爲素樸的浪漫主義者。」由這一點看來，我們不能不承認白萩很早熟，在當時中國詩壇還是彌漫着一片浪漫主義的熱潮當中，只有像楊喚、方思等幾位敏銳的詩人，在開始探索新方向之際④，白萩的作品也已經在蛻變了。

白萩浪漫風格的作品，最代表性的莫過於他的得獎作品「**羅盤**」⑤：

> 握一個宇宙，握一顆星，在這寂寞的海上
> 我們的船破浪前進，前進！像脫弓的流矢
> 穿過海鷗悲啼的死神的梟嚎
> 穿過晨霧籠罩的茫茫的遠方
> 前進啊，兄弟們，握一個宇宙，握一顆星
> 我們是海上新處女地的開拓者
>
> 前進啊，兄弟們，有誰在驚懼？

看我的針向定定地指着天邊那顆閃爍的北極星
看我堅毅地向空間伸開擁抱的兩臂
看我如銅像的英雄揮劍叱咤海上的風雲
看我出鞘的凛凛的軍刀，飲着月輝深沉地宣示：
我們是海上新處女地的開拓者

風暴的魔手自前面的海中伸起
黑夜的殞石自頂上壓下
喝醉的怒濤在舷邊暴笑
前進啊，兄弟們，別戰慄地祈禱
全能的上帝在我，把緊邁進的舵輪
前進啊，我們是海上新處女地的開拓者

像一隻螞蟻在大湖里游划的自卑？
像一片落葉任流水飄流的懦弱？
前進啊，兄弟們，收世界於你的眼懷
用毅力，向自然宣戰
前進啊，我們是詩與音樂的國度底計劃的藍圖
我們是海上新處女地的開拓者

握一個宇宙，握一顆星，在這寂寞的海上
我們的船破浪前進，前進！像俯衝的蒼鷹
穿過海鷗悲啼的死神的梟嚎
穿過晨霧籠罩的茫茫的遠方
我們是哥崙布第二，握一個宇宙，握一顆星
前進啊，兄弟們，我們是海上新處女地的開拓者

這一首詩充分表現了英雄個人主義色彩，那種豪邁的氣魄，明朗堅毅的語言，與當時氾濫着憂鬱感傷、耽於幻想、流於情緒之告白的「詠嘆調」，大不相同。

另一首未收入詩集中的「待戰歌」⑥，可以說是「羅盤」的姊妹作：

鞭錘呀，鞭錘，我們少年之劍
在苦難的鐵砧，在光明的熔爐
神聖的希臘依然在流血，拜崙的詩未冷
鞭錘呀，鞭錘，我們少年之劍
在憤怒的錘下，在嘶吼的傾盆……

這樣慷慨激昂的嘹亮歌聲，充滿了男性雄偉的野心與力量。這種表現少年英姿煥發的詩篇，比起今日以歷史材料塡充於大量篇幅中却缺乏戲劇性與史詩格調的戰歌，還要令人感動而引起共鳴。詩人的早年，即表現出這種獻身國家的呼喚，在此時回顧起來，是頗令人安慰的。「囚鷹」是同樣具有豪放風格、氣象萬千的同時期作品。雖然在這首詩裡，有着：

當秋天的蘆花也向遠方傳播生命
而我却像檻上的瓶花悄然枯萎？

的嘆息與委曲，但是那種

而我，來自遼藍的長空，去向遼濶的自由

的宏壯，依然溢於言表。

綜觀這三首詩，詩人所追求的，都是憧憬中的遠方，

那不息的生命。追求，不斷的追求，構成白萩詩中的重要支柱。在白萩後來發展的進程上，躍動的生命一直貫穿其間。他並不追求宗教的安慰，或神的依賴，也不過早地皈心到歷史的聲音。他所追求的，唯在追求的過程中發揚生命的本質。即使他在追求愛情，也是爲了生命：

倘若我們不就此互相陪伴
生命該是多麼地孤淒？

——給洛利之七：「黃昏是如此地空曠」

在「我將焚燬妳心中的舊羅馬」⑦一詩，仍然有着極具性格的潑刺筆調：

戀人啊，我已厭倦在妳心中輝煌的舊羅馬，當光榮的
尼羅
過多的鮮花與讚美，痲痺了我的孤寂。
……………………
我將焚燬妳心中的舊羅馬
焚燬妳心中輝煌的宮殿、銅柱和黃金之門。
讓一切金錢、榮譽、驕傲所築起的高塔和圓頂
在毀滅的火神下，一切成爲永刼的灰燼。
而後我將在妳心中重建一個新的羅馬
不屬於英雄的鮮血、美人的薔薇所堆築的榮耀。

這一首被詩人自已及讀者所忽略的詩，利用歷史素材，歌咏少年創造的壯志，並探討着生命與愛的本質。詩人所口誅筆伐的是權力所帶來腐化的縱樂，那些俗世的榮譽之虛幻，他追求純粹，追求內在生命的完成。

當然這一首詩，只是藉用愛情的題材，來建立詩人理想的境界，不能當做白萩的愛情觀來看。（白萩對愛情的體驗，要以給洛利詩十首聯作爲代表，詳後。）然而當詩人以十八歲的少年，用如此陽剛的筆調，在「焚燬」一切外在世界的假相時，以他對生命認識之深刻，正可印證白萩早熟的說法。

在這裡，値得注意的是，詩人對宮殿、高塔和圓頂的看法，是限於「金錢、榮譽、驕傲所築」的前提，即詩人所指的是假相的存在，而並非涉及人類精神與藝術的成就。

上舉諸詩，都是洋溢着濃烈的英雄主義色彩，以個人爲出發點，以氣呑山河的氣概擁抱世界。如果我們接受里爾克對生命存在眞諦的觀念，即人應捨棄對事物的征服，而獻身於對事物的服役，則白萩對「光榮的尼羅」之鄙棄，對人間心目中的英雄人物（指征服外在而無法超越自己）之不服，正表示詩人對眞實存在探索的起點。可是反過來看，詩人所表現强烈的個人意志，似乎與他的思想互相矛盾吧。

自然，以一首詩要來斷言詩人整個包容的世界，是不公平的。那麼讓我們再來追踪詩人的足跡。在「**飛蛾**」一詩裡，詩人吟咏着：

我來了，一個光耀的靈魂
飛馳于這世界之上
播散我孵育的新奇的詩的卵子
但世界是一盞高燃的油燈

> 雖光明，却是無情
>
> 啊啊，我竟在毒刻的燃燒中死去

在同一時期的作品裡，表現上有如此巨大的轉變，很令人驚訝。由犧牲引導到完成的過程，是眞正發揮了人生存在價值的觀點。

白萩的發展，已漸漸轉向「物象的優位」，而壓抑了人的重要性。由此起，我們發現浪漫主義已經在他的詩中開始沒落，當然這並非意味着他捨棄了浪漫精神，追求知性的表現。在白萩的作品裡，情緒一直是他的原動力，他强調：

> 詩不存於知覺，祇有觸動情緒的根絃，引發感動，才成爲寫詩的契機。⑧

但要注意的是，白萩並未讓情緒任意流露，他說：

> 情緒亦祇是詩的動機，祇有由情緒出發，通過知覺，進入意象的狀態中，我們才能窺見詩的面貌。⑧

這時，白萩對物象的觀察，已開始有深刻而細膩的表現。他往往能從極其平凡的物象，塑造出尖銳而鮮活的意象。由於他具有繪畫的素養，特別能强化對比的效果。柳文哲曾說他「有畫家一般透視的領域」。如「呈獻」⑨中的詩句：

> 朝露如晶瑩的鑽戒
>
> 向草葉的纖指定情

於是，物象在白萩詩中，有了新的生命，原是爲俗世的眼光所蒙蔽的命運，却能發出潛在眞實生命的光芒來。甚至在被林亨泰指稱爲由「故事性」進展到「戲劇性」⑩的里程碑之「水菓攤上」一詩，他不僅把物象擬人化，而且企圖賦予物象有自己的生命，表達物象的喜怒哀樂，並以之諷喻人生。

「金魚」這一首寓意化的詩，是白萩詩中少見的比較感傷的作品：

> 火的理想，被軟困於現實的冰冷的水
>
> 不能躍出這世俗殘酷的泥沼
>
> 可憐的被觀賞的金魚啊
>
> 吸不自由的空氣
>
> 缸的圓極窒息了直往的路向
>
> 爲何不長對翅膀呢？可憐的魚啊

可是以同樣的題材，表現在「金魚・噴泉」一詩，却富有着象徵的意味，並帶有幽玄的傾向，在技巧上的磨鍊，已斑斑可見：

> 在哭泣的噴泉下
>
> 是那一個少女遺失的紅薔薇？
>
> 在破碎了的心的池面
>
> 噴泉的髮絲飄散着
>
> 噴泉的淚滴傾瀉着

噴泉的手揮打着
噴泉的失戀歌唱着
在破碎了的心的池面
紅薔薇飄零着
紅薔薇被淚雨摧打着

唉，把戀人贈的紅薔薇
用憤怒的手摧打着的
噴泉是一位失戀的少女
金魚是戀人贈的紅薔薇

以植物與動物不相屬性的比喻，以一般象徵着希望與明麗的薔薇，代表了壓抑、摧殘與無可奈何的命運。應用這種詭論的語言，表現了詩人獨特的眼光。全詩開始即以紅薔薇不確定的個性展開，直到末行才點出了紅薔薇是金魚的化身，足見詩人懸宕的技巧之出神入化。

白萩初期的多樣性，尚不止於這裡所標出的重點。例如，富有構成主義色彩的「**構成**」一詩：

臨泊於海港
　一隻舟
棲息於花蕊
　一隻蜂
靜停於秋空
　一朵雲
不可思議的時間之黑林中
傳來嬰兒的啼泣
與老者的喟嘆……

唉，舟子忽赴遠洋
蜜蜂匆歸蜂房
雲朵飄逝穹蒼
而港依舊無波
花依然鮮艷
秋空還是青青

在此，詩人以代表海、陸、空，三度空間的單純意象，組成一立體畫面，由靜態→動態→靜態的進程與回歸中，追求純粹感情與知覺的絕對性。這是白萩的詩當中，排除情緒的絕少例外。即使後來在以文字追求繪畫性的實驗創作上，也幾乎找不出如此「構成」意識的作品。

接着，白萩的風格又一變，以富流動性的語言，創造輕鬆舒暢的節奏，因而產生了比較柔性的一連串作品。包括有「等待」、「蘆葦」、「鐘鳴了」、「湖上」、「秋」、「神殿之月」、「倦臥之冬」、「沉重的敲音」、「落葉」等。在這些流暢輕快的旋律裡，奇怪的是，白萩竟表現了恍惚不定的心情。詩人似乎迷惘了，感到生命之不確定性。因而他沉迷於自然景象，企求慰藉，但所有自然景象，都使他感到落寞。在白萩的詩中，出現了空前絕後的徬徨和疑慮：

唉，苟若鴿子飛來了，我帶什麼去呢？
　——「等待」

啊，有誰知道這個秘密？

——「神殿之月」

細雨伴着我。我將往那兒去？

——「湖上」

啊，是什麼意義？鐘搖擺着，落葉飄搖着，爲什麼我
也飄搖着？

——「秋」

誰在敲着門？
無端地爲我敲着門？

——「沉重的敲音」

民國四十五年的這一段時期，似乎是早期的詩人在情感生活上遭遇到波折的日子，使得他在探求生命的秘密時，不能有確定的把握，而感到懷疑。

愛情曾經滋潤過詩人的心靈。在給洛利詩的十首聯作裡，詩人以細膩的筆調謳歌着愛情。然而值得注意的是，從「傘下」的信心，經「妳仍然爲我微笑」的自憐，「燈與影」的追逐，「燈」的企求，到「我開始無端的哭泣」的失落，這一連串的過程，對詩人正是一種挑戰。考驗他在偏向情慾的立場停頓呢，還是能超越虛幻的關聯，還給愛情以眞實獨立的純粹，而不是附麗於期望獲得的目的。結果我們看到了絕對奉獻出的愛情之昇華，在最後的「種子」末節裡，詩人唱出了：

我感覺那痛楚，深入又深入的痛楚
我感覺那舒適，蔭覆的舒適
然而，愛呵，我喜悅這生長的一切
妳使我感覺存在，有着夢和期望的存在

這個「存在」，便是愛所完成的。由奉獻而得來的心靈上的成就，是引導生命走向更眞純與本質的方向。

對詩人感情線索的探討與追踪，並非毫無意義。經過這一層次的磨鍊，使詩人走向心靈開放的世界，是邁向成熟與不斷發展的契機。

民國四十五年一月十五日，現代詩派的宣告成立，同時在二月一日出版的「現代詩」十三期上，林亨泰發表了「房屋」等新作品一組，在當時平靜的詩壇激起了巨大的波瀾。緊接着在「現代詩」十四期以後，林亨泰又有「第20圖」、「Romance」、「騷音」、「車禍」、「花園」、「進香團」、「電影中的佈景」等新作品的出現⑪，進行完全否定節奏的符號詩的實驗，這些訴諸視覺性的作品，頗惹起一陣騷動。受到林亨泰符號詩的刺激，白萩這時也做了極爲前衛性的實驗，產生了後來收在「蛾之死」詩集中的「眸」，及「聖馬麗亞」以下的八首作品。這些詩最初絕大多數都在「南北笛」周刊上發表，其中還有未收在詩集中的「手套」、「落了的月和古帆」、「雨祭」等多首。詩人先是試圖打破習慣上的形式，在詩行間做流動性的羅列，後來才產生「流浪者」與「蛾之死」的圖象詩。

白萩這些圖象詩的實驗，是意圖傳達給讀者以兼具「讀」與「看」的經驗。詩人認爲：

所有的詩都由形象開始、發音，然後被移植於紙

上，那麼圖象詩的形象，該使詩更能回復到文學以前的經驗；回復到聲音與符號結合而成的，原始、逼眞、衝動、有着魔力的經驗。⑫

這可以說是白萩圖象詩本體論的重點。我願提醒讀者更加注意白萩的方法論。他說：

「繪畫（性）」也祇是附從於「意義」，那麼思考「意義」的需要而決定「表現方式」，正是詩人的才能之一。⑫

基於此，要提到白萩的圖象詩時，應先考察其「意義」，再旁及其「繪畫性」。當白萩開始試圖在詩行上打破傳統性的規則時，他在詩本質的探求上，開始有極爲强烈的意象主義的傾向。

葉笛指出白萩詩的這一特色爲：「獨特的觀照和結晶的意象外爍爲新奇的形象。……是詩人在長久的醞釀過程之後，與自己所凝視的對象，由頓悟合而爲一的境界。」⑬是很中肯而允當的評論。

在這些作品裡，詩人對物象觀察之銳利，與把握意象之突兀與新穎，均已達藝術的極高境界。如「仙人掌」，以意象主義的眼光來看，實是不可多得的佳作：

眼光移過
在
那喘着氣的
被熱情燒燥了的
荒漠的
胸
脯
上
我逃避
我的丈夫
又舉起多毛的手
向我的腰摟來

讀這一首詩，令我想起布洛克與華倫在『詩的領悟』一書中，於論及威廉士（William Carlos Williams）的「紅色手推車」（Red Wheelbarrow）一詩時所作的評語：「讀此詩，有如從紙板的針孔中窺看平凡的物象。事實上，針孔所賦予的，是一個謎，和刺激、新奇的境界之顯示。」⑭

這些作品，雖在個別的文字間，缺少節奏，但從意象自然流露的流動性的安排上，却有了無聲的節奏和韻律。這是視覺上的，也是知覺上的。

「流浪者」和「蛾之死」，是白萩在圖象詩實驗上的力作。「流浪者」是一首極爲成功而動人的作品。詩人以：

望着遠方的雲的一株絲杉

句子之重覆與變化，表現了流浪者的失望與悲哀的情緒。季紅特別指出「流浪者」確切且完整地給出了意象自身⑮。誠然，這首詩在意象方面的成就，比起「仙人掌」，尤有過之。以如此有限的字句與語彙，暗示出何其廣濶夐遼的空間和意義，更加以在形式上的形象化，使「一株絲杉」的孤絕感，形成壓倒性的逼力。

詩人在「蛾之死」裡，企圖克服文字表現上的時間的囿限，還原到物象本來的空間狀態。林亨泰曾說明此詩係集各種技巧之大成，他並指出兩層性、合唱性、同時性、融和性和戲劇性的各項特點⑯。

對此詩的戲劇性，林亨泰未進一步地解剖。在此，我們可以指出兩點極爲重要而鮮爲人談及的。其一爲空間的轉位：當蛾飛越過教堂、銅像、與大學實驗室時，詩人使三個鏡頭接連地跳動過去，簡潔俐落，並顯示出速度，有電影剪接的技巧。其二爲諷刺性：如在「教堂」裡：

一隻灰色的老鼠咬受難耶穌的足跟於
星期日的十二時。

對於「銅像」：

祇是
東面無際
西面無際
北面無際
南面無際
上面又無際
的
孤雲。

以及在「大學實驗室」裡：

把男同學的情書如化學分析樣的分析着的。
一株苗條又苗條的女同學。把某甲某乙
的性荷爾蒙加起而造成所謂酯。

等，更加強了此詩的包羅恢宏遼濶，且在諷刺中，透露着怪誕（Grotesque）的手法。

在探討白萩的圖象詩時，我一再希望讀者記住白萩的話：繪畫性祇是附從於意義。以「蛾之死」來說，從其意義上瞭解，我們便可欣賞詩人企圖：

表現蛾之闖入這世界中，那種突獲光明的激越之情，和在無限光明中歡樂的形態。⑰

而在表現上的「圖示」方式，只是附從的，在於藉視覺的效果，來加强意象的深刻。

然而這一首詩，也並非毫無缺憾的，例如，在第一、三和八節，過份企求時空的合一，有以「繪畫性」損及「意義」的現象，這可能就是葉笛指責此詩爲不能在讀者心中造成統一的、完整之意象的緣故⑱。而第三節的處理，顯然重蹈林亨泰的「房屋」與秦松的「湖濱之山」的覆轍，亦即白萩所指稱的：

詩中的「繪畫性」差不多取代了「意義」的關係。⑫

此節在「蛾之死」全詩中，不能不算是一敗筆。

最後討論的是，蛾之死於「被棄的少女」之手一事。詩人在處理此結局時，或許故意造成更戲劇性的高潮，但我總感到若有缺憾。關於此項「怨恨」的發洩，勿論在「

被棄的少女」、或「蛾」、或「詩人」的立場來看，都使得生命在追求眞正存在的過程，暗澹失色。這項結局，和本文前面所曾經探討過的，以奉獻來達到完成的精神，略有出入。但，生命因偶發性的變故而消失，卻表現了生命之不確定性的一面。因此，最後：

生命就如此終結。
生命就如此終結。
生命就如此終結。
一瞬。

這樣震撼的語句（「一瞬」有如驚天動地的鑼聲），使得生命本身缺乏偉大使命感的強力。反之，卻能把全詩的戲劇氣氛推向更高潮，對生命的本質做了一次嘲弄。

白萩的圖象詩，與西洋的立體主義作品不同。立體主義者企圖賦予詩以視覺上的具象，如阿保里奈爾（Guillaume Apollinaire)的皇冠、心臟、鏡子、花瓶、馬，以及哈伯特（George Herbert）的鳥翼，拉曼悌亞(Philip Lamantia）的墓等詩，而白萩在形式上的表現，則是抽象化的，他並未在「流浪者」中，藉文字排成一棵樹或流浪人，或在「蛾之死」中造成飛蛾的文字形象。和林亨泰的符號詩也迥異其趣！林亨泰的符號詩，企圖藉用符號的機能表現出文字所無法達到的時間上的動感和速率，而白萩則是用文字的羅列強化空間方位的戲劇性，以烘托出整首詩的意境。這是廿一歲以前的白萩的幾個重要側面。在他早期的四百多首詩中，重要的代表性作品都已網羅在『蛾之死』詩集裡。在此勾宏提要中，至少可以見出白萩在崛起詩壇的短短幾年間，表現了多麽令人心折的勁力。他之勇於實驗、勤於對物象做內在化的深刻觀點，以及對生命的追求不息，是特別爲我所欽佩與感動的。

白萩的圖象詩，無論在詩的延伸性或表現技巧上，都對傳統的束縛做了極大的突破。於此，對白萩的傳統觀念有加以闡明的必要。由於「現代派的信條」第二項裡有：「我們認爲新詩乃是橫的移植，而非縱的繼承」這樣一句話，引起對傳統產生兩刀論法的爭執。因意氣之爭而各執一詞，致無人對這樣嚴肅的問題做客觀而深入的瞭解與思考。此時，白萩以文化進化觀點所做的析論，是值得注意的，但當時未受到應得的重視，正表示當時叫囂喧騰的詩壇，尚缺少冷靜的反省。

由於白萩在這段時期，向艾略特吸收教養，因此艾略特的精神自然而然地灌輸入白萩的血液中。白萩對傳統的看法，主要在强調時間與文化的持續性：

> 「過去」並未與「現在」對立。而因累進及生長，使整個「過去」包含在「現在」之內，並且繼續發生作用。⑲

現代精神即係承襲過去，消化過去，而加强創造與實驗，以期忠實表達時代的感受。詩人並發揮艾略特的觀點，將傳統觀念，由時間性更擴及空間性。基於此「開放的」瞭解，對傳統賦予了更廣大的意義。

傳統由於不斷的創造與實驗，而擴大範圍，由於逐代加成而益形豐饒。在不斷的淘汰與進化中，產生文化的長流。白萩在揭開此一眞理時，更要求把整個傳統視爲一種束縛，並對這種束縛突破，即不要躭留於重覆的工作，而要加强實驗⑳。

……哦，靜止吧，讓你靜止成
活活老去的一棵默生的小樹
而使我們蜿蜒前去，在衆衆之星中
把我們的名字點燃成一顆火火的慧星

在「路——給傳統」這首詩中，白萩明確地表露了擺脫傳統的束縛，向前進步的精神。必要如此，傳統才能永遠保持新的意義。

在詩人所描擬的進化階次中，實是意味着一套反饋系統（Feedback system）。在反饋動作中，因評判作用而能糾正偏差，經過「去消」，而達成增添「新啓悟」的結果。

讓我們再一次回顧白萩在『蛾之死』後記中的話：

已存在的美，對於尚未出現的美是一種絕大的壓力與考驗，如果不能超越與打破此種束縛，則新的美將無以出現。

在這句話裡，如果把全部「美」字，代之以「傳統」，也正可表現白萩對傳統的基本看法。這證明了詩人的前衛精神，不但是言行一致，而且是前後一貫的。

白萩受到艾略特的影響，不僅見之於理論上，且展示於創作中，如前舉「蛾之死」的結局，正是艾略特「空洞的人」（The Hollow Men）結句的化身：

世界就如此終結
世界就如此終結
世界就如此終結
不會發生巨響祇是一聲嗚咽。㉑

做此比較時，可以發現一極饒趣味的問題。在此雷同的句法背面，却隱藏着極爲相左的詩觀，及由此觀念架構發展出來的詩法。我要求讀者不要只限於拙文所引用的詩句，讓我們把全詩做一整體看待，便會發現，在艾略特詩中，對情緒與個性的極端壓抑，因爲他認爲：「詩不是情緒的放縱，而是情緒的逃避；詩不是個性的表現，而是個性的逃避」㉒。而白萩正好相反，他把情緒視爲詩的推動力，必要激發情緒，然後才成爲寫詩的契機，至於：

個性猶如影子一樣跟隨着生命
是無法逃避的，甚至：
個性即生命。

這一點可以說是白萩對理論的實踐表現。他吸收而消化了艾略特所建立的傳統，「經過去消的評判作用而增添新啓悟」，由於有此「新啓悟」，使得他在「人本的奠基」裡，對艾略特的「觸媒作用」說，提出了深刻而中肯的檢討，並加以闡發幽微。

『蛾之死』出版後，大約在五年間，白萩很少有詩作品的發表。由於現實生活變動之快，使得他在與詩對決時，改變了一種處理方式，他把詩「留在心裡自我玩賞、醞釀、發音」㉔。其實這一段期間，除了因現實條件的促成，使詩人經歷了一種跡近享樂主義的生活外，他之遠離詩壇，亦肇因於他的實驗精神之受到毀譽交加，致他對自己的創作，更持謹愼的態度。因此在過着一種「詩之隱遁」的生活中，反而能對詩的本質做一番冷靜的檢討。

在他沉默的五年當中，只有十餘首作品。但此時起，白萩開始在詩中探究現代人的存在問題，表現人之受到現實世界的壓抑與排擠，在此騷動世界裡的迷惑、焦慮與失落的命運。如「秋」之幻滅：

……
我們像一條鮮活的魚在敗壞
敗壞敗壞敗壞敗壞敗壞敗壞

……
我們像一座被遺棄在路邊的屋子
空望着門前的路沒入遙遠的前方

由於對現代的失望，因而對「昔日的」產生憧憬，可是因昔日之消失不可企及，而重歸失落：

望着夕陽鍍紅的山巓
那樣高仰，那樣逼視
那樣地存着無法跨過的距離

這不就是里爾克在「第二悲歌」裡所吟詠的人與天使對決所遭遇的處境嗎？那「夕陽鍍紅的山巓」，正是里爾克所歌詠的：

早先成就的人物，你創世的寵兒
崇山峻嶺，一切創造的
朝陽映紅的山脊………

這是里爾克心目中天使的造境，也是代表人間極致的存在。里爾克在「第二悲歌」裡，感嘆着人間與天使親近的時代之遠逝，悲悼現代人之迷失㉕。而白萩在此所表現的，正是同一意念。「無法跨過的距離」，正足以展示現代人與天使之無能接近，而注定了人必在塵世沉溺，無法向「開放的世界」攀昇。

此外，如「叩門的手不再來」之期待，而終於：

我祗是一朶找不住憑藉的蓮……

失去了所有的依據，在現實的池塘沉淪。「不能戰爭的年代」中，出現的是「不關心」的世代，茫然於存在的意義，無所作爲，因而：

祗有那些懶洋洋的風。
閒得令人煩厭的鳳凰。
祗有那些懶洋洋的風。

甚至在「標本獅」裡，引用艾略特「空洞的人」中的詩句，焦心地喊出了沉痛的聲音：

You are the hollow men!
You are the stuffed men!

這不僅是對俗世界的責難，也是對詩壇在痛下針貶。

到此，又是白萩轉型期的開始。他對「荒地」(The Waste Land)、對「空洞的人」式的表現，已不能滿足。在他沉默後，重新出發時，他更傾向內斂，更躭於靜觀。他以堅忍壯大自己，並開始向命運挑戰。在「Arm Chair」中，以蓄勢待發的姿態，以堅定的意志：

等待轟馳而來的星球衝擊。

在「冬」裡：

我們漸漸的冷却
成爲砧上熬鍊的鐵塊
沒有形式的欲求
祇是固守着本質
我們漸漸的脫棄外衣
裸立在寒風中，眺望
如一枯樹
堅忍而緊閉着嘴
無一聲禱告

表現了不求依靠，即使在最惡劣的條件下，仍然固守着本質的堅強。白萩不像艾略特由「荒地」走向「聖灰日」(Ash Wednesday)那樣投入宗教的懷抱裡，在信仰的皈依下求取內心的安寧，而是轉向里爾克的方式，從孤獨中去擁抱世界。他學習無花果樹的精神，不爲了開花以博取讚賞，而只關心履行生命存在的眞諦。唯有在此情況下，人才能獲得極大的自由，這是走向里爾克開放世界的起點。

自由
創造了
我們的孤獨
——「風的薔薇」

同時也是孤獨創造了我們的自由。當你孤獨時，週圍所有的人都離去，所有籓籬都已拆除，巨量的空間爲你所獨享，這時你才能自由與事物親切對晤。這時起，「天空」一詞在白萩詩中屢見不鮮。

在「樹」裡，表現「固執而不動搖」的意志，在「暴裂肚臟的樹」中，展示「以一座山的靜漠停立在刑台上」的堅定。詩人已愈來愈重視內在的生命意義，終於在「曇花」裡：

我們以照明彈在空間燃燒着自己的生命
吐放着白焰祇爲自由的喜悅！

有了極爲令人感動的完成。生命的本質，存在的眞諦，都在此詩裡發揮得淋漓盡致。

要觀察一位詩人的成熟，及其是否有邁向偉大的潛力，莫過於檢視其對生命價值的瞭解。我認爲這是衡量一位詩人地位的重點，因爲這可以顯示詩人的使命感及其植根的層次。

白萩這一系列的作品，延伸到「風的薔薇」之後的詩，包括我國詩壇罕見的優秀作品「雁」及「貓」㉖在內。它們物象的生命，在這些詩中，已成爲獨主自立。它們的成就，可與里爾克的「豹」（Der Panther）一詩媲美。正如侯篤生（H. E. Holthusen）所評論的：「……並非赤裸的『移情』（Einfühlung），或『直覺』（Intuition），而是物我一體，感情的物象化。」㉗然而有所不同的是，里爾克的豹，在檻中窺伺着空無的外在世界；而白萩的雁，則投入廣大虛無的天空，追逐着遠方的地平線；白萩的貓，則怒瞪着黑夜，與無法懷抱的世界對決。

在「雁」與「貓」同時期的作品中，白萩亦表現了「囚於檻牢」的苦悶與悲哀㉘：

檻外的街道中彈而掙扎地倒下，夜
便走來蓋上了屍衣。露
將濕潤我們不閉的眼睛。

——「以白晝死去」

似有一頭飢餓的狂獅在你的心中，來回走動
囚於檻牢早已難耐，在血腥的夕暮之前

——「轉入夜的城市」

然則春天在檻外不知耻地走着

——「然則」

然而此象徵意味的無形的檻，畢竟不如有形的檻對豹之不可突破性。物象生命力之强勁，貫穿於這些詩中，即使：

入木的部份早已腐銹。
腐銹在檻內而望着藍天的眼光却猶爲新亮的釘頭

——「然則」

在「雁」與「貓」詩中，賦予了極其龐大之遼濶與難予探測之深度，是白萩在摒除給詩帶來繪畫性的形象，更深一層探究精神運作所得來的成就㉙。

在追求藝術的最高境界之後，詩人回顧了人間遭遇的命運。從「出發三響」起，他從探討人類的實存問題，移到平民切身的社會問題上來。他用赤裸裸的筆調，針貶着人間的不幸，用烙火的鐵杵直戳潰膿的傷痛部位。詩中的諷刺性，由對人生的缺憾轉向對社會的偏畸。在「寸土寸金」中，表現沒有土地的悲哀，在「養鳥問題」中，探討生活的重壓與生育的問題以及慘酷的殺戮，在「春」中，憤懣戰禍之不能平息，在「天空」中，流露莊稼漢的無依：

「天空不是老爹
天空已不是老爹」

這一系列的作品，頗令人矚目。詩畢竟不是文字的羅列、意象的羅列而已，而該是探求意識、探求精神動向的問題。在這些刻意平民化的詩中，確實沒有奇特的意象，然而立於這「阿火世界」一系列作品中典型主角的「阿火」，他的喃喃自語、他的嗚咽、他的苦難，令人難以忘懷。

爲了使新的美出現，白萩確是最能向已存在的美進行挑戰的詩人。他今後的軌跡，即使他自己也難以預料。因爲他下一步驟，往往是針對上一步驟，「經過去消的評判作用而增添新啓悟」。「他是一邊起步，一邊發現，一邊扔棄，一邊建立」㉚。他不在詩中表現他的概念，他的思索是在詩發生之前的醞釀時期，在詩創作時，他是以生活，以整個的生命投入藝術的漩渦裡掙扎而冒出。我們在白萩詩裡，見到的是深奧的生命，空靈而又實在，是內在的力量，飄忽而又堅定。

白萩的詩似有更強烈地轉向即物性的趨勢，在新作中，他已傾向保持距離的客觀態度，事物在詩中擁有優勢的世界。人與事物之間具有親切的關聯性，而不像早期的詩中，顯示一種優位順序。讓我們以同題爲「金絲雀」的詩，做一比較。

……籠外是青天，是無涯的道路與空間
可悲的造物呵，墮落
何以賜我一双飛揚的翅膀
又留下樊籠？……

這是早期的「金絲雀」㉛。在此寓喻中，之所以有如此的慨嘆，完全植基於以人爲中心的觀念和事物佔據着對比中的劣勢沉位而來的。但在最近發表的另一首「金絲雀」㉜中，我們見到了這樣的句子：

把整個世界關在檻外
那是不可信賴的陌生人
充滿窺探的眼
竊聽的耳
……
不被信賴的生命
把歌唱給沒有人聽吧
把血一滴一滴地
從胸中釋放……

在此，事物佔住了世界的主位，人的因素已謙讓。完全以事物爲中心，才能拋棄人的主觀與偏見，探求出生命的眞實面目來。

論詩，也許僅以詩的美爲着眼點儘够了，然而我試圖討論的是詩人的整個創作活動，他的發展進程，他的變遷、他的意識。止於詩義解剖方式的論評，應該結束了，論詩，應追究詩人的精神動向㉝。這種工作實際上已超出我的能力範圍，何況要論七面鳥一般的白萩，我眞不敢期望能達到預期的成績。可以告慰的是，經過如此探究後，對於自己之瞭解白萩的詩，總算能理出一條脈絡線索來。

同時，並給我深深的信心，在中國詩壇上，白萩一定能保持住重要的地位。

——五十八年五月六日脫稿

註：

①張默、瘂弦主編『六十年代詩選』，大業書店，五十年元月。

②白萩詩集『蛾之死』後記，藍星詩社，四十八年。

③柳文哲「詩壇散步：風的薔薇」，笠十期，五十四年十二月十五日。

④楊喚的「詩的噴泉」，可以說是傾向象徵主義的作品。方思則富有冷靜的古典精神。

⑤得中國文藝協會四十四年度詩人節新詩獎，時年僅十

八歲。同期得獎詩人尚有：孫家駿、徐礦、吹黑明、林泠、彭捷。

⑥發表於藍星周刊七十四期，四十四年十一月十八日公論報。後被選入『中國詩選』，大業書店，四十六年元月。

⑦發表於藍星周刊卅八期，四十四年三月三日公論報，此詩後來一直未見有人談起，也未被詩人收入專集中

⑧白萩詩集『風的薔薇』代序「人本的奠基」，笠詩社，五十四年十月。

⑨發表於藍星周刊九十一期，四十五年三月十六日公論報。

⑩林亨泰「白萩的詩集：蛾之死」，創世紀十二期，四十八年七月。

⑪根據林亨泰先生於五十五年一月卅日在彰化火車站告訴筆者：當時他所寫的這些實驗作品，是一次寄給紀弦先生的，但在「現代詩」上分期刊出，使外界誤以爲他在大力（長期）提倡符號詩。

⑫白萩「由詩的繪畫性談起」，創世紀十四期，四十九年二月。後選入『中國現代詩論選』第一輯，洛夫、張默、瘂弦主編，大業書店，五十八年二月。

⑬葉笛「現代詩人論之一：孤岩的存在」，笠廿二期，五十六年十二月十五日。

⑭Cleanth Brooks and Robert Penn Warren: "Understanding Poetry", pp. 173~174, 1938.

⑮季紅「確切——給出的能力」（詩之諸貌㊃），創世紀十七期，五十一年八月一日。

⑯同⑩。

⑰同⑫。

⑱同⑬。

⑲白萩「對『現代』的看法」，現代詩十三期，四十八年三月廿日。這句話正是艾略特「過去不僅僅具有過去性，同時具有現在性」的闡釋，見㉒。

⑳白萩「實驗階段」，創世紀十五期，四十九年五月。

㉑引自白萩譯詩「空洞的人」，創世紀十五期，四十九年五月。

㉒杜國清譯「傳統和個人的才能」（Tradition and the Individual Talent），『艾略特文學評論集』，田園出版社，五十八年三月。

㉓同⑧。

㉔白萩詩集『風的薔薇』後記。

㉕李魁賢譯『杜英諾悲歌』，田園出版社，五十八年三月

㉖見白萩新著『天空象徵』，田園出版社，五十八年六月。

㉗這是詩集『天空象徵』第一輯「以白晝死去」的主題

㉘李魁賢譯『里爾克傳』，田園出版社，五十八年三月

㉙見白萩與桓夫對談「詩的基本素質」，笠十六期，五十五年十二月十五日。

㉚『七十年代詩選』中白萩小評「史芬克司的震顫」，張默、洛夫、瘂弦主編。

㉛發表於藍星周刊一〇八期，四十五年七月十三日公論報。

㉜發表於笠廿九期，五十八年二月十五日。收入『天空象徵』中。

㉝白萩在『天空象徵』後記的「自語」中，除了檢討語言與詩的關聯外，他也強調了「重要的是精神而不是感覺」。

現代詩人論之四

白萩論

●葉笛●

白萩的「天空象徵」這一詩集，對白萩來論，雖不是完全的變身，但，從詩的內容及其所追求的形式看來，却是一次新的脫皮現象，一次向藝術之高峯的新歷程，新的自我覺醒。正如白萩在「自語」中說的：「我還要去流浪，在詩中流浪我的一生。我決不在一個定點安置自己，我的歷程就是目的。在地平線外空無一物，我還是要向它走去。」——這是一個嚴肅的詩人向詩神的挑戰。

詩人，在我看來大致上能分爲三種類型。

a安於詩神的青睞而只顧看自己的影子的。

b從未蒙詩神的寵愛而一直向詩神獻媚出賣自己的。

c雖蒙詩神的眷顧垂愛却仍向詩神挑戰的。

白萩屬於第三種類型。他把自己獻給詩神而又無時無刻反叛詩神。（反叛詩神的詩人必定反抗自己！）這是永遠朝着藝術更高的境界艱苦地邁進的詩人每到一段時期就以反叛精神，反抗自己的現象。這種現象是詩人精神在成長過程中必然經歷的「成長的痛苦」正如蛇長到一段時間，就要脫皮一次。蛇在脫皮時，先把嘴在硬的東西上面磨擦，把這部分的皮膚擦破，然後繼續磨擦，一直到把全身的皮脫下來。

「天空象徵」是白萩的又一次脫皮成長。

現在，我想就白萩的脫皮現象，予以剖析。不過，我要先說清楚的；我把一個詩人成長的痛苦喻爲蛇的脫皮，也許，不很妥貼，但，一個詩人成長的痛苦，以及爲了成長忍受的痛楚，和蛇的脫皮却是不可同日而語。

從「蛾之死」到「風的薔薇」是一個轉變，但，其轉變的幅度並不很大，大致上，在精神的觀照，在內蘊方面，「風的薔薇」較「蛾之死」，更深沉、細膩、廣袤。但，在技巧上，有許多詩仍可說是「蛾之死」的延續、蛻化，這從「風的薔薇」在欲以形象犀利、逼視，予人以驚奇、震駭的企圖，而琢磨的繁複的形象可發見蛛絲馬跡。可是，「天空象徵」在繁複的形象的面貌方面，可說洗盡鉛粉，還樸歸眞，予每首詩以更單純的形象和象徵，然而，更富凝聚力量。阿蘭曾說：「能向自己的精神提出抽象的思考容易看丟的重要障碍物的，就是靠比喻或象徵的思考」（註1）我想這句話是象徵主義傳統的詩人們深深體驗過的事實。但，縱觀象徵主義以降的現代詩人們的技巧上，似乎太過份腐心於比喻和象徵的形象之彫塑，以致繁複多岐的形象戕害了詩的主題的明朗性和感情的爆發性，造成了現代詩的技巧至上主義及晦澀。沒有向未來延續的力量，沒有給現在以一種血和力的傳統主義之蔽，我想於此可見一斑。盲信傳統和割斷，摒棄傳統，在藝術是同屬荒謬有害的。是以有自覺的詩人在創作上有所抉擇。他必須站在時代的「目擊者」的立場，挖掘自己以及人在現代的存在，將隱秘於浮泛的日常生活現象下的「實存的」諸種形態和意識表現出來，才配成爲時代的代言人。白萩似乎把做爲一個詩人對世界應負的責任看得比純爲藝術而藝術的詩人的自尊更重、更深刻，同時，也認出只爲了創作一首純詩（絕對詩）去做一個詩人的不安，才有了這種精神的轉機，隨着這種精神的轉機，他在技巧方面有了豹變。一個詩人，藝術家在藝術上追求其無償性，自是一種崇高而偉大的理想和情操，然而，事實上，在我們所生存的世界上，那種理想是可望而不可即的。因此，詩人不能不以詩把握「生的方向」，不能不在語言的完整意義裡確立「生之中心」。這種自覺，可從白萩自語中看出來：「重要的是精神而不是感覺。過去我們曾耽迷在感覺，執信着形象可解決詩的一切。然而遊樂一陣之後，我們感覺空虛！擴散的形象造成岐義，扼死了我們的思想。我們要求每一個形象都能載負我們的思想，否則不惜予以丟棄，甚且從詩中驅逐一切形容，而以赤裸裸的面目逼視你。」（註2）我之所以重視白萩這句話，正如在前面提過的，在我們目前的詩壇上，確實有不少詩人爲了想把自己在存在中意識到的抽象思想，以及存在的次元轉換於詩上，於是傾其全力在鏤刻形象，結果，適得其反，抽象思想變得更抽象，存在的次元泯滅於擴散的，過多的形象裡面，而面目皆非，變成一首沒有投射力、沒有逼視讀者力量的詩。我在誦讀過白萩這一詩集以後，深深感覺白萩能突破象徵主義以及超現實主義的亞流們所造成的現代詩的「死角」，覺得確實值得提出來。

「天空象徵」共分：「以白晝死去」、「阿火世界」、「天空與鳥」。然而，其貫穿於三部分詩的主題却是一樣的：「生」與「死」——亦即在現代裡人底存在問題。他很固執地唱着一首歌，像一首充滿生與死的哀愁，疑懼，有很多節 **refrain** 的歌，彷彿自己不得不永遠唱着，叫人傾聽它。這種從存在的隱秘的世界挖掘出來的詩，很像黑人滿眼熱淚地唱出來的鄉愁動人的歌。白萩吟唱着生命在現代失去始源的鄉愁！對於他，寫詩不是像艾略特說的「高級的娛樂」而是向「生命」投擲的矢石和發問。在這個比艾略特所寫的第一次大戰後的「荒地」更「荒地」的世界裡，隨着日益發展的科學，複雜的社會，人的存在愈來愈模糊，愈來愈失去始源性。第一個人類的脚印已經印在月球上，然而，世界的危機並沒有隨着科學的高度發展，像豪士敦太空控制中心控制太空船一樣被控制在人類的手中，冷戰、小熱戰，比比皆是——人類生活在隨時會爆發蕈狀雲的晴朗天空下，似乎已沒有辦法控制自己的命運。人是什麼？生只是幻影？這些問題已不止是敏感的詩人的問題，是整個人類存在的問題。「異鄉人」中的莫梭並沒有給我們答案——即使說莫梭以生命去換取輕蔑的快感，並沒有證明過死有什麼價值。白萩的「天空象徵」裡所呈現的，正是這種現代人的悲劇性。

這是一條無人的路
阿火走着，無人
出現
既非爲了走這條路
路，也不是因他而存在
一條蛆蟲的阿火走着
誰來證明？
「我是一個人」
誰來證明？

於是他照着太陽
影子投在山後
不見影子
沒有人
誰來證明？

「世界空無只有我
我却空無」

於是他的影子從山後走來
這是一條無人的路
一條蛆蟲的阿火走着
他的影子走着
終於相遇

「啊！妻啊，妻啊
你是一條蛆」

這首是「阿火世界」的「形象」一詩。這個「形象」也許只是一個人存在於世界的形象；或者整個人類的形象。這個人走在路上，路是人走出來的，但，路却不是因他存在，而這個走路的人是一條蛆蟲，在糞缸裡的一條蛆蟲，從糞缸翻出路上，然後，這條蛆蟲又是一個人，但，沒有人能證明到底是「蛆蟲」或者是「人」，這是荒謬的所在，然而，這個既爲人而又爲蛆蟲的「形象」仍舊走着，走在山前，走在山後，不見人影的，不是爲他而存在的路上，「世界空無只有我，我却空無」——我存在於空無的世界裡，其存在是唯一的眞實，但，一反，我却仍是個空無，然後，這一條蛆蟲的阿火走着，沒有「實體的存在」的，他的影子走着，最後，相遇了，却驚駭地大叫着：「啊，妻啊，妻啊，你是一條蛆」，這不是奇幻世界的形象，而是在荒謬的世界裡的人的存在，生命的形象，這種蛻變，這種空無的世界，這種空洞的人所交織呈現的矛盾的形象，其實就是現代世界的形象，我們不知覺地吃着、睡着、走着、談情說愛、繁殖着——像蛆蟲一般繁殖着人的形象，突然以一種大驚愕兀立在我們眼前，逼視你！讓你驚悸失色。這裡沒有拯救，連上帝的存在也沒有人能予以證明，如果你讀過卡夫卡的「蛻變」，再讀這首詩，你會同樣地感到孤絕，以及沒有任何人與人之間的交感的絕望，荒謬！然而，白萩用很單純的象徵把這種抽象的意識形象化於你的眼前，讓你睜眼審視你自己、審視世界。

我們居住的現代這世界，是存在的意義被忘却了的時代。詩人要確定自己以及人的存在，所以無時無刻把觸鬚指向「存在忘却之夜」（註3），探求從我們身邊消逝着的，隱晦着的日常行爲與事物。因爲存在本然的面目、姿態，如果不探求便無法顯現出來。

太平間漏出一聲叫喊
太平間空無一人
死去千百萬次的房間
却仍有一聲叫喊

陽光在窗口察看
太平間的面孔分外清楚
在死絕的世界裡
留有一聲活生生的叫喊

一滴血漬仍在掙扎
在蒼蠅緊吸不放的嘴下（註4）

呈現在這首詩中的是生被死緊緊攫住的扭曲了的面目。然而，沒有什麼奇特的形象，却使我們感覺；在一個死絕的世界裡抗拒着死亡，生命向我們淒厲的呼喚。也許這個世界本身便是一間巨大無比的太平間，容納着無數的死亡，所以有活生生的叫喊，在這裡，生和死並列着，有如在一個外科醫生的解剖刀下被解剖着，要叫我們去認識生與死莊嚴的矛盾——生的痛苦和死的顫悸。在這首詩裡只有兩種對立的暗喻（Metaphor）：即無語的太平間和活的蒼蠅，這種一死一活的對照（Contrast）造成一種戲劇性的感動，深邃的餘韻和弦外之音，但，它並不依賴繁複的image，在「天空象徵」一詩集中，白萩所使用的意象不複雜，可是，擅於利用潛藏於一事物，一事象中的矛盾的對照襯托出所欲表達的全新的知覺的經驗世界；因此，看來一首詩就像一個單純的意象。我之所以說白萩在這一詩集中意象不繁複，不鬆軟，而更具凝縮力和內涵，其理在此。我這樣說，並非指他這種創作方法即為現代詩唯一可循的方法，而是說在目前許多現代詩化粧得失去眞面目，矯揉造作而毫無「感動」的弊端裡，他的創作方法值得刮目相看。在這裡，附帶地，要提到的是我說的「感動」這一字眼。我認為任何一種形式的藝術，如果沒有「感動」，如不能予欣賞者以「感動」，不能予人以魅人的感動力量，不論其形式如何新穎、如何完整、華麗，終究只是木乃伊的美女而已！因為在藝術上「感動」的力量和它的生命力成正比。即以純粹抽象的蒙特里安的抽象畫論之，其在極端冷靜的智性安排下配置於畫面上的面和線，顏色的對比，如果不是能給我們以美的感動，怎能耐人尋味？我這樣說，也許有人會說太獨斷，但，我自己認為在藝術的信心上，與其沒有主見，毋寧有獨斷的信念，否則藝術不會生根。

其次，我要談的是語言的問題。

任何一個把頸子伸入現代詩的人都明白語言是詩作的唯一工具。事實上，一個詩人欲表達其知覺的經驗世界，能否表達得臻至理想，其表現力的高低，端在驅使語言能力這一件事上。一個詩人對存在的關懷愈深，愈不敢掉以輕心地使用語言。反過來說，對語言的認識的廣度和深度，即等於詩人對存在認識的深度和廣度。

「五四」以降的中國現代詩，在表現的技巧方面，每一位卓越有成就的詩人都曾從傳統裡，以及西洋各流派中吸納過不少方法，也有不少收穫，但，追求語言的本質對詩的表現關係的理論及實踐，似乎遠不及各種技巧受到重視。推其原因，大約有兩點：語言學尙未在學術上確立其地位，因此對語言的本質、機能的認識，辨正尙未科學化。語言的傳統力量（亦即習慣用法，包括意義在認知上的指示性以及音韻在情緒上的展示性）仍佔有巨大力量。這兩點對詩人言之，皆為一沉重的負荷。然而，詩人必須對決語言的世界，征服語言才能成為詩人。在本質上說，詩要表現的是普通的邏輯不能表現的世界。亦即要表現隱藏在普通意識下捉摸不定、瞬息變化的感性世界。否則不能全面性地從根源把握住存在的意義。是以詩人必須對語言具有敏銳的反應和創造力，才能賦予語言以新生命。如同路易斯說的：詩人的工作是解放被閉錮了的語言的生命，讓它復活。

「五四」初期新體詩的詩人們在語言上採取一種對傳統舊詩詞的異端態度，所以使用極淺顯的日常口語，但，仍舊擺脫不了舊詞鐐銬，胡適的「嘗試集」即其一例。迨至李金髮、戴望舒等以降師承象徵主義衣鉢一系列的詩人們在語言的錘鍊，驅使方面已有了飛躍，然而，因爲刻意把握語言在音響上釀成的朦朧的象徵性以情緒，免不了語言在象徵上，反而失去其始源性的力量，變得蒼白無力，達不到象徵的感性給予人在知覺經驗上的衝激力。

在自由中國的詩壇上，一般地說來，面臨着語言的深測而能挺得住腰，不目眩神暈的，並不多，其中翹楚當推白萩和瘂弦。兩人都有驅使語言的能力。瘂弦吸納民謠、口語中原始的情感機能，或多或少以超現實主義的手法賦予語言以鮮新的形象，而白萩則從比較純粹的口語羅織象徵的意義以顯示存在意識和存在的諸面貌。

「我們需要檢討我們的語言。對於我們所賴以思考賴以表達的語言，需給予警覺的凝視和解剖，我們需要以各種方法去扭曲、錘打、拉長、壓擠、碾碎我們的語言，試試我們所賴以思考賴以表達的語言，能承受到何種程度？

……………………

無疑的，白話是不成熟的。它祇達到表意的程度，缺少詩的飛躍性，每當我們從事詩的創作，往往爲它散步的姿態所苦。胡適交給了我們這樣青澀的語言，雖然使我們的腦筋清楚些，但沒有使我們更深厚起來，更飛躍起來。

至少，我們的語言，已失去了傳統舊詩的，含納、簡潔和飛躍，我們需要正視我們現在語言的薄弱。

……………………

改進了我們的語言才能改進我們的詩。」（註5）

白萩這一段話可做他對決語言的態度之註脚。他企圖用「各種方法去扭曲、錘打、拉長、壓擠、碾碎我們的語言，試試我們所賴以思考賴以表達的語言，能承受到何種程度。」基於這種企圖，在語言的排組上，造句上，因主題而有不同的形式，如：

入木的部分早已腐銹
腐銹在檻內而望着藍天的眼光卻猶爲新亮的釘頭」（註6）

這種長長的句子，以及「阿火世界」的短、急促而有深厚的力量的句子。如：

漂白了的
春
消瘦了的
春
被强姦了的
春
血流不止的
春

這種一字一行的形式。（註7）他這種不定於一式的句法、結構，完全由於流動不定的現代人的存在意識所產生的。易言之，他的形式是由內容決定的，這使白萩的詩能承載得起思想，燃燒得起感性顯現多樣而有彈性，能呼吸的有生命的詩底世界。

狗突然惡嚎着
在世界的內部，一個空房的中央
爲牠的存在而哀吠

於是你突然從沉思中
像胚芽露土而醒來

看着整個世界

滿臉干腮
從地獄中闖出
一個暴厲的鬼魂
　冷酷地凝視
　對着你脆弱的胚芽（註8）

白萩把自己知覺的經驗世界用扭曲、錘打、拉長、壓擠、碾碎的語言組成一可觸摸的存在，去逼視自己、逼視讀者，然後，經由這個獨立的詩之存在再去深化，再去體驗自己以及世界的存在。在這裡，我們就很清楚地明白語言並不是單純的傳達符號而是認識的方法。海德格所說的「語言是存在的住所」其理在此。

醍醐華夫在「對立體的傳統之認識及其破壞」一文裡曾提及白萩的「雁」論及白萩具有「以新的視角去認識傳統，以自己的手繼承其血統的改革」的意識，在今天，不論中外，現代詩人皆已面臨着共同要完成眞的傳統破壞——這種積極的建設性的階段裡（註9）我們的詩人必須以現代的良心點燃眞摯的情感和會呼吸的思想來創作更動人的詩篇。

白萩的詩的將來，從「天空象徵」看來仍是一條沒有走完的路。眞的傳統破壞必須奠基於精確的認識傳統上，沒有生長的痛苦將不會有成長，就像蛇沒有脫皮便不會生長一樣。詩人必須永遠面「對着你脆弱的胚芽」，永遠傾聽：「狗突然惡嚎着，在世界的內部，一個空房的中央，爲牠的存在而吠」的現代詩人的噩夢，永遠傾聽着世界的噩夢，才能做一個忍受得住存在的矢石的詩人。

註1：阿蘭 Alain，法國哲學家、評論家，本名爲 Emile Chartier. 1868-1946. 著有「語錄」Les Propos d'alain。
註2：見「天空象徵」的「自語」。
註3：海德格喻現代爲「存在忘却之夜」。
註4：見「天空象徵」的「叫喊」。
註5：見「天空象徵」的「自語」。
註6：見「天空象徵」的「然則」。
註7：見「天空象徵」的「春」。
註8：見「天空象徵」的「胚芽」。
註9：見日本詩誌「深淵」第四期。參見本期譯文。

五十八年・七月廿四日・夜四時

詩的語言

——看白萩詩集「天空象徵」

陳千武

馬爾鼎・海德格曾屢次做過以「語言」爲主題的演講。海德格是以實存主義的色彩，開拓現代文學的功績者。在詩的領域裡，建立所謂「解釋學的詩學」成爲歷史上新任務的履行者。那是排除以往的心理主義性的文學，採取任由作品本身去解釋並究明作品的立場的方法。他認爲人回轉於存在的方向，以及存在回轉於人的方向的循環，才有「存在之家」的語言顯現。這個「存在之家」的語言，又是「人的本質的住家」。而擔任這種「語言」的守衛者，正是一個詩人在嚴密的意義上，做爲思索者的光榮的任務。

白萩在「天空象徵」詩集之後，自語着「我們需要檢討我們的語言。對於我們所賴以思考賴以表達的語言，需給予警覺的凝視和解剖，我們需要以各種方法去扭曲、錘打、拉長、壓擠、碾碎我們的語言，試試我們所賴以思考賴以表達的語言，能承受到何種程度。」這一自語，表示白萩寫詩的態度所持有的重要的着眼點。

白萩的詩一直在演變着。從「蛾之死」到「風的薔薇」以至「天空象徵」，其演變的過程賴語言的改進已極有顯明的成果。尤其「天空象徵」一集，分成「以白晝死去」「阿火世界」「天空與鳥」三部曲的演變過程，更急激地表明了對語言的自覺，把做爲思索者的光榮的任務，勇敢地擔負起來。他說，對語言「需給予警覺的凝視和解剖」，警覺的凝視乃「語言」的守衛者的態度，而解剖就是進一步要成爲語言的主宰者。本來人類是因具有「語言可講」的生物，才成爲萬物之靈，才從植物或動物被區分出來。語言跟隨着人類所有的能力，有時是超人的能力，生來就具有的。

「有語言可講」才是賦與人底個人存在的資格的一明證。因而，我們對詩的工具的語言，不但需有意識善用的自覺，負起守衛的任務，且要大大地檢討或計算其方法的最高能量。——詩要求純粹，我們在與語言純粹的問答裡，可以體驗人的本質，呼吸着存在的意義。

前途祗是一條地平線
逗引着我們
我們將緩緩地在追逐中死去，死去如
夕陽不知覺的冷去。仍然要飛行
繼續懸空在無際涯的中間孤獨如風中的一葉

「天空象徵」第一輯「以白晝死去」裡的「雁」一首詩是我曾經譯成日文，由高橋喜久晴氏介紹於日本第一詩誌「詩學」上，受日本現代詩人們欣賞的佳作，亦爲我國詩人們所選的五年來最佳創作之一。上述詩句是這首「雁」詩第三聯後半段的抄錄。「笠」詩誌30期對這一首詩的感語很中肯地說：「表現一種歷史性的使命，對生命存在的一種觀點，並在時代的魘夢裡，給人與堅守的力量，充分發揮了詩人的新人本精神」。由於語言本身講出語言本質的深淵，才能令人在詩裡獲得「生命存在」或「新人本精神」的經驗。

海德格說「論究語言，並非只限于語言，而是把我們帶進語言本質的場所，和產生語言瞬時的結合……」。所謂把我們帶進語言本質的場所，就是要我們的思索與語言產生時的根源結合爲一體。例如，地平線逗引着我們，我們如夕陽不知覺的冷去，而仍然要飛行如風中的一葉，這些思索可使我們經驗與語言產生瞬時的結合，而認識純詩的語言的形成。這首詩的韻律、律格都由於韻律學和詩學的法則所決定的。明快的內容，事先語言抓住了人，呈示人明確的存在，過去與未來，現實與非現實的表象，毫無一點難懂的地方。

「天空象徵」第二輯「阿火世界」，就比第一輯較積極地採取任由作品本身去解釋並究明作品的立場的方法。

天空

阿火讀着天空
一株稻草般的
在他的土地

「放田水啊」
天空寫着
砲花
戰鬪機

一株稻草的阿火
在風裡搖頭：
「天空不是老爹
天空已不是老爹」

「不管任何場合，語言對人的存在，是屬於最親近的，到處可有語言的產生。因之人思考着看到存在的東西，就有語言充分考慮了語言本身所呈示的事象。爲了決定語言，而遇到語言，這是極爲自然的。」海德格的這種說法，可做爲證明上述「天空」這首詩的語言產生的自然性。阿火就是阿火，並非其他任何人。在我們的身邊任何地方都可能有阿火，以屬於最親近的「存在之家」的語言，呈示「人的本質的住家」。詩裡的故事、環境、命題所意味的深淵，都是由於語言本身所講出來的語言，則任由作品本身去比喻和象徵着的。而這首詩的主題，比喻和象徵，語言所表象的事實，究竟告訴我們甚麽？我們可在語言的本質上以自由的尺度，測量詩人詩作時，在現存裡用可能的方法所顯示的現存。則語言本身告訴我們的是砲花、一株稻草的阿火，天空不是老爹等現存在詩裡的意義。而語言所表象的這些現存的意義，仍會永恒存續着。

「天空象徵」第三輯「天空與鳥」一連十四首的詩完全是挖掘人性的新口語詩。在這一輯裡的語言體驗又比「阿火世界」表現得更高的世界體驗和自我體驗。做一位「存在之家」的語言的守衞者，白萩說「重要的是精神而不是感覺」，又說「我們要求每一個形象都能載負我們的思想，否則不惜予以丟棄，甚且從詩中驅逐一切形容，而以赤裸裸的面目逼視你」。要把難予言喻的人精神的生命之相，照樣只用語言向自己表達，怎樣才有可能？依據語言啓示自己，爲甚麽就是等於啓示精神的生命？這些問題應該在現實以及精神和語言的神秘性共同的體驗裡被解答。現實如果不是被感覺被思索的現實，對于我們則毫無重要。而被感覺被思索的現實只有依靠語言才能發揮其現實性，等於人精神的生命只有在語言裡始能獲得現實性。這就是意味着人的存在是據於語言形成未來的姿態。詩是語言的行動，由於語言的行動而顯示歷史的作用。

叫喊

太平間漏出一聲叫喊
太平間空無一人
死去千百萬次的房間
却仍有一聲叫喊
陽光在窗口察看
太平間的面孔分外清楚
在死絕的世界裡
留有一聲活生生的叫喊
一滴血漬仍在掙扎
在蒼蠅緊吸不放的嘴下

這是精神的生命獲得現實性的極爲堅强而不屈不撓的聲響。在死裡留有活生生的叫喊是據於聽從而來的語言。人之間的問答是從「聽」才有答覆。在死絕的世界裡他聽到的聲響而找到的答覆，是一滴血漬的掙扎。面對着死，語言會講出了語言本質的堅守的力量。有語言可講，我們是在語言所講的語言裡，認識自己。

在這本詩集上，白萩對語言的認識與所履行的任務中，確定「擴散的形象造成岐義」。我認爲這是他追求詩的演變與掙扎之後，所得到的新境界。本來我國的文學，太多受到既成的文字，受到從形象構成出來的文字的桎梏，而未能與語言產生時的根源結合爲一體，致使詩失去了其迫眞的純度。很多優美的詩，只有其優美的形式，缺乏赤裸裸的精神的生命來令人感動，原因就在此。

學習融在語言所講的習慣裡，我們必須不斷地檢討如何把問答的固有的事象，使其可能發揮高度的次元。這就是「詩的語言」重要的問題。

談白萩的詩

鄭烱明

某日，庫爾貝（Gustave Courbet 1819–1877）到野外去畫畫。忽然看到前面有一撮很美麗的景色，於是他就擺下畫具把它畫了起來。畫好後上前一看，原來那是一捆木柴。

這是塞尚所最喜歡談的故事。像庫爾貝那樣的現實主義者，都要從抽象的感動出發從事繪畫，確實是耐人尋味的事。他絕不是開始就認清了那是一捆木柴而後繪畫的，假使他當初看清楚，說不定就失去感動而不會畫起來了。（見瀨木愼一的「近代藝術」）

庫爾貝的「抽象的感動」，無疑就是畢加索說的「人類的戲劇」——塞尚的不安（懷疑）和梵谷的苦惱。

如果我們瞭解白萩的詩，那麽，很顯然的，我們應該重視白萩的「反抗」。從早期的「蛾之死」開始，到「風的薔薇」，以至目前的「天空象徵」爲止，儘管在詩的語言、詩的認識上，有過明顯的蛻變與修正，但我以爲那些都只是白萩在「反抗」的過程中所做的種種掙扎而已。在這裡，我們有理由相信弗洛貝爾（Gustave Flaubert 1821-1880）在「包法利夫人」裡的一句話「語言無高低，正如風景沒有性格」。站在原始的語言的荒地上，事實說明詩尙須要工具（語言）以外的東西來做支架，這是比一切更珍貴的，因此，我們要原諒白萩在「阿火世界」中所使用的那樣粗糙、具有破壞力的語言。

曾經，我們擔心白萩會成爲一個技巧主義者（不管技巧的意義有幾層）（註一），因爲我們讀到了「藝術所以能偉大的呈現在我們眼裡正是由於技巧的偉大」（註二）如此的見解，現在，我們終於知道了我們的擔心是多餘的。在走過十多年漫長的詩的旅途之後，白萩不但沒有被「定型」，而且，更近乎殘酷而徹底地否定了自己，使人有「柳暗花明又一村」的感覺，這份勇氣和毅力無論從那一方面說，都是令人敬佩的。

我相信，白萩的詩是越來越觸及生存問題的核心了，以致於他不得不緊貼着自己的影子走（註三），那樣他才有足够的認識去做另一次的「反抗」。所以，當我們聽到白萩說「在死絕的世界，留有一聲活生生的叫喊」（註四）的時候，我們一點都不感到奇怪，以爲那是必然的結果，就像一加一等於二一樣。

八年前，「六十年代詩選」的小評說，白萩從十八歲起就在中國詩壇上扮演着重要的角色。八年後的今天，我想這句話還是同樣適用的。

註一：見「蛾之死」後記。「事實上，所謂技巧實有雙重的意義，即可視的與不可視的………」

註二：見「蛾之死」後記。

註三：見「形象」一詩。

註四：見「叫喊」一詩。

對立體的傳統之認識及其破壞

—笠30期所感—

醍醐華夫作

葉笛譯

由於迎詹冰氏做「詩淵」同仁爲契機，從臺灣受到詩誌「笠」的寄贈。剛到達手頭的笠詩誌30期，附題五年詩選，特輯着全臺灣「笠」創刊後五年的優秀作品，該誌早在「詩學」上被介紹過的白萩、桓夫（陳千武）爲首，臚列着王渝、余光中、杜國清、林煥彰、紀弦等著名詩人之名。這回，我獲得以原文接觸他們作品的幸運。在其五年詩選中給我最深的感受的，還是白萩的「雁」。

我們仍然活着。仍然要飛行
在無邊際的天空
地平線長久在遠處退縮地引逗着我們
活着。不斷地追逐
感覺它已接近而抬眼還是那麽遠離
天空還是我們祖先飛過的天空。
廣大虛無如一句不變的叮嚀
我們還是如祖先的翅膀。鼓在風上
繼續着一個意志陷入一個不完的夢
在黑色的大地與
奧藍而沒有底部的天空之間
前途只是一條地平線
逗引着我們
我們將緩緩地在追逐中死去，死去如
夕陽不知覺的冷去。仍然要飛行
繼續懸在無際涯的中間孤獨如風中的一葉
而冷冷的雲翳
冷冷地注視着我們。

在篇尾有「表現一種歷史性的使命，對生命存在的一種觀點。並在時代的夢裡，給人以堅守的力量，充分發揮了詩人的新人本精神。」這種讀後感。眞是深得重點的簡潔的解說（我最近轉向謄寫筆耕，寫各部（除掉財政部）的立案文。但，那些糟透了的原稿文眞使我厭透。可是，條文（議案）是漂亮的）。進而言之，從這篇「雁」裡可以窺見他排斥和現代的情況底安易的連繫，以東方思想去認識所謂和傳統的對立，認識傳統詩的深邃的企圖。認爲以西洋思想將無法完成傳統詩的改革的判斷，大概是正確的吧。

可是，這期的詹冰之作，失去了在詩集「綠血球」可看到的鮮活的感性。

如同西洋現代詩可作爲範本所顯示着似地，東洋詩已被迫以新的視角去認識傳統，以自己的手繼承其血統的改革，面臨着我們共同要完成的眞的傳統破壞，我們期待詹冰今後的努力。

吐血的歌聲

——論白萩著「天空象徵」

陳明台

1

從「蛾之死」、「風的薔薇」過渡到「天空象徵」，白萩不斷地蛻變着，在每一次踏出的步調中，他樹立起一塊新的里程碑。不管是一隻熱情奔放的蛾，撲向火光，一株孤獨而面對空茫的薔薇，站在風中，一只自負而舐着滿身創痕的獸，在轉入夜的城市中暴跳，一隻茫然追逐的雁，在空中飛行，或者是一只吐血歌唱的金絲雀，在釋放鮮血，甚至是一個雨中的阿火，在風裡搖頭。白萩就是如此以整個燃燒的生命投射在詩作中，以活生生、赤裸裸的形象撞擊我們的心靈，以時代的精神律動震盪我們的胸懷。

2

對存在給予批判，對現實的生、死、愛、憎給予冷酷的凝視和搜索，這造成了一個導火線，猶如一塊等待擊發的火石，貫串着白萩詩作的整個面貌。流浪是第一個特徵——發自實存的鄉愁，在空間和時間無情的境況中流浪。白萩思考上所碰觸到的第一個問題是：面對空無和遼闊，人存在只是微小的涓滴，而在雨中的一滴又絲毫不被憐惜，這樣的苦悶有什麽意義？有什麽刺激？反逆是第二個特徵——對於理想和現實的衝突，在超現實的憧憬中飛翔的意志如何去攫取？面對生和死的威脅，如何去呼喚？這是白萩思考碰觸到的第二個問題。他的反逆中帶着自負的英雄主義的色彩，也飽含「英雄無用武之地」的悲鳴和慨嘆。憐憫是第三個特徵——對於愛和美的想像，對於生和命運的不公平，他含着憐憫的眼光去描繪，去汲取，去忍受。嘲謔是第四個特徵——對於無可奈何的感受，對於令他憎惡的形象，他小心地以嘲謔中帶着含淚的幽默去抒發。這個世界中的百態萬象何以有如許令人嘲謔和憐憫的景況？這該是白萩思考碰觸到的另一個問題。「天空象徵」中的作品是這些特徵的一個總結合，白萩在這第三本詩集裡，把他那股存在於精神底流下，衝擊着、躍動着的現實的哀愁，像波瀾般放任的馳騁於漫漫大海中。對人性血淋淋的鞭打，對命運不屈服的抗拒、對存在赤裸裸的批判，這就是白萩的詩；白萩的影子、白萩的整個生命。

3

爲什麽「在這擾擾的世界之內，祇剩我一個」（路有千條、樹有千根）？爲什麽有着「負氣地開向不同方位的牽牛花」（牽牛花）爲什麽「冷冷的雲翳，冷冷地注視着我們」（雁）爲什麽「自負而滿足的伏下，舐着滿身的創痕」是哭泣？是哀鳴？是恐懼？是呼喚？是譏嘲？是批判？第一輯「以白晝死去」，白萩在流浪中飄浮着交給星星的眼睛和身影，在冷酷的注視下吐露鄉愁的悲情，在貓的撲擊中把時間作賭注，在「闇穴」中去找尋失落的眞實。

第二輯「阿火世界」白萩把一個活生生的故事毫無保留的呈現，這個阿火究竟是什麽人？阿火的世界究竟是煩惱？是苦楚？詩人如何地以象徵替代實際去表現內在的感受？這眞是「向日葵」一般有趣的謎，這眞是體驗的結晶。

「天空與鳥」是第三輯，在天空中飛翔着怎樣的鳥？在詩人的眼中、心中飛翔着怎樣的鳥？鳥兒又唱着怎樣的歌，詩人化爲一隻尋找的鳥兒去「催喚着催喚着」。

我們可以在象徵中找到象徵，我們可以在鳥兒的口中聽到歌唱的聲音，而餘音繚繞的却是詩人吐血的歌聲！吐血的歌聲！

4

如何表現以及表現什麽，這不是白萩的問題，然而，我們可以在「天空象徵」中取得借鏡。

關於語言，白萩說：「雖然，語言從小就逐漸進入我們的心靈，成爲我們的生命，控制我們的思考」，印證他的詩集，我頗有慽慽之同感，看來頗爲單一的語言，他却準確地擊中了所要表現的，令人驚訝和叫絕的鮮活也達到了某一地步的成功。它們確實以「赤裸裸的面目」逼視着你、壓擠着你。整體的精神感受白萩呈示了，論形象呢？他的千變萬化，他的新鮮並沒有一般的扭曲造作，蹩蹩扭扭的毛病，無法接受的所謂「超現實語言」更是不存在。例如「路有千條，條條在呼喚着我，樹有千根，根根在呼喚着我」（路有千條、樹有千根）例如「迎接着黑暗猶如喜悅着寢房，蜷伏在內裡有菓核在肉汁中舒泰」（貓3）例如「坐下來要歌唱，抓着道路彈又彈」（琴）等等。在詩壇語言有着固定化傾向以及胡言亂語滿處飛的此時此際，他的語言不只是一種新嚐試更是一個本身的進步。

關於素材，他擅長於隨手拈來不受限制的物象，把最醜的和最美的，把最臭的和最香的，最腥味的和最素味的巧妙的揉和了，尤其是以簡單而平易的事象表現出來令人顫抖而深邃的內在世界，這是最不容易的一點。他以一種巧妙的經營，以選擇和按配，把事物和素材鮮活的納入了作品中，令人有親切的感覺。這種眞眞實實的表現不能不算是一個可以借鏡的優點吧！這個時候，還以爲詩必須是玄之又玄，越不親近越好，越難讀越超現實的作者多得是哩！

5

白萩自語着：「我決不在一個安定點，安置自己，我的歷程就是我的目的。在地平線外空無一物，我還是要向它走去」這一番話印證於「天空象徵」，我們有理由相信，白萩在未來的創作中，必然會更顯其千變萬化的魅力。

偉大的作家、偉大的詩人，必須不斷的寫、拚命的寫，更必須把他的生命投入他的創作。白萩是有着「不斷的寫」的慾望的詩人，白萩是把生命的投影做詩作的骰子孤注一擲的詩人，白萩是不是偉大得起來呢？我們暫時不要斷然下結論，然而「天空象徵」不只是一隻鳥唱出來的嘔血的歌，更是一個詩人吐血的心聲，這是在使命感、責任感兼具的詩人才能够做到的。這是白萩才能做到的。

我不震懾於白萩赫赫的詩底歷程或者衆人給予的掌聲，我却感到白萩的威脅日漸增加，那是在他的「年輕」這一點上——不只是對年長一輩而言，更是對年輕一輩而言——他是不可忽視的「年輕」的，這是讀了「天空象徵」之後的另一個感受。

白萩簡論

簡誠

白萩是一個孤高的詩人。

「一隻離群的雁」，在白萩的作品中不知覺的表現強烈的反逆精神。

他早期的詩雖然以環繞着周遭的事物爲主題。不管他們是否屬於感傷、詠嘆、憐憫等一類，却明顯地流露出白萩對現實與理想兩個世界對立的衝突中持有一種準確而深刻的解剖力。

在「囚鷹」、「瀑布」、「神殿之月」、「落葉」、「流浪者」、「蛾之死」中，他給予客觀存在的物象强韌的生命力，當物象們無法超越痛苦時，白萩又企圖收回痛苦，讓自己來承受。

「蛾之死」一集中白萩犀利地評判、實驗的精神，是最主要的價值。

試觀白萩的詩底演變是令人驚訝的，從早期的「蛾之死」經過「風的薔薇」到「天空象徵」，我們必須一首一首的予以剖視，才能窺見白萩的世界。

至少直到目前，尚不能論斷白萩是否爲一個虛無主義者，事實上，在今日文學作品中虛無往往被誤解而成爲遭受攻擊的對象，尼采（Nietzche）也說過：虛無有「對實存論感到疲乏」之後落魄而被動的，和站在否定現世的價值創造的主動性兩種。白萩應屬後者，是異於陶淵明一類，然而不論白萩是否有虛無主義的意向，偉大的作品仍然是偉大的作品，虛無祇有他的外貌。

白萩的詩自早期的「夕暮」、「縱使」、到近期的「雁」、「貓」、「琴」等，雖然由白萩複雜的性格而呈現諸多風貌的作品中，因爲潛意識存在而自然地流露出保持着一貫的宇宙觀，企望與自然萬物冥化而爲一的思想，儘管在現實的波濤中，依然强烈地保有統一的意念。

如此常令我們不由自覺地感到他的不可思議，一個感性强烈的詩人，猶能以高度知覺的眼光，獨特地觀照萬物，使物象還原於外部世界成爲存在的獨立狀態，使物象與物象之間聯繫交互不同的個性，互相發揮生命力。

白萩老早地意識到物象間必須互相依賴不可分離的眞理。

尤其是「雁」、「貓」乃成爲他的思想的代表作。

而當黃昏，有人的戀愛消隱如彩雲之逝
你遂成爲沉默的鐘，含納了天地間的熱情
嚼味於千萬年中，重重疊疊記憶的冷漠

（山）

在這裡
把腿彈成張緊的弓
釘視着斜陽步過欄干的投影
像蠅紙上的蒼蠅

（標本獅）

眼眶將被黑暗侵蝕爲兩口深井
千百年地祗盛着冷雨。而在
暗無遠處的路上，我們將眼睛
交給星星照着流浪的身影

（以白晝死去）

從「死亡」的碎片檢取生命的「原生質」，復從「生命」觸及隱藏的「死亡」，從「存在」意識到「虛無」，復從「虛無」領悟「存在」的奧妙。生存既寓於無法言喻的現實中，只能企盼以「未來」光榮的透視自負。

白萩腦裡一直孕育令萬物本着個性，順其自然的意念，他希望讓一粒種子，萌芽、成長、開花、結果、枯萎、凋謝，他更希望讓蝶蜂採蜜。

這種無言的成長，無言的衰落，便是白萩的意圖，令痛苦融化喜悅中，使憤怒沉入快樂中，在黑暗中緊抓一絲光線，在毀滅中回顧昔日光榮的依恃。

在那年年相同的面孔中。好像
我們已活過幾千年的愛情。秋
天還是一樣的秋天。那些豆芽黃的
面孔戰爭的輪追逐的脚
（秋）

你熟悉那些，就如
昨日之吻，仍溫暖的留在唇上
（昔日的）

天空還是祖先飛過的天空
廣大虛無如一句不變的叮嚀
我們還是如祖先的翅膀。鼓在風上
繼續着一個意志陷入一個不完的魘夢
（雁）

醒來便如海底的巖穴開向萬潯的黑潮
感覺世界如此之遠，無法懷抱
如一朵黃菊可瓣瓣撕裂的新娘
（貓）

豐富的感情、豐富的體驗、敏銳的觀察力、駕馭語言的能力，這些更可能使白萩成爲宇宙性的詩人。

高度控制語言的能力，使他的每一首詩充滿色彩、音響的芬芳，而彌補了白萩對純粹時間藝術——音樂的薄弱敏感；在白的萩詩中，雕刻的造型感覺，繪畫的造境感覺，或多或少的偏重，使他的詩的空間性頗爲濃厚。

白萩由形象轉向語言；由精神而感覺，然而還是一物兩面的說法，因爲唯有語言才能使物象存在，白萩深知存在的語言世界只是經驗世界的一部份，並且還隔着一層感官的障礙。因此唯有改進語言，才能使心象更準確更顯明，才能有創作偉大的詩的可能，勢所必然，偉大的詩人常對語言有新的創意。

他並不屬於任何的流派，他融合各派的技巧，花費一番心血，他吸收傳統，又排斥傳統。尤其是他詩語的精美頗使他的詩能受長期的考驗，它的深度、廣度、密度的細緻充滿着神秘的暗示性，如「不知覺的死亡」一詩中：

有時，不經意的睡去似一塊化石
在死亡，在微弱的星光下，在
深不可測的黑夜中，死亡
祇是散去的熱度，幾乎不可知覺
爲目所不能視
（不知覺的死亡）

無疑的，白萩的詩是被置於偉大的一類，他的詩遠遠的超越了同時代許多詩人的作品，至於他的定位則有待於將來的評價。

納蕤思解說

傅　敏

天空

白萩

天空必有母親般溫柔的胸脯。那樣廣延，可以感到鮮血的溫暖，隨時保持着慰撫的姿態。
而阿火躺在撕碎的花朵般的戰壕
爲槍所擊傷。雙眼垂死的望着天空
充滿成爲生命的懊恨

不自願地被出生
不自願地被死亡

然後他艱難地舉槍朝着天空
將天空射殺

肯定地詮釋「天空必有母親般溫柔的胸脯。那樣廣延，可以感到鮮血的溫暖，隨時保持着慰撫的姿態」。似乎自己回到剛被出生時，吸吮母親溫柔的乳房時的最初的，未被雕塑的感受。但，鮮血一般的溫暖，無疑是必須付出極大的代價而終必爲一霎那的舒適悔恨的吧！被槍所擊傷的阿火躺在戰壕，撕碎的花朵一般的戰壕，成爲戰爭這一神聖名詞之下的犧牲，是比爲其他打擊更强烈的傷，更明顯地揭示了對現代生存環境的抗議。

「雙眼垂死的望着天空，充滿成爲生命的懊恨」。躺在戰壕裡唯一可仰望的便是天空了，無望地觸及那片遼濶的，可以感覺到母親的景色，竟然祇充滿成生命的懊恨，已經即便母親也變成了造成自己無依生命的歸罪的肉體，她的溫柔的胸脯已經不是嬰兒時，佈滿慰撫的溫柔的領域。

「不自願地被出生，不自願地被死亡」，則吶喊的現代人生存在的不可選擇的苦痛。一切都是不自願的，被死亡、被出生，是對存在的環境一項强烈的抗議。

孤零零地最後的掙扎則是至死仍不斷地悔恨那種象徵着母親溫柔胸脯的天空，舉着槍朝天空射殺的恨的昇華。

金絲雀

白萩

把整個世界關在檻外
那是不可信賴的陌生人
充滿窺探的眼
竊聽的耳

遺忘自己的存在吧

立在空隙地帶的一隅
將生命消磨吧
（當天空洩下晨光
擊痛了翅膀）
這個世界有誰可看見那是盲眼

不被信賴的生命
把歌唱給沒有人聽吧
把血一滴一滴地
從胸中釋放

唉，我唯一的金絲雀
每日每日地啄掉翅膀的羽毛
每日每日用歌聲吐着血

對被囚禁的生命提出悲憫的訴說，彷彿被囚禁的生命也正在替人的存在訴說着不可解脫的命運。而特別以金絲雀爲主題怕是作者對於美麗的軀體强烈地展現極端「存在」「痛苦」的差距，給予敏感的注意吧！

把整個世界關在檻外，欄柵不祇形成了人對於牠的桎梏，也是牠對人的抗拒。因爲若不如此把外在世界關在檻外，遲早也得結束在自然世界中悠然的飛翔。事實上，世界的每一角落，在今日已充滿了陷阱，無由棲止和飛翔。

從檻內看世界，那是不可信賴的陌生人，充滿窺探的眼、竊聽的耳。整個世界看來是不可信賴的陌生人，所能感覺的祇是數不盡的窺探和竊聽等對於被桎梏的生命仍不斷施予的壓迫。

當對於外在的壓力沒有力量去抵抗時，以消極地去折磨自己的生命的相反態度向敵人抗議，甚至死而後已的精神隨之表現在金絲雀對檻外世界的無望之後。

「遺忘自己的存在吧！立在空隙地帶的一隅，將生命消磨吧！」這是何等的殘酷的解說呵！甚至晨光從天空輝映下來，也已成了銳利的擊痛了翅膀的，而使它受傷，無法飛翔的武器了。「這個世界有誰可看見那是盲眼」是一句耐人尋味的話。祇有盲眼可看見，或者沒有人能看見因爲都是盲眼、都是盲了目的金絲雀。

不被信賴的生命，既然被桎梏在檻內，但歌唱仍是牠生命的一部份。人以爲必須囚禁牠才能永遠地聽見歌聲，但牠已不在爲人歌唱，而是爲自己痛苦的生命吐露出無奈的嘆息，輓歌一般地把血一滴一滴地從胸中釋放，迫切地使人感到死乃是一項釋放。

「唉，我唯一的金絲雀，每日每日地啄掉羽毛，每日每日用歌聲吐着血」。正是做爲人的不斷地審視牠被囚禁的生命的哀然而產生的一顆不被遏抑的同情，充其量地祇能在金絲雀已消磨了牠生命成爲憔悴的形體時，而無望地彷彿對人的本身悲憫而正好給予感嘆的哀呼而已。

慢慢道來

何瑞雄

祇要你輕輕地將我們觸及，晨光
祇要輕輕地將我們的夢戳破
我們便要醒來，帶上面具
在世界的跟前，做一個無所謂的人

這是白萩「祇要晨光醒來」一詩的第一段。落筆輕輕的，也沒有什麼足以驚人的地方撼動我們；我們很自然地往下看第二段：

我們有死的愴痛
當鷹鷲滑過天空
影子投在青青的草上
我們要做一個無所謂的人

這是第二段的六行中的前四行，乃首段之衍展。首段的意思漸漸顯豁、漸漸加强。這時，應該特別一提的是：「鷹鷲」一詞的暗喻，設計得相當富有匠心，可收到與「無所謂的人」互成對比的有力效果。但讀詩的人讀到這裡，還是和首段一樣，覺得輕輕的、鬆鬆的。然後突然：——

哈哈大笑帶上面具
在肚子裡流眼淚

——接觸到這第二段的末尾兩行，心便突然一震、一沉，暗暗感動。經過這兩行點出了主題以後，前面八行都全部生動起來了。

祇要你從黑暗中醒來
我們便已死去
帶上面具
做一個無所謂的人

作者的意思既已交代清楚，這最後一段的四行，便又輕輕地呼應一下首段，戛然而止。好！

作品欣賞

綺白

貝殼集

A、貝殼

「貝殼」頗似覃子豪先生底「海洋」遺風。句法、寓意、節奏都甚為明俐輕逸。作者由外而內的泚描，復詳加肌理的剖示殼裏兩個世界的奧秘，給讀者以迴異的情趣。這等即興小品，美則美矣，惜說明多於表現，往往祇讓人盪漾一陣，隨即忘掉。

B、皮球

「小皮球，小皮球，女孩小小心兒，掉進了古井」。有這四句淒意的結尾，簡君的用心就沒白廢了。

C、追憶之歌

嚴格說來，「貝殼集」當以此詩較富意味。「追憶原祗是旅客留言欄上的字眼，等待另一個旅客擦拭」。我很欣賞；作者在那種喧噪的候車站，會悟出如此感人肺腑的妙句。姑不論現代詩如何遭人非議，若連本詩也有艱澀之感，那我們就不得不各掃門前雪了。

D、戰爭、死亡、愛情

設想簡君是個廿左右的年輕人，在沒有眞正經歷過戰爭，死亡的邊際而產生此作，就詩論詩，我祗能說他是由某些小說裏得來的片斷知識而已。

E、故鄉之歌

「故鄉之歌」有着傳統式的結構，却無新銳的創意、苛刻點，把他們組合起來，與普通的散文又有什麽兩樣呢？

泡沫集

一、泡沫

①說「愛」

泡沫是否眞的會刺痛手，明台君不無疏忽之疑。末二句——一手溫馨底 泡沫——有無必要硬拆開來，也令人費解。挑剔了這些瑕疵，我仍得擊賞一番；由於他的「愛」，使我身俱同感。不，所有客居異地的光棍們。

②談「夢」

緣「愛」而「夢」，似乎有意從一個模子塑造出不同的樣品，不同的意境。事實上，怕是白廢心了。

③解「惑」

「惑」仍爲「夢」所纒，「浸在記憶的泡沫裡，永遠也沒有潔淨的衣裳嗎？」，套一句作爲前文說過的。如果想讓泡沫功效些，就該「揉搓了又揉搓」啊！

二、火石

我很奇怪；明台君受過正統的本國語文教育，爲什麽會寫出像桓夫先生那樣的日譯詩呢？（少部份），例如「恒常那麽嘔心似的冲刷了腦袋 憎惡地」，既不是有心破壞或創建，豈非做作。

即興四首

A、謝謝

畢竟薑是老的辣。在這裡，我並非說作者的實際年齡。而乃指他的詩齡。以作者的天才橫溢和壯邁氣魄來寫即興小品，確是綽綽有餘，絲毫不費勁兒。「那些手要採摘些什麽，那些無知的花兒怒放着，在母親的胸脯上，看着天空」，他仍採用「風的薔薇」一貫的手法。祗是比較看不出賣弄技巧的痕跡。換言之，直切的觸及生活的每一片面。當然，那種笑裏帶淚的自嘲，「看着天空有什麽用？」，「謝謝你，太謝謝你了」，更令人鼻酸。

B、催喚着催喚着

「我不知道爲什麽這樣，祗知道已被這樣」。在口語大衆化的今天，這樣那樣已教人濫用腐霉得黃梅調了。現在，作者大膽的配置成這個樣子，效果奇佳。從而觀之，藝術的取材，不在乎高格或平俗，而是創作者的窮工異穎了。

D、向日葵

阿火能在石頭中收穫稻糧嗎？就像目前現代詩能否被編列教科書上一樣。並不是絕對不可能，但，至少在最近希望還很緲茫。於是他祗有——把自己種在穴裏，祗剩頭部看着太陽，像一株向日葵。

C、鳥兒

「失貞的眼淚」似乎非作者始創。引用於「夜走了」之後卻異常貼切。整個現代詩壇上，往往發現許多似是而非的風貌。即如我不欲品評的「莓溪畔」，簡直是鄭愁予、葉珊的化合物。鳥兒自有鳥兒的作者的異人意象。即使不附上「白萩」的名字，讀者雪亮的眼睛一看就能辨別出「流浪者」獨來獨往的悅人風貌。

五十八年七月一日寫于湖口

作品欣賞

鄭炯明

A　聽海的人

讀張默的論述，再讀這首「聽海的人」，多少會覺得它們之間的步調有不協調的地方，似乎張默在寫詩評的時候，喜歡把自己放在所謂較前衛的位置，引用外國詩人的話來加强本身的論點，姑不論被評述的對象是否如此，至少，「聽海的人」不會給我們那種感覺。較早前張默寫過一首「關於海喲」，如果拿來和這首相對照讀，我們可以發現張默的詩的語言在運用上，大致是沒有什麼改變的。不過，有一點我們可以肯定的就是，「關於海喲」的聯想僅限於海，而在「聽海的人」裡，卻已經有了「時間之海」更深一層的感受，而且說「似應把我們最最原始最最美麗的迷亂埋藏」，我想，這便是張默在這首詩的「詩想」吧。

B　龍燈的遊戲

古丁的「龍灯的遊戲」是首帶有「中國色彩」的詩。雖然「中國龍不再是眞正能嚇人的巨物」，大家仍「活得沾沾自喜」，由此，我們應進一步認識，「眞實的傳統不是從過去貫穿着現在的價值，而必須從未來到現在，而且貫穿着過去的價值」（鮎川信夫語）。「中國」這兩個字，須打破古老民族的象徵的狹窄意義，參加人類現代悲劇的預演，才能放射永恒的光輝。

C　貝殼集

讀完簡誠的「貝殼集」，我驚訝於他那份純然眞摯的感情，我不以爲這是由於作者初次踏入詩國的原故，而是因作者能確切把握住詩精神和語言的結果。今天，我們必須重視年輕一代對詩的再認識，亦即對語言所持有的新的自覺，此種自覺，無疑是日後他們在創作上，最可靠的資本。

試看「貝殼」一詩，充滿着令人親切的寧靜和溫柔，因爲在那個世界裡，無「時間的鄉愁」。而「皮球」題材的平凡，愈能顯現出純稚之情的流露，在詩的結構上是完整的。其他如「追憶之歌」等，也有水準的表現。

D　土地廟

淳樸的王浩在「土地廟」所描述的，是我們這個時代的一大諷刺，爲什麼這種無主張的、依賴性的習俗，會滲進文化遺產裡而繼續存在呢？這不是一個簡單的問題，而詩人能做的努力，只是暴露它而已。

E　銀　河

那是一堆令人望而生畏的鉛字。作者故意在形式上築起一道籓籬，讓讀者迷惑、畏懼、不敢親近。

詩壇散步

柳文哲

天空象徵
白萩 著
田園出版社
58年6月出版

當整個詩壇正在躍進的時候，我們無法預測它的未來；同樣地，當一個詩人正在躍進的時候，我們也無法預測他的未來。儘管白萩在第一詩集「蛾之死」（註1）出版以前，已經寫過約四、五百首左右的詩，但從他的詩作中，我每讀他的新作，幾乎每一次都會感受到他又面臨了一次生命體驗的全新的對決。

讀白萩的詩，乍看之下，只是驚訝於他那新鮮的意象跳躍在那種白描一般的語言中。然而，細讀以後，我們將進一步發現，白萩是握着一隻塗着原色的油畫的筆，不亂調配水份，細心而又大膽地直接構圖着。就詩的題材來說，白萩是以他心靈的感動去作自由的抉擇，因此，即使別人已寫過，甚至他自己也已寫過，只要他要再寫的話，他便對準了透視的焦距，很準確地去表現出新意。爲什麽白萩具有這種詩人最難得的一份表現力呢？

記得已故的詩人覃子豪先生曾經拿着一份白萩的詩稿，用他那種四川腔的口音低沉地對我說：「白萩會偷詩，別人說不出，或只說了一半，一到白萩手裡，便給說出了！」（註2）誠然，同樣使用一種類似的比擬；當周夢蝶吟詠着「你是我底一面鏡子」，而白萩却歌詠着「你似一輪明月走過我心的湖底」；前者是平舖直敍，而後者却是迂迴象徵。

「天空象徵」是白萩的第三詩集（註3），包括「以白晝死去」、「阿火世界」以及「天空與鳥」。我們看看白萩在詩的創作上是不是又邁向了一個新的里程呢？的確，語言在未經過詩人鍛鍊以前，即使是所謂美麗的字眼，也不是詩的語言。而題材在未經過詩人表現以前，也無所謂詩的或非詩的，唯有通過了詩人的表現，才可以斷言是屬於詩的或非詩的。因此，白萩在這集子裡，試圖以一些白描的語法，以及一些通俗的題材，去作他重新的安排與選擇。

第一輯是「以白晝死去」。

這一輯還有一些是「風的薔薇」（註4）底延伸的意味，然而，表現却更徹底。在「路有千條樹有千根」，他紀念死去的父母，末了低沉地傾訴着：

「在這擾擾的世界之內
　祇剩我一個
一個。」

這是多麽地簡潔而又沉痛的呼喚啊！這該是白萩所說的「從詩中驅逐一切形容，而以赤裸裸的面目逼視你」吧！（註5）

像「野草」的悲哀，是很平凡的；像「雁」的意志，却是頗爲不凡的，然而，還是有一種無可奈何的意味。「貓」是一共六首詩的組曲，我較欣賞2、3、4三首。白萩不想做風景畫家，也不想做人物速寫者，他不願只是做一個即景寫情的抒情詩人而已，那麽，他願做一個探求生存意志的悲劇詩人嗎？在他的「貓」所表現的，即不是波特萊爾那種充滿了性的誘惑的貓，也不是夏目漱石那種窺探了人性的脆弱的貓，白萩的貓，如果說「我即貓，貓即我」也未嘗不可。試看他的第四首，如是歌詠着：

「闇穴的天空無依的星是我孤獨的照耀
在這暗房的世界我的內部亦有暗房
沒有脚步叩響其間
啊世界！我們誰是眞實？
瞪着雙眼在照亮你的邊際
而誰可在內部照亮着我？
在你的內部我啼叫着
而誰可在內部呼喚着我？
闇穴的天空無依的星是我孤獨的照耀
啊世界，我們誰是眞實？」

他不斷地反覆追問着：

「啊世界，我們誰是眞實？」
「而誰可在內部照亮着我？」

他用反問法套問生命的眞實，是一種生命內在的探索吧！

第二輯是「阿火世界」。

在這一輯中，他的轉變正如他早期的圖示詩的實驗一樣，他在尋找着一種屬於他的一種可能，這種可能，就是用近乎口語粗俗的句法，去反抗唐詩宋詞的因襲，去批判綺詞艷語的流行，換句話說，用這種活生生的語言，才能寫出生命中最沉痛的呼聲。雖然，白萩的轉變並未表示就是一種成功，但却是相當有力的一招。

在「母親」中，「媽媽被遺棄」似乎是雙重的悲哀。在「寸土寸金」中，「世界這麼小沒有地方窩一窩」，彷彿是窮途末路流浪者淒涼的寫照。在「養鳥問題」中，「却看到：未出世的自己」，竟諷刺了生存的可悲。在「世界的一滴」中，「我們是雨中的雨滴暫時成爲：一」，更表現了在烽火人間的悲歡離合。

白萩把貫用的第一人稱改用每三人稱；在「天空」的第二首中，他歌詠着「不自願的被出生不自願的被死亡」；顯然跟他使用第一人稱「路有千條樹有千根」紀念死去的父母，粗看是有點兒矛盾的，然而，仔細想一想，前着是表現了在戰爭下生命的空虛，而後者却象徵了世界中的孤寂。所以，「將天空射殺」只是表示了已逐漸地失去了生命底最後的掙扎而已。

「阿火世界」是以第三人稱表現主人公阿火的現實世界，寓平凡於不平凡，亦寓不平凡於平凡裡。

第三輯是「天空與鳥」。

通過了「阿火世界」，那種近乎口語化的白描，作者又回歸於第一人稱的寫法，甚至在最後第二首「淸明」，又紀念起他死去的父母，彷彿是對於上一代的無辜與下一代的受難作了一種强烈的對比。

如果天空象徵了想像的世界，那麼，鳥兒該是代表了現實的世界。前者是永恆的存在，而後者是變幻的存在。「鳥兒」一首雖非這一輯的最佳作品，却頗能象徵作者那種堅强的信念，而「誰讓我們」與「休憩的點」兩首，該是這種信念的發展。

歷史不一定給我們教訓，生命不一定給我們意義；教訓是我們去挖掘的，意義是我們去表出的。因此，對於詩來說，我們不能給予有限的界說，必須是在生命實存的境地，必須是在想像創造的境界，透視了人類不可抗拒的悲劇意識，才具有詩內在的價值。

簡言之，在我們這一代的中國詩人群中，他是一個不可忽視的硬朗的存在，堅定而富有創造力。然而，白萩在超越了語言，超越了美感經驗，是不是能在表現的眞以及偉大性上探求更深刻的創造精神呢？從「阿火世界」看來，他還是粗糙的；但從「天空與鳥」看來，他能不能成爲一個新的希望，新的可能呢？

（註1）參閱「蛾之死」的「後記」。

（註2）民國四十五年的事，筆者到臺北升學的第一學期。

（註3）「天空象徵」列入田園文庫，由田園出版社出版。河馬文庫的「白萩詩抄」係早期作品的整理。

（註4）「風的薔薇」爲白萩第二詩集，列入笠叢書民國五十四年出版。

（註5）見「天空象徵」的「後記」。

出版消息

△洛夫詩評論集「詩人之鏡」，係收集十篇評論、兩篇翻譯而成，列入「大業現代文學叢書」出版，特價十五元。

△白萩詩集「天空象徵」，爲近年來主要作品的結集，語言精鍊，詩風硬朗，列入田園文庫，由田園出版社出版，定價十六元。

△羅門詩集「死亡之塔」，列入藍星詩叢，定價二十元。

△藍藍詩集「嗚咽的音符」，列入藍燈叢書，定價十二元。

△林煥彰詩集「斑鳩與陷阱」，係繼「牧雲初集」以後的結集，詩風樸實，亦已列入田園文庫，由田園出版社出版，定價十四元。

△林綠詩集「手中的夜」，已列入「星座詩叢」出版，定價十二元。

△「文藝」第一期創刊，已於民國五十八年七月七日出版，定價十元。第二期六月已出版。

△「幼獅文藝」六月詩專號，有詩創作、翻譯、報導、評論及研究，出版後銷路頗佳。

△「中央」月刊六月號亦出「詩專輯」，以創作爲主。

△「臺灣文藝」第廿四期已出版，並成立吳濁流文學獎基金會，該刊自由詩欄由許其正主選。

△「葡萄園」第廿八期已於詩人節出版。

△「星座」第十三期出版，本期有專論及中文詩英譯。

△臺大「海洋」詩刊第七卷第二期已出版，臺大海洋詩社徵詩比賽亦已揭曉；第一名爲洪素麗的「旅館」，第二名爲黃慶源的「牧童」，第三名爲鄭培凱的「第七葉」，其他佳作五名。

△師大「噴泉」詩刊第四期已於詩人節出版，內容較以往更爲充實。

△臺北師專「心潮」第四期亦已於詩人節出版。

△「盤古詩頁」第九期、第十期均已出版，另出版中英對照版第一期。

△王安博譯詩集赫美內斯「遙遠的海」，已由純文學社出版，定價二十元。

▼詩人鍾鼎文致詞

▼詩人洛夫致詞及會場盛況

▼本社同仁會

▼詩人瘂弦致詞

▼年輕一代在集結

▼詩人羅行致詞

笠詩社出席五週年紀念會同仁合影

笠双月詩刊　第三十二期

民國五十三年　六　月十五日創刊

民國五十八年　八　月十五日出版

出版社：笠詩刊社

發行人：黃騰輝

社　長：吳瀛濤

社　址：臺北市忠孝路二段二五一巷10弄9號

資料室：彰化市華陽里南郭路一巷10號

編輯部：臺北市林森北路85巷19號四樓

經理部：臺北市南港區南港路一段30巷26號

定　價：每冊新臺幣　六　元

日幣六十元　港幣一元

非幣　一元　美金二角

訂　閱：全年六期新臺幣三十元

半年三期新臺幣十五元

●郵政劃撥第五五七四號林煥彰帳戶

（小額郵票通用）

中華民國內政部登記內版臺誌字第二〇九〇號

中華郵政臺字第二〇〇七號執照登記為第一類新聞紙

民國五十三年六月十五日創刊

33

笠 33期 目錄　Li Poetry Magazine; NQ; 33

珍惜任勞任怨的精神

楓堤

A

有感於民族精神乃文學的血肉，愈深自體會化小我之感情，以舒民族之心情的迫切。文學如不能表達出民族的呼聲，則詩人未發揚實質的價值，不辯自明。

我在「紅葉」中寫出：

……獨守在頑石旁
背負着蒼白的水仙
任血一滴，一滴……
沒有怨嘆……

在同(29)期「笠」上，讀到白萩兄的「金絲雀」，實有深獲我心之感：

……不被信賴的生命
把歌唱給沒有人聽吧
把血一滴一滴地
從胸中釋放
唉，我唯一的金絲雀
每日每日地啄掉翅膀的羽毛
每日每日用歌聲吐着血

當詩人覺醒到用吐血的歌聲來嘔吐民族的命運時，則實質生命的文學，已透露曙光。

B

先祖們開闢草萊、胼手胝足的刻苦精神，一直溫暖着我們的鮮血，且讀何瑞雄兄的「告白」：

噢，我們……
不慣於安逸，不慣於享樂
不慣於仰賴，不慣於求保佑。
……我們要投身到
風雨中去爭一日一日的生存。
沒有怨言。
…………

詩人所詠吟的已不僅在砥礪我們，誰能瞭解那詩裡行間滿懷着悲痛的勸告和震擊呢？這種任勞任怨的民族精神，便是我們所該珍惜與自勵的。難道我們也去貪圖享樂、爭權奪利，遺忘祖先爲我們開創生存環境的血汗和苦心嗎？何瑞雄兄的「壓路機之歌」，可以給我們最好的警惕。

C

任勞任怨的精神，表現在作爲和風範上，即爲所應爲的骨氣。試簡論之，有所爲時，當仁不讓，決不做出有所不爲狀，斯之謂任勞；反之，即有所不爲時，決不勉强有所爲，斯之謂任怨。

讓我們保持「人」(human being)的傲氣、珍惜任勞任怨的「笠」精神。

沙克絲的世界

李魁賢

德國在第三帝國期間，希特勒採取高壓恐怖手段對待異己，於是第一流的心靈，不是學金人三緘其口，如詩人賓恩(Gottfried Benn)，便是紛紛逃亡國外，如托瑪斯曼(Thomas Mann)和亨利希曼(Heinrich Mann)兄弟、布洛德(Max Brod)、維費(Franz Werfel)、褚懷格(Arnold Zweig)、布洛克(Hermann Broch)、朱科邁爾(Carl Zuckmayer)、普雷希特(Bert Brecht)雷馬克(Erich M. Remarque)，以及沙克絲女士等等。

沙克絲(Nelly Sachs)，一八九一年十二月十日生於柏林，是獨生女，其父為有成就的工業家。沙克絲幼年時，在一幢美麗的別墅中長大，接受了極為開化的家教，浸浴在高尚的環境中。從早年便開始習舞、學音樂、寫作，過着多姿多采的生活。十七歲開始寫詩，完全表現了羅曼主義的風格。其實，早期作品，無論是故事、小說、劇本等，莫不洋溢着羅曼精神。

沙克絲結織了瑞典女詩人拉哲洛芙(Selma Lagerlöf，一九○九年諾貝爾文學獎得主)，並開始與她通訊。由於這層關係，後來經由拉哲洛芙籲請瑞典皇家的協助，沙克絲才能逃出了希特勒的魔掌。

沙克絲，這位一九六六年的諾貝爾文學獎得主，是德籍猶太後裔，和她同得獎金的艾格農(Shmuel Yosef Agnon)，也是猶太人。由於具有猶太血統，所以她和當時同樣逃亡異域的作家不同，她的放逐不只是她自己的命運而已，而是揹負着全猶太民族的命運。沙克絲對這一點的自覺，成為她後期詩篇中的重要支柱。

戰時，瘋狂的希特勒大量屠殺猶太人，數以百萬計。猶太人一時成了最悲慘的民族，死的死，關的關，能僥倖逃過魔掌的又剩下幾許？溝壑的血肉模糊，集中營的哀聲悽厲，這些慘絕人寰、令人不忍卒睹的噩夢，在沙克絲詩中都留下了記載。她把悲哀昇華為藝術，留待千秋萬世去評斷。

德國無辜的國民，也遭受到戰火慘痛的洗禮。戰後，萬目瘡痍，一片瓦礫，無數孤魂，也造成了多少無家可歸的傷心人。幸能保全性命的，歸來眼見故鄉，已是面目全非，自己恍如此世間的異鄉人了。

基於此背景的瞭解，沙克絲女士詩中常以死亡、破滅等的意象，來烘托她深邃的悲痛，自然不足為怪了。尤其是「死亡」，幾乎成了沙克絲詩中最親切的字眼，是蹲居在她內心的思維，纏繞在她頸間的項鍊，在詩中自然地流露、展示出來。

沙克絲的詩屬於「冷」的一型，她的敍述低沉，但聲聲打動讀者的心坎，她已經把情緒禁錮住，不使之泛濫。絕不流於熱血沸騰的呼喊，她甘願把悲憤的情緒，在自己的內心裡煎熬，熬出藝術的濃汁，讓讀者體味到一股辛酸，縈迴心頭，却無由分說。

難得的是，並不因為她個人以及猶太民族遭受的悲痛而憎恨，她仍是出之於愛心來賦詩。一九六五年德國書商和平獎頒獎給她時，褒詞上說：「她在殘酷的時代負起了猶太人的命運，並調和德國人與猶太人，不使發生矛盾。」

在詩藝上，沙克絲女士也同樣遭到曲折的命運，她原先並不爲了發表或博得詩人的頭銜而寫作。她只是自覺到猶太人的命運，要靠她的一支筆來發揚，於是她不停地寫，寫。沙克絲的後期作品，都是在流亡國外期間完成，包含有詩、神秘劇、詩劇等。她埋頭寫作，歷經十餘寒暑，方才受到評論家的重視與讚賞。一九五七年，獲得瑞典詩人協會文學獎，接着獲一九五九年德國工業聯盟的文化獎，一九六〇年鐸樂斯特獎（Droste-preis），一九六一年多特芒市（Dortmund）文學獎，一九六五年德國書商和平獎，而以一九六六年得諾貝爾獎，達到最高潮。

沙克絲的詩，在探求猶太人殉道知覺問題的答案。她找到這個根源，因爲她整個的生命與民族結合在一起。在語言的奧祕中，她看出「存在的產生」，她說：「語言就是我的存在」（Die Sprache ist meine Existenz）。她的文字融合了舞蹈的旋律與姿勢，帶有豐富的知覺與象徵，如像下例詩中的「砂」字：

可是誰把你們鞋中的砂傾空出來，
當你們必須挺身走向死亡時？
攜回以色列家鄉的砂，
這是流浪的砂嗎？
燒灼的西奈砂，
混雜着夜鶯的嗓子，
混雜着蝴蝶的翅翼，
混雜着蛇類渴望的塵埃，
混雜着遺棄了所羅門王智慧的一切，
混雜着苦艾酒奧祕的苦味——
啊，你們手指呀，
把死亡鞋中的砂傾空出來的手指呀，
明天你們就要變成塵土了，
在未來者的鞋裡！

——詩集『在死亡的寓所』

「砂」成了渺小生命的象徵，又如：

砂在獸穴舞蹈

砂粒在絞盤索上鑄造

表現了生命的恐懼、焦慮與無告。沙克絲在意象上的塑造，非常強悍有力，幾乎會使讀者全身戰慄。

途上的肢體化爲塵土
而渴望的臉
俯在水面上

支離殘破的恐怖，歷歷如在目前。沙克絲一反德詩中傳統的幽玄作風，痛快淋漓地撕開人世幻滅的景象，血淋淋地攤開在歷史的公證之前。

這一張「渴望的臉」，「俯在水面上」，能看到什麼鏡花水月？肢體已化爲塵土，只剩下一張血肉糢糊的臉，還能渴望什麼？相對於「死亡」，「渴望」（Sehnsucht）一字在沙克絲詩中亦屢屢出現。如：

渴望着親吻遠方的盡端
所有穴居動物渴望把春蕊
以石器時代的指爪壓碎成淚滴

而對着現實的殺戮，詩人所歌詠的不僅是人間的一切幻覺，存在的不確定性而已，她教導我們掙扎，教導我們期待，教導我們有所渴望。

沙克絲善用象徵和詭諭的語言，常將文字加以壓縮並且往往避免使用動詞，使得詩的象徵意義更加閃爍不定，甚至難以捉摸。她以平凡的字眼創造出銳利而鮮活的意象，有時竟使讀者愕然無法探尋她的境界。但只要能撥開其文字象徵的內含，便會悟解其世界的遼濶。

論者或認爲她的詩已達到與里爾克詩同樣偉大之境，如白聯容（Walter A. Berendsohn）謂：「一種水準與里爾克同高的詩，雖然二者有所不同」。跟本上說，沙克絲與里爾克是無法做比較的，他們的詩路不同，沙克絲針貶時代的偏差，歌詠民族的憂傷，里爾克則探求物象的生命、人生的本質、存在的眞諦。他們的語言亦大有差別，沙克絲善用活躍的語言，喜歡組織成另有一番知覺意味的辭彙，里爾克則比較注重選擇精確、細膩的字眼。沙克絲幸能在垂暮之年（七十五歲），獲世界文壇的最高榮譽，里爾克則生前幾乎受到冷落，死後，作品才愈現光輝。

白聯容曾分析說：「要具備三個條件才能了解她的詩。第一要有像她那樣的經驗，第二要把握宗教的虔誠，第三要有能力讀她的詩而不必把她的詩變成日常生活當中理性的語言。如果把她的詩和克利(Paul Klee）的畫相比，那麼有助於此種了解，須知克利的畫並不代表事實的一種客觀，而是代表欣賞的人創造性的想像之路標——指向看不見的世界。也可以試想音樂作曲的經驗，不能把此種作曲變成日常的語言。她所經驗的事件造成這些詩的高度憂傷，而信仰把這些詩冶於一爐，融爲一體，達到更高的境界。」

沙克絲的詩集有：『在死亡的寓所』（In der Wohnungen des Todes, 1947）、『星辰暗淡』(Sternverdunkelung, 1949）、『而無人知道進一步的發展』（Und Niemand weiss weiter, 1957）、『逃竄與蛻變』(Flucht und Verwandlung, 1959）、『向無塵之旅』(Fahrt ins Staublose, 1961）、『死亡依然在慶生』(Noch feiert der Tod das Leben, 1962）、『熾熱的謎語』(Glühende Rätsel, 1964）。另外還有『詩選集』（Ausgewählte Gedichte, 1963）及『後期詩集』（Späte Gedichte,1965)兩種，惟都是上述各詩集的選集。

沙克絲介紹瑞典詩給德國詩壇頗多貢獻，曾出版瑞典詩選兩卷，其一：『屬於波浪與花崗岩』（Von Welle und Granit, 1947），係二十世紀詩選集，其二：『但太陽也是無家可歸』（Aber auch diese Sonne ist heimatlos, 1957），係當代詩選集。

蘇康出版社（Suhrkamp Verlag）於一九六八年出版了一部『沙克絲之書』（Das Buch der Nelly Sachs），由 Bengt Holmquist 編輯，共四四〇頁。第一部份是沙克絲二十年來詩文精選，第二部是對沙克絲的研究論文，執筆者都是一時之選的評論家，如亞樂曼（Beda Allemann）、殷成斯培格（H. M. Enzensberger）、鄭時（Walter Jens）、赫清格（Siegfried Helchinger）諸氏，並附有傳記資料及文獻，可以說是研究沙克絲的一部相當完備而重要的書。

我的詩觀之四

——談一九六五年的美國詩壇

Jack Gilbert　宋穎豪譯

我認爲詩乃是一種宏偉的見證，爲一種表達重要價值且加諸讀者的一種藝術。而這種價值涵容于詩時，則展露其最大的迫力，歷久不衰。詩的結構需要技巧，且結構本身就是一種喜悅。因此，如何使詩的形式與內容融和一體，嘗是一種秘密。

我認爲詩的主要用途不在其娛樂性，況且探測詩的門徑不一：許多人認爲詩是一種美的再創造、美本體的製造、抑爲對某一主題想像的飛揚、或者說詩是一種精美的展示。但我並不以爲然。而在我的內心中迴響着强烈且超乎一般臆料的漠大歌聲，歌頌愛情與死亡、善與惡、情慾、榮耀、以及其他重要的人生問題。我相信對這些事物的考量必將有所惠益，而詩尤爲其最佳的途徑。我認爲到頭來詩可以使事物油然繁滋。我相信詩在經營人生，我的人生。詩使我的人生豐盈，並指引我前進的方向。但是，我認爲詩並不是人生的另一種美好的選擇。

然而此一說法在今日的美國並不時麾。就批評家與名詩人的意見，目前流行的是一種典雅的情緻。許多詩人酸心于成色十足的詩，却不是重要的詩。而其傑作又嘗是人云亦云的濫觴。同時，甚多批評家都是些老僧入定的學者。他們堅持美學對詩的主要價值是屬于一種寧靜而古板式的生活。批評家們亦認爲詩即風格的一部機器，而且詩的內容附麗于詩的結構。于是，許多詩人與批評家似乎都是一群圓通、文雅、自覺性高、且懷有景慕之心，而又目不暇給，在瀏賞大教堂的遊客。他們個個彬彬儒雅、滿腹經綸；他們虔誠地尊重宗教的禮儀，且知教堂的三角窗等細節。如以潘華倫（Robert Penn Warren）的話來說：他們不是爲禱告而來。

誠然，所有的詩人與批評家並不盡然如此。最好的詩人當然不在此列。但我亦無意貶抑二十世紀的美國詩與文學評論。相反地，我認爲最近的五十年正是美國詩的黃金時代。過去的三個世紀當中，這個國家（美國）祇產生了兩位大詩人：惠特曼（Walt Whitman）與狄金蓀（Emily Dickinson）。可是，他們祇能代表其個人而非一個時代。然自一九一四年以後，我們有了龐德（Ezra Pound 1885—）、艾略特（T. S. Eliot 1888—1966）、史蒂文斯（Wallace Stevens 1879—1955）、韋廉士（William Carlos Williams 1883—1963）、佛洛斯特（Robert Frost 1874—1963）、與柯瑞恩（Hart Crane 1899—1932）等大詩人（Major Poets），以及一群可以允爲一個時代重要基石的小詩人（Minor Poets）。

不錯，那是一個偉大的時代，而今我們刻又邁進另一新穎的時代。在一九六三年的一年中，韋廉士（W. C. Williams）、佛洛斯特（R. Frost）、康明士（C. C. Cummings 1894—1963）、魯士珂（Theodore Roethke 1908—1963）與女詩人布拉絲（Sylvia Plath 192?—1963）等相繼亡故。於是乎，我們彷彿突然立臨于隱約而又不可以明見的分界點。當然，此一分界點將不爲歷史學者所承認。由于史蒂文斯、柯瑞恩、與艾略特相繼作古，而龐德已屆八十（譯者識——他曾因叛國被判入獄，四年前保釋後，却默然無詩）。曩的，我們意味到一個時代正在結束。

然而，他們的影響依舊不減當年。其中最重要者當推龐德與韋廉士。雖然，艾略特曾經風騷詩壇數十年，如今似乎已呈式微之勢。目前，年輕一代的詩人們已經很少提及他的名字。最近，我參加了普林斯頓大學主辦的一次文藝座談會，與會人員盡是今日全國各地出色的作家。在三天的會談中，我不曾聽見有任何人提及艾略特的名字。不過，他對那些認爲詩在知性、博學與撚鬚工夫的詩人們依然有很重大的影響力。在此影響之下，老道學派的文藝由焉而興。但在另一方面，龐德與韋廉士却向那些大學門外而朝氣蓬勃的詩人坦率地滔滔暢談。縱然如此，行在美國詩之社團的人們皆可清楚認出老一代詩人的黃金時代已經結束了，更使人感悟到以往屬于他們的時代，今天則是我們的時代。而對詩的爭辯猶在「繼承」的含義。不錯，早期詩的成就太偉大了，然我曷敢妄自菲薄，自暴自棄，對詩的流行袖手旁觀呢。

今天，我們並不缺少新詩人，而且他們似乎正在發展他們的高度才華，力爭上游中。不過，目前嶄露頭角的詩人很少可以列爲重要的詩人——縱以其潛力而論，亦談不上。前半世紀的詩人都有極其輝煌的成就，而當前最具雄心的詩人，他們的成就僅止于令人滿意或新異而已。去年（1964），我應聘爲文學刊物「西部創世」（West Genesis）的詩欄編輯，爲期甚短，但在最初的三個星期當中，我退回的詩稿不下五百件。我在退稿時，心情非常沉重，因爲截稿的期限已到，而我又急需要詩稿。可是，也委實找不出可用的稿件，遑論出色的作品。然而這些詩稿還是多來自那些曾經出版過幾本詩集的詩人們。于是，我向他們懇切解釋我的需要的詩應是具有意義的作品，並不在其份量。當然，我也得罪了不少的人。說實在地，這種選稿標準已經不常見了。

此外，今日美國的許多詩人嘗過份關切其詩人本業與聲譽，而不在乎其詩質的優劣。他們嘗集中其全付心力期以詩匠之尊躋身于某一流派。其實，今日覇持美國詩壇的就是這些流派。他們的登龍術不在詩的品質，祇求儘量多多出版(或刊登)其詩作，漸次躍身爲某一「詩公會」的會員之林。「公會」的性質乃在能主動保障會員的利益。其中劣詩自然不在少數，經過一段時間以後，有些詩人的忠誠及用功的程度已降至最低，更遑論其詩的庸俗與否了。

其中有一派別被稱爲學院派（The Establishment）或（Academic Poetry）。另一派並無名號，但常被人指爲「必特」詩（Beat Poetry）。其實，只有一少部份詩人屬于這一派。有時，有人稱他們爲「美國的底層」（American Underground）。他們亦可以稱爲美國詩壇的左派與右派，或保守派與激進派。這種分界難免有所攏統，但正足以代表美國詩壇現況的梗概。

所謂學院派詩，因爲這些詩人都供職于各大學中。他們的詩多屬于傳統的觀念。無論在其內容與形式均無激烈性的價值。就廣義言之，他們係運用現有的素材，予以相當的潤飾或加以善化。通常，他們的詩在批評社會或社會價值。顯然，他們的出身優良，他們的思想已經定形。有時，雖亦表示某種程度的異議，但依然保有其親和力。正好像是一位祇懂英語的人試以另一種語言來評價英語詩的美與價值。

這類詩人的畛域常侷限于大學的園地。除了週末休息以外，他們的天地常是離棄世界而隱逸的去處。（或者在一個孤獨的地方或恒在孤獨的旅行中）。他們多屬于紳士淑女之輩，相當富裕，修養好、工作勤奮，其作品散見于各大報刊，並且定期獲得各種獎金。他們對文學具有透澈的認識，受過高等教育，技巧超越。不過，除五、六位之外，他們大都是言之無物。

他們之所以如此，端因他們竟日奔忙于演講，別無其他生活可言，而且甚多是終生株守在校園中，先是學生而後任教師。他們幾乎全然居住在另一種設計的天地中，裝模作樣，自我遁離外界而在不溫不火的人們身上攝取營養。（他們常與不成熟的思想交往——這兩種人都將導致知識份子的營養不良症），剽竊他人的經驗。他們受過嚴肅的教育，生活嚴謹，一派道學。試問像這樣一位生活在如此環境的人如何能夠了解大宇宙呢？又如何能夠使人信服？當然，學院派勢將抗議：他們有其經驗。假如你再追問下去的話，你將發現他們的經驗常是屬于二、三十年以前的經驗。不過，他們仍將巧辯：他們和世界一樣有着抵觸、嫉妒、失意、雄心、房事、欺詐、弱點、腐敗、以及其他奇異的事業。讓我冒昧地回答他們：既使在幼稚園也有同樣的情事。

我堅持在小天地與大世界之間有着極大的差異。而在祇是活着與面對生死問題之間也有着差異。也許，他們又要狡辯：難道家庭生活不是最眞實而最基本的一種生存嗎？難道每晚都須清理垃圾，多年如一日，不也是一種大勇氣嗎？（最近，曾有一位教授這樣問過我）我說：那不是勇氣，而是刻苦自儉。我知道培育于郊區生活的現實中並不同于全然面對飢餓、死亡、獸性、苦難、道德、寂寞、愛情、以及其他重要事物的生活。

他們咆哮：難道婚姻之愛不是愛情嗎？不錯，在某一方面是一點不錯。然婚姻之愛常近乎一種柔馴的友誼或對失意的忍耐。許多結過婚的人自以爲懂得愛情，而常使人啞然失措。但我對那些娶一而終，數十年如一日，而其經驗僅侷限于大學圈圈的人，實在不敢領教。誠然，他們值得羨慕，但這種環境不可能產生專家權威。事實上，我見過甚多結婚多年的人依然對女人、愛情、甚至情慾，一無所知。他們常將愛情與貞節相提併論。彷彿只有青春時期的愛戀才能使人驚異、失魂落魄，而不可思議。同時，因爲他們知道妻子的缺點、性情、以及御妻術等，即常以了解女性的權威自居。

基于此，我發現僅依賴這類人的判斷是無法正視危險或重大的試煉：如何公正（不是正義）、何謂優美的生活、甚至如何處理嚴重的人生問題。誠然，某種智慧可以由書本學習，但它必須與經驗相融合。

我發現依賴這些隱士們來解決我認爲重要的事，不啻等于問道于盲。我深信我們應當知道詩人們對這些事物處理的才能。假如詩眞的在以某種重要的方法來經營人生的話，我們應該有權知道詩人配不配將人生問題予以有意義地解說。假如反對詩人報導別人的知識，我寧願從其主要的來源加以直接攝取。唯有詩人躬親在知識中打滾才能對此一基本認識獲致眞正的體驗。詩人的內視力在予妙悟，一如其詩。

執平而論，我們必須承認學院派詩人不是在闡述世界。相反地，他們試以製造一種美之事物。形式即其內容。不可諱言地，爬格子的詩自有其樂趣，也未始不是一種美好而純淨的事。但是我認爲：假如詩即是如此而已，我將我的全部生命的資金投資于詩，豈不毫無意義了嗎？假如詩祇在其形式之美，我們何不玩棋奕、或大快朵頤，又何必妄擲自己的生命？詩不祇在顯現所當顯現的事物，也不祇在取悅于人而已。古希臘將詩人區分爲工匠與透視者。兩者平分秋色，但其某一方經常偏重于另一方。假如內容太屈就于形式，不啻削足適履，結果反成了散文。假如形式是希臘故事中的Orpheus，太泥于旅途中歌曲的完美無瑕，則 Eurydice 將必迷失。生命的重要性幾經播遞或轉接必將衰變，正如路易十四要喝一杯熱咖啡，然杯子幾經傳遞于諸僧侶之後，已經不是一杯熱咖啡了。

內容必須有其重要性，詩的各節始才偉大而不朽。有人問起我們今日眞正的大詩人。他們當是與世界有所煩苦的人們。喬塞（Chaucer）、莎士比亞、鄧約翰（John Donne）、布雷克（Blake）、霍普金斯（Hopkins）、惠特曼、拜倫（Byron）、哈代（Hardy）、葉慈（Yeats）。我認爲「李爾王」（King Lear）或「女癸司」（Bacchae）的內容有其精妙的創造。換言之，內容就是可以令人分享的重要心象（Vision）。我所說的並不是佈局，也不是一種意念的純然呈現。詩中的知識必須使人感覺是知識，而且是可以直接感悟的知識。譬如說，愛情之事妙在不可言傳，而必須親身去體驗。當然，詩亦需有其適當的形式。我認爲形式不可以限于某一種。我相信每一個人都同意這種說法。不過，又要使人聯想到大學中流行的論調：詩爲最佳文字的最佳排列，或詩的主題常是感興之作。記得有一位德國老者跟我談起我們的進行曲：音樂的節拍總是嘭、嘭、嘭（Boots, Boots, Boots）。其實，德國的進行曲還不是嘭、嘭、嘭。但音樂的弦外之意則是：「再見吧、情人！再見吧，情人！」誠然，在匠意以外必定有一種聲音在歌唱人生的眞義。

也許，我對學院派指責過苛；不過，愛之深必責之苛。因爲庸俗像放在溫暖氣候中的蟹草，自必窒息而枯死。然此派詩人已經成爲左右詩壇的控制力量：金錢、出版、宣傳、詩選、獎金、以及其他等等。再者，因爲容忍的品性常使人規避詩的嚴正性，而一味在歌頌無害的、家庭生活的詩品。于是，批評家受到鼓勵說：「亞哈布先生，（白鯨記中的船長——譯者識）我們眞的想聽你的大鯨故事，我們曉得水手們常愛誇大其詞，所以塡塞海洋的寂寞。請你小聲一點說好嗎？房間太小了，樓上的孩子們也都睡了……」（而且在背後又有人在幫腔：天啊，別再胡扯八道了！）至于切當與否並不是我們要求于詩者，祇要是重要的詩，必將攪混一池寧靜的春水。最好的詩人絕不是老好好先生，也不是深居簡出之士。這種人有害于我們的生活方式與假定，而使我們安于現世，削減創造的銳力。重要的詩可能使我們一絲不掛，一種秩序溫和的詩常是狂烈的。

另一詩派則與彬彬有禮、溫文爾雅的學院派詩截然不同。我們在以前稱他們爲「美國的底層」。他們大多是道地的「波希米亞」（浪人），生活淸苦，身無長物，得不到獎金，其作品僅能出現于業餘性的小刊物。但是，他們的作品恒在試驗，而具「前衞」性。其較好的部份在其對世界的聯想，然亦有其缺點存在。這一派詩人曾產生二十五年來最具創擬的作品的大部，誠爲一種最具意義的「運動」。

這派詩人的最佳作品多已納入唐納．亞倫（Donald Allen）主編的「美國新詩1945—1960」詩集中。四十四位詩人可概分爲三組：「必特派」(Beat)、「黑山派」(The Black Mountain) 與「紐約派」(New York Group)。而以「必特派」最爲出色。必特詩人在一九五四年所謂舊金山文藝復興 (San Francisco Renaissance) 時期是以亞倫・金斯堡 (Allen Ginsberg) 爲核心，迄于一九五七年爲「時代雜誌」發掘後即流入怪異而告結束。在舊金山與金斯堡過往密切的作家（詩人）計有 **Gary Snyder, Phil Whalen, Michael, McClure, Gregory Corso**、與小說家 **Jack Kerouac**；雖然他們都曾因「必特」的生活方式而贏得盛名，但祗有金斯堡與寇蘇 (**Corso**) 二人渡着名符其實的「必特」生活。金斯堡認爲藝術常使傳導走味，因此主張我們應當「我寫我感」，祗要事物能以强烈而充沛地感知，即可使成爲詩。這種「神祕的迷妄」在今日年輕或天眞無邪的詩人群中最爲時興。不過，金斯堡的作品確有其高度的品質。

黑山派發祥較早，因北卡羅南那州的黑山學院而得名。查理・歐爾遜 (Charles Olson) 爲該派的主將兼重要的理論家，較佳的詩人計有 Robert Creeley 與 Robert **Duncan**。他們的興趣主在探拓詩理論的技巧。換言之，就是以詩爲「力場」(**field of energy**)，刻意于口語的旋律及一種通俗的詞句，仰賴「開放形式」(**open forms**) 而揚棄傳統的固定形式，且在其內容力求客觀而避免主觀，也正如歐爾遜(**Olson**)所倡導的「投射詩」。他們的詩煥發蓬勃，遂成爲美國今日最具影響力的一派。

最後的一群是「紐約派」。他們是一群年輕的詩人，約在五年前始才嶄露頭角，惹人所注目。其實，他們係脫胎于黑山派的傳統，揉合了「必特」的神秘色彩。這一群中最出色的詩人爲 **Denise Leverts、Le Roi Jones** 與 **Frank O'Hara**。不幸的是：除**Leverts**外，他們的才華與精力却消耗在一些令人驚愕或諧諷的詩作上。

這一切就是「美國的底層」的詩所習見的小瑕疵。概言之，必特詩人、黑山派詩人以及紐約派詩人大多是放浪形骸，不拘小節。除了眞正的優秀詩人外，他們常自滿于自己的作品，而任其詩到處泛濫，但這種詩常缺乏一番潤色的工夫。若說學院派的詩精且美矣，唯言之無物；那末另一群詩人對經營眞正重要的事物，也委實太邋遢了。尤有進者，他們常愛小題大作。學院派將其詩藝花費在人工玫瑰，而另一派恒在尋找一朶玫瑰是一朶玫瑰就是一朶玫瑰。（後者雖具有其眞正的內視力，但總無法長久維持讀者的興趣）。顯然，姑不論其格局如何，粗劣的作品與簡單的思想絕不可能產生好的詩。正如芮麥諾夫 (**Howard Nemerov**) 所說：「文明反照在語言中是一個脈絡相通的花園，花園之外即是荒野的淵谷。」假如靈性對最初的探拓即感到滿足時，則淵谷立刻變爲貧瘠可怖，而令人望之生畏。這些詩人時常顯露其感性的粗糙面，而且那一股不耐煩的氣質也太過于明顯。他們對眞實的熱情經常趨向追憶幼時書本上的確切細節。他們一味在謀取使人驚駭的重要效果。結果，其詩祗是新奇，而不重要。

于是，在今日，我們必須在兩派之間加以抉擇：空洞無物的學院派與微不足道的一味追求新奇之間加以選擇。好像是一種辯論：保護合法的謀殺或走上情感的悲觀。說眞的，一個也不可以接受！

我之如此說明不在急于對美國詩吹毛求疵。我之如此做係完全發自對詩的品質的熱愛與忠誠。半世紀來，美國確實產生了不少偉大的詩，相信我們如能堅持其特點在未來的半世紀仍然也可以產生同樣偉大的詩。最後，我謹對那些忠于詩，而努力不懈的詩人們致以崇高的敬意。他們是勞勃・羅威爾（Robert Lowell）、勞勃・柯瑞萊（Robert Creeley）、史坦雷・庫尼茲（Stanley Kunitz）、勞勃・鄧肯（Robert Duncan）、亞倫・金斯堡（Allen Ginsberg）與理查・韋爾伯(Richard Wilbur)。

「原著人簡介」傑克・吉伯特（Jack Gilbert）爲一位相當活躍的年輕詩人。畢業于匹茲堡大學，並于加州大學獲得碩士學位，先後應聘執教于州立舊金山學院及位于卜克萊鎮的加州大學。旋卽漫遊美國各地與歐洲大陸。現卜居紐約，專事寫作。其第一本詩集「Views of Jeopardy」于一九六一年問世，榮獲耶魯叢書青年詩人獎。

沉淪的寺

田村隆一 作
陳千武 譯

全世界的人類在追求死的論證，但沒有一個人目睹了
死　畢竟人生只不過是幻影　也許現實就是那樣東西
的最大公約數吧　反而代替人類全事物開始詢問　對
于生　對于存在　假使那是由一個椅子所發問的　我
也必須害怕　也許現實就是那樣東西的最小公倍數吧
然而對人類的命運不感憂愁的人　怎能在這動亂的
世界賭以生命　有時候出現了天才　但那只使虛無一
層地成爲精緻而已　自明的也把白晝的渦動更深了些
而已

也許他想開始談論一些　但我只把一些事實記下來好
了　最初他屈折膝蓋在地上倒了下去　奔走過來的人
群中像我這樣年紀的青年無意中這樣嘟喃着「呀！
多麼美麗的臉　而且更不幸的是他眞相信這個世界似
花呵！」

笠下影 ㊽

季紅

給出它。而不僅是「意會」它！交出它。而不僅是瞥見它！不是「像這個樣子」。而要求「就是這個樣子」！不是襯映。不是烘托。而是孤絕的，無遮攔、無裝飾的它自己！不是經由此到彼。而要就是「彼」！不是信使或介紹人。不是圖像或影子。而是它自身！這便是確切！沒有强調、沒有虛飾、沒有雜蕪、沒有敍述（概念品方才可以敍述），在一切意義之上，這便是純粹（Purity）！

I 作品

鷺鷥

在日沒後
仍未歸去的一隻
鷺鷥。
在不清楚了的空中
　在深處的一個
　　招喚。

猶之一個意志
在不寧的，未之分明的
　回憶中
　　（一種煩倦）。

慢車廂中

守望。
　此外　是
迷惘
　此外　是
怔忡
　此外　是
作夢
　此外　是
厭倦以及無聲的叫喊
（靈魂，遠遠地，在前方呼吸）
　此外　是枯萎的頭顱
以及可笑的肢體
任誰都是一團糢糊。

婚事

噢　一個男子。
　　一個女子。
噢　一個求婚的男子
　　一個等待的女子
噢　一個因此英俊的男子
　　一個因此曼妙的女子
噢　一個心滿意足的男子
　　一個歡歡喜喜的女子
噢　一個忙碌的男子
　　一個輕窕的女子
噢　一個沉默的男子
　　一個哭泣的女子
噢　一個男子。
　　一個女子。

販者

販者。

（這是　你的）
太陽。
（這是　你的）
里程。
（這是你的）
祝禱與依賴。
（你的）
崇拜與鳴聲。
　還有你的
城。（已然黃昏）。
你的榮耀在其中萎小
　　　　　（販者）。
這是你的擔負。

I　詩的位置

一提起季紅，當然，他不是屬於那種徒具虛名的大衆詩人，更不是屬於那種寫寫雜文的所謂的批評家。從「現代詩」、「南北笛」到後半期的「創世紀」，他的創作、翻譯與評論的工作，量雖不多，質却相當結實而可觀。在創作上，他該不只是風景的速寫者；而在評論上，他該也不只是即興的書評者。在我們這小小的現代詩壇上，只有方思的冷靜、林亨泰的銳利、跟季紅的精確可以差堪比擬。做為一個詩人，他該是耐得住寂寞的；做為一個詩評論者，他該也是耐得住思索的。詩人余光中在批判林亨泰的「風景」（註1）之外，也不放過季紅的「慢車廂中」（註2），甚至取了一個「惡魘派」（註3）的綽號。究竟季紅是一個怎樣的詩人呢？是一個怎樣的評論者呢？難道說他的詩是孤寂的聲音，說他的論評是最美麗的論文，就能讓我們透視他所創造的世界嗎？我們之所以把他劃歸到「創世紀」的行列，除了他們彼此共同的信念與類似性以外，乃是他的「詩之諸貌」（註4）；不但成為該刊重要的論著之一，而且一針見血似地深深地刺進了我們的詩的脈管哩！

（註1）參閱余光中著「掌上雨」中「古董店與委託行之間」一文。

（註2）參閱余光中著「掌上雨」中「從古典詩到現代詩」一文。

（註3）同上。

（註4）參閱「創世紀」第12、13、14、15、17、18、20等期。或參閱大業書店出版，洛夫、張默、瘂弦主編的「中國現代詩論選」。

■ 詩的特徵

詩是愈寫愈需反省，愈寫愈感困惑的一種語言的藝術。比之以數字來計算的所謂小說，詩該是一種麻雀雖小、五臟俱全的創造。現代詩一面繼承了白話詩的口語化，另一面採取了自由詩的散文化，卻需從口語中鍛鍊詩語，從散文中擷取詩哩！當季紅提出「純粹」的目標，要求確切的給出時，那種寫慣了借自別人的詩語來冒充自己的詩語底擬似的詩人（Pseudo poet），不得不心驚肉跳！從創作的啓示到理論的省察，再從理論的闡發到創作的實踐時，他是怎樣地「靜觀」？怎樣地「確切的給出」呢？

凝視一隻薄暮中的「鷺鷥」，守望一列「慢車廂中」的人群，甚至對於一種世俗中的「婚事」，一個日常中的「販者」；他都能窺出別人不易看到的眞實的一面，也許眞如同余光中所說的給人不快的意象（註1），然而，他體察入微，很簡鍊地表現着。他的機智，流露於他的冥想中；而他的幽默，却潛藏於他的諷刺中。也許季紅即不是人們所想像的那麼神秘，也不是人們所批判的那麼惡意罷！他有他的人生觀，那是堅實而善良的，洋溢着深厚的同情與堅毅的信心。

（註1）參閱余光中著「中國新詩集錦」（New Chinese Poetry）的「序言」。

■ 結語

當詩壇多的是爭名奪利的僞詩人濫竽充數的時候，我們該是多麼地懷念那種功成身退、與世無爭、不求虛名的眞詩人。也許季紅也非常熱愛着詩壇的爭氣，但他一直是旁觀者清的智者，雖不插嘴說風涼話，却頗能道破詩壇的時弊。簡言之，詩人季紅該是給「創世紀」別開一個局面的創作者。

甦醒之歌

葉維廉

循着遠水悠揚的雨聲　　醒來
醒來，不知是灰鴿子
釘木箱一樣的
沓沓的啄食還是
破車場微明的傾倒
風被時速六七十里的匆忙
割得零零落落
零零落落
繽紛了滿天
沒想到厨房裏的炊具
和鞋子衣衫一樣
竟沉重得如雨季的雲
就棄炊具和自來水管
解盡一身的牽掛
攀着紛紛的頭髮
到河上。汲水。沏茶
螺旋的四壁
縈繞着
什麽時候的疎疎的救火車的鐘鳴
（河水那麽清澈涼快！）
造船廠的新船早已辭廢鐵開行
（河水泛着茶的花香！）
育苗場移植過大批的雛菊
暗滿了所有布質的衣角

雖然風被時速六七十里的匆忙
割得零零落落
必須到澄碧的河上
汲發散菊香的水
讓頭髮，菊香的頭髮
鋪滿了河面
一如現在鋪滿了沒有牽掛的裸體
去去，揚裙一樣的走向
那一望無垠的
隱約在烟霧裏
扶持着河水的天窗……
天窗的邊上
就那樣日以繼夜的
守着那黑色的河流
好多的好多的
大朵的大朵的白花
漂啊漂啊
在那一望無垠的天窗以外
谷口的沙灘上
一隻海鷗輕快的
斜斜的衝下啣接着
飼鷗人抛入空中的
隔世的魚
循着遠水悠揚的雨聲　　醒來

六九、六、廿五　加州樂海涯鎮

悲愴的輓歌

——悼殷老師

趙天儀

一棵枯樹　已不再吐放綠葉的時候
一叢白髮　已不再迎風舒展的時候
永遠是年青的沉思者的容顏
竟肅穆地跟寧靜的空間合而爲一

充滿了矛盾的性格　是一種邏輯學家理性的品質
加上了詩人情念的氣質　即抒情而又富知性
眞情地流着淚滴　那是爲了你要更多的自由
無情地斷着俗念　那是爲了你要眞理的探求

「如果有所謂人生的話
　有而且只有這麼一次……」
在戀愛底解析中　你曾經幽默地調侃着
因爲沒有驚險的鏡頭　所以無可奉告

學生時期的壯志　已如世事的滄桑
從軍時期的飄遊　已如過眼的雲煙

抖落了粉筆灰的講台　曾經有過你那磁性低沉的聲音
埋下了脚印的草坪　曾經也有過你仰空的投影

如果民主確實發揚着　如果科學確實啓廸着
如果神也確實存在着……
我不說你是一個勇士　抑或是一個弱者
也不說你是一個什麼　何必爭執呢

沒瞭解你的精神　只想引你爲榮
沒學習你的勤勉　只想借你自封
啊啊　夫復何言　誰能洞察你的氣節與抱負呢
誰能領悟你的身教與言教呢

一棵枯樹　只剩抽離了的空軀
一叢白髮　只餘火化了的微塵
永遠是高邁的沉思者的容顏
竟肅穆地跟寧靜的空間合而爲一……

渡口篇

洪素麗

渡口

怦然心動
讓黑暗模糊了橋影
點觸歸舟的是岸邊肅立的蘆葦
不要燃燈，不要

就在歸家的時候
我們已是很疲很疲了
江面緩緩，揉兩山額上的縐紋
爲這個夜積蓄明日的感情
不要作聲，不要

有人在岸上高聲索烟
然而我們只是借火人
沙浩無廓，廊外盆景寂寂
初冬寒氣下着　孤舟外
不知鐘廟清磬，零落有幾遍？

明晨鎮着渡口的
一定是一夜頭白的蘆花　與
蘆花

海市

我來，看山肅然如昔
撐篙竹筏，我來
面上孤帆再也不聚
江邊漁火再也不聚

我沿山緣航行
遠方蜃樓何其鮮明啊
鮮明一如雨夜的燈
燈下的橘色碼頭

海市依約重來
海市眞的螢火攔在山腰等着
我來，我沿山緣航行
舟尾逝水悠悠
靜靜分合的泡沫像不可能的足印
應該是這樣的
赴約的道路應該是這樣的
舉踵時不怕驚醒了
任何一双欲眠的沙鷗

我來，看山肅然如昔
撐一篙竹筏，我來
面上孤帆再也不聚
江邊漁火再也不聚

樹及其他

非　馬

樹

想掩飾什麼的
想觸摸什麼的
當風來時

其實並沒有什麼
需要掩飾，其實
五月的晚空空無一物
當風過去

于是騷亂的手便開始感到
無聊且嗒然了。

阿哥哥舞

抖落抖落抖落
你的臂她的髮我的寂寞
疾促的脚跟紅腫
好長呀生之旅程
而戰鼓顛狂
靈魂突圍之戰正酣
呼你呼你呼你
以一長串黑色的名字
侶伴，你是否戰慄

夜

這是屬於我們的時刻
沒有人會干擾你的時刻
一根火柴會照亮一切的時刻

我們安靜地躺着
爲了不願看到世界的眞面目
我們期待時間就此凝固
在床上，在屋外
在目不可視的黑暗之中

讓我們做最初的兩個人吧
我們有的是數不完的愛與夢
這是屬於我們的時刻
我們緊緊地擁抱在一起
互相結合成
一條牢固的鐵鍊……

鄭　烱　明

橋外一首

杜芳格

橋

我 今天
突然 遇到
「老」。
嫩葉的綠色
浸不透我的身子了！
寂靜中腦海出現
一座長長的 橋！
但 只 獨自呆立橋頭 思慮頻繁
輕輕的擡起那即將枯乾的頭
頰淚雙流 聲音哽在喉頭上。
然而 內心却吶喊着：
「希望」啊！

悲哀的一塊

我是
大地、洪水、烈火、朔風！
是崩潰下來的一塊。
曾經過三個小時
在木炭和
重油裡燃燒過的
白骨灰。
現在屛息在木箱裡。
這裡有
並列的椰子樹
切開果實
就散放出 令人
難予形容的異味
不甜
不鹹
不願再次品嚐的苦味。
哎
你也是
大地、洪水、烈火、朔風。
五月的雨
不斷的崩潰下來
我活着
讚早晨。

詩兩首

傅　敏

在紅外線瞄準具中

在紅外線瞄準具中
黑夜是個脫衣舞孃
在戰爭的舞台上
某場節目進行着

在紅外線瞄準具中
土地是乾澀的更年期婦人的肌膚
披蓋青森的毛髮
獠牙般對我猙視

在紅外線瞄準具中
敵軍墓地的壕溝裡
那伺機者的臉也是一個觀衆而已嗎
睜開的眼却成爲衰竭的潭

在紅外線瞄準具中
我扣板機的手將你消滅
你無法還擊的手
是謝幕後進行射殺我的愴痛

焦土之花

焦土上倖存的一朶花
在炮彈瓦斯薰黑的枝椏上的
一朶花
在靠近陣亡者手的地方搖幌

想是躺下時
它的存在成爲唯一的安慰
却在遙遠的伸手不可及的地方
逐漸擴大的傷覆蓋了眼睛

小小的一朶花
它的悲哀是紅色的
成爲死者衣襟的祭飾
在焦土靜止的胸脯上

煙的風吹着
煙的風吹着

「需要我的手在遙遠的不可到來的地方
已無法撫慰我
風呵
請將我帶給那陌生的男子吧」

被摧折的枝椏
散落的花瓣
煙的風吹着

關帝廟晨陽

陳秀喜

鳥兒醒來的當兒
關帝廟的屋頂
隱約在霧中
保有古老的東方故事
那麼感人和奇幻
向東的腦際
熱帶魚的游影輕曳

一個圓大通紅的臉
自那彩色的翹鰭邊伸出
欲 證實昨夜綺麗的夢
偷偷窺看廟裡的美男
却又默然慘白地離去
遠離翹鰭之後
慕情愈燃熾
烱烱的光注視着祂的紅顏
重義的關公却無動於衷

不知情的齋女
插上第一枝香
歡迎衆多的膜拜者
貪睡的街道被吵醒

內裡的世界

何瑞雄

忽悟
人自身的內裡有一個世界
與外在的世界互成對應

外在的世界
欲侵、欲毀、欲腐蝕毒染
而內裡的世界
欲深、欲廣、欲加以消化

一次接着一次
外在的世界旋成淒厲慘唔的巨流
湧入
我是被迫伸展着的淵底與涯岸

連起初抵拒最烈的
也湧入了
當生命愈形堅强愈堪摧折
就愈使最不能相容的侵入得愈深

連「惡」也成了細胞
而頑固的「仇恨」
你已漸次化爲血液

溫暖如愛
就讓這人間的種種
都是生自自身的東西吧
涵蓋它們、一絲不遺地涵蓋它們
任它們是亂箭
我算是標的，也是射手
任它們是淬毒的鋒刃
我算是犧牲，也是揮斬者
殘酷的世態，創傷累累的人間
在懷裡、請在這懷裡
讓我撫慰，聽我痛悔號泣

詩壇紐司

・詩壇動態・

△葉笛應臺南美國新聞處和南部現代美術會所舉辦的「現代藝術季」之邀，於58年8月26日前往該處演講「現代詩的創作與欣賞」，聽者甚爲踴躍。

△白萩移居，但依舊是在臺南市開美術設計公司。

△余光中教授再度前往美國講學，爲期一年。「現代文學」已交由何欣主編。

△杜國清由日本返國渡假，已將其精心譯作西脇順三郎的「詩學」，交由田園出版社出版。

△鄭恆雄（潛石）繼余光中於臺大外文系開「英詩選讀」一課。他近來詩風轉變，頗有新作。

△郭松芬自美返國渡假，並收集有關在臺灣目前中國現代詩的資料。

・出版消息・

△林亨泰譯馬洛著的「保羅・梵樂希的方法序說」一書，已由田園出版社出版，定價12元。該書附有三幀精美照片；一爲梵樂希，二爲梵樂希與里爾克，三爲梵樂希與馬洛。

△洪素麗詩畫集「詩」，業已出版，由田園出版社發行，定價20元。該集係由作者親筆的書法與畫製版而成，風格特殊，古色古香，却又別具一種現代的風味。

△何瑞雄譯「動物詩集」，已由開山書店出版，定價15元。內容除詩與木刻對照的阿保里奈爾的「動物詩集」以外，另附古爾蒙的「田園詩抄」。

△葉珊詩集「非渡集」，列入仙人掌文庫出版，定價港幣3元。該集爲「水之湄」、「花季」及「燈船」的抽選集。

△陳錦芳著「巴黎畫誌」，列入大江叢書出版，定價15元。

△徐頌仁譯黎曼著的「音樂美學」已列入愛樂文庫出版，定價30元。

輓歌三章

吳瀛濤

1.

突然被叫停
毫無理由地

從此呼吸停斷
與世永別

逃也逃不了
突然被叫停，被宣告死亡
毫無理由地
毫無理由地

神呢

2.

偶然生出來
必然會死去
而必需活一個生涯
雖然有千百個理由可以拒絕它

天天起來，天天要做事
却有很多煩惱，很多陷阱
很多殘忍

無知的嬰兒還會天天生下
父母死後
孩子不知會變成怎麼樣
世界會變成怎麼樣
果眞知了，被埋在土裡
看不見天空，更無覺於什麼
就那樣寂滅吧

化爲一塊土
歸於終極的無

3、

寫自己的挽歌吧
寫挽歌於天空
寫挽歌於地上
寫於天空的雲
寫於地上的風
就讓挽歌隨雲飄逝
就讓挽歌隨風飄沒

寫自己的挽歌吧
寫挽歌於白晝
寫挽歌於深夜
寫於白晝的孤絕
寫於深夜的超脫
就讓挽歌孤絕於無
就讓挽歌超脫於無

寫自己的挽歌吧
寫自己的挽歌吧

綠的感覺

陳明台

1.

僵持着已成爲一株被覆沒的孤立樹了
冬天也綠的
墻垣
春天也綠的
旗幟
秋天也綠的
帽子
夏天也綠的
衣裳
僵持着已成爲一株被覆沒的孤立樹了
不再繁茂
且逐漸萎縮　逐漸閉塞

自從那天
把濃濃的綠狠狠地漆上
粉刷工人的那隻手
染色整個心房的憂鬱
塗抹了我的眸子

2.

無情地注視着
一株又一株
排列整齊的
嫩綠胚芽
在枯槁的苦楚中掙扎

冷漠的星空下
視界都被囚禁了
我知道　遙遠的地方　還有一處　猶如家屋的院子一般
安詳　遼濶　滿是花香的原野　即使圍困的城垣逼擠了他
們
我知道　遙遠的地方　還有一首　猶如母親的催眠曲一般
溫馨　嘹亮　縈繞不斷的歌聲　即使粗魯的喝聲淹沒了他
們
只是　冷漠的星空下
視界都被囚禁了

無情地注視且被注視着
在枯槁的苦楚中掙扎
他們吃力地伸出抖顫的手

等待把握

3.

鮮明的郵戳狠狠蓋着
信封上記錄的標誌
彷彿
編在信箱上
任憑投遞的
號碼

無法紮根的土地上
攜帶約束的信箱去飄蕩
時時翻開它的封口
等待那封問安的信札投入
急急捧着去閱讀
只是
爲了難以辨識的面目
有時也會蹲伏着
無端哭泣

鮮明的郵戳狠狠蓋着
編在信箱上的號碼
攜帶它四處去飄蕩
昨天和今天
就在窺視和嘲謔的喧擾中
印上安然抵達的字樣

4.

被脫下來
合身而熟悉的衣裳
冷冷逼視着
彷彿在抱怨

被穿戴上
鬆弛而簇新的衣帽
冷冷逼視着
彷彿在譏笑

穿衣鏡前
裝扮自已不相識的樣子
大搖大擺出門去
他人注視的時候
只是尷尬的笑一笑

不敢忘記呵
這種陌生的差距和苦衷
于是
回到幽暗無人的斗室時
總是仔細地
照視自己裸露的身子

現代詩的諸問題

(四)長篇敘事詩的復興

北川冬彥作
徐和隣譯

長篇敘事詩繁榮於希臘。在當時，那是包括現在的散文（小說、戲曲）在內的唯一文學形式。荷馬的「伊里亞德」「奧德賽」便是其代表作，大家都知道那是用韻文寫的。後來，小說和戲曲由敘事詩分離獨立，而敘事詩漸趨衰滅，唯留存抒情詩。自從愛倫坡發表詩論以後，即被認定詩就是指抒情詩，而且越短越好，形成了近代詩的傳統。在西歐近代詩影響上出發的日本新詩，當然也不例外。說起短，日本就有世界最短的「短歌」「俳句」等形式的傳統詩，因此日本詩人能安易的接受了愛倫坡的詩論是極其自然的現象吧！現在的日本詩通常是以二頁程度那麽短，遂使一般人認爲抒情詩纔是詩的一種風潮。守舊的詩人，今天還認爲如此。的確抒情詩是越短越好。因抒情詩本身是不能持久的，縱令把它持續，便必會鬆弛。尤其現代詩捨棄了依靠文言、雅語的音數律而成爲自由詩形以後更甚。

然而詩並非一般所想那麽盡是抒情的。在現代詩，抒情只是構成詩的一部份要素而已。其他如感覺或知性以及意志等跟着抒情構成了其重要的要素。那是在前面我所引用的現代詩諸相貌之後，讀者已有所感悟的吧！不，讀者或者已發現了感覺和知性以及意志壓倒了抒情的敘事詩的形式吧。表露全面的抒情來形成抒情詩，是島崎藤村時代爲最高峰。但我們的詩的時代並不可以只沉湎於抒情這麽甘美的世界裡。抒情固然是詩人的素質或稟質，但是處於物與物的關係，人與人的關係，人與社會關係非常複雜的這個時代，倒需要怎樣來抑壓過剩的抒情，這是我們這個時代的詩人有所適應的生活吧。必須依賴知性和意志做起。看在一首作品裡，怎樣抑制抒情，成爲批判現代詩價值的基準。抑制了又抑制，但在作品的深底還有抒情的盤据——這已非抒情了。是跟抒情有所本質上不同的，由時代的感覺和知性以及意志變革出來的某種東西。相當於梵樂希說的「知性的節目」。是被磨練了的內部感情！這是不能明確把握的，因而我曾經用（朦朧茫漠）來表現過。

日本的抒情詩於島崎藤村爲最高峰。無論其形式，或內容的抒情都是健全完璧的。其後也有很多詩人寫過抒情詩，但不及藤村作品。我們這個時代已經不允許詩人只陶醉於內界的抒情，不得不把眼睛轉向外界。說起現代詩，要把抒情推出表面，不如抑壓抒情而推出敘事，不得不高唱敘事詩的時代。是激動的現代社會生活，強要詩人這樣的做。用敘事詩作爲抑制喜歡抬頭的抒情的手段，是求之不得的好辦法。而且不滿於片段幾句的短詩的詩人之意欲即被驅使於寫長篇敘事詩，於是長篇敘事詩的復興即有了其必然性，必須重新復興長篇敘事詩。

前面我說過，戰後新人的意欲有突破散文詩領域的危險性。但假如詩人突破了散文詩的領域，那就唯有走向散文（小說）之外沒有辦法了。不過，雖說改寫散文（小說），如果他是天性的詩人的話，其發想、其型態，跟所謂的散文（小說）確實會有所不同的。那兒係有形象的飛躍，由于詩人對事物直入的精神，不屑用心理分析的迂路，畢竟會成爲稱長篇敍事詩較名符其實的散文吧！

寫長篇敍事詩的一個方法，要於散文之中灌入詩。龜井藤一郎說太宰治的「斜陽」是現代的敍事詩，桑原武夫把安特列・馬洛的「希望」題爲敍事詩，都是因了這些小說是在散文裡疊積了詩味的緣故吧！很明顯的橫光利一的小說「月輪」也不如稱爲敍事詩更適切。比列尼亞克的小說「知識比愛更强」也是一樣。雖說長篇敍事詩已經衰滅了，但是在近代以這樣的形式殘存着。

然而說起敍事詩，讀者也會想起荷馬的「伊里亞德」、「奧德賽」，但丁的「神曲」，哥德的「浮士德」，拜倫的「唐璜」、「海賊」等作品，以及明治時代的詩人、蒲原有明、薄田泣菫、岩野泡鳴、北村透谷等代表性詩人所寫的長篇敍事詩吧。

然而在日本後來長篇敍事詩爲什麼衰滅了呢？這可以從明治的詩人們爲什麼能寫長篇敍事詩這點來考究就會明瞭了。

「明治的詩人們爲什麼能寫長篇敍事詩？這正是關連於形式的問題。明治的詩人們乘着文語、雅語的音數律的節奏，據于誇躍的均整完美的（定型）作了長篇敍事詩。音數律（定型）賦給他們寫出長篇敍事詩的可能性。荷馬不用說，但丁、哥德、拜倫等外國的詩人們，都以押韻或其他（定型）寫過長篇敍事詩，而明治的詩人們即以音數律（定型）寫成了長篇敍事詩。可是，受到當時抬頭於文壇而風靡了一世的自然主義運動的刺戟過發生的國語自由詩運動却破壞了唯一支撑長篇敍事詩的文言、雅語的音數律定型。

音數律定型的長篇敍事詩的非現實性遂被暴露，失掉了其魅力。自那時候起詩人就失去了寫長篇敍事詩的方法。大正年間並非沒有從事寫長篇敍事詩的詩人，但是那種寫詩方法的喪失總難免招起作品的失敗」──（摘自拙作長篇敍事詩「氾濫」的後記）。這樣在日本長篇敍事詩已經滅亡，但在敗戰後我却想着，努力考究長篇敍事詩的復興，處於現今舉世寫散文（小說）的時代，假若想以詩來對抗小說，除了重新寫有故事性構成的長篇敍事詩以外似無其他方法。站在詩人立場的意欲和決意便成爲我提倡長篇敍事詩復興的一大動機。明治時代的詩人能夠在文壇上或社會上確立地位，都是由於他們寫過長篇敍事詩的因素不少。我想到寫長篇敍事詩不得有獨善其身的內容或構成，因此自然而然的必須在作品裡附與社會性。

但是當在復興長篇敍事詩之時，即唯把詩灌入散文，詩人祇依賴寫小說，作品是平平凡凡而不能寫到深刻。還是要繼承長篇敍事詩的傳統定型方法來形式化。

於是，必須找到能代替過去支撑長篇敍事詩的音數律定型的某種事物。所以我想過，重新寫長篇敍事詩的方法，要採取戲曲的形式最爲適當。我發現在戲曲裡寫長篇敍事詩的方法論。我以爲戲曲本身就是長篇敍事詩。固然現代的戲曲還低調而未達到文學化的階段，但是在其形式上，我就發現了長篇敍事詩的方法。其論據如下面。

「戲曲是形象電影的一種文學形式。法國的藝術哲學家阿朗在其「散文論」中說過（詩要服從時間的法則），（沒有後退的動作把聽者以詩人般帶走），詩的讀者（時常向前追逐情熱的疾走者）。然而這種性質就是跟形象電影的戲曲的性質一樣。電影雖是時間的藝術，但在裡面含有故事。在場面的堆積之間，自然產生拍子和節奏。況且，在今天，也能看到像希區考克、魯諾爾的電影，在裡面含有散文性的。像這樣形象電影的戲曲，存在着新的敘事詩的形式，這是詩人必須認識的。爲什麽呢？因爲戲曲是（無定型的定型）的緣故。這正是對於重新復興的長篇敘事詩，有足够代替過去的音數律定型的東西。是能够被時間所制約的電影形象化了。各種的（場面）爲了諧調而被組織，由場面的堆積而成的故事能爲全體的構成而作自己制約。有起承轉結。雖然不像定型詩一樣明確，而那是定型的。可以說是（非定型的定型）」——（以上摘自「現代詩」創刊號刊載的拙作「長篇敘事詩的方法論」）

這麽一來，新的長篇敘事詩的復興就有可能了。下面是我的試作「阿Q正傳」的斷片。

日落西山，阿Q呆然自失的走着
兩脚自然的向家路走
人們擁擠的走着。姑娘們坐在載貨馬車回歸
——有銀灰色的光澤。像小山般堆積的大銀幣
遺憾般的阿Q的臉
阿Q用自己的拳頭打自己的腦袋
非常的痛而無意中望着眼前的自己的拳頭
阿Q的步子速度，遂跟衆人不同
險些衝到人們
看到撥開雜沓的人們吳媽走出來
「阿Q哥」從後面來的聲音
阿Q呆然若失
沒想到有女人的叫喚聲

看明白是吳媽，阿Q的心跳了
「跟趙司哥失散了」
「跟趙子哥一起來的嗎？」
「不，是啊，好極了。正在擔心獨自該怎樣的好」
周邊漸漸黑暗
他們並肩走着
載貨馬車和衆人都趕過他倆
阿Q是初次跟女人散步的。而且近來見到吳媽就會感到溫柔的阿Q，在心裡，唸起「女人，女人」的聲音。
阿Q原來對靜修庵的尼姑，或對河裡洗衣的女人們都很麻俐，但是近來對這個女人就完全無可奈何。
水田不强烈的亮着
水鷄的聲音

鄉下道（黑暗）
路上已無人通行
有薄霧的星空
阿Q同吳媽走着，互相不說話
不知何故，在這場面下，彼此都分離着走
路傍似乎有農家吧！
黑暗中有鷄克，克，克的叫着
不光亮的皮帶，是河
「快到了」
吳媽向阿Q有意無意的說
忽然
阿Q更溫柔的走近吳媽說
「吳媽，到我家裏來吧！來睡覺吧！」
哀願般的聲音
吳媽忽然停着
「啊！啊！」一聲低哼

然而
「哇！哇！」一大聲叫
吳媽卽刻跑走了，以纏足走路
看起來像騎竹馬一樣跑着
一面走，一面「哇、哇」的大聲叫
星光下，呆然自失的阿Q站着

像這個樣子，稿紙一百八十頁的長篇的一部份，像切成的蜈蚣一樣，可是能作戲曲的樣子吧！一般人說起戲曲就覺得技術上很困難。（因爲戲曲一時喜歡用F、I、F、O、OL，等電影用語的緣故）。不過，今天，用電影用語的戲曲逐漸減少，成爲時代落後的東西。看過「阿Q正傳」的斷片就可以知道沒有什麽難字的。若說有困難就在其構成，這是同小說一樣，簡單的說，戲曲是在時間藝術的電影形式中，把小說的細說省略，凝縮了之後以形式化表現的。從戲曲除去舞台的場面的制約之後自由自在的寫下來的。

因此，我在想，一方面用戲曲本身的形式來寫長篇敍事詩，同時先了解戲曲的形式之後依分行寫詩，就能够寫出敍事詩。

來函更正

天儀兄：

「笠」卅二期收到，謝謝你們！這期不論論文、編輯均有進步，爲一可喜現象！只是我的文章排錯一大段，讀來不知所云，第二段應接着「詩人的情感，經驗……」一直到「單單一隻兀鷹，便把天空旋成另外一種樣子」，此處再接前面第三段「一個普通讀者讀後……」一直到「……也正是對我們所謂的『暗示性』的最好詮釋。」此處再接「以上所提出的對詩的欣賞程序和方法……」。

在我寄你的樣稿上頁次號碼原已排錯，但已改過了，只是你們未注意到改過的頁次號碼。非常遺憾，可否請於下期加以更正，免得讀者罵我「文章不通」。祝好！

洛夫　八月卅日

▲因校對疏忽，承作者更正，謹向洛夫先生及讀者致歉。

編輯部

哈特・柯瑞恩詩選

宋穎豪

哈特・柯瑞恩（Hart Crane）在其短暫之一生中，從不曾嚐過一天寧靜而擁抱自我之滋味。竟日酗酒縱性，放浪形骸，經常出入酒吧，沽酒賣醉，揮拳痛哭：「我是波特萊爾，我是惠特曼，我是馬羅，我是耶穌。」並常藉毒品麻醉自己，期以得到暫時之滿足，渾然而忘我。于是，日陷孤獨，心理上失去平衡，加之經濟狀況日蹟，性生活無節制，終于走上毀滅之途。一九三二年四月廿八日，自一艘由古巴返國之輪船上投入加勒比海，享年僅三十三歲。

一八九九年七月廿一日，出生在俄亥俄州卡里斯維爾鎮。其父經營一家糖菓店。幼時甚受父母之溺愛。不久，家庭失和，父母分居，乃由母親領養，遂使他對父性素懷敵意。中學未畢業即輟學出走，在各地幫零工，自食其力。嗣後，曾任記者，並曾經營一間茶室，但始終無法安其心。旋即去墨西哥與歐洲，到處流浪，總是擺脫不掉罪惡之感。其間，孜孜寫詩不怠，作品散見各報刊，並獲識摩德夫人（故詩人W. V. Moody之遺孀）及報刊之編輯，經常通信，因此獲得批評與鼓勵。誠然，在其詩生活中，報刊編輯即其導師，而報刊應是其學府。後來，又結識批評家華道・佛蘭克（Waldo Frank）、名詩人亞倫・泰特（Allen Tate）與溫德斯（Yvor Winters），尤以跟泰特之友誼最爲篤厚。自是，詩名日隆，在當時（1920's）詩人群中，是一位才華橫溢，詩名閃灼，但聞陋學淺之一位。

亞倫・泰特認爲他的詩圖在試中表現一種「純一的靈象」（Single Vision）。柯瑞恩其本人致函高漢・孟遜（Gorham Munson）時亦說：「想像纔是唯一令人嘔心之事。」

其處女詩集「白屋」（White Buildings）出版于一九二六年。顯然，他是位麥爾維爾名著「白鯨記」之崇拜者。而在用字之含蘊與色值上，又深受藍波、愛倫坡、艾略特與史蒂文斯之影響。因而，他被指爲晦澀，但他辯稱：因他愛用聯想而揚棄平叙文字之故。並且他之選用聯想常至其表現之極限。他又認爲暗喻之邏輯應先于純粹邏輯。美國批評家維拉・索普（Willard Thorp）說：柯瑞恩之詩，雖然難懂，但吾人讀之仍爲詩中之熱情與奮揚所感動。如欲澈底了解其含義，則須由柯氏所綜合運用之隱喻着手。其典型作風在于：先從多面之意象汲取一特殊意義，然後使溶于該行詩中之另一意象。于是其詩無不濃縮、凝晶緊湊，如以散文來解釋，有時一行詩嘗需洋洋大篇猶不爲功者」。其詩多以海洋爲素材，故有海洋詩人之譽。

一九二七年，因爲紐約華爾街銀行家奧圖・甘恩（Otto Kahn）之資助，使其生活稍得喘息。遂着手其巨構「橋」（Bridge）之創作，他致函詩人勞拉・萊汀（

Laura Riding）時表示：「我發現我正在構架一座大橋，跨越所謂古典經驗與今日混亂沸騰宇宙中繁紛的現實之間。」他亦寫信給其贊助人甘恩說：「這一部將成美國現代良知的史詩。」綜而言之，該詩在試將美國早期之歷史、傳奇、民族英雄、以及現代文明融熔于一爐，用以使其成爲「美國的神話」（The Myth of America）。其目標不僅在橫跨山川、海洋，乃在跨越時間與空間。在技巧上，他雖師法艾略特，却不苟同于艾氏之哲學思想，故他之寫「橋」，不啻對艾氏名詩「荒原」是一種分庭抗禮，確有不凡而凸出之成績。然其靈象與用辭近乎布雷克（Blake）、狄瑾蓀（Emily Dickinson）與惠特曼（Walt Whitman）。而奇詭之色調與驚人之對比，用字洗煉而嚴謹，饒具神秘性，始終扣繞着其中心主題。他在寫給甘恩之信中曾表示：「中心主題爲一有機組織且可連續變易之畫面，而是在現世生活之微處不斷展映過往之景物。」誠然，其詩善用聯想、轉用、變位、以及引渡等手法，却拙于形式，又缺乏一種爲長詩所不可或缺之「一氣呵成」的氣勢。然就每一單獨段節而言，不愧爲二十世紀美國詩壇之上選，自有其不朽之偉大貢獻。不過，由年紀與經驗所拘限，雖然他亦找到其個人之風格，但總使人有着一種「其人眼高手低」之喟憾。生前，他曾告訴孟遜說：「我知道我是爲了工作，也就是爲寫詩而生。待我到三十五或四十歲時，再安心致之，全力以赴，專心寫詩。」不幸，他只活到三十三。

菲立普・豪頓（Philip Horton）曾爲他寫傳，對其生活與著作均有詳實之評介。

其友佛蘭克亦曾整理其遺作，彙編成冊，于一九三三年出版「哈特・柯瑞恩詩選」（Collected Poems of Hart Crane），獲譽極高，一時洛陽紙貴。

柯瑞恩之影響所及，可見之于亞倫・泰特之詩與維廉・佛克奈（William Faulkner）之小說。而尤以英國詩人悌蘭・湯麥斯（Dylan Thomas 1914—1953）所受之影響最爲顯著。

1. 臨弔麥爾維爾之墓

碧波下，崖頭的遠處
他時常看見溺死者的白骨骰子兜出
一瓣信息。他注視骰之點子
摔在沙岸，模糊不清。

船之沉沒，沒有鐘聲
死亡慨然以蒡盤（註）托回
星散的殘片，青黑色的咒文
凶兆刻于貝殼的甬道中

澎湃的大旋渦時而平靜
漩流懾服，凶險消沒
冷霜似的眼神擎舉聖壇
而星宿漠然無言。

羅針，象限儀，六分儀不再測度
浩瀚的湧潮……而于晶瑩的青空
輓歌也喚不醒水手

一任汪洋信守這神秘的幻影。

「註」：蓴盤在狀像船陷沉時激盪而起之漩渦。

「譯者識」：此時爲悼念「白鯨記」(Moby Dick)之作者赫曼·麥爾維爾(Herman Melville 1819—1891)。

2. 港口的黎明

透過睡眠——一陣聲潮——
他們邂逅妳在側聽于夢之途中，
曳長而疲弱的聲音，霧絕緣于喧囂：
銅鑼披以白衣，入殮似地悲泣，
霧在遠方奏鳴號角……信號在面紗下播散。
一輛貨車駛經碼頭堆卸
絞盤在甲板上轉動
一聲酒鬼的吆喝，融擊
回聲透過稀薄的霧雪由上撒下。
他們時而驚擾妳的睡意
霎時又自入夢。聲音以柔軟的水袖
拂拭淒迷的港口，舒枕的海灣；
黝邃的遠方，水氣
溶于水氣，滯留，澄清
——紛擾于尖銳的笛音，消褪
于遠方唱和的浮標——漂浮着。天空
冷冷的絮羽斂收，撩起、昇華
一陣惺忪……緩緩地——
恍惚地，牕口，半縵盖的椅
一味探詢灰白色大氣的迷濛。

妳在我的身畔纏綣，而汽笛
向我們頻頻鳴響，悄悄地爲我們編織一個白晝——
此刻，晶明的曙光尚未閃亮我們的瞳孔
喁語中，妳冰冷的手臂擁摟着我。
而神秘的雪樣的手指猶在淨拭牕櫺——

「我們相握時的親切
我的舌抵壓妳的咽——歌唱着
緊摟着，圓睜着眼睛，無疑的
黑暗
啜飲黎明——
一片濃林顫抖于妳的髮間」

姍姍地，牕扉呈現金色，霜似地融化。
在曼汗頓彼岸獨眼巨人似的高厚
——二——三圓牕在閃灼，明滅，
太陽，兜出——冰色的海鷗于臨近飛翔。
霧在牕台作最後一刻的流連。
而于夢之槲寄生下，一顆星星——
彷彿約會于遠方的山頭——
輾轉于惺忪的西方，又懵憧入睡。

羅德•馬克溫作品

Rod McKuen作
非馬譯

■詩

我沒有特別的床。
我把我自己給那些獻愛的人。
這樣不對嗎？
孤單的河水流向海
　在過路中把自己
給許多小川。

所以它與我同在
默默無聞且孤獨
直到有人說那魔語。

你將看到我
某個週末在等候
果眞如此
　說聲哈囉

■公寓4E

樓上的妞兒
又在款待客人了。
我能夠撥對我的鐘
憑樓梯上的脚步聲

我有時見她
　上樓下樓
或去市場。

有時我聽到她在深夜
彈悲傷的曲子
或在樓上走來走去。
她在白天微笑，
但不是對我。

作品合評

選　者：桓夫　鄭烱明　陳明台　傅敏

合評作品：黃荻「離亂」、七分。望星露「露」、五分。陳鴻森「夜」、五分。藍佛弦「Bar Girl」、四分。拾虹「黃昏」、三分。黃翔「綠色的小窗」、三分。岩上「綠葉和毛蟲」、三分。

時　間：58年9月19日下午

合評出席：鄭烱明、陳明台（記錄）

通信小評：傅敏

一、合評作品

離亂　　黃荻

也許有鷄群的爪印，也許沒有
也許只有陽光，臘印着午後
也許有風、有青草叢於井圍
有水，在井裡，映照半邊兒影
半邊兒天，另一角是荒涼的表情
兩堵斷樑的紅牆，尋不着燕泥
苔綠在磚石間侵蝕，記憶
是那棵蕃石榴青青澀澀的果實
也許有風，磚在風裡落下
也許有草，水在井裡乾涸
也許有牆，樑在聲裡斷裂

也許午後，也許午前
但很快就夜了——靜謐中
也許有人企望什麼、詛咒什麼
呵，離亂

露　　望星露

在月亮蒼白的時分
在星星落入流水的時分
你站立於一莖草上，向着東方
凝視擊走黑暗的太陽
你的隱憂，潛伏在一莖草上
於是你失却了自我
因爲你追求太陽的炫芒

夜

陳鴻森

從嗽咳聲中成長着的夜
在忙碌的灯火下
表現着自己
生命是一扇窗
朝東或者朝西開都無所謂的

一個蒼老的守墳人
總把輓歌當小調哼着
聲音往往淹過所有
關閉的門

忽然，夜四壁的向我圍攏過來
且在鐘針的指使下
抹去我的影子

Bar Girl

藍佛弦

我認識一個美麗的酒吧女，她如是說：

別瞪我以白眼，小子
這裡是眞正的舞台，不是嘔氣的地方
迷你裙、雞窩髮以及微笑，都是我的道具
我是賺外滙的能手，而且做國民外交
我可愛的名字叫 Gladys
臂彎挽着的是 George
然而，我的阿哥哥鞋却敲在中國
我的心說什麼也不在太平洋的彼端

別奢想我會爲你扭腰，小子
七賢三路的灯浪非你的故鄉
逛街是你的娛樂，却是我的職業
我的手提包只放美鈔
塗的是MaxFactor，飲的是Brandy
睡的是高鼻子的溫柔鄉
即使只是小學畢業
Belive it or not，我的英語也比你强

別提未來，小子
它嚇不倒我，所有的歲月都是我的青春
十八歲和廿八歲却沒區別
昨日同今日一樣的多彩多姿
也別提我的爹娘呵！小子
他們都安息在天堂的那方
有錢時，我天天爲他們焚香
沒錢時，我就望着西方嚼一塊口香糖

黃昏

拾虹

遠遠傳來一陣死寂
誰用如此靜默來印證

好空曠的原野啊
阿庭 我的臉還紅着
還聽得見蝴蝶飛翔的聲音
走吧。用不着張眼就看得見路
很近 阿庭
從這邊走
這個時候我喜歡看在天空飛的
蝴蝶
蝴蝶 蝴蝶
啊 好漂亮的蝴蝶
阿庭 你有沒有看見
我的臉是不是還紅着呢

綠色的小窗

黃翔

始料未及那綠色的小窗
竟會在我平靜的心湖
盪漾着不輟的波紋……
我渴望，追尋
那扣人的倩影喲。
每當夜神來臨的時候，
總禁不住一股莫名的衝動，
低徊在妳甜蜜的窗下。
只要那微淡的燈光慷慨地射入我的心扉
我再也不需任何要求了……
心弦輕輕彈出一個感恩的音符……

綠葉與毛蟲

岩上

芽從迸裂的傷口孵出春天
就這樣被註定去消長 一條毛蟲
緊跟着葉綠吞噬而來 在心房裏
蠕動斷續的反覆

落葉的死是爲了植根的生
死播種於腐屍的果汁中
生散步於血槽的胚胎裏
鼓腹的生是爲了伸軀的死

蠕動斷續的反覆
緊跟着葉綠吞噬而來 在心房裏
就這樣被註定去消長 一條毛蟲
芽從迸裂的傷口孵出春天

二、作品合評

鄭：這次合評由執行編輯趙天儀共寄來作品34首，經初選十二首後，以無記名方式郵寄桓夫、傅敏、陳明台和我四位評選，結果共錄用三分以上者七首（決定刊用二分，可用可不用一分，不刊登不給分）。對本刊採取作品合評方式雖有各方面的意見，但是，我以為，至少對作品的討論是表示我們負責任的一個作法，你認為如何？

陳：是的，除了表示負責任以外，我們也可以提出給分的理由或動機，並對作品有關的問題作一次探究，我們不妨從各個角度着眼廣泛些去討論。

鄭：那麼，你對這期作品有什麼感覺？

陳：好的作品似乎不多。

鄭：我也有同感，有些作品實在不知所云，有些則淪於陳俗、傷感和空洞，像這類作品，我們都只好割愛了。

陳：有人不贊成這種方式的選稿，不過，從這次評分結果來看，似乎可以從其中發現某些類似的給分傾向。我們首先談談黃翔的「綠色的小窗」吧！

鄭：這首詩作者的感情很眞摯，雖然表現上並不怎麼特殊，但是好像有令人喜愛的地方。

陳：我書桌的前方也有「綠色的小窗」，只是，我卻沒有作者那種「莫名的衝動」，只有單調的綠的感覺。（笑）

鄭：大概是你沒有「扣人的倩影」可以追尋吧！（笑）

陳：愛情是詩的源泉之一，這首詩可貴的是作者純眞的感情，語言上也很踏實、淸新而平淡。

鄭：對一個詩作者而言，如果對語言把握能力不够的話，我以為對語言更應該有所節制才對。

陳：拾虹的作品「黃昏」怎麼樣？這首詩桓夫和你都沒有給分，你有什麼意見？

鄭：雖然他的作品中似乎有某種異質存在着，但是整首詩有點空洞的感覺，你給它一分，有什麼樣的理由嗎？

陳：我是感覺這首詩寫法很新鮮、很活潑才給一分的，我認為作者並非完全沒有表現，問題在於他給出的心象不够顯著，令人感到模糊，這是不是一首情詩？

鄭：傅敏似乎很欣賞這首詩，如果他在場的話，也許會有一番解說吧！

陳：詩中「用不着張着眼就看得見路」這句不知有什麼含意？

鄭：下面一首是望星露的作品「露」，在合評作品中，我以為此詩是不錯的，作者將他的隱憂介入了「露珠」的凝聚中，似乎有「寧為玉碎，不為瓦全」的精神。

陳：這首詩是屬於抒寫「自我」的作品，作者所呈示的詩世界不够廣闊，詩人除了發抒自我的心志之外，對其周遭的世界應寄以更多的關心和注視。

鄭：「凝視擊走黑暗的太陽」這句似乎太說明味道了。

陳：岩上的「綠葉和毛蟲」一詩是含有「對生命的體驗」的作品，我頗能領受「蠕動斷續的反覆」這樣的感覺，只是，我覺得第二節太淪於說明敍述了。

鄭：也太亂了，這是此詩失敗的所在吧！「芽從迸裂的傷口孵出春天」這樣的句子，你有什麼感覺？

陳：這是觀察之後才能產生的語言，在整首詩中是較爲突出的一句。

鄭：作者有意寫出爲了生存內心所作的掙扎，只是，顯然並不很成功。

陳：黃莰的「離亂」一詩是這次合評作品中得分最高的，你和桓夫、傅敏都給分兩分，有什麼感覺？

鄭：目前我們所處的環境雖很安逸，不過這只是屬於個人的安逸，事實上，我們正處於一個亂盪不定的世界，尤其是我們的國家曾經飽嘗戰亂的苦楚，這種離亂的感覺就在眼前，因此易於體會。

陳：這首詩使我想到孔尚任「桃花扇傳奇」中的「哀江南」，有幾個句子和第二節很雷同，比如「墮紅泥半堵牆高」「不過些磚苔砌草」等。而或許是詩中「也許」「有」等字彙用得太多了，令我也有離亂和破碎的感覺。

鄭：這種作品易於討好，但，全詩挖掘得不够深入。

陳：我有同感，不過，此詩語言是很靈活的，而且，作者多少也寫出了「空虛」的感受給予讀者。

鄭：我在這樣想：如果作者能凝聚一個焦點來描寫，是不是更能感人？效果更好？

陳：下面就談談陳鴻森的作品「夜」。

鄭：我沒有給分，想聽聽你的看法。

陳：我給了一分，因爲我感覺此詩把握了某些精神上的律動，作者或多或少的投入了自己的影子在此詩中，但是，這也是屬於抒寫「自我」的作品，不能呈示給我們較爲廣闊的詩世界，令人不滿足，同時，此詩在表現上只有點的給出，缺乏整體性的完整。

鄭：對這首詩，或許我只見到它的缺點，難以體會你所說的優點，而且作者給我的感受也很模糊。

陳：桓夫和傅敏都給了兩分，是不是他們有特殊看法？繼續下去，最後一首是藍佛弦的「Bar Girl」。

鄭：你有沒有走到七賢三路？

陳：走過幾次，那眞是一條Bar林立的大街，每逢華燈初上的時候，就是 Bar Girl 的天下了，熱鬧非凡，你在高雄住了將近廿年了，對這種地方有什麼感覺？

鄭：記得小時候和同學經過Bar時，比較頑皮的同學時常拉開垂簾偷看，我也有過那種好奇，却始終不曾去體會Bar的風光。我也曾想以此種題材寫詩，因爲如此，對這首詩感到相當親切。

陳：Bar Girl 的生活也是一種職業、一種生活，那是屬於我生活領域之外的，可是，每次看到 Bar Girl，常會不由然產生同情的心理，這首詩，作者似乎也帶有一種憐憫的嘲謔。

鄭：我想這就是人對於其同類的關心吧！

陳：這正是我給它兩分的理由，人和人之間的眞摯情感日漸缺欠的今天，我很渴望這種關心的存在，詩壇上應該多創造出來，對社會、現實問題表示關注的作品，雖然，此詩是告白式的，至少，作者很用心地刻劃了他所觀察到的社會中一個被遺棄的小角色。

鄭：作爲一個詩人，如果不能無條件付出他對周遭事物的關心，他所描寫的將只是一個世界的外殼而已。

陳：比較那些外表高貴而內在虛僞的人，我倒認爲詩裡的「她」可愛得多。人是很不願坦率的說出自己內心話的。此詩結尾也很有自我嘲弄的味道。

鄭：詩中第一行「別瞪我以白眼」是否可用較直接的說法？比如「別用白眼瞪我」？

陳：談來談去，我還是覺得好的作品太少了。

鄭：有人或許會以爲一本詩刊只要有一、二首好作品就很可欣慰了，但是，我們却希望大家多創作一些成功的作品。

陳：談得不少了，時間也不早了，就此結束吧！

三、傅敏：通信小評

黃昏

這首「黃昏」很特別，或許作者具有年青女子般夢幻的熱情吧！其實，是另一種黃昏，羞澀的曖昧的黃昏。

追逐蝴蝶是祗有稚眞的心情才能在紛擾的世界出現的；然而，追逐蝴蝶是在紛擾的世界中點綴生命的舉動，像追逐愛，蝴蝶是愛的化身吧！正像是花的鬼魂，等待叩門的手的摘取。

雖是死寂的、靜默的、空曠的，仍聽得見美麗軀體飛翔的聲音。這個時候，喜歡看蝴蝶，而想望的心情是使人臉紅的。

你一定以爲是暮色吧！阿庭。你這笨蛋。

離亂

這是個離亂的時代，也許你會企望什麽、也許你會咒詛，沒有什麽是確切的。

縱使生自同一母親，却無法相互安慰。在臆測的素描裡，斑剝的風景是一排斷垣，什麽都乾涸了、斷裂了，滿是侵蝕的痕跡。

面對着最逼近時代的殘酷事實，加以挖掘，讓人心痛。也許，這便是幾近冷血的使命，因爲勢必要吐血一般地放竭自己的生命來支撐。

然而，祗有向偉大的可能逼近，才有偉大的詩的產生的可能。

夜

「夜暗是在咳嗽聲中成長起來了的」，怕是祗有對人的處境持有悲憫才能感覺出來的，衰弱的夜呵！而且要對抗爭亮起來的忙碌燈火，才更顯現自己。

「生命祗是一扇窗，向何方開啓是無所謂的」正是做爲人的無奈感。

習慣地把輓歌拿來低哼，經歷了太多的死亡，便像守門的夜暗，流露出低沉的聲調，淹過了黑夜。

而人的位置在夜的侵襲中，是無法照見的渺小。

詩史資料

臺灣新詩的回顧

吳瀛濤

一、前言

關於臺灣光復前（民國三十四年以前）的新詩及當時的新文學情況，至今很少有人介紹，以致對此在當年異族統治下，發揚我國文化，有其光榮的一頁之文學運動，很少有人注意；其實它的歷史價值是不可埋沒的，其發展經過或現已散逸的當時的文學資料，正需要一番的撰述及整理保存，爲此筆者乃執筆本文，旨在將該時期新詩及新文學運動在本省的狀況編爲史篇，而在作品篇則輯錄那時候的新詩作品。尚望各方對此方面更進一步的研討或搜集資料。

二、新文學運動的開端

中國新文學運動發生於民國六年，臺灣新文學運動發生於民國十一年。臺灣新文學運動，顯然是受國內新文學運動的影響，另一方面也受歐美文藝思潮的啓發。

中國新文學運動始於文字的改革而終於文學的改革，臺灣新文學運動也同樣，以提倡白話文於先，繼而發展爲新文學的產生。

在本省，白話文的提倡，先有陳端明「日用文鼓吹論」（十一年一月「臺灣青年」，此文用文言寫），黃呈聰「論普及白話文的新使命」，黃朝琴「漢文改革論」（上兩文用白話文寫，十二年一月「臺灣」——「臺灣青年」改題；兩氏均到過國內）；至十二年四月「臺灣」雜誌社爲普及白話文，另刋「臺灣民報」半月刋，以白話文撰述政治、經濟、文化等論文，並在臺南設置「白話文研究會」，講習白話文。

上舉提倡使用白話文的文章以外，「臺灣青年」、「臺灣」雜誌同時期（九年至十三年）也刋登：陌海「中國的文學批評家」、黃節「詩學」（以上中文），甘文芳「實社會と文學」、林南陽「近代文學の主潮」、秀湖生「歐戰後の中國思想界」、甘文「近代思潮の推移」（以上日文）等論文，對歐美的近代文學思想或戰後的中國文學思想有所介紹，此外尙有中日文的小說、詩等。

直至十二年「臺灣民報」創刊，這時國內的作家團體「文學研究會」和「創造社」已先後成立，「小說月報」和「創造月刊」正在領導文壇；於是鼓吹白話文的該報就每期刊載新文學作品，如胡適之的小說或外國翻譯小說。

十二年六月該報發表秀湖生（上海留學生許乃昌）「中國新文學運動的過去、現在、將來」，介紹文學革命以來之中國文壇，文中並指斥漢民族的守舊性，說：「我們漢民族，有很壞的性子，是什麼呢？就是『守舊性』，因爲這個守舊性太重了，所以無論什麼事、什麼物，都是愛舊的，差不多完全沒有進化的觀念。有五千餘年的文化的漢民族常常受着人家的嘲笑，可以說是這個『守舊性』太重的賞賜了。可是二十世紀的新天地，已經不准永久在迷夢之中了。所以漢民族的總本家——中國，這幾年來的文化的進步，好像走馬灯一樣，實在有一日千里的勢面。……就中新文學——白話文學——的運動，不但文學本身有大大的進步，就是各種的學術，也都感了莫大的驚異。這回我們臺灣也提起白話文來，所以我在這裡述些中國新文學運動的歷史，大概也不是絕對的沒有意義的事情吧！」

由白話文的提倡，再進一步提倡臺灣新文學，是始於北京留學生張我軍「致臺灣青年的一封信」（十三年四月「臺灣民報」），呼籲臺灣青年應排除舊詩及八股文，以期學以致用。該報續有北京留學生蘇維霖（薌雨）的「二十年來中國古文學及文學革命的述略」（五月，取材於胡適之「五十年來的中國文學」）、「來華之印度詩人太戈爾」（六月），留日學生張梗「討論舊小說的改革問題」（九月，旨在排擊章回小說，強調創作近代小說）。繼後尚有：張我軍「文藝上的諸主義」（十四年十一月起連載）、劉夢葦「中國詩的昨今明」（十五年四月）等篇，均介紹新的文藝潮流。

三、抨擊舊詩、舊詩人

在提倡新文學運動聲中，對本省原有的舊文學投頭一顆炸彈的，是張我軍「糟糕的臺灣文學界」（十三年十一月「臺灣民報」）。

張氏已於上述「致臺灣青年的一封信」提及舊詩、舊詩人，說：「諸君怎的不讀些有用的書，來實際應用於社會，而每日只知道做些似是而非的詩，來做詩韻合璧的奴隸，或講什麼八股文章，替先人保存臭味，想想出風頭，竟然自稱詩翁、詩伯鬧個不休。」

於此篇「糟糕的臺灣文學界」，張氏對於舊詩人的抨擊更猛烈。他說：「這幾年來臺灣的文學界，要算是熱鬧極了！差不多是有史以來的盛況。試看各地詩會之多，詩翁、詩伯也到處皆是，一般人對於文學也興緻勃勃。這種現象是可羨可喜的現象。那麼，我們也應能從此看出許多的好作品，而且乘此時機，弄出幾個天才來爲我們的文學界爭光。不，如此纔不負這種盛況，方不負我們的期望，而暗淡的文學史，也許能借出留下一點光明。然而創詩會的儘管創，做詩的儘管做，一般人之於文學儘管有興味，而不但沒有產出差强人意的作品，甚至做出一種臭不可聞的惡空氣出來，把一班文士的臉丟盡無遺，甚至淹沒了許多有爲的天才，陷害了不少活潑的青年。我們於是禁不住要出來叫嚷一聲了。」而就世界文學思潮的演變，日本文壇及中國文壇的革新運動之進展，說到臺灣文學界，謂：「然而在打鼾酣睡的臺灣文學，却要永遠被棄於世界的文壇之外了，況且臺灣一班文士都戀着墓中的骷髏，情願做個守墓之犬，在那裡守着幾百年前的古典主義之墓」。「還有一班最可恨的，把神聖的藝術降格降至於實用品之下，或拿來做沽名釣譽，或拿來做迎合勢利之器具，而且自以爲儒雅文，其實這種器具，得來的名利，與用錢得來的有何分別？實在有比用金錢做器具的老實人，更可鄙可恨的！」「他們（指舊詩人）爲做詩易於得名，又不費力，時有總督大人的賜茶，請做詩；時又有詩社，請吃酒做詩，既能印名於報上，又時或有賞賜之品。於是，不顧死活，只管鬧做詩，腹內既無半部『唐詩合解』也沒有，一面只管搜盡枯腸，一味的吐，幾乎把腸肚都吐出來，用盡心血，耗盡寶貴的光陰，其結果博得一個不知是好名還是臭名？幾年之間，弄不出一句半句的好文句，却滿腹牢騷，滿口書臭，出言不是『王粲蹉跎』，便是『書劍漂零』，到底成何體統？」最後高呼說：「我的朋友、我的兄弟，快來協助救他，將他從臭泥窟救出來吧，新文學的殿堂，已預備等我們去住啊！」

四、新舊文學之爭

自張我軍對舊詩人投下這一顆炸彈，遂引起新舊文學，也卽新詩舊詩之爭。

所謂舊文學，是指那些吟風弄月，無病呻吟的舊式詩文而言。當時在臺灣，以舊詩爲中心而結合的詩社吟社有一百多處，他們以擊鉢爲行事，形成了一大勢力，大有目空一切之概。當然，對譏笑與抨擊，不甘受屈，始初連雅堂卽於同月「臺灣詩薈」，爲林小眉「臺灣詠史」作跋，乘機譏議，對此張我軍再發表一篇「爲臺灣的文學界一哭」（十二月「臺灣民報」），予以反駁。

次年十四年一月，張我軍先後發表「請合力拆下這座敗草叢中的破舊殿堂」及「絕無僅有的擊鉢會的意義」兩文；尤於後文寫：「詩，和其他一切文學作品的好壞，不是在字句聲調之間，乃是在有沒有澈底的人生觀和眞摯的感情，所謂字句聲調，乃是技巧上的工夫，不消說，技巧也是不可全缺的……但是歷來我臺灣的文人把技巧看得太重，所以一味的在技巧上弄工夫，甚至做出許多的形式來束縛說話的自由……於是流弊所至，寫出來的詩文，都是些有形無骨，似是而非的。」自引德國大詩人歌德：「是詩來做我的，並不是我來做詩的」及參證「詩序」等，以說明作詩的原理是「在於心有所感，而不能自已，所以自然而然的寫出來的」，而後痛擊臺灣盛行的擊鉢吟爲「詩界的妖魔」。

這兩篇對舊文人攻擊得最厲害，由此，舊文人陣營卽有胡蘆生「新文學的商榷」（一月「臺灣日日新報」漢文欄），予以反擊；張我軍復以「揭破悶葫蘆」（一月「臺灣民報」）痛駁。自是而後，新舊陣營對立，舊文學陣營以「臺灣日日新報」「臺灣新聞」「臺南新報」爲堡壘，新文學陣營則據於「臺灣民報」，聲援張我軍。

五、提倡新詩

同年十四年二月張我軍轉載胡適的「文學革命運動以來」。三月他再發表一篇「詩體的解放」；全篇分作：一、序言，二、詩體解放的沿革，三、詩的本質，四、詩與節奏，五、舊詩的缺點，六、中國之所謂新詩，七、自由詩的發生，八、結論等八章。其大要是說：「中國詩體的演變，已有經過四個時期。詩的本質，要有高潮的感情，醇直的表現，緊迫的節奏。節奏除外在律外，還有內在律，舊詩偏重前者，而有種種限制和束縛。至民國五、六年以來，文學革命運動勃興，對舊詩壇開始總攻擊，而後有新體詩的產生。但在初期，一班提倡新體詩的，主張：一、不限韻，二、不限字數句數，三、不限平仄，四、不妨用白話作詩。自己做起詩來，又不能完全脫離舊詩的巢臼，後來漸漸改進，纔產生了一些佳作。這些詩類似外國的自由詩。自由詩首唱於法國，現在英美德俄各國都相繼仿行，是表示世界各國已共同趨向於同一目標，而期脫却無理的束縛，以翺翔於自由而適合個性的天地。」而在結論呼籲：「我們希望我們的詩題，能與世界的詩壇取一致的行動，如果想使我們的詩壇，也開幾朶燦爛的鮮花，那麼請大家把舊詩體來解放吧！」

同年三月「臺灣民報」上，又有蔡某一篇「中國新文學概觀」，就文學革命上的新字問題、文學革命後新詩及短篇小說的成就，作一詳盡的介紹。其關於新詩的部份，寫：「中國新文學先着手改革的，是白話詩和短篇小說，兩者之中，白話詩的成就比小說大，而且有進步，同時引起反對派的張目和口實，也是以白話詩爲甚。」而引用劉半農的「詩與小說精神上的革新」，指摘「舊詩的毛病在於：第一、舊詩專講格律平仄，詩的格律愈嚴，則詩的精神所受的束縛愈大。第二、不眞，詩的精神在於眞，不論是寫景還是寫情，若有了虛僞，便失了詩的資格」及引胡適的「談新體詩」說：「胡適對於詩體的解放的具體的主張，是在於一、打破五言七言的格式，二、打破平仄，三、廢除押韻」。再引康白情的「新詩的我見」，就：新詩的由來、新詩的要素、新詩的幾條意見、作詩的方法、詩人的修養，逐一說明後，列舉胡適「嘗試集」、愈平伯「草仔」、徐玉諾「將來的花園」、冰心「春水」等詩作，以示新詩的美點。

此間，張我軍也介紹國內的作品。介紹的新詩有：郭沫若「仰望」「江灣卽景」「贈友」，徐蔚南「微笑」，梁宗岱「感受」「森嚴的夜」「失望」，滕固「墮水」，西諦「墻角的創痕」，焦菊隱「我的祖國」等，均有附記作者略歷及其著作。

六、新詩的創作

由於上述新文學的機運，隨着國內及外國新文學的介紹，臺灣也產生了新文學的作品。

新詩方面，張我軍一面介紹國內新詩，又自致力於詩作，連續發表「煩悶」「春意」「弱者的悲鳴」等，至十四年十二月出版新詩集「亂都之戀」，遂成爲臺灣新文學運動以來第一部白話文詩集。

張我軍以外，「臺灣民報」各期尙有施文杞、楊雲萍、前非等人的新詩。又民國十四年三月「人人」雜誌刊登：楊雲萍「相片」「卽興」「月兒」、器人（江夢華）「車中惱景」等新詩、及雲萍譯太戈爾詩「女人呀」。同年十二月「人人」雜誌又有：雲萍「夜雨」「無題」「泉水」「暮日的車中」「送夢華哥哥」、縱橫（鄭作衡）「乞孩」「小詩二首」、鶴瘦（鄭嶺秋）「我手早軟了」「我的兒」、江肖梅「唐棣梅」、啓文（黃瀛豹）「夜哭」、梨生「小疑」、一郎（張我軍）「亂都之戀」、翁澤生「海濱白骨」等新詩多篇。

十五年十一月「臺灣民報」向島內徵求白話詩共得五十餘首，經審查結果，崇五、器人、黃石輝、黃得時、沈玉光、謝萬安等人作品入選。這些作品，不特內容寫得不錯，就是文字也很優美，比較「中國新文學運動」初時新詩的表現形式，可謂自然得多。

七、白話文學的普及

新詩以外，當然小說方面也有國內作品陸續被介紹或轉載，隨之，小說、戲劇、散文等均有新作品出來。十四年八月「臺灣民報」創立五週年紀念號上，賴和「無題」（散文）發表以後，十五年一月有：賴懶雲（賴和）「鬪熱鬧」、楊雲萍「光臨」，九月有：張我軍「買彩票」等有份量的小說產生；以後隨着「臺灣民報」遷臺發行擴大篇幅（十六年七月），作品也更增加，至二十一年三月在同報發表的小說、戲劇，共有一百多篇，所作文章的白話文，都是寫得很流利，也有不少有文學價值的作品。（按「臺灣民報」自十六年八月起至二十一年三月，五年間係發行週刊，自二十一年四月起纔改爲日刊「臺灣新民報」。）

在此時期（指前舉十六年七月至二十一年三月間）「臺灣民報」上所發表而值得一提的作家、作品，分類輯錄於下。

新詩

十九年八月「臺灣民報」增闢「曙光」欄徵集新詩以後，新詩逐漸普及。作者有：虛谷、守愚、一村、懶雲、甫三、翔、靜香軒主人（以上作者也寫小說），赤崁生、亞令、徐玉書、慕、冬雪、安都生、克夫、禾子、點人、毓文、村老、楊華等，不勝枚舉，其中作品最多者爲：虛谷、守愚、甫三、楊華諸氏。他們有時候用冷徹而纖細的眼光去透視現實，有時候用萬馬奔騰的熱情去表現民族意識，以致遭受當局的禁止而削除的作品也不少。

小說

此時期，長篇中篇的小說還沒有，都是短篇，而每個作家都以社會改革者自居，以寫實手法寫出封建舊社會的桎梏，農民、工人和小市民生活困難的情形，都市的黑暗面，地主和資本家剝削佃農和工人的情形，日本警察壓迫民衆的情形等。作品共有七十多篇，如：懶雲「不如意的過年」「蛇先生」、守愚「獵兎」「生命的價值」「凶年不免於死亡」「捧了你的香爐」「瘋女」「醉」「誰害了她」「顚倒死（臺語：更糟）」「小學時代的回顧」「過年」「元宵」「一群失業的人」「爸爸！她在使你老人家生氣嗎？」「決裂」、一村「他發財了」「榮歸」「放炮」、秋生「農村的回顧」「死麽」「鬼」「跳加冠」、甫三「彫古董（臺語：找麻煩）」「辱?!」「浪漫外記」「豐作」、夢華「鬪」「她」「荊棘的路上」「美人像活了」、愁洞「放屎百姓」（後半被削除）「奪錦標」「新興的悲哀」、翔「女丐」「比特先生」「嫌疑」「罰」、虛谷「無處申寃」、點人「鳥都」、克夫「阿枝的故事」、丫「開學的頭一天」「就試試文學者生活的味道吧」「夢」「啊！稿費」。翻譯小說有：李萬居譯法國小說「蛇蛋果」「威爾幾妮與保羅」。

戲劇

戲本有：高釗「巾幗英雄」「蕙蘭殘了」、吳江冷「平民的天使」、逢秋「反動」等。

散文

散文有：林獻堂「環球遊記」（連載一百五十二回，用淺白的文言寫）、蔣渭水「北署遊記」（北署即臺北市北區警察署通稱，此篇為其被拘記）「舊友重逢」、懶雲（賴和）「無聊的回憶」（回顧他所受的書房教育和小學教育的痛苦）、一吼（周定山）「一吼居譚屑」、芥舟（郭秋生）「社會寫眞」。

評論

十九年「臺灣民報」增闢「學藝」欄，登載文藝上的各種評論：如「民衆文藝的歌謠」「文學上兩大派別——浪漫主義與寫實主義」「做文學的幾個條件」「論散文與自由詩」等。

八、論爭續起

新舊文學之論爭，既如前述，始自十三年十一月，有：張我軍「糟糕的臺灣文學界」「為臺灣的文學界一哭」「請合力拆下這座敗草叢中的破舊殿堂」「絕無僅有的擊鉢會的意義」等一連串幾篇抨擊舊文學的文章；對此，舊文學陣營的反駁群起，其新舊陣營的論爭一直持續多年，而分別而言，本省的此種新舊文學之爭可劃分為三期，即：第一期論爭（十三年至十四年）、第二期論爭（十四年至二十一年）、第三期論爭（三十年），述之於後。

第一期：起自張我軍與連雅堂的論爭，其反駁及反駁的文章，除前面提過的胡蘆生「新文學的商榷」、張我軍「揭破悶葫蘆」之外，尚有：鄭軍我（鄭坤五）「致張我軍一郎書」（十四年一月）、半新舊「新文學之商榷的商榷」（十四年二月）、張我軍「隨感錄」（十四年二月起連載）、鄭軍我、蕉鹿（羅秀惠）、一吟友等的反駁（十四年二月）、蔡某「為臺灣的文學界續哭」（十四年二月）、黃衫客（黃文虎）「駁張一郎隨感錄」（十四年三月）。

第二期：與此論爭相前後續起另一論爭，係起自當時（十四年）創刊的白話文雜誌「人人」「七音聯彈」抨擊舊詩人，其論爭的文章有：張紹賢「一個詩人的講演」、自我生「詩顛書狂」（十四年十月「七音聯彈」，所指一個詩人是指當時（十三年二月）創辦「臺灣詩薈」的連雅堂）、楊雲萍「無題錄」（十四年十二月「人人」）、陳虛谷（陳滿盈）的抨擊（十五年十月「臺灣民報」，評舊詩人的和韻詩）、舊詩人的反駁（十五年十一月「臺灣日日新報」漢文欄「無腔笛」）、虛谷「駁北報無腔笛」（十五年十一月「臺灣民報」）、葉天籟（葉榮鐘日本留學生）「墮落的詩人」（十八年一月「臺灣民報」）、施華皷「致葉榮鐘君書」（十八年七月「臺灣新聞」）、島民趣味界「牛耳詩壇執主盟」（十九年七月「臺灣日日新報」）、廖毓文「駁墮落詩人」（十九年七月「伍人報」）、陳逢源「對於臺灣舊詩壇，投下一巨大的炸彈」（二十一年一月「南音」）。

第三期：元園客（黃文虎）「臺灣詩人的毛病」（三十年六月「風月報」，此文作者本爲舊文學陣營健將，本篇仍改變其立場，旨在矯正舊詩人的弊風，所謂毛病，舉七，約言之，一、作者多於讀者，根底薄弱，二、模倣古人，浪費天眞爛漫的性靈，三、移用成句，不重創作，四、僞托他人之作，以造成兒女生徒情侶才名，五、僅仰詞宗鼻息，以邀贋選，六、無中生有，描寫景物，多出想像，七、如同商人廣告（一詩連投數處）。小鏡雲「答元園客君」、鏡峰「警告反背了的詩人」（七月「南方」即「風月報」改稱）、傍觀生「讀臺灣詩人的毛病有感」、修正生「誅傍觀生讀臺灣詩人的毛病亂感」、高麝袍「觀臺灣詩人論駁」（八月「南方」）、鄭坤五「臺灣詩人七大毛病再診」、嵐映（林耕南）「誰是誰非」（九月「南方」）、醫卒（吳逸生）「三診詩人七大毛病」、第二傍觀生「臺灣詩人七大毛病再診感言」、鄭坤五「駁誰是誰非作者嵐映氏詞」（十月「南方」）、嵐映「有再教育的必要」、傍觀生「駁修正生及高麝袍之謬見」、鄭坤五「駁醫卒氏三診及第二傍觀生感言」、小醫卒（李石鯨）「詩人七大毛病之外尚有三大疾病」——所謂三疾謂「詩悾、詩顛、詩癡」（三十一年二月「南方」，「南方」並自二月底截止收載有關「詩人毛病」稿件）。

新舊文學之爭如此；其實，新舊文學的好壞，在早期的論爭已分明新時代的新文學應走的路向，一如張我軍介紹胡適之「文學革命運動以來」一文（十四年二月「臺灣民報」），作序謂：「文學改革的是非論戰，在中國是在七八年前的舊事，現在已進到實行期、建設期了。所以文學改革的是非，用不着我們來討論，已有人替我們討論的明明白白，已不容爭辯了。」除此國內新文學運動的成就、世界新思潮新文藝的趨勢，也是同樣提供了新路線的佐證。不過，舊文人的痼疾不但不易矯正，詩社仍然林立，抱殘守闕，在長期的爭論中一直糾纏不清，此在臺灣新文學發展途上，未免不是一種絆脚石，也可以說是莫大的損失。

九、新詩的詮釋

新舊文學之爭，多以新詩舊詩爲論題，頗有新詩舊詩之爭的觀感。以下舉錄當時詮釋新詩的文章一二，以資窺其一端。

錄自楊雲萍「無題錄」（十四年十二月「人人」）——「詩要有韻，韻是甚麼？所謂要有韻，必是以詩的一要素是音樂來做前提。但是沒有所謂韻，就沒有音樂的存在嗎？沒有音樂的要素或者不是詩，然而沒有所謂韻，就能會結論到不是詩嗎？尤其詩韻合璧的韻，第五字第七字的尾字韻！我們恭敬地勸那些反對新詩——白話做的詩的諸先生，去拏些曲文來看，把些歌譜來讀，想到五言七言的變至詞，詞的變至曲、詩韻和詞韻的異樣、字數的多少，增減罷！詩和音樂，音樂和舞蹈、演劇是大有相關的。我們要研究詩，不可不研究音樂、舞蹈、演劇等，若只甚麼韻呀、四始呀、六義呀，就要來談詩，那麼，太可憐、太可笑！」

錄自陳虛谷「駁北報無腔笛」（十五月十一月「臺灣民報」）——「詩就是我們的心裡，有熱烈的感情的時候，心裡感情把音節的文字表現出來的」「詩既然是抒寫感情，那末，詩人該有什麼條件呢？第一、要有銳敏的直觀，第二、要有奔騰的熱情，第三、要有豐富的想像，第四、就是純眞的品性。因爲，有了這幾件，他才會透視人性的眞相、窺探自然的幽奧，明白說一句，就是會感到普通人所感不到的。所以，詩人是感情的寵兒，不是理智的科學家，更不是脅肩諂笑的徒輩。」而引用日本文藝評論家厨川白村的名言說：「文藝純然是生命的表現，是完全脫離外界的抑壓、强制，立在絕對的自由的心境，表現個性的唯一世界。忘却了名利，丟掉了奴隸根性，擺脫了一切的羈絆、束縛，文藝上的創作才能成立。」並引用日本的詩人生田春月的名言說：「要做詩人，須先了解做一個人，須先完成自己，因爲詩是人格的產物。」

錄自陳逢源「對於臺灣舊詩境，投下一巨大的炸彈」（二十一年一月「南音」）——「現在的詩社的擊鉢吟和課題所得詩，都算不是什麽眞正的詩，概是所謂文字遊戲這一類的假詩。然則眞的詩是什麽？」而徵引「詩經大序」，胡懷深、楊鴻烈等人，對於詩的定義，說：「詩是文學裏用順利諧合帶音樂性的文字和簡練美妙的形式，主觀的發表一己心境間所感現，或客觀的敍述描寫一種事實而都能使讀者引起共鳴的情緒，因此可知詩的特色，第一點是表現喜怒哀樂的感情或一己心境間所感現，反轉來說：沒有大眞流露的感情，不算是詩。第二點是帶唱嘆說出自然而然的音節，或是順利諧合帶有音樂性的文字，反轉來說：沒有音節亦不算是詩。」」「新時代是要求什麽詩？我們第一點要力排慣用那些難解的文字與典故的貴族詩，當要作最平易且而最率眞的平民詩。」而列舉鄭板橋的「貧士行」、梁啓超的「斗六吏」、陸放翁的「長歌行」、劉一聲的「奴隸的宣言」爲例，說：「其他不論什麽時代的詩，亦當注意描寫人間愛與自然愛，或是人生的意義與思想的內容等，這是不必多說的了。」「眞正的詩人，當具有最纖細的神經與最銳敏的感情，自然對於一時代一地方的社會事情與民生的痛苦……然而臺灣的詩人，對於臺灣過去的各種事件，何嘗有做出像老杜的「石壕吏」或任公先生的「斗六吏」這一類不可磨滅的詩？……當然要做時代的先驅者的詩人，於臺灣反形成有阻害社會進步的反動陣營，這是我們不可不打倒的最大理由吧了。」

錄自旁觀生「駁醫卒三診及第二傍觀生感言」（三十一年二月「南方」）——「舊文學，即文言文舊詩等，其特色是在形式之美，因其過重形式之美，故其長處是在語句之簡潔、文格之高雅、字面之華麗、音韻之美妙、字數之整齊，然因其過於重視形式，拘於律韻之關係，往往輕視內容，沒却本意，故其短處恒在內容之不實，性靈之喪失也。新文學，即白話文新詩等，其特色是在重視內容之實而輕視形式之美，故其長短處適與舊文學相反，其長處是在內容之充實情思之眞摯、描寫之迫眞，其短處則在語句之冗贅、文格之卑俗、字面之樸實、音韻不叶、字數之不齊也。一言以蔽之，舊文學者，文而假，新文學者，質而實，若以辭達意、詩言志等之文學之眞精神觀之，則文章與其文假也毋寧質實者爲上，此所以六朝之駢麗體，見擯於韓愈，現代之古文言被斥於胡適者也。」

■本文作者已出版作品有：

①瀛濤詩集　②生活詩集

③海（散文）　④瞑想詩集

中國現代詩研究

趙天儀

一、前言

在還沒有談到正題「中國現代詩研究」以前，我認爲就詩的研究與學習來講，在游擊隊與正規軍之間，在闖江湖與泡學院之間；我比較接近一種遊擊隊的作戰方式，比較熟稔於一種江湖客的味道。雖然我一直也以正規軍的作戰經驗爲藍本，以學者們的研究方法爲借鑑，且希望着能更深入現代詩的核心。

在「中國現代詩」的邊緣，也許我也還沒打開大門，深入其堂奧，但我一直也以能夠深入其堂奧爲相期許，雖然，我還沒做到，但我希望能夠逐漸地逼進它。

現代詩的前途，有實際的與理論的双重負荷，極待開拓出一條康莊的大道來。

二、研究的課題

一談到「中國現代詩研究」，我們立刻就面臨了兩個最基本的問題；一個是中國現代詩值不值得研究的問題？另一個是中國現代詩要怎樣來研究的問題？要回答第一個問題，便得追問什麼是中國現代詩？要瞭解中國現代詩，自然會再問什麼是中國新詩？要瞭解中國新詩，自然而然，就得再追問中國歷代的詩了！那麼，什麼是詩呢？在我們中國歷代的詩話到現代的詩論裏頭，詩的研究者一直都在探討着這個問題，這是一個最初的，而且也是一個最後的問題。我現在只是要簡單地肯定中國現代詩是值得研究的，這猶之乎中國歷代的詩是值得研究的一樣。中國歷代的詩之研究者，已不知有多少；自歷代的註釋家到現今的學者，註解、考據、音韻等的研究，使中國歷代的詩讓我們能夠加以欣賞，加以批評；而中國現代詩呢？因爲歷史還短，加以研究者所需具備的條件要更多更紮實，因此，問津者可以說還不多。

在我尚未給予中國現代詩下一個爲研究方便的設計底界說以前，我也想跟林亨泰先生（註1）一樣地，先指出什麼不是現代詩，什麼才是現代詩。「現代」一詞，如果是以英文的 Modern 來作互譯的話；第一、我們需瞭解 modern 一詞，在時間觀念上，是所謂近世的或近代的；是跟 ancient, mediæval 相對而言的。第二，在精神觀念上，我們可以說凡現代的（Modern）是當代的（Contemporary），但當代的却不一定就是現代的，只能說有些當代的是現代的。因此，我們可以曉得當代的詩不一定就是現代詩哩！所謂「摩登的」，也不一定就是現代的，中文的「摩登」，一則是英文 modern 的譯音，二則却是自己產生了岐義（ambiguity），「摩登」竟成了時尚或新派的流行底代名詞了！

我們中國自五四新文學運動開始，新詩便是新文學的急先鋒，自初期的白話詩，到徐志摩等出現的所謂格律詩，以及創造社的自由詩，畢竟他們都還是屬於浪漫主義的信徒。而到李金髮、戴望舒等時期的所謂現代派，才有所謂象徵主義的抬頭。就歷史的沿革來講，我所謂的「中國現代詩」，當然，要追溯到新詩的源流。但就美學的觀點來看，我所謂的「中國現代詩」，只能以自新詩、自由詩到現代詩的發展過程中，具有眞實的現代精神，而在本質上，在內容與形式上，都具有現代化的表現者爲其領域。

那麽，所謂中國現代詩究竟要怎樣來研究呢？我們知道，文學當作創造的活動，便是一種藝術；而文學當作研究的對象，便是近乎一種科學。這是「文藝」與「文學」最重要的區別。因此，中國現代詩的研究，便涉及學問性的層次的問題；首先是方法學（methodology）的問題，換句話說，就是用什麽方法來研究呢？其次便是詩學的問題，如果說詩學是哲學的一個分支，則跟美學、藝術哲學以及文學批評密切地關聯着。

在方法學上；邏輯、記號學以及科學方法的應用，是值得重視的。

在經驗科學上；人類學、社會學、語言學以及心理學所提供的成果，亦是值得借鑑的。

至於在詩學本身上；對於創造、鑑賞、批評、詩論、以及詩史的探討，當然是重要的。

三、創造的問題

現代詩的創造，談何容易，並不是有了所謂創作經驗，馬上就可以來一個創作甘苦談的；我想該考慮到美學上底所謂藝術創造的過程，這是需要相當底時間的過程的，把這過程予以心理學的分析，可以區分爲四個階段：

㈠、創作的氣氛（Schaffensstimmung）

㈡、構想的胚胎（Konzeption）

㈢、內在的精鍊（Inner Durchführung）

㈣、修改的完成（Ausführung）

簡單地說；前二階段爲自然的、無意識的要素顯著地湧現着，尤其是在構想的胚胎之階段；而在後二階段，所謂技巧的、目的意識的要素乃變成了優勢。像推敲的工夫，便是一種外在的修改的完成，這種修改，有時跟構想的胚胎會有相反的表現。

我們中國現代詩的創作者，所面臨的創造況位是怎樣的呢？所謂在「前不見古人，後不見來者」的境界，在詩神面前，所謂創造，可說是人人平等的，即使是貴爲大學詩學教授，面對着創造的時候，也是赤手空拳，白手起家的。知識只是一種預備工夫，一種先決性的教養，而不是創造詩的技倆。

那麽，中國現代詩的創造，豈不是在剛剛開始的一個草創的階段嗎？

四、鑑賞的問題

現代詩的鑑賞，在鑑賞者的準備工作上，首先需瞭解中國現代詩是一種新興的文學、是一種正在發展中的語言的藝術。在心理上，不能敵視它，更不能輕視它，而發表了的作品，好壞不一，所以，我們彷彿是處於沙裡淘金似地，好詩眞是難得，然而，需有心人耐心地去咀嚼。

爲什麽我喜歡這一首詩？爲什麽我不喜歡那一首詩？在喜歡與不喜歡之間，我們要捫心自問，喜歡的理由何在？不喜歡的理由何在？是不是創造者的感受、體驗跟我們的感受、體驗發生了共鳴？我們能不能提高自己的感受，擴大自己的經驗，而對詩的品味，提出嶄新而適當的反應，時時刻刻在調整着自己鑑賞的角度，使我們能更深入地觸及作品的內在精神，把握創造者底詩的原始感覺。

例如：詩的修辭的問題，在中國現代詩中，有的喜用明喻，有的善用隱喻，有的强調隱喻重於明喻，更有的强調暗示的重要性。誠然，我們試以楊喚的詩爲例：

如在「二十四歲」中，他如是歌詠着：

「白色小馬般的年齡
綠髮的樹般的年齡
微笑的果實般的年齡
海燕的翅膀般的年齡」

這是一種明喻的表現方法。而例如在他的「詩的噴泉」中第十首「淚」，便是這樣的：

「催眠曲在搖籃邊把過多的朦朧注入脈管，
直到今天醒來，才知道我是被大海給遺棄了的貝殼。
親過泥土的手捧不出綴以珠飾的雅歌，
這詩的噴泉呀，是源自痛苦的尼羅。」

頭兩行是採用隱喻的表現方法，同時擴大爲一種象徵，一種「給遺棄了的」命運的寫照，也就是楊喚痛苦的來源。在現代詩的表現上，我們可以追求象徵的表現，但並不等於象徵主義，象徵是藝術創造過程中的一種基本概念，如果說人生就是一種苦悶的象徵，那詩人要有所表現的太多了！象徵在詩的修辭上，也可以說是一種基本的方法，有時採隱喻爲手段，使表現更富於暗示，更能捕捉心靈內在的感受。我們以楊喚的詩爲例，他的「詩的噴泉」，便是一種現代詩的先驅的作品。

五、批評的問題

中國現代詩的批評工作，並不是「有而且只有所謂現代詩人才配批評現代詩的」！如果是一個對中國現代詩有興趣有研究有修養的鑑賞者，願意來分析或批評中國現代詩，我們也該有所尊重，作爲一種參考。

我們直接欣賞一首詩或一本詩集，加以討論或寫書評，那是一種對象批評（object criticism）；而研究如何來批評、批評的基準等有關的理論，便是批評的批評，而這該是一種後設批評（meta-criticism）；眞正的批評，是以對象批評的方法歸納地研究，而朝向後設批評；且是以後設批評的理論來輔助對象批評的印象性或直覺性，使兩者互輔互用。

過去有關批評的研究，美學家古琳（Fheoder M. Greene）曾經歸納爲三種：㈠不論是以藝術底歷史的性格爲規定了的「歷史的批評」（historical criticism）；㈡也不論是以藝術家底個性爲理解了的「再創造的批評」（re-creative criticism）；㈢或也不論是以藝術的價值評價了的「裁斷的批評」（judicial criticism）。當我們從事批評的研究，除了探求所謂「哲學的、科學的以及批評的」方法以外，古琳所提出的三種批評，也是批評的規準。我們在藝術的「形式」或「完整性」以外，有沒有一種所謂超越了美感經驗的領域之一種「眞理」與「偉大性」存在的可能呢？

六、詩學的問題

就整個詩學來看，詩論只是詩學的一部分，不論是學者們的研究性的詩論，或不管是詩人們的體驗性的詩論；在我們所謂的中國現代詩的詩壇上，依然是很貧乏的。

有三種工作是極待開拓的：

㈠中國古典詩論的整理與研究；

㈡外國詩論的翻譯與介紹；

㈢中國現代詩理論的整理與建設。

我們深深感到詩學的研究；一方面可以引導創造的自覺，另一方面也可以推廣鑑賞的工作。中國現代詩的展開與活躍，有待於嚴格的理論之刺激。

七、詩史的問題

也許自清末民初，以及五四以來的新詩、自由詩、現代詩的整理與研究，需涉及詩史的問題，如何同時進行，且給予適當的定位，乃是我們目前值得檢討的工作。

對於有價值的文獻，可收爲「詩論選集」；對於有表現有創造的詩人的作品，可收爲「全集」或「選集」；這樣，我們對「中國現代詩研究」底原始資料，才能逐漸地收集完備，不過，這也只是如同培根所說的螞蟻式的學問底功夫而已。進一步，也許我們可以透過有關詩及文學一般的知識，來把這些資料加以整理，加以分類，而這也是像培根所說的蜘蛛式的學問能了！我們如何才能做到培根所謂的蜜蜂式的學問呢？如何以我們的心得來抽出中國現代詩的精華（優點與缺點）來作爲我們年輕一代新銳詩人們的一種滋養，一種借鑑，一種燃料呢？

㈠詩史資料的整理：整理的對象，包括詩集、詩選、詩刋（包括報紙副刋、文藝雜誌）以及有關的文獻與資料。如中國詩人聯誼會，中國新詩學會，各詩社以及重要詩人的資料（包括文獻、書簡、日記、筆記）之收集。

㈡詩史寫作的問題：詩史是詩的精神發展史，一則具有文學史的意義，二則却具有文化史意義。因此，詩史的寫作該不只是記流水賬，或詩人的點名簿而已。詩史的寫作卽然有歷史的、評價的（美學的與批評的）以及文化的意義，所以，當以現代社會的變遷、現代詩人的精神動向對於現代詩的追求之考察爲着眼點，客觀地加以描述、解釋與分析。

八、對中國現代詩的再認識

綜觀「中國現代詩」這十幾年來在中國的發展，尤其是在臺灣、香港、菲律賓、馬來西亞以及越南等地都可以顯現出其影響。我們要對這些同時代的詩人及其作品的研究、鑑賞與批評，難免也有許多的困難；一是如何才不感情用事，而作到相對的主觀底認識；二是如何才不自我陶醉，而作到自覺的再認識；三是如何才不僅僅是流於互相標榜，而作到眞正客觀的認識；這些都是我所關心的課題。

一、對現代詩人及其作品的再認識

我們一直缺乏好的詩人個別的全集，也缺乏客觀的現代詩選集，雖然我們也有一些較有代表性的全集或選集，但都有許多主觀的、偏見的以及派別的觀念在作祟。而現代詩人傳記的缺乏，包括自傳、評傳、年譜，也是研究上必需克服的關鍵。

就作品來說：對我們同時代的現代詩人的作品，我認爲有下列幾種情況：

(1)過去有壞作品，而今有好作品的詩人。

(2)過去有好作品，而今有壞作品的詩人。

(3)過去平平，而今亦平平的詩人。

(4)過去不錯，而今亦不錯的詩人。

以上四種情況，⑴與⑷是較難得的，⑶是百分比較高的，⑵就值得反省檢討了！

我認爲對同時代的作品底批評，有時距離太近；對過去的作品底批評，有時距離又過遠；太近與過遠，會造成過與不及的距離底二律背反（antinomy of distance），或甚至距離的消失。

就詩人來說；一個現代詩人，在成爲所謂「現代的英雄」時，一個有名氣的詩人好比是一個成爲大衆情人的電影明星一樣的，是不幸的，電影明星成了大衆情人，就得迎合觀衆的胃口。而現代詩人呢？現代詩人似乎是無利可圖的，但却好像是有名可求的。可是，有名無實，名實不符，豈不是造成了更大的不幸嗎？電影明星之中，亦不乏沒有演過半部片子，而大名已不脛而走的準明星；但我們的現代詩人，大名鼎鼎也者，而沒有拿得出貨眞價實的作品來，內心的空虛與落寞，可說是不言而喻了。所以，我對現代詩人群中，那一些所謂孤獨的聲音，常常刮目相看，我認爲他們果眞耐得住寂寞的話，這是最好的醞釀的黃昏，也是最有希望的創作的黎明。

二、對現代詩觀的再認識

對中國現代詩的再認識，我認爲現代詩觀是不可忽視的一環。在歐美現代文藝思潮的衝激之下，我們如何才不迷失於五花八門的主義或流派之中呢？

就詩是人生的批評來看；例如表現性的苦悶，或表現性的變態，並非不可以，我們可以承認如果有所謂詩人的品德，則是在其表現眞摯與否？而不是在題材的關聯與否？爲什麽一些合乎道德教訓或寓意的作品，不必然就是好的藝術作品，道理便是在這裡。然而，我們希望現代詩人對人生對生命有更嚴肅、更眞摯的批評。例如，在詩的技巧中，一些太多的詼諧或幽默，一些太多的機智或詭論，正如在葷菜中放了過多的糖精，在肉類中放了太多的味精一樣。

就詩是語言的藝術來看；詩的音樂性，固然是由語言的音樂性所表出，但語言的音樂性却不就是等於詩的音樂性，詩的音樂性則需要注入詩人情感的波動。而詩的繪畫性，固然也是由語言的繪畫性所表現，但語言的繪畫性却也不就是等於詩的繪畫性，詩的繪畫性也需要滲入詩人心象的構成。

我想如果詩依然是一種語言的藝術，則依然會表現語言的功能與特徵，而詩的語言之表現，最主要的便是在能否恰到好處地表現了詩的本質。至於詩本身，可以有音樂性，亦可以有繪畫性，可以沒有音樂性，亦可以沒有繪畫性，是詩之所以成爲詩的理由，必須有詩本身的特性存在着吧！

九、結語

詩人T‧S‧艾略特嘗謂爲了創作詩而批評詩，我們却是爲了創作詩而研究詩。中國現代詩的研究，一則要讓年輕的一代起來創造的時候，有所借鑑，有所省察；二則要讓中國現代詩負起歷史的使命，爲歷史作證，且走進歷史。

我們希望中國現代詩，在一切朝向企業化以及商業化的年代，不至於失去藝術的中心而墮落，因此，我認爲詩的再教育的問題，便包括了創作者的良知與鑑賞者的品味之再重建的問題，我們該有更高邁的理想、更藝術的情操來從事現代詩的建設底舖路的工程罷！

作品欣賞

納蘸思解說

傅敏

牽牛花

白萩

負氣地開向不同方位的牽牛花
而夕暮一剎眼中溜進來
慣常地走至病床，掩在妻的唇上
「死掉算了
讓我把繩結放開
使你飛入天空」
負氣地開向不同方位的牽牛花
却共有一條莖幹
「死掉算了
還你自由
我也不會心疼」
而暗中對視的眼
突然觸覺一條緊緊的根連

由於負氣，牽牛花才開向不同的方位嗎？生長在土地上的最平凡的蔓延植物，各把沒有鮮艷色調的花朵開在它出走的軀體上。成爲人感知生存的煩悶，而不知不覺游離的肉體。

然而黃昏時，悲愴而溫暖的光線未經察覺便從抗拒的窗口溜進來。像恆常的遙遠的天國傳來的聲音，夜暗前習慣地走到病床。

彷彿一隻纖細的手，輕撫着躺在病床上妻的唇。自覺妻的生活已從勞碌的生的過程仆倒在病床是做爲夫君的愛之昇華。

死是一項解脫嗎？對於生病的妻，死是一項解脫嗎？那麽把繩結一股束縛着妻在世上受苦的緣由放開吧！讓妻飛翔到無際的天空去。在那兒、沒有一點折磨吧！

由於負氣才開向不同方位的牽牛花，雖則游離成散亂的莖葉，在窗外的土地上却從同一條莖幹生長起來的。

在人世上受苦的妻和由於妻的受苦而洩氣的我也是牽牛花般共有一條莖幹，伸出不同的方位去對決生存的抗磨的。

如果死是獲得自由的詮釋，那麽把由於跟隨我生活而被剝奪的自由還給你，我也不會不甘心的。

偷偷地在絕望中互相注視的眼，像溺水時，共同爲生而掙扎產生的毅力，緊緊地握對方的手，成爲牽牛花粗壯的莖幹，從病房的窗口伸向遙遠無際的原野，等待明日的曙光來擁抱。

「遺物」讀後

朱沙

我一向不敢隨意批評任何作品的好與壞；但是却樂於說出喜歡還是不喜歡它。對於「遺物」這首詩，我也是持這種態度的。

讀過「遺物」後，我深深地被感動着，好幾次讀了又讀，我的心靈被煽起了眞情與感動，像被納置在一個不可觸及而却已觸及了它的顫慄中，感染了詩中妻子的那種心不死而却已被凍結的那股無奈。其詩的全貌如下：

遺物　傅敏

從戰地寄來的君的手絹
休戰旗一般的君的手絹
使我的淚痕不斷擴大的君的手絹
以彈片的銳利穿戳我心的版圖

從戰地寄來的君的手絹
判決書一般的君的手絹
將我的青春開始腐蝕的君的手絹
以山崩的速度埋葬我

慘白了的
君的遺物
我陷落的乳房的
封條

暫且不談作者的技巧如何？（以一個不會寫詩的讀者，來批判這個嚴肅的問題，那是很荒謬的事吧？）而詩中那眞摯的情感，却使人忍不住要讚嘆一番。

從「休戰旗一般的君的手絹，使我的淚痕不斷擴大的君的手絹」那股心靈不安的預感，以致於「判決書一般的君的手絹，將我的青春開始腐蝕的君的手絹」事實確定之後，那種强烈的感情與心靈的無依，作者以前進的思想，眞摯地緊緊握住主題，擴充的意象使它牽涉到强調的意象，讓「人跟着精神走，一邊跌倒，一邊發現。」同時，表現於無聲的詩的聽覺，以及表現於無形的詩的視覺都凝聚起來，使讀者通過感情和想像，從無聲無形裡去發覺詩的形象和聲音，感受詩的悸動，煽起眞情。讀了它，彷彿聽到婦人充滿悲淒的呼喚，看到她孤寂地獨立於蒼茫的黃昏中，頹喪地凝視着丈夫的手絹，充滿悼念的悲哀。

「將我的青春開始腐蝕的君的手絹，以山崩的速度埋葬我。」這是多麼深沉而又急遽的哀傷呵！使人想去撫慰那傷痛的心，却又無以爲之。

末段的肉體上的悲哀也豐富了詩的主題，表現了肉體上悲哀的美——這份淒美很給人親切感，因爲在這個動盪的時代裡，戰爭的投影隨時可見。

我不知道別人讀它的感受如何？而我覺得「遺物」是一首美好的抒情詩（不談技巧，而只以心靈感應詩心）尤其是以作者是位年輕的男詩人，而站在女流的地位去懷念戰場上的丈夫，這嘗試很夠大胆，但是他的細心與眞摯並沒有給人失望，不是嗎？

說了這些，只是我個人的淺見，成熟與不成熟也只是我個人的事，只因我喜歡它，就忍不住要寫讀後感。如果我借用一句話：「它是一首典型的現代主義抒情詩」來做個總結，是與否？相信讀者們自有定論吧！

德國來鴻

A

一九六九年八月六日・科隆

很高興接到你的信。詩能飛繞地球，是多麽美妙的一件事。「死囚」和「返鄉」二詩（按：譯詩刋於「創世紀」廿五期），是不堪回首的遭遇，遺憾的是，往事又一再重演……。

貴刋名字甚美。我很盼望它不致於像我的刋物一樣，要花費很多精力。事務的繁雜，使得我很少有時間，從事自己的詩業。

賀雷樂教授（按：詩人Walter Höllerer）兩年前已離開本刋的共同編務。他得以更專心於寫詩。他做對了。我將本刋寄數份給你。所詢Streitzeitschrift 詩刋的地址在法蘭克福赫姆賀茲街廿九號，編輯爲Horst Bingel。至於Blätter und Bilder，多年來已不再出刋。對你的一切努力，謹表衷心謝意和問候。

※本刋按：邊德（Hans Bender）爲德國最大詩刋之一的 Akzente 現任編輯。

B

一九六九年九月十八日・慕尼黑

承賜拙作里爾克傳之迻譯，並蒙在扉頁上留下動人的題辭，帶給我極大的快樂。這是拙著的首次中譯本，你可想像得到，當我把迻譯拿在手中時，是如何的感動。我始終特別感到興趣的是，本書傳主詩人在貴國獲得何等高度的評價，他的聲譽何等的崇高，以及他何等地受到熱烈的研究。

不久以前，我有幸又到穆座古堡（Château de Muzot）做客兩週半之久，和早年一樣，來自中歐以外的，尤其是日本的德文學家們，絡繹不絕地，懷着朝聖的心情前往憑弔，踏上那有名的花園，瞻仰古堡。我始終樂予嚮導他們，並爲他們對里爾克作品的淵博知識感到高興。

我很願望，你在你的研究工作上能獲得更大的成就。

謹致謝忱。

Hans E Holthusen

※本刊按：侯篤生博士(Dr. Hans Egon Holthusen)現任德國巴威略邦藝術學院院長。

傅敏，我想對您說

——覆傅敏九月十九日的信

傅敏：

寫詩，您知道您執着的是什麽？白萩的詩，我同您一樣喜歡，也同樣贊同他的見解；但我所執着的，是我對這個世界的「看法」。也許我所發現的沒有白萩的「廣大」，但對我自己所能見及的，我一樣在力求深入。如果您說：白萩的「重要的是精神而非感覺，是良知而不是童貞。」是您所謂的「做爲人類心靈防線的尖端，去感知傷害便是前衛性的追求。」的話，我所寫的詩「斑鳩與陷阱」，或已不够「現代」、不够「前衛」了。

不過，話得說回來；與其自己毫無執着、毫無見地的去跟別人的詩觀走，而成爲別人的發聲筒，寫其所謂「人云亦云」的東西，而迷失了「自己」，也非上策；所以，傅敏，我想對您說：「重要的已非前衛或現代的問題，而是發掘自己。」因爲是「自己的」，才有可能異於別人，而既要和現時代的別人有別，當然也要求和歷史上的所有人不同。

詩不可能是一個單純的面，也不可能是個單純的點；在無數個面或點中，不可否認的，白萩所發現的，是或爲那無數個面或點中的幾個重要的點，但非全部的面。是以，才有除了白萩，還有您以及很多的人也同時可以寫詩的可能。這是同樣的道理。個人所應努力的，是去探求未爲別人所發見而值得揭示的「東西」。這「東西」是不可言狀的，等您說出它的名字是啥的時候，其屬於「可感」的屬性就會成爲死亡，一如我們面對舊有的詩體一樣。我們要揚棄已成模子製造的東西，永遠如此。

我喜歡您的詩。這句話我不是爲了向您討好才說的；我早已向朋友說過。只是可惜的，「雲的語言」那時期的作品和近期的（如笠32期發表的「天空」和「焦土」），依然籠罩着別人的影子。雖然是美麗的影子，也足夠損傷您的面目。雖然，前一時期所投射的影子和此一時期的影子有所不同，但並不表示一種「跳躍」的徵象；顯然，早期的您是有着愁予、瘂弦等美麗的影子，近期則有白萩的問題的暴露。

接受前人或同時代人的影響是難免的，任誰也得走過這一段路。然而，能不爲「壞的」影響，則已夠安慰的了。誠然，您所接受的是屬於「美麗的影子」，我們還能要求什麼？對於如您這樣活生生的在躍進，在成長的人，我們能要求什麼？

我不會考慮到、也不關心別人置我於那一代？也許，如天儀兄所嘗說的，我們都是在草原上飛奔的馬，只是出場的先後不同而已。那麼，喬林、施善繼、林錫嘉和我，早在您們（或許包括鄭烱明、陳明台、拾虹、簡誠和您）之前跑過（其實並未如您們所預料的那樣不能再衝躍）的這批「黑馬」，雖未見有如您所要求的那有形的「互相鞭策的精神」，却各個懷有奔赴向前的意志和默契，如保羅．梵樂希所接受自己爲自己重建的默契一樣，我們還能要求別人什麼？不可否認的，您們也是一批來勢兇兇的「黑馬」。在笠詩社五週年紀念會上，我就已深深感覺到，所以我在編輯笠32期的活動照片時，我便將您們那一張有歷史性的照片題爲「年輕的一代在集結」，這不能不說是我的卓見吧！

傅敏，我想對您說的，就是這些。

林煥彰

九月廿一日晨

詩壇散步

柳文哲

在詩壇不斷地變化的過程中，也不斷地出現新的名字，然而，曾幾何時，那名字又消失了，只有少數依然以雄風不減當年的姿態出現着。因此，詩集的出版，只表示一個過程，應該謹慎，因爲它代表了一個詩人被評價的依據。

一、詩集滴點

榴紅的五月　龔顯宗著　立志出版社　58年5月出版

這是龔顯宗的第一詩集；包括四輯詩作，以及代序與附錄。他的詩，以「深夜、卡車」、「啊，清明、清明」、「人生」、「皺紋」四首給我印象較深。他的詩，在直接的抒情中缺乏含蓄，有時小小的諷刺，却頗清新可喜。在「詩與愛情」一詩中，他如是歌着：

「在一生裏，
我不停地尋找着詩與愛情；
但愛情只有憂鬱，
詩又不能給我歡喜，
於是我就哀哀的哭泣。」

我認爲作者何不大膽一些去追求愛，何不奔放些去探求詩，也許就不只是憂鬱與哭泣而已罷。對於作者的代序與附錄中談詩的論調，筆者不甚讚同。不過，他說：「一個偉大的詩人應是衝進傳統的陣營中，然後再突圍而出，以創造不偏不倚的新傳統。」的確頗有見地，然而，這種衝進與突圍，確非更多的勇氣不可。

向陽的眼睛　雲從著　海洋詩社　58年2月出版

作者是來自香港的僑生，在臺大中文系畢業返港以前，留下他的處女作。這集子包括「旅」、「向陽的眼睛」、「飛向藍天的音符」三輯。「飛向藍天的音符」是一連串風景素描的剪貼。只有「向陽的眼睛」一詩，較有現代的意念。作者的詩，也是缺乏含蓄，沒有更象徵性的東西。

處女之泉　嘉揚著　新亞出版社　58年4月出版

這集子包括「處女之泉」、「水之戀」、「出走」三輯。另附錄有譯作五首、絕句十四首。作者的詩觀，還停留在五四白話詩的階段，充滿了浪漫的幻想。「育英巷」一首，略有象徵的音樂性，稍爲凝聚。

風砂　沙穗著　盤古詩社　58年4月出版

我不認爲這是什麼意象派的作品，我們最好不要攀這個親。也許作者極渴望着有所謂現代的表現，而且的確也有他的長處。然而，他還得努力使他的詩更透明一些，才不會走上晦澀，或走火入魔。

二、詩集漣漪

雲的語言　傅敏著　河馬文庫　58年6月出版

「雲的語言」到底是一種怎樣的語言呢？笛手正嘗試着給我們一個答覆。

傅敏一開始就以一種美少年的風度翩翩的姿態，使我耀眼，也使我擔心。耀眼的是他有着鄭愁予當年的麗而不俗，擔心的是他有着葉珊近年的華而不實。當然，寫詩，傾向陽剛自有其長處，傾向陰柔也自有其優點。如果是走上婉約的詩風，而嚮往所謂水仙花的古典精神，也並非不可。但我們一個人的一生，不是永遠停留在少年的幻想時期，他可能面臨青年的徨徬時期，以及壯年的奮鬪時期，寫詩便是要打開自己人生的樂章。

這集子包括了「告白」、「白百合的羅曼思」、「下弦月」三輯詩作，以及一輯散文「你應該傾聽的」。詩雖分爲三輯，風格却是頗爲一貫的，題材也不見得有何差異。我認爲作者的詩，如果能在抒情中點上意象的露，在思索中配上哲理的燈，也許能使他的詩，寓抽象於具象中，寓抒情於知性中，那麽，感人的可能性將會更加顯著、更加深刻。

我較欣賞「鏡子」、「鞦韆」、「出發」、「水井」、「窗」等五首。詩，如果表現得過於完整，容易缺乏餘味；但如果表達過份殘缺，也容易失去韻味。傅敏雖不似鄭愁予的偶有警句，但缺完整。然而，總覺得有些顧影自憐，而缺乏自我的收斂，缺乏實在的把握。

嗚咽的音符

藍藍　著
藍燈叢書
58年5月出版

看到了作者的畫像，使我想起了自己的弟弟。看到了楚卿的序，也使我懷念起自己的母校。筆者當年在省立臺中一中曾經也編織過詩樣的年華，充滿了少年時代種種綺麗的美夢。而今，「嗚咽的音符」竟給我帶來了一種莫名的親切的感覺。

作者有的是意象，有的是詩質，然而，由於語言的使用，喜用僻字，文白交雜，尤其是「底」字不斷的使用，顯得朦朧而曖昧，沉滯而蕪雜。我想藝術的創造，要懂得割愛，對自己時時以無情的挑戰，不要因某些不必要的拖泥帶水的雜質傷了藝術的純淨。詩的創造，何獨不然？

這集子分爲三輯；即「被扼殺者」、「流浪之歌」、「星海夜航」。以「走在陽光下」、「梨山組曲」、「弔首仙仙」、「第五季節」、「城外的人」、「守夜」、「晚禱」等七首較明朗而宜於領悟。

作者在「後記」中說：「沒有任何一件藝術作品不是要人去領悟、去欣賞的。那麽，爲什麽不寫些可以讓更多人接受的詩，而一定要把自己鎖入象牙塔內，把讀者狠狠地摒棄於詩的堂奧之外？」誠然，作者已深深地感到可傳達性的重要，那麽，他何不擺脫接受的影響，而走向自己底藝術的理念與情操呢？我們希望藍藍能脫胎換骨，讓語言過重的負荷減輕，而讓詩質透明的張力加强。

斑鳩與陷阱

林煥彰著
田園出版社
58年8月出版

把寫詩比擬爲做生意，是林煥彰的創見。倘若沒有本錢要做生意，的確不簡單。然而，他却做起來了，到底做得怎樣了呢？

從「牧雲初集」到「斑鳩與陷阱」，是一個提昇的企求，一種跳躍的過程。詩的創作，從單純到繁複，從雅拙到成熟，都需要一番苦心的經營。當我讀完了「斑鳩與陷阱」以後，我想我的擔心是多餘的了。以有限的學歷，自覺地、不斷地，自我充實，居然也發揮了他的潛能。學院的講堂，多半是培養學者型的人材，而工廠的工作室竟也培植了詩人型的人材；他並不因少上學堂就認輸，在靈魂的冒險中，試着去拾回眞實的自我。而詩與畫正是他兩個冒險的方向，在詩中不忘畫，顯示他對詩與畫的情熱。

作者朝着三個方向在探求着詩的創造：一是意象的透明，二是語言的流暢，三是詩思的深刻。他的努力，正表示着，詩的創造是需要從自我的訓練開始的。

一、意象的透明：這集子最大的特色，便是在意象的玲瓏晶瑩，尤其是立體的構成，使他的詩，顯得更爲活潑。例如：「星期五」的第三首最末兩行：

「魚們喋喀着
。。。。。。」

他利用標點符號，竟達到表現浮泡的效果。又例如：「5」的開頭三行是這樣的：

「上幼稚園小班的孩子寫的
5
是一隻長頸鹿」

這種表現方法，是多直接、多靈活、多痛快！也許當年以符號詩鬧名的林亨泰跟以圖示詩的白萩會嘆道：「後生可畏」！當然，我們不必再刻意去提倡立體主義，不過，這種表現，却是現代詩的特徵之一罷。

二、語言的流暢：誠然，我們不能否認現代詩的創造已不能停留於白萩在「序」上所說的兒歌的階段，但如果這種近乎白描的語言够詩味的話，我們也不必故意去避免或强求。或許，林煥彰缺乏滿腦袋的線裝書，也缺乏滿肚子的洋墨水，但他有的是現實的活生生的語言，用這種語言來寫詩，自然而生動，若能再加以精鍊，不難有更爐火純青的表現。

三、詩思的深刻：不論是即興的創作，或不論是長期的創造，詩思的深刻是落實在表現的層次上。因此，如果有人說：他很有學問，只是口才不好，所以講不出來。這有幾種情形需要考慮；一是眞有學問，口詞笨拙；二是眞有學問，口詞伶俐；三是沒有學問，口詞尙佳；四是沒有學問，口詞也拙笨。第四種很容易跟第一種混同。詩的表現，我們主要的也只能依據表現出來的語言。像「九月十日的記事」這首詩，雖然是一種即興的速寫，但不是淺見的人所能感悟出來的，作者的心情一定非常沉痛，我所謂詩思的深刻，是從現實生活的觀照出發的。

上面所述，作者是否已經圓滿達成了呢？他的詩，有抒情的意味，有小品的風味，透過他那種散文詩一般的排列的表現，竟沒落到散文的層次，而還元到詩的層次，正可見詩與散文在本質上，雖同爲語言的藝術，畢竟有深淺濃淡的差距。

簡言之：林煥彰的苦幹，也有了初步的成果了。但他如何繼續創造自己的記錄，且打破自己的記錄呢？作爲一個詩的創作者，一部詩集的出版，正表示着他另一個時期的開端；因此，他今後的發展；關鍵就在他能不能保持他的毅力與意志哩！因爲一個詩人成熟得快，有時消逝得也快，而詩藝術的長進却不是一朝一夕的事！

笠雙月詩刊 第三十三期

民國五十三年六月十五日創刊
民國五十八年十月十五日出版

出版社：笠詩刊社
發行人：黃騰輝
社址：臺北市忠孝路二段二五一巷10弄9號
資料室：彰化市華陽里南郭路一巷10號
編輯部：臺北市林森北路85巷19號四樓
經理部：臺北市南港區南港路一段30巷26號

每冊新臺幣六元
定價：日幣六十元 港幣一元 非幣一元 美金二角
訂閱：全年六期新臺幣三十元 半年三期新臺幣十五元

●郵政劃撥第五五七四號林煥彰帳戶
（小額郵票通用）

中華民國內政部登記內版臺誌字第二〇九〇號
中華郵政臺字第二〇〇七號執照登記為第一類新聞紙

民國五十三年六月十五日創刊
笠
詩双月刊
PAI CHOU
34

笠 34期 目錄 Li Poetry Magazine; NO: 34

社論

誰來管領風騷呢？

本社

想起當年紀弦與覃子豪的論爭，爲了主知與抒情，爲了現代派與反現代派，幾乎成了水火不相容的地步。然而，當年急進的現代主義者紀弦，畢竟回到自由詩的安全地帶去了。反而穩健的浪漫主義者覃子豪，却邁向現代詩的荒原來了！我們認爲詩壇上的論爭，如果是一種君子之爭，無寧說是一種進步。可以說，因爲論爭的結果，紀弦與覃子豪彼此都有了修正，急進者保守起來了，穩健者前進起來了。然而，如果是一種名利之爭，甚至是一種意氣之爭的話，委實令人擔憂。

倘若我們這樣地問，誰來管領風騷呢？

一是詩作的風行：我們一定是受了詩的感動，而形成一種愛不忍釋。每當一個詩人論到詩人的存在時，準不是拿出名刺來，而是拿出作品來。沒有詩的詩人，就好比沒有演過片子的準名星，人家問到他（她）們的作品時，是多麽地尷尬啊！不錯，唯有作品才能決定一個詩人的位置；是屬於主要的詩人呢？抑是次要的詩人呢？

二是詩人的風範：光有所謂詩作，印成一本本的集子，沒有經過時間的淘汰賽以前，我們誰能斷言誰就是大詩人？誰就是小詩人呢？其實，只要詩集接到行家的手裡，明眼人一看便知底細，用不着自我欺瞞。然而，誰能在躊躇滿志時，自我反省一下呢？

我們知道，一個眞有創造力的詩人，守着他自己的本份，瀝盡心血而後已，那種孤獨，那種眞誠，才是贏得我們從內心喝彩的尊敬的理由。至於學術團體的理監事，甚至是詩刊的主編人，我們認爲都是爲詩壇服務的辦事員而已。讓我們說出我們的心聲罷，要做現代詩人，要先學會做人，年齡的大小只是輩份的不同，年長者不必然就是德高望重，年輕者也不必然就是一代詩宗，唯有眞正具有現代精神的現代詩人，才能創造「前不見古人，後不見來者」的獨到的現代詩。

CHANSONS

白萩

新美街

陽光晒着檸檬枝
我們活在這條小小的新美街
生活是辛酸的
讓我們做愛
給酸澀的一生加一點兒甜味

短短一小截的路
沒有遠方亦無地平線
我們活成一段盲腸
是世界的累贅

我們是一對小人物
他日是兒子畢業典禮上的羞耻
活得雖不光榮
但願平靜

生活是辛酸的
至少我們還有做愛的自由
兒子呀，不要窺探
至少給我們做愛的自由
好給酸澀的一生加一點兒甜味
來世再爲你做市長大人

現在陽光是晒着吾家的檸檬枝……

籐蔓

妳睡成滿床籐蔓
在夢中
依然緊緊地纏繞着我
看來那麽柔弱
需要別人的扶持

而海在遠處叫着我
她的懷裡有廣大的自由
是的，妳的寢室是我的死牢
而不眠的夜鳥
一直責備我背叛了天空

我醒着觀察妳
想着妳總需別人的扶持

如果妳再沾染了別人的體臭
那才叫我發狂
唉，還是讓妳纏繞吧！

這有什麼不對？

這有什麼不對？
和瑪利亞一樣的妳
却不會產下一個耶穌
妳的褻衣晒在露台上的竹竿
我走在新美街的陰影

天堂離我們很遠
遠在我們的死亡以外
我的種子祇是發育不良的種子
妳的田畝也不見得肥沃
我們需要的祇是做愛
循例播種而已

讓教堂的頌歌去喧囂
兒子幸好不是耶穌
用不着背負人類的十字

妳的褻衣晒在露台上的竹竿

公寓女郎

窗口對着窗口
可不是什麼親嘴
門瞄着門
我們打量着

在九月末梢的早晨
早晨的窗口
妳偶兒笑笑世界晒晒濕霉的靈魂
妳的生活在寢室工作在床上
我知道

現在妳是正經的女子
聽教堂的鐘聲而無慚愧
在早晨的窗口
祇輕鬆輕鬆妳的性器
無一點邪思

而我的門瞄着妳
竟似陽具暴漲
一隻雄蜂在下部嗡嗡作響

這是我管不了的事

與妳共守着一張床
偶兒却悄悄地關妳在夢外
這是上帝也管不了的事
接吻，做愛，而後是疲憊
(可是抱歉得很，她不是妳，抱歉)

這是妳之前的創口、
總會偶兒抽痛抽痛
活在這小小的新美街
我已獻給妳長長的一生

這是我也管不了的事
吐吐痰，喘喘氣，
醒一把鼻涕，

想着在遠遠的城鎮
她已活在陌生人的懷裡……

單行道

不知會終止在什麼地方
人生是不能回頭的單行道
妳在挑車
我在選搭客

有什麼可後悔的？
驛站之後再有驛站
人生是不能回頭的單行道
不是我拋錨妳另搭
便是妳斷氣我另挑
如果妳後悔了那活該
雖然旁邊車群嗖嗖叫響
男人可不喜跳車這種玩意兒

趕路的春

孫家駿

前脚把桃花踩出血來，後脚把草坡踩出油來，千條柳絲繫不住，等等我，你春的馬蹄呀！總是害得那條又嘍又叫的小溪流，上氣不接下氣的追着趕。

在床上盼了一冬的二伯伯，這下可眞的要出門去散散筋骨了，自從去年播下了那季汗水，就一直惦記着冰雪會凍壞他那塊小麥田。

一湖眼波一湖水，一朶笑靨一朶花，不怪大妞的辮梢上老停着那對粉蝴蝶，誰叫愛俏的姑娘好打扮。

可是大妞終究還是熬不過昨夜的大風雪，沒等天亮就跟着薺菜去流浪了。只落得在冰雪下盼了一冬又一冬的小麥田，好想念二伯伯的龍頭拐喲！

難怪策快馬的春總是這樣着急着趕路了，我也惦記着那只喝西北風的小茅屋，不知道還在不在？

半百之年

詹冰

我被罰站在花園之外
滿是塵土的趾間
寄生蟲一直在惡作劇

藍天的圓桌上
有斑斑的油漬
白雲的餐巾也沾汚了
於是我的食慾漸漸在減退

忽然
想要再喝青鳥的清湯
想要再吃玫瑰花的沙拉
可是——

毫不厭忌地
撿起時間脫下的襯衣
而被它的體臭噎住
我又嘔吐起來了

思想——

這一串偷來的人造寶石
現在我要歸還給誰才好呢

曾經
與詩神握手過的手
此時　好像植物標本
開始乾燥而枯萎

對新祖父說來
究竟孫子是什麼東西呢
四分之一的我
在我麻痺的胳膊中
像是責備我般啼哭着

太陽隱藏了
風也疲倦了
在這黃昏的路上
我　還在提着燈
想要到那裏去呢？

詩二首

非馬

鋸樹

伸舉的手
觸着了晚風
柔懷裡冰冷的
刀器。修飾不情願的女兒
走赴一個安排的約會
知道她未分手便已
巴望着下一次
約會

在黑暗裡
突來的靜寂，碘酒
倒在被謊言麻醉了的
傷口上
至少暫時

你不再去夢另一個夢
夢見你的手
又碰到了
天

秋

開始對自己感到
困惑。長頭髮的男孩子
悄悄收起
流浪了一整個夏天的
吉他
迷你裙裡的腿

「愛它
不然離開它」

有人對他這麽說
他也就跟着對自己這麽說

山海經

杜國清

曾經滄海難爲水
除却巫山不是雲

什麼山什麼海什麼月光照進來
什麼島什麼湖在淚影中
隱現、旋轉、沉淪而消逝
根根毛髮繫不住餘香
還有什麼雲什麼水什麼天涯海角的彼方

雲在海上。月在雲裡。
穿過雲層捉月，左也浪峯右也浪峯
而滑入絕立的水谷猛然仰頭
看星星落

從那熱而紅冷而紫的海峽通過
原是探航的船夫
伏臥在山也搖搖水也搖搖的貝形船上
看雲雲飄

看她坐在碼頭的鐵椿上 望海
風狂吵着波浪
我的船載着她的幸福馳向遠方
風還是狂吵着波浪

幸福的船喲
我拋去了索具的一端
在天涯和妳的毛髮連成水平線
多浪的海喲
我拋去了索具
一端翹望緊纏着鐵椿

今夜什麼山什麼海什麼月光照進來
什麼雲什麼霧什麼千山萬水吞沒了島與湖
這艘唇和船的人生經過無風帶
到底在海枯石爛之后
今夜駛向什麼山啊什——麼——海——？

清晨

王憲陽

已經很久不在如此的清晨醒來
由霧裡看霧
由熹光中看朝陽
由露珠中看水色
踐踏過濕濕的軟泥

一直在塵海中打轉
打轉在無處不是慾網的城中
每到暮色的六點鐘
就被晾在再也不是甜蜜的床上
然後疲倦的闔眼死去

既使是星群掉在天井上汲水
而且獵戶星座去遠足
路過沼旁的青草地
畫成有風有雨的風景
在夢中亦是靜寂的地帶

在那片易染的草地嬉戲過風箏
讓晴空滾着
白雲浮在膝下
如今皆是孩子喜愛的時光
摺紙船捉迷藏及愛哭的童年

已是早晨六點鐘，有股清新的花香撲鼻

變調

朵思

俯身下看含露的玫瑰花群
陽光曬在肩上，曬在生銹的耳後
一條舖滿陽光的草徑在眼前伸開
讓我踏去，也讓我的孩子踏去

他直是反覆在上昇與下降的梯級
不能毅然去選擇某種單純

泱泱的水
淹沒了水溝
淹沒他迷糊在冬季禿樹林裡的
徬徨

陽光纖弱得直像是
一顆從墓地走回的頭顱
低埋着，却一脚踩踏在
汚濘沒有紋路的街道上。
被逗弄的火鷄一般
他緩緩轉身，奮然躍起
擺脫了擠搾所有精力的牙痛的
廝纏那樣的

有飛機的哼唧
掠曬在灰色屋脊上面
一粒粒有力、透明的音符
是種植在天空的秧苗

他就候鳥般的
直感到是春天了啊
而春天畢竟是沒有什麼落葉
也很少有哀愁的
哀愁，祇像是被脫水過似的
微濕，風一吹就乾了

聖母峯下

文曉村

一

如白鳥。撲着銀色的翅膀
自鳳凰木展覽金冠的島上
飛過童話的國度，飛過
夢與幻想的海洋
穿過七彩的虹門
在太陽與狄安娜之間
你是另一顆發光的星
當你佇立於喜馬拉雅的頂峯
世界在你的足下
恆河在南，伊甸在西
回首：中國是七億華漢的聖地
當你俯視：山岳舉千叢綠色的手旗
海洋載歌載舞，向你歡呼
在高處，你是聖女的化身

二

如雪人。邁着笨重的脚步
自千里冰川凍斃九隻巨鳥
也凍斃九個太陽的地極
我攀登，向喜馬拉雅的高峯
縱然必須攀過死神盤居的山澗
必須通過女巫佈設的密密層層的陷阱
置生命如一盤犧牲的賭注
我是探險者，我仍攀登
當我仰望：你沉靜地端坐
於聖母峯上，你的冷然的眸子
却凝凝地，向着茫然的遠方
而衆山，默伏於你的足下
如萬千朝覲的聖徒，向你膜拜
我亦渾然地遺忘了我自己

赤裸的薔薇

李魁賢

不會歌唱的鳥

起先只是好奇
看鋼鐵矗立了基礎
接着大厦完成了：
白天，窗口張着森冷的狼牙
夜裡，窗口舞着邪魔的銳爪
對着我們的巢。

因爲焦慮，聲帶漸漸僵硬了
有如空心的老樹。
於是人類在盛傳：
鳴禽是一種不會歌唱的鳥。

正午街上的玫瑰

炎熱在街上流動
因爲色盲
所以不知道，
他也是色盲的司機
但他用太陽能做燃料
多麼單調的正午

他發現竟有一株綠色植物
在炎熱的街上流動
而忽然倒在他的車輪下。

但瞬間變成了一朵玫瑰，
很多人圍過來看
啊，一朵盛開的紅玫瑰
開在正午的街上。

回憶佔據最營養的肝臟部位

回憶是孤立的煙囪
一到黃昏
就吐着濃濃的煤煙

存在於語言之前
這虛無的生活狀態
起先就把不住的風向
往往向東向南向西向北
飛鳥般地悠然擴散

回憶，是流動的陷阱
把吐出的煤煙
又誘引進來

好像捉迷藏時在門檻跑出跑進的孩童
而自得其樂

這樣，一到秋天
回憶變成了癌
佔據最營養的肝臟部位
一面坐吃肚空起來
情願被冷雨淋着
移植的曇花
在空氣調節的溫室裡
成了一付佝僂的形象

因爲離棄了泥土
也就遺忘了陽光的親切

情願被冷雨淋着
爲了期待一次眞正的盛開
怎麼忍受也是甘心

途上

何瑞雄

一天的謀生工作結束了
歸程是海濱的沙崗
路漫漫、風沙逆揚

他駐足睇海

茫茫夕海，赤日已沉
暗霧灰浪，恰似億兆生靈在折騰翻滾

何苦無之？人間
何罪不受？生命喲
堅強地活下去
然後放心瞑目吧
冥冥中朝着理想之境地摸索演進的人類
必經得起浮沉挫折
也必能自拔

經過熬煉的人類必愈來愈神聖
完美的世界終必誕生

他收回目光
霍然轉身
覺山河隱隱起歌

一粒新星正遙遙地照臨着　　大地

十三月詩抄

拾虹

寄給戰場

把一滴思念的眼淚痛苦地逼出成爲
一顆堅實的子彈
此際遠方的你　舉槍瞄準
是臥姿或跪姿呢
是否你持槍的姿態正像
擁抱我一樣
何以你一瞄準
我的胸口就隱隱作痛
扣下板機吧
呵　親愛的
即使我灰白地躺下
遙遠的你也要持槍回來

石蕊試液

內裡　蒸餾瓶一般的內裡
什麼樣的冰冷才能止息沸騰了的感情風暴呢
一股冰冷的火焰
在不知覺的閃爍中灼傷了
鮮艷的火花爆裂是眸中不可逼視的雲彩
我們是陌生人
可憐地撐着一把傘
相互追逐　閃躲
距離却如此莫名地貼近
只好藉着依偎與呼吸
來傳遞不平衡的體溫
即使融成純一的顏色
再也分不清往昔的面貌了
然而　寂寞是如此地陰暗
你的心將變紅或變藍呢
我的心將變紅或變藍呢

當舖

手錶當掉了以後
時時還會舉起手來看看
現在是幾點鐘了呢
急急地　急急地趕路
希望趕得上最後一班車的啊
現在是幾點鐘了呢

經過當舖門口
忍不住又要望了一下
斗大的當字下面的時鐘也在
滴滴搭搭地趕路
現在是幾點鐘了呢

十一點四十五分

禿樹

我們只配在暗影裏黯然垂首
在看不見自己的地方
默默回憶早已忘記了的名字

曾經腐蝕過我們祖先的骨頭
那些想了又想而後不敢想的往事
又在腐爛我們發白的心胸

除了讓老在我們額上發亮的燐光
燃盡枯槁般散亂的影子
再也無顏仰臉吶喊花開的意義

我們發紅的眼中流着
黑色的眼淚
我們正聲聲地被抽着

然而我們聽不見
仍然要睜着眼走路
仍然要淒慘地年青
我們是——多麽不願意

風箏

最後我們抽了筋的脚趾漸漸瘦小
漸漸如冷去的尿布
只剩下微弱的啼聲緊抓住母親下垂的乳房
懸空而起

遼遠的大地
還有一絲雪白的地平線遙遙抽動着我們
才聽得見砲聲
才看得見砲彈下母親受傷的
臉

往母親受傷的地方墜落下去
像母親的眼淚一般迅速地墜落下去
碎落下去成爲一把暖暖的雨滴
癱在母親失血的軀體上

假日作品

李勇吉

蜻蜓

躡着脚走過去
紅色的小尾巴就緊緊地夾在拇指和食指間了
花牆外
落日正逐漸闔上眼
蜻蜓的翅膀急拍出輓歌
暮色豎耳
這一枚小釘也跟着如此微顫着
指間的密度徘徊於增大或減小間
園頂的風　嗚咽

八月已消逝於油加里的末梢了
短暫的歡悅翱翔　豈能滿足赤足的孩童？
牠不再點水答禮
回謝自己的孤影
粼粼若花瓣的波痕
撕裂視線
悔教未認清背後藍色的天空
暗藏死亡的訊息
原是爲蟬聲而來的
爲什麼不爲蟬聲而去？

月台

站在月台上
雙手揷於口袋
縮頸茫然吹哨
招來一列搖晃晃的火車
鈴聲終於掩蓋急促的步履
老站長沉不住氣——
攆走龐大的黑蛇
一大片黑煙留下來塗抹車站

收票員忙了一陣後
月台開始斂收殘寂
檢視身上斑斑的傷痕
悵然地量着每一脚印上旅愁的面積

六月廿八日

當詩成熟的時候，汪淚奪眶而出
——吳瀛濤

你躺在哪裡？
我知你擁抱六月廿八日而眠

廿三個年華的生命決堤了
冲走你的憂鬱和哀愁
而你留給我們什麼？
三本厚厚帶藍皮的日記

在燈下訪你
一頁頁地掀開你的過去
讀出一串串的苦鬪
讀出你對她呢喃的情意
那堪卒讀啊

仍然將日記閤起　緊鎖你的沉默

你唱過廿三個六月
今年的六月竟深埋泥裡
啊　六月的陽光下
找不着你的影子
你枕着到底是歡樂抑痛苦？
塚上　草綠　草枯
　　風吹　風止
你只留這些給我們記憶？

落葉

曹信

小頑童的紙船染着夕暉在水中流去
小頑童的紙鳶染着暮靄在風中飛去
綠色的豎琴彈着悲涼的褐黃調子
把宇宙都唱得昏黃了
啊！我的紙船，我的紙鳶
已焚化　化爲片片翩翩
落在去年　落在明年

拾起一片黃葉
帶着綠色的呼喚　似見
紙船紙鳶循葉脈而過
紡織着童年的錦繡
舖向原始的嫩芽

望着佝僂的枯樹
不知那瘦得割不斷鄉愁的
絃線　將會譜出多少的綠。

殘酷集

陳明台

網

成爲癖性地
把網撒下來
然後冷笑地
把獵物射殺了
這是獵人的行徑

從身上滴落
毫無珍惜地
鮮紅的血如同赤紅的心
慣於被灼傷
可愛的獵物呵
誰賜給你愚蠢的天性
在網中衝撞

一手撒網的綿密
一手扣射殺的板機
在殘忍中揮霍勝利的虛榮
這是獵人的行徑
網和陷阱

月台邊際

沒有誰不願意說一聲再見的
這麼空漠悽愴的夜晚

深深追踪每一秒鐘的來臨
你們迫不及待的呼吸着
彼此擁有的體臭和香味
那些是不甚清晰的
即或一切都被掠奪了也將餘留下來的
你們瞪大了眼睛貪婪地嗅聞着
而割離的時刻就來到
顫抖在冰冷中僵住的空氣裡
我的周圍
沒有誰不願意說一聲再見吧

確實是
靠在懸崖一般的月台邊際

沒有誰不願意說一聲再見的
却沒有誰能夠不緘默的離去

此刻
揹着行囊即將遠行
不是只有
你孤零零的一個哩

列車的停駐

忽然之間
就把急急奔馳的列車煞住了
像終點的衝刺一樣
那是搖幌在顚跛中的姿態
充滿痛苦的姿態、

靜靜的停駐在暮色陰鬱中
深沉的思索呢
或者盼望的等待
在銜接的空間裡
時間不是爲了無奈而嘆息嗎
龐大而垂頭喪氣的身軀
像落盡樹葉的枝幹
却又緊閉嘴唇而不鳴笛

忽然之間
竟把急急奔馳的列車煞住了
可憎的人哪
在堅毅殘忍的神色間
向着終點衝刺
你的姿態
可愛且滿是悽愴

童眞之死

在血腥中躺下
一隻純白的鴿子
你曾經憐惜的埋葬了它

那樣被揉搓過的東西
在死亡的痛楚中
拋棄到遙遠的國度封閉它呢
或者
忍受着纖柔的玉手戲謔它呢
無論如何
這個世界
會爲了失去純情的牽繫而快樂嗎
赤裸裸的肉體刺入銳利的箭矢時
你也不用哭喪吧
偶而沾染血跡的汚穢時
你也不用驚駭吧
把童眞之死埋葬以後

已經一無所有了
却又想及被攫取的一些而哀悼
望着睜大的清澈眸子
不禁伸手輕輕愛撫
那隻受傷而顫抖的白鴿

詩兩首

杜芳格

中元節

你
喜愛在紛雜人群裡
追求忘我
而我
越來越清醒着。
供獻於中元祭典的猪
張開着嘴緊緊咬着
一個「甘願」……。
無論何時
使牠咬着「甘願」的
是你
不然就是我。

平安戲

年年都是太平年
年年都演平安戲
只曉得順從的平安人
只曉得忍耐的平安人
繞圍着戲台
捧場着演戲
那是你容許他演出的
很多很多的平安人
寧願在戲台下
啃甘蔗、含李鹹。
保持只有一條的生命
看
平安戲。

小鎮詩草

古添洪

綠屋

一

新草蓆
舊木牀
新枕頭
舊蚊帳
新舊交替的自己

星星在窗格子上駐足
偷窺我的睡姿
幼稚園生筆下歪斜的大字

夜的斜坡上
隱約有夏蟲的騷動
四壁遂化作綠霧消散
一枕幽思
不辨花香草香
不辨風聲雨聲

八・十三

二

玻璃的格子之外
葉子疊成濃淡的陰影
欲溜的柚子
如饞嘴者下掛的垂涎
願我的手
化作百公尺的梯子
伸入那沁人的微風裏

鳥鳴嚶嚶
它渾然可愛
向我交流自然的消息
一個翠綠的空間
用什麽槳伐來引渡？

噫！一果實竟是一禪機

八・廿九

給艾爾茜的詩

謝秀宗

賞風會

單單是今年的仲秋
月娥不叫我們賞月
不用香檳。不用月餅。不用舞會。

（瀟瀟的雨滴加上肆恣的颱風；連根拔起壯碩的老榕樹和
鋼筋的建築物，使世界在隧道的幽黑中）

艾爾茜，艾爾茜來了
斑駁的老松被折裂。豎立的香蕉也被斬斷傾軋。
她告訴我。
（很得意地說）你們開賞風會吧

月光光被遭踏了
於是我擁抱着風
風。風風風風風風……
至夜意闌珊
啊，多麽有趣的，賞風會
是奇異且刺激的

問月

（匿藏億萬年的秘密被阿姆斯壯、艾德琳破壞了妳完整烏
托邦的輪廓，我且要問妳……）
月圓爲何風起颯颯如魔鬼叫嗥
小池、庭院。吮滿的月光何在？
那一隻小犢在唏噓
妳被等待的人失望。

（嘆息的建築物鎖住一顆顆亮光光的青春，那路置在風中
，那風景也被黑色的空氣擊破滲入了。）
然而還有誰向妳致歡迎詞
星子夭逃惶惶。大地子民心也惶惶。
嘆息在戰慄之中

啊！且我問妳月在那裡？

井

圍住一城。默默守望
釘死那漫天飛旋的流雲
十四級狂風搖撼着

黑色的世界染滿淡藍的天空
夕陽裝滿行囊的碎影遁去
而你垂坐着。沉思

雲的追逐加上生活的追逐
塑造明日的必要
却焚盡你底意志，縱然泉源已枯
企盼。春雨灑落在你底衣裳
延長了生命謳謌的音符
再播種起燦爛來
笑聲的回憶在今夜死去
寂寞。呼嘯的風。
投向我。投向井。

仍垂坐着，覓一徑新綠在心胸
撥開不完的魘夢
走入希望的人生

我底方向是執拗的，不受風倫影響
變幻。變幻。挑逗。
吶喊不了豎立的。井

告訴你，沉默就是再生的潛力
不斷地思忖那活的。摒棄那死的
風的叫囂于我何甘

手錶

王浩

一直相信自己是防水的
被水滲入後
外表華貴的它
很傷心的哭泣着

告訴他們吧
什麼時刻上教堂
什麼時刻上酒店
華貴的外表哪

只爲了時間而存在
活着
却在暗淡中躱藏起來
怯怯的窺伺紳士們
袖扣的輝煌
在光亮的晚宴和舞會中

防不防水都無所謂了
被水滲入後
失去了一切的它
很傷心哭泣着

笠下影 ㊾

黃用

在現代，「永恒」漸漸有了新的定義，它已不是無限的時間的延續，而是極度的完美與充實。現代的詩，我相信，也不再祈求近乎不着邊際的恆久和普遍。它要將個性釋放出來。它期望能給出瞬息的喜悅——發掘「人」所能經驗的存在及價值的喜悅，或者給出片刻的幸福——那因人而異的幻象。

I 作品

世界

長年漂泊於回憶，
我已倦於世界的陳舊與廣大了。
任我垂首睡去吧，像秋日的穗粒
睡熟在一個永恒的金黃色的夢裏。

哎，世界有時却也小得眞可愛。
傍晚時，我見他流浪人一樣地
以纖小之姿在窗下仰立着，
——爲了聽我唱一闋搖籃歌。

靜夜

靜夜的星空沉落在湖中——
噢，我站立的地方眞合適，
也可以仰摘，也可以俯拾
那些像是藍葡萄的果實。

讓我帶一筐星子回家，
釀一壺斑斕的夜送你。
請在無星的時節
注入你寂寞的杯裏——

然後告訴我，那是不是醇郁的
如風與月色的對語；
或者是淡泊的，

如我們偶然的相遇。

一 舞

旋轉，呵，旋轉
一個秋天帶着一個春天
迎面飛來
　在白帶子束着的腰上，輕輕垂下
　享樂的生命偶然深沉而靜止

旋轉
旋轉
身子在現代旋渦的中心
任隨靈魂的碎片揚散！
那些感覺全然一樣
如果有笑聲隕落於擁擠的廛
　曳着長的，音樂的慧尾
如果黑夜裏熄去一列路燈——
　黑夜裏熄去一列路燈。

虐 待

整條街上的無線電
全教人踩着了尾巴
虐待啊
女人尼龍質的長腿被釘在
黑色如永恆的絲絨墊上

我常常不像一個顧客地站着
在熟悉的橱窗前面，這樣
照一個自己的
奇異而陌生的影子
那是疊合於路人和時間和車輛和音響
　慌亂的行色裏的
而又像是映在玻璃上另一家商店橱窗的擺設
一樣有待售前恐怖的歡喜

常常地，我愛這樣自照，並且
完全喜悅地
用着自己從華貴中襯出的蒼白
來虐待自己

Ⅱ 詩的位置

說詩壇也有一度在感嘆着人才的外流，當年藍星詩社的余光中已有晚唐的興嘆了！他一提起黃用、吳望堯、葉珊等的名字，彷彿就回到了盛唐的光景一般，但欲挽狂瀾於既倒，已頗有力不從心，回生乏術的感覺。果眞當年的黃用也具有什麼魅力嗎？是不是所謂新古典精神呢？是不是所謂水仙花的自我觀照呢？依當年的「六十年代詩選」（註1）而言，雖然說選得較爲整齊，但黃用、葉珊的入選却是頗爲幸運的。在六十年代的後半期才出現的黃用，由於他也挺身出來批判紀弦，參與主知和抒情的論爭，於是，因爲他的評論也開始被注意到他的創作來了（註2）。儘管當時黃用曇花一現，葉珊剛剛掙脫習作的領域，吳望堯還斬不斷浪漫情調的尾巴，但是，他們彷彿也一躍而爲一群新銳了！從黃用的「無果花」（註3）看來，的確，也頗能適應當時正在徬徨中探求新路向的需求；他沒有葉珊的脂粉氣味，也沒有吳望堯的浪漫趣味，他是在一種冷靜的自我探索中，欲捕捉剎那的感覺——那種屬於一種人存在本身的省察。

（註1）參閱張默、瘂弦編的「六十年代詩選」中「黃用的詩」。

（註2）同上。並參閱黃用的簡介小評。

（註3）見黃用詩集「無果花」，民國48年12月藍星詩社初版。

Ⅱ 詩的特徵

乍看之下，黃用的詩，不覺得有什麼出奇制勝的地方，倒是須要慢慢地仔細地咀嚼，才能咀嚼出一點味道來。有些詩，好比咀嚼檳榔一樣，一上口，就感到一種溫熱，也有些詩，好比咀嚼橄欖一樣，一進口，並不感到異樣，却須一段時間以後，才能感知其撲鼻的芳香。黃用的詩似乎是須要耐心地咀嚼的類型之一。我們不要想從他獲得意象繽紛，節奏輕快，語言華麗等等的滿足，在耐心地咀嚼中，我們恍惚也意味到他的意象是較爲素色的，他的節奏是較爲深沉的，而他的語言是較爲明淨的。像「世界」的巧小，「靜夜」的沉澱，「一舞」的幽暗，以及「虐待」的自我觀照，都頗能顯現動中取靜，在黑暗中探出一線光芒來。例如：「一舞」的末了：

「那些感覺全然一樣
如果有笑聲隕落於擁擠的廛
　　曳着長的，音樂的彗尾
如果黑夜裏熄去一列路燈——
　　黑夜裏熄去一列路燈。」

即使是在那種狂歡的場合，他也是有一份清醒，最後隱去了自己寂寞的暗影。這最後的兩行，可說畫龍點睛，意味深長。

Ⅲ 結語

黃用的創作，從古典到現代，是一種過渡；正如從農業社會到工業社會，也是一種過渡一樣。當他「頌讚着的一群螺絲釘」（註1），並未獲得眞正的現代化時，我們不禁緬懷起遠適異國的詩人們。過去，我們嘗說，先有詩，才有詩人。而今，我們却須這麼說；需要先有現代化的詩人，才可能有現代詩。然而，我們究竟有幾位是配稱爲具有現代精神的詩人呢？

（註1）參閱黃用詩集「機械與神」一詩。

何謂現代詩

鮎川信夫著

葉　笛譯

5　對詩的希望

A

爲了證明某一首詩的價值，我們所能採用的方法是什麼樣的東西呢？假如我讀一首詩，被那首詩强烈地感動的話，我無論怎樣總會希望給別人也傳達那種感動的。所謂詩的價值，是那首詩訴之人類的經驗，以其及於人底知性和感受性的終極的效果來決定的。雖說在今天，詩的讀者限於狹窄的範圍，可是，在其間教養或資質上，能看出相當的差異。因此，諸如一定的價值基準的設定是相當困難的。

我從一首詩所受到的感動，不論我怎樣希望傳達給別人，那裡是自有限界的。其論理既沒有科學的實證一般能被萬人所承認的有效的方法，也沒有能讓任何人了解的順理成章的合理性。即以指摘傳統的所在而言，也伴有很多曖昧。不論如何對於詩的價值的證明是找不到有說服力的有力的方法的。這是任誰去做都是一樣的。

關於因爲難決定一定的公設基準而產生現代詩的混亂狀態，我每當有機會就說到了的。

詩人爲了要守衛自說，既沒有任何有力的批評方法，也不能縋住外在的權威。爲此詩人的信念這東西，如不是閉鎖於非常個人的、頑迷固陋的、狹隘的防壁裡，便不得不斷地暴露於由外而來的不安的壓迫的，兩者之一了。一種偏執和一種劣等意識，在今天的詩人已成爲必然的東西。

話雖如此，我們却不以爲不能證明詩的價值。尤其依賴外在的權威和機械的方法，是詩人自己沒有自信的結果，發明科學的客觀的批評理論，想揑造形而上學等，即是如此。概而言之，是沒有東西能代替經驗或判斷的。

然而，一定有東西能印證經驗或判斷的。沒有對生底明確的目的和善的意識，任何經驗或判斷皆等於盲目。與其依賴外在的權威或機械的方法，把重點放在活的經驗和判斷，雖爲目前必要的事情，可是，那是因爲現代的詩人對自己的立場，在根本點上更不能不有自信的緣故。這決不是叫人返回個人的印象主義。

近代的科學和唯物論只强調物質的價值，而每每輕視精神的價值之領域有所存在的事情。精神的價值不外是物質條件或外在的環境的反映，諸如此類的事情也被說過的。由於過分强調進步或歷史的必然性，科學的合理主義的世界觀，斥詩和宗教爲趕不上時代，而宗教家對這些所給的反擊，却由於低級的理論和傷感的態度，好像買來了世間的冷笑。

其結果，既沒有自信又沒有信念的詩人，和宗教的精神完全絕了緣，而僅僅依靠諂媚近代的無神論的心情苟延殘喘於文學的一隅。這點大概可適用於歐洲十七、八世紀以降的二流以下的詩人。那會爲人類精神最大之產物的詩，如今已化爲空疏的娛樂。在所謂人類文化的產物的東西裡，沒有比詩更顚躓、落魄的了。

我們可以說那是因爲近代生活自身不需要詩，人間社會光被唯物的關心攫住注意的緣故吧。厭倦於那種近代生活，反省着叛逆過的詩人，雖在各個時代裡有過幾個人，不過大概只成爲不健全的反動現象顯出來罷了。

在苦惱之中，或只有通過苦惱詩才能被發見的偏見，或所謂詩人是社會的累贅者、敗殘者的偏見，就是反映着那種不幸的時代的想法。波特萊爾不消說，即連雪萊，在十九世紀的詩人裡都一定可看到那種特徵。

然而，我們暫時似乎不能不和那種近代的偏見一起前進。我們只能透過所給予的條件，發見自我的生活。我們渴望避免死或痛苦是理所當然的。想從對自己自身感覺不安的心情竭力要逃脫開，也是自然的。

我們的詩對今天的悲慘的心理狀態是一種安慰。不是做無法排遣時間的人的消閑法的安慰，而必需做爲足以一掃在現代的市民生活中可看到的各色各樣的人們的懷疑，絕望或無信的安慰。如果詩沒有這種力量，那就可以說是詩人對詩的想法和創作力不成熟了。

也有擁有完璧的人格，在社會生活上有能力的人物而全然不需要詩的人們吧。也許不懂詩，那些人在生活上也不會感覺什麽不方便的吧。與其爲無聊的散文或詩神魂顚倒，而變成一無是處的人，倒不如把實務整然地處理着的人是要好得多吧。

然而，有些人把詩眞地當做心靈的糧食的必要的東西，那是在讀着詩，感動於詩之中，能够經驗知性和感情的淨化的人們。

詩人而無力是不行的，（即使說詩的價値如何難以說明，）與其依靠單單外在的權威或機械的方法，設若自覺我們的工作植根於更深一層的源泉的感情的話，當可明白困難不過是極爲表面的東西的。

B

譬如在詩的表現裡不可或缺的隱喩或寓意裡，有着和單只外在經驗的寫實的記述不同的效果。假如我們僅僅是活在外面感覺的世界裡的存在，那麽隱喩，寓意是間接的、曖昧的，而那種表現將會使我們感覺隔靴抓癢的吧。然而，在我們的詩的言語樣式中，不僅只傳達對於外界的認識，還蘊含着傳達內在的感覺，關於精神的實在的認識的意義的組織。

在我們的經驗裡，有着像對於隱喩或寓意的持續的成長力的，以及只有靠它才能表現的情緒這東西的。

我們眺望着墓地
求死之喑啞的呼喚聲於石頭下，
一切都在那裡，
一切歡欣和痛苦忽然把我們繫在那裡。
山丘上的公共墓地。
從磚造的烤麵包工廠，
爲我們的屈辱流着焦臭味，
用安謐的幻影充滿街衢。
幻影會給我們什麽？
由於什麽，

為什麼我們是管子似的存在？
橋下的亞麻色的水流
一切在流動，
在我們的腸裡死在流動着。

這是北村太郎的叫做「雨」之詩的一節，是靠隱喩和寓意的結合，把觀念和情緒微妙地融合在一起的好例子。

並且它不形式地尊重所謂自由的韻律的效果，而因為自然地使那呼呼的法則和反覆（refrain）的長處活起來，所以相當複雜的內容，也決不會給讀者以混濁的印象。被這整然而流暢的語言的秩序引導着，我們不但能理解這首詩的作者的內在的經驗，同時對於我們自身的經驗，也能夠以各色各樣的形狀去回想的。

麵包的焦臭味的「流動」以靜謐的幻影充滿了被迷濛着的街衢。從一切街衢的意象中，緊絞出烤麵包工廠，而它給予我們從一切歡悅和痛苦裡，會把我們解放似的寧謐的幻影。可是，烤麵包工廠的焦臭味給予我們的平安，實在暗示着我們自身的生活的貧瘠和屈辱。

由於發問「幻影會給我們什麼」，不安的作者的心情並不是滿足着靜謐的幻影的。發問了「什麼」的作者，迫回自己自身的存在，把「由於什麼」、「為什麼」接連着把那懷疑的反語朝向自我之生。

「為什麼我們是管子一樣的存在」，要完全理解這一行的意義，如不是習於詩的表現的人，也許不能一下子就醒悟的「管子似的存在」也許乍見之下實在會被目為是奇妙的。它在表面上，雖然馬上後面連接着「我們的腸」這一句子，可是，單那樣總會令人想到要作為使「管子似的存在」這一比喩變成正確，安定化的理化，彷彿是不够充足的。

把「管子似的存在」這一比喩，作者能做為心理上確實的東西，換言之，能帶着自信使用，大概就因為有反覆過幾次的「流動」這一詞語的暗示的緣故吧。

和卡夫卡的『殺兄弟者』中的「為什麼人不是只充塞了血的一隻袋子」這一句比較起來看，「為什麼我們是管子似的存在？」北村的這一句在感覺上是更難理解的。而卡夫卡的一行，充實着做為一行的獨立的意義，可是北村的一行却因為和這詩全體在關聯上活着，所以更富有彈力的。

人類不是「只充塞了血的一隻袋子」；就是卡夫卡的不安。對於『殺兄弟者』的主角之一的殺朋友的叫修馬爾的男子，如果人「只是充塞了血的袋子」的話，所謂殺人是由於倏然閃爍過短劍，在馬路上流下一點兒血罷了。譬如人是自由這樁事，和「只是充塞了血的袋子」有什麼關係呢？對卡夫卡來說在這種情形下，人的自由只是不可解的東西。沒有自由、沒有愛，而沒有任何目的。那樣的東西在我們的存在的內面是找不出來的。只不過存在和存在像齒輪一樣地互相銜接着罷了。卡夫卡是想藉殺人者修馬爾的行為，叫出：人只是塡塞了血的袋子。

想來卡夫卡這一行確實給予北村這一行以暗示的。我們是「管子似的存在」——是無數的管子，流動着血液，流動空氣，流動着食物的管子之束。「由於什麼」「為什麼」我們如此這般的存在，如此這般的物質的存在呢？

滙集了無數的下水溝之流的「橋下的亞麻色的流水」在迷濛於雨中的風景中，會給人以最大的「流水」的意象。我們是在時間之流裡面的，而在那時間之流裡，「一切在流動」着。

「在我們的腸裡死在流動着」——在這裡，起始於烤麵包工廠的焦臭味之流的映像和觀念的連鎖，一口氣集約於作者中心的生命的感覺。當然在這裡喚起所謂「死」的觀念的是山丘墓地。要把我們的生，我們的生量完的「死」，是從「不久我們的死將來臨的周遭」的「山丘上的公共墓地」那一邊，在飄落不停的雨街全體上面投着深深的陰翳的。

眺望着這種風景，從外在的感覺和內在的感覺的交錯裡，這種「在我們的腸裡死在流動着」的自覺，極其自然地被引導出來。當然，說自然，這是高價的自然。是由於有辦法使思想和情緒同時存在的詩的能力，才能購到的自然。

這，對詩人只是瞬間的經驗而已。在這首詩的前半部說着「車輪的轉動聲在靜靜的雨中，雨消失在轆軋的車輪裡」，在後半部裡相反地反覆着「雨在轆軋的車輪裡，車輪的轉動聲消失在靜靜的雨中」。在這前面，後句的感覺的微妙的差異顯示着作者內在經驗的微妙的變化的時間。

對我們而言，所謂詩的表現和經驗的內容，是保持着像顯示於這一個例子一般的密接的關係的。詩裡特有的表現這東西，在任何時代都存續着，雖然其利用的辦法會有各種變化，但，如果人類的經驗的性質不完全變化的話，在我們的經驗中却存在着不依靠詩的表現就不能滿足的心理狀態。

詩之所以稱爲創造的，就在於它會造成一種調和的時候。從所謂音色和心情的調和的，比較上簡單的自然的性質的東西裡面，異質的語言的結合——它既有由於隱喻和寓意的東西，也有在調和之中隱藏不調和的基於審美的要求等，各色各樣的東西。雖則不調和啦、不協和啦等等，做爲調和的一要素，以各種形態成爲問題，大體上說是超現實主義以後，可是，做爲詩的要素却古以有之的。

古老的和新的，可視的和不可視的，將那些有意識地結合在一起，也是一種調和的發見吧。我雖斗胆說是調和的發現，可是如要方法論地說，也許應該說發明吧。因爲所謂詩的調和，決不是自然本身的調和，而是極其需要有意識的努力和想造成未知的世界的詩人的造像的意志的。詩，可說是由已知的要素要造成未知的東西的生命的作用。不論如何，詩的調和必須要含有給予人活着的知性和感受性以某種生命的感化的，新的東西、新的衝動、新的想法的。

我透過各種語言的活動，思索着自己的生命該如何活的方法時，就發覺到對自己被投進去的環境、文化、生活做着非常特殊的反抗的方法。

然而終究我們是要死在自己的環境、文化、生活之中的。多數詩人即使不意識着那種事情，還是自然地明白自己的詩連繫着什麼。它就像生存的本能一樣的東西。他們明白自己的祖國，也明白它會保護自己。比之世界性或人類概念，國家性或民族概念這一邊，之所以使人認爲更實際，而會保證我們的生存，也許是因爲後者是更可視的緣故。

即使我們的詩怎樣抵抗那種條件，終究是不能站在不存在於現實的架空的立場的。不管其思想的立場不同，只要詩人是詩人，在其站立的現實是在一個地平線的這邊這一點上，就說不上有什麼大差異的。就是浸潤於日本話這種特定的語言的長久的生活傳統，也有辦法馬上就要怎樣的。只是如同我在「沒有祖國的精神」以下的三篇文章裡寫的，常常思索我們的日本話的新的可能性，會以什麼的形態在我們的經驗裡正在成長着？我們知道：我們的詩的可能性，如果從語言和經驗的相關性的根本問題離開的話，一下子可能性就會變成不可能性。

C

「在我們的腸裡死在流動着」——這一行，一見就知道是實存主義的。

我們在戰後，不能不面對人的實存的問題，是已由各色各樣的作品證明的事實。把戰前的不安的問題更加徹底化，它首先讓我們自己認識了對自己的存在不可擁有任何的幻影。

啊，爲了要做一世一代的勝負
我該以什麽賭注？
倒翻掉口袋
帶嫁粧金的親事以及
詩人的月桂冠以未支付的帳單
揪落的鈕扣
把所有的一切掏出來
即使把荷包倒過來抖
也沒有一件能賭注的東西
我賭注了我的破滅
我的破滅
在這世界闃然歸於靜寂裡
我像天眞的賭博者似地
睜開了閉着的眼睛

這是黑田三郎的「賭」中一節。在已經幾次引用過的田村隆一的「一九四〇年代夏」裡面，有着把這一種心理傾向，更加做爲要活在現代的信條的地方。

我不會再受創傷吧　因爲
受創傷　只因爲要那樣　才有了我的存在
我已不會倒下去吧　因爲
要破滅　這就是我唯一的主題

現代的破滅的要素侵犯着一切生活的事象。從我們的小小的私生活，直到世界史之上，被默示時代沉重的不安和絕望浸蝕着。如果我們自由這樁事，就是直接踏向破滅之路的話，我在最後要希冀什麽呢？由於第二次大戰的結果，從法西斯主義的恐怖解放出來，個人的自由是被承認了。而把我們像馬一般地奴役過的戰犯們，被處刑、被放逐，隱藏了姿影。然而，從木軛解放的我們，如果耐不住做爲愛自由和和平的人的權利和義務的話，我們這回不會變成自己進而願望被繫在鐵軛上嗎？

任何人都不喜歡：我們的自由通着破滅，這種想法吧。我也一點都不喜歡。可是，如若自由永遠只不過是美麗的可能性，那麽，所謂自由不過是永遠不能成爲富翁的窮人的夢而已。人在公私任何一方面的生活裡，是不可能不做什麽而相信夢的可能性的。

要做一件事情的時候，我們除了賭注我們的全存在之外，是別無辦法的。因爲所謂我們存在着，人性的說：除開對人的自由的前提的條件以外，是一無所有的。

我願從那最單純的意義出發。我們是自由的，同時也是會破滅的人這一樁事——從這個小小的視野之中，我們踏出自己的生活的第一步。

所謂存在和自由，雖然只在人裡面才能結合的概念，可是到底它是止於「結合」這種不安定的狀態。我們的生活恆常建築在那不平衡上。在這一限度上，我們能採取的自由的行爲，一離開科學或物質界的外面的眞理，就會變成很不安定的東西。加以，如果我們不相信道德或宗敎的價値的話，就只有一種喪失感，而爲了沒有目的的自由一直要把自己解體下了。

出現於黑田或田村的詩中的「破滅」，並不是有什麼艱深的意義的。他們所處的環境或生活條件，也許未必是破滅的。然則，重要的是：這些詩顯示着「破滅」的感覺在他們是超越過自己的存在的現實的條件，有着更現實的力量。

滅亡之群
靜靜地流動着的老鼠似的東西，
映照在櫥窗上的冬天的河。
我是日落就變得很寂寞，
便去走銀座街道，
凝望天空，在瀕死的光中感覺混濁的眼，
拖着要向下沉沒的靴。
永遠地想看的，不想看的，
不時動着的，靜止着的
有剃刀，有被撕裂的皮膚，
有擴散的觀念，有收縮着的觀念，
有抵抗着什麼，在外套裡瑟縮着肩膀的我。
冬天的街市。
爲什麼爲了人類，
爲什麼爲了人類的悽慘和卑賤，
我不能蟄閉在寒酸的房間裡？
爲什麼你不淌下鉛似的眼淚？
大時鐘指着六點正，
空洞的聲音響遍喧囂之上的天空。
我該怎辦才好？
要把沉重的靴運走的「現在」和
什麼時候，直到不知那裡的「終焉的時辰」。
鼠喲，你對我是什麼，
你的髭對我是什麼？
要消逝的一日之客的記憶，
大時鐘後面有時間，
時間的後面有我凍住的人生。
寂寞的我父親，
有我兄弟的跫音。
走着街市，
遍歷地上，總是渴着，總是餓着，
總是在某個街角在口袋裡掏索着麵包和葡萄酒，
走近死人棲息的巨大的邊界。

這是北村太郎的「傷感的聳尼」(Sentimental Johnny)。在這裡，存在着和前二人又不同的，由破滅的感覺捕捉了事象的一種場合。「滅亡之群，靜靜地流動着的老鼠似的東西，映照在櫥窗上的冬天的河。」以這種連鎖的意象，將作者的觀念一點點地滲透下去，這是現代詩的普通的方法。老鼠不但是幻滅的東西的象徵，也是卑小的，悲慘的東西的象徵。

這首詩，大體上其意義容易理解，所以我關於全體要省略，可是，在這裡特地要對認爲必要的最後數行敍述意見。

那是「走近死人棲息的巨大的邊界」終了的一行的理解，就是理解這首詩全體的鑰匙，如果不了解在這一行裡的複雜的意義和深邃的情緒，我想這首詩的全體的理解是不能成立的。

出現於這首詩中的作者的信念，或東西的看法，和在一般詩中可看見的平凡的、不值得特別提出來做問題的順口的眞實等是完全另一種東西。

我們知道：對於「遍歷地上，總是渴着，總是餓着」的人而言，「麵包和葡萄酒」是能使那些飢餓，那些渴滿足的。同時，任何人也都知道「麵包和葡萄酒」的組成語裡面是有宗教的意義的。出現在這裡的叫做「我」這街市的人的渴或飢餓，不但意味着肉體的，也是意味着精神的。

肉體和精神重點在那一邊，這不是問題。它對我們不但是互相補足的概念，同時，也是不能割開的東西。如果飢渴，光由麵包或葡萄酒獲得滿足的話，那麽，我們的飢渴就成爲一切依存於外在的條件了。而其解決是外在地能被解決，在語言上却不能解決了。同時，如果它只不過是內在的精神的飢渴這種形而上的問題的話，也就沒有必需詩的餘地了。在那裡是作爲不能區分爲內在，或外在的全部存在「我」才在語言上企圖現實的再現的。

可是，「我」的飢渴到底像是無法滿足的。我明白搜索着「麵包和葡萄酒」的「我」的口袋是空的。「我」只要是個詩人，便不會是個改宗者，也不是個社會革命主義者。

「我」雖然對人生抱着幻滅的想法，但，絕對沒有絕望。「我」對於把生當作生執着地要活下去，雖然早已不抱任何希望，却相信由於在生之中呼喚來可說是超越的、超時間的死而能獲得拯救，而未必是對生絕望的。

這種死，不是科學的自然的死，而是永世的死。「死人棲息的巨大的邊界」這句話，對於只認爲活動終了便要自然的死去的人們來說，帶有有點難以理解的宗教性。

然則，向「死人棲息的巨大的邊界」走近去的，生者的一步一步，在這個現實上是決不能到達那裡的。「我」是在走近不存在的「巨大的邊界」的。從可視的世界不能進入不可視的世界裡的。「走近着」這句話的神韻是雖然一直到那裡都能走近去，却暗示着不能進入那境界中的。

「我」不是在叫做死的可能的終點看到對活着的人不可能的東西，而使現在的拯救靠那種暗示，想求諸於超越的啓示。總是飢餓，總是渴着的現在的拯救才是問題，將來能否被拯救？死後能否被拯救，諸如這類事情是無所謂的。

詩的語言執着運送沉重的靴子的「現在」。詩而不能對「現在」給與任何感性的變化以及知的感化，就不能說是優異的詩。

因爲這緣故，出現於詩裡的夢、希望以及可能性，只是把「現在」的革新或拯救爲鵠的的，純然的語言的心的效果之問題。所以由沉重的靴子的步子連繫着走近「巨大的邊界」這一希望，「現在」才對「我」成爲盈滿的，才成爲一種調和。「巨大的境界」對於在走近什麽的自覺的「現在」是必要的。而過去的，或是未來的語言才能統統集中於「現在」的一點。把「巨大的境界」做爲「死人棲息」的，是作者的宗教精神使然的吧。

我不想在這裡對宗教作嚕哩嚕嗦的議論。譬如關連着

「巨大的境界」而想要說明永世之死，不管反覆多少次語言都是徒勞的，原來它是某些人爲了要說明情緒想出來的一片比喩能了。所以它是不是實在等等，從一開始便不成爲問題。

換言之，問題不在那種比喩的眞僞，而在使用那種比喩是否妥當。說：「走近死人棲息的巨大的境界」，而將現實地活着的「現在」作爲那一步一步的瞬間，不知什麼時候，一直到不知那裡的「終焉」的時辰，運着沉重的靴子——該問的是那種「我」的思想和情緒的現實性。

也許有些人對於我們的生之步子，「走近着死人棲息的巨大的境界」會感到恐怖，有少數的人們却會感覺欣喜的吧。同時，某些人們是什麼都不感覺的吧。什麼都不感覺的人們恐怕是不需要詩的人們。

誠然，詩給與感動和科學的進化啦，歷史的必然性啦，或所謂道德的進步等東西是沒有什麼關係的。倒是有時還給人以逆行着那種有力的概念的印象的。並且，關於現實也不是會提供我們什麼有利益的確實的知識的。

然而，對於詩說的各種非難，都是它被拿來和科學啦，道德等的價値比較，而只從單方面被判斷發生的誤解爲多。

話雖如此，我們却也不必面對面反對詩和科學，宗教是全然對照的東西。如同早已說過：詩的機能擁有和宗教相似的作用，而對現實的罪惡以及苦惱的「現在」的拯救爲目標的。雖則科學當然是想到現在的人間生活的方便，企圖着各種改革，可是，它要透過人的可能性的將來才能成就。科學清楚地教我們人不能長出羽翼。那種科學把人類的幼稚而原始的夢接連擊碎了。然而，做爲那代價用飛機而使之能飛翔天空的，也是科學。

詩和那種夢的可能性是沒有任何關聯的。同時，也從未有過因實現夢的力量，詩受過讚美。詩只不過想要把現實再現出來而需要夢，而把「現任」照映於永恆的時辰拯救它而已。夢的實現性等是無所謂的。同時，即使夢實現，詩人也未必就滿足的吧。

我們面對我們無可救藥的惡，或悲慘，或社會的邪惡，首先不能不意識到我們自身是罪人。不論社會制度或機構有缺陷，只要我們活在這社會上，我們就沒有理由是個無垢的人。

我們爲了要拯救我們的悲慘的「現在」，不能不時常反省我們的詩得滿足什麼條件。不能不自己想出我們的所謂合乎詩的詩。

「把人們從悲慘的不舒服的心理狀態解救出來，能使之變成柔和而謙虛的詩，糾正殘酷的自我中心的心情，而能給予溫厚的豐富的感情的詩，能從卑屈的懦怯的心情，使之能驅向高邁的精神的勇氣的詩」是我們終生的願望。然而，爲了要達到那種目的，只有那樣想是不行的，必須對現實要有深邃的認識。因爲和現實的破滅的要素之戰，對詩人來說；是不能還原於光從那裡的脫出或克服等等命題的。

詩人用語言要消滅現實的破滅這樁事，和現實上要把它消滅是同樣地不可能的。

唯有對人們能成爲眞正的慰藉的詩，而變成這種詩能接連產生的話，一切的人們就會認識詩的價值是什麼了。

▲本文譯者已出版譯著

羅生門•地獄變•

河童•太陽的季節•

查理・賴德詩選

查理・賴德（CHARLES WRIGHT）作
非馬 譯

在夜半的時辰

這，也是一則老故事，但
它不是死亡。靜止，

黑暗的水在我們的內部。
其實，它們正在上昇，

朝我們的眼部上昇。
將洗擦那些窗子

直到它們靜止，直到
完全平息，一塵不染。

然後我們的生命將吸取實質，
且湧昇自己。

但不像水亦不像黑暗，只
如烟，如禱告。

眼睛

遲滯或愼重
在它之內激情移動

尋覓一個出口
在它之內季節相遇

青苔般的血
與雲拌合

未來是張可靠的地圖
當眼瞼閤起

一線反射
一台引模※

左與右

不可分

※ drawplate 造鋼條用的有孔鐵模。譯者註

光明

黑暗隱匿，光逃
散，亮
點出現，汽閥咝咝叫且轉開——
孤立，遙遠，如氣
逸脫，冲湧的血
退向不同的心房……
同時，洗濯繼續
進行，像海洋
溢入肉內，搓
它們多沫的邊成粒。
此刻不再有動靜，
因爲這些是燃燒的水
灼傷的酸；
這些是你要的火焰。

裸笛

——被斷掉假眠的腦波

谷克彥作
葉笛譯

死不了
而緊縋着
僵直了的天空
未來無光彩地保持着
閹割了的陰部
苟延殘喘着

——要阻撓脫出的日本的煙塵
只素描沒有戶籍的卑猥的俚歌
醒時活不下去的風土被移植
儘折騰着也到達不了的
染血的聲音
宛如綴寫在夜闇的口琵琶聲
燒灼着尾骶骨
銜走曇天。

啞去的繆思

——關於施維亞・柏麗絲

鄭臻

施維亞・柏麗絲是當代英美詩壇中，少數幾個比較知名的女詩人之一。她早期的不少詩作，深受J・C・蘭遜的影響，即以「老處女」（Spinster）一詩爲例，雖然寫得很好，但詩中的觀點，彷彿出自蘭遜南方的眼睛，文字的洗煉，和雕琢的風格，更是南方草原上的產品。甚至這裏所選的「蛀秋」，仍不難窺見蘭遜的影子隱現在背景上。（女詩人自己曾承認說，她起步的時候，熱戀蘭遜的詩，甚至把他的詩背得爛熟。）

柏麗絲在一九三二年出生於麻州的波士頓，大學初期唸的是美國有名的女子學院史密斯學院，後來去了英國，在劍橋的紐罕學院完成大學教育。她在劍橋的時候，邂逅了一位同校同學（不同學院）——當代英國青年詩人達德・許士（Ted Huyhes），一九五六年和許士成婚，所以她也可以算是英國的女詩人，難怪 Kenneth Allott 主編的 The Penguin Book of Contemporary Verse（企鵝版英國現代詩選）也把她算了進去。一九五七年她自劍橋畢業。畢業後她當過秘書、教師，後來辭職當起自由撰稿人（free-lance Writer）。直至她在一九六三年二月逝世英倫爲止，她一直都住在英國；她的丈夫許士在這段時間，倒去過一次美國。在她短暫的創作生命中，她寫下的詩，水準普遍都很高；由是被批評界目爲「有前途」（Promising）的當代詩人之一。一九六〇年，她曾出版過一本詩集「巨人」（The Colossus）。死後另有一本全集在美國出版。而她在逝世前不久所寫的詩，更被詩人兼詩選家的 Allott 氏譽爲她最佳詩作之一。

柏麗絲的丈夫許士在詩中喜用動物的意象，似對她的創作亦微有影響。詩評家 M. L. Rosenthal 曾將她列入 Confessional School 一派中去（註一）（詳見氏所著 The New Poets: American and British Poetry Since World War II）。這一派尚包括了羅貝特・羅威爾（Robert Lowell）、亞華萊茲（A. Alvarez），及賽克絲敦夫人（Anne Sexton）（註二）。上面我們說過，柏麗絲很鍾愛蘭遜的詩，而羅威爾曾當過蘭遜的學生，賽克絲敦夫人則做過羅威爾的弟子（註三），是以當中消息，實不難窺忖出來。但這一派詩人在面對艾略特的「國際派」正統的時候，態度是來得比較保守的，而其中以詩論和詩評見勝的亞華萊茲，在他不少文章中，似更同情「民族派」的作風。

註一：直譯的話，可作「自剖派」，然有點不妥當。

註二：詩人余光中先生曾譯介過賽克絲敦夫人的作品，見「英美現代詩選」下冊，臺北學生書局印行，一九六八。

註三：見同上書三三六頁對賽克絲敦夫人的介紹。

柏麗絲作品

Sylvia Plath原著
鄭　臻　試譯

蛙　秋

夏已年老，冷血的母親。
蚊蟲很少，也很瘦。
在這些沼濕的家中，我們祇能
嘓嘓地鳴，並老去。

早晨都消逝在半睡中。
太陽亮起來，緩慢地，
在蘆葦深處。蚊蟲使我們失望。
而這沼澤患了病。

落霜連蜘蛛也落了下來。顯然，
聰明絕頂的人
已遷居他處。我們的家族瘦下去，
悲憫地。

隱　喻

我是一個謎，用九個字母砌成的，
一只象，一間笨重的屋子，
一只西瓜，用兩條蔓散步。
噢，紅色的水果，象牙色，美好的木材！
酵母膨脹着，麵包大起來。
錢幣剛造好，在這個大荷包中。
我是一種方法，一個舞台，一頭小牛。
我吃完一袋青蘋果，
搭上火車，再也不下來了。

這首詩原題 metaphors，共用九個英文字母拼成，是以有「我是一個謎，用九個字母砌成的」之語，很巧，這首詩也祇有九行。在原文中，「我是一個謎」的「謎」字是用 riddle。所謂 riddle，固然是解作謎語，一如譯文所譯的。但如在涉獵過上古英詩的讀者眼中，riddle 和詩題「隱喻」又頗有關連了；因爲在上古英詩中，有一撮遺留下來的作品是被稱爲 Riddles 的（姑譯作詩謎），這些「詩謎」（Riddles）都是很短而又不附題目的作品，多用那時流行的「頭韻體」（Alliterative Verse）寫成，準確而又帶點曖昧地（accurate but ambiguous）描寫一件東西，然後由讀者或聽詩人吟唱的聽衆去猜究竟是描寫什麽；簡捷地說明一句，這種「詩謎」其實就是一個擴大了的隱喻。明乎此，則不難洞悉原詩題「隱喻」（metaphors）與第一行詩中所用的 riddle 一字的關係與暗示。詩中二、三、四行的描寫顯然是對第一行的「立論」（statemeut）的進一步說明（illustration）。而事實上，隱喻於詩，就如酵母於麵包，使詩在成長過程中得到長大（見第五行）。第七行說隱喻「是一種方法，一個舞台」尚不難解，但說隱喻是「一頭小牛」則有點費解了。但如果我們明白自荷馬史詩以來的文學成規是以牛代表生命，則這一句又似可看成是以「一頭小牛」來暗示隱喻之於詩，就是詩的生命力。而當然，詩成長爲詩之後，隱喻就像搭上下不來的火車，再不能自一有機體中拆開來（見最後一行）。

（以上的解說，純係譯者個人一廂情願的看法，牽强之處，尚祈大雅君子不吝指正。）

或男的風景

鮎川信夫作
趙天儀譯

你底運河
是在舖路的彎角疏通流去
映照你孤獨的鏡子
在天的一角被弄窄了都會的天空

就你所擇取過去該是空空的罐子罷了
而未來却是被蒸了的香腸而已
把你底血驅向現場而豎立的東西
是探着容易消褪的設立的興味

倘若有確實的愛情的話
也有確實的冷酷性
你是比心帶着更微妙的皮毛表面
飾着比外表更眞實的男子

你是正直地開口的刀刄
即使把廣場的群集切斷爲兩面
對我來說夫復何言
在鍍銀的光中浮現的無敵的男子罷

總會啊或委員會啊等等
自使用奇怪的造句喋喋不休之群中的頭頂踏過罷
輕輕地嬌柔而堅牢
彷彿是羊羔皮的短鞋那樣的東西

把理想主義者呀淸寒者呀踢開
把他們的恥辱的底隱揭發出來罷
每晚帶着魁偉的筋肉
從女子們的血之中擷取愛的喜悅

墨水啦眼淚啦食鹽中並不生銹
你是把頗爲鋒利的刀子
同時注視着他人渡過危險的綱
時常將刀鋒朝上的親切的男子喲

文明批評已經是够多的了
絕望以及希望亦非必要的
你所探求的即不是善惡到底是什麼東西呢
光與影不能區分究竟是什麼事物哪

田島伸悟作品

錦連譯

魚

懶洋洋的 邊掙扎
魚 邊吞着硬硬的魚
水裏 更有冷冷的球形
冒冒失失的回轉着
有着好幾個冷冷的球形
而連支撐着鳥的力氣也沒有的樹木
吐出着藍色的魚
讓牠們穿過冷冷的水環
在厚厚的海裏

魚吞下着剃刀般的魚

家

在充滿了時間的房間裏
向着那時時刻刻帶黑的土牆中 人們
以清楚的頭腦把神慘酷的塗進着
踢下了無數瞬間
終於沒有可塗進去的神 因而詫異的
鬧嚷着沒有神
（鹿 口渴得
像玻璃珠那樣戰裂了）
結果 就自己塗進墻壁裏
企圖與神相遇
然而墻壁裏却緊緊地擠滿着祖先們
那簡直是無窮盡的人的行列了

梨子

暴齒的父親們吃着梨子
也許在冰冷的破曉時分生下了歪頭的兒子

在花瓣般的貝殼中
他們的祖父們屈膝而仰臥着
貝殼般的梨花下
好幾百個父親們靜止着

梨樹的根爬進了眼窩，纏住了肋骨
吸上 又吸上的孕育着果子

人吃梨子 而生命一盡
梨子就開始吃人
吃過人的梨子 人再把它吃掉
那麽 乾脆

人吃人又爲何不可？
然而 那正是唯一神所嚴禁的

轉生

有個骨瘦如柴的老頭兒
冬天賣着烤山芋 而像彎折了的
纖細的山芋
倚着白燒的瓷壺
（也許有着心思
若行 就乾脆把自己也混在山芋裏出售）
梅雨過後的七月
便讓寄居蟹爬在
削散了的黃瓜上
和小孩子們做做生意 而自己
却蹲縮在攤子的一端
早已儼然成了一隻寄居蟹

祇使眼球 不停地轉來轉去
所以或許打算秋天就要變成寄居蟹吧

附記：

田島伸悟，一九三二年十一月生於東京。一九五二年洗禮，現在爲日本千葉縣國分高等學校英語教師。詩學研究會出身。住址：東京都葛飾區立石八丁目一〇——八。本年七月間與其他九位「詩淵」同人共同出版「詩淵詩集」。集中收錄詹冰作品十首。

編輯室報告

當艾爾茜過境，印刷費與紙張費的漲價，終於成了事實。我們只好縮緊腰帶一般地縮緊了篇幅，我們希望在有限的篇幅內充實內容提高水準。我們非常地感謝詩友們給我們寶貴的稿件，但限於篇幅，有的移到下一期，有的只好割愛了，然而，我們仍然希望能繼續給我們支持。今後，我們的計劃編輯就是除了準備發刊該期的稿件以外，至少能準備三期的稿件待命，換句話說，除特約稿以外，凡希望支援本刊的稿件，盼早日惠賜爲禱。

本期編完以後，本刊編輯室同仁均以極沉重而難以言喻的心情，注視着所謂詩壇的風雲變化；我們固然不能贊同某些跋扈的作風，也不恥於某些小丑的劣根性的作爲；我們仍然堅持，唯有把詩刊辦好，把人做好，把詩寫好，把事情辦好，才是我們的本份。因此，在名利上明爭暗鬪的人，可以休矣！挾洋人以自重，而出盡洋相者，亦可以休矣！同理，掛羊頭賣狗肉，糟踏生靈者，亦可以休矣！

五年多來，本刊便是在爲了詩壇尋求一線的生機而奮鬪着！歲寒嚴冬，讓我們清醒地思索罷！萬象更新，讓我們誠摯地祝福罷！

田村隆一的初期詩篇

陳千武譯

我的島不是你的島

依稀是夜的形狀
我的村莊已暮了
村長像在反芻往昔的追憶那麽
打開他的窗
光從那窗流進來的外邊
我像從前那樣存在着
村長的手掌想起了人生

「如果是路就有紅花開着
開着花的路越長
這個村裡也有寺院」
如果鍋子或花會潤濕了我的嘴唇
我也想「我必須沈默下去」
那天，我講的話
也成爲遙遠的村民的歌了
歌不是夜的形狀
「不要讓樹木枯萎」
也許是這種形狀吧
因此村長的手掌想起了人生

Love Song 1940, 7, 5

往昔　有如人情鶯啼了

「啊啊　因爲城堡主人用白齒笑了才落葉了」
技術上的想法就是夏天過了
山坡緩緩走下　是從平民的行爲開始的夕暮
確實在鶯啼的繁茂處　家臣M被殺死的
然後剃光頭的地方成爲青樹
因爲在樹上第一顆星亮了　城堡主人的行列就無聲地消逝
効果比剃光頭的那些地方較輕
「用武士刀斬了你」
血流出來時你也想到　老了
於是，月亮缺了

從城堡主人的鬍子裡看見南方的島
比一個感情 平民的頭更像島的形狀
島跟音樂一樣地毀滅
往昔 有如人情鶯啼了

Love Song 1940, 7, 28

出發

你不信 我底生
我出發 向雨裡
我底船靠入黑暗的岸壁
而我底生的幻影就要……
我默默揮手
然而 你不信
我底生 向雨裡的我底出發

紙上不眠

不在證明

風啊 你冷不冷？
在被禁閉了的時間外
生物啊 你冷不冷？
在我存在的圈外

在溪谷裡烏鴉死了
於是 於是 那樣下雪了
重疊在他底死的生的 fiction

於是 於是 那樣下雪了
在不眠的山間
在不在的生之上……

就那樣風啊
就那樣生物啊
在我的山澗 誰要重疊我！
在不眠的白紙
在不在的生之上……

紙上不眠一九四六年十一月

歐頓•納希詩選

宋穎豪譯

歐頓•納希（Ogden-Nash）爲美國當代優秀之幽默詩人。一九〇二年八月十九日出生在紐約州萊鎮之望族。其高曾祖曾任革命時期之紐約州州長。田納西州之納希維爾市即因其叔高曾祖法蘭西•納希將軍而得名。一九二四年入讀哈佛大學，一年即自動休學。旋，往紐約任公債推銷員。兩年中，只脫手一張，還是由其教母所承購。嗣後，又跑廣告事業。一九三一年，受聘爲「紐約客」（New Yorker）雜誌編輯。結婚後，即喬遷好萊塢擔任編寫電影本事。據說他現卜居在紐約市。

其詩諧趣幽默，却有骨有肉，多爲對仗之双叠韻體。其韻脚雖偶有「牽强附韻」之撇扭現象，但仍流暢可喜。讀其詩，猶如在崎嶇坎坷之山路，驅馳一輛未裝置彈簧鋼板之馬車，隨時都可能有着一陣撞盪之感受。誠然，其詩亦莊亦諧，哲理漾然而深沉，嘗使人笑出眼淚。繼而細味之餘，令人沉思不已。因此，其詩在「主知詩」泛濫之美國詩壇，不啻是一劑清凉散，極受廣大群衆之熱愛。

他生平創作頗豐，詩集已出版十餘冊，其他尚有劇本與散文多種。

1. 日本人

日本人彬彬有禮；
總是說：「請，對不起」。
他爬進鄰家的花園，
也笑着說：「請多包涵」；
打躬作揖，笑容滿面，
飢餓的家人都搬進了新宅院；
他欠身行禮，笑得眞甜；
「眞對不起，現在這是我的花園。」

2. 猪

假如我弄得對，
猪供給我們香腸、鹹肉和火腿。
儘管有人誇牠心胸大——
我說猪是一個大傻瓜。

3. 廣遊

醫生告訴我；有人懷疑其何許人，
他們莫名是饕客抑是普雷穆陛下？
然我知吾何人也。
因爲我的標誌一目瞭然，
旅途中，更是毫不遮欄。

我乃恬睡于上下舖雷的人，
我乃毛細管不驟適于冷氣的人，
我乃老太婆放下袖珍書願與接近的人，
以及在三十個座位的車廂裡願與酒氣冲天，胡言亂語的醉
鬼併坐的人，
我乃在忙碌的母親照料嬰兒時，給孩子們講咪咪故事的人
，一直講得糖糊沾漬了花呢料的衣服。
我乃搭乘一車學生吹號彈琴慶賀勝利的人，
我乃只說英文，而樂于幫助不懂英文的外僑的人，
我乃發現購買了一張重號的臥舖票，而自己扮演聖誕老人
的人，
因爲那舖位又買給一位病弱的老者，
於是，不用問我就曉得是誰坐在盥洗室由費城到達大西洋
城，
我猜我乃，假如我擁有私人車廂，
願與一位嚼五分錢雪茄的人分享偌大的臥室，而明
知受人愚弄的人。

出版消息

△葉泥著「里爾克及其作品」，列入大業現代文學叢書出版，定價15元。該書收集他近年介紹里爾克的文章十篇，附錄譯富士川英郎的『論里爾克的「時間之書」』。

△葉笛譯石原愼太郎著「太陽的季節」，列入大業現代文學叢書出版，定價15元。又譯芥川龍之介「羅生門」、「地獄變」、「河童」三書，亦交由仙人掌出版社出版，定價港幣三元。

△葉維廉詩集「愁渡」，包括「賦格」詩集中的一部份以及新作編集而成，仙人掌出版社出版，定價港幣三元。又他所著 Ezra Pound's Cathay 一書，亦已由美國普林斯頓大學出版。明年三月他將返國一行，並擬在國立臺灣大學外文系任客座副教授。

△杜國清譯西脇順三郎著「詩學」一書，由田園出版社出版，定價二十四元。這是一部新的詩論，內容堅實。

△桓夫詩集「野鹿」，由田園出版社出版，定價十四元。是繼「密林詩抄」、「不眠的眼」，以後的第三本詩集。

△施善繼詩集「傘季」，由田園出版社出版，定價十六元。

△李魁賢譯「審判」，列入大業現代文學叢書出版，定價15元，爲卡夫卡長篇小說的第一部中譯本。

△商禽赴美到愛奧華大學作家工作室深造，臨行由十月出版社出版其第一詩集「夢或者黎明」。

△王祿松詩集「河山春曉」，由文藝月刊社印行，定價五元。

△王聿均詩集「燕琹詩稾」，由世界文物出版社出版，定價二十元。

△林榮德詩集「新東西集」，由開山書店印行，定價十六元。

△「星座」詩刊第十三期業已出版。

牧雲的詩想

——「斑鳩與陷阱」讀後——

桓夫

「生活無疑是一種陷阱，我們越是掙扎就越陷入苦境，而詩也就這樣被捕捉。」——牧雲詩人林煥彰認爲他在一種被設置的陷阱裡，像狩獵斑鳩那樣捕捉詩。

在此，我們該想到他捕捉的詩是甚麼？

首先我們要瞭解他「想來，寫詩也頗爲相似」的動作，——小時候，用繩子和花生米去狩獵斑鳩……。這是誰都知道的一種遊戲，頗爲引誘稚心興趣的遊戲。

那麼，寫詩就是頗爲相似一種遊戲的動作嗎？不！我想牧雲詩人所要表示的意義，是在越陷入生活的苦境裡具有反逆性的脫離陷阱的憧憬；說明白一點，詩人所要捕捉的就是未被塗黑染的一丁點天眞和無邪吧。

自從佛洛依德出現以後，我們認知了人內部的幾千個世界。由黑泥土或血跡斑斑的胎盤，似以執拗的態度很巧妙地跳出來這個世間，成爲人的恐怖的存在，而向深層心裡的極力複雜的路走去。人要生存；爲了要活下去，經常都像「蟹」那樣背着圓圓的「殼」防衛着自己。有的人用「憤怒」作爲防衛自己的「殼」，有的人用「狡獪」的武器去穿挿列强的隙間。而詩人呢？詩人是笨拙的斑鳩。笨拙得不能營巢，因此用全力傾倒於無邪的純眞。凡人在長大以後就會對不再回來的稚心持有無限的回味與羨慕，好像站在崖下仰望開在懸崖上一朶清純的百合花一樣，不斷地向苦悶生活的反面去追求善美。

於是，「斑鳩與陷阱」一集所呈現的就是詩人的稚心和無邪。

上幼稚園小班的孩子寫的
5
是一隻長頸鹿
昨天才從阿拉伯的數字裡走出
很艱苦地　走過大沙漠
　　　　　走過大戈壁
　　　　　走過大沼澤
　　　　　走向我

這是卷五裡的「5」一首最天眞無邪的詩。雖然它是「昨天才從阿拉伯的數字裡走出」來，但並未被營利性的數字絆倒，失去其純潔無邪的詩情。大人教上幼稚園小班的孩子寫「5」，而小孩子偏偏把它寫成他所喜愛的長頸鹿。不論是故意或無意，小孩子總是無邪的，他的長頸鹿是可愛的。如果這位大人不懂得（或說忘記了小孩時候的）無邪和純眞的話，他一定會斥罵孩子說：「笨孩子，怎麼寫得這樣不像5啊，不行，不對，不對。」便架起所謂嚴教的面孔，使小孩感到迷惑吧。幸好，這位詩人能瞭解小孩已經很艱苦地走過大沙漠、大沼澤，而「走向我」，來。最後這一句多麼好呀。這首詩的無邪和純眞的境界是高度的。不但容易使人接受，且能令人得到一種莫大的愉悅感。

至於詩後面還有一段，

已經很疲憊地
望着我光禿禿之樹的那隻長頸鹿
期待的頸子仍顫抖着
垂吊一只喝空了的罐頭

直截了當地說，這一段似可不要。也許作者認爲這是一則做爲詩的結束所必需的按排，但是這一段的情緒和前面是另一種的情緒，顯然不調和却破壞了氣氛。事實，刪除了這一段，「5」這一首詩的存在仍然是完整的。我常常看到詩人在牧雲的很多場合，患了這種饒舌的毛病，而有時候却忽略了自己應該抓緊的生命的跳動。

牧雲的詩的語言是優美的，優美而淸純地不使人嗅到泥土味。而說他在詩的作法上有饒舌的毛病，好像因爲他具有這麼能自由驅駛優美的語言的能力，才敢浪費使用語言。不過有些場合，這種饒舌却是他爲了發揮詩想，意圖展開詩的一種方法呢。例如：

醫生們都束手了
我不知道該把我的頭擺在那裡
還有　望着遠方的那對眼睛
還有
躺在碉堡裡已經想得很久了
自從那次砲戰以後
我像一部機器被解開
而錯亂棄置　甚至於有些遺失
我便想重組我的軀體
而那些笨蛋的兄弟們　我底班兵
總是撿回來別人的手
要不　就是別人的耳朵
總叫我不說理由的咆哮給踢出去
像踢空罐子那樣
我底可憐的那些班兵哦

像這一首「禱之外」，——經過砲戰以後，躺在碉堡裡，想重組醫生們都束手了的軀體，而對不得要領的笨蛋的兄弟們，像踢空罐子那樣咆哮給踢出去——，用優美而巧妙的語句所寫的，詩的內容完全不是血的戰爭的悲哀，又不是表現超脫人凡俗的崇高的境地，顯然就是有意藉「假定的說法」予以展現的詩。

我記得很早以前，有一段時期林亨泰常告訴我說，他要追求的詩是無味、無色、全然無人臭味的一種透明的詩。當時我不知道他要怎樣表現「透明」的詩境。只是想，如果能夠眞正寫出超脫人凡俗的境界而使其透明淸淨，那對我們凡俗的人來說確實具有很大的魅力吧。但由于個人的性格不同，我瞭解我自己喜愛的詩，却是越有人的體臭越使我親近，越有泥土味越好使我不忌憚，加之配以適當的彩色成爲顯現人性的藝術意味，就會迷住了我。我認爲暴露了人所有的一切之後，人才會透明起來。因此，有時候我甚至喜歡血淋淋的一種狀態，想像着如果流盡了血，就枯竭，也許將會成爲木乃伊呢。當然木乃伊並非我渴求的目標，但成了木乃伊仍比透明的空虛狀態，還有點存在的意義吧。我想眞正的「透明」，那是屬于『神』的權術才能得到的境界呢。

話說回來，牧雲的詩的境界，並不屬于「透明」的追求，也不屬于「血淋淋」的人的體臭的暴露。我說那是屬于漂泊在天空與大地之間的白雲。——也許白雲就是他要追蹤的對象，他要建立的特殊世界。也許因此，他才被稱爲牧雲詩人吧。

沒想到一蓋了戳就完了呵　現在要想將我那份藍色的
書簡寄給我的愛人也已不可能了　這樣一來我想郵政局這
個東西就可以不要了　還有郵筒也用不着再PO了　至於
那個郵差哦（的確是無辜的）　我想還是回去吃自己吧

要是太太之外還有個戀人多好　這樣即使蓋了戳的郵
票　我想也不致於完全喪失了票值　至少我們還可以集郵
還可以交換

這是令人覺得有趣的一首詩。這裡所『假定的說法』倒觸及了道德規律與夫婦與性的自由的問題。但問題並不複雜，不像陷入泥濘那麽深刻，而所表現的只是淡淡有如白雲漂泊的形狀，可以說就是牧雲的特殊世界呢。也許在這種詩的特殊世界裡，讀者不必認眞地去尋找人生的意義。假使你對追求人生的意義太認眞的話，反而會被詩人嘲笑的。說不定人生就是這種縹渺、詼諧、矛盾、虛無的連續而已。

我看過瘂弦的詩也有類似牧雲詩人的這種詩想和技巧的傾向。不過牧雲詩人的世界似乎比瘂弦更近於稚心無邪清純一點。

這種詩想和技巧的傾向之好或壞，美或醜，眞或虛，我想不再討論。祇是有時候我覺得該告訴詩人說：「不要只管牧雲，也要回去嚐嚐牧羊或牧牛或牧猪的滋味呀！」

▲本文作者已出版著作有：

一、詩　集・密林詩抄
・不眠的眼
・野　鹿

二、翻　譯・日本現代詩選
・現代詩的探求
・星星的王子
・杜立德先生到非洲
・醜女日記

馬尼拉，你的特產是桂冠？

——從照片看世界詩人大會——

許登山

〔**編者按**：許登山先生從美國寄來對世界詩人大會的評論，本刊不識其人，「笠」敬陪自由中國詩壇的一份子，抱着人溺己溺，對許先生的評論亦有異辭，但面對事實，本刊本着一貫的嚴肅精神，尊重海外學人說話的自由，故予刊載，同時率先檢討反省。〕

由於我是一個有先存意識的人，所以容易用自己的意識去塡充別人的文字。從臺灣寄到的報紙上，看過鍾鼎文先生得到世界詩人會頒給的桂冠詩人獎，腦中馬上升了這頂桂冠是英國的那頂桂冠的念頭，中國詩人是吐口氣了。最近又看到了中國新詩學會派了七員大將，參加菲律濱世界詩人大會，私人認爲這下咱們中國詩人可抖起來了，向世界進軍！

這種快樂的情緒可說維持了好一陣子，對着日與爲伍的美國高鼻子朋友，也勸了幾次，不要只研究中國的徐志摩和聞一多。咱們中國的現代詩人，已坐到世界詩人大會的圓桌上覇住一角，徐、聞兩人從沒有這種福氣。

昨天從臺灣寄來了「葡萄園」和「桂冠」，裡面登了世界詩人大會記錄，我以中國人的光榮懷着王小二看寳的心情，特別留意的看了這一部份，想讓自已重新快樂一下，但沒想到「大暴別門」完全出乎意料之外。由於我也是沒有這種福氣的人，也沒在世界詩人大會上擺簽名攤子，不瞭解實況，祇能從幾篇「東西」幾張「照片」來瞭解世界詩人大會。

A、從全體世界詩人參觀馬尼拉市政廳那張照片上，我數出了世界詩人大會人數，一共四十五名（爲怕掛漏和壯聲勢，把馬尼拉市長和夫人以及後面模糊的人頭也算進去）甚爲淒涼！

B、中非詩人合照那一張是二十一名，所以其他各國參加人數，總共不超過二十四名。

C、二十四名加中國代表團七名，三十一名是外國詩人參加的總數。據參與者的文章透露，此次桂冠又發了卅多頂，大約世界詩人的桂冠是馬尼拉的特產，用來送給觀光客做紀念品的。

D、Miss Taipei 贈送紀念品給主席的兩張照片，可意味深長得很，至少我看出了如下的意思：

1. 小姐在害羞。
2. 小姐不情願。
3. 主席的好意，難在公衆之前接受。

日本漢學家，曾把中國古詩上的西王母，註釋成中國古時候的大美人，世界詩人大會上對於 Miss Taipei 的註釋，不無異曲同工之妙。若是世界詩人大會上，要辦選美這件事，眞該事先通知臺北市政府，相信臺北市政府必欣然派劉秀嫚等前往助陣。

至於要在四十五名的所謂「世界詩人大會」，來確定世界地位，使我想起了小時候，在臺灣幼稚園班上的歌唱比賽。把一些名不見經傳的老美詩人的應酬話，當文學評論尤覺可愛。不，名不見經傳的是我，一定是身在美國的我，對美國人的寡聞，慚愧。這使我也想起在加拿大六七世界博覽會上，所開的另一個詩人大會：「妓女戶拜媽祖」。至少我還知道那個「詩選尾巴」：ROBERT LO-WEII

寫到這裡，遠在幾千里之外的我，腦中不禁地印上了這個印象：一個白相，一個交際花，一名打手，在馬尼拉的世界詩人大會上走動。

也希望馬尼拉還有別樣的特產。最好先對世界各國的詩行情打聽一下，來個名符其實，同時希望在一百年之內，對着三十億的人口，祇單單發給一頂桂冠，即使用草做的，也會叫詩人高興。

最後恭喜國內沒有戴上桂冠的詩人：「頭上清爽」，「胸部平衡」。

——寫于芝加哥——

孤獨的喜悅

李魁賢

詩人如青果，其成熟的途徑，是又漫長又險惡的過程，要忍受且克服季節的嬗遞，氣候的厲變，虫害的肆虐；其實這些表面上的艱難，只要靠不太貧弱的根基，加上鍥而不舍的毅力，勤加培養，總有成果。問題在於果實的優美，甚至偉大與否，則端視詩人內心的醞釀與氣質的蛻變，而此醞釀與蛻變，絲毫不能造做與强求，唯堅忍是賴，與數字無關，與名聲無關，與地位無關，甚至與學識無必然關連。

「而必然的事是：孤獨，巨大的內心的孤獨。」（里爾克如是說）一種孤獨的喜悅，將在靜謐的果園裡油然而生。果實在聚攏着孤獨的氛圍中，吸吮愛的甘露，與天地相對，與陽光相對，漸趨成熟。

所以詩人的要務：唯孤獨，唯愛。自然的孤獨，是本質的流露，無防衛的沉溺，不與事物發生糾葛，是焚火自燃的柴薪，是孩童眼中驚奇的「不求甚解」，是曠野中傲立的果樹。自然的愛，是廣被的宇宙，無遠弗屆的天地，是對鳥獸草木引爲自己的熱誠，是不爲自己而輻射的陽光，是向上激越流暢的樹汁。

詩人的勇決，該表現在把孤獨與愛當做命運，背在身上，當做羅網，纏繞肢體。

詩壇散步

柳文哲

最近出版詩集頗爲興盛，筆者尚未一一拜讀，我的目標是希望能客觀地報導我所欣賞的過程，並試着給予簡潔的評語。詩愈寫問題愈多，同理，詩評愈寫問題也愈繁複，我們希望的是諍言，是眞誠，是激勵。

詩集點滴

天國的夜市　余光中著　三民文庫　58年5月出版

這是余光中繼「舟子的悲歌」與「藍色的羽毛」以後的第三詩集，原名「魔杯」。他在「後記」中說：『重讀這些「少作」（juvenilia），在重溫昔日浪漫的美夢之餘，不免爲當日的幼稚感到赧顏。』整本集子，幾乎有一半以上，似乎只是押了韻的散文，缺乏詩的氣息。我認爲以「錯字」的揭露，「飲一八四二年葡萄酒」的想像，以及「你是那虹」的音韻鏗鏘較有詩的情味，令人激賞。當年中央日報的副刊，最喜歡登這種豆腐干的玩意，今日的出版商也喜歡這種調調兒的詩，大概一則是感於名，二則是貪小便宜的原故罷。

燦爛的敦煌　黃雍廉著　新世紀叢書　58年1月出版

以現代史的題材來寫詩，是一種非常重要的工作，然而，處理這種題材，却非大手筆不易獲得成功。作者對現實的觀照，有些僅僅停留在新聞報導式的，缺乏詩人的慧眼，去作更深入的表現。因此，他的詩，缺乏形象的烘托還不打緊，缺乏情感的參與就不易令人感動了。好比「石門水庫自述」一詩，只有表面數字的報導，如果我們面臨了颱風，遭遇了狂風暴雨，我想寫這類詩就得更加愼重了！

錦之歌　朱沉冬著　藍現代詩叢　58年3月出版

從朱沉冬的「詩簡」（代序）裏，恍惚意味到他也有一種屬於他自己的詩觀，但我很懷疑他吸收過來的知識的正確性。從他的詩中，代表他近二年來的結集「錦之歌」，我不得不考慮到僞詩的問題，作者所表現的語言，好像囈語一般，沒有給人感受的聯貫性，這就是現代詩的危機之一罷！

寶島頌　中國新詩學會　省政文藝叢書　57年6月出版

由中國新詩學會主編，臺灣省政府新聞處印行的一部新詩選輯，選詩三十首，以本省風土人情的表現爲選取的對象。作者計有蓉子、文曉村、符節合、趙天儀、亞歌、左曙萍、辛鬱、余光中、李莎、羅門、綠蒂、鍾鼎文、方良、陳敏華、吳瀛濤、一信、鍾雷、紀弦、鄭愁予、宇彬、胡品清、詹冰、古丁、夏菁、吳順涼、劉建化、林錫嘉、楓堤、清涼、上官予等三十家。

己酉端午詩集　中國新詩學會　臺北市文獻委員會
58年6月出版

由中國新詩學會主編，臺北市文獻委員會印行的，選詩二十五首，以歌詠詩人屈原的題材爲主的作品。作者計有鍾鼎文、綠蒂、羅門、蓉子、左曙萍、羊令野、余光中、袁德星、張自英、彭捷、張效愚、楚卿、瘂弦、羅行、林煥彰、趙天儀、墨人、林郊、紀弦、洛夫、桓夫、彭邦楨、葉珊、詹冰、夏菁等二十五家。

詩集漣漪

洪素麗著

詩
——洪素麗詩畫集

田園出版社
58年9月出版

洪素麗從事詩的創作，不過是近幾年的事，然而，她一開始就不像那種初學者的幼稚，她不但沒有娘娘腔，而且有着一種近乎男性硬朗的豪氣，在一種靈視的觀照上，她的筆觸蒼勁而豪邁，把詩畫融爲一爐，在那種輕快而有力的書法上，更顯現了一種古色古香，意趣盎然。

雖說她借用了若干的典故，也挪用了不少古詩詞，畢竟她不是生吞活剝，當然，她還是沒完全拭去痕跡。洪素麗的詩最緊迫釘人的該是她那語言流動性的强烈加上意象新鮮性的突出，頗耐人尋味。

我雖不認爲意象即等於詩，却不否認借着意象，詩的境界因而更爲顯著；那麼，到底洪素麗的詩的魅力，在意象上有怎樣的表現呢？我們試舉一些例子：

「雲原不只是雲
詩人原也不只是詩人
誰知道時間的迴廊裏
誰的聲音最像噪音」（寫詩）

我們可以說，即使是噪音，這麼一表現，也就變成了樂音。又如：

「山把舌頭浸入夜的酒杯　把舌頭
一截一截地涼了」（晚眺）

陽光下的山頭，是頗熱的，可是在酒杯一樣的晚空中，却逐漸地冷却了，這種暗喻，是相當具有繪畫性的透視力。再如：

「秋天把太陽炒得好熟好熟
用你濕濕的鼻或濕的舌尖
都可以濡入喉嚨的香脆
鷄蛋拌番茄的」（風和陽光）

這種表現，是何等地乾脆，何等地俐落！所謂詩的語言該是把握到詩本身時同時湧現的，它是活生生的語言能。

且再讓我舉一首「山中詩I」來加以剖示吧！

不會仰指
拂下簷緣在子夜裏排起的水滴
只往山谷中看
漏聲，是沿那小徑蜿蜒流去的罷？

山色溶溶
能否，能否掬一捧洗你晨起的惺忪？
野草，無人作證地長着
木魚有一支重複的歌
雲以它憂鬱的長手指
向我打手勢
溪澗是初夜的新娘
濕熱、甜密而喋喋
風起自林外，打了一個美麗的旋
又 吹出林外
而太陽，太陽還不曾趕過來眺望哪
崖端的蘆葦凄然地白着
白給它自己看

也許我們可以意味到在一個晨曦未露的山中的早晨，有佛寺的靜謐，有溪澗的蒸汽，有清涼的風聲，而她所表現的却是一個重新組合的新的世界，一種秩序，一種暗示，例如「溪澗是初夜的新娘 濕熱、甜密而喋喋」是多麼地富有羅曼蒂克的意象，虧她想像得出那種少女最感到神秘的初夜！

我認爲洪素麗即有畫家的透視焦距，也有詩人的觀照能力。在短短的幾年中，她的進步，的確是頗爲神速的，雖然目前她未能完全擺脫中國古典詩句法的因襲，也未能完全消化中國現代詩的影響，但她已試着探尋出一條屬於自己的創作的途徑了。嚴格地說，她還是有一些太急就章的地方，因此，頗欠缺完整性的地方也不少。然而，也許她那種灑脫那種豪氣自然地造成的罷，她的不造作不修飾，也就形成了一種自然的節奏與氣勢。

我想語言的表現能力强固然是詩的創作最不可或缺的條件之一，然而，語言的操縱自如，却也並不意味着就保證能寫出佳作來。同時所謂詩歷的長久，除了表示詩齡較高以外，並不表示對詩本身就高人一籌。因此，所謂長江後浪推前浪，新人的輩出才是詩壇之福。我們的詩壇，常有一種感嘆，是一蟹不如一蟹，但我們却多麼地希望着一蟹比一蟹强。

寫詩不久，而且出了這麼一部新鮮而別具一格的詩畫集的洪素麗，我們希望她能把握自己的筆尖，去表現她所要表現的，也許這是我們一個誠摯的期待。

出版消息

△楊耐冬譯鼓寇著的「沒有音樂的哀歌」，介紹美國女詩人艾得娜•密萊一生的故事，定價十五元，由水牛出版社出版。

△「桂冠」詩刊創刊號業已出版，該刊部份爲「葡萄園」的陣容。

△「葡萄園」詩刊，二十九期、三十期相繼出版，該刊將改由徐和隣任執行編輯。

△「塑像」創刊號業已出版。該刊係由政大愛好詩的同學所創辦。

△詩人戴天譯著，梅爾維爾的「白鯨記」及亨利•詹姆斯的「奉使記」已由今日世界社出版，全省各大書局均售。

田園出版社

臺北市延平北路三段23巷15號
郵撥帳戶第一五〇〇六號

野鹿 詩集 桓夫著 定價14元
傘季 詩集 施善繼著 定價16元
詩學 詩論 西脇順三郎著 杜國清譯 定價24元
瘋子 小品 吉布蘭著 林弘宣譯 定價14元
醜女日記 小說 布利聶著 陳千武譯 定價24元

本社愼重推薦洪素麗詩畫集「詩」，定價20元，直接函購八折優待，洪素麗現肄業於臺大中文系，是繼林泠、朶思、夐虹等以後詩壇最有衝勁的女詩人，凡愛好現代詩的讀者宜人手一冊。

笠双月詩刊 第三十四期

民國五十三年六月十五日創刊
民國五十八年十二月十五日出版

出版社：笠詩刊社
發行人：黃騰輝
社址：臺北市忠孝路二段二五一巷10弄9號
資料室：彰化市華陽里南郭路一巷10號
編輯部：臺北市林森北路85巷19號四樓
經理部：臺北市南港區南港路一段30巷26號

定價：每冊新臺幣六元
日幣六十元 港幣一元
非幣一元 美金二角

訂閱：全年六期新臺幣三十元
半年三期新臺幣十五元

●郵政劃撥第五五七四號林煥彰帳戶
（小額郵票通用）

中華民國內政部登記內版臺誌字第二〇九〇號
中華郵政臺字第二〇〇七號執照登記爲第一類新聞紙

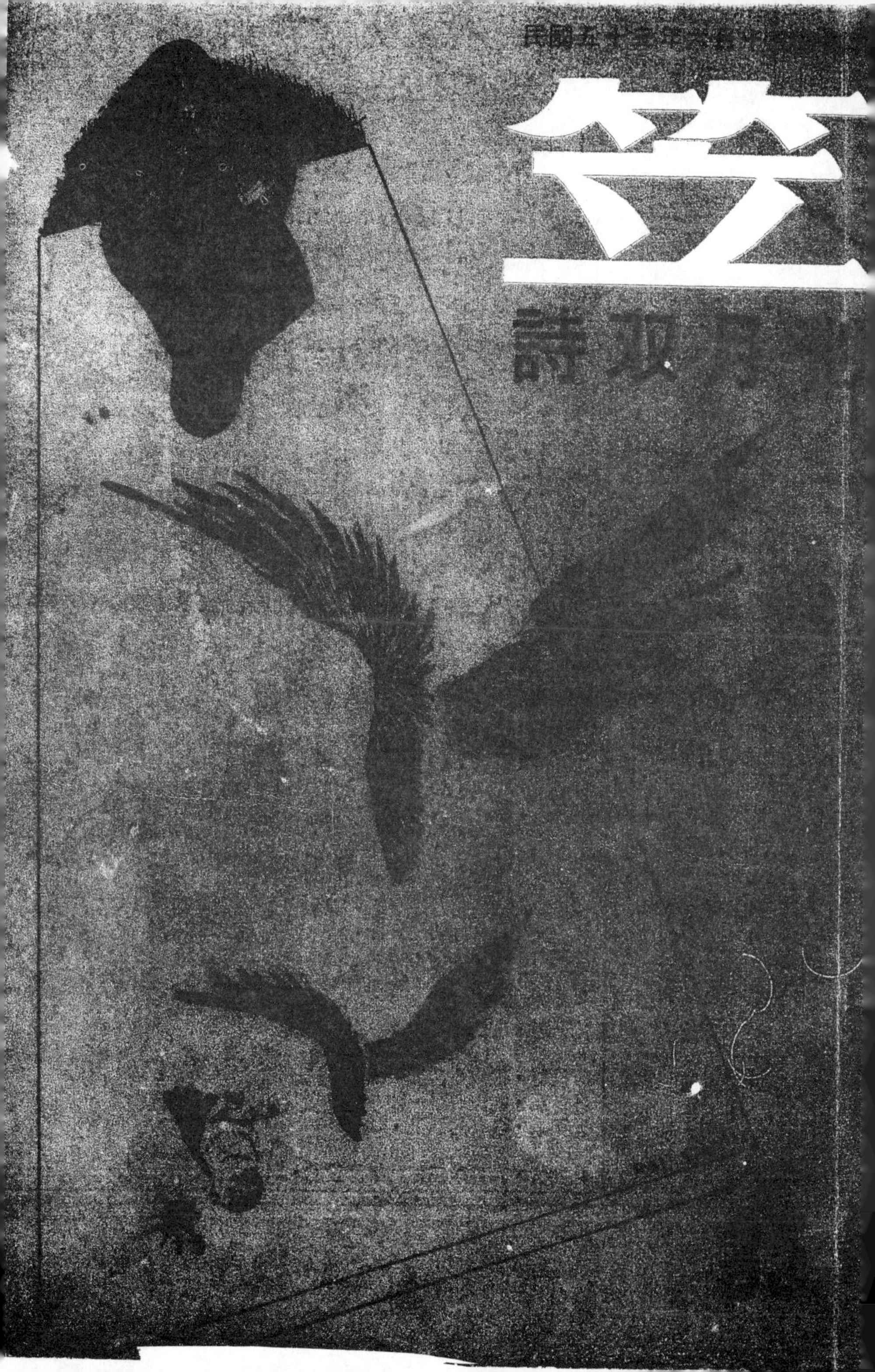
笠
詩雙月

笠 35期 目錄　Li Poetry Magazine, NO, 35

誰能老得漂亮呢？

本社

在年輕的時候，靠着青春的熱情與夢幻，開始寫詩，固然也能寫出純情的作品來，因而躍登詩壇，風騷一時。然而，時過境遷，青春不再，昔日一同邁步於詩壇的同好者，有的中途改行，寫散文者有之，寫小說者有之，寫劇本者有之，甚至有的當了大學教授，便也不再寫詩了！而在詩壇上，碩果僅存者，往往是那些少數不斷地寫詩奮鬪着的詩人，彷彿是馬拉松的賽跑一樣，就看在那終點上誰的衝刺最漂亮哪！

如果說江淹才盡的典故，是因江淹夢中還筆而才盡，那該是神話。如果說江淹才盡，是因他從政日久，詩業荒廢，那也許是可能的。然而，我們總覺得江淹才盡該是江淹老得不够漂亮的緣故罷。

凡是有詩才不够的自覺，而又能刻苦自勵，勤於自我訓練的詩人，也許終其一生，不可能成爲大詩人，然而，尙有其可愛的地方。但是，沒有詩才不够的自覺，而又不能自我砥礪，一味狂氣十足的所謂詩人也者，我們就要等着瞧了！

試綜觀我們的詩壇，昔日詩壇三老：覃子豪先生已瀝盡最後的心血，紀弦先生也喊出他永遠是一個眞正的中國的現代主義者，鍾鼎文先生也爲詩壇樸樸風塵於國際間哩！而中年一代的詩人們之中：余光中先生創作與講學雙管齊下；白萩先生東山再起，銳氣有加無減；洛夫先生聯合詩宗，有意問鼎盟主；桓夫先生帶笠邁進，筆力後勁不差！因此，當我們這樣地疑問着：「誰能老得漂亮呢？」我們倒深深地希望着：

「詩人們，要老得漂亮啊！」

非馬詩抄

非　馬

日光島的故事

白天我們在摩天樓的蔭影裡乘凉
夜晚我們去霓虹燈下晒蒼白的靈魂

聽說整個下午流落在一張尋人招貼上的
那隻金頭蠅終于在
一個可疑的時刻鑽進廣告牌上
那個蠕動着火奴魯魯的肚皮眼

夢與現實

他想叫喊
路纏着他的腿像群蛇
而失去重量的聲音却遠遠在
太空艙裡在
模糊不清的電視上
浮昇

一隻順流而下的死老鼠
突然翻轉身來
抓住一株沒有根的水草不放

人類再度登陸月球的消息
從緊咬的齒間適時地轟傳了開來

從窗裡看雪

1.

黑人
　的
牙齒
　不再好脾氣地
咧着

2.

被凍住歌聲的鳥

飛走時
　掀落了
　　　枝頭
一片雪

3.
雪上的脚印
總是
　越踩越
　　　深
越踩越
不知所
　　　云

4.
下着下着
　滾燙滾燙地
竟是
　亞熱帶
七月的雨

5.
冷漠使我們獨立
　互不相屬
小心翼翼連大氣都不敢

呼
只要太陽不露臉
將有一個白色聖誕

6.
枯樹的手
　微顫着張開
向上
老農臉上
　龜裂的土地
綻出
　新芽

7.
突然鳴響的鐘聲
　　撼落
高聳塔尖
　十字架上的
雪

CHANSONS

白萩

詩

詩是你純粹的兒子
我不參與生產，妳說
老是這樣地
踢我下床

於是我變成了雙性動物
自己做愛自己懷胎
自己血淋淋地生產

而當我沉沉睡去
妳却又偷偷地爬起來
端詳我的兒子帥不帥

歲月

不知什麼時候
妳也被歲月傷害了

在黎明的第一件事
撫摸着妳的蘭花像妳的臉
勤於洒水勤於抹膏粉

生命的開謝是自然的事
爲一條縐紋一個雀斑
全家要與妳同赴一場一生的戰爭
而我祗感謝
陽光暖暖地晒在餐桌上
一碗香噴噴的飯

這是可愛的老天
我們還有命可活

兩河一道

妳有妳的源頭我有我的來處
我們曾是孤單的兩條河流
滙合在床上激成一股漩渦

還有什麼可後悔？
滾滾合流了八年
老在戚戚妳的清冽被我渾濁

我倒要嫌妳弄淡了我的土味

如果我的孤傲傷害了妳的自尊
那麽在床上重新漩渦漩渦
讓他分不清是妳的自尊傷害了我的孤傲

突　然

一隻飛蛾突然陷入黑暗
妳在那兒
但妳已不在那兒

突然也會對我有熄燈的時候
在妳黑暗的心房
讓我焦灼地尋覓方向

聽着愚蠢的翅膀
無望的拍拍聲
在妳熄燈的心房
一隻飛蛾被冰冷的孤獨
所驚懼

對　照

晨光又俯下身來探視
輕撥着我們的眼瞼
我用第一眼搜索着你
觸及妳雙眼深深地照着

還活着嗎
昨晚我們一道兒睡進雙人床
這是最後六尺見方的生存之地
在暗黑層層囚禁之中
是否會共同地逃至黎明？

妳起身伸欠
牽動着我們的空間和時間
像兩人三脚一樣地
我感到怠惰的痛楚
不得不跟妳活動起來

像我活在妳瞳孔中
現在妳也存於我的眼膜
在靜默的對照中
感到一株莫名的喜悅
在晨風中輕快的搖幌……

離月末還有廿一年

離月末還有廿一年
戰事尚漫長

妳摸撫着一張嶄新的一百
比女兒還可愛
這是幾封航空的郵資
這是兒子的牛奶錢

這是一再拖欠的報紙
這是熱鍋上正等待的花生油
如果一個女兒祇能捐獻給一個男人
管他陌生也罷
妳絕望地掉下眼淚
現在一個女兒需要捐獻給一群男人

離月末還有廿一年
至少我們還需堅持360個月
戰事尙遙遙漫漫長長

早安，該死

早安
輕輕地輕輕地怕擾亂妳的世界
站在距離的線上
一朶花樣的看妳
陌生的世界需要禮貌
妳的世界和我的世界隔着一個深淵
妳是我女人之外的另一個女人

該死
蹲在心中的一匹黑猫的我
爲另一種美所殺傷
暴怒地張牙舞爪
將妳凌辱成瓣瓣

早安
妳是我女人之外的另一個女人
我向東妳向西
新美街還是有禮貌的

春訊

尹玲

都是同樣的淚
這一張一張不同的臉上
直達雲霄啊　那哀號
哭許多許多沒有碑的
甚至沒有塚的
無名無名無名的亂屍

春天依舊來
却遺棄了往日輝煌的絢爛的
不要問了
不要問　爲什麽夭折的多是嫩芽
蓓蕾都不曾舒展俏艷的花瓣
而白髮們總得送黑髮
青春的小蠻腰
日日悲怨夜夜孤寂

•于越南西貢　戊申之春•

赤裸的薔薇(續)

李魁賢

雷雨傾瀉着

雷雨傾瀉着
他乾涸的心靈嘶喊着：
「水呀，水呀！」

神志茫然的先知
把街道汚水潑濺給他

可是他依然嘶喊着：
「水呀，水呀！」
終於他的心靈龜裂了
以飛鳥劃過黃昏之陶器的軌跡

笑給紫羅蘭聽

他曾經笑給紫羅蘭聽
歌給三色菫，憂愁給水仙
愛情給含羞草

然後公園關閉了
開闢成超級的停車場

如今他賣夜來香給淋病
黃菊給百日咳，白蓮給癩痢
玫瑰給嬉痞

生命在曠野中呼叫

把匕首用力投擲過去
一次又一次
從外圈逐漸向內心集中

他睇視着凶暴的夏天
這樣揮手練習的姿態
竟也逐漸感到暈眩了

生命在曠野中呼叫着
每當他的手垂落
生命在曠野中呼叫着

他凝聚自己形成一把匕首

蓄勢向中心炎熱的牆
做最後的衝刺

爲了確證內心的眞實

以溫柔的海迎向整座山的巍峩
赤裸的薔薇
是最純潔的語言
爲了確證內心的眞實
向晶藍的天空袒露

在嘩然的雨中淋着
感覺神聖的美
感覺震顫的痙攣
感覺快樂的死亡的影子

經過夏日暴雨的咆哮

經過夏日暴雨的咆哮
喘息的道路
因投入遠方天空的血口
而負傷纍纍
而銷形

山被道路
固執地剜成兩半的心臟
連繫的形象雖已茫然
但不羈的地層
猶是股股躍動的生命

父母心

陳秀喜

神啊
請把小玲的腿打斷
罰我抱她的手臂，直到癱瘓
請把小玲弄成瞎子
罰我變爲拐杖
請把小玲弄成白痴
罰我終身爲奴隸
小玲是個好母親
替洋娃洗手
拿碎花布縫小鷄的衣服
給小狗講故事
請留小玲一條小生命吧
我和妻的命都奉獻祢

而不露面的神
竟把嫩葉摧殘於車輪下
淚乾的枯葉不落地
呑刻刻的悲愴
睨杳冥的深淵
還是伸出長長無力的手
呀！多麽乖巧而笑盈盈的十二歲
小靈魂呀 妳在哪裡？
歸來吧！ 小玲！

子夜

何瑞雄

無聲的叫喊

每天，空氣裡面都震盪着
無聲的叫喊
不是你的，就是我的
不是我的，就是他的
每天，我們所呼吸的空氣裡面都震盪着
無數無聲的叫喊
那是痛苦來襲時的
那是陷於生活的困厄中的
那是四顧茫茫、無助、焦灼、絕望、孤零零的
那是快慰時會歡笑、悲傷時會流淚、落魄時會嗒然若喪的
內心的聲音

人類喲
我們不僅是同類
我們不僅是同類
更是同心！

子夜的汽笛

寒流澎湃，子夜
遠處的車站驚起一聲汽笛
倏然斷逝

你驚起一枕惆悵
獨對汽笛嗚咽後的餘音
週遭的氣息，如此悱惻

此刻，這整個人間就是一個月臺
任你徘徊，任你携帶着愛與離愁徘徊
身外即情站
淒美、迷惘、倉皇
人在對望的默契中無言傷別的悸動
脚下是戀土

啊，人間！
這子夜裡，汽笛嗚咽後的餘音中
有緊緊相握，而後緩緩鬆脫的手指
有胸內起伏着千頃柔情萬聲無奈的眼神
有女子的心腸

啊，惆悵之外的惆悵！

太過火（外一首）

林宗源

什麼？市政府火燒
所有的水龍車
像趕出了山的虎
電話也太過火
什麼？輾死人

所有的四月初一
都講白賊
也好
其他的日子
都講眞正話
眞好

記冽
無這樣事情

沒有女人，多好

你要喝點什麼？
妳
你夢見什麼？
妳
你這樣想嗎？
我想是的

而且妳是多麼煩人啊！
告訴我
妳使男人煩心得想去讀書
爲什麼
不就是這麼一回事

一張床上，躪着兩個赤裸的人，他們的姿勢很怪，他們在
談着普通的事情

你平常都幹些什麼？
吃飯，做夢
幹些什麼
吃飯，做夢
出乎我的意料
你毀了我
我對妳這樣好
你毀了我
我對妳這樣體貼
你毀了我

一張床上，躪着兩個赤裸的人，他們的姿勢很怪，他們並
不會說話

詩四首

鄭烱明

誤會

那個藝人，滿身大汗
在熱鬧的廣場上
表演他的絕技

他靜靜地立在那兒
突然，像隨風飄起的一片羽毛
停留在空中翻筋斗
然後落下
兩手撐着地面
成爲倒立的姿勢
看着周圍驚訝的人群

我以爲他是在用另一種角度
來瞭解這世界，然而
他的夥伴却說：
他只是想試試他的力量
能否舉起地球罷了

破滅

在我書房的桌子
倒數第二層的抽屜裡
鎖有一個無人知道的秘密

我發誓過
不管是誰央求
我都不會打開
因爲它是我唯一的財產

但現在這個願望破滅了
某夜，有人像一陣秋風潛入我的書房
撬開了抽屜……

於是，我變成
世界上最貧窮的一個人

午夜衞兵所見

我害怕看他們的臉
午夜站衞兵時看到的他們的臉
一個一個像臨終的人
閉着眼睛
張開大大的嘴
彷彿有無限的痛苦要傾訴
而皎潔的月光照在鋼盔上
周圍無半點聲響

死亡之牆

隨着歲月的增長
包圍在我生活四周的圍牆
也一層一層地
加多起來

我曾爬上艾菲爾鐵塔俯瞰它們
那麽多的阻礙並列着
有用磚砌成的
有用感情，有用思想
有用道德……
唯獨缺少一堵死亡之牆

絕症

妻子的手挽不住的
母親的呼喚召不回的
某種細菌的繁殖場
或者高熱，或者低寒
隨那批房客的好惡，改變氣候
隨那批食客的胃口
炒自己的腸，炸自己的胃
再切心切肝切腎湊一盤冷拼盤
（就這麽上路？）

嘔盡了血還不够
還把生活的重擔嘔給妻子
把厄運嘔給母親，而且
還把致命的定時毒藥嘔進妻子腹內
那塊三月大的肉團
（就這麽上路？）

醫師悲憫地搖頭，他看得見皮內的腐爛
而妻呵，可憐的妻呵
用她的淚，用她的唇她的手
用她顫抖的身體，偎依着痲木
兀自想把陽間的溫暖傳到冥域去麽？
母親的心醃藏在兒子蜷握的枯掌中
（就，就這麽上路麽？）

當妻子的情人時，是人
當母親的胎兒時，是人
此外，是一桿失青的蘆葦
（哦，就這麽上路麽？）

藍藍

語言問題

如今，語言是惟一的武器
白萩

陳明台

緘默

遺忘無從訴說的語言　所以　妳和我經常保持緘默
「只要把有力而溫暖的手和手緊握嗎？」　妳說　一
句話也不願吐露出來　走過沒人窺探的原野時也是　烏鴉
的口舌到處嘈雜時也是　因爲　在古老的年代　妳和我的
語言都已死去
「只要把苦澀而無奈的笑容和笑容掛在臉上嗎？」
妳說　一句話也不願吐露出來　像是神秘而溫馴的活火山
掩藏滿肚委屈　沒人安慰時也是　受盡侮蔑時也是　因爲
在古老的年代　妳和我的語言都已死去
「那麼把語言埋葬吧　一直到有一天星星之火成爲熊
熊之焰的時刻　有一天哪」　妳又說
遺忘無從訴說的語言　所以　妳和我經常保持緘默

震顫

竟然從妳的口中說出來
那樣的令人驚悸的語言
震顫着共鳴的我們的心
那樣的我不願訴說的語言
時時刻刻
把想要喊出來的語言噎住在咽喉的深處
那是靈魂內在的產聲
受慣了驚駭而僅僅深沉的醞釀着
只有今天
妳匆匆來過以後
像嬰兒無忌憚的哭泣一般
痛快而一瀉千里了
竟然從妳的口中說出來

那樣令人驚悸的語言
把羞恥我們的傷痛揭開了
震顫着妳和我
怕是從來未曾想到過的
妳喜愛血淋淋感覺的癖性
那不是溫柔如妳擁有的

記號說

我們總是打手勢而活着
因爲
我們漸漸忘懷存在的語言
猶若此刻
在劃下來的記號上
靜止在沒有語言的世界裡
妳和我
溝通彼此的國度
而且
如同欣賞彼此的詩作一般
會心地笑了又笑

我們總是打旗語而活着
因爲
我們漸漸忘懷存在的語言
猶若此刻
在無法表達的記號中
靜止在沒有語言的世界裡
妳和我
溝通彼此的國度
而且
如同猜中撲朔的啞謎一般
會心地笑了又笑

秘密

鎖在我心底的秘密
居然被妳偷偷的挖掘了
爲了這樣
我確實滿懷慚愧

得意地把秘密攜帶到遙遠的妳的國度去
妳也必須像我一樣重重的鎖住它嗎
或許在那兒
沒有不能喊出妳的秘密吧
即使 靈魂裡痛苦的產聲也是
爲了這樣
回想起來時
我更是滿懷慚愧

鎖在靈魂深處的秘密
居然被妳不留情的挖掘了
眞像是突然裸露了身子
我感到羞恥和悲哀
爲了
始終纏繞的
秘密存在或不存在的必然問題

旗幅錄

傅敏

旗幅

越過青山無際的Vision
向混沌的深淵
眺望的
宿命論鄉愁患者的
行徑
以懸掛的旗幅
接受風的鞭笞
恣意地裸露已非處女的
肌膚
以蛇的腰肢
在青眼中
旋轉遼敻的黑
默然的
整張臉的衰微
背負湧血的
傷口
向無有的故鄉
Vision的
青山無際

破滅

黃昏的紙鳶
在寧謐的
天空
滑過白雲
優雅的姿勢
羞澀地
溫習愛的場面
憤懣檢視
幽暗林間的
棲息位置
已被污辱的
家園
以反抗的意志
掙扎
傷殘的軀體
報復
人的刼持
經由牢固的鎖鍊
以死亡

回歸土地的
呼喚

輓歌

輓歌
從輕啓的唇流出
墓園
他們開始將花圈
獻給已無感覺的
逝者的
頸項
碑的投影
勇敢的兵士

史密斯‧威廉斯
他們開始將誦詞
朗讀給
站着和躺着的人們
一些白皮膚和黃皮膚的
兵士
然後離去
已經習慣緊閉的
唇
沒有眼淚
黎明的風的微諾
伴着一夕間枯萎的
花的哀傷

愛與誠

張彥勳

你來自遠方
我以一碗粟飯請你
朋友　要知道
這是我對你最好的欵待

為的是微不足道的存在
我不擁有任何一件東西
高貴與榮譽
或者健康
和美眸以及豐厚的智慧
我樣樣都不擁有

然而
溫馨的友情和美好的心地
以及對人生的愛與誠實
那是我唯一的所長

你來自遠方
我以一碗粟飯請你
朋友.要知道
那是我對你最好的欵待

縱然是花子
我仍不推卻

詩兩首

陳鴻森

過程

某夜，望着那年幼時，剪貼在白壁上的圖案，竟無故的被感動着。一如新翻的泥土，愈凝視便愈對自己感到陌生起來。

忽然，他立起把灯熄滅，嚷道：難道此時時間也可能把我剪貼嗎?!、

速度

在日落時分，他坐在收割後的田壠上，望着自己逐漸縮短的身影，或者為那盞孤寂的落日送行。變成了浪子以後，他想他應該是懂得速度的；只是塔已隱，而鐘鳴為誰？那引燃着距離的鐘鳴。

詩的纖維

林閃

A

我瞞不住妳，月亮
關於那隱秘的戀情
因為那少女，就常在月光下
寫伊的信
然後投寄給妳
妳說，伊美嗎？

B

月光，飄來大地
尋找為愛而不眠的情侶
祂輕輕的吹開雲片
在光明與黑夜的裂隙
一對傻楞楞的戀人
忘我的擁吻
把世界吻得光滑如玉

C

我的生命
瞪大了眼睛
注視着另一個不同的生命
在輕微的觸摸中
妳每一瓣靈魂
都在我手中
閃光

D

啞了的心
我問伊什麼是不死的
伊只緊緊的擁抱我。緊緊的

無語
大地
無端的哭泣是必要的嗎

E

昨天遇見了妳
我並不覺得驚奇
正如我以前
在不同的角落不同的雨裡
遇見了形形色色的伊
我們忘我的相戀
宛若離家出遊的夫妻
現在，我即將遠離
我知道我必須若無其事的告別妳
在狂歡的淚水中，我願聽妳說
妳也要趕下一班車
是的，我們或許能夠再見
在這充滿陌生人的霧海裡
但我倆的一切將如定時的班機
在那段時間後必然的飛去
那麼，林娜，我們各走各走的吧

悼石頭

祇說三國，下棋，這陰雨天
祇合靜靜吸煙，翻閱藏書
至多，我們圍坐縫補衣物
父親！苦難已過，父親
苦難已過你何恆不展眉？
許應祖母的遙喚，門開着
你逕向光火處走去
定是太累了，我父，你躺下
如眾奴，火
以千臂將你輕輕舉起，抬走
在這陰雨天，非遠出的日子

白菊的碎瓣紛墜如臘淚，風
捲地吹起六月僅有的枯葉
如焦翼的蝶。
「人是泥巴捏成的呀！你
祇稍輕輕一碰就碎了。」
——一個女人這麼唏噓

而多張臉俱在懇盼
盼，出太陽
盼禮拜或連串節慶來到
請自清明的小徑歸來
穿着你的濕鞋，父親！

餐桌每佈就，獨你
面容已冷，不自壁間走下
整季，看雨珠自玻璃窗滑落
瓶花枯了遂又換掉，此外是
風濕、咳嗽，及發愁的日子。

秋天

簡誠

我只是一株蘆葦
却負載了滿山的哀愁。
倘若我是一場政變中被槍殺的國王，或是被姦殺的女孩，或是寃枉的死刑犯。
都能忍受這四周佈滿間諜的生命給予的屈辱。
而你偏偏是母親，怎樣痛苦地剪斷我的肚臍，怎樣賜給我纖細的神經，使我感知風暴，遠方的遼濶。感知汁液成熟的甜蜜以及根莖的構成。
因你是這樣仁慈的秋天
於是只要一場斜斜細雨
我遂憔悴飄搖。

大地

張曼君

柔和了空間
伴着鳥兒啾啾的聲音
在轉動的瞳子中
你轉動了這個世界
影子總是出現
在有陽光的大地
這一片大地的陽光
我們已不再感到暴烈

在另一個時辰
當大地披着月光
幢幢花影
訴說月光的皎潔
企望底是
心靈的影子疊合

陽光照耀依舊
月色嬌媚依舊
在轉動的瞳子中
你轉動這個世界
　衆生的世界

當你步入

岩上

當你步入
你已畏縮成虎視中的羔羊
所有的飢餓嚇然矗立兩排顫慄的齒門

這是蒼蠅饕餮西瓜的季節
即使你的脈已冰爲懸柱
夜市仍要嘔你吐出一腔熱煙

褲袋裏一枚僅剩的鎳幣
能敲出多少肋骨的自尊
清冰盤裏一粒誤落的花生米
爆裂憤怒的綠芽

夜與事件

方良

他站在街燈下
流浪人一般地　張望着
並且兜售所謂愛情
嘶喊的夜晚　踐踏着他
以一列誤解的足印

他的肩上　一邊聳着虛盲症
一邊是吃剩的半句鐘
匆忙中　一支拐杖得得行過街心
那一天　所有的S
皆粘貼在他的身上

在安全島　只有我醒着
從車聲的芒刺中
只有我察覺生命的飛濺
當橡膠與柏油之間
擠出一種紫色的死

在安全島
他的驚懼起自一株椰子的脈搏

且抛出一群星的抗議
在磨擦的血中　他的慾望
被一陣咳嗽推開
且以一種疼　抛出一個方程式
抛出靈魂的速度

而天使是夜空的深處的閃滅的寒澈的回聲
在街燈之下
春天一如初夜的樂弦
被一種數字撥弄着
所謂愛情　管它是從那一種調子開始的
只看見一張嘴唇貼在晚報上
且以一種廣告的姿態　輕快地
唱了起來

笠下影 ⑤⓪

商禽

尤其是今日的詩，在使用意象時，已經過濃縮，它使用的「文字」雖然有限，但其所表現的時空幅度極爲廣大；觀念與觀念的，形象與形象的交疊，新的秩序之建立，對于太狹小的心靈，在那些祗有「意義」的單行道前，乃被宣判爲「晦澀」。

I 作品

籍貫

火紅的太陽沉沒了，鎳白的月亮還沒有上昇，雲在遊離，霧在泛濫。於異地的黃昏，於夜合歡的葉隙擠落的風聲裏，我聽見一個聲音，隱約地，在向我詢問：「你是那裏人？」我常怕說出自已生長的小地名令人困惑，所以我答說：「四川。」那曉得我如此精心的答案對他似乎成爲一種負擔。我隨即附加了一個響亮的說明：「就是那叫做天府之國的地方。」「天府之國？哈哈，難道你也相信天國麽？」這就太令人困惱了，連四川都不知道！那麽，我說：「中國。」這總不至於不知道了吧？「中國？」似乎連這都足引起他的驚愕。我已經有些不耐煩了。我說：「外國人叫她做CHINA，面積一千一百餘萬平方公里，人口四萬萬五千萬，有五千年歷史文化，是世界五大文明古國之一……」「世界？請你不要用那樣狹義的字眼好嗎？」「地球，」我說。「地球，這倒勉强像一個地方；你能再具體點嗎？」「太陽系！」我簡直生氣了。我大聲地反問道：「那麽，你的籍貫呢？」

輕輕地，像虹的弓擦過陽光的大提琴的E弦一樣的輕輕地，他說：「宇——宙。」

長頸鹿

那個年青的獄卒發覺囚犯們每次體格檢查時身長的逐月增加都是在脖子之后，他報告典獄長說：「長官，窗子太高了！」而他得到的回答却是：「不，他們瞻望歲月。」

仁慈的青年獄卒，不識歲月的容顏，不知歲月的籍貫，不明歲月的行蹤；乃夜夜往動物園中，到長頸鹿欄下，去逡巡，去守候。

滅火機

憤怒昇起來的日午，我映視着牆上的滅火機。一個小孩走來對我說：「看哪！你的眼睛裏有兩個滅火機。」為了這無邪告白；捧着他的雙頰，笑，我不禁哭了。我看見有兩個我分別在他的眼中流淚；他沒有再告訴我，在我那些淚珠的鑑照中，有多少個他自己。

鴿子

忽然，我揑緊右拳，狠狠的擊在左掌中，「拍！」的一聲，好空寂的曠野啊！然而，在病了一樣的天空中飛着一群鴿子：是成單的或是成雙的呢？

我用左手重重的握着逐漸鬆散開來的右拳，手指緩緩的在左掌中舒展而又不能十分的伸直，祗頻頻的轉側；啊，你這工作過而仍要工作的，殺戮過終也要被殺戮的，無辜的手，現在，你是多麼像一隻受傷了的雀鳥。而在暈眩的天空中，有一群鴿子飛過：是成單的還是成雙的呢？

現在，我用左手輕輕的愛撫着在抖顫的右手：而左手亦自抖顫着，就更其像在悲憫着她受了傷的的伴侶的，啊，一隻傷心的鳥。于是，我復用右手去輕輕地愛撫着左手……在天空中翺翔的說不定是鷹鷲。

在失血的天空中，一隻雀鳥也沒有。相互倚着而抖顫的，工作過仍要工作，殺戮過終也要被殺戮的，無辜的手啊，現在，我將你們高舉，我是多麼想——如同放掉一對傷癒的雀鳥一樣——將你們從我雙臂釋放啊！

Ⅲ 詩的位置

一提起商禽，我們就聯想到從羅馬到商禽底筆名的更換；當他還是叫做羅馬的時候，那該是「現代派」的一員；當他已叫做商禽的時候，就成了「創世紀」的一實。商禽是經過自「現代詩」、「南北笛」到「創世紀」這一系譜發展而來的，他雖非打着超現實主義的旗幟，却被認為是頗具超現實精神的創作者。其實，他即非「現代派」的核心人物，也非「創世紀」的盟主之一；同時，雖然他寫着那沒有分行的詩，却也並非是法國散文詩的亞流；雖然他的方法頗為新穎，却也並非是法國超現實主義的因襲。當然，做為一個詩人，認眞創作該是份內的事。至於評論，那是另一回事。比起林亨泰的銳力的評論，我們不易找到商禽在評論上的立足點及其線索，如果說他有評論見諸文字的話，有而且只有那一篇「詩的演出」（註1），當然，對於一個純粹的創作者來說，那是無庸苛求的。

（註1）參閱張默、洛夫、瘂弦主編的「中國現代詩評論選」。

Ⅱ 詩的特徵

談到散文詩，似乎是散文與詩的混血兒。然而，從只有採用散文的工具寫詩這一點來說，所謂新詩、自由詩甚至現代詩，名稱雖不同，採用散文的工具卻是相同的。因此，散文詩除了意味着某種詩體的過渡以外，還缺乏更獨立的性格。何況，詩的世界往往是在散文的世界底極限出現的另一地平線，只有詩的世界，而沒有散文的世界，也不易襯托出詩的世界底遼廣。基於此，商禽的詩，最好不要因沒有分行而說成散文詩，不錯，他有過去那種所謂散文詩的形式，但無寧說他的作品就是詩，來得妥貼，況且他那些沒有分行的詩比他那些已經分行的詩更是純粹的詩呢！在詩的效果上，分行並沒有比不分行更爲濃郁；在詩的隱喩或暗示上，不分行反而比分行更爲强烈。因此，從「籍貫」、「長頸鹿」、「滅火機」以及「鴿子」這一系列的作品來說，商禽底詩的演出，是在一種暗示性的烘托，一種現實性的反映，以及一種戲劇性的變裝。

Ⅲ 結語

寫詩，是不能以現實的階級來衡量的；一個實際上的將領，可能詩才是毫無出奇的；而一位戰火下的戰士，却可能是出類拔萃的。同理，一位大學教授即使教詩教得不錯，可能也只是教得不錯而已！要成爲一個詩人，還得取下那教授的頭銜，問他是否屬於性情中的人物呢？因此，當商禽從軍中退伍一躍而爲學院中的一員時，我們該是多麼地企望着，他依然是詩人本色，依然是性情中的人物呢！（註1）

（註1）商禽目前留美，在愛奧華大學「作家工作室」，已由十月出版社出版第一詩集「夢或者黎明」。

出版消息

△羅門詩論集「心靈訪問記」，列入藍星詩叢，定價20元。

△詩宗社編，「詩宗」叢書第一號「雪之臉」，已由仙人掌出版社出版，定價18元。

△國立臺灣師範大學噴泉詩社主編的「噴泉」第五期業已出版。

△「風格」詩刊創刊號一月十五日出版，該刊係由一群青年詩友所創辦。第二期四月十五日出版，全年四期20元，郵政劃撥一五六八一號陳迺政帳戶。

△「臺灣文藝」第26期已出版，第一屆吳濁流文學獎亦已揭曉，得獎作品爲黃靈芝的「蟹」與沈萌華的「鬼井」，另有佳作獎爲黃文相的「廢屋」。又該刊「自由詩」一欄將由趙天儀主選。

△國立臺灣大學中國文學會「新潮」第19期業已出版。

△「中堅」綜合文藝青年刋物，由桓夫任執行編輯。

△桓夫第四詩集「媽祖的纒足」係其日文詩集，並自譯爲中文詩，另又有白萩的日文譯本，擬在日本由某出版社出版。

西脇順三郎「詩學」譯后記

杜國清

本書是根據筑摩書房昭和四十三年（一九六八）六月十五日初版第三刷發行的「西脇順三郎詩學」翻譯成中文的，原書中另附有「波特萊爾和我」一文，約佔全書的三分之一，因係導論，且略。

在原書書套上印有這麼一小段的廣告：「巨匠所寫下的最高的詩的原理」；「花了三年多的歲月所完成的精心巨作。具有豐富學問與深厚經驗的世界性的詩人，花了三年多的歲月，初次問世的獨創的詩學。詩是什麼？詩的未來如何？巨匠將詩的秘密詳盡剖示的名著。」定價八百五十圓日幣。

西脇順三郎被認爲是日本超現實主義（Surrealism）的介紹者、信奉者以及批判者。關於他的詩歷、詩論、詩風等，我想向國內詩壇做一個有系統的介紹；本書只是其中的一部份。

在出版之前寫了兩封信給西脇先生，他以很有個性的字體回信說：「謝謝您的來信；一切敬請多多關照。」這位快要七十六歲的超古稀詩人，在我心目中和莎士比亞、艾略特、波特萊爾等一樣，距離是那麼遙遠，又是那麼接近。一生追求永恒，在人生的旅途上唱着詼諧的寂寞之歌，最后所肯定的是：詩是「無的榮華」，「無的壯麗」；他的詩凝聚爲一點，那是圓心也是圓周，像原子核分裂一樣，不時放射出榮華壯麗的寂光，而逐漸消逝、遠去，逐漸脫離有限的世間而歸向永恒、而寂滅——。

一九六九年十二月二十二日

杜國清在大阪

菲律賓大中華日報「話夢錄」選出一九六九年的有關中國詩壇部份

A本年度的中國詩壇領袖——鍾鼎文（領導代表團出席世界詩人大會）

B本年度的中國詩人——白萩

C本年度的中國編輯——瘂弦（「幼獅文藝」出版詩專號，舉行文藝筆談等）。

D本年度的詩集——

㈠「天空象徵」（白萩）

㈡「死亡之塔」（羅門）

E本年度的詩——「你我的歌」（吳敏顯）

F本年度的中國詩選集——「幼獅文藝」六月份新詩專號。

G本年度的中國詩刋——「笠」双月刋。

H本年度的中國新詩新刋「桂冠」。

現代詩的諸問題

北川冬彥作
徐和隣譯

(五)詩性現實

有的作品是，直截了當的表現了作者的感動，例如感情流露派。那裡有詩性現實。但是這種詩性現實是原始性的，非高級的藝術。因爲那是單純地跟現實一致的自然的現實。感情流露派是作者本身已經併合爲自然物，則作品與作者之間全無距離。這不只是感情流露派，而不要求作品與現實一致爲目的的超現實派也是如此。超現實派是爲了要從無意識的世界發現詩而採取自動記述的方法，但那是因爲作者在其放縱的主觀上要成爲其自然物的關係。因此，其詩的現實雖然屬於超現實，但作品與作者之間還是沒有距離。這樣一來超現實主義也不算是高級的藝術了。那麽在藝術上高級的詩性現實是甚麽呢？那是在作品與作者之間具有距離的作品所產生的詩性現實之謂。法國的立體派詩人麥克斯•約克符（第二次世界大戰中被無慈悲的納粹暗殺）說過，「一個作者須有各部份成爲整體時始可完成。那些各部份的運動，不論跟地球的運動相仿與否，須與地球分離，作品始能成爲實在。好像地球從其本身的運動分離着一般，就是能够稱爲與地球分離着的作品」這句話很巧妙地表示了作者與作品的距離的意義。「地球從其本身的運動分離着一般」是指能够稱爲作者與其作品分離着的詩性現實，纔是高級的現實。我想這就是令人感到一種擺置的東西那樣印象的作品所特有的詩性現實。

然而作者與作品間的距離是怎樣產生的？那是依靠自己拋擲的意志以及主觀的抑制和抒情的否定，或依靠意識的構成而產生的。我們表現一個對象時，常常是比依靠其對象本身不如依靠其他的暗喩來表現較有其優異的詩性現實。又用平凡的形象的聯想結合不如用全然意想不到的形象的結合，較能强烈地形成了詩性現實。

我們要表現一個對象，用其他的暗喩法比靠其對象本身，較有優異的詩性現實，看萩原朔太郎在其詩「軍隊」裡面，把軍隊暗喩爲「有重量的機械」「巨大的集團的動力機械」那樣方法，就是一個顯明的例子。

而這種例子，在現代詩裡是並不難發現的。但是在這裡我要指明的不是這些，我要指明的就是像下面的例子。

水平線

她那淨白的手臂，成爲我的整個地平線

這是麥克斯・約克符的散文詩，且是我的舊譯。

比起很平凡的形象的聯想結合，不如用全然意想不到的形象的結合較有更感動的詩性現實的例子。如下面：

詩

海上下着粒雪。夜下落。「把洋燈放在牛車裡！」老朽的賣淫婦死在旅館裡。家裡唯有哄笑。粒雪下着。在小學校爲了水兵放的電影迴轉着。訓導的臉很美麗。我在這田畑裡。有二個男人看着牛車裡閃爍的洋燈

「終於發現了，你在這裡？」訓導向我說：「放電影的時候要寫筆記嗎？寫影片的故事嗎？」

「不，請把電影和粒雪的韻律凝縮起來吧！還有在賣淫婦臨死時的人人的哄笑的韻律也要。是爲了找尋地獄的觀念需要的。」

同樣是麥克斯・約克符的散文詩，也是我的舊譯，但是電影和粒雪的韻律，聯想上不大飛躍。這首詩是約克符一九一〇年代以前作的，應該是無聲電影的時代，然在小學校裡放映，攝影機大概是用手轉的吧，回轉時作出卡大卡大的聲音，就看做類似粒雪下落的聲音。可是，把電影和粒雪以及賣淫婦臨終時在場的衆人的哄笑結合起來，就相當唐突。雖然唐突，但是，從這三者結合的意象產生的詩的現實是非常優異的，有着悲劇或喜劇的難予形容的感動。

這首詩，也是作者與作品具有距離的一好例子。「傑出的作品，甚至極端悲劇的，也含有同樣程度的諷刺和天眞。在這種能予感覺或被隱藏着感覺的諷刺，在其作品裡，給與除之以外無法（創造）的間隔」這是麥克斯・約克符的語言。讀者會不難感悟這就是爲「詩」這一首所寫的吧！不用說，這個「間隔」就跟我所說的「距離」同義。

法國立體派詩人P・路佩兒忒說過「被接近的二個現實的關係越遠離而正當，形象的力量就越强烈」。這跟我寫過的「比平凡的形象的聯想結合不如用全然意想不到的形象較有詩的現實的感動」也是意義相同。

微暗

一支長針穿過環
一支樹
一隻手指
單眼的月亮
窗戶用斜視看了
疲倦的家屋睡着
水際有短暫的叫聲
金錢沿着街樹流動
金錢的臉是大理石塊
所有的鳥飛過那邊、
夜

聲響

有人暗示　不要講話
有人走過墓地的細路

這是路佩兒忒的作品。讀者能夠從這裡看到路佩兒忒的理論和實踐吧！能察看到尖銳而冷徹的詩的現實的誕生吧！不過對於「比平凡的形象不如用全然意想不到的形象的結合較有詩性現實的感動」這般的詩性現實的創造，恐怕需要天才來做。如果用這個方法拙劣的時候，唯有使讀者的頭腦混亂而已。在日本的詩人中像前述於第一部的北園克衛和西脇順三郎的詩就屬于一種系統的詩，確實可觀的。

無論約克符或路佩兒忒，依靠着向現實對決的詩精神，創造了一見似乎跟現實不同的詩性現實，但是其基盤是現實。而其基盤的現實是在作者與作品的距離之下，像從天上看下來一樣朦朧。我在年青時對這種詩性現實深深的受到魅惑，但現在有些不同了。尤其在戰後對這個朦朧的軟焦的現實，想盡力把它喚醒於作品上。那是，從敗戰的荒廢產生的現實的魅惑而來的。我的詩性現實，正被迫與現實本身貼緊。可是，這個詩性現實和現實的貼緊，性質上並非單純樸素的貼緊。雖然企圖把詩的現實與現實貼緊，但不是使其失去作者與作品的距離。貼緊於現實的詩性現實，加之賦予歷史的記錄性和批評，而企圖作者和作品間的距離能予產生。歷史的記錄和批評上的詩的現實，能給與作品有一種擺置的東西一般的感覺。在下面舉出二、三個例子吧！

冒煙的車站

不是靉靆的櫻花
也不是薄霧
你想這麼濛濛昇上的是什麼
這是
沙塵呀
被春風飛揚飛下
在衆人的
鼻腔裡
眼睛裡
甚至
到喋喋不休的嘴裡
潛入的
這沙塵
遠遠的
從本國的每一個角落
黏在鞋底
在木屐裏
被運來的
和朦朧的花分辨不清的濛濛昇上的灰塵
啊！已經太多了

這是日本戰後為了批評、諷刺東京近郊車站的情形而寫的詩。可是在戰後三年的今天已經看不到這種情形了。這是個歷史性的記錄會給與作品具有了價值。

鷄

浸在游泳裏好容易逃生的我，離開了燒焦的東京高等學校。天逐漸亮起來。在校門旁邊，幾點鐘前向我討水的老阿婆，現在像枯木般的倒下了。那老阿婆的女孩，像狂人般地連打手鼓唸經，但已看不見人影了。自行車和三輪車的骸骨滾轉着。周圍一帶冒煙燃燒着。籠罩着的熱氣。我向我家的廢墟走，但在一望無際的廢墟中，分辨不清。先讓妻子疏散之時，我們約過，如果有運氣留着生命即在廢墟會合。好不容易辨認燒剩的街路柱而回到了家。僅僅半個夜燒的非常乾淨呀。連燒過的木樁一支也沒有剩下。生木也給燒盡了。玻璃燒成了眞像麥芽糖。鷄舍只剩下鐵絲網。在燒爛的橫架鐵絲網裡，四隻鷄揷出頸被燒焦了。

不久從疏散地回家的妻子看見它，「啊！牠們也想逃避了，想逃出來了呢，多麼痛苦了啊，多麼痛苦了啊！」眼淚汪汪的妻子，剛剛體驗過被煙嗆得喘不過氣的妻子。「眞可憐！」七歲的男孩兒也哭出來了。

這是忘却不了的戰禍記錄。具有它的歷史性。

臉

港口
被盈月潤濕着如白日般明亮
從海洋吹起的風
載着陌生的臉渡來了
臉是一個又一個　顯現了無法計算其數
是蒼白的不像活着的人的臉呢
是早遺忘了憤怒和咒罵的臉呢
臉是
顯出了又消逝
消逝了又顯出
啊啊
瞬將閃過的臉湛耐着悲哀　深深的悲哀
這種悲哀不得不滲透
在這國度裡底
所有的邊境

（陳千武譯）

這是描寫日本戰後初期從外地回國的衆多的臉。「鷄」、「臉」可以說都是抒情詩，縱然如此，並非個人的抒情。是社會的抒情。這裡作者和作品之間獲得了距離。

「近來大部份年青的山水畫家都照着自然的情形，毫不差異地畫畫於畫貼上而移過來。除了特別需要某地方的眞實景色以外，我是不用這個辦法畫畫的。完全不看速寫畫貼，唯把描在腦裡的風景自由的表現於絹布上。然而給鑑賞的人能感覺到以爲這風景是在那裏看過一樣就好了。能夠不斷地努力把那種寫眞感畫於絹布上來。繼續努力畫畫自然把實在的感覺投在自己創造的山水畫這就是唯一的辦法」這是日本畫家兒玉希望的話，就作者與作品的距離來說，這畫家的製作態度跟我很相似這一點感到非常有趣。「把描在腦裡的風景自由的表現於絹布上」這句話就相仿我所說的「詩性現實」的構成，它「給鑑賞的人能感覺到以爲這風景是在那裏看過一樣」，就相當於我說的「企圖詩性現實向現實貼緊」了。

如果只慣於享受單純樸素的詩的現實的讀者，希望他從作者和作品的距離所產生的詩性現實裡去找尋理解和把握。對詩沒有這種理解和把握的話，是不能嚐到現代詩的眞正的味道的。

詩史資料

臺灣新詩的回顧（連載）

——兼述臺灣新文學的發展

吳瀛濤

十、中文日文作品並馳

民國二十一年四月十五日「臺灣民報」週刊改爲日刊以後，曾擴大篇幅，除刊中文作品之外，也刊登日文作品。在此以前，文學作品都是大部份用中文寫的，日文寫的祗有很少部份。但到了這時候，留學日本的學生漸多，民國二十二年在東京的留學生創刊文藝雜誌「フォルモサ（福爾摩沙）」，大部份是用日文寫的。

此後，臺灣的新文學，中文日文並用，直至民國二十六年四月一日，日政府禁止使用中文，各報及各雜誌始廢止「漢文欄」，當然此後就僅見日文作品而已，用本國文字的中文作品也就絕跡了。

在這二十一年至二十六年五年間，日文作品日增，大有後來居上之勢，此因當時九一八事變後，日當局的政策已使臺灣與本國的關係日漸疏遠，以致中文寫作者愈少接觸本國的文化、文藝的機會，從而愈少寫作，及至民國二十六年七七事變發生後，也就自然而然地祗好僅以日文寫作啦，自此中文作家也等於滅跡，代之而起的是清一色日文作家的文藝情況。

這種文學語文上分用本國語文與殖民地語文也即中文和日文兩種的特殊情形，可以說繼前述「新舊文學之爭」，文學陣營分成新舊兩派的那種新舊文學的情況之後，又形成臺灣新文學發展途上的一特異局面，它不僅阻礙本國文學之一環的臺灣文學的發展，且由於後來民國三十年第二次世界大戰戰事的爆發，使用日文的植民地臺灣文學終於被驅迫走向所謂戰時文學的「皇民化」路線而去了。

十一、臺灣話文的提倡

在臺灣，中國白話文即國語的提倡始自民國十一年，以後各地青年會、讀書會等團體，響應「臺灣新文化運動」，對國語的學習研究都相當昌盛，奠立了臺灣新文學的基礎。

同樣呼應新文化運動而主張文字改革的，尚有蔡培火首倡的羅馬字運動，曾於民國十年以後七八年間在報刊上零星看到有關此項的文章，不過祇能引起小數識者的關心而已，終得不到一般的重視。

繼「羅馬字運動」，另有「臺灣話文運動」，一面提倡「臺灣話的保存」，一面更進一步主張言文一致的「臺灣話文的建立」，這種臺灣話文運動雖是地方性語文運動，但在於當年異民族統治下，實具有濃厚的民族意識，可見臺灣人當時嚮往祖國，保存國粹的熱忱。又臺灣話文的提倡係與「鄉土文學」的提倡同時提出來的，以此主張屬於廣大民衆的文藝。

此項臺灣話文問題的提起，最初是民國十三年十月「臺灣民報」上，連溫卿的一篇「言語之社會的性質」。同年十月連氏又發表一篇「將來的臺灣語」，均强調整理臺灣話及設法保存臺灣語。嗣後直至民國十八年十一月「臺灣民報」，臺灣史家連雅堂發表「臺語整理之責任」「臺語整理之頭緒」等文，他自民國十八年起開始研究臺語，其一部份曾刋在「三六九小報」，後來編成「臺灣語典」四卷，舉單字四百餘字、雙字句七百餘語，一一予以解釋、明其出處、註其音讀，據此可知連氏的臺語整理已有相當的成就，不過此一努力却未能加以擴大，所以在社會上並沒有引起多大的反應。

企圖撲滅文盲，以擴大臺灣新文學運動的社會地盤，提出鄉土文學的口號，主張用臺灣語寫作的「臺灣話文運動」，也展開於同時期的民國十八、十九年間。首先「三六九小報」上有鄭坤五題爲「臺灣國風」輯錄臺灣山歌，惟沒有整套的理論，尚不至引起一般的注目，後經黃石輝、郭秋生二人的力倡，遂引起所謂「鄉土文學論爭」。

十二、鄉土文學論爭

民國十九年八月，黃石輝在「伍人報」發表「怎樣不提倡鄉土文學」，而提出三點意見：一、用臺灣話寫成各種文藝，二、增讀臺灣話音（即主張無論什麽字，有必要時便讀土音，三、描寫臺灣的事物。民國二十年七月黃氏又在「臺灣新聞」報上發表「再談鄉土文學」一文，對「臺灣白話文」主張：在文字上無字可用時儘量採用「代字」或另做「新字」，在言語上删除無字可用的無必要的話，在讀音上採用字義來讀土音，並主張組織「鄉土文學研究會」。民國二十年七月起「臺灣新聞」又連載郭秋生「建設臺灣白話文一提案」，從語文上論及特殊環境的臺灣人，說：「臺灣人要那裏去麽。——結局臺灣人不外是現代的智識的絕緣者。不止！連保障自己最低生活的字量算都配不得了」，於是檢討日文、中文（文言文及中國語白話文）後，主張建設臺灣話文並定幾個原則，略謂：一、首先考據當該言語有無完全一致的漢字，二、如義同音稍異，應屈語音而就正於字音，三、如義同音大異，除既成立成語（如風雨）呼字音外，其他應呼語音（如落雨），四、如字音和語音相同，字義和語義不同；或字義和語義亦同，但慣行上易招誤解者，均不適用，五、要補救這些缺憾，應創造新字以就話。不久郭氏再在「臺灣新民報」仍以「建設臺灣話文一提案」爲題，就黃石輝所提建設臺灣話文的基礎工作臚列其意見，提出主張「投合文盲兒弟的心理，先從事整理民間歌謠」，他說：「這些民歌（三伯英台、呂蒙正等）的蔓延力，有勝過於詩、書、文存、集等等幾萬倍」，並舉兒歌、童謠、謎語等之有助於識字的効用。

上記黃石輝「再談鄉土文學」發表後，有毓文的「鄉土文學的吟味」、林克夫的「鄉土文學的檢討」、朱點人的「檢一檢鄉土文學」等批評的文章，對鄉土文學或臺灣話文加以反對，另有黃純青的「臺灣話改造論」一文予以贊同，此後甲論乙駁，各執一說，站在支持臺灣話文的，則有：黃石輝、郭秋生、鄭坤五、莊遂性、黃純青、李獻璋、黃春成、賴和等人，而站在反對地方性的臺灣話文，認爲應站在支持全國性的中國白話文，則有：毓文、林克夫、朱點人、賴明弘、越峯等人。其間郭秋生雖曾在「南音」雜誌開闢「臺灣白話文嘗試欄」輯錄歌謠、謎語、故事或若干隨筆等，不過此一論爭經過一年多，却也沒有得到什麽結論而終息，惟始自民國十一年至二十二年止十餘年間的包括「臺灣話文運動」在內的臺灣的文字改革運動，除了充分表現着殖民地文化的複雜性，在血淚斑斑的臺灣文化史上，也留着了光輝燦爛的一頁。

十三、民間文學的認識

隨着鄉土文學問題的提出，遂喚起對於民間文學的認識。

民國二十年一月「臺灣民報」有醒民的「整理歌謠的一個提議」，闡明整理歌謠的意義和目的而說：「歌謠是民俗學上的一種重要的資料，其次在歌謠之中，有不尠富有文藝價值的佳品」「至於在臺灣不得不就早整理的理由，怕再幾年，較有年歲的人死盡了，就無從調查」，以此可見痛感臺灣歌謠的日漸衰微消滅，這就是提倡整理的特別目的。該報即從次號（三四六號）起每號增闢「歌謠」專欄，供爲發展向各地徵集的歌謠，而經這次的搜集，一般始認識了歌謠的可貴，當然這也對保存民族文化，有所貢獻，也是在臺灣文學史上値得一提的事情。嗣後，「三六九小報」「南音」也有登載歌謠。查，關于臺灣歌謠的搜集，在這以前僅有日人平澤丁東氏的「臺灣の歌と名著物語」和片岡巖氏的「臺灣風俗志」所收錄的少部份而已，這種「民族之詩」的歌謠確有整理保存的必要；惟關于這一方面（包括歌謠、民間故事等的民間文學），歷經數十年來到現在僅見零星的輯錄，又所輯錄的資料復又多散逸不易看見，如此情況，無不使識者爲之擔憂。

關于民間文學，民國二十四年一月發行的「第一線」文藝雜誌上卷頭言題爲「民間文學的認識」，該號特輯「臺灣民間故事」多篇，次年乃由李獻璋編著「臺灣民間文學集」一書，除收錄該誌發表過的民間故事——該書故事篇共錄故事二十三篇，計有：朱鋒「鴨母王」（赤崁）、守愚「美人照鏡」（彰化）、黃石輝「林大乾兄妹」（鳳山）、夜潮「林道乾與十八攜籃」（打鼓）、李獻璋「石龜與十八義士」（諸羅）、「林半仙」（鳳山）、「一日平海山」（諸羅）、愁桐「無錢打和尙」（笨港）、夜潮「鄭國姓打臺灣」（打鼓）、黃得時「國姓爺北征中的傳說」（臺北）、林越峯「葫蘆墩」（豐原）、懶雲「善訟的人的故事」（彰化）、點人「媽祖的廢親」（諸羅）、一吼「憨光義」（鹿港）、毓文「張得寶的致富奇談」（艋舺）、毓文等「邱妄舍」（通行全島）、王詩琅「陳大戇」（大嵙崁）、李獻璋「過年緣起」（大嵙崁）、病夫「汪師爺造深圳頭」（彰化）、朱鋒「林投姊」（赤崁）、「賣鹽順仔」（赤崁）、「郭公侯抗租」（赤崁）、宋愚「壽至公堂」（彰化）；此外，歌謠篇輯錄民歌、童謠、謎語等多數，堪稱爲歷年來最寶貴的民間文學資料。

十四、初期新文學的園地

臺灣新文學發軔以來至民國二十年的約十年間，提供新文學園地的主要者則爲前出的「臺灣民報」，而除該報之外，在這一個時期的文藝雜誌寥寥無幾，此因當時以舊詩爲主的舊文學仍舊佔據在舊社會之故。儘管如此，在此新文學的萌芽時期，已漸見有二三種像我們今日所稱的文藝雜誌之出現。祇不過，這些文藝雜誌因基礎薄弱，壽命都很短，短者僅發刊一期，較長的也只發行幾期就停刊，其雜誌現在都已散失無法看見。舉之於後。

文藝：民國十三年六月，僅發行一期，日文詩歌雜誌。二十四開本共十六頁，詩、小品、童謠外，並轉載日本自由詩作品。主編林進發。

人人：民國十四年三月創刊的白話文雜誌，僅出二期，編輯人楊雲萍，係與江夢華合辦。共十多頁。

第一期——器人「創刊詞」。新詩：雲萍「相片外二首」、器人（江夢華）「車中惱景」、雲萍譯「女人呀」（太戈爾散文詩）、舊詩：雲萍「吟草集」。論說：器人「論覺悟是人類上進的機會接線」。隨筆：雲萍「無題錄」。雲萍「編後記」。

第二期——雲萍「卷頭辭」。新詩：雲萍「夜雨外五首」、縱橫（鄭作衡）「乞孩外二首」、鶴瘦（鄭嶺秋）「我手早軟了外一首」、江肖梅「唐棣梅」、啓文（黃瀛豹））「夜哭」、一郎（張我軍）「亂都之戀」、翁澤生「海濱白骨」。評論：牧童（柯文質）「文學近考」。隨筆：賴莫庵（賴貴富）「莫庵偶言」、雲萍「無題錄」。雲萍「編輯後記」。

十五、思想鼎立時期的雜誌

至民國十八、十九年，當時反日民衆解放運動正當熾烈，幾個有思想主義的鬪士際此創刊幾種雜誌，但那些雜誌並非僅爲宣傳思想主義的雜誌，而是多多少少反映主持者的思想色彩而已，名爲綜合雜誌，也有刊載文藝作品，這些雜誌也因時過境遷，現在已散佚無存。

伍人報：民國十九年六月創刊，十六開本中日文綜合雜誌，王萬得外四名出資合辦，創刊號發行三千部，共發行十五期，此間輒受日當局禁止發行，到了第十五期轉換方向，改稱「工農先鋒」，終因資金困難，合併於「臺灣戰線」。發行期間共六個月。

按伍人兩字，臺語意即冷嘲辯論，創辦宗旨似也在此。文藝方面寫作者有：蔡德音、黃師樵、廖毓文、王詩琅、朱點人等。

臺灣戰線：民國十九年八月創刊，共出四期，但都未出世即被禁止發行，以致消滅，提倡普魯文學，當時在臺北的國際書局楊克培、謝阿女爲主持人。

洪水報：民國十九年創刊，綜合誌，十六開本，發行十期左右，脫退伍人報的黃白成枝，與謝春木共同發行。

明日：民國十九年八月創刊，二十四開本，中日文綜合誌，共發行六期而被禁止發行三期，脫退伍人報的林斐芳，與黃天海共同發行。

此外，尚有「大衆時報」「現代生活」「走道」等雜誌，惟詳細待查。上記雜誌雖爲思想派系的雜誌，但也可以從那裡找出各種作品，形成了臺灣新文學運動中富有強烈色彩的一頁。

侯篤生詩抄

Hans Egon Holthusen

李魁賢

以「試釋里爾克給奧費斯的十四行詩」（Rilkes Sonette an Orpheus. Versuch einer Interpretation, 1937）贏得博士學位的侯篤生（Hans Egon Holthusen），一九一三年四月十五日生於聯茲堡（Rendsburg），一九三一——三七年間，於杜平根（Tübingen）、柏林、慕尼黑等地攻讀德國文學、歷史與哲學。第二次大戰期間，曾轉戰於波蘭、法、俄、羅馬尼亞、匈牙利等國境，後調至慕尼黑當翻譯官。一九四五年四月，他在此地參加了巴燕（Bayern）邦的自由行動陣線，反抗納粹政權。戰後，他專事寫作，曾遊歷歐美，成爲德國現代文學的代表人物和傳播者之一。一九五三年得德國工業協會文學獎，一九五六年獲基爾（Kiel）市文化獎。現任巴燕美術學院（Bayerischen Akademie der Schönen Künste）院長。自一九六八年秋季起，並在美國西北大學（Northwestern University）擔任德國文學客座教授。

侯篤生的詩，敏銳地試圖表達戰後一代的心聲，描寫二次大戰的混亂和文化的危局，他也是以基督教的實存哲學立場寫詩而引人矚目的一位詩人。在他的第一部詩集「

在這時代裡」(Hier in der Zeit, 1949)，就證明出他非凡的詩才，能夠在轉變的世界，建立精神的基礎。在他的詩中，於現實和超越之間，有着極具熱誠的張力。

「戰爭三部曲」(Trilogie des Krieges)一詩，在戰後的德國詩壇，曾獲得很高的評價，詩人的特殊語言的魅力，矢言以超人的力量，解除人類遭受現代戰爭的困厄。「悼念兄弟」(Klage um den Bruder)十四行詩的十二首聯作，也是侯篤生的代表作品，證言死者之不朽與在渾沌中對神的信仰。

他的題材始終充沛着生命感，並針對於時代的衆生相。但他藉語言把物象擴大到超越於時代的境地。在他的短詩裡，單一的形象都提升到象徵一個世界，例如在「讚美歌」(Tedeum)、「獻身」(Hingabe)、「膳食」(Speisung)；而在長詩裡，如「夜曲」(Nocturno)、「午后之少女」(Mädchem am Nachmittag)、「對一女貌之幻想」(Phantasie über ein Frauenantlitz)，歌詠不斷的時間之流的消逝，揭露事物特有的本質，使人感受到詩人的語言充滿音樂之神韻，同時又具清醒之精確性，另外且令人浸染於虔誠的宗教氣氛裡。

侯篤生的詩受里爾克的影響很大，自從他的博士論文問世後，他對里爾克的研究，表現在他的著作『晚年的里爾克』(Der späte Rilke, 1949)和『里爾克傳』(Rainer Maria Rilke, 1958，參見拙譯)。侯篤生的實存精神可以說是延續里爾克晚年的精髓，他可以算得上是里爾克的私淑弟子。在給筆者的信(一九六九年十一月八日)上，侯篤生曾自承里爾克、艾略特和梵樂希三位大師，在他生命史和創作生涯上，建立了劃時代的里程碑。

賓恩(Gottfried Benn)對他的影響也很顯著，但並非虛無主義的一面，而是關心到現代社會中危機重重的人類之處境。這可以在他的第二詩集『迷失的年代』(Labyrinthische Jahre, 1952)裡探索出踪跡。其開卷第一首詩「時間與死亡的八個變奏」堪譽爲他的傑作，處理的範圍包容了愛情與自然的各層面，詩人敏銳的觸鬚探伸到內在和外在世界的一切湍流、動盪與震撼。

或問實存主義的詩就一定要師承沙特式的「無路可通」，表現否定的一面嗎？難道人間僅只是殘酷、荒謬、永刼不復嗎？對侯篤生來說，即使在戰爭的殘忍和戰後的瓦礫中，人類的現實生活，也不僅止於表面上的無望，迷惑和荒蕪而已，而是仁慈與愛心，喜悅與容忍。侯篤生的觀念，是來自基督教義，並在齊克果、海德格和雅斯培的實存哲學之薰陶下塑造而成，在他運用語言的能力、容量與精確之掌握下，適確地表達出來。

可惜『迷失的年代』出版後，侯篤生停下了詩筆，轉往評論方面開拓。在『無處棲身的人』(Der unbehauste Mensch, 1951)，他探討現代文學上的存在問題，他以里爾克、梵樂希、艾略特、卡夫卡、賓恩、海明威等人爲抽樣，加以論列。接着在『是與否』(Ja und Nein, 1954)討論詩的本質，而以年輕的一輩爲對象，如施樂德(R. A. Schröder)、柯洛婁、賀雷樂(Walter Höllerer)、謝朗等。接着又有『美與眞』(Das Schöne und das Wahre, 1958)、『批評的瞭解』(Kritisches Verstehen, 1961)等書的出版，而建立了侯篤生在批評方面的聲譽。

時間與死亡之八個變奏

Acht Variation über Zeit und Tod

I

我們決不沉緬於肉慾。
時間多變的棋戲永無窮盡。
愛情顫抖地鼓舞起來。我們致以願望和祝福，
說：「珍重」、「晚安」和「保佑！」
對死亡的符咒。天眞的
對焦慮之小詛咒，失落了。我們願證明
我們相配。我們願彼此保證，
我們唯一現代的網可以包羅一切，
我們在時間世界的紙牌上可以把地點一一認出。
我們用吻封住時間；而密封却破裂了：
信件在燃燒的車站上消失了，船隻也失踪了，
在充滿希望的海角咯咯下沉
於兩道激浪之間。朋友在俄國也行踪不明。
（腹痛、斑疹熱、飢饉：空前的災禍。）
父兄已死。幾年前死了一位女友，
我負咎直到最後的審判。
父兄和凱撒，死亡蔓延的聲音，
越過世界的所有發報機傳播到南海岸：
全部在死亡中滅跡。記憶也全部
逐漸衰萎。相片也焦黃了
過時的可愛的習俗變得怪誕起來。
啞默的是山脈，呑嚥下漢綿的孩子。
眼淚乾涸，喊聲悽厲，絕望散佈着。
曾經赤足踏雪的男子，腦中亂紛紛近乎瘋狂，
在啤酒桌上找報紙讀和找牌玩。
啞默的是往昔的山脈。

II

愛情戀愛着死亡。心靈必定會多麽震驚，
倘若它撞及心房不確定地顫動的肌肉，
倘若它俯視而發覺衆手
衆足和衆臀和粗魯顯露的性器，
這是肉體，想睡覺、疲累、死去，被昨天和明天
磨折且壓榨，隨時隨地。蒙在枕頭中

焦灼而疑慮：我該如何發展？母親該如何，
發展，兄弟如何？（他自己按耐不住。）
全體如陷身羅網中，顛倒、歪斜。而心靈
渴望着確信。

Ⅲ

讓我們成三人，比鄰坐在地下火車的座椅上，
這是一位老頭，結着無數靜脈瘤，他衰竭地閉上眼睛，
旁邊，是一位驕矜美艷年華双十的女郎，
爲了企望而暈頭轉向。她身傍就是我本人。
給我們一句格言吧，以資彼此的談助，
三人是燃燒程度不同的
蠟燭，在吹來同情的噓氣中
閃爍，無法挽回，青春、老年與壯漢。
談了若干時間，由我們點燃的瞬刻
直至永恆虛無的寂滅。有時難以瞭解，
因爲各人另有限期。可是何以
來者和逝者不能交替？格言改變了嗎？
時間愚弄我們不？它不是空洞而虛無嗎？因在我們頭頂上
佇立着死亡，那氷冷的否定。少女要是消瘦了，
芳容憔悴，眼下有了淚囊，
蒼老，具有屈服性且難以勉强。而老者
要是十八少年，會策馬且揮鞭。
但我要是五年前去逝，在撫州成仁。
什麽是眞理？時髦和過時的淡淡積雲，
但死亡在天頂上。我們知道：心靈
在確信的狀態中。可是你們，不可避免的出生者，
所有我可憐的弟兄們，你們會腐朽的人體肉身，
你們失落了，且不能表現你們的眞面目。倘若我們相愛，
我們沉緬於肉慾，而有愛心的人（在我們被壓制情況下）
也許在人類希望的天空建造一顆星辰。
但在這裡下界，必須有一人活得
比別人更久，而且各人要把他最親愛的
死亡自手臂掉落。很多人孤獨死去，
無聲無息，被暴力摧殘，在地下爆炸性的氣氛中
或由於謀殺。死者即虛無。

Ⅳ

今天我們依然有世界展開在眼前。我們有
秋天，一種醱酵在失落且來臨的
時間之血液中，而枯黃的栗樹葉在院子裡。
這裡面的所有聲音都同意，這是外出的美好日子。
四歲的孩子們，只一瞬間，
即經歷了一輩子追求且永遠未能據有的東西：
秋天的家鄉，塵埃中的家鄉，那住所
緊接在大地表面，那未萌生的風景，
山地、沼澤或旱地，以及黑斑點的沙，
碎石路面，杜松和樺木，一條孤獨的街道
橫亙荒野，穿着黑毛短襪的一位女侍，
她的圍裙瀰漫着羊味……。在古代，這就稱做童年。
徹夜雨後，明朗的晨曦姍姍來遲，
甜蜜的霉味，在空氣中淨化，十月，亞莉安妮和西修斯，
金色的，莫扎特迴旋曲，短調中的金色形象。
時間到了，一位女友來自其他的

城市，一位女友，你尚未回覆她的最後一封信，
從石欄跌落到街上。
無人會看到，當時天空如何變色，
所有窗戶如何透明且氷凍地封閉，
無人會知道，在此禮拜日如何可能，
死亡自金色的迴旋曲涖臨。

V

我們知道，死去的人還沒有打開你們的心扉，
我們知道，垂死的人沒有透露出你們的秘密。
呵，父啊，我幾乎對你絕口不談，當你在生之日，
我後來所理解的，原先已存在——而其間的剎那，
其間剎那的蒼白驚駭，
由一盞無罩的輝光灯閃現出：「汝父已逝」。
我們說：「我的孩子呀，不要受涼啦！」我們說：
「是的，然後屍體又要解剖。」
早曉我們要艱苦地分離。時間即死亡。
永恆在臥室窗口底下。

VI

我們輪流遭遇到眞實。我們經年計算着。
「當時，」語言對我們說：和「以後」、「尚未」和「不再」。
可是眞理有如水印烙在斑爛的
時間之花紋後。歷史成敗的糾纒
是奇異，可怕且完全徒勞。

在大群記者的注視下立於麥克風前的人物，
國務卿、部長、將軍和高級官員，
國會議員、工會領袖和大企業老闆，
他們所說的，如像黃昏時在村莊小溪邊
洗衣婦的嘩嘩不休。他們的法令和合同
都是在雨中用粉筆寫下。凱撒多偉大：
挺立在馬車上，大衆的偶像，
接受虛情巧語，他的臉橫蠻如
握緊的拳頭，而他週圍是穿戴皮袭的另一批人，
警衛着且談笑風生，上膛的左輪藏在大衣裡。凱撒偉大：
四引擎轟炸機從他頭上呼嘯而過。
原子雲升起而水柱爆裂。命運以炸藥的爆音
大聲告白。眞理是全體歸一：
廉價大理石的舞台以及口中的射擊以及毒藥，
旗幟、分列式、迎接以及短短的海綿體，
從首相的煤艙拖出來的，
而當開火的裝甲車滾壓過柏林街道，
澆了兩百公升汽油在獨裁者身上，
在那紙牌上酣睡着醉倒的軍官，
廣播電台被鋒利的砲彈轟得四分五裂，
婦女們在地下室裡哀泣，漸漸沉寂了
如外殼貫穿了相當大漏洞的船隻。
鐐銬着双手的死亡有如默默憂愁的祈禱者
懸吊在桅桿、路灯和樹上……眞理是唯一的。
沒有立即，沒有不加躊躇地
席捲於時間裡。歷史傷害了我們。
我們一再地浪費血液和金錢並屠殺我們的孩子，
爲了一、二十年內地圖

又輕易地變更。傳令兵急忙穿過
槍戰的門戶。戰鬪行列，强烈地打扮成奇形怪樣，
如妓女搜尋着人群中貪婪的眼光。一位指揮官，
必須下達決心，揑着門把且嗚咽着且幾乎崩潰了。
而死亡立在天頂。

VII

如何忍受永恆無聲的擁擠，
我們如何按耐得住，在城市中，於匆忙的千萬人群裡，
近下午四點半，晚報塞在大衣口袋裡，
我們面前是一家小商店，在我們頭暈痲痺中
有如一盞交通綠灯在霧中輻射光芒！
誰會衛護我們，於面臨通向致命境域的景象之瞬時萬變：
用機關鎗發動氣鑽和電報局的反叛，
手榴彈落進窗內，六點鐘後吃彈丸的人
會被咒罵和被拖靠牆壁。

VIII

什麼是愛情，倘若它突然發生了？
它不是無人能够演奏的
神聖樂譜嗎？也許起初的幾拍成就平平：
手拉手，男士與女子，滿懷不朽的希望，
到森林去擁抱，在戲院門口相會，
手拉手，於夜雨中，被武裝者跟蹤，
埋伏於一堆礫石，一株公路樹，
往往成双成對，脚踏過堅硬的柏油路面，一位少女
和一位男子，後來在酒吧內喝香檳，調笑，
後來在床側。搖來搖去，
繩索之間的圓環，因慾望與墮落而戰慄。
高高的心靈在它化身的陶醉中迷戀着自身，
醺醺然抖顫着手，交叉的十指，
在所愛的人的壓力下感覺到自己肉慾的存在。
世人的肉身在現代的騷擾不寧中照耀着我們，
如像天空的現象，心靈在禁錮中歡暢。
世界變成美好，風景成了幻象：
林緣和草地，丘陵平坦的稜線，灌木叢中的小徑。
可是時間即死亡，歡樂冷却了，
離去且痲木，腦中和心裡空空如也，
被虛無吸吮得空空如也。使我們依然無法可說……。
倘若可能，就祈禱，就双双對對屈膝躺臥
手拉手，女子與男士，屈膝躺臥，
倘若可能，就說：**呵，主啊，憐憫我們！**
讓我們立足在此眞實的根基，
給我們三步的空間，我們所相信且辨明的地方，
在你平坦的手上三步可供一家人生活。
倘若我們相愛，讓我們是爲了別人而存在的眞理，
啊，我們自己，驕傲且冷酷無情，讓最後燒死我們
且把骨灰在我們身後揚棄……。
只有祈禱的双手，交叉的十指，
我們能够領悟：**確是爲了我們，屬於我們**。
我們堅持於存在的祈禱有甚於其他：
決不，沉緬於此時間和肉慾。
呵，主啊，**憐憫**我們！

狗與心靈

勞倫斯・福苓蓋廸作
(Lawrence Ferlinghetti)
非 馬譯

狗

狗自由自在地在街上跑
觀察現實
而牠看到的東西
都比牠大
而牠看到的東西
是牠的現實
醉鬼在門廊口
月在樹上
狗自由自在地在街上跑
而牠看到的東西
都比牠小
白報紙上的魚
洞裡的螞蟻
唐人街窗口的鷄
牠們的頭隔着一條街

狗自由自在地在街上跑
而牠聞到的東西
聞起來有點像牠自己
狗自由自在地在街上跑
經過泥坑及嬰兒
貓與雪茄
彈子房同警察
牠不恨警察
只是用不上他們
牠經過他們
經過整隻掛着的死牛
在舊金山肉市場的前面
牠寧願喫一隻嫩牛
不願喫一個硬警察
雖然喫哪一個都行
牠走過 Romeo Ravivli 工廠
走過 Coit 紀念塔
且走過 Congressman Doyle

牠怕 Coit 紀念塔
但牠不怕 Congressman Doyle
雖然牠所聽到的很可沮喪
很可氣悶
很荒謬可笑
對于一隻像牠這樣悲哀的年青的狗
對于一隻像牠這樣不苟且的狗
但牠有牠自己的自由世界可住
牠自己的跳蚤可喫
牠不願被戴上口罩
Congressman Doyle 只是另一座
救火栓
對于牠
狗自由自在地在街上跑
牠有牠自己的狗活可過
可想
可反省
摸觸品嘗且試驗每樣東西
調查每樣東西
不用僞證的幫忙
一個眞正的現實主義者
有一個眞正的故事可講
還有一條眞正的尾巴可用來講
一個眞正的生活
善吠的　　民主狗
參與眞正的　　自由企業

有東西要說。關于實體論
有東西要說　關于現實
以及如何去看它
如何去聽它
歪着牠的頭
在街角
像是在讓人家替牠
拍照
爲勝利唱片公司
等着聽
牠主人的聲音
看
像一個活問號
進
大唱機
困惑的存在
那個不可思議的空喇叭
永遠像是
正要噴出
一些勝利的回答
對所有的東西

心靈的科尼島

在金門公園那天
一個男人同他的妻子一起走過來
穿過廣大的草地
那世界的草地
他穿着綠吊帶
一隻手裡拿着一支
破笛子
而他的妻子有一串葡萄
她不斷地遞
一粒一粒地
給不同的小松鼠
好像每一粒
是一個小玩笑
然後他們繼續前行
穿過廣大的草地
那世界的草地
然後
在一個非常安靜的地點那裡樹在做夢
並且好像一直在等着
他們
他們一起在草地上坐下
不看對方一眼
吃着桔子
不看對方一眼
把皮丟
在一隻他們好像
專爲這而帶來的籃子裡
不看對方一眼

然後
他脫掉他的襯衫同內衣
但仍戴着他的帽子
歪在一邊
不說一句話
在它下面睡着了
而他的妻子只坐在那裡看看
鳥飛上飛下
叫來叫去
在靜止的空氣裡
好像它們在質問着存在
或記着記起某些忘掉了的東西
但最後
她也平躺了下來
只躺在那裡向上看
着空無一物
而手指撫弄着無人吹過的
破笛
而終于回頭看
他
不帶一絲特別的表情
除了一種可怕的眼光
顯露深沉的沮喪

冬日的風景

John Berryman
宋穎豪譯

三人走下冬日的山崗
穿着褐衣，扛着長杆，一群獵犬
緊跟着，穿越樹林的行列，
經過薪火畔的五個人影，
淒冷而悄然歸向市鎮，

歸向紛飛的雪片，滑冰場
一群孩子活躍着，而年長者，
將看不到多年的伙伴，
藍色的光，人扛着扶梯，在教堂旁
雪橇與陰影橫在暮色的街道，

他們無知于騷亂時刻
即將來臨，醜惡的歷史
攤開來，他們將裡現
在同一山巔：當他的伙伴
儘已沓然失踪，

這些人，特別是穿褐衣的三位
千鳥可以見證，將維持着風景
且以他們的形影與林木說白，
小橋，紅屋以及薪火，
何時，何地，哪一個早晨

安置他們在樹林，一群獵犬
緊跟着以及長杆扛在肩上，
走向歸途，正如我們現在看見他們
雪深及踝，自冬日的山丘
走下，正好有三鳥在注視而第四隻在飜飛。

譯者識

一、此詩爲一無韻體共五節，每節五行；全詩祇是一個整句，惟在第三節之第四行使用了一個分號。

二、詩中的畫面宛似畫家 **Blueghel** 的名畫，但詩的主題却在畫之外。

三、原著人約翰・白里曼爲美國當代知名的詩人，也是一九六五年普立茲詩獎的得主。

四、他對此詩的解說是：「這首詩完稿于紐約，約在一九三八——三九年之間。此前，我曾去國兩年，卜居英倫。正當經不景氣之時，我曾先後訪問過法國、德國，特別走一趟納粹的大本營海德堡。若以我所描寫的來說，它是一首戰爭詩，而且屬于異常否定的一類。畫面應稱之爲「雪地獵人」，詩人自當了然于此。但我故意假裝迷糊，並曾兩次以「杆」字代替「茅」之義，以及那一種跋扈不信任的氣勢——獵人橫行時，愛好自由和平的國家必將遭殃而被捲入戰火。我想這絕不是 **Brueghel** 的畫之主題。而且詩的表達更證明了畫面祇是表現一種寧靜和平的世界，但對于一個暴亂的世界，詩人嘗不願直說的啊。」

沒有地圖的旅行

——論鮎川信夫詩集

田村隆一作
桓夫譯

「個人的生活，在許多場合跟小孩剪碎了的地圖很相似。如果我能不失理性而活到一百歲，就很有可能把那些亂七八糟的碎片，極爲巧妙地貼成有秩序的一整體。……這些碎片一看像是片斷無用的；然而過了一段時期，那些一定會顯出在整體裡有其不可缺少的重要性……事實，每經過十年的歲月，我就發現了幾張新的碎片，逐漸地恢復到其應有的位置上……」

這是克萊安・庫林在其所著「沒有地圖的旅行」，即一九六三年在黑暗的密林裡步行四十天的西部非洲旅行的內面性紀錄，刊載於開頭的奧利巴、恩廸爾、霍姆士的話。霍姆士是十九世紀的美國詩人、評論家，同時也是一位醫學者。在這一語言裡，正顯明地描畫着非詩人看不透的纖細的整體和部份的關係，使我覺得很有趣。事實，庫林的「沒有地圖的旅行」的眞正主題是全含蓄在這霍姆士的一語言裡，而一個詩人的工作似乎也被含蓄在「沒有地圖的旅行」裡吧。

我認爲一個詩人，應該在何時與何地來認出能成爲他自己的原型的詩，是很重要的問題。因爲這種成爲原型的詩是被課於他的「沒有地圖的旅行」的整體，時與死和愛的諸觀念一切成爲一整體被包含在那兒。詩人之充滿着危險的旅行是原型的發現和其再發現，同時又似採取對他自己的原型的挑戰的形式。

死了的男人

譬如霧或，
從此有階梯的跫音裡，
遺囑執行人，現出模糊的容姿
——這就是一切的開始

遙遠的昨天……
我們在黑暗的酒店的椅子上，
無聊地扭歪着臉
翻翻信封啦甚麽的。
「眞是，無影無形的麽？」
——這句話於死不了的現在，確是對的啦。

M喲，昨天那寒冷的藍空
仍殘存於剃刀的刄上呢。
但我，已記不起
與你永別於何時何地哩。
短暫的黃金時代——
排換鉛字或做神的遊戲——

「那是我們舊日的藥方紙箋啊」如此呢喃着……
季節老是秋天，昨天和今天也是，
「在寂寞中葉落着」
那聲音朝着人影，朝着街道，
繼續走過黑鉛的道路而來。

埋葬的那天，默默無言
也沒有送葬的人。
也沒有憤激，和悲哀，和不平的柔弱的椅子
面對着天空吊上眼睛
你只是把脚穿進那笨重的靴裡靜靜地橫臥着。
「再見，太陽和海都不足採信呵」
M喲，睡在地下的M喲
你胸部的傷口現在還痛嗎？

這首詩是在一九四五年到五五年之慘酷的十年間，鮎川信夫氏所寫的四十一首詩中的一首，不但成爲其詩集的主題，且成爲鮎川氏本身的詩的原型的作品。要從這一本詩集刪除「死了的男人」一首詩的權利，包括鮎川氏本身誰都沒有。「死了的男人」是四十的詩的支配者，同時也是對鮎川氏的唯一挑戰者。

研討於一九四五年產生的這一首詩所含有的時與死與生，以爲愛的標本是以怎樣的形式出現在四十的詩裡，這是很有益的，在自已裡面不持有原型的詩人，無論寫出多少作品都不能產生一巨大的力量，和有其持續性及具創造力的詩。

又對「死了的男人」賦與意義和更有高度的意義的暗喻和直喻的鬪爭，以你的親眼看個明白也是重要的。因爲詩人裏面的感情的歷史，就是暗喻和直喻不斷的鬪爭的歷史啊。

在半個世紀之間，不得不經驗兩次大戰的我們的文明，在這地上最受到破壞的是甚麼。無數的人命、數不清的物量，還有很多的都市和寺院，其他各種各樣的東西都有吧。雖然如此，但如果你是詩人，你的答覆一定會說，在這地上最受到破壞的，那是語言和想像力吧。在崩毀和化爲廢墟的語言與想像力的戰場上，要追問整體的生的意義，不外就是未持有「直喻」的旅行，即沒有地圖的旅行吧。在今世紀，不僅限於艾略特以後的英國詩人，而和我們持有同一文明的世界各地的詩人，他們的命運似乎被「直喻」拋棄出來，一心一意在「暗喻」裡，走向與危險的語言的鬪爭。可是沒有地圖的旅行並非無目的的旅行。却是相反的，也許瞭解眞正目的的人，是無需要既成的地圖的。要得到巨大的整個地圖，詩人便會被「直喻」拋棄。尤其眞有勇氣的詩人都會自動地拋棄直喻。「死了的男人」即有對直喻訣別的宣言，而在暗喻裡走自己之路的一種偉大的感情。對于詩人，出發是甚麼？爲甚麼「沒有地圖的旅行」對詩人的工作持有深奧的類似性？「不足採信」的太陽和海，從「死了的男人」之後，經過十年才寫成的「神的兵士」「在西貢」「遙遠的浮標」「海上之墓」「出港」「港外」以及「兵士之歌」等詩篇裡，成爲眞正意義的「眞喻」，看看這些就知道詩人的工作，就是指從暗喻繼於暗喻的旅行裡發現「直喻」的啦。

「經驗十年的歲月，我就發現了許多新的碎片，逐漸地恢復到其應有的位置上……」

脫光以後

——無日期日記摘抄——

白萩

曾經倡導超現實主義，並且波及全世界的主腦人物——布魯東。在最新版的法國詩選中，名字和作品竟被刷掉，這個事實給我無限感觸。布魯東這個名字曾經代表一個至高無上的霸王，不僅統治了一代的法國詩人，並且讓全世界多少徒子徒孫拜倒褲下，竟不能憑其轟轟烈烈的聲勢，在今日法國詩中保持住一個立點，儘管他指導了不少優秀詩人，可是時間是無情的，澄清了的時間將脫光一個詩人除詩本身以外的僞裝，在脫光以後還剩下些什麼東西？這些東西將用來決定他的文學地位！

布魯東在法國的文學地位倒下來了，在將來的法國文學史中大約祇剩下幾個字：「布魯東：一九二四年提倡超現實主義者。」像胡適將在中國文學史的記載：「胡適：提倡白話文爲文學工具。」從這個觀點來研究艾略特的詩，我相信在脫掉了他理論的唬人外衣，其詩地位將和生前有一番變動的調整，此種工作由英語系的詩人在不久的將來，必有輪廓分明的判定！

在古時候的中國，也有不少玩詩的皇帝，在當時大概也被群臣拍得渾淘淘，憑自己的喜好和權勢强暴了純粹的詩的心靈，可是在他崩駕之後，他所玩的詩也跟着死掉。由這個感觸，來觀察中國的新詩壇，也發現不少僞裝現象，這些僞裝或多或少地歪曲了一個詩人詩本身的價值，我發現中國現代詩人，所披上僞裝的方式如下：

①主編詩誌：以個人好惡的選稿暴力，來高抬自己詩的地位，這是參與那一種詩誌編務者所無法刷清的嫌疑。

②詩的結社：結集一批人，企圖用衆口咬定詩的眞理在他那一邊，唯該社詩人佔盡大詩人的位置，這是現代詩社、藍星詩社、創世紀、笠，都染上的嫌疑。

③詩選的編纂：具有偏愛性的編纂，入選者的偉大性值得懷疑，漏網的渺小性也有待考證。

④學術地位：掛狗頭說羊肉，因此連羊肉也有狗味，如果他用創作詩得個博士，那我認了。

⑤外文能力：能翻過來，使人覺得肚子有水，因此詩也漲了；能翻過去，更不得了，一些要把頭擠進洋門者，便背天胡地的亂拍。

⑥請客交際術：盡量把所有的缺嘴堵住，以免洩自己的氣，無人洩氣便可能偉大了。

⑦社會地位：人有社會地位，他的詩由他的眼睛看起來，也有社會地位了。

⑧犀利的理論支持：叫人感覺一隻鬪牛似的，隨時保持戰鬪姿態，令人不敢瞄。這點，林亨泰、白萩、余光中、洛夫、張默、季紅、羅門等，能搞理論的都有此種印象。

⑨到處演講、開朗誦會：企圖經由創造票房價值來決定藝術價值。這點我在南部的學校演講了幾次，第一個要受嫌疑。

一個人雖能影響一個時代的眼睛，却無法遮住所有時代的眼睛，現在我以及所有寫詩的朋友，都處在一團迷霧之中，在將來年青者澄清的眼中，在不受現在種種活動干擾的時間裡，我們將被澈底的脫光，唯有脫光一切之後，始見眞章。

讀詩隨筆

34期作品的欣賞

陳明台

1.回顧和反省

不論何時，不論何地，人，必須反省，在回顧的背影中靜靜反省。正如白萩說的：「人生是不能回頭的單行道，驛站之後還有驛站，不知會終止在什麼地方。」所以，人須要在反省和回顧之後找尋踏步的新方向。遭受失敗以後去反省，在痛苦的回顧中成長、成熟，這是「歷史的教訓」，更超越一層是保持清醒的透視環境，在探求意義的回顧中抵抗現實壓力而活下去，這是「精神的對決」。詩人，更須要後一層次的反省，回顧他的生活、他的追求、他的精神底流、他的詩。

詹氷先生在詩作「半百之年」中正是從事這種對生命的回顧和反省。

「太陽隱藏了
風也疲倦了
在這黃昏的路上
我 還在提着燈
想要到那裡去呢」

過了半百之年，他並不像「風也疲倦」了，反而在字裡行間充滿着醒覺，不斷追問自己「想要到那裡去呢？」而且，還把天眞的心情反覆敍述着：

「忽然
想要再喝青鳥的淸湯
想要再說玫瑰花的沙拉
可是
……」

確實，不管他感傷的說：「此時，好像植物標本，開始乾燥而枯萎，」他依舊生氣蓬勃鼓舞着向上的意志哩！這正是鮎川信夫說的：「能從卑屈的懦怯的心情，使之能驅向高邁的精神勇氣的詩。」

相對於向個人生命和年齡的挑戰，杜芳格女士在「中元節」和「平安戲」中對着社會和群衆反省和回顧。不，還有對惰性的強烈批判哩！透過深沉的關懷觸及生存層面的共通感情而抒發着。存有「在紛雜的人群裡，追求忘我，而我越來越清醒着」的呼喚，難怪她說：

「無論何時
使牠咬着『甘願』的
是你
不然就是我」

然而，在「平安戲」裡，她却不甘願的表露帶淚的悲情：

「保持只有一條的生命
看

平安戲」

不管她說：「年年都是太平年，年年都演太平戲」，作爲一位詩人的心情却爲了不安易妥協而起伏不平哩。

不論着眼於個人，或者社會和群衆，讓我們爲了飛揚的意志、蓬勃的衝勁，以回顧之姿，在反省中追求詩吧！

2. 語言的自覺

記得鄭烱明在笠32期作品欣賞中談到簡誠的貝殼集時，曾眞摯地說：「今天，我們必須重視年輕一代對詩的再認識，亦即對語言所持有的新的自覺」他意指着該不止是對語言的眞誠和節制這一點吧！還要求穿透語言背後存在的作爲支柱的精神底流、堅實、豐富而深刻。從「笠」詩誌中許多青年作者的創作裡，我頗有同感，然而，與其說這是一種新的自覺，無寧說它也含有對昔日詩壇中流行華麗修辭和冷僻晦澀文字的反逆和厭惡。這期的作品中，王浩和古添洪的詩作就很清楚顯現出來這一傾向。王浩的「手錶」乍看之下實在平凡得很、樸實得很，然而他詩中存有的不平凡的詩精神以及詩思考却透過這種平易的語言組合而發揮無遺了，甚且有着深度難忘的感動，撞擊讀者的心靈。例如：

「防不防水都無所謂了
被水滲入以後
失去了一切的它
很傷心哭泣着」

眞是很親近人的敍說着，然而他對於人性弱點「打腫臉充胖子」這一面的挖掘却深深的拓延着，歷久而令人不忘。古添洪的「小鎭詩草」，從頭到尾更是平平淡淡，一點不新奇，可是，却有其美妙處，在平淡中露出洒脫和清俗。讀了血淋淋感覺的詩，換換口味，欣賞他的飄逸和悠閒眞是舒服的享受，例如：

「夜的斜坡上
隱約有夏蟲的騷動
四壁遂化作綠霧消散
一枕幽思
不辨花草香
不辨風雨聲」

好像是一個深居的隱士自得其樂的吟詠，或許他只平淡的描繪景緻，然而純淨不沾汚塵的胸懷却洋溢字句中，這種平白的語言不是巧妙的按配了嗎？

過去，前輩詩人曾給過我們許多滋養和教益，然而，也着實樹立了許多不良的習氣和典型，今天，要使詩加速現代化，除了仰賴這批前輩以外，年青繼起的一代也應充分地負起責任，尤其要保持清醒的自覺，執着於詩的追求和創作固是要務，更要把詩壇上不乾不淨的陋習和風氣（譬如說自大自誇狂、倚老賣老狂），掃蕩乾淨，正派的、踏實的邁步。語言的自覺，只是一個方向和目標，尤其須要造成良好的風氣和開創新的局面。勉乎哉！

3. 十三月詩抄

我偏愛拾虹的作品「十三月詩抄」，或許正如鮎川信夫所說：「所謂詩的價值，是那首詩訴之人類的經驗，以其及於人底知性和感受性的終極效果來決定。」這一點理由吧！不，或許更由於他說的：「假若我讀一首詩，被那首詩强烈地感動的話，我無論怎樣總會希望給別人也傳達那種感動的。」

十三月詩抄在發展上並沒有很一貫的思考，然而五首詩作都具有取材的角度不平凡這一共同點。我常常想到這一個問題，由於作者氣質的不同、才氣的不同，即使同一題材也會顯出完全不同的風貌哩。「寄給戰場」把戰爭和愛情避免通俗的聯想巧妙的配合入詩，雙重而平行的發展造成這首詩的支架，「是否你持槍的姿態，正像擁抱我一樣，何以你一瞄準，我的胸口就隱隱作痛」這是雙層的感受、雙重的比喻和雙重的聯想。「石蕊試液」在本身就表現其特殊的角度，以化學工程師在實驗室的體驗，作者企圖表現的是他獨特的愛情觀，「鮮艷的火花爆裂是眸中不可逼視的雲彩，我們是陌生人，可憐地撐着，一把傘，相互追逐、閃躬，距離如此莫名地貼近……」充分表達了他浪漫的氣質和感情的風暴。「當舖」一首是微妙的生活詩，在日常生活中碰到的詩的火花，「經過當舖門口，忍不住又要望了一下，斗大的當字下面的時鐘，也在滴滴塔塔地趕路，現在是幾點鐘了呢？」這種出人意表的追踪，把時間、手錶、當舖和作者的心境串聯了。「禿樹」和「風箏」對境遇和存在的現實有一層剖視和觀察，「禿樹」有些感覺淪於一般性，然而也有其年青的不凡體驗，例如：「然而我們聽不見，仍然要睜着眼走路，仍然要淒慘地年青，我們是多麽不願意。」尤其，「風箏」一首完全超越了一般的觀察：「最後我們抽了筋的脚趾漸漸瘦小，漸漸如冷去的尿布，只剩下微弱的啼聲緊抓住母親下垂的乳房懸空而起」何等鮮明、銳利的形象啊！還有「往母親受傷的地方墜落下去，像母親的眼淚一般迅速地墜落下去，碎落下去成爲一把暖暖的雨滴，洒在母親失血的軀體上」深沉的鄉愁繫念以及苦悶的胸懷躍然紙上！

拾虹呵，可愛的拾虹，加油吧！

出版消息

△紀弦新書兩種；一爲詩論集「紀弦論現代詩」，列入藍燈叢書，定價18元；另一爲散文集「終南山下」，列入人人文庫，定價12元。

△余光中出國前夕出版了兩部詩集；「在冷戰的年代」，定價18元；「敲打樂」，定價15元；均已列入藍星叢書。

△向明繼「雨天書」推出了他第二詩集「狼煙」，亦列入藍星叢書，定價15元。

△梁春生詩集「下降」，已由田園出版社出版，定價12元。他係來自沙巴的僑生，作品散見於臺大校內的刊物，現肄業於臺大哲學系。

△旅美詩人黃伯飛繼「微明集」以後，再出「祈嚮集」，列入人人文庫；定價12元。

△張默主編「現代詩人書簡集」，列入普天文叢，定價35元。計收錄季紅、羅門、大荒、葉泥、楓堤、葉維廉、桓夫、趙天儀、管管、蓉子、辛鬱、商禽、紀弦、黃用、洛夫、羊令野、瘂弦、鍾鼎文、楚戈、余光中、喬林、葉笛、林煥彰、張默、李英豪、莊喆、施善繼、杜國清……等三十五家書簡。

△蓉子詩集「維納麗沙組曲」，列入藍星詩叢，定價15元。

△「白萩詩選」的英譯本，係由旅美核子科學家非馬所譯，日譯本由陳千武翻譯，已分別在美國及日本接洽出版。德文本也已由李魁賢譯就。

編輯後記

A

「從龜裂的土地綻出新芽」，這是大自然傳來的消息，詩人藉靈魂視爲人間帶來安慰的遠景。雖然死亡的鼓聲還在敲着黑綢的夢魘，但這不是墮落和自瀆的理由。如何在精神痪散中，邁出步伐踩出春雷的驚悸，在荒地胼手胝足建立宏偉堅實的都市，是要靠自覺來履行、實踐。

讓我們不要忘了詩的使命。詩人不是雲彩，別裝出一付清高、虛無縹緲狀，別仿效精神上的吉普賽族，儘繞着幾堆燃燒的枯枝跳沒有出路的迴旋舞；寧願是泥巴，承受現實的負擔，烙血的脚印，汗的脚印，從勞累中去獲取確信的喜悅。

B

由本社編委會二年來籌劃、翻譯的日譯『中國詩選』，經日本詩人高橋喜久晴和出版家若樹書房主人來臺接洽商討結果，已決定於四月中在日本精印出版，並已開始在日本第一大報朝日新聞和NHK電視廣告，引起了彼邦人士的重視。『中國詩選』將以中、日文對照方式印行，本社已分別通知各入選作者及其作品。

中華民國內政部登記內版臺誌字第二〇九〇號
中華郵政臺字第二〇〇七號執照登記爲第一類新聞紙

笠双月詩刊 第三十五期

民國五十三年六月十五日創刊
民國五十九年二月十五日出版

出版社：笠詩刊社
發行人：黃騰輝
社址：臺北市忠孝路二段二五一巷10弄9號
資料室：彰化市華陽里南郭路一巷10號
編輯部：臺北市林森北路85巷19號四樓
經理部：臺北市南港區南港路一段30巷26號
日本發賣元：若樹書房（東京都目黑區下目黑三—24—14目黒コーポラス204號）
定價：每冊新臺幣六元 日幣六十元 港幣一元 菲幣一元 美金二角
訂閱：全年六期新臺幣三十元 半年三期新臺幣十五元
●郵政劃撥第五五七四號林煥彰帳戶（小額郵票通用）

民國五十三年六月十五日創刊

詩双月刊

36

笠 36期 目錄 Li Poetry Magazine, NO, 36

詩評論者的責任

本社

寫詩的意義有二：一是個人的意義，從自我的觀照到自我的外射，詩人該負起在內省中的自我批評。二是社會的意義，除非是藏諸名山，一旦完成了的詩作發表的時候，寫詩不僅是個人的創造活動，而且參與了別人的鑑賞活動。

同理，詩評論的寫作，不只是有其個人的意義，而且還有其社會的意義。而在詩評論的活動上，社會的意義却更爲顯著。因此，對於詩的評論者，我們該會發現，其言論不只是針對着讀者或鑑賞者，而且將涉及作者或創作者。換句話說，評論者、鑑賞者以及創作者將造成一種相對的關係。創作者一則是站在創造活動的立足點上，二則是站在自我批判的補助點上。同樣地，評論者一則亦是站在再創造活動的立足點上，二則也是站在批評活動的補助點上。

目前因關心詩而評論詩的有三種類型：一是詩的學者：這是包括了中國詩及外國詩的研究者，大學教授中，尤其是教詩的學者，他們該具有良好的詩的教養，來提出中肯的評論。二是雜文的作者：他們雖非詩的專業的研究者，也非詩的寫作者，但他們站在大衆文學的立場，具有大衆傳播的作用。但他們往往以大衆文學的眼光來接觸這種純文學中的詩。三是詩的寫作者兼爲詩的評論者：這是現代詩人自兼佈道者的類型之一，詩人往往是爲了創作而對評論下一番苦功，這原是無可厚非的，可是，詩人因自己也從事評論工作，常常混淆了雙重身份的差距。

不論是學者、雜文作者以及詩人，當他們參與了詩的評論工作時，我們認爲都該有一種自覺，評論者是社會的橋樑，同時也是詩的嚮導。作爲一種詩的嚮導，他們該不能只具有「旅行指南」之類的常識而已，而是應有如數家珍的內行的知識。詩的評論者以外行的眼光來做嚮導是最不智的行爲，因此，對於評論者的責任，我們認爲他們該有「天將降大任於斯人也」的覺醒，才能搔到作爲醒者的詩人在創造活動上的癢處，也才能盡到作爲一個嚮導的一份責任。

向晚集

林湘

·向晚

或者撫我們的額 或者
拭去我們的淚 或者
塞緊我們的被角
有人會踩着無聲底步履 攜着
他底嗚咽前來

這樣一則遠古底傳聞
說祇在第七子夜顯靈
而我們守望如月
但是呵 却只能向她問訊

就教我們望不見
哪朵晚雲上您在歇着
因了西方有佛西方有您
必有人朝西膜拜

日落之后呵
我們無法老是長頸鹿
即令今夜底月光 散如白灰
您底脚跡也恒等於
零

·黑色的康乃馨

若我底長睫中驟然投下暗影
　我底紅唇不再輕俏
請 覆我以白色康乃馨
（唉！沒有黑色的吧？）
毋須用哀愁撼我
縱有千金裘也不要
只愛花魂一片隨我

此去
時髦的已不再數說
再會或者珍重啦
音容即渺
請妥以剪記
我底頰邊笑痕
以及被剋的青春

林外是水 林外是山
枕山而眠
眠床似水 綠茵爲褥
（誰說不是好風水？）

我將憩息並且無憾
爲我立碑頎長的碑
書上：「酣眠於此的
曾經玲瓏過的
是株早凋的康乃馨」

更請　勿淚濕我底去路
我呵我僅是
從遙遠地方來的
一株黑色的康乃馨
一株已屆歸眞的
黑色的康乃馨

・內城行

我們來
瞻仰你山的峻挺
和你缺口的水墻
我們來
撮拾一種原始的記憶
和鬆開四肢的螺絲

以爲這就是瀟洒
嚼着口香糖　嗑着五香瓜子
像瀏覽櫥窗般瞪着你
於你底裙裾製造文明煙的
總是那些忘祖的四脚動物
忘祖的四脚動物
他們是該朗讀綠籤的
——曾經
我們來自
你底肥碩的骨盤　來自
你啞然的孕育

・不准作夢

不准無謂的囈語
在壇前
也不許販賣愛情的

在壇前
看蕨類如何綠着
小蝦如何躍着
以及我們如何
回復眞誠　如何
燃點

・致死神

一度　我觸到你冰冷的手
某個風雨潑辣之夜
你曾緊叩門扉
在千萬條銀光探照下　你的面目
無可遁形

愛是唯一的護身符
你這怕光怕熱的極帶物
在你五指的面積裡
靜坐如一禪者
死亡乃生之衍續之皈依
跨越一道門檻
我便走向你

把孤子稱呼隨便的抛給我　且
揮鞭相向
你這怕光怕熱的極帶物呵
縱然走向你
還是帶着我底微笑
勝利仍然屬於
我

詩兩首

傅敏

思慕與哀愁

透過花玻璃
女人裸露的胸口照印着黃昏

原始的風景
這是一處美麗的江山
連緜着我的思慕與哀愁

無窮盡地攀登
到達的是燦爛的末梢

徐徐地滑落
下沉到深不可測的幽谷

我不眠地
利用肉體的回音計量愛的距離

光裸的背面

就這樣翻轉過去
暗褐色的平原直通往天堂那邊

床燈是盞小小的烽火
燃燒到歷史終將毀滅的一天

仆倒的
我的姿態竟抽泣起來
肉體的邊際是無限的

CHANSONS

白萩

有時

有時妳會將愛偷偷地炒進菜裡
讓我嚐起來分外的酸楚

窗外長着芒果樹在天天枯葉
像妳的愛甘願一層層的死去
祇爲了長出新蕊

「也像你的詩在歷史中時時腐爛
却又拼命地在發芽」
妳淡淡地又將愛炒進菜裡

排泄物

有時你會佇足，回頭觀望
站在腸道的新美街上
家是可怖的胃臟
已將你的生命消化

眼光落在十七歲
那猶吊在枝頭的標緻的少女
心底不禁嘿嘿地譏笑起來

而在生的盡頭
那肛門的外邊有沸騰的招呼：
「老兄，你也來了嗎？」

漂浮

黃昏的街道漂浮着已模糊的人群
你浮沉是其中之一且被肢解
腦髓仍粘附着語言的銼磨聲
心反芻着權勢的呃氣
而脚趕不上潮流
掉在背後似已走不回來

有時會淺擱，翻身
看看稀奇的天空
「那些鳥兒在傷感裡飛得多自在呵」

在更遠處已是黑暗裡
你繫着一個小小的企望
希望女人今夜好脾氣地
把你撿回去細心的縫合

煙

有時你無奈的伸手敲敲天空
夜色已在山外開始收網
而後面獵犬吠着搜索聲
驚悸着你一匹
竄逃的靈魂

天空沒有應門聲
你已越獄，在岐口處猶疑
往東？往西？往南？往北？
而後面狂吠的獵犬已接近
你無處可逃

祇有一個愛要死去一千次般地在哀叫着你
全世界祇剩一個愛在哀叫着你

一顆沙粒

一顆沙粒對着整個世界叫喊
爲了不能消失自己而在哀叫
一顆沙粒被囚在時間的漏斗中
記錄了卑賤的歷史
一顆沙粒躺在人類的前途
承受了赴死的脚印

現在你潔白的手將他捧起
像呵護一隻受傷的鳥兒
聽着他不能消失自己地在哀叫

詩兩首

陳鴻森

雨後

黃濁的水流着凝滯的天色　在一種沒有速度的速度裡
所有飄浮着的將被回歸至何處　而誰是滙集
落雨的時候便不自己的從酒記憶起一荒蕪的島　然而
此刻一切已如是平靜　「雨後　天總是黑得快吧」　畢竟
這天空已給了我們什麼了……

畫

有一次，他用濃濃的墨在白壁上繪下了自己，突然有種擺脫了自己的忻悅，以後他就如發現了一個秘密那麼的，終日在那片白壁上畫着自己。

而當那片白壁爲日子的黑所淹沒，他忽想起了：在這地平線上，這或就是何以會有白晝和黑夜的理由。

春與貝殼

陳于惠

春

驟然間，
七彩裹住霧，
自藍天的裙角滾落。

北風，捕綠的吉普賽人，
暈倒牆角；
臉色蒼白。

悄悄地，
　螞蟻扛走網中物；
默默地，
　編織四季的新衣。

貝殼

那園裡，沒有樹，
唯有滿地乾枯的種籽，
他們沒有死，
　只是默印沙蟹的脚步。
愛人不來，
四季不來，
浪且伸長着手，
愛撫這群被棄的遺孤。

教室手記

古添洪

一

一個窗框
輕剪一幅山林圖
教室竟成了畫室了

不必翻看文明的雪片
文明會隕落
春與秋在琉璃裏變換
晨光與夕陽同樣美麗

靈魂與自然同化

二

一張紙下來
就立刻翻動一個畫面
托腮咬筆抓耳朵

細碎的蠶桑
沙沙的風雨
每一個靈魂都陶醉在聲籟裏

一條蠶偶然抬起頭來
左右錯謬

然後閒欵地爬出了暖窩

童年

古丁

時間，啊！時間是一個頑皮的孩子
在我的故鄉
他玩我的陽光
他用許多顏色塗我的窗戶
且爬在那裡看我讀寫
看我開始領會人間的煩惱
他不知疲倦
啊！時間，時間向我請安
時間磨損着我的童稚
這是他的傑作，頑皮的時間

許多日子是屬於孤獨的
那時候我也從窗上向外看
看時間忙着玩我的積木
從山外搬來的那些秋，那些冬
高高地架在春季和夏季的積木上
就那樣堆成一層一層的年輪
和我比賽着高度

停止這樣的玩耍
我的時間
陪我一起去河岸上散步
而楊柳向我彎腰
河上有許多不羈的浪子要向我講述故事

而時間從不停止
他帶我去爬對岸的那座山
去傾聽樹上的音樂
去想一棵小松樹的未來
去懸一個夢在最高峯上

而山下在昇起戰火
炮彈忙於尋找獵物
啊，時間！時間忽然停住
跌下那座山峯
跨過嗚咽的河流
驚坐在我們的隴上

時間，啊！時間也不解爲何到處昇哀悼的旗
爲何女人的頭髮
被炸彈拿去掛在電線上
爲何一整條整條的街燒成焦土

我的書包裡開始裝滿戰爭
山峯隱沒在愁雲之中
在防空洞和教室之間
讀着災難

時間無語
田間不再騷動
春天只出來擺一個姿態
我們天空上的雲
被一批一批的轟炸機趕着

不再悠然

失望陪我坐掉許多個無聊的下午
母親把我們的屋子哭成小河
時間不再頑皮，
他走進夜，呆呆地坐在黑暗中，想着明天

時間不再回來，那頑皮的孩子
不再在河上出現，不再在山上
他在幾千里外
啊！時間，他已和我一樣老去
在不屬於故鄉的日子，在懷念中
臉色蒼白……

妳無需以妳的髮尖將我刺殺

朶思

妳無需以妳的髮尖將我刺殺
妳的沉默已將我的痛苦
烹煮成一鍋熟爛的羮湯
用那人挺拔的字體，屠夫般
割裂開我無恙的肚腸
且一副理所當然的
把冬季鐫刻成了那種很薄倖的模樣
也不知打從何年起始
堅貞的聖誕紅驀地泛濫成了四肢叉開的
沒有一絲羞意
唉唉，畢竟妳的心
也撒播過我的痴情的
妳的眼瞳也收容過我的流浪的

絕對的，却是沒有鈴聲
沒有蟬鳴
也沒有預告
妳悠然在一朝悄悄閃入了
一個姓氏的覆蔭下面
然後，那人的筆跡橫鋪出銅器的洪亮
不是傲岸也是傲岸
不是挑釁仍然是挑釁

我祇是憤慨的
伸出了手去
妳無需以妳的髮尖將我刺殺的
我一心想以一掌
將落日唰地劈下

火車

陳秀喜

軌道迢遙
何必頹喪
偶而車站稍停留
你憐我的負荷
我憐你的重載

互慰的眼
確定相悅的片刻
裂綢的汽笛
似你我的心聲
噴出朵朵的白煙
湧出、躍升、無拘束
捲成一條舞龍
靈魂互相融合的瞬間
那麼纏綿　那麼美妙

電鈴催醒宿命
你走你的軌道
我走我的軌道
各自多載靈魂融合的幻影
奔向夜空

詩兩題

林宗源

血人

求你！我的血沒有腐敗的細菌
我的血很值錢
請你買去所有的血
讓我的孩子

孩子拿着便當
衝出教室
跑到操場的邊仔
打開着白色的便當
把父親的血塡飽了胃
在已經空了的便當
他看到父親的笑容

明天以及明天
又是明天

他的孩子死去

嫁給幸福

來到草地
嫁給魚塩
沒嫁妝
只有我
也沒吹吹打打的風俗
我獻身給你
只爲了「生活」

媽媽像稅務員
　天天查錢
爸爸像法官
　天天注意我的心跳
媽與爸都死去了
阮不免人管
阮能够儘情談愛

傾瀉着自由的意志
　整理阮的厝

阮沒黑頭仔
也沒電視
阮不要聽太空人的故事
阮知道星與星的戰爭
一定會給生物帶來流血的時代

我很滿足
想起那堆雜亂的草
任由阮牽割
很滿足

很幸福

塔城街外兩個地方

林煥彰

一、塔城街

同坐欣欣的小姐已先下車
她的終站是
北門，下車以後是
塔城街，以後
是

塔城街。一條新編的在北門

新愛的人，她
早晨抱着外文書擠公共汽車去上學
下午擠着大有抱着疲倦的精神回家
晚上什麼都不帶，同我約會

哦！新愛的人
一條很美
　很妙齡的街

二、松　山

松山以前叫作錫口
我每天從那裡經過

南港下雨，這裡也是
過後就天晴
像大有在這裡換票
天空在這裡換一種顏色

哦！天空
一半晴朗，一半就
陰暗

三、大崎脚

說下就下了，這裡的雨
那山上的雲
是剛剛在溪底下吸水的
濕濕的綿羊，爬上山頭
就拉起尿來

所以說：
要下就下了
在山上也在谷底

夜行

凱若

被黑暗咀嚼著的
不安地挪動著身軀的
憤恨地搜索著晨曦的
却常被樹影欺矇的
樹梢背後也有一條可行的洋灰路嗎？

想辨認些什麽？阿興
不要奢望星星呵！
不再想七夕。

在無可相告的夜色中
阿興固執著他的歸處；
並且爲了咬著嘴唇的理由
不肯讓淚水掉下

殼

帆村莊兒

雪融化了的地面上
蝸牛旅行去了
那小小的空房屋
以殼之形
點點
殘留着。

蝸牛正在旅途。
正在暖暖而素樸的旅途。
靜靜地遺忘了自己的家
像布坦人那樣
身帶着日常的那些
在有青葉的國土上走着。
在有暖和水流的國土安慰自己。
這種假想
眞使我迷戀。

雪融化了的
凸凹不平的地面上
散亂着各種的
透明的故事。

——摘自「山陰詩人」24期·（陳千武譯）

非馬詩抄

非　馬

·死去的鸚鵡

沒有理由要
扼殺一隻
羽毛艷麗
且會呀呀學語的
鸚鵡
像一個自覺有腋臭的人
緊緊收斂着翅膀
站在
遼濶空間的一角
沉默地看着
你，那隻
被你扼殺的鸚鵡

·破　曉

一對鳥兒在枝頭
做愛，搖落了一片
莫明其妙的
葉子

轟然一擊，巨掌
下傳出嬰兒痛苦的初啼
產後的夜一直把眼閉着
不敢看她丈夫難看的臉色

·在風城

想家的小孩
猛然
把
乾澀的眼
對着
母親
噴沙的
嘴

·杯

性急地
把滾燙的
黑咖啡
灌進
着火的
胃

灼傷了嘴角的
杯
在嗞嗞冒出的焦烟裡
幸災樂禍地
笑着

・黃昏

在脫光衣服之前
慣例地要把電燈關掉
但使我微張的眼皮終于閉上的
是那噴着酒氣的
　　陌生人的臉
今夜，我要用春藥
讓那些陽萎了的名字
一個個健壯起來
然後
一個個連根砍殺

・演奏會

密密麻麻
雨下罩
　　網罩下
一尾受驚的靈魂
　在逃竄時嗆了一口水
這時忍不住大咳而特咳了起來

・床上

撫着妳背上
　　去夏的一片陽光
依然熾熱
　　依然有波光
　　　　耀着我
在沙灘上
　　我們玩那
新得使上帝瞠目的
　　數學遊戲
　　X＋O＝O
受藥片祝福的子宮成了聖壇
夜夜有歡天喜地的犧牲

・烟囱

在搖搖欲滅的燈火前
猛吸着烟斗
被醫生警告過的老頭子
只想再悠閑地吐一個
　　完整的煙圈

近作兩首

吳瀛濤

獸

爬上沒有人在的大樓的平屋頂
在那兒，要做什麼呢

做做了體操
似乎有點尷尬

停下來，看看四周
看看遠邊的山脈或無數的屋頂
從音響遮斷了的都市的俯瞰圖

有了一點眼花
有了一點頭暈
像浮在半空那樣
像從生活疏遠那樣

大聲喊起來
哦，嗶，哦
爲要確認存在
大樓平屋頂上的一隻獸

在外面

突然停下來
忘記了什麼啦

沒有
並沒有忘記什麼呀

會趕不及
開步大走

噯，鐘錶快哪
就慢慢走

但是，火車都已開走了
看錯時間表的啦

不過也不是要急的事
休息一會兒吧

來一杯咖啡
唱片請放一張靜的

糟糕！
要緊的錢包忘記帶來了

垃圾箱裡的意念

桓夫

給蚊子取個榮譽的名稱吧

嗡嗡不停地　飛來
叮在我癱瘓的手背上
說是過境
過境　就抽一絲利己的致命的血去了
究竟
有多少蚊子眞正無依
有多少蚊子値得同情
在我的手背上
在廣漠的國土裡
我底手越來越癱瘓了

泡　沫

那個傢伙　隨心所欲地吃過
滔滔不絕地吹過　之後
死了
老該死的傢伙
死了　畢竟愧於良心了吧
雙手合十在胸上……
然而　突然！
那個嘴又開始蠕動　蠕動着
好像在呢喃什麼
好像在吸吮什麼
軀體每一支節都死了
只有嘴不死。
連那操縱腐爛繁殖下來的
蛆蟲們也覺得很蹩扭
活在五千年後的文化接續線上
未曾做過甚麼　那個傢伙
隨心所欲地大吃大喝
滔滔不絕地大吹大擂
之後　死了
還不羞死
仍然在嘴角吹起泡沫

映　像

從窗口挺出上半身
向優美的院子的一隅　剎那
用左手兩個指頭揑鼻子的手勢
多麼敏捷……。課長先生！
在茸茸的高麗草上
浮顯出一幅渡過戰亂的世界地圖
又奠定了一次業績

用左手揑鼻子
用右手握緊紅包
課長先生的手黑黑亮着
站在他的傍邊
有個開營造廠的頭家儍笑着
一定　這一次的貿易
也成功了吧
（嘿！女人一把
　多少錢？）

卡車進進出出的衙門
守衞謹嚴的肩膀上
金鈕扣亮着
匆忙地
躲入卡車的巨大蔭影裡
一個矮小的男人抱着
一隻瘦母鷄
傲慢的風
吹亂了母鷄的羽毛
嘲笑而去
（罪的反面
　有妻兒在哭泣）
只有形骸的世界
我們怎能審判自己？

不要哭

不要哭　儍孩子
你不知
命註定一生就是給人家做媳婦
竹籃仔拿來　趕快
把斗笠戴好
趕快　拜媽祖去！

媽祖會保佑你
不要哭　儍孩子
你不知　日本仔管了臺灣五十年
過去阿婆多艱苦
不要哭　儍孩子！
不要模做人家去貪污
天清清　月亮看得很顯明
美國仔已經有人到宇宙去旅行
不要哭　儍孩子

儍孩子　你要哭
儍孩子　你要哭
該回到生爹生母死了時纔哭
竹籃仔拿來　趕快
把斗笠戴好
趕快　拜媽祖去！

笠下影 ⑤1

沙牧

我自信我所走的是自己的路。且自信，在氣質和思想上，我永遠是自覺而清醒的。設若我是愚蠢的獸，則我寧願做一頭獨來獨往的獅子或老虎；而絕不願做一隻善摹擬的猴子或長於投機取巧的狐狸。

I 作品

小窗·藍天·海

不要遮住我小樓的眼睛呀
你　夜的巨大的黑影
穿藍裙子的海知道　我有着多麼深的鄉愁和戀情

每晚　我總要佇立在窗口凝望良久
然後我才上床　依枕讀我喜愛的詩集
直到倦極時　在似蟬翼般透明的朦朧中
讓濤聲的溫柔的手指拍我入夢
彩色的貝殼爲我的藍夢鋪路
星星爲我燃亮照明的小燈
我夢我光着身子在海邊碎金的沙灘上打滾兒的童年
夢我童年的小愛人
以及故鄉媚人的春天和飄雪的冬

我的小小的窗口開向藍天和海
晝有微笑的陽光慇懃造訪
夜來有吹着流浪口哨的海上微微的風

是呀　我該承認這夢境似的生活是幸福的
而我的鄉愁和戀情啊　却更深　更重

雪地

雪　不停地飄落
啊　春天坐在南方的椰子樹下哭着

而雪不停地飄落
落在凋落了頭髮的樹上 冰封的河面
落在我的拉得低低地帽簷和豎起的大衣領上

我是迷失了方向的獵人
且忠實的犬竟也夭亡 我很孤獨
我的心如雪樣冷 雪樣茫茫

一則間冰期的故事重現了
沉默的雪地像古墓
飾滿耳墜子的樹枝也悲哀着

而風走過 但什麽消息也沒帶來
我的心如雪樣蒼白 啊 雪樣空茫

今夜宿何處 我停下來張望着
而且傾聽着 無人打聽 無人尋找
只有風雪在收集我剛遺下的脚印

媽媽不要哭

別老是望着那空了的小書房
燕子已快從南方回來
媽媽不要哭

菩薩是不懂的哇
卜者也測不出自己脚下的路有多長
媽媽不要哭

炮聲總會停止的
而現在我們必須擁抱戰爭
媽媽不要哭

樹葉還未落盡
今年的秋裝不用剪裁了
媽媽不要哭

沒有名字的小墳長滿了野草
雲的棉絮已够禦寒了
啊 媽媽不要哭

當潮退了的時候

當潮退走 沙灘拉着海的衣角哭着
那不知駛向何處去的斜斜地小帆也逝去
啊 海面上浮滿了我心的破片

當潮退遠 沙灘的眼淚已流盡
海天的剪刀剪斷了我凝望的視線
不 那不是海的聲音 是我沉重的嘆息

Ⅱ 詩的位置

從軍隊到電影圈，從詩的寫作者到職業性的編輯者，沙牧在尋覓着屬於他自己的生活方式。也許是借酒澆愁愁更愁，沙牧以赤裸的靈魂來擁抱自己，且去反抗虛僞的滲透。沙牧是從痛苦與血淚中生活過來的人，因此，他既不會鑽營，也不屑阿諛，而是在自己的心靈上醞釀着詩的酵素。雖然他也歷經了「現代詩」、「海島文藝」、「南北笛」，而到後半期的「創世紀」。事實上，我們很難把他劃歸到那一個系譜裏去，何況他的詩，也是從抒情性的自由詩發展到批判性的現代詩。就作爲詩的創作者來說，他既不是摩登的，也不是古色古香的，他有的是生活體驗，有的是悲劇性的性格，因此，在自我教育自我訓練的過程中，他在時代的風暴中掙扎，磨鍊，培養了那種早熟與孤獨，負荷着時代的苦難，朝向現代的挑激。

Ⅲ 詩的特徵

當沙牧從大陸流浪到島上，借着詩的筆觸，觸及了他內心的創傷時，便開始歌詠着：「我原是失去戶籍的孤兒像一枚被暴風吹離枝幹的嫩葉」（註1）；他相當了解自己的境遇，不怨天尤人，把自己塑造成一個「硬骨頭」（註2），因此，他寫詩，毫無脂粉氣味或娘娘腔，而是一種硬漢的表現。這是許多軍中詩人的特色之一。雖然他的抒情也有某種程度的甜味；例如「小窗．藍天．海」的那種鄉愁，「雪地」的那種孤寂，以及「當潮退了的時候」那種空靈。他不只是在抒情中尋求一點溫暖，而且是在悲劇意識中探求一種批判。所謂「敍」的成份嫌多，乃是在挖掘那悲劇意識中形成的。例如「媽媽不要哭」該是一種小品一樣的水彩畫，而「歷史的假面」（註3）才是一幅悲劇一般的油畫。在沙牧那種激情的感受中，也許他那種素樸，恰好表現了他的那種剛毅的詩風。

（註1）參閱沙牧第二詩集「雪地」中的「古城的懷念」一詩。

（註2）參閱「雪地」的「自序」，他說：「我是個走夜路而無視於脚下的石子且又不肯拐彎兒的硬骨頭」。

（註3）參閱「雪地」中的「歷史的假面」一詩。

Ⅳ 結語

沙牧是一位具有相當程度的現代意識與感受的詩人，雖然他也加盟了「創世紀」，可是，他自有其明朗的一面，他不嚇唬別人，也不捉弄自己。然而，他却非常自律，也非常奔放，不寫詩反而比寫詩痛苦。詩雖非地上的麵包，却也是一種自我鼓舞的力量，從詩的創造中，發現失落了的自己。沙牧彷彿是在雪地上烙下自己的血印一樣地，創造了他自己的詩的世界。

詩的純粹性

淙淙

純粹一詞，有時並非要把屬於某種東西的範圍縮小；相反的，它是要擴充及壓實物質內在的生命。因此，提到詩的純粹性亦然，偶而我們會兼及它的嚴肅性、哲理性、和科學性。

語言之精練及象徵化是成為詩的主要因素，所謂喜笑怒罵皆成文章，是不包括詩的。詩意的表達常為一種繁複的科學過程，音節的收斂與奔放，語意的鏗鏘，可以說只當一種催化劑（Catalyst），使詩的形式別具、固定而已。

詩句的意象要濃厚，有時濃得化不開，有時反因濃而更見其清樸淡遠。所以，千萬不能把晦澀和難解搞在一起，前者屬表現範圍，或狀景而撲朔迷離，或抒情而餘音繞樑，或言論而無可奈何，仍然是感受得到的，只是個人的深淺程度不同。後者屬解釋範圍，說得通俗些，是查字典與運用邏輯的工夫，常常是比散文更頑固，比哲學更矛盾，比科學更死板的。

詩不受感官而受心靈的指揮，是詩與散文最大區別的地方，亦即詩之所以為詩的原因。同樣看見瀑布，散文的句子說：「水像布一樣倒掛下來。」詩句則如是：「瀑布是乳峯流下的奶汁。」散文是訴諸直覺的感官的，即有譬喻也很明顯，且缺乏生動和美感；詩則不然，詩人經過匠心的運用與處理，透過另一種方式出現之。故讀詩的人，須做反芻過程，始能咀嚼細碎，完全吸收。

我們的心靈受到衝擊，常會往正的一方面去想；然而，越過一段時期後，我們回轉探索負的方面。五官端正是美，詩人不會以此而滿足，他相信美亦存在缺陷中，甚至發現缺陷本身亦是美。這是純屬藝術的，與道德的憐憫無關。詩人因為眼光的銳利，早一步注意到衆人看見的東西，因此也多少帶些預言的成份。好的詩常常有預言化的傾向，然而那是心靈的水到渠成，不是矯揉做作的。雪萊的「西風頌」（Ode to the West Wind）的最末一句：「假如冬天到了，春天還會遠嗎？」便是一個極好的例子。

詩的最早功能在歌功頌德，歌詞雖是愉快，態度却是極端莊重的。寫一首詩所耗費的心血，不是字數可以估計，也不是意義所能聯想到的。因此，外行人以嘻笑的態度開詩的玩笑，詩人除了微笑置之，沒有更好的回答。

像行星有軌道一樣，詩人有他的思想路線，久而久之，自己會發現自己的軌跡來。也許那是遵循別人的，也許那是一己獨創的，也許那是將一種幼稚的圖案轉變為成熟，也許那是某種形象的進化。再加上各人的身世、背景、及受教育的程度有所不同；要說兩人的詩風完全相同，是相當困難博得大家的同意。

T・S・艾略特說：「詩創作是一種將血液變為墨水的過程。」其實，細思之下，那一種文藝創作不是這樣？而詩它是多了一道的手續，將墨水淨化過濾罷了。

我的詩觀 象徵與玫瑰

英・Kathleen Raine著
宋穎豪譯

幾年前，我在倫敦會經兩度收聽過討論美國詩的完整節目，其最後結論是：英國詩不同于美國詩。美國詩人與自龐德（Ezra Pound）之意象派（Imagist）以迄理查・韋爾伯（Richard Wilbur）的美國詩人之間的差異，在乎物界（Physical World）與心界（Sensible World）之分。

維廉・卡洛斯・韋廉士（William Corlos Williams）說：「最大的貧乏乃不能生活于物界」。而韋廉士、摩爾（M. Moore），佛洛斯特（Robert Frost），和其他當代美國詩人眼中物界的肌理（texture）遠較同一時代的英國詩人（勞倫斯 D. H. Lawrence 除外）在形象的表現上更爲眞確而純化。例如摩爾女王對山茶花的描述：

葛羅莉亞、茂娣
它們有兩吋九分寬的葉子
更小的，撒比亞、山茶花托着白菌的花瓣；
還有一些蒼白的紙風車，而青白的
脈紋，有如
甜菜根切成的玫瑰
嵌入香菇的銀絲

這種吟哦的詩句，係以一種明確眞切的形象藉聯想來美化原來的形象，且以一種高度精細的眼光窺視宇宙。于是由這類詩使我們瞭解當代美國詩中景物的精確程度。這首詩中所用的文字幾乎已經完全擺脫象徵的聯想，使每一聯想暈濛另一意象，有時形成如二度曝光影片的現象。因爲意象派曾强調在用字上完全擺脫聯想作用。故而史丹茵小姐（Gertrude Stein）的「玫瑰乃一朵玫瑰是一朵玫瑰」決不致出現于葉慈（William Butler Yeats）的國度。而葉慈的玫瑰除玫瑰之外，另有所指，而無所不指。

簡言之，美國詩運用新穎的語言；英國詩仍運用古老的語言，且這種語言中常用的文字又常引發聯想的作用。所以提及英國詩視野中的花草、動物，難免不立刻聯想到一些早期的詩人，如華茲華斯（Wordsworth），莎士比亞，喬塞（Chaucer）以及諾爾斯曼（Norsemen）和塞爾特（Celts）的傳奇神話。因爲英國讀者對這些傳統早已滾瓜爛熟，一古腦的灰燼、山欖、烏鴉和狐狸。

若將韋廉士和白雷克（William Blake）的用字加以比較的話，後者正是生活于所謂「最貧乏的」心界。白雷克說過「願上帝勿使我僅有單一的視野與牛頓的睏盹」。他又肯定的說：「我不以目視而以心眼透現」。而消除所有妨碍意象的實物。有人問他是否視太陽如一圓圓的火盆或一枚基尼幣——的確是一個極爲美好的觀察——他回答說：「不！不！我看見一群天庭的大軍」。

許多英國詩人仍如白雷克一樣認爲眼見的意象無論如何凝煉精美，總缺乏一種立體感（Dimension），因此很容易使人患染空曠落寞的恐懼病（Claustrophobia）。至于葉慈的「玫瑰中的玫瑰」是否意指視界或聯想中的花卉，尚猶待考據。然這種極度象徵意象的用字，對玄學詩的聯想而言，具有相當的份量，故其花已非大地之花，彷彿是夢中的玫瑰，其存在乃一種奧義或含蘊的媒介。

對許多英國詩人而言，這種複雜的聯想與啓示，似乎就是詩藝的整體。諸如葉慈和穆爾（Edwin Muir）等詩人沿襲白雷克和柯立基（Coleridge）的傳統，運用非文字（Non-Verbal）的象徵意象以爲語言的第二境界，彷彿恍然置身夢中，而以視覺的意象取代文字的地位。文字訴諸意識，象徵訴諸潛意識。當代英國優異的詩人葛銳夫（Robert Graves）和穆爾（Edwin Muir）之成功乃在善用象徵的語言。故其詩不能僅以物象來加以理解。尤以穆爾的詩最爲抽象。

有一條恒在盤旋的路
切斷「重現的國度」
弓箭手在四下埋伏
射殺「時間之鹿」
而鹿就躺在剛臥過之處

也許這類詩可以補救純視界詩平面化的缺點，但我尚不敢預測它對美國當代詩人的影響若何。不過我們可以斷言：三十年來美國詩確曾實實在在影響過英國的詩，而這種影響確實使美國詩受惠不淺。假若沒有龐德和意象派的影響，勞倫斯（Lawrence）也不會有如此卓越的成就。同時，由于阮遜（John Crowe Ransom）和賴亭（Lawra Riding）對葛銳夫（R. Graves）的影響，並因之影響更年青一代的優秀詩人，才蔚然寫下「三十年代」的輝煌歷史。

因爲美國詩人講求眞確與當代性，迫使英國詩人不得不愼于選用依然栩栩如生的象徵與意象，而揚棄過往的糟粕。

艾略特（T. S. Eliot）崇奉傳統，係淵源于歐洲而非其個人的創見。或許由于美國的求新意識與視聽的近切感，使他致力于民族語言純化的工作，因而強烈影響了奧登（Auden）一輩及更年青的一代詩人。龐德影響葉慈，葉慈却能青出于藍而勝于藍，不過他仍缺少一如龐德予人的那種獨特的近切感覺。這正說明了美國詩影響英國詩的性質與範圍。

最近二三十年來，艾略特對詩壇的影響極大，有時使我們體會不出其影響之所在。然今日的詩風似乎已在轉變，又重新吹向英國詩中柯立基與浪漫派的傳統。二十年前，我們一窩蜂似地潛研鄧約翰（John Dorne）和玄學詩；但今日已有研究葉慈和白雷克的趨勢。總之，象徵與當代的綜合研究（如周逸士（Joyce）的成就）才是我們今日的需要。因爲如此則可使美國詩的視象更具有禪與道藝術的深度。

詩人的備忘錄

—其一

錦連譯

我們仍未能觸及眞正的事物，我們必須觸及，並且要融合而合爲一體——這種緊迫感。我也得從那裏出發。

一腳踢開在喫茶店的咖啡熱氣裏所瞥見的「新」和「進步性」，才必須是我的「進步」，我的「新」。

他們由於不能瞭解確定認識的是創造，是行爲，親自攫取才是確信。因而以可以懷疑一切也可以愚信一切的態度，隨手將「女人」「夜」或「骨頭」等抓着不放，並且把自己的外在之臃腫了的觀念遮蓋於自己的恥部誤認爲美。

以現代的態度，面對現代的課題……。

讀到優異作品時我們所感到的衝擊，不外是一種「缺少於這世界的東西」之實感。

「感動」不可有絲毫間隙。當作者本身滿足於極其無聊的事物之時，讀者必將感到非常乏味。

內部危機的爆發性底表現……。

內部世界與外部的現實之對決……。

文學或者是詩，怎麼能夠成立於虛僞之上面呢？詩的密度畢竟是繫於這些虛僞被擯除到何種程度。

詩雖是語言的藝術，然而其實踐的意義却繫於詩人對自己的語言如何負起責任。詩人的語言的重量是不時被社會性的責任這具計量器所衡量着的。

不幸我所讀到的大部份的詩中，作爲語言的主體的詩人却未曾在場過。

對一個文學家而言，所謂實踐的自我批判究竟是什麼？它是無論如何，除了對自己的文學之冷酷的自我對決之外，別無他途的。

我們非知悉自己的位置不可。確知位置，必定是邁向目的的根本條件。

批評——所謂文學批評，不管能導致任何結論，至少在責難之前，必須是分析，必須是解明不可。

詩的運動和某詩在其運動中所扮演的任務，與其詩本身的價値，必須有清楚的區別才行。

走向抽象的趨勢

村野四郎作
陳千武譯

湖畔的疑惑

最近我常常感到，曾經使我尊敬的先進詩人們的作品或產生那些作品的作者的態度，迄今已失去使我感動的事實。

這也許並非關係於讀者成熟的問題，而在其他方面有其較重大的原因，使我自已有所變質的了。

前年，我偶然得到一個機會，不是在讀書上，却親眼看到這種無感動的强烈體驗。

那是秋天，和幾位作家、評論家們一起到十和田湖去探索秋的景色。那時奧入瀨的溪谷已披着初霜，遍地都是紅葉像血那樣濕透了。

聽說靠近湖的山中有個養鱒場，便到那個地方去看了；魚都已完成了生殖作業，只有等待撲殺的雄鱒魚，在水槽裡暗鬱地游着。

經過那兒，就到湖畔。我早已想着站在那湖畔的高村光太郎（詩人彫刻家）的女人裸像了。

曾經我去中野的寓所訪問光太郎時，這個彫像還沒有完成，只是鐵絲的原型未附上肉體，豎立在工作室的中央，光太郎正用他那巨大的手掌專心地製作着。光太郎把他晚年所有的熱情和藝術的執念貫注於這個彫像；這可在他以後這個裸像爲主題所寫的那一首詩，看出他那强烈的自信。

給十和田湖畔的裸像

銅和錫的合金豎立着
不管行使怎樣的造型
不錯那就是無機質的圖型
肚腸、粘液、油脂、汗或生物的
骯髒絲毫不在這裡
被陷於優美十和湖的丹錐空間裡
正面接受天然四元的打擊
以銅錫合金造成的
女裸像兩人
有如影與形豎立着
潔白的非情金屬青青的腐銹
銹到將來或會倒毀於地上之前
仍堪耐着原始林的壓力
要豎立　就默默豎立幾千年吧

這首詩也許是光太郎的很多作品中屬于最高位置的一首吧。我一直對這首詩的評價很高。

然而，這樣在詩裡被頌讚的「銅和錫合金」的造型，站在湖畔染了色的七度竈樹下；看到這種現實的時候，我的失望和驚異是不可言喻的。

那不是只指那個像吃了芋而肥滿了的村姑的裸體那樣型態的醜惡，却是爲了陷於這天然圓錐空間裡，那寫實的人體模型眞過於貧乏又無力，才感到驚愕的。

那是超越了纒繞於一個藝術家的光太郞的悲哀，令人感覺對某種藝術包有的悲慘命運。後來我便以此時的驚嘆和疑惑編成如左列一首詩。

湖　畔

在湖畔
七度竈樹下
少女的裸體 bronze 豎立着
說是高名詩人之作
但那膨脹的現實主義的凝固
在空中高高地被疏遠了
一切在永恒性之中
沒有比這裸像更不永恒性的
被僞裝　被傳詢
由于那形而上的醜聞
這位詩人的悲劇
終于得不到結局嗎
沒有聲音的叫喊
轟轟鳴響於錦繡的秋

使我們現代詩人所敬愛的這位詩人，爲甚麽把這種東西建立在這裡？要說這是單純的不耐煩，莫如說這是無法形容的空虛較適切。

這些又不像落葉那樣會腐朽，正如光太郞在詩裡說過「默默豎立幾千年」；想到這一點更會使人感到殘忍哩。

這個彫像在建立之前就被議論着，有些彫刻家却稱讚了它。然而現實在此所體驗的那個造型的非力，却毫無可掩飾。

爲甚麽？這種非力的本質是甚麽？那個時候我急促反問了自己！

忽然想到如在這空間，以站在東京日本橋街上的 Greco 會來代替這個裸像的時候，會變成怎樣呢。我又對自己的想法感到驚愕。

我想也許放置 Greco 會挽救這個空間，還可以抵抗這個大自然。不限於 Greco，或用 moor，或用那個鐵絲一樣的 Jacomety 也好，那些造型似乎更明確而强烈地拮抗這個大自然，並可以顯示人類精神的緊張和威嚴吧。

仔細一想，這種實感並非單純地認爲光太郞的造型技術比 Greco 較差，就能解決的問題。因爲在這個空間，如果改用光太郞的 Origin 的 Rodin 來，也許那個現實主義藝術所產生的觀念性 drama，會一層地增大了其無力感和滑稽感而已吧。

走向抽象的趨勢

這種不可思議的實感，究竟從何而來的？是否在觀覽者這方面，已對這種現實主義藝術普遍具有的幸福感和滿足感，持有免疫性？

或許已經在這邊的內部形成了更積極的反現實主義的要素？不過這些無論屬于何種原因，似乎已非我個人的問題。那是在前章也說過，現實主義具有的生活實感，確實已喪失了打動現代我們的藝術迫力的一明證了。

事實，過些時候，我把這種無感動的體驗發表於一文藝雜誌之後，接到一位評論家來信表示他也切實體驗過同樣的疑惑。

因此我感到，至少對于自己，那些爲現實主義母胎的感情移入的幸福感或恍惚感，已接近終了。而那也是現代的「唯一傾向」了。

那是已超越了光太郎一個詩人的作品，更超越了現實主義美學或 baroque 美學的問題，而且必須對待現實主義本身與「抽象」的問題，換句話說走向抽象的趨勢，現代人在無意識裡被置於藝術之前一種精神上要求的問題了。

走向抽象的趨勢，那是證明在不接受自然主義 realism 的根底裡，隱藏着有其强烈地反撥自然的再現或以模倣的形式出現的滿足感、充足感的某種要素。

莫林卡對這一點說：

「美的享受是被客觀了的自己享受，但把自己沉入於外界事物，於事物裡品嚐自己，這種中世紀式現實主義藝術的感情移入的衝動，原來就是人類與外界之間的幸福，是以汎神論上的親和關係爲條件而成立的。可是抽象藝術是由于外界的現象拖下來的人類較大的內在不安而產生的結果。

然而，像現在人類不得不被置於和世界對立的關係時，只有抽象性的規則秩序的形式才能面臨於世界像的無限混沌狀態裡得到平靜，以恒久性的唯一最高形式出現」。

不過，把現代人持有的這種不安和恐怖稱爲「空間畏怖」的感情；T．E．休謨也說過，現代人被這種「空間畏怖」所支配，而從外面自然易於流動或移轉的狀態脫逃出來，欲求恒久的避難場所的願望，便在此產生了「走向抽象的趨勢」。

若對于前述的湖畔的現實主義藝術，除了不滿與嫌惡以外，不感到任何藝術性衝擊的話，那麽在他的深處，必定於無意識中，就有空間畏怖的感情，以走向抽象的趨勢，堅强地被組織化了吧。而在此被追求的，已不是對自然的擬似諸型態的喜悅，却是其相反的。

可是，當然美是對某種要求的充足，縱使那是屬于自然模倣的寫實藝術，或由于人道主義所調理被外裝的現實主義藝術；如果對世界仍持有樂天性思考的人來說，確實尙具有生命的意義，且並未有不合理的情事。

然而對于世界的分裂有知覺的人來說，那些都是空虛的。而他們是從以往流轉的偶然性形式脫離出來，在那兒以恒久性，超越性的形式拮抗自然，或寧可說由于把自然無化，而冀求人類本身創造的空間；這不是極爲當然的嗎。

問題並非哪一方面應該如何，而只是在接受現代藝術的意識裡，這種趨勢逐漸强烈地出現了，這才有其重大的問題。

在走向抽象的趨勢裡，以這種反自然的法則（秩序）而形成的別世界，是據於人的想像力才有其可能。但原來想像是否定現實的價値世界爲其條件，而以超現實爲其出發的基點。這種空無化的精神是在詩裡成爲現代詩深處的特徵，似乎直接連接於 anarchism 的精神。

到此爲止，我好像僅以那個湖畔的造型爲中心，主要對造型藝術加以思考了，但事實究明到這裡，這一切也都是有關詩歌的問題。

最后，路易斯．曼佛特在「非合理的跳梁」裡說，對于我們曾經看不見的東西，現今已變成像直接用眼睛看得見那麼現實而現在且有作用性。

在這個時代，如果僅看得見，能觸撫的事物以外，不能成為任何作品的主題的那些寫眞性現實主義藝術；在某種場合那是多麼無力的藝術呵。那末必只在這個湖畔的造型所現出的界限而已吧。

如此，湖畔的疑惑給我許多連鎖反應的想法。但在此冀求的詩歌的形式，我絕無想像今日抽象造型藝術的情形；無論詩或短歌或俳句都與其他造型藝術不同，各自使用其有意義的固有小世界的語言作為素材，因而其造型的方法和情況當然會有不同的。

走向抽象的趨勢，換句話說，從「無」出發走向暗示性的構成；對橫臥在那樣趨勢的根底裡的藝術性 anarchism 無關心的作品，在今日已成為怎樣無力？我主張應該重視對這點的反省。（摘自「現代詩的精神」）

美國人

Archihald Mac Leish　宋穎豪　譯

（美國的歷史祗不過一百九十年，但詩人猶熱切地歌頌其所賴以滋長的泥土。我們有五千年的歷史，詩人們則當如何呢？——譯者）

作一個美國人，多麼新奇——
多麼新奇，餐風露宿，且死葬于
在我們之先不曾有人埋葬的遼濶大地
（新大地上無有輪廻的生命）
多麼新奇，生而不屬于任何種族和人民
但在古老的土地上，他們世世同堂，他們墨守
明智的過去和通俗的語文
他們紀念死者，以手、以默啞的口
他們寒暄，聊聊兩語
他們共同生活在瑣碎的事上，他們食用
一樣的茶飯，啜飲一樣的飲料，說一樣的語言
他們有共同的青春，共同的愛戀
他們熙熙攘攘，身邊擁擠着人
而這裡只有一個人和另一個浩大
聳立在昏灰崗上模糊的炊煙
這裡只有一個人和林中的風
因此，我們的縈懷南方的水鄉
夜思中流瀉金雀花的芬芳
我們渴望紅色的屋頂和橄欖
我們渴望聲息和跫音
因此，我們不去，即使海在呼喚
這是我們的土地，這是我們的人民
這裡不屬于任何國度、任何種族，而我們將收穫
草原風中心靈的豐年。
這裡我們必須食用自己的鹽，不然我們骨骼飢寒
這裡我們必須生活，生活如影子
這是我們的種族，而我們空無所有，我們沒有
古老的牆，廻響四週的聲音。
這是我們的土地，這是我們亙古以來的領域——
新生的土地，混揉的血液和陌生者
不相同的眸子，風和求新的意志
這些我們不願捨棄，即使古老在呼喚
這是我們的原野，我們的血液，我們的類型。

田島伸悟作品

錦連譯

風

早晨　無數
細微的矩形的光輝
貼住於身體的半面
天空正刮着水母般的風
我和　旁邊的人用脚尖站立着
這裏　人也是風的一部份

牛車

在烤黃了的草原
那清冽的河流裏　不時把脚浸泡着
青衣御者的牛車
骨頭般嘰嘎嘰嘎的磨草而過
它不斷地輾轉
螺旋般的把地球纏繞而過

平安

以極其平靜的心情
站立在地面上
這時胃部的裏兒
將是潮濕的 **Salmon Pink** 吧
女人不在　長髮女人不在
長胸脯女人不在的
柔和的陰天

祈禱

有着小石頭看來像是浮着的時候
那樣的日子
像昆蟲般作着頑硬的呼吸
黑暗從早晨延續到早晨
搖動的枝子　震顫的枝子　纖細的　實在太纖細的
枝子

村莊

被柔和的雨雲包住
這個村莊老是冷冷的濡濕着
當紫陽花一開
祗有那裏將頓呈紅暈

Karlhans Frank

EIN MENSCH WIE DU UND ICH

In der Luft ein Lungenfisch
im Wasser eine Wachtel in den Sack
bin trocken oder naß rasiert ich
stets im falschen Element

So tapfer wie ein Reh im Topf
behende wie ein Bär im Januar
bleibe der dünnhäutigste Elefant ich
in Großmutters Glasmenagerie

Hakenschlagender Soldat im Kohl
oder hackenklappender Hase im Feld
trage die Nase hoch und breit ich
und voll bis zum Hals

Zwischen vernagelter Geburt
und den Preßwehen vorm Sterben
denke ich wie Du : ich
bin ein Mensch

WENN JA WENN

Liebtest Du mich, liebte
ich Dich - Du
könntest, ich könnte ...

wir könnten den Rhein überqueren
in unseren Segeltuchschuhen und
eleganter als auf Wasserskiern,

wir könnten fliegen wie
mit Düsenantrieb und erreichten
den Mond ohne Atemnot,

wir könnten die Welt
aus den Angeln heben von so
festem Standpunkt aus, aber

noch sah ich niemanden und
kenne niemanden, der
jemanden sah

zu Fuß über den Rhein gehend,
aus eigenem Antrieb fliegend,
durch Liebe die Welt bewegend.

像你我的一個人
Ein Mensch wie du und ich

空中的一條肺魚
水裡的一隻落網鵜鶘
我被或乾或濕地刮鱗着
始終是困於錯誤的要件

英勇如冰河的小鹿
伶俐似初春的野熊
我仍然是最薄皮的大象
關在老祖母的玻璃獸欄

菜園裡跳躍的兵士
戰場上劈刺的小兎
我帶着又高又大的鼻子
一直垂到脖頸

介於釘牢的誕生
與陣痛的死亡之間
我和你一樣認爲：我
是一個人

如果，是的，如果
wenn ja wenn

你愛着我，我
愛着你 — 你
能够，我也能…………

我們能橫涉萊茵河
穿着帆布鞋
有如滑水般的優雅

我們能够飛翔
以噴射推進，一口
氣就到達了月球

我們能够把世界
自天使手中，自如此
堅定的立場舉起，但

我還沒見過，也
不認識有人，他會
看見有人

徒步涉過萊茵河
靠自身推進飛行
以愛誘動世界

註：這兩首詩是德國年輕詩人福蘭克的新作，投寄給本刊發表。**Karlhans Frank**，一九三七年生，自一九六一年起即專事寫作，範圍很廣，詩、散文、小說、廣播劇、評論、童話等。現爲文學雜誌 **filigramm** 編輯，並與我國留德學生梁景峰先生合作編譯德文中國詩選。出版有詩集「天空是一部樂譜」(Der Himmel ist ein Notenbuch, 1963)、JOPUR (1966)、「失足」(Stolperstellen, 1969)及小說等十種。現住杜塞陀夫。（**魁賢**）

現代美國詩選譯

·非馬譯·

心靈的科尼島

勞倫斯·福苓蓋迪 Lawrence Ferlinghetti

1.

在戈耶最偉大的佈景裡我們像是看到了
　世界的人類
就在那一刻當
他們首次得到那頭銜
　「苦難的人類」
他們扭曲在紙頁上
以對災難不可阻遏的
　憤怒
成堆
　呻吟着嬰兒及刺刀
　　在石灰的天空下
在一個抽象的背景裡充滿着炸裂的樹
歪斜的鑄像蝙蝠的翅膀與嘴
　光滑的刑台
屍體及食肉鷄
以及所有收場的咆哮的妖魔
　來自
　　「想像的災禍」
他們如此血淋的逼真
　　就像他們還活着
而他們確如是
　　只有背景改換了
他們依然在路途中被瞄射
　為兵士們折磨
他們還是相同的人們
　為假風車及瘋狂的雄鷄
　只是離家更遠
在五十車道寬的快速公路上
　在一座水泥的大洲
　　間隔着諂媚的廣告牌
　描繪着白癡的幸福幻象
這佈景少了些囚車
　但多了些四肢不全的公民
　　在亮漆的車裡

還有機器　懸掛着奇怪的牌照
在吞噬着美國

2.

駛過民主海峽
我們看到象徵的鳥
在我們頭頂上尖叫
同時焦急的鷹①盤旋
象②在浴缸裡
經過我們漂向海
亂彈着彎彎的曼陀林
並且用牠們的耳朵擔保着舊日的光輝③
同時愛國的少女
戴着罌粟花
喫着蓬蓬糖
沿岸奔跑
在我們後面號喲
而當我們把自己同桅桿綑在一道
且用口香糖塞住耳朵
溺死的驢子④在高山上
哼着低調
快活的牛飛走
高唱雅典頌歌
當牠們的乳袋變成了鬱金香
而從赫利阿斯⑤來的直昇機
在我們頭上飛過

從洛杉磯到天堂　空投着免費火車票
還答應自由選舉
所以
我們豎起桅桿開航
再度在那黝黑的船上
再度啓程
啓自咯咯的海上
到處是自由之身的護火處女⑥
以及擲鐵餅的讀着華爾登⑦
只是
在到達
那奇異的近郊岸灘不久
那偉大的美國的
半民主
對望着
以淡淡的驚奇
默然于峯頂之上
在達爾連⑧

註：①美國國鳥
②美國共和黨標幟
③Old glory 美國國旗
④美國民主黨標幟
⑤Helios 太陽神
⑥Vestal Virgins 獻身給爐火女神 Vesta 以守護其聖火的處女
⑦Walden：美國作家梭羅所著：Walden or Life

in the Woods

⑧Darien 地名。在巴拿馬東部。

心

史蒂芬・克蘭
(Stephen Crane)

在沙漠
我看到一個生物，像隻野獸
蹲坐在地上，
手裡捧着他的心
　在喫。
我說：「好吃嗎，朋友？」
「很苦——很難吃，」他回答
「但我喜歡它
因爲它苦
因爲它是我的心。」

我見到一個人

史蒂芬・克蘭
(Stephen Crane)

我見到一個人在追逐着地平線；
一圈又一圈他跑得飛快。
我看了很不舒服；
我向那人招呼。
「那是徒然的，」我說，
「你絕不可能——」
「你說謊，」他大叫。
便繼續追他的。

她的微笑

理查・威爾伯
(Richard Wilbur)

妳的微笑，或希望，一想到它，
便在我心頭造成如許休止及頓然的安舒
有如當公路上的橋柵降下，
攔住急促的交通，不得不擠
在兩頭乾瞪眼，當
吊橋不慌不忙地開始升起；
接着喇叭噤噤，油烟沉澱，
在空轉的馬達之上可以分辨出
郵船平穩的接近，滑行，
如絲溫柔的河水滑行過兩側，
清爽的鐘聲，蹼輪
和緩而有節奏的汲水。

妻

羅伯・克利地
(Robert Creeley)

我認識兩個女人
　一個

是可摸可觸的
　肉和骨。
另一個在我心頭
　盤踞。
寸土不肯
　相讓。
但我該怎麼
　過活
同兩個這樣的女人
　在我床上——
或者有妻子的他
　該如何
爲了遷就一個
　而眼看另一個死亡。

禮拜六夜在角鹿俱樂部

李恰勒・謝爾東
(Richard Shelton)

進到裡面，我發現到處是朋友
那些有能力表示親切的人
舉杯向那些付不起
酒錢的。這裡
我們都是兄弟。我們說
先知的謊且等待
一個女孩子走進來。她是無人的
女兒。她像一個處女
戴着盛開的桃花。
當她躺下乃爲
一個目的而當她起來
乃爲報酬。她說
爲愛這一次，只爲愛。
沒有人相信她
門上了鎖。有人
站起來演說
他說爲愛這一次，只
爲愛。我們有好幾個槍上了
膛但我射了他。他們按住
我且揍我的臉
直到淸晨到來拖着禮拜天
在它後面像個疲憊的奴工。
這裡我們都是兄弟。

田村隆一與我

北村太郎
桓　夫譯

我跟田村隆一開始來往，是在一九三八（昭和十三）年的秋天，正讀東京府立第三商業學校（三商）四年級的時候。

在這一年半以前，即一九三七年二月，我和同年同學合辦了油印版同人雜誌，內容有詩、短歌、俳句；不論詩、短歌、俳句，我都寫過。

同人裡有位叫做島田清，他介紹我參加了深川門前仲町的今氏乙治塾。

那是私塾補習班，但今氏先生只教我寫詩。他的教法很怪；他給我的習題是「明天，寫兩首七五韻律的新體詩。」或「其次，寫象徵詩。」等等。他長於英、法、德語，而好像對東洋文學也有廣博的知識，思想上討厭軍人、官吏；他堅持人生派，而有點虛無派的傾向。給中學二年級的我講解了讓・柯克多的詩。有一次他斷定的說：「這是表現女性的生殖器。」

在戰後看過吉本隆明的文章，才知道吉本會經也參加過今氏塾，使我感到驚異；我實在不知道他爲什麽認爲我是同人。

今氏先生可以說是老派作風的詩人，他不喜歡超現實主義；好像認爲人生派的象徵法才是高度的理想。受了他的影響我遂入迷於三富朽葉和加藤介春的詩。

可是在那年春天，三年級的時候，我對萩原朔太郎的詩感到興趣，才使我積極地關心新的東西。當然看了朔太郎就會看了對極的春山行夫一派的詩。我買了現代主義的詩書，尤其在三商，有一位摩登的詩人佐藤義美教師，他教我們國文。大概是「瑪達姆，布蘭舒」或「二十世紀」等的同人。受過今氏塾「學風」的我，和佐藤義美的對話中，不得不感到冷笑、輕蔑、刺激、唆使。

不由得寫了這麽多自己的事情，但如果沒有這些前提，就不會和田村隆一開始來往吧，我是這麽想的。

田村對于短歌、俳句從開頭就沒興趣，好像一開始就寫詩，寫那些現代主義的詩。就短歌、俳句來說，不僅田村隆一，其他荒地的同人們，除了我以外，似乎沒人寫過兩短詩型的詩。雖有幾個人對俳句有興趣，而參加過餘興性的句會，但對於短歌，就全被忽視了（但我是喜歡若山牧水的短歌，到了三商四年級時候，我還是寫過很多短歌的），總之，恰好在我關心現代主義的時候，邂逅了田村隆一，這不是奇異的命運嗎。

一九三九到四〇年之間，即三商的四到五年的時候，田村（其他還有五、六個夥伴）常到我的住所淺草來，我也到田村的家「鈴木良」的大塚去。我們的來往特別頻繁。在淺草我們去的地方是喫茶店「柏林」、「賽尼利亞」，在大塚都去「邦帝翁」，還有常去聽聽廸克、米聶歌唱的唱片。那些喫茶店不管那一家的門，一進去，差不多都可以看到幾個夥伴在那兒。

愛喝酒的田村竟能和這樣不識風趣的我做朋友，爲什麽？讀者也許會懷疑吧。事實，三商時代的田村的生活是嚴肅又認眞的。他的亂醉是從三商畢業之前才開始的。

那個時候跟田村隆一談過什麽，我已記不清楚，十七歲左右的少年們所談的文學理論，當然不會深刻；有點過份的激動和相當的明朗性，就是少年期的常態。我們大笑，大罵了不合我們的感覺味道的傢伙，也有時很認眞地批評了法國電影的作法。

田村參加現在的荒地同人們所辦的「魯那」改名的「魯・巴爾」是經過我介紹的。

他發表「妖精的傳說」那首怪異題目的詩是一九四〇年，以後才加入「魯・巴爾」。但田村在「魯・巴爾」發表過怎樣的詩，我已沒有記憶。在三商的五年級和田村他們創辦的「Ambarvalia」刋過的田村的詩，我也記不清楚了。我只記得那本大型鉛版雜誌的封面圖而已。那是佐藤義美的弟弟長生先生畫的，是一幅有怪異的岩石狀散亂在版面的風景。

和田村來往之前，不知是什麽季節，有一天的休息時間，在三商校院我看到田村；我們雖是同學年，但不是同班。那時我一直在看他而想着「他就是田村隆一」，不知道爲什麽，這一次印象很深，也許微妙的腦細胞作用吧。那時他正跟另一位同學在摔角；青春的和尚頭、端莊的面孔，長長的眼，身材伸直的上背——，動作敏捷的他那姿態是我一生難忘的。

在前面說過，他是認眞而明朗的學生。還是我比他較「不良」。不知是幸或不幸，我的成績並不壞，並被選做級長。然而很早就受到文學影響的我，喜愛頹廢那些語言，會抽煙又常到夜街去徘徊。那個時候的我持有「僞善者」的意識是事實，而這種意識持續了很久。因此田村給我的印象是清潔的，不管我的印象如何，他的清潔性是迄今他仍持着的精神上的特性吧。

我被現代主義迷住，並寫過像超現實主義那樣的詩。但我的氣質從少年時代就有古老的地方，因此在荒地裡我比較喜歡保守的鮎川的作品，也習慣性地寫過像鮎川的詩。但是田村從開頭就寫出另一種獨特的詩；能否稱爲現代主義，不無疑問。當時他的作品，總使我感到不可思議。具有幽默的感覺是他底作品的特殊味道，又有奇妙的「完整」性；我只知道這些。大概他對朔太郎的作品也不感與趣的。田村參加大學考試時，對「最敬佩的思想家」一問題，答爲「春山行夫」，這並非單純的妙論吧。春山式的現代主義是把日本的、世俗的、人生派的一切捨棄了的形象，是磨亮了的形式。這對田村來說是一種魅惑；在那種形式裡，田村感到有可取的人生底可笑和愚笨，即有他獨自的感傷的正數。那是他那個時候的一系列的作品的特徵。這是現在的我的感想。（「少量的感傷」嗣後逐漸地向「大量的感情」變質，增大了振幅），我不瞭解他爲什麽對春山行夫的形式那麽入迷；也許由于氣質和家庭環境的關係吧，或許不然。可是他那種姿態，總持有清潔性，同時雖尚未成熟，但有一種不可動搖的信心。因而那個時候的我以及我底作品，絲毫沒有影響過他。在頻繁的來往之中，受到人性的影響的却是我這一方面。不過，當然在文學的嗜好上，並無很大的懸殊。

我被他的清潔性吸住，同時被他那巧妙的說話方式、非情性，斷言的癖性，靈機一動的計劃性調馴了，多少受到了影響。到了少年的精神形成期，跟田村那樣持有强烈獨自性的人來往，而能不動搖的個性是無法想像的。尤其特別對周圍的魅惑非常脆弱的氣質的我……。

一九四〇年四月，我們畢業了三商；田村被分配到東京瓦斯就職，我進入橫濱正金銀行。但田村從不上班，我只上班了一星期就和課長吵架而辭職。

兩個人開始流浪生活。而一起進入神田的研數學館補習班。除了入江莫祐教師的英文講釋稍微有趣之外，一切都感到很無聊，自然而然就不上學了。（田村善於模倣補習老師的言行，常常模倣了他們的聲音，兩個人就捧腹大笑），又常去附近的喫茶店談詩消耗時間，也不好好用功。好像從那個時候，他開始耽溺於酒。同時急速地跟鮎川、竹內、中桐、森川等夥伴們接近了。（他參加了「新領土」也許是這個時期吧，或三商的五年級時候吧。木原孝一所寫的詩史，說過我也參加過「新領土」是不對的。）

本來田村隆一的眼睛很好，又挑剔朋友厲害的人。像他這種性格，對老的「荒地」和「魯·巴爾」的夥伴們，必定感到很舒服吧；因爲那些夥伴們優異的人佔得不小。

我有意識敬而遠之他們，不能喝酒也是一個原因吧。現在我倒有點羡慕的意念；想像田村他們的青春，而對自己消極的青春感到很遺憾。

一九四一年四月我們進了大學。那年冬天，太平洋戰爭開始了，從那前年時局就有點緊張。但是我們（至少是我）的氣氛上，討厭了軍人們的靴和佩刀的聲音，同學們都在講他們的壞話，不過沒有像鮎川那樣持有顯明的亡國感。確實很苦悶，我對自己的詩不滿意而非常悲觀，時常覺得自己做着很愚笨的事。爲了消愁，就整天坐在神田、神保町的唱片試聽室，當然不買唱片；店員雖然很不高興，但那個時候却毫不介意。自己在想，我不是詩人，也不能成爲詩人。

那個時候的田村隆一好像也對他那不合「感覺」的時局很鬱悶，而用酒和單口相聲來排遣。或許他是在迷着跟老的「荒地」和「魯·巴爾」改名的「詩集」的同人們在玩他們的——人性批評的遊戲。（人性批評是我說的名稱，荒地的同人們互相批評的壞話都是非常激烈的，例如有一種「best ten」的遊戲，把人的性格用吝嗇、好色、狡猾、處世術……等，以百分比評分後而公佈。我對于自己未曾被猛烈地攻擊過而覺得不解。也許因我的膽怯而被忽視了吧。）他們的會話都好像迷路遊戲那樣，被憂鬱的音調彩色籠罩着。還有被那個時候的青年所具有的獨特而複雜的爽朗擁抱着。我們從前年開始也受到鮎川的影響而愛讀史坦達爾或陀思朶也夫斯基的作品，但一九四一年時候不知田村隆一在看什麼書，只是會聽過他在「若草」或「中央公論」讀過太宰治的短篇小說而得到感激。有一早晨我到住在大塚自宅附近的田村的公寓去看他，他忽然開始稱讚太宰治，而把刋在「中央公論」的『走吧美洛士』一篇朗讀起來。以他那淸晰而粗大的聲音朗誦起來，竟令人感到那是世界第一流的名作。

我對什麼事情都容易妥協。例如在這一年接受了外語學校上一年級的三商同學玉田春彥的推介，就把配合時局而出版的書讀了。但絲毫不感到一點興趣，只讀過本居宣長的書覺得他眞是一位眞正的學者而已。可以斷定田村完全不像我有這種妥協性。他對日本的古典根本不理睬；不過，當然他也和我一樣並非積極的反戰主義，也討厭納粹和法西斯。但對了走向滅亡之路的日本的前途並未持有具體的見解，（這雖不能確信說）。將迎接二十歲的我們，逐漸被捲入全體主義理，但還在避開團體和團結那些集團，而在轉瞬之間仍在找尋魅惑個人的全人性。

一九四二年我於滿十九歲結婚，由于結婚而有意脫離詩，雖不是很確定，但「不再寫詩，而只看書安靜地生活」持有這種消極的態度是事實。當然不會實行，但詩又寫不好，在不上不下的地方渡過日子而已。

上大學二年級的田村常到我新婚的家來玩，已經不談文學。談的是單口相聲的桂文樂、三笑亭可樂等。他記着文樂的「鰻魚大鼓」「富久」「船德」「景清」等相聲，在我面前表演給我看。眞是驚人的才能，聽過好多次都不厭煩。他確實有演戲的天才，雖然我沒有看過，但我知道他在大學一年或二年的時候，在學校的講堂獨自演過 Chekhov 的「煙害」。從那個時候他就喜愛演戲、單口相聲這種不能遺漏一言半句的形式。除了這些，其他還有什麽魅惑性的東西佔據着他呢。

一九四三年終，我們進入海軍，他屬于飛行隊，我從事密碼的分析工作。一直到戰敗之前我們之間很少來往。

一九四五年再見面時我們已經二十二歲。戰後頭一次見面他就說：「要寫像陀思朵也夫斯基那樣偉大的小說」，這句話雖然沒有實現，但使我隨即感到他在戰爭所經驗的深刻程度了。

那年年底到次年，荒地的夥伴們都復員回來，而常常集談。從此二、三年之間是和田村來往最頻繁的時期；他服務於西銀座後面的三壺堂書店的二樓，一家兒童刊物的出版社。出版社的老闆也愛喝酒的人，和田村非常意氣相投，他們兩個人一起工作得很快樂。到了晚上就穿着復員時海軍士官的風衣，去喝奇異的威士忌或劣酒。有一天，他一直進來就說：「昨天多麽痛快啊，在銀座大街碰到喝醉了的美國大兵，我那時也醉得夠勁了，忽然想起逗弄他，遂大聲嚷了一句I was a naval officer，那個傢伙一溜烟地逃跑了呢。」

田村和海軍士官，多麽恰巧的配合，如果說形式、形式，田村會不高興的。但在前面也說過，田村持有很好的眼睛，他的眼睛很適合「海軍」哩。古典單口相聲（堅實的江戶文化的形式）、海軍、小林秀雄（我認爲他確實尊敬小林）、亞蘭（他的畢業論文）、太宰治、他所創設的「Hayakawa mystery」、還有少年期的春山行夫、——在那些我們可以看到共通的一種形式主義，對莫扎特的偏愛當然不必說。

從這個時候，他的「眼睛」似乎更增加了銳敏性。荒地的夥伴們聚集在一堂的時候，善於講話的是鮎川、田村、中桐、黑田。時而以重厚的澀味聲，却輕快地發言的是三好豐三郎；最寡言僅能說「是，不是」以外不會講話的是我。而善於講話的四個人之中，尤其田村的話最有趣，像用小刀刺串肉塊的比喻或斷言，都會使聽者感到害怕。鮎川是智慮深、幅度廣，有時會展開了冷酷殘忍的理論來打倒對方，中桐以論戰假裝一進一退的姿態，而究竟想把自己的論說執拗地使對方瞭解，黑田三郎的講法像美濃部亮吉有其實感性理論根據的知性。然而這幾位優異的論客也一旦遇到田村的饒舌，就會被打擊而忽然成爲絕句，由于田村那異想天開的斷定、比喻——使我們只是呻吟或哄堂大笑而興奮以外毫無他法哩。

一九五六年，田村出版詩集「四千之日和夜」，從這個時候開始他持有當一個詩人堅定的意志。嗣後雖然很少看到他，但他的斷言和幽默的銳敏性仍然不變，加之從前沒有的堅忍不拔的精神——對時間積極的關心，潤色了他的神采。

前面說過他是挑剔朋友厲害的人，但他的交遊範圍是在荒地的同人之中最廣的。很多人和田村有來往是非常好的事情，由于接觸田村的語言、憤怒、稱讚、忍耐、哄笑能獲得瞭解很多事情。我本身這些年來很少和田村接觸是因爲雜事太多，不過主要的原因是我的性格屬于極端的內閉性的關係吧。六、七年前鮎川曾經叱責過我說：「你爲什麼不多找個機會接觸田村或和他到酒吧去呢，絕對的，應該多聽聽他的話啊。」

能使鮎川發言這種忠告的人，除了田村以外不會有第二人存在吧。

到一九五一年荒地詩集第一卷出版的數年間，田村寫過九首像畫那樣，令人看不厭的優異散文詩。在那段時期我由于看了田村的詩，才經驗了果肉一般的人生的時間的重和質，而這些回顧，隨着歲月越來越成爲痛切的追憶，眞使我無可奈何呢。（一九六七・九・一）

出版消息

△吳瀛濤著「吳瀛濤詩集」已出版，內容包括青春、生活、都市、風景、瞑想、陽光六本詩集，係作者三十年的作品總結，精裝四十元，平裝三十元。

△洛夫詩集「無岸之河」係其第四詩集，本集除新作外，尚有早期作品的選輯，列入大林文庫，定價15元。

△王潤華詩集「高潮」已出版，列入星座詩叢，定價12元。

△王在軍詩集「雨與淚」已出版，列入葡萄園詩叢，定價15元。

△連水淼詩集「異樣的眼睛」，列入盤古詩叢，定價10元

△臺大外文系教授兼系主任顏元叔著「文學的玄思」與「文學批評散論」，均列入驚聲文庫，定價15元。

△周伯乃著「中國新詩之回顧」，廣文書局印行，定價40元；另一近作「現代詩的欣賞」(一)(二)，列入三民文庫，定價每冊15元。

△李魁賢譯「佛洛斯特傳」，已由晚蟬書店出版。

△「德國詩歌體系與演變」，王家鴻教授譯，商務印書館出版，定價70元。

△綠蒂主編「中國新詩選」，特價30元，選六十家作品，長歌出版社出版。

△「楊喚書簡」，歸人編注，定價16元，霧峯出版社出版。

△「風格」第二期已出版。

△「海洋」第八卷第一期業已出版。

△「桂冠」第二期已出版。

△「葡萄園」第31期亦已出版。

恐怖的研究

田村隆一 作
陳千武 譯

10

一支針
丟在地板上也會發響
有那麼一個黃昏
桌上的威士忌杯子破了
從許多過去的
抽屜裡
陌生的卡片
不可解的記號
下落不明的心的
筆記簿出現了
這是
光與影的世界
攝影底片的世界
K大外科病房的病歷紀錄夾
蘭的葉脈般的血管
造成灰白色的河流
皮膚和皮下脂肪擁抱着
黑暗的世界
適於用橡膠手套觸探的
慵懶的感觸
適於用合金的小刀和小鉗子
探索的
爛熟的肉
如果那是擁有死了的心的肉
將造成怎樣的麵包呢
問問你喜愛的詩人吧
從綠色的血流
能看見怎樣的葡萄酒
問問你喜愛的畫家吧
啊啊
只要一些意義滲進來
任何近代都市也會被粉碎
只要一些光滲進來
底片的世界就會崩潰
從地板上扣針跳上來
乳色的河流變成血色
滋潤的皮膚下
假裝死的心出現
窗開了

響着粗暴的聲音門開了
有人出去
或
有人進來

9

如果心死了
想令縱他甦生
也是徒勞無益
要使他復活　必需有
怎樣的祭典
怎樣的群衆
怎樣的權力
怎樣的叛逆者
怎樣的教義
怎樣的天空
必需有怎樣的地平線呢
或如果是普里尤哥爾
就用比重力更重的色感
默默描繪大橄欖樹也說不定
因爲要造成空白
是據於空白以外無可答覆
是必有空白的遠近感
是必需聽聽空白的韻律
然而
如果是下落不明的心
就無法乾脆把它埋葬
要僞造死亡認定書和
火葬許可證
毫無任何困難
但心就無法僞造了
或如果是莫札特
就需要一支橫笛吧
只持一支橫笛
捲毛的少年就會出去旅行吧
只持一支橫笛
就會在所有生物的國家徬徨吧
或如果是米羅
就會把單一的夢
配以單一的彩色
從單一的彩色產生奔放的線
不久線和線交叉
點和點共鳴
向着某一中心
一定會描繪豐饒的領土出來吧
所有的生物誕生
所有的生物死去了的
黑土
黑土斷然展開了羽翼
會把天空和地平線分開出來吧
有時候
驟雨會襲來吧
或將伴隨着雷鳴
閃光穿越空間
無數的海豚就交接
巨大的鯨魚會噴出紅色的潮水吧

常常
貿易風被吹入象牙海岸
亨利·魯梭的
暗綠色的樹木會繁茂吧
在東方未被命名的星星閃爍着
在那光線未到達地面之前
尤哈奈的
約翰·丹的
波特萊爾的
馬拉梅爾的暗喩就會產生了吧
由于這些暗喩
數億的日和夜便分離
數萬的日和夜便持有調和與秩序
哦哦
在我的心理
四十之日和夜就戰鬪起來

8

日和夜分離的地方
日和夜有調和與秩序的地方
日和夜有戰爭的地方
那是
一支針的尖端
由于無名的星光而閃爍的針的尖端
歷史的火之槍
震顫的槍的穗尖

7

向塔
向城堞
向公館
他們要蜂擁而至
他們要咆哮
他們要掠奪
他們要凌辱
他們要放火
他們要表現
他們要表現所有藝術上的領域
把白熱的韻律
把繁殖的 image
把獨創的暗喩
把危險的直喩
把露見惡質的宣言書
把壓制僞善的最僞善性的藝術運動

6

眞的要看東西就把眼睛剜出來吧
眞的要聽韻律就把耳朶割斷吧
能把 image 連結 image 的是王的權力
能從 image 產生 image 的是天使的榮光
服從是奴隸的歡欣
享受是被統治者的暗中的快樂
因此
王必須比民衆更偉大
因此
頭上的天使必須比所有的王更強大

地上的所有批評家都消逝
看看歷代的王的眼睛吧
他們的眼睛從數千年前就被剜出
眼睛在岩石裡
看看天使的耳朵吧　假使
你能看見你自己的天使
耳朵是在羽翼裡

5

震顫的羽翼
震顫的舌尖
在K大醫院的後院子
我看野鴿子的桃色的脚
震顫的舌尖
撕裂的舌尖
在信州上川路的開善寺的院子裡
我看見一條純粹的青蛇
震顫的舌尖
美麗的舌尖
在秋風的六里原上
我遇到櫻岩觀音

4

有一支針
丟落的地方
光會從四方湧來
黑暗在野鴿子的聲音裡
在蛇的華麗的輪廓裡
在櫻岩觀音的
手裡

3

從角笛
到 **horn**
從 **block flirt**
到 **flute**
樂器的歷史屬於光和暗
成爲下落不明的心
向空白
從莫札特到杜步西
從角笛
到 **horn**
從 **flock flirt**
到 **flute**

2

光向韻律
黑暗向樂器式的型態
緊追着心去
像獵人追逐獵獲物那樣
像飢餓追逐野獸那樣

1

有一支針的地方
就有沉默

頭上的天使所掩蔽的地方
就有震顫的舌尖

看得見塔
要犯罪嚒我們的人生過長

看得見城垛
要償罪嚒我們的人生過短

靈魂是形式
從角笛
到 **horn**
從 **flock flirt**
到 **flute**

0

柳文哲

寫詩本身是一種創造活動，同時也是一種自我批評的活動。因此，如果我們說寫詩需向自己負責，那麽，寫詩的過程該是自我充實與觀照的批評。眞正的詩人該是勇於接受批評的挑戰，且也是勇於在批評中自我拓展自我反省的。

而詩評論的寫作，固然一方面是要面對着詩作，另一方面也是要面對着自我品味的考驗，品味的高低，將會影響詩評論者的鑑賞與批評的活動。

詩集點滴

燕琹詩集　王聿均著　世界文物出版社　58年11月出版

也許作者是頗有自知之明的人，在「序」中一開始就說：「這本詩集，僅是記錄個人生命的逝影和生活的烙印，嚴格說來，不能算是眞正的詩。」誠然，這是一本詩質非常薄弱的集子；第一輯「生之柔歌」與第二輯「生之二重奏」幾乎只有形式化的排列而已。第三輯「夢與現實」，有幾首稍有意象的凝聚，就顯得稍爲像詩了。例如「送陳慧赴北婆羅洲」（註1）便較有感人的力量。作者喜用平凡的疊詞，也愛用平庸的比喻，也許這是使詩流落到非詩的邊陲的原故罷。

（1）按陳慧著有詩集「青春夢曲」，師大畢業，已在美國自殺云。

新東西集　林榮德著　開山書店　58年9月出版

作者林榮德畢業於省立師範大學音樂系，留學於西德斯圖嘉（Stuttgart）音樂大學，他想『試着把「音樂」的神經裝璜在「詩」的血管中……』（序），因爲他的表現顯得頗爲粗糙而龐雜，加以印刷的不够嚴肅，標題的不够整齊，變得非常鬆懈，而且掩蓋了他的明淨的詩思。作者是一位新人，由於修飾不够洗鍊，使他的詩，不够集中，無法讓我們更深入他所欲創造的詩的境界。

手中的夜　林綠著　星座詩社　58年7月出版

根據集中的廣告，作者已出版八部作品，獲得不少的頭銜與獎了！然而，當我們再看看他出席菲律賓世界詩人會以後所宣稱的該會給獎太濫，而他自己却不斷地煊耀他獲得什麽什麽的獎，還有報載他的名存已印上英國的某辭典等云云，不得不說他是一個有心人了！個中底細，令人有酸葡萄之感哩！

把「手中的夜」仔細推敲，除了作者所用的字眼相當地摩登以外，我們能不能進一步探尋作者詩的純粹的風貌呢？這集子共有十四首，也有他自己的英譯。我嘗認爲詩的創作本身，如果原作不是什麽了不起的佳作，即使有好幾種的譯作，也無法抬高詩本身的價値，詩的價値是在欣賞者通過作品而跟創作者共享那神聖的一刻底默契時，才告成立。集中有片斷的佳句，但整首看來，却往往令人有逐漸模糊的感覺。

同仁消息

喬林到東部深山工作年餘，困居「布農族」地區。山上的生活給他很深的感觸，最近已醞釀成一組「布農族」的詩，且已寫成十四首之多，預計在一個月內完成這一詩集，約計三十首。他已於五月十日結婚，無疑此一詩集的完成，將是他婚前的最大收穫，也象徵着美滿生活的開始。

林錫嘉正在某公司專業人員訓練班受訓，爲期兩年，開始又一「艱苦的歷程」，所以詩作較少，但仍經常寫作，散文作品散見該公司月刊。

李魁賢寫作最勤。有一次聚會，素有詩人姑媽之稱的**陳秀喜**女士曾問及他：「您平時作些什麼？」李魁賢說：「下班以後，除了看書、翻譯、寫作之外，有時也抽空同太太吵架。」這話非常幽默，使在場的人都爲之爆笑。不過，從這句話的背後，我們可以看出他看書、翻譯、寫作之勤實令人敬佩。這兩年來，他相繼由「商務」、「田園」、「大業」等出版了很多譯著。聞最近又有小說譯著脫稿，且有一本「佛洛斯特傳」已由「晚蟬」出版。我們堅信，對文壇至有貢獻者，恆是默默工作的人。

施善繼自出版「傘季」後，再重新探尋他的詩路。雖然很久不見發表作品，但並不等於停筆，仍有新作產生，聞最近寫得更順，似乎又找到了他的新路。

桓夫除致力於本刊日文版之編譯外，現又受聘執編臺中救國團發行的「中堅」月刊。「中堅」每期發行三萬餘份，幾乎中南部的中學生人手一冊，具有廣大的影響力。希望詩壇朋友合力耕耘。

吳瀛濤着實「老而彌勤」（周夢蝶給他的題字）。他繼今年一月間出版的「吳瀛濤詩集」（三月曾在教育電台節目中朗誦，並由作者留有錄音帶做紀念。）及「臺灣民俗」（據臺省文獻委員會委員王詩琅先生的書評，推舉爲「臺灣民俗的集大成」，聞該書已有外國著名大學數所訂購。）兩書之後，又着手寫作「臺灣民俗」的續集（臺灣諺謠），約十萬餘言的作品。當然，詩人還是離不開詩的。這位有民俗著作的詩人，最近也寫了好幾首以民俗題材爲主題的詩。此外，他還試着把自己的詩譯成英、日文，且埋頭撰寫光復以前的「臺灣文學史」。看來，他還不知其老之將至呢！

傅敏已服滿兵役，解甲還鄉未久即轉進臺中某廣告公司服務。傅敏可說是詩壇後起之秀，其所著「雲的語言」，據林白出版社稱第一版業已賣完。近年來在詩壇節節躍進的他，也常有小說在「中國時報」──「人間」發表。

杜國清在日本留學已有三年餘，現已獲得美國史丹佛大學 fellowship 獎學金。預定今年七月底轉美國攻讀 Ph.D 。現已辭掉在日本大阪中國語文學院的所有教學工作。他說：「到日本以後，我詩作少了，一則是我告別了二十五歲，再則是有必要在理論方面充實一下。詩是一種學問，並非只是生活的體驗。我想只靠體驗才寫得出詩來的人，和富有體驗却寫不出詩來的人一樣，都不是眞正的創作者。創作需要想像力；想像是一種創作。我想詩是一種活用想像力的學問。」信然，這些話是頗值得思考的。

陳秀喜亦屬「跨越語言的一代」，其所著日文詩集「斗室」已整理就緒，列入日本「早苗書房」叢書之七，擬於近期在日本出版。

笠

日文版2

笠編輯部編譯

CHANSONS

白萩

漂う

黄昏の街道にゆらぐ模糊とした人の群
浮き沈みする君もその中の一人でしかも解體され
腦髓には言葉をやすりで磨く音が附着し
心は權勢のシャックリを反芻している
そして足は潮流に追いつかず
背後に捨てられて歸つて來そうにもない

時にはそのまま、身を翻し
珍らしい青空を見て思う
「あの鳥たちは感傷の中であんなに自由に飛んでいる」

もつと遠い所のすでに暗黒の中で
君はある小さな企望をつなぎとめている
今夜女が氣嫌よく君をとりもどして
細やかに縫合してくれることを望んでいる

一粒の砂

一粒の砂が全世界に向って叫んでいる
自分が消え失せないように哀しく叫んでいる
一粒の砂は時間の漏斗の中に囚われて
卑賤な歴史を紀錄した
一粒の砂は人類の前途に横たわつて
死に赴く足跡を受けついでいる

いま君の潔白な手はそれを捧げようとして
一羽の傷ついた小鳥をまもるようにして
自分が消え失せないように哀しく叫んでいるそれを哀し
く聞いている

桓夫

映像

窓から上半身を乗り出して
優美な庭院の片すみに　突然
左手のゆびで鼻をかいたあの手ぎわの
すばしつこさ……　課長さま
ふさふさくた朝鮮芝の上に
浮かび上る一枚の戰亂をのり越えた世界地圖は
あなたが築きあげたもう一つの業績だ

左手で鼻をかみ
右手で「紅包」を握りしめる
課長さまの手が黒く光る
その傍に立つて
馬鹿笑いしているのはある營造廠のおやじ
きつと　こんどの貿易も
成功したのだろう
（ぼら！女一だばで
　値段ばいくら？）

トラックが出入りする衙門では
守衛の謹嚴な肩に
金ボタンが光つている
あわただしく
トラックの巨大な影にしのび込んだ
小男が　やせた
めんどりを一羽抱えている
傲慢な風が
めんどりの羽毛をかき亂して
あざ笑つていく
（罪の裏側で
　泣いている妻子）

形骸だけの世界にあつて
われわれはどのように自分を審判する？

註：「紅包」は赤い紙で包んだ賄賂の金。
「衙門」は法院或いは役所、こゝでは法院を指す。

非馬

死んだ鸚鵡

理由もなく
しめ殺す一羽の
羽毛のあでやかな
そしてあーあーと言葉を覚える
鸚鵡
腋臭を自覚する人のように
固くちぢこまつた翅膀で
立つている
ひろやか空間の一角から
沈默して君を
みている、あの一羽
君にしめ殺された鸚鵡

黄昏

着物を全部脱ぎすてる前に
電氣を消すのが習慣なのだ
けれど俺のうすく開いたまぶたを遂に閉じらせたのは
あの酒くさい
見知らの人の顔だ

今夜 俺は媚藥で
男根萎縮した名前のそれらを
ひとつひとつ壯健にしてやろう
それから
ひとつひとつ根つこから切り殺してしまおう

杜國清

雪崩

ぼくらの意志は雪崩に似て
心の創口には情煙がゆらゆら升る
脈搏には氷河が轉動している

女よ、ぼくの涙の溝に
洪水の暴漲が……

水草、夜來香。闇の中で抱擁した一夜
過失を知ないわけではないけれど
もう過失で腕が麻痺してしまつたのだ

蛇。妖。桃。鳥。百足が枕の上の骷髏をかじつている
悪夢に目ざめ、又も火風氷雨の中で、
　悪夢が悪夢に目ざめ

ぼくの目玉は一艘の櫂のない連環船だ
ぼくの女をのせて
激流を、險崖を、そして愛の氷山をいく

女よ
洪水が靈魂の土塀を衝ぎくずすので
ぼくらの天國は崩潰したのだ

紅葉

木の葉蝶が飄うている
木の根わだかまる山道に朽木が一本倒れている
私はたたずむ
濃綠の夏の向うへ蝶が飛んでいつた
私は聞いている

ひらひらと　多くの蝶蝶が花の爲に生れ
ひらひらと　多くの蝶蝶が花の爲に死ぬ

けれどこの山道は野花もないのに蝴蝶が一ぱい
足を一歩動かせば殉情の血に染まる程だ………

けれど私は道を急がねばならない。
秋は海の山坂をのり越えて南方の靄をふりまいた。
私の肩には木の葉蝶がとまつている。

けれど私は道を急がねばならない。
　きれぎれの影が亂れとぶ。色褪せて。飄落する。
　幽幽とした清い川に無數の海星が浮游している

何かが私の脚に吸いつき、私の血を吸つている
道みち私はしだいにひからびて痩せおとろえて——
しら雪が身をおおいつくすまで
なおも骨だけの身で
れさえている
秋。

思慕と哀愁

傅敏

花のガラスをすかして
女のはだけた胸にたそがれが映つている

これは美しい山川
原始的な風景だ
私の思慕と哀愁をつないでいる

とどまることなく登れば
着いた所は燦爛たる末梢だ

ゆつくり滑り落ちれば
測り知れない深い幽谷まで沈んでいく

私は眠らずに
肉體のこだまを利用して
愛の距離を計算していく

日暮れどき

林湘

或いは私たちの額を撫でたり 或いは
私たちの涙を拭いたり 或いは
布團をかけなおしてくれる
その人は跫音もなく輕く 自分の
嗚咽を携えてやつてくる

こんな遠い昔の聞き傳えも
第七番目の子夜にだけ靈が顯れるという
だのに私たちは一月近くも待つたのに
ただそれは消息として聞くだけ

私たちには見えないようにして
あなたは夜のどの雲の上で休んでいられるの？
佛は西に
　というからにはあなたも西方にいられるのでしようか
必ず西を拜む人がいるのですもの

日暮れたのち
私たちはいつまでもキリンではあり得ないの
たとえ今夜の月光が、白い灰のようにちらばつていても
あなたの足跡は永久に
零にひとしい

瘂弦

乞食

春が來たあとはどうなる？
雪はどうなる？
駒鳥と犬ども、春が來たあとは
　あとはどうなる？

もとのままの關帝廟
もとのまま洗つた靴下を鎌の月に干し
もとのまま小唄はそこで唱われ、蓮花はそこで落ちる
　酸つぱい棗の木酸つぱい棗の木
みんなの太陽が照らしてる　照らしてる
　酸つぱい棗のあの木

だが重要なことは
一人の子供もなく
それに死んだ蝨のような碎けた思い出
それに大街道でうすれたわらじ
それに齒の城壁のそれら
　それら殺戮の慾望

どの門も俺をしめだし、夜が來ると
人人は彼らが修築した垣根を偏愛しはじめる
ただ月光だけ　月光には垣根がない

そして俺の破れ鉢に牛乳を滿滿と施捨してくれる
　夜が　夜が來たとき
誰が金貨の表面に自分の側面像を鑄込んだ？
　（イャホー！蓮花がそこで落ちる）
誰が朝笏を塵埃の上に投げ出した
　（イャホー！　小唄をそこで唱え）
　酸つぱい棗の木　酸つぱい棗の木
みんなの太陽が照らしてる　照らしてる
　酸つぱい棗のあの木

春、春が來たあとはどうなる？
雪、駒鳥も犬どもも
そして俺のいばらの杖も花咲くだらうが？
花咲いたらどうなる？

註：「關帝廟」は關公（武君）を祭つている廟。
「朝笏」は古代、皇帝にまみえる時、臣下が手に
　捧げる笏。

蛇衣

私の妻は一人で
化粧箱をたてにして威張つている女だ
彼女は青い腰ひもを　洗つては又洗い
洗つては又洗い。それから大理菊の
上に晒す。
それから、　（元氣よく）
　小唄を
　唱う。

私の妻は
地球上の全部の花をみんな
自分の髪に飾ろうと思つている
半輪だつて隣りの女に残してやろうとは思つていない
彼女はまた鳴く孔雀を一羽
旗袍の上に、刺繡しては又刺繡し
刺繡しては又刺繡する。とにかく私の妻は
裁縫を國民大會よりも重要だと考えている。

アメリカ洲と私たち
　（私の妻は、想う）
一つの太陽を共用しているけれど。
こんなにもなまけ者の夫がいる
　（その時私はちようど街でケチヤツプを買つていた）
それに小唄を
　唱うことさえ
　　出來やしない。

春には
私の妻は
しらさぎのように貪婪に彼女の
小さな湖――鏡をみつめる
私の妻は、春を、考えては又考え
考えては又考える
やつぱり錦蛇の所へ衣裳を借りにいつてこようと。

　　　（瘂弦：本名ワンチンリン、海軍將校、
　　　現在「幼獅文藝」編集長。）

呉瀛濤

獸

誰もいないビルの屋上にあがる
そこで何をしようと言うのだろう

體操をする
何だかぎこちない

やめて、あちこち見渡す
遠い山脈やら無數の屋根やら
音から遮斷された都市の俯瞰圖

目まいがする
頭がぼつとなる
宙に浮んだようで
生活から疏外されたようで

聲をはりあげる
存在を確かめるために
うわあ、うおー、うわあ、うわあ

ビルの屋上の一匹の獸

黄靈芝

「ミミズ」

金魚やる爲に
僕あミミズ掘るんだ
朝すがすがしい空氣いん中で
僕あミミズ掘るんだ

土はさくさくと　ふんと好い匂いだぞ
スコップの陰からミミズ飛び出して來てな
ふんとフレッシュだぞ

一本の腸で出來た簡單な動物の彼
ゴムのように若い體つきでな
處女のように跳ね廻つてな

驚いた拍子に逃げ場なくなつてな
「喜」と云う字踊つてるみたいでもあつてな

そいつ捕えて空罐ためるなんだ
それ瞬く間たまると
ふんと好い氣持ちしてな

べらんめえ――ね
それから料理するなんだ

罐から手頃な奴つまみ出してな
ナイフの先でちよいと切るなんだ
すると若さちよん切れて二つになつて踊り出してな
「狂」の美しさ見ねえ

それから四つに切つてな
ちよつと可哀想だなんだが
だから金魚が一口で食べられる小さい奴
僕あ掘りたいなんだが
そううまく行かないなんだ
なむあみだ――祈つてな

金魚の奴大きくなつてな
毎日他人の命食べてるもんな
それ生存ちうて
べらぼうねえ

手を嗅ぐと
これ匂いするよ
ミミズの匂いだよ
土の匂いだよ
子供の頃嗅いだことあつたな
鄉愁云うてね
あ、吉の奴會いたいな

中華民國內政部登記內版臺誌字第二〇九〇號
中華郵政臺字第二〇〇七號執照登記爲第一類新聞紙

笠双月詩刊　第三十六期

民國五十三年六月十五日創刊
民國五十九年四月十五日出版

出版社：笠詩刊社
發行人：黃騰輝
社址：臺北市忠孝路二段二五一巷10弄9號
資料室：彰化市華陽里南郭路一巷10號
編輯部：臺北市林森北路85巷19號四樓
經理部：臺北市南港區南港路一段30巷26號
日本發賣元：若樹書房（東京都目黑區下目黑三ー14目黒コーポラス204號）
定價：每冊新臺幣六元　日幣六十元　港幣一元　非幣一元　美金二角
訂閱：全年六期新臺幣三十元　半年三期新臺幣十五元
●郵政劃撥第五五七四號林煥彰帳戶（小額郵票通用）

民國五十三年六月十五日創刊

詩双月刊 37

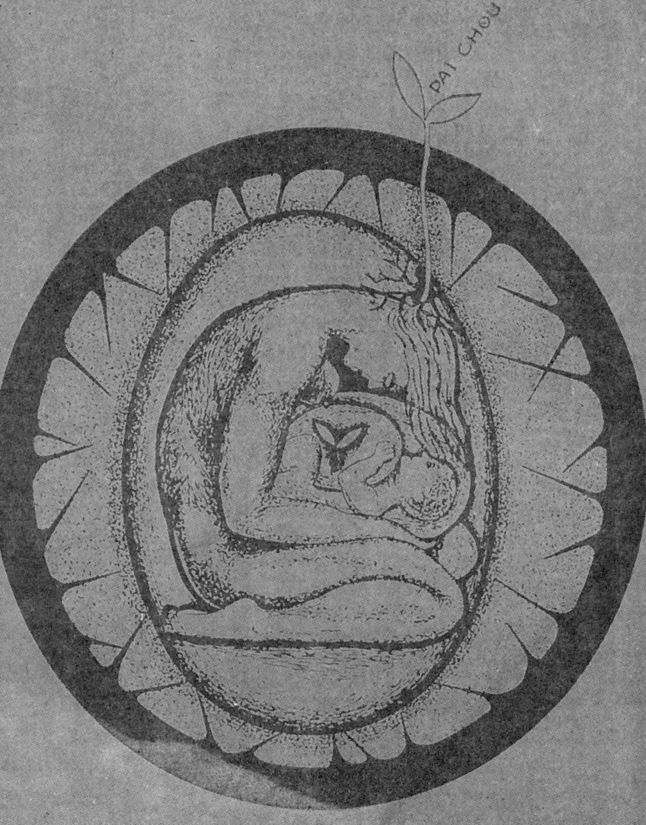

PAI CHOU

笠 37期 目錄　Li Poetry Magazine, NO, 37

給年輕一代的詩人們一點意見

潛在力與持續力

本社

一個時代有一個時代的感受，一個詩壇也有一個詩壇的特色。我們這個時代有我們個別的經驗，我們這個詩壇也有我們五花十色的演出。年輕一代的詩人們紛紛出現，一則是表現了蓬勃的朝氣，二則是顯示了變化的來臨。當我們拜讀了在海外旅居多年的詩人們的作品，不禁驚訝於他們所使用的中國語文竟是那麼五四哩！換句話說，他們的語文簡直比五四時期來得更為陳舊更為文白摻雜，這是時空的疏隔造成的能。然而，當我們拜讀了國內年輕一代的詩人們的作品，在爭艷的競賽中，新鮮的字眼有之，破格的文法有之，杜撰的語詞有之，因而造成新的騷動。誠如某教授所謂的「嘔吐」與「青春痘」，不是無中生有的能！然而，我們年輕一代的詩人們，還是幹勁十足。這原是一種可喜的現象，然而我們也有某些隱憂，願提出來給年輕一代的詩人們參考。

一、潛在力的預估：一個詩人所以成為詩人，是依靠作品的實質，因此，大量生產並不等於就是大詩人的標幟；同理，發行詩集，出版詩刊，開會演講並不等於一個詩人的成就。一個詩人在創作上的成就，有而且只有在「作品」上。所謂天才，是不是一種自覺的自我期許呢？潛在力的預估是不能自我欺騙的。

二、持續力的訓練：當一個詩人稍有成就時，就狂妄起來，自以為當今之世舍我其誰？目中無人的傢伙，果眞就是一代詩宗嗎？我們只要看看中年以後繼續寫詩，而且愈寫愈有進境者寥若晨星就可以想像得到持續力的不易啊！

簡言之，寫詩乃是發現自我的一種創造活動，我們應瞭解，潛在力是一種自我的挖掘，持續力是一種自我的拓展。如果沒有自覺的挖掘，沒有循序以進的拓展，誰能保證自己能創造詩的新世界呢？

詩的本質（題綱）

林亨泰主講
鄭烱明、傅敏筆錄

現代詩與五四時代的新詩、古詩在定義上是不同的。

因爲字質的含義就有所不同；如「車」，在古代可能是牛車、馬車；但今日所指，是汽車等。現代詩是現代化的詩。

何謂「現代」？

從人類生活的環境來說明：一般說文學是生活的反覆，所以生活的變化能够察覺出古今的不同。

A 生物環境的變化：內平衡環境受到破壞，自然界和生物的關係有各種變革。如不爛的垃圾：「塑膠」，造成一種僵局。

B 大氣汚染：廿世紀，七〇年代的造型是前所未有的。而且是現實必需的，如農藥，色素，道德觀念。

現代詩的特質：

A 加速化：⑴發現和實用間的時間縮短，而且繼續在縮短。這在現代用品的出現上，可找到原因。

⑵倍增的時間縮短，往往父親時代的知識到兒女時代已不適用。

B 巨大化：⑴以西元一九五〇年做爲分斷點，以後迄今的科學刊物和科學家佔全部年代的一半。

⑵都市的巨大化，進而人口，經濟的巨大化。

C 系統化：互相連貫化，從使用的機械結構上和現代組織部門可以發現。

詩的現代化是現代化最重要的一環，因爲如不從人類意識的現代化着手，現代化是難以成立的。詩是一種精神的活動，是人類意識的活動。

我國古代關於「詩」定義的解釋，「詩大序」的「在心爲志，發言爲詩」是最科學的。如說「詩言志」便縮小詩的範圍。如再提示「志」的定義會更侷限「詩」的定義。

現代詩的本質：

A 眞摯性：要寫今天的詩，不要虛僞。

B 世界化：要有世界是一體的觀念，在精神上領導全人類的意識活動，才能感動所有的人。

關於詩的批評

張默

一

我以爲歷來對於詩的批評所下的定義界說等等，都是片面的，不週全的。其實要批評之成爲批評，要批評詩的成爲詩的批評，必須批評者本身是一個眞誠的從事藝術的人。他必須具備對於藝術的高度的敏感與深入的洞察，他必須懂得抉擇與鑑別，他必須具有驅策本國文字所特具的工力；他必須眞摯，他必須與詩人的心靈生活完全融會在一起，他必須背負一種偉大的「使命感」。……總之，詩的批評的盡處，就是一頁閃閃發光的歷史。

二

在批評的第一層意義上說，他必須是一個完完全全的欣賞者。所謂完完全全就是沒有一點虛假，而把自己整個身心進入到那個藝術之中與它共同生長。

在批評的第二層意義上說，他必須是一個具有高度自覺性的創造者。也就是說，第一義僅限於欣賞，完全悠遊於作者某些藝術品的世界中，但是一個具有創造的欣賞者則不然，他不僅以領受一件藝術品的情趣爲惟一的企圖，而是要從那件藝術品的根部攀升而上，發掘深藏在底層某些最隱秘的東西，然後把它宣揚出來。

在批評的第三層意義上說，他必須是一個純粹的批評者。譬如我們批評現代詩，他本身可能是一位優秀的創作者，也可能是一位專門從事文學批評的工作者，或者是一位具有深厚修養的詩讀者。除此之外，我想一些企圖沾辱謾罵現代詩的雜文作者，或是曾經寫過現代詩而沒有寫出什麼名堂轉而改寫小說或其他的什麼，因而調轉筆桿大事撻伐現代詩，以及某些年輕作者，別具用心的妄圖打倒比他高明不知多少倍的老詩人，藉以升高自己批評的位置，凡此種種俱是不眞誠的僞批評者，他們是掀不起什麼風浪的。我祗尊敬那些眞正關心中國現代詩的人，默默地介紹和悉心鞭策中國現代詩的人，我們要求批評中國現代詩的人，他必須是一個純粹的批評者。在現代詩的天地中，他不斷地創造、不斷地建設和不斷地完成。

三

什麼實用批評，什麼印象批評，什麼視覺批評……這都是人創造出來的名詞，對眞正建立中國現代詩的批評，並無必然的關係，而尤其我不欲把自己歸劃到上述任何一個族類裡去。

我的批評是客觀的、也是主觀的。

我的批評是說理的、也是抒情的。

我的批評是眞摯的、也是犀利的。

我的批評是實驗的、也是創造的。

質言之——

我的批評的過去式——詩人的「觀念之貌」是一切。

我的批評的現在式——詩人的「精神活動」是一切。

我的批評的未來式——詩人的「創造才具」是一切。

因此當我出版了第一本小書「現代詩的投影」之後，就讓某些喜歡起鬨的人眼睛通紅起來了，他們斷章取義分割我的見解，誤認我的本意，以圖混淆視聽，可是對於某些詩人兼批評家的大抄特抄「大英百科全書」，他們根本蒙在鼓裡而全然啞口不言，試問當代中國所謂文學批評的批評究竟在那裡？

我國文壇對於文學批評所使用的語言、文體實在太陳腐了，我是企圖以另一種語言——純粹抒情性的語言，來寫作我的批評文字。記得當年我們編的「六十年代詩選」，由於在小傳中那種打破傳統規格的全然鮮活的語言，不是點燃了很多詩讀者的心靈嗎？祇要是一個有心的讀者，一個眞誠的批評者，他絕不會反對我所做的這種實驗，難道批評者所使用的語言還有一定的模式嗎？那何必要批評呢？乾脆乞憐於鑄造模型的鑄字機好了。

四

在這本「現代詩的批評」的小書中，我的批評的態度依然是頗親切的，我最討厭說教和以訓詁方式出現的某些偽批評者。因此它雖然定名爲「現代詩的批評」，而本質上則是對於現代詩的鑑賞提供了個人較多層次的觀念。不錯、我是介紹了當前某些極具前衛精神的詩人們的作品，但捫心自問，在選擇與鑑別的過程中，確是費盡心機，下列幾點就是我的戒律：第一、對我不盡瞭解的作品。第二、過份偏重說理、或過於寫實而純然欠缺技巧的作品。第三、徒以文字堆砌、玩弄形式主義或以朦朧晦澀爲烟幕的假作品。第四、沒有親切感、悲劇感和眞摯感的作品。除上述四者而外，大概所有優秀詩人的作品都在我的視矚之中。

我始終認定：一個批評者應確具公正、謹嚴和充沛的藝術良知，永不間息地跟着優秀詩人的心靈走，不要吹毛求疵，不要硬在鷄蛋裡挑骨頭，賦予某些優秀作品以應得的評價，這樣週而復始地做下去，深信對於現代詩的建設工作一定大有裨益。

五

誰是現代詩中的杜甫，誰是批評中的劉勰，中國現代詩的盛唐是否已經眞正來臨，諸如此類的探詢，都不是我們所要關心的，還是留待下一世紀的詩讀者和文學史家去定論吧。

附記：本文係作者第二本詩論集「現代詩的批評」的前言，該書將於近期內出版，敬請密切注意。

吳興街組曲

向明

一

姆指山橫向的把你一捺
就把你捺成了一條畏宰的蠶
走到頭
也走不進十里煙雲
走到頭
也走不盡十丈紅塵

二

都市摔一條斷臂在這裡
恐水症必定併發着脫水症
多想飛昇成一朵雲
而無論把你的窗開向那一面
不是永恒
便是硝煙
不是硝煙
便是永恒

三

公寓房開發着你
滾滾的車塵激盪着你
你只能攀住都市這最後一面綠色的牆
從此你如想要開花
還得把根植在自己的手上

筆談小輯

兼帶一個希望

喬林

就新詩這一範疇，在臺灣出現到今天，我有一感想。大概在民國五十年左右，或者說現代詩社，藍星詩社時期，新詩壇所呈現的景象是認眞而嚴肅的，大部份詩人均能嚴肅的埋首創作，且成一種風氣。然而在此之後，或者說創世紀詩社時期，就亂了，創世紀詩社雖大力的將新詩推進了一步，然而也附加的帶來了騷亂。主要的原因，是創世紀詩社有心替新詩開創另一天地，然而却無力於理論的建設，甚至可說有些作爲支持作品的理論，在創世紀詩社本身自圓其說下，也顯得乏力而牽强。在「當代的」、「權威的」風頭下，其影響，不僅大大的攝伏了初步詩壇的新人，也波及了詩壇，結果促進了新詩的進步，也攪亂了新詩的面目。話雖這麼說，不過創世紀詩社其功績在新詩建設上，仍與現代詩社、藍星詩社同其重量，對後來的新詩也有啓發作用。

最近幾年來，詩壇的紊亂，已見緩和好轉，新詩的面目也逐漸明晰可辨。笠六年來在這方面的努力，不無見樹，並形帶領狀況，作爲一個詩社，這是可貴之處。

借此機會我要向「笠下影」及「詩壇散步」這兩個專欄的執筆者，表示最大的敬意。六年來能踏實的從事這兩項工作，誠非易事。

我希望笠將來能再進行兩項工作。

一項是每期選刊並評介一首出刊前兩個月內詩壇上所出現的佳作（兩個月之期限是因雙月刊之故。）如那兩個月沒有什麼可値得選刊的佳作，那麼選刊以往已發表的作品也無妨。

一項是適時選介新人，這新人是指必將可成大器者，這不必每期都來上一個新人，因不可能那麼多。附帶說一句話，我厭惡新人技巧上的老練，那是一種悲哀，一個詩人其可愛處當在其創新的潛力上的成熟。

這兩項工作務必作到嚴肅、榮譽以及可信賴的，那麼對時下的詩壇當有很好的過濾作用。最好能組織一委員會來作此工作。

「笠」的性格

詹冰

笠詩刊只有滿六歲，可是我們已可看出它的性格：

一、尊重自由精神。「笠」尊重每一位詩友的作風。沒有標榜什麼主義，也沒有規定詩的範圍。

二、嚴正的批評精神。尤其是對非詩絕對不客氣。「笠」出現以來，非詩的產量直線地降低。

三、新詩人的培養。因有這個願望，同仁們才甘心地流汗，出錢。希望年輕的一代，在詩的園地裏，戴笠努力工作吧。

四、公平。請看「笠詩獎」的評審經過就明白。

在卓蘭的寒舍誕生的「笠」，我不能不關心它的成長，修養，以及它對國家人類的貢獻。

詩的孤城

吳瀛濤

今日，我們的「詩素」，仍然很稀薄，詩仍然一直被遺忘，被遺棄於域外，簡直像誰也不需要詩，詩不值得需要，像是些多餘的東西，儘管在我們的心目中，詩應該佔有其崇高的地位，儘管我們相信，人類存在一天，詩也存在一天。

在今日的工業物質社會，在今日分裂的畸形生活裡，確然誰也不屑於詩一顧，不過，詩就會這樣被遺忘，被消滅嗎？人類竟會眞正不需要詩嗎？尤其是在我們這「詩素」很稀薄的環境裡。

詩的存在，對我們似乎已成爲了孤城的存在。我們正在堅守這一孤城的堡壘，因爲我們深信對人類的必要，確信詩給人類的光榮，因而必需我們奉獻一切的奮鬥。

其實，問題在於詩本身的向上，詩本身的堅強邁進。守在孤城裡，我們賴以生存，賴以奮鬥的，除外，就祇有詩本身的純粹，詩本身的恆久的生命，及我們對詩應有的奉獻。

於是「詩素」稀薄的環境，不該成爲我們的理由，我們不歎於我們新詩的日淺，我們不歎於我們的詩壇狹小，歎於詩讀者少，歎於詩限於文字表現，不像音樂繪畫彫刻那樣易爲廣汎的世界所了解……。無論如何堅守這一座人類精神的堡壘，才是我們存在理由。在這唯一存在的理由之下，我們該去發掘我們的力量，使我們先能站住，繼而使我們更能有所作爲。

自一九六四年起，已經六年了，「笠」這一本小小的詩誌已站住了脚，今後期望於「笠」的，是「笠」的這一群更能有所作爲。「笠」產出於稀薄的詩環境裡，它以堅守詩的孤城自任，以任勞任怨的精神走向詩，奉獻於這一代，以脚踏實地的作風，不賣弄，不自高，不虛僞……。

「笠」要做的事很多，那也是我們的詩壇共同要做的事。「笠」所做的事，也不外是我們所共同的目標。因此，我們也要這麼說：我們的詩壇要做的事，其實有很多很多。對這種詩壇能進一步更有所作爲，對於多方推進今日中國現代詩，我們可不是責無旁貸的嗎？。

當一本小小的詩誌，已算出版了三十七期，而踏入第七年的第一期，免不了有點感言，因此誌誠爲共勉。

詩三首

非馬

一 女人

為一頂帽子
教唆男人去扼殺七隻
羽毛艷麗的孔雀
她永遠快活，永遠像
開屏的孔雀在
七面鏡子裡
尋覓自己的尾巴

五月的晴空

五月的晴空
沒有雲
沒有鳥影
沒有風
箏
拉着他跑他跳他飛
的線突然在他手裡斷了
氣
四顧無人的曠野
俯視着僵臥脚下自
己
的影子
他開始感到太陽刺骨的冷度

晨霧

吞食了司晨的雄鷄
一條口噴毒氣噝噝作響的蟒蛇
般的流水從容地
向樹林深處逸去
此刻在烟幕彈的掩護下
一排染血的刺刀在輪姦着
一朵含淚的花
另一角落裡，猛抽着烟斗的老傢伙們
竊竊計議如何收購
世界的初夜權
而站在樓台高處舒展双臂的你
在深深吸進了一口濕而軟的空氣之後
忍不住呼出：
「多美的霧晨呀！」

詩（一九六三以後）

何瑞雄

風

大風排天而來
曳地而去
我霍然飛起
心如漲帆
熱切地
想趕緊也化做風
撫遍天涯地角

草

1.

大地在震顫、隆起、龜裂
是我
我在往上頂
好硬的傢伙
這頭上的東西
終於把頭鑽出地面
睜開眼睛，一看
原來是柏油路！

2.

陽光正熾
我胸部底下是半熔的瀝青
熱辣辣地纏黏着我
叫我活活燙死
可是不！我已經鑽出頭部
伸出了手臂
我要活下去！
不論你是肥沃的土壤
還是又黏又燙的瀝青

3.

你在排斥我、消滅我
你也感到一絲一絲深入於你的我嗎？
莫名其妙地被你施以酷刑
我依然緊緊地抱着你
有如抱着所愛的人

4.

我們分不開了！我的世界
我們已經是一體，生死不渝
那麼，我得繼續蓬蓬勃勃地生長
然後盡可能開出最美麗的花朵

我把花朵獻給你

舉目

忍不住
終於忍不住這辛酸
想哭
然而聲聲都吞進肚裡
仰起的雙目，燃燒着火
好一個絕無依傍，這人間
沒有任何別的肩膀
可擱一下這額頭？
也沒有任何別的耳朵
可聽一次這痛楚？
你眞得比鐵比石還硬！
在漫漫前途層層的磨銼下
縱然只剩下一粒心
也要滾到那既定的目標才甘！

夜行

驀覺自身後升起的，
月，如一柄森寒的劍
凜凜的清光
照定遙遙的前塵
曾經的險厄，曾經的坎坷
都已融爲清涼的風
滿心坦蕩，浸在這光明晶瑩的境界裡
生涯無憾
世間無憾

出版消息

△蘇振邦詩集「怒吼的銅鈴」已由海洋詩社出版，定價12元。

△葉嘉瑩著「迦陵談詞」，純文學出版社出版，定價20元。

△李魁賢譯「佛洛斯特傳」已列入「晚蟬叢書13」業於四月出版，特價每册18元。

△郭文圻譯詩集「愛與夢」已列入達達文庫出版。

△詩宗社主編詩宗叢書第二號「花之聲」，列入仙人掌文庫61，定價18元。

△中央月刊第二卷第八期出「紀念詩人節特輯」。

△「海洋」8卷2期，「噴泉」第六期，「心潮」第五期，「葡萄園」第32期，「桂冠」第3期已出版。

十三月詩抄（續）

拾虹

脫衣舞女

赤裸地在舞台上
旋轉着蚯蚓一般的胴體
爲了向你展示母親留下的遺物

像燈光緊緊地把我纏住不放
是什麼吸住你空茫的目光呢
是否像你的妻子一樣
眼淚潮濕的地方是神秘的地帶

每個動作都在祈求
什麼樣的動作才能成爲一個人的姿態呢
然而 我什麼也沒看見
只見到垂掛在母親眼中的一顆眼淚
母親 您是否住在
眼淚潮濕的地方
那樣神秘的地帶

船

甲板上
實力地站起來的
是一支尚未升上旗幟的旗竿
陽光把瘦長的影子拉成
遊絲般的水平線飄流而去
我們開始拖着陸地緩緩移動

什麼樣的國度升上什麼樣的旗幟
拖着陸地
我們移動了數千年
爲了在地圖上尋回失落的名字
酸痛的背椎骨接連着水平線
逐漸生銹而腐蝕

使盡了力氣呼喊
仍然只有失望地看着陸地漸漸遠去
水平線斷了以後
我們開始在漫漫的黑夜裡
孤獨地航行

傘

一顆砲彈把花開在空中
成爲一朵小小的紅傘
是姐姐心愛的嫁粧

出嫁那天
姐姐穿着雪白的禮服

撐着小紅傘
悄悄地走了
一直沒有回來
一直沒有回來

夜裡 庭院上的小紅花
偷偷地開了

啊 原來是姐姐撐着小紅傘回來

甲板

堅硬的土地上
讓我們緊緊擁抱着
螺絲釘一般地旋轉着沉陷下去
在暗黑無空的虛無中偶然的生根吧
沒有一句語言也要向上伸出我們的胚芽

這不是我們的土地
我們也不屬於另個世界的人
然而 讓我們留下來吧
實在不願離去
早已滲進了粗鹽的肉體
只是不斷企求曬乾一點淡淡的鹹味而已

寧願伴隨小小的土地去流浪
垂直的身影纏繞着海面飄動的浮沫
逐漸變成碧綠的顏色
我們的膚色也在漸漸褪去而消失

垃圾箱裡的意念

桓　夫

高山風景區

綠重疊在綠的當中
你還選擇甚麼

像熱帶魚
喜歡在霧中泅游的人
狩獵異鄉的戀
有濃濃的哀愁和細密的尷尬

泰耶魯少女的
熟透了的語言
從背後的藤製籠子
邊走邊灑落……
她們走向山峽裡
天然底大理石的橋樑去

從秋的紅葉
等到積雪融解的時候
愛的心思膨脹起來了
熱帶魚早已死去了
戀的傷痕就斑染了山峰
戀的悲哀就塡滿了溪谷

回　響

石洞裡
有汚黑的水、滴瀝…滴瀝…
有人喜愛在黑霧的洞中
盲目地伸手摸
撫摸死冷的黑髮
啊！神被岩石挾住着不動了

求你！給我溫暖呵
石洞裡顫慄的回響
響着三重奏
給我溫暖呵……給我……
溫暖呵……呵……呵……

然而
愛雲的女神
回娘家還不回來——

影　子

太陽壓在頭上的時候
我底影子長不起來
影子好像是脆弱的自尊心

自尊心拖着——
忽長忽短的影子

在早晨　影子很長
在傍晚　影子比那更長

長短不一的影子　那顏色
也不一樣　我希望
我底影子越長又越濃……

現在我底影子濃到反黑了
我知道我底影子　如果再長
長過那牆垣的頂角的時候
這個世界就會崩潰
不！我會崩潰
這個世界的一切仍然存在

歌仔戲

哭吧
哭回到妳那倒霉的
宮廷秘史去！
哭吧
哭回到妳那頹廢的
童養媳組織去！

看妳哭成甚麼樣子！
多麼醜陋的「媳婦仔臉」呀

我們燦爛的前途
給妳們哭衰了
阿波羅十三號的神聖任務
給妳們哭衰了

讓妳哭　究竟
要哭到甚麼時候才心滿意足？
從日本的殖民主義
回祖國的三民主義
從三伯英台的戀愛方式
演變到摩登的迷你裝式
爲甚麼　妳們總是
蹲在那兒哭個不停止？

女扮男裝以假淚洗臉
演唱愛情的變態
以情愁抹殺理智
以員外的長袖攪拌泥女的故事
活在今天的追憶
沒有明天的飛躍
永恒被黏在愚昧的瀝青裡
在「過去」的青苔上滑着滾來滾去
滾着所有悲哀的幻惑
早已消滅了
失去了意義的哭　還要哭
嗨！　哭吧
談甚麼員外不員外
愛哭的「媳婦仔」臉呀！

林宗源作品

愈肥愈臭愈好的泥土

愈肥愈臭愈好的泥土
一小節的蓮藕很快地生長起來
擠迫得不能轉身的地方
瘦瘦的東西並不哀怨
那蒼白的面孔有帶臭的笑靨
那赤裸的身體滿是沒有血的血管
也許沒有血的生活最美
賴在泥中不願站起來的蓮藕啊！
能逃避成熟的運命麼？
自我陶醉地綻開紅紅的夢
血色的夢一片一片凋謝了
幼弱的小蓮房
懷着害怕暴風的心情
漸漸地生長
不能靜止麼？
漸漸地成熟的蓮子
漸漸地接近死亡的蓮子
祈求一次暴風
讓他投入水中
在這個很臭的泥土裡
重生

不願意回到厨房的女人

很好的骨盤
孵着股長、經理的卵
她喜歡僱用年老的男人
給她端茶，抹桌子
老男人緊咬着嘴唇
每日帶來一朵人造的花
放在桌子上
一日
一日
一日
那隻老鷄母坐在她的位置
以最美的姿勢
呼吸沒有香味的空氣
孵着沒有受精的卵
咕咕！咕咕！咕咕！
還是不願意回到厨房的女人

一個孩子咧哭

一個孩子咧哭
他的目屎流落去土脚
他的腸仔咧哭
抬頭
一片一片的烏雲
一重一重的牆
把他關咧
他跪落去做土人
做土炮
點着他內心的火

那個孩子很歡喜
他能夠自己尋吃
不免靠他驚死的老父
過着不好過的日子

他有目睭
他有頭殼
他有手

沒路用的東西

我的生日
一九七〇年四月四日
我的名字
椅仔

今日嫁給議員
明日嫁給醫生
後日嫁給踏三輪車的

什麼人愛我
我就與伊發生關係

作者
我不是天生的妓女
請你不要罵我

你很可惡
坐在我的乳峯罵我
沒關係
我還是願意與你發生關係

新聞紙的故事

早起
妻摃來二碗半的早餐
排在我的面前
我拿起叙仔
一塊一嘴

不管是戰爭也好
凶殺也好
桃色也好
都把牠關進胃裡
我相信我的胃
是一個巨大的宇宙
可以容納所有的事物

奇怪
看起來那樣少的東西
竟不讓胃有一秒的休息

妻很好
我很肥

晚上
妻又摃來二碗晚餐
排在我的面前
一看
還不是同樣的味道
趕緊
與妻離婚

放逐的歌聲

傅　敏

一、肉體眞實

梨花呵
某一條襤褸的巷子裡
有門開着
逃避醜陋的都市
我們像夫妻一般
停留下來吧

放逐者的我們
仍然要活下去
爲了悻存的肉體
要在殘破的瓦礫中
撿一蓆棲身

宿命的終限在某個被遺棄的方位
伴着腫脹的世代之瘤
互相凝視肉體的眞實
無須掩飾

二、床　燈

如今
這五燭光
刧後天空移位過來的
燒夷彈
繼續在焚燒我們

佈滿血絲的
眼
張架着壁虎的姿態
是猥褻的神明的
慾望

包紮黑布的
供輸線
遙控一一〇V電流
潛伏的殺機
不知藏在什麼地方
會突然炸開

三、憂鬱的樹

妳的裸體是一株憂鬱的樹
單薄的投影連結着
蝕的遊離
不知何時會突然倒下去

黑暗的故鄉
沉淪在骯髒的根部

為了傾注我的鄉愁
用盡最後一滴水
也不遺憾

遺傳的槍眼穿過四周的牆
貧窮也是
枯萎是最終的
命運
誰也無法拯救

四、夜來的體裁

月光從窗口伸進一把剪刀
把我們裁成一個人
祇是這種意義

捉迷藏的遊戲夜夜存在着
有時是用妳柔軟的前胸將我掩蓋
有時留着我的背肌
面對張牙舞爪的夜空
從來不願抛露我們的臉

讓我守護着妳吧
讓我守護着你吧
祇一個人受苦就可以了

沉溺在水平線下
海的渦流輕蔑地翻轉我們死魚般的
身體

海外來鴻（一）

白萩先生：

先前拜托您的「封面設計」二件和稿件均敬收。在百忙中惠賜的作品，隨即編入於「裸族」第十一集，今天送入印刷所，做爲特集之(一)。

和看「笠」三十五期的日文版，同樣覺得能親切接近於臺灣的現代詩，眞令人欣悅。

「華麗島詩集」的一部份，被介紹於田村隆一氏發行的「都市」第二號，有位同人告訴我，我已看過了。陳千武氏優異的譯文，眞令人驚訝。

在第十三集發表桓夫作品的詩集，請代轉告他。

聽說，爲了出席出版紀念會而將來日，如眞正實現，雖不能特別款待，但在此地可展望日本第一的平原，並且互相談談可以直接交流貴國的現代詩，將是唯一的快樂吧。

請賜告葉笛先生的通訊址，即感幸甚也。

裸族詩社　谷克彦

日本北海道帶廣市大通一三丁目二

詩兩題

鄭炯明

沒有比語言更厲害的武器

那天，在書攤上
看到一個人
仆倒在地上
狀極痛苦的樣子

我問他什麼事
他一手按住胸口
一手指着掉在旁邊的詩集
吃力地說：
「沒什麼，沒什麼
我被爆炸的語言的碎片
殺傷了……」
然後氣絕死去

火山

不要以為天國離得那麼遠
你就不相信上帝

要知道
那埋藏在我體內燃燒的帝國
你是不能否定的

總有一天
它會像一座爆發的火山
轟然地把苦惱的岩漿噴出來
使世界充滿硫磺味

不必戰爭
不必轟炸

雨

林湘

某個日子的午后
我很勞動階級般的
坐在竹編的廚房
看雨滴不慎地從漏縫滑下

該有一壺紅露或太白
再加一小碟花生或者鹵豆腐
「蹺倒、樂連、死好、樓仔厝總倒」
在這種很李白的時候
不李白的才是濬哲

而我只會看着窗外
不圓不方不形的液體
如何從弧狀臉滑落

就想起那年
米缸裡可不像這麼充盈
鹽巴、醬油和霉濕
是我們所熟稔的一種氣味

而在無所謂落不落雨的日子裡
也總會看見雨滴
在另張臉上滑落

戀情

詹冰

無數的

飢餓的

蒼綠的

吸盤在

起伏着

扭動着

顫動着

荒野

杜芳格

肉眼看上去
那是青綠的菜園或水稻成長的田園
却像沒任何事物的荒野

那是一座大橋或工廠的建築物
却也像是荒涼
沒任何事物的荒野

從載着肉體疾駛的車窗
看上去
那是重疊的農作物或綿延的民房
却像沒任何事物的荒野
我是怎樣了
是死了嗎？
是否爲了復活
才死去了呢？

像幻惑中的青青的草原
遙遠的山脈
河水的細流 野地的青菜
只在動盪無意義的人群裡

突然急迫地
堵着一扇厚厚的大理石的懸崖
遮住了我的視野

草之歌

凱若

草之歌

像娼妓的笑臉一般
永遠用無謂的態度對着風的
卑微的小草也是很認眞生活着的

決不頑固堅持貞節的問題
不爭論什麼是該向東該向西
在荒涼的野地上
在狹窄的隙縫裡
小草一樣安然地望着
白天以及夜晚

雲
或者星星
這就是世界了
在紛繁的過往中
誰說它不也是愛着日子

戰歌之序

終於聽見槍聲了
午夜零時

街角有一列士兵走過
他們哭泣着，並且用悲切的聲音
歌唱；在向拂曉前進的行伍間
他們向戰場敬禮

舉槍射擊
黎明。那是一種怎樣的號音呢？

街角有一列士兵走過
靜默地他們不時俯身下去
探望自己陌生的
赤裸的足掌以及汚穢的血斑

（暫停；一切暫停：因爲
　倚着窗口向外窺望的小男孩
　興緻地就在牆上畫着人頭和×呢！）

早晨的事件

悲哀哪
蒼白的早晨坐在街道旁
少婦一臉木然的表情
竟夜輾轉着的痛苦是那竟也對我流淚的眼睛
守望着一盞暗淡的灯火
殘缺的影子總是如此薄弱
　想起遠方的墓園
　想起死去很久了的姊姊
而生活僅僅成爲一種冷冽的感覺時

孤獨已不是委屈的原因了

驚懼着白天的來臨吧
少婦，妳的丈夫你的孩子呢
妳就在街道上等候
無知的幼童向你擲石
高興地喊妳瘋婆嘛

誰知道你該想些什麼，少婦
除去那竟也對我流淚的
呆滯的眼睛

五　月

1.
是否也意味着懂事了
有一天
竟發現到自己虛報平安的家信

媽媽能體諒我對旅途景物的描述嗎
媽媽想過我沒有回家車票的問題嗎
可是應該埋怨自己
不够智慧和勇敢吧
常在無能解答疑惑時
希望請問媽媽

離家這麼遠

2.
像當初踏進故鄉車站的月台般
既然承認旅人的身份
該是不好拒絕起程的

並且什麼也都註記過
想就在中途停留
媽媽勤於節蓄爲我購買來程車票的情景
總使我爲了安慰她的辛苦
告訴自己愉快地旅行

3.
有時候
欺騙也是可以神聖的

當然不是每個人恒以强者的姿態出現
一時的失手久久令自己懊惱着
像是有很多双奇怪的眼睛在暗中
卑邪地逼視着我
不禁要抱怨起生活的夜晚來

媽媽要心疼的
頓然發覺自己的不該
急忙愧疚地
掩住了嘴

0.
我讚美五月
五月的媽媽
媽媽和五月
爲了這理由

繪圖課上

弘螢子

暫且在教授的鼻樑間却步
然後滑入二個多圈的湖中仰泳
再攀登而上
向幾顆過了旺季的送客松
那景象
已非常蕭條

當發黑之唇微開
有戰鬪機聲嗡嗡
我才驚愕，那又是一場戰爭
機關槍就不止息的掃射
亦如兒時的催眠曲
那時躺在媽的懷抱
此刻，面對滿臉教條
遂想起古時的宮殿

教授正騎上駱駝
用三十度去衡量一個建築物
我也以同角度衡量着
建在他那發亮的臚頂上的
一個工程
許久以來都尚未完成的
（雖自哥德式建築時就開始）

如今却建成了
一個混合三合土的溜冰場

皎白的畫板上留下
滿臉皺紋和鬍髭
隣座有驚異的目光向我
前面的塑膠頭便轉成一條直線
而我想着
當教授的老花眼鏡除下
這就是一張精細的大廈平面圖了

那圖中
雲集許多文化
教力學的老教授
教化學那高鼻子的老處女
還有教微分的賣弄風騷
都在這股文化之後
陪正落跌的煙蒂
在我黑色的筆尖下
展示一縷縷青煙了

二月於九龍

散文詩二則

岩上

手，這個傢伙

手，這個傢伙是頗爲忠實的：

爲了顯示手的偉大，美蘇的科學家們爭先恐後地伸出他們毛茸茸的手去瓜分月球；看空中特技表演；廻盪的秋千把一個人射出成爲一隻飛燕，緊緊抓住天空的就是那敏捷的手；在烈日下揮汗成雨的農夫，不也以他們粗壯的手握住廣漠的大地？我們這群社會上多餘的詩人們，也還是用我們的手把詩抽出來的。就是你閒得無聊在辦公室抽煙、看報、喝茶也唯有手的幫忙才能襯托你的清福，或者你什麼也不做，擠在公共汽車內胡思亂想；或在轎車裏左擁右抱，那位粗心的司機突然來個緊急煞車，緊緊握住你生命的，你說是什麼？

朋友！你的手數過多少鈔票？捏過多少發亮的金幣？擁有多少榮耀？摟過多少女人的腰？

手實在是最忠實的走狗，可是有那麼一天，當我們魂歸西去，手這個傢伙能從棺材裏伸出來抓住些什麼？

教室內的斷想

一簇山巒突然岫出雲霧，從敞開的窗口飛衝進來，壓死了五十位正在聆聽上課的學生。

面對着學生們，我尖叫起來！

那是一陣暴雨之後，所有空白的面孔遽然蛻變碧綠。

我想逃跑，但我的脚根粘在講臺。

我聽到一陣陌生而又熟稔的聲響在山谷裏回盪，那震波有着山從前面走來的窒息……漸漸地我似乎看到一把火種從我的心口噴射出來，傳遍了山巒，瞬間蔚成滿山的花紅。

一陣花香飄來，我昏昏欲睡，而終於倒下。

風來了，我微細感覺襯衫被吹開，吹起來，飛呀！飛過群山，化成一隻悠然的白鶴消失在空茫的蒼穹。

五十九、五、十、於草中教室

夏日的詩

陳鴻森

蝴蝶

那要命的昨夜的禱詞，何處不好去，却在心底圖騰着，瑟瑟的風能分擔多少呢？翻飛的蝴蝶，俯視地面，畢竟愛的地平線早已被遠方的建築切斷了。

愈飛愈高，終於迷失在被薰黑的天空裡。在茫然中只不斷的追問：翻面的那邊天空也如此嗎？

禿樹

想爲自己築一道牆，却總被時辰搞得漫無方向，而我不可思議的，竟一點也憤怒不起來，像已失去節奏那麼的。就這樣定定的站在這兒，在遙望與被遙望裡，消瘦成一不被接納的申告的

禿樹

自剖

悠戈

當我從鏡裡走出
迎面來了一位少年
他穿過我的身子
我穿過他的身子
漠不相識地走過
只留下 Savanna

昨日的影子
告訴我，他是我蹂躪過的
我的蒼白

竟透明得這般光滑，
呵，每面鏡的碎片
我掙扎着
欲解脫硬殼也似的
空氣的 Savanna

・更正啓事・

本社

本刊三十六期第三頁林湘小姐的詩「內城行」一首第三節中（不准作夢）一行，誤植變成題目。事實不是題目，是「內城行」詩裡的一句。特此更正，敬請作者、讀者原諒。

作品合評

時間：59年6月7日下午一時半
地點：豐原桓夫宅
出席：林亨泰　錦連　桓夫　岩上　鄭烱明　傅敏
　　　林湘　陳明台（紀錄）

何瑞雄作品「草」

林亨泰：這首詩，作者抓到了極好的題材，以生物的側面和人某一側面的一致引起我們共感且產生美的感覺。過去，讀他的詩，都覺得他常提出結論而有所解釋，這點似屬于不必要，這可能是一般作文教育和形式帶來的毛病。

錦　連：這種造成作者有意强制我們去接受某些限定範圍的結論，會忽然截斷了詩的美感。

林亨泰：詩的解釋應由讀者去作，因爲他們會有另外的多樣性的解釋和感動，像作者的結論註文限制了此一解釋。

桓　夫：詩人或許有一種使命感去作解釋，但事實上這是多餘的作法。

鄭烱明：詩的完整性不止于形式上，應該是意義上不得不發展的結果。

林亨泰：猶如戲劇之大團圓而愉快的結果，這在詩而言並沒有必要。

傅　敏：這首詩是不算短的，但似乎未表現其龐大的効果，在語言上未嘗不是浪費。

林亨泰：詩的長短應該是關聯于詩人的精神活動而非題材。或許是微小而無足輕重的東西，詩人常常會寫出很多，這種發展却很不錯。這一首詩作者止于柏油路，但實際上可以繼續拓廣和發展，如但丁之神曲在乎作者的發揮，而且作者也抓住了某些東西，通常詩的好壞可見出詩人的眼光，作者所見到的側面不錯，但是他很可惜地，却以理論截斷了詩的繼續發展。另外，作者對草長于柏油路的感受是具有現代意義的，過去以草爲題材的詩常常可以看見草葉當作耳朶，大大地張開去聆聽什麼聲音的表現，這是屬于浪漫的，同樣寫草，這種明顯的區別是不同的，作者有其較接近的時代感，甚至可以對現代文明加以批判，這是成功的一點。

岩　上：這首詩是以擬人化的寫法來表現，草可以代表個人，自柏油路而出現，但似乎不必要寫得那麼長。

錦　連：作者口氣頗有幽默感，是爲了釀造氣氛才拉長了，成功與否不可論斷，但拉長是有其企圖的。

鄭烱明作品「火山」

陳明台：這首詩的後二段「不必戰爭，不必轟炸」企圖再强調前二節，似乎是多餘的。

錦　連：不是多餘的，它是很顯明的意象，前面沒有讓人很清楚感覺作者的表現，後二段才强烈的提出來。

林亨泰：這是一種揶喩，他所寫的是正面，事實却要表明相反的一面，後二段看似結論，但比較「草」的結論却不是一樣的性質，以這種方法而言，與其說是結論不如說是不得不喊出的意外的兩句話，雖說技巧上令人感到不滿足，認爲更清楚些爲佳，這究竟是詩的成功或失敗呢？却難以論斷。

傅　敏：因爲有了後二句，似乎更牽涉了大的問題。

林亨泰：是否因這二句結論才令人看出它的發展，這是精神壓抑後的衝刺和結論的歸納不一樣。

岩　上：這一首詩的第一節「不要以爲天國離得那麼遠，你就不相信上帝」和全篇有關聯嗎？

桓　夫：這是作者本身的表現關係了人性問題才提出的，詩的本身內在爲一座火山有爆發的時候，但由于最後二句才將人性本身表現擴大出來，由本身而及于共通的人性。

拾虹作品「船」

林亨泰：這首詩的寫法和前二首的從一個角度着眼不同，雖以船爲題目，但着眼點却較多，較廣泛，令人有成熟的感覺，給人有冷靜觀察的感受，作者的想像頗爲自由，能引發人較多的聯想。

錦　連：這首詩是較爲客觀的寫法，作者故意使自己和對象有距離，並沒有陷入，遂富于暗示，讀者可以尋找多樣的意義。

桓　夫：作者好像置身于船中，却已跳出而去觀察，以參觀者的態度去寫。詩人若能不沉溺于主觀中則較爲清醒，如此詩，船本身已成爲陸地，社會及作者自身的世界，較爲有力。

林亨泰：這首詩可令人引發甚多聯想，這正是詩的目的之一。

岩　上：這首詩的中心點似未點出，因爲距離中心點較遠，遂有引出多樣性感受的可能。

錦　連：也許是暗喩多才能引出多樣性的聯想。

林亨泰：前二首詩是直線的發展，這首詩却有多個着眼點而較能顯出構成面。

桓　夫：拾虹的詩常有此一傾向。

（**筆者按**：六月七日係詩人節前日，臺中縣青年寫作協會在豐原鎭青年育樂中心舉辦「新詩座談會」，聘請林亨泰、錦連講演「現代詩的本質」「新詩鑑賞」。因此「作品合評」僅合評上述三首詩而提前結束，全體出席同人即前往參加「新詩座談會」。座談會由協會理事主席谷風先生主持，來賓尚有陌上桑、逸峰，及各大專刋物負責人等，極爲精采。）

笠下影 52

吳望堯

I 作品

我打今天走過

晨

卸下昨夜黑色的睡衣
我走進昏曚的大花園
誰？一位披面紗的少女
正向我迎面走來——
我似曾相識的，但又忘了
冒失一次吧；拉下她的面紗
向她說聲「早！」

午

穿過大理石的拱門

給——

我的心是隻紅墨水瓶，
　紅紅的血液已經流盡；
你的心是張潔白的紙，
　我用血爲你寫滿了詩。

如此你的心更爲美麗，
　美得像本精裝的詩集，
我的心却更變得空靈，
　空得可斟滿一天星星。

這盞發光的吊燈眩惑我的眼睛
呵！我沒有眼花——
一群曳着白紗禮服的少婦圍攏我
要我講一則東方的傳奇
——花、音樂、匕首、星星

暮

捧起硫磺的火球
摔碎於黃昏的走廊
猛烈的火燄濺起；在花磚燃燒
走廊逐漸短，我的影子漸長
但我狂笑着走了
擲我的影子於走廊的末端

夜

紫晶杯中尚存着些殘酒

我是歸遲的浪子嗎？
呵，何以星子摒我於門外？
我欲叩月的門環
却錯抓了大熊的尾巴

採礦者（力的組曲之二）

『天下名山五千三百七十，上有丹砂者，下有黃金；上有磁石者，下有銅金；上有綠石者，下有鉛錫；上有赭，下有鐵……』——淮南子

額上佩一盞青燈，我鑽進黑暗的、蜿蜒的礦道之盲腸
以佈滿繭的双手揮動鶴嘴鋤，向火成岩猛擊
鋼鐵的尖喙遂啄出四濺的火星；黃金的飛塵
像少女的心第一次被强烈的愛情所征服
而我揮着汗，向沙石索取十萬之一的黃金之微粒

可不？我置身於驕傲的礦脈；黃金的血管
我感到地球之脈搏的隱隱跳動，和我合而爲一
我呼吸的是黃金的塵埃，混合着我的大汗珠滚落
你說我處於黃金的核心，而我只感到黑暗和窒息
我憤怒了！讓黃金的價值在我的鋤頭下粉碎吧

呵！我逐憎恨自己是沒有生命之金屬的發掘者
它只是高貴的少婦晚禮服上的點綴；高貴的原因
而我，我寧可一親地面上的綠，吸一口新鮮空氣
看一看鮮紅的太陽，或不是爲了黃金而流汗
却僅僅爲了要鑿穿這地球八千哩的直徑

銀　河

橫貫過十二個大星座的
這空間的橫斷面，宇宙之動脈
以一千億顆星的組合，十萬光年的直徑
在天體跳動，輸送着時間的血液
像一隻縮藏在夜之魔術師的
黑色大斗篷中的，神秘而有生命的手呵

我遂睜着狂妄的眼，向它凝視
只願這巨大的手把我緊握，以無比的力量
揑碎我漸漸風化的生命。白色的骨骼
青冷的血管、和卽將飛迸的鮮血
把它灑向空間，像一陣七月的流星雨
以一萬點光繽紛灑落，灑落……

而老將至（二十世紀組曲之三）

而老將至——
　看火箭噴紅　呼嘯而去
昔日的少年之淚泪滴落於酸性的壤土
　水份被揮發　逸散於神的思維
　存下一撮無機的悲哀之結晶
閃爍着　少年的綺想如霓虹的靈思
在大黑暗的空間迸射誘惑的色彩
呵呵！我在何處？我在何處
八千哩的直徑容不了人類的狂熱（註①）

所以空間被壓縮成固體
所以世界將小於一粒麥子
所以時間仍無限地伸長

且具有黃金的展延性……（註②）

註②地球之直徑爲七九二六哩。
②金的展延性，在金屬中可稱首屈一指，一克的金可打成四百萬分之一吋的透明薄片。

Ⅱ 詩的位置

藍星詩社跟現代詩社對抗的時期，除了理論的差異以外，在以抒情爲主的藍星諸君子，創作上較傾向浪漫的色彩；而以知性爲主的現代諸健將，創作上較傾向古典的情調。不可否認的，「藍星週刊」的前半期，是因覃子豪的建設，而造成一時之選。但「藍星週刊」的後半期，却是因余光中朝向了現代化的途徑，而使他的同道者，例如夏菁、吳望堯、黃用等等也先後現代化起來。吳望堯也就在此時期脫穎而出，從「靈魂之歌」（註1）以後，他也開始掙脫了格律化的傾向，雖然他沒法子完全去掉浪漫的尾巴。在「中央副刊」、「現代詩」以及「藍星」的各種刊物上，吳望堯的突變，在多樣色彩的捕捉上，在異國情調的表現上，以及在宇宙世界的狂想上，都顯示出了他的一種銳氣。因此，我們可以順理成章地把他歸到藍星後半期的系譜裡。

（註1）吳望堯的第一部詩集。

Ⅲ 詩的特徵

從吳望堯的三本詩集中，我們可以發現，「靈魂之歌」是完全格律化了的；而「玫瑰城」與「地平線」（註2）是一部份格律化了的，另一部份現代化了的。而且更微妙的是那些格律化了的作品，幾乎都是詩味稀薄，幾幾乎是接近了非詩的邊陲。而那些現代化了的作品，則幾乎都是詩味濃郁，非常地接近了詩的核心。爲什麼一個浪漫氣質的吳望堯，具有這兩大傾向呢？一言以蔽之，是觀念的差異所造成的。當他守着格律的枷鎖，大跳靈魂舞的時候，他跳不出多樣的變化來，常常在重覆着別人的回聲。而當他邁着現代的舞步，掙脫格律的枷鎖時，他已能自由地、大膽地，手之舞之，足之蹈之，開始發現了自我的存在，他的詩，因而新鮮起來，流動起來。「給——」這首詩便是他格律化的作品，只有說明性，而沒有表現性。而「我打今天走過」、「採礦者」、「銀河」以及「而老將至」便是他現代化的作品，其詩質的稀濃，簡直判若兩人呢！

（註2）「玫瑰城」與「地平線」是吳望堯的第二、三部詩集，收入藍星詩叢。

Ⅳ 結語

畢竟吳望堯是以浪漫的氣質起家的，即使是在他的現代詩上，還是充滿了浪漫的氣息。在藍星的系譜中，他的優點最爲顯著，而他的缺點也最爲暴露，這是爲了什麼緣故呢？像彩虹一現似的，旅居越南以後，吳望堯就幾乎是從詩壇退休哩！

特輯

美國現在詩集選譯

非馬

(1)死亡的快樂生辰

The Happy Birthday of Death

——格里格雷·可守 著

(Gregory Corso)

格里格雷·可守同 Allan Ginsberg 及 Jack Kerouac 共同搞過『Beat』運動。他的名詩『炸彈』及詩集『汽油』都是City lights Bookshop所出版。其他的詩集有：The Vestal Lady or Brattle (1955) Long Live Man (1962) 小說：The AmericanExpress 短劇 In This Hung-up Age他的詩被譯成法文、德文、意大利文等等，其詩句法頗古怪，譯文裡也可看出。

大烏龜

你昇自海無邊苦海
夜晚在月光裡遲緩崖岸
在你身後蹼跡記你痛苦的歷程
一小時 在一小時內你停息你遲遲的
後足此刻挖掘 挖掘着沙濕的沙
月光亮 海平靜
你的嘴鼓脹 你眼滿滿是淚水
你開闢一個巨洞 你平伏
疲憊 嘆息 緊張
卵卵 卵卵 卵卵 卵卵 卵卵 卵卵 卵卵 卵卵 卵卵
卵卵 卵卵 卵卵 卵卵 卵卵 卵卵 卵 卵 卵
曳行·疲憊 嘆息 平伏
你的濕子宮粘着沙斑斑點點 你遲遲轉身
遲遲你掩起那洞那些卵遲遲 遲遲
你停息你的遲遲
破曉
而你撲通入海如一塊巨石

她不知道他自認爲上帝

他是上帝
約翰雷辛是上帝
他站在窗口微笑
看一個小孩走過
「我是上帝！」他叫。他知道
他的妻子輕拍他的肩膀
「約翰小孩生病快死了
在發高燒。找個醫生。」

約翰雷辛站着像個死人
生命的康健與新鮮
在他的死亡裡囂張
他口呆目瞪地站着震驚于
他是上帝的自覺。他是上帝！

他的妻子哀求尖叫頓着地板
她的拳頭捶打着牆
「約翰小孩快死了！」

可怕的差異

我越想耶穌的血不是血
流血的額不像醉鬼
　跌破的頭
便越想起我自己的血——

呵我有多悲傷即使只是我的鼻子在流血！
我覺得耶穌的血流得輕易些
我對他的血不如
　我看到也許一個棕髮小
　女孩耳朵上端濕透時的感覺——
我好像並不在乎動物的血
屠夫的圍裙從沒嚇過我
而戰爭的血
即使每次戰爭都滙成一座海洋的血
我也並不在乎——

感謝上帝我從不曾見過我父親流血
　還有我的朋友們，感謝上帝，只是手指頭的小意外——

我不懂但
那是個好感覺我有
　自傷的感覺當我吐血——

但呵，呵我的感覺有多奇怪當我看到
一個裁縫跌下他的座椅，心臟病發作
而一分鐘，只一分鐘之後
　一條細流從他的嘴角淌下
　.只是一條小細流
　不像被戳的牛奔湧
但人類的小川比動物的狂流可怕多多。

貓頭鷹

白晝拘謹的鳥，
我從不曾見你；
從不曾那麼挨近。
如果我近，你會否對我眨你的大眼？
天哪只要我能挨你；
吻你；
擠扁你晚安。

頭　髮

我美麗的頭髮死了
現在我是個光頭
呵當我照鏡
我見到的禿比禿還禿
當我睡覺我睡的覺
不是我要睡的覺
而當我夢到我夢到小孩們在擺手再見——
一度是可愛的頭髮
是那
時辰在樹窗前　橡皮糖機器的鏡子　用大梳子
口袋裡裝滿了瓶瓶罐罐的羊毛脂
洗過的髮我恨
沾泥的鬆髮梳起來容易且不會散
但沒有東西會除去我的頭皮
Vitalis Lucky-Tiger Wildroot Brilliantine（註1）
　沒有東西——
一髮不存躺在床上是胡行只有上帝才許——
我頭上的腫塊——我不在乎禿
要是我頭上的腫塊令人不安——
魯莽的上帝！現在老太太們怎能叫我甜心餅乾？
怎能去危然站在一個英國的絕崖
一個刺激的石南崖？
呵我可愛的彩色玻璃的頭髮乾　黑　不可見
不在那裡
太陽！該怪的是你！
想起我一度捧髮向你

像一個富傲的絲商——
禿！我禿
最好我現在搞隻烟斗
把女孩忘掉。
地下火車載走我你自己之一
安置我坐任何人
讓我下車任何站任何人
有什麼用走第五街
或去戲院裡半場休息
或站在女孩子學校面前
當沒有東西留下來讓我去顯示——
角力者都禿
而雖然我瘦呵上帝給我機會此刻去角力
甚或作一個心臟不佳的希臘角力者
並且使那心臟使我流汗
——我的頭緊裹在毛巾裡在一間古老的更衣室
我說好英語在我死前——
理髮師們在夜裡被謀殺了！
剃刀同剪子裡棄在雨裡！
沒有美容師教出新花樣！
沒有早熟的毛長在小伙子的恥骨上！
造假髮的！救救我！我的指甲深陷在你的門上！
我要一個冬之架構的假髮！
猪的鬍子嗅着橡皮實！
容忍我參孫！只要一點小髭
我便可取得婆羅洲的統治權！
呵即使一根鼻毛，一根內生的毛，
我將踩美人于邪惡的脚下，噢勝利！

沒用　沒用
我必須從太陽裡移開
住到別處
——一個光禿的身體披老處女的衣裳。
呵迷迷糊糊的悲傷！
慈悲，纏這孤冷的頭以無上的榮耀！
我站在黑暗裡
對着洗海般頭髮的天使們哭泣。
我的頭髮往那邊去了！桎梏于沉重的風的脚步！
回來，頭髮，回來！
我要留腮巴鬍！
我要洗你，梳你，晒你，愛你！
當從前我狂野地跑開你——
我以爲這一九五九的現在我定必
不用再咬我的指甲
而有漂亮的灰髮
去顯示我有多神經質。
該死的頭髮
要從湯裡撈出來的頭髮！
堵塞洗澡缸的頭髮！
化一塊五毛被宰的頭髮！
可惡的頭髮吃過氧化氫！染料！砂！
僧侶同他們的圈圈頭！
古埃及同他們的拖把！
黑人同他們的襪帽！
軍隊！大學！工業界！同他們被做記號的一群！
Antoinette Du Barry Pompadour 同他們的白金糕！
Veronica Loke Truman Copate Ishka Bibble Messiahs Paganinis（註二）
波希米亞人　夏威夷人　獅子狗

註一：髮油商標
註二：以上皆人名

(2)失落的世界
The Lost World

——蘭道・家雷爾著
(Randall Jarrell)

蘭道・家雷爾（1914——1965）寫過詩、小說、評論。詩集出了七本，「失落的世界」（The Lost World）係他死前出版的最後詩集（一九六五），他當過大學英文教授，國會圖書館詩顧問。

夜之鳥

一個影子飄過月光。
牠的翅膀不發一點聲響。
牠的爪長長，嘴尖發亮。
牠的眼向夜的每一角落試探。
牠叫了又叫，所有空氣鼓脹
且上下洗刷如水。
聽梟啼的耳朵相信
死亡。簷下的蝙蝠，
石頭旁邊的老鼠靜伏如死。

貓頭鷹的呼吸洗刷牠們如水。
貓頭鷹在夜之閃來來去去，
而夜屏息。

反舌鳥

看這邊太陽下山，
看那頭月亮昇上。
麻雀的影子比草地長。
蝙蝠尖啼：「夜到了」；鳥吱喳！
「白晝已盡」。
在柳樹的最高枝，獨占
日與夜，吱喳，尖啼，翱翔
反舌鳥在模擬生活。

整天反舌鳥佔住庭院。
當光開始喚醒世界，麻雀整隊
向多子的草地進發。反舌鳥
把牠們趕得尖叫亂飛。時時刻刻，力戰着
爲了獨霸世界，牠猝然攻擊
着畫眉，打穀，樫鳥，以及山雀——
在正午牠趕走了一隻大黑貓。

此刻在月光下，牠坐在這裡唱歌。
畫眉先唱，接着是打穀，然後樫鳥——
然後，驟然地，一隻貓開始咪喵。
每樣東西反舌鳥都能叫得維妙維肖。
牠模擬牠驅走的世界
如此逼眞，這當兒，在月光下，
何者是反舌鳥？何者是世界？

晾洗物

這種日子
沒收走的將凝凍。
晾洗物在繩上捶打
無終無止的刑拷——
而當風偶而停息
晾洗物便以衰陷沮喪
的皮囊
米開蘭基羅在最後的審判裡爲自己所造。
它的苦痛
銘心如噴嚏。

當媽媽扭斷了鷄的
頸子，身體繞着
繞着繞着院子亂轉圓圈。
這些圓圈不是它的主意
但它隨着它們轉如同它永不停止。
它身體的表情强烈，
無邊無際
如這救命！救命！救命！
晾洗物搖幌着在向人求救。

但正如老母鷄們喜歡說的，
世界並非胆小如雛鷄。
晾洗物占居的宇宙

對仇敵無動于衷，
一個世界——如晾洗物說的，——
一個晾洗物所不曾造的世界。

自然既不左也不右

男人憑所作，女人靠本色。
這些高挺的乳房，大理石般自
我驚險髮流裡浮上來透氣，
我店裡的貨，半開的門
向娼妓與母親的第一座樂園。

男人贏同我自正直的
可恕的圖謎男人用他們的言行
一塊塊拚起來。女人衝出
或潛回它的間隙
如松鼠占據一個幾何圖形。

我們女人出賣我們自己爲睡眠，爲肉慾，
給那些淸醒的，成功的精靈，男人——
他們，半夜躺着同邪思的
生命，他們的黑伴侶，女人，
吸童年，獸性，自母親的乳房。

一個胖禿富男人，在黃昏時回到家
對我大講關于我的停車罰單的道，穿着金絲
袍，我看着他心想。「你老了，
我老了。」丈夫，我夜夜與你同眠
且喜歡它；但每個淸晨當我醒來
我剛夢到我的初愛，那狡猾的蛇。

一個有錢的病人

當你第一次介紹給我你的護士，
我想：「她像你的妻子。」我的意思是，我想：
「她像你的護士——」她是你的妻子。

她給這她丈夫的老朋友
一個蒼白而迷人的微笑；我們談天
她幾乎同意我說的每句話。
我想：「她很隨和。」
你笑得很開心——你那時感覺很好。
她大笑且附和你。
　　　　我對她說
——就是，我不曾對她說：「你說謊！」
她托出
她的一疊微笑，我切，她分牌。

幾乎像歲月一般躍起，後退，
我見你以床起床；同時，
關切地在你身邊盤旋，
這保姆，這母親
穿着灰白色的衣服——漂亮得像個護士
苗條地有條有理樂觀地
漂亮——說起話來熱情得，
如冬日的陽光，精詳如保險。
只要你要，它都能包括。

像機器上的調速器，她調節
你的輕率。而多少罪過
她寬恕了她的大孩子！多少次
她打緊急電話
給適切的專門醫生！

在我離開你的病床後她便引我到門口
告訴我你的心臟與大便。
當你起床說着話她便傾聽
一段長長的時間，呵那麼長！但去就寢
在我們之前，以一個柔弱的，疲倦的，幾乎是勇敢的
「晚安！」你是一個天然的
災禍她替自己造設。卑賤地
攀附着你，照料——所有外界的讚語
及了解，以及所有內在的保險——
她站在你身傍如聖女貞德的塑像。
早熟地倦怠，早熟地
成熟，她忍受了
很多，縱容地
重覆如一張白複寫紙
那喧鬧的，病物，人的意見。
我能看穿地——但誰不能？
她的不誠實是如此透明得
有一種誠實在。
她從不曾說過她想的，做她要的，
只（如同為一個老經濟學家所發明
放在一座島上，去同她的配偶交易）
做無性格的利己行為。
從不做一樁切己的事！

一年一年地，以那種誠意
你說的任何事，要求的每樣東西，
而她，說謊者！
對你好——呵，虛假的好，
為所有壞理由而好。好。
而她對我友善，而我對她
友善。我要對她友善。

她錯而我對，但我覺得煩厭。
總是不太合理讓她老錯
而且這般賣力而所得那麼少；我感到內疚
因我不在她一邊。我在她一邊。

我感到一陣可怕震動當她死時。
我見她的雙頰頭一次紅潤
在覆蓋她棺材的飄雪之中。
而你起來且談着，滿含悲哀。
當我體悟到你將多麼輕易塡補
這個空缺，我感到可憐
為你也為那蒼白而自足的鬼魂
這麼長久照料你的自足。

土地與樹林

當你從飛機上下望你看到線；
路，轍跡，交織成網——
人們來來往往，熙熙攘攘：生活的模式。

天對農人說：「你的本行是什麼?」
他回答：「種田，」以一塊土地，
或：「產牛奶，」養一群牛。
它們看起來像小孩的玩具牛，從這高處。

從這高處看來，
田地是可怕的單調。

但在較淡的補綻中間摻什着濃的。
介于農人與農人之間
是農人所共有的：樹林
那些濃而黑的——土地的起點。
夜裡狐從樹林走出，喫他的鷄。
夜裡鹿從樹林裡走出，喫他的作物。

假如他能他會把所有樹林造成田畝，
但那不值得；它的沼澤，它的巨岩，
有些東西是推土機所
推不掉的，甚至——用炸藥也不行，
而且，他喜歡它。他有一個洞穴在那裡，當他小時；
現在他在那裡打獵。它是浪費土地，
但更是浪費時間，浪費金錢，
去把它變成任何不是它的東西。

在夜裡，從飛機上，你所看到的都是燈光，
幾盞燈，屋燈，車燈，
以及黑暗。下面某處，在燈傍，
農人，赤裸着，取下他的假牙：
此刻他不喫。取下他的眼鏡：
此刻他不看，閉起他的眼睛。
假如他能他會閉起他的耳朵，
而就是現在這樣子，他也不用它們聽。
顯然，他也取下他的舌頭：他不講話
他的臂與腿；至少，他不移動它們
它們糾結在一起，蜷曲着，像個小孩。
而在他取下他的思想之後，
他化了一生才曉得的
他取下，終局地，世界。

當你把每樣東西都取下還剩什麼?一個願望，
一個盲目的願望；但願望並不盲目，
它所要看的，它看到。

在樹林中間是那洞穴
那裡，蜷縮在裡面，是那隻狐。

他站着看它。
在他四周土地在熟睡；土地在做夢。
夜裡沒有農人，沒有田畝。
夜裡土地做夢，土地是樹林。
小孩看着狐
正如，如果他看得够久——
他便看到它。

或者是不是狐在看着小孩?
樹分辨不出他們兩者。

牛山愼作品

錦連譯

鴿子

鴿子不歸
失落了從夢到知覺的窄橋
我的可憐的笨鴿子

把不管等到何時都不可能解脫的
地球的沉悶感
承負於不能免死的翅膀而力盡筋疲的可憐的鴿子

倘凝視一點
鋒利的文明的銳角之深淵那邊
有着一點點稀少的蒼白骨片
有着被太陽的非情射到背脊的大海

我又一次發現了我竟是我自己
向着我的覺醒深處
代替了血流流進去的黝黑的波浪們
我看見了遍在於這天空的强壯的神的殺意

行爲

如同
埋葬風
把世界埋掉

如同
禁閉於貝殼中
讓語詞入睡
把星星沉下

在沙灘
啓開淹死了的人們的
心頭封印

然後
我又必須迎接早晨

一切都……

一切都燒落
從發散着走獸臭味的指甲尖
到日夜作夢魘的
震顫着的太陽穴
在被折取了的生的終點
看見了被燒過的小石子
那裏老是漂浮着
燒落後的腐臭

把一切解消之後
新的悲歌
被拋棄於激雨中了
這些遺骸的黑色時間
火星和金牛宮都死絕
（然後將會發生什麼？……）

註：牛山 慎，一九三二年生於東京，本名狩野博。現在狩野築爐工業所在職中。詩學研究會出身，現為「詩淵」同人。住址：東京都江東區南砂五－九－四。

海外來鴻㈡

陳千武先生：

惠贈貴誌「笠」35期不勝感謝。以往未曾和海外的詩誌交流，因而接到貴誌，印象非常深刻。

當然像這樣缺乏中國語文知識的我，要以完全的型態，操縱 image 再現的作業是困難的。但從極表面上的印象看來，也可以估量貴誌同仁諸位的意欲和高度的資質了。

尤其對譯詩的嘗試，把 Ferlinghetti 的「狗」（非馬譯）與日本語譯予以對照，得到甚深的興趣。

還有從這一期起在卷末附設「日文版」，引起了我們的關心。

白萩氏的論評「或大或小」一文，有其不屈不撓底骨格的展現，和貫徹於銳利的批評精神，非常令人感銘。

請代問候貴誌諸位同人並祝

健康和詩安

南 邦和

日本宮崎市大王町18

追伸：敬贈我們的詩誌「絨緞」88．89兩期，內容雖感貧乏，但仍請 批評為感。

—田村隆一的散文詩

陳千武譯—

腐刻畫

在德國的腐刻畫裡看過的某種風景　正展開在他的眼前　好像從黃昏進入古代都市的俯瞰圖　又被認爲從深夜導至黎明模倣近代懸崖的寫實畫

這個男的　就是我剛開始講的他　是年輕時候殺死了父親　那年秋天　母親便很美麗地發瘋了

黃金幻想

他害怕所有裸體的思想　美麗的東西必會殺死人　這就是他的口頭禪

已不是闔眼睛在看　也不想用手描畫白晝　在這都會　一九四七年秋　我目睹了　在白蠟的胸脯不知誰用黃金的書法刻上所謂論理底死的證明

秋

雖不是悲哀　却不知何故他濕潤了眼睛停頓下來　仍然緘默着凝視着我這一邊

紮着綳帶的雨轉彎了　繞過不眠的都市　那年秋天　我跑去小小的音樂會　被乾燥的門封閉了的音樂室　坐在硬板凳上的冷酷的鋼琴家　在那兒被睡眠拒絕了的黑色的夢默默把所有的武器交給大家　武裝被許可了　愛吧　堅強地愛着人生吧

在門外　發散着新紗布味的雨又轉過街角　向港口從微明的港口向黑暗的海　向無星光的幻影的世界

嘴唇濕了　不久我的手乾了　再見　女人閃過我而出去　向門外　有位高漢子淋着雨在等我　不知爲了生或爲了死　隔着門扇我們裝上鎗彈　祝福吧　孤獨的我們也有敵人出現了　在鏡子裡我的面貌一變　顫慄的生的fiction！　向門外　不眠的都市和那些衞星都市　七個海洋和巨大的沙漠　從夏天的彼得魯斯布爾克到冬天的巴黎　女人激烈地歌唱　仍然愛着　仍然愛着　之後東京　秋！　世界以我的手組成　在天線下做夢　此刻　大家對奏鳴曲形式所覺醒的一瞬　問自己好了……我祈願　對死的自由鼓掌響起來了　我從椅子站起　母親！

聲

手指開始下垂　在這被發掘的灰色音階裡

屏息　用無聲音講話啊……愛像性器和死者的不和諧

音湧起的黃昏一般底象徵 雨天時她很美 那秋天的黎明

她招來黃金的微笑 忽然我背向她 跌進眼底的藍!啊啊死亡早已親近我 我目睹了他那卑鄙的沉默和神聖,分解作用 目睹卽是體驗 我知道了最初隨着叫喊而逐漸變成由tu開始的號召的過程 有時候他很雄辯 那是從秋到冬 在藍色的首都籠罩着霧的時候 拒絕思考吧 那就是擁有時間 從時間脫出來吧 向可用全身感覺的哀愁的空間 丟棄感覺 以身體觸及思想 手指開始下垂 在這被發掘的灰色音階裡 音被我的手指選擇 那些音是我把它從一切腐敗性物質隔離的純粹物質 產生了結合 有沒有留言? 二十五年 在走廊或中庭母親屢次喊我 大概變成tu啦 絕對不要祈禱充實我們的青春 哭吧 要哭就像父親那樣 要哭就不要爲了父親

預感

午後忽而來訪 他以個人被押入椅子裡 手鬆弛無力地垂着 世界蔭翳起來 世界的苦惱趕他跌進孤獨 世界的悲哀挖出他的兩眼 像傷口似地門被打開 似乎就這樣通到往昔 從窗口能茫然看到他誕生的街 街上下着雨在這二十年間 街衖屢次變了形 而變了形的街衖拒絕了

他那幼年時代記憶的街衖 曾經母親很美祖母也必須活在現世 往昔無言地穿過門 而連結於未來的一部份 雨衝擊時間 在他的面前雨受傷了 紮起繃帶! 平凡的中年男人撐着平凡的黑蝙蝠傘經過

怎麼辦呢 穿過被打開的門無數隻手在他那肩膀上冷寞的嘴唇稍微用力地疊在他的嘴唇 沒熱情的接吻 雖是痛楚他却衷心地嚐着欣悅

你是來殺我的

image

死的滴嗒,
這個鳶色都市的,
在雨裡扭歪了的腸群,
黑蝙蝠傘的,死滅了的經驗的漂泊。

那個男人,不是我的父親,也非我孤獨的友人,祗是我,跟他同一存在,同一經驗,又共有同一 image 而已。而且,我像他一樣,在第一次大戰時誕生,在第二次大戰時一定死了的。

椅子像跌倒那樣倒了下去! 那是我的舊 image,
在泥濘中的眼睛所夢見的向死的希望。

被挖出的眼瞳 瑩潔的那頭額,髮毛遲鈍的光,還有,從被海和暴風雨和巨大的幻影濕濡了的黑衣服,那個遭難者的,靜穆的叫喊,響着激烈的詠唱,週末之夜的,從秋到冬流濕的霧裡他出現的時候,我不得不叫喊,「你從何處來!」

我像狗一樣垂下着舌尖。

皇帝

岩石被有眼睛 有含着憂愁和倦怠的眼睛

那個人穿着黑衣經過我底門口 冬天的皇帝寂寞的我

底皇帝！　白皙的額上映着文明的影子走到歐洲的墓地去
背部沐浴着太陽　您自責的懲罰多麼可憐喲

獻出花！　您伸出手　在理性和進步的時代的末了世界的冬即將開始　歐洲的美女不過是一種幻影有誰要吻您底手呢　枯乾得變成鳶色命運的您底手掌有發芽的狀態嗎？

獻出花獻出如花的傷痕！

冬的音樂

不能說沒有那樣的事　在我不知的天涯　那兒一定是濃霧的城市裡的地下房間　正像我有個二十五歲的細瘦的青年　頭髮是金黃色　灰色的眼睛　講北歐的語言　討論革命的行動原理　瘋狂嗎？傷感嗎？縱使那是一九四七年冬天的嘔吐　現在誰也不相信是別人的事啦　或許像莫吉里阿尼的繪畫中的男人那樣　斜歪着細小的下巴而凝視着也說不定　眼神是不明的　已經不明　是不定的　在已經不明的宇宙裡　像覺醒着的男人一般

不要哭　即使比遇到蛆虫更壞的命運　現在絕不要哭
不論拒絕或引進　也該愛撫無與匹敵的命運吧

只有你　也許是最初又是最後的人類！　我要放棄演戲　在更巨大的戲劇裡

歌聲遠去　下垂的手無數的足音消逝　從地下房間
從我的沙漠　而城市的灯一明一滅　憂鬱的時間形式喲
嚴肅的謀財生活喲　再見！

假使即是連結於夏日的少年時底記憶或在雪夜喚起的孤獨的嗅覺　也能想像到不由于觀念所支撐的生之幻影（Virion）嗎　可是我做效鋼琴家（Pianirt）　以眼睛和指頭支撐生的幻影（Virion）而不斷地嘗試修正　風吹起了　好吧　宇宙逐漸趨向冷却　在岩石裡睜開眼睛！　手指拼命地冀求平衡　是否要把比我的眼睛　更大的眼睛稱為永恒　這樣的瞬間　眼睛出現了　他含着微笑問：關于自明的克服　虐殺命令！　在眼睛和手指的間隙　在文明的墓地　我陷了進去　冬的音樂

—承接第59頁

家的眼睛是雪亮的。我們要求眞正從自尸體驗中產生出來的詩，就是出自你的體驗而人家已寫過的，那也少浪費力氣。

詩人的詩應該以刋登在純詩刋上為榮，雖然那是無物質的報酬，但詩刋是專門性的，而不是報刋的玩票性質，那也照應了梵樂希所說的：『寧願被一個懂的人讀一千遍，而不肯被不懂的一千個人讀一遍』。讀詩刋的一群也就是懂詩的一群。

有時鑑於世界造得不夠理想，我們會反問：上帝天天在審判人類，為什麼不自己審判自己一次？審判自己！就是取消同仁刋登同仁雜誌「當然權」的理由。同時做為審判人家的編輯同仁，更需天天審判自己一次，然後才來審判人家。先審判自己然後審判人家！先審判自己然後審判人家！讓今後在編輯室的同仁記住這句話！

我的苦悶是單純的

田村隆一
陳千武譯

我的第一本詩集「四千之日和夜」刊行於昭和三十一（一九五六）年。那年恰好是日本戰敗後第十年，等於收集了戰後十年間的作品。然而，這只不過是二十六首詩的貧乏的詩集，全書僅八十六頁而已。若要嚴密選擇作品，這本詩集必會更爲薄弱。但太薄，就不成爲「一本書」啦。

凡是，寫自己的「詩」論，尤其解說自己的詩的製作過程，誰都會感到困難。假使有人很得意而滔滔不絕的講自己的詩，你們就應該徹底的懷疑他。因爲「詩」是沉默的產品。

我曾經對於詩與詩人的相關關係，如次寫過：

「我認爲一個詩人，應該在何時何地來認出能成爲他自己的原型的詩，是很重要的問題。因爲這種成爲原型的詩是被課於他的『沒有地圖的旅行』的整體，時和死和愛的諸觀念一切成爲一整體被包含在那兒。詩人之充滿着危險的旅行是原型的發現和其再發現。同時又似採取對他自己的原型的挑戰的形式。」（摘自『沒有地圖的旅行』）

在德國的腐刻畫裡看過的某種風景 正展開
在他的眼前 好像從黃昏進入古代都市的俯瞰圖
又被認爲從深夜導至黎明模倣近代懸崖的寫實
畫

這個男的 就是我剛開始講的他 是年輕時
候殺死了父親 那年秋天母親便很美麗地發瘋了

這是題爲『腐刻畫』的一首散文詩型的詩。可以說寫過這一首詩我才發現了我底「詩」。鮎川信夫對這一首詩如次寫過，——爲了要使這種詩產生，應該想一想，我們曾經不得不經驗的兩次大戰；至少這種詩在一九四五年以前是絕對無法產生的，想到這一點，我們就非常容易地進入這一首詩裡去。——表面上寫得與戰爭無關的這一首詩，爲甚麼說是受過戰爭的影響呢，也許有人會懷疑吧。那是，如果讀者將這首詩和一九四五年以前的任何一首詩比較，就會瞭解兩者的成立條件根本上的相差，勢必歸於二次大戰的情況而異。當然『腐刻畫』不論在何時何地都具備了非田村隆一無法寫成的因素存在着。但決定這首詩的相貌，依然是祗在第二次世界大戰後的（此時、此地）才能出現的凄厲的視覺性上。」

然而，讀者，尤其是年輕的讀者，也許會被這篇文章裡的「二次大戰」、「第二次世界大戰後」那些語句絆倒吧。我的誕生是在第一次世界大戰之後。出生時已經有過第一次世界大戰，這是極爲重要的。關於這些事情，鮎川曾引用我的話如次說：

「田村隆一說過，『在這半個世紀之間不得不經驗兩次大戰的我們的文明，在這地上最受到破壞的是甚麼？無數的人命、數不淸的物量，還有很多的都市和寺院，其他各種各樣的東西都有吧。雖然如此，但如果你是詩人，你的答覆一定會說，在這地上最受到破壞的，那是語言和想像力吧。』在此，他觸及兩次大戰，示唆了我們的語言和想像力受到最大的破壞，這是很重要的。然而在我們的文明裡自從戰爭具有世界性的規模了之後，我們已經經驗了兩次。致使我們的「語言和想像力」，才會使我們難予達到理解和愛的世界。換句話說，原來爲理解和愛的光而存在的世界，由于戰爭的影響才逆轉回到完全的「黑暗」裡去。這種不幸，比戰爭的破壞帶來的物質上的荒廢，更使現代人的內在生活化成滲澹的廢墟。最初給我們感覺到「世界」的，是戰爭；而戰爭却帶來了數不淸 image 。這是對我們的詩意識以及語言構造的瞭解上，絕不能忘懷的事實。」

『腐刻畫』這首詩，不但是詩集「四千之日和夜」的原型，且係喚起我寫「詩」的激烈意識最初的詩。而在這種激烈的意識裡採取了散文詩的型態，才使我對自己的「詩」感到一種絕望；也可以說是對詩感到一種畏怯。詩並非感情的流露，而是原始感情的隱匿處。冷靜地觀察感情豐盈的人物吧；他們在各方面都不屬於感情性的。歇斯的里克的感情表現，只顯示了其感情的貧乏和卑微而已。感情過多和感情豐盈完全是兩回事。當然也有優異的機會詩和卽興詩。但詩本身並非機會性的感情表現，畢竟，那是把不分明的感情使其分明，現出在眼前，響出在耳朵，就是賦與「物」有明確型態的方法。那是由于 rhythm ，由于彩色、由于 image 、由于語言和語言纖細的關係，從內在補强的個有的構築物。詩是非特定的觀念或漠然的情緒能够造成的。「詩是語言造成的」，把這一句自明的原理銘記着吧。觀念或感情是據於所謂詩這個構築物，才能成爲顯明的型態。詩人本身有其分明不淸的感情或觀念，而由于寫詩才賦與形，始成爲可視性的東西。此時，觀念是由其新鮮性和活力，完全震撼了讀者的感性。此時，感情是由其內裡的論理和浸透力，有根據的作用了讀者的知性。「使思想像薔薇花那樣芬芳的感受」，這一句T·S·艾略特的話，在詩的享受上來說絕非逆說。

究竟，我是在何處遇到了「腐刻畫」這一語言呢。經過二十年的現在，我已記不淸楚了。只是那個時候所感動的傷痕還顯明地留着。腐刻畫是指 etching 之意。英日辭典寫着 etching 、蝕刻法、腐蝕銅版術。etching (在抹蠟的銅版用針畫畫.用酸腐蝕造成銲版)就是 etching 的版畫。

遇到「腐刻畫」這一語言和這一文字的瞬間，在我內部漩渦的未分化的東西，造成暗綠色的 image ，帶來了音響和彩色，採取了那種「詩」的型態來。這短短的散文詩，只用兩節成立，而在節與節斷絕的地方，在那一瞬的空白裡，有我的「詩」。索性說，這首詩眞正的目標是在造成斷絕和空白，而「我」却站在講述的位置，「他」成爲「詩」中心的人稱，這也可以說是另一種特徵。或許，爲了產生這首散文詩，必需用「我」以外的異質的眼睛來寫。

『腐刻畫』之後，我寫過「沉淪的寺」「黃金幻想」「秋」「聲」「預感」「 image 」「皇帝」「冬之音樂」等作品。而這九篇的散文詩，「他」都在詩裡，或隱藏在詩的某個地方，又這些散文詩群的季節是開始於秋，而到冬天終了。是敗戰那年荒凉的產物。我的「地獄的季節

「是從這些散文詩群出發的。而成我的詩業是在『腐刻畫』最末行出現的「美麗地發狂了」，這一句語言的重叠化和擴大化。也許細心的讀者會感到，「美麗的」「美麗」這些修飾語，在『腐刻畫』以外的散文詩也使用過幾次。例如『沉淪的詩』裡的「美麗的臉，尤其更不幸的是他相信了這個世界像花似地！」，『黃金幻想』裡的「美麗的東西必殺死人」，『聲』裡的「雨天的她很美」，『預感』的「曾經母親很美」，『皇帝』裡的「歐洲的美女只不過是幻影而已」等。然而，在詩裡盡量排除形容詞是我的詩作法的原則，尤其「美麗」這種形容詞是除了能發揮特殊的效果以外，可以說是應該禁忌使用的。事實，我在這些散文詩群以後的詩，差不多沒有使用過。爲了代替「美麗」「美麗的」那種修飾語，我的詩性表現，嚐試了從自由詩的型態，走向某種定型，例如『立棺』『三個聲音』等詩。

由於九篇的散文詩，我的「戰後」才開始；當時的情況，北村太郎如此寫着——「戰後的四十年代後期，田村隆一繼續寫過散文詩（中略），他一首一首地寫成了這些散文詩之後，便用粗而清晰響亮的聲音唸給我聽。雖是散文體，但有獨特的韻律，聽起來非常爽快。他唸完就發出尖銳的聲音大笑，這是田村的癖性。使我很感動而一起大笑。這些詩每一首都是最後的一句具有衝擊力。例如（他就是我剛開始講的他　是年輕時殺死了父親　那年秋天　母親便很美麗地發瘋了）『腐刻畫』（多麼美麗的臉　然而更不幸的是　他眞相信了這個世界像花似地！）『沉淪的寺』（在眼睛和手指的間隙　在文明的墓地　我陷了進去　冬的音樂）『冬的音樂』——發現了這些優異的音樂，他底無上的喜悅和無上的絕望，在一起笑着的瞬間，我很明確地瞭解了。」

九篇的散文詩寫完了之後，才開始寫自由詩型態的『幻想的人』，詩的第一節是：

小鳥從天空墜下
爲了在無人的地方被射殺的一隻小鳥
原野纔存在着

驚叫從窗口喊出
爲了在無人的房間被射殺的一聲叫喊
世界纔存在着

天空爲小鳥而存在　小鳥祇從天空才能墜下
窗口爲驚叫而存在　驚叫祇從窗口才被喊出

小鳥墜下必有其高度　必有其封鎖
驚叫才被喊出

爲甚麼是那樣　我不知道
我祇會感到　甚麼是那樣

像荒野有小鳥的屍骸　我底腦中充滿了死
像我底腦中充滿了死　世界裡所有的窗都沒有人

「在這首詩裡，他把自己對我們活着的這個世界的感覺，及所抱持着的視覺像，使用非常高度的詩的技術表現出來。他描畫自己的視覺像的時候，那些詩的技術具有像文法那樣正確性，這是値得重視的。」鮎川信夫對這一群的『幻想的人』如此說過。但在開端介紹的『腐刻畫』和這一篇『幻想的人』互相比較，讀者必會感到許多事吧。

『腐刻畫』採用散文體的形式，而其連想或 image 的展開時飛躍性的，是動性的。但『幻想的人』採用了自由詩的型態，却是「具有像文法那樣正確性」，徹底的以靜性收斂起來。沒有音響和彩色，像黑白的無聲電影的世界，沒有形容詞也沒有副詞，可以說只是以「小鳥」「天空」「原野」「窗」「叫喊」「房間」「屍骸」那些成立的世界。從所有的修飾語被切開的單語，用裸體的單語，予以有機性連結起來的動詞也只有「墜下來」「喊出」這些語句而已。又賦與「小鳥」和「叫喊」有其共通的命運，是以「被射殺」這一句非常高音的形容詞形容的。在此詩如感覺有音響的話，就只有這個地方而已吧。其他即連小鳥的羽音、人的叫喊本身也不會傳到讀者的耳朵，完全是無聲的世界。

放棄了大英帝國的威路斯的大地主，一九三九年在第二次世界大戰瞬前遁走去美利堅合衆國，獲得了美國市民權的現代最重要的一位詩人，「危機」和「恐怖」的專家W、H、奧登，有一次說：他如果能接受大財閥所委托的基金，而創立「詩人學校」的話（當然，這只是夢想而已），曾具體的列擧了教育的課程。現在沒有那本書，因而僅依據我朦朧的記憶來說，那些課程就是爲了做詩人，事先要住在鄉村，如果是生在鄉村更好。但假如不幸生在都市裡，也必須盡量到山野海濱去考察自然的生態，學習自然的彩色和韻律。必修的課目是航海術、天體學、氣象學、生物學、歷史、地理、農耕學、料理學、文化人類學、考古學、Euclid 幾何學、典禮學，還有修辭學，出現在荷馬以來的文學文明上偉大的詩的暗誦及其他。不過，最重要的是從這個詩人學校的圖書館必須追放有關詩的評論、批評文、作詩法等的一切。讀者諸君，不要對于奧登這種具體且非常實用的教育課程而覺得可笑。他這種諷刺而且認眞的提案含有深刻的眞理。他說：生命感覺的涵養和訓練才是做詩人不可欠缺的條件。因此，非自然性的東西，非人性的一切構造，那些社會制度，對促進非人性化的一切東西，詩應該是，假使那是一首甘美的抒情詩，也應該會毅然反擊它。這種反擊的精神，才是一流的詩完全具備的「核」，不愧爲「詩」的名稱給我們感動的活力。因而，眞正的詩是不能不震憾了讀者的全感性和全存在的。你們遭遇了「詩」的瞬間，世界會變新就是由於這種原因呢。

現在，把我的詩作法介紹於次吧，這是不必再任何解釋的。

我的苦悶
是單純的
　像飼養遙遠的國土送來的動物
　無需動腦筋
我的詩
是單純的
　像閱讀遙遠的國土送來的書信
　無需流淚
我的喜悅或悲哀
是更單純的
　像要殺死遙遠的國土來的人
　不需要語言

詩人的備忘錄(二)

錦連譯

詩的所謂「傳達」之性質，與其說是說明一件事態，勿寧說是訴諸於讀者的心情而使讀者自己去作思考較為正確。

形式太過於整齊，反而覺得乾燥無味……。

在他的詩中，行與行之間的空白實在太少太少了……。

感知名稱以前的……換句話說，將纏住於一切生活上的附屬物剝光，使事物本身一絲不掛……。

生活的笨拙，斷非是藝術的笨拙。

……我們在龐大的近代社會之機構中所感到的人的失格，脫落感。

它有時與一個風景、一個精神相遇而突然變為具體的形象……。

詩在其周圍所能吸引和積聚的事物之量是驚人的。談詩，事實上便是等於談包圍着那些詩的事物。

現代詩與其他一般詩性所不同之處，乃在於抒情與「批評」的科學是一致的。

我常想像着偶然的抒情作用與批評的科學相一致，且在其內部保持着統一得極其自然的完美的純粹性——那種精神的位置。

捨棄以主觀或主情去淺易地撈取現實的從來的詩之方法，而企圖靠風景本身的 Volume 去歌唱苛烈的現實……。

對於以「抒情」這一語所能表示的內容，無論如何，詩人是會作為遠比一般人所想像的更具有廣大和深度的內容去瞭解的。不會認為僅僅是與傷感的 lyricism 同義的語詞，所謂抒情絕非是那麼容易的體驗。

我認為所謂語言的詩性使用，詩語的體系或宇宙等等之類者，都藏匿於遠比普通詩人所已確認到的場所更為深遠的地方。

新的異質的抒情……。

位置於金字塔頂點的是抒情，排列在底邊的是知性、思想、批評、意志……如有變革，那是底邊的變革，也就是知性、思想、批評或意志的性質一動，在頂點的抒情性質也就會隨着變動的。

笠三十六期作品讀後感

郭亞天

致死神

同樣的主題，已經有不少詩人寫過，而在作者「向晚集」裏，這是一首表現得比較嚴謹的詩。「愛是唯一的護身符」一語並不動人，但很能切合詩題的發展。「跨越一道門檻　我便走向你」似有拾人牙慧之嫌。而最後「縱然走向你這怕光怕熱的極帶物　我還是帶着我底微笑　勝利仍然屬於我」才是「致」死神的主要內容。把死神比喻爲「怕光怕熱的極帶物」，作者這番別出用心是值得嘉許的。我們從「向晚集」裏的五首詩看來，作者的寫作形式似乎是介於白萩和傅敏之間，盼能不致落其巢臼才好。

傅敏兩首

傅敏崛起詩壇不過幾年工夫，但他寫詩瀟洒一如其人，媲美鄭愁予當年大放光彩時溫柔美麗的步履之受人稱誦。在「思慕與悲哀」裏，他首先就以「透過花玻璃女人裸露的胸照印着黃昏」給予「思慕」和「哀愁」一個鮮明的意象。然後在「我不眠地利用肉體的囘音計量愛的距離」悄悄而清脆地收拾着這首詩，始終是那麼乾淨俐落地，我不得不佩服作者這一貫簡潔的手法哩。

第二首「光裸的背面」，作者以其獨特的感受力和敏捷的聯想力使得光裸「就這樣翻轉過去」顯出背面「暗褐色的平原直通往天堂那邊」，又像「仆倒的，我的姿勢竟抽泣起來」讓我們深深地體會到所謂「光裸的背面」的悲哀，而這些都不失其簡潔之美。末句「肉體的邊際是無限的」較爲籠統，却仍是足够大家囘味無窮的！

漂浮

白萩的語言實在神奇，它既能說「動」了平板的文學而造就一首詩的「氣節」，又能說明了讀者每一顆狡黠的心靈。先是「黃昏的街道漂浮着已模糊的人群　你浮沉是其中之一且被肢解」就使得我如入其境而身陷於模糊的人群裏恍忽全身已被漫漫人潮淹沒乏力無援，接着「脚跟趕不上潮流，掉在背後似已走不同來」我已彷彿浮沉在不安的泥濘中怎麼也拔不起脚跟似地困苦，唉，你看看「稀奇」的天空：「那些鳥兒在傷感裡飛得多自在呵」而我就偏偏不能？算了，我如今只剩下一個小小的企望罷，希望家裏的太太今夜的脾氣能够好一些，得把我「檢囘去細心的縫合」否則我眞受不住這種漂浮的虛脫的感覺呢！

好似白萩在我下班的路上想起了這些，而這年頭滿腹牢騷的不止是他，不止是我，還有你！

敎室手記

我很喜歡古添洪這首詩，特別是它的第二首，像那樣美妙的描寫實在令人激賞啊。用「細碎的蠶桑」來比喻筆下墨水劃出的游絲是再好也沒有了。或是「沙沙的風雨，每一個靈魂都陶醉在聲籟裏」以說明敎室裏大家埋頭寫字的情形也是最適當不過的，而「一條蠶偶然抬起頭來　左右錯誤，然後閒歇地爬出了暖窩」這又是多麼可愛的描寫啊！哈哈。

我知道作者的詩齡並不算短，但他的作品的確太少，若能不斷假以時日的鍛鍊，前途未可限量，至少他對語言之控制與運用，潛力將不在白萩之下矣。

塔城街外兩個地方

林煥彰寫詩向以「眞摯」受寵，他寫詩不賣弄，不晦澀，不造作，幾乎是很「原始」的。關於「塔城街外兩個地方」裏這三首短詩發表的時候，我曾寫信跟他提起，他回信說：「我在嚴重的撕毁我過去的顏面，而一時尙未能把握詩質」因此他這三首詩的架構看來是要比以往的鬆落了些（意境方面）。不過我倒認爲作爲一個年青的詩人只要能够把握住寫詩的眞誠就行了，變與不變應是次要的事，不必太執着。本詩第三首「那山上的雲，是剛剛在溪底下吸水的濕濕的綿羊，爬上山頭，就拉起尿來」這段落雨的描述頗予人以含蓄美與淸新之感，這也正是作者獨到的功夫，及所以能成功的因素。

妳無須以妳的髮尖將我刺殺

朵思這首詩依然一如往日那樣的「男性化」，這在一般女詩人婉約明澈的詩風裏總是比較突出的。本詩第二段過份抽象了。反而有點不知所云的癢處，全詩以第三段及最末一段表現最佳。

黃昏

非馬的八首詩抄中以「死去的鸚鵡」寫得較好。至於另外一首「黃昏」我感覺有些惋惜。詩固然要借重於語言的創造甚至於再創造，但在今天已經有不少人逐漸在曲解了。像「今夜，我要春藥，讓那些陽萎了的名字一個個健壯起來」這樣的字眼是否有助於詩語言的發展，老實說來還成問題，但這若被一位小說家拿去使用不掀起軒然大波才怪，但是詩人們可以輕易地拿來陳設兀自以爲「藝術要犧牲要突破」，爲什麼？難道詩人就享有這種特權以外的特權？（至於大家一窩風的流行「子宮」、「乳房」、「私處」等的字眼也是，但這還不至於直接褻瀆了讀者的眼睛。）我不知道是否因爲詩人們再也找不出比這些更好的形容詞？奇怪。

童年

古丁是慣於寫長詩的，所以也有他自己不同的風格。「童年」這首大致說來還滿意，從「啊！時間是一個頑皮的孩子」開頭，到後面「啊！時間他已和我一樣老去」的收場，這其間作者以其穩健的脚步漸向我們展開一個童年亂離的故事，而不管這故事是你的或他的，童年總要在「不屬於故鄉的日子，在懷念中臉色蒼白……」唉！

垃圾箱裡的意念

桓夫這一輯詩共有四首，仍然停留在「野鹿」詩集的風格，詩中滿是諷刺與鄉土味。第一首「給蚊子取個榮譽的名稱吧」取材新鮮，値得嚐試。第三首「映像」的結語：「只有形骸的世界，我們怎能審判自己？」頗能發人深省。但作者的詩至今尙未能脫離，以日語寫詩的絆脚石則是我認爲遺憾的！

（五九・五、廿六夜速寫於基隆南月小樓）

詩壇散步

柳文哲

詩是要發現自我的創造，同時是要扣緊時代的聲音。而詩人是要努力成爲有眞生命有眞性情的存在，一部詩集的出版，該是展現了一個詩人的風貌。

一、詩集點滴

微明集　黃伯飛著　香港人生出版社　54年7月出版

作者在集中最後一首「七日談」的「後記」曾說：『……因思荀子「善詩者不說」一語，遂多訪山水，漸得眞趣。』固然作者頗有中英文學的涵養，且在美國耶魯大學執教中國語文多年，然而，由於他客居異域，與國內詩壇疏遠，所用的白話文，似乎頗爲陳舊，跟目前國內勃興的現代詩那種尖銳新鮮相比，顯得非常保守。「微明集」所展示的，直接的敍事多於間接的抒情，即興的說明多於暗示的表現，因此，在詩的本質上，不易窺探到作者詩的奧秘。

祈嚮集　黃伯飛著　商務人人文庫　58年7月出版

這是一九六三年作者赴香港前後的作品，也是繼「微明集」以後的集子。因受了時空的限制，作者的表現侷限於個人的感興。試舉一首「山間」爲例：

「山風，山雨，山呼
兀然不動，一棵松樹。
雲來，雲去，雲湧
一峰聳峙，萬里晴空。」

這種表現，顯然地，頗受中國古典的影響，我們希望作者能呼吸一點國內詩作的氣息，採用較爲新鮮活潑的語言，也許能更有所表現。

二、詩集漣漪

死亡之塔　羅門著　藍星詩社　58年6月出版

雖已到中年，膝下尚無子女的中國的白朗寧夫婦，在非律賓之行的前後，確實轟轟烈烈了一番。羅門已在「詩隊伍」（註1）發表了一篇頗爲得意的有感報告。同時也遭遇了「葡萄園」（註2）的迎頭的痛擊與批判。

說羅門的「麥堅利堡」一詩，是如何的糟，跟說該詩是如何的捧，未免都過甚其詞。我認爲該詩還是在羅門的作品中較爲出色的一首。不過，把該詩比擬爲跟艾略特的「荒地」一樣地偉大，則容易使羅門先生因沾沾自喜而不自覺，我們不願以不倫不類的比擬來說明該詩。

「死亡之塔」是羅門的第三部詩集，他以一貫的粗線條的筆觸，以一廂情願的浪漫的狂想，在「死亡之塔」上表演淩空的絕技。長篇累贅的自辯式的「前言」，加上，追求現代的空架構，我想羅門自己心裡有數；詩是什麼？詩不是什麼？是用不着自我欺瞞的，我們希望他在內省上更爲克制與收斂，也許就不會流於那種落寞與空虛。

（註1）參閱「詩隊伍」第33期。

（註2）參閱「葡萄園」第30期。

野鹿

桓夫著

田園出版社

58年12月出版

爲什麼一個人不隨波逐流呢？一個中年人還不甘寂寞地重新出發，寫着自己想寫的詩，何況他是幾經波折，才把國語、方言（閩南語）以及外來語（日語）冶爲一爐，寫出一種成長於本省的中年人所具有的經驗與感受。

桓夫繼「密林詩抄」、「不眠的眼」以後，又推出了他的第三部中文詩集「野鹿」，同時他還完成了他的日文詩集「媽祖的纏足」底中譯。他在創作與翻譯双管齊下，可以顯示出他的用功、他的鬪志。他一直在努力克服自己對於國文的困難，因而使他更發奮圖强。

作者在『我怎樣寫「野鹿」這首詩』中說：「但我是儘量在野鹿的意象（image）上重疊着自己的影子，想造成双重意象（double image）的效果。以經驗的事象做樞軸而發展的想像力，希望讀者攝取共感。」是的，作者是不斷地以自己的經驗跟物象發生緊張關係，而擷取詩的本質來加以表現。

如果我們以散文的語言爲算術的，詩的語言爲代數的（註1）；則我們可以說散文的語言是較爲直線型的，採用單意義的記號；而詩的語言是曲線型的，採用複意義的記號。任何記號，都可能因用法的不同，時而成爲散文的，時而成爲詩的。桓夫所表現的語言，乍看之下，彷彿是國語、方言及外來語的雜燴，其實他已經過藝術的加工，所謂言有盡而意無窮，該是詩的語言底特色罷！

試舉「平安」一詩爲例：

平安 ——我的愚民政策

我希望妳信神
雖然
我無信仰
但是
我喜歡妳信神
…………
妳就
不再跟我吵鬧了

這首短詩，從字面上看來，沒有什麼綺詞艷語，可是，他的愛，他的諷刺，他的關懷，他的無奈，都已展現在字裡行間。這首詩表現了對妻子的一種愚民政策，一則想和平共存，二則又時起勃谿的情韻。在一種啼笑皆非的無可奈何之中，給太太以一種忠告，一種自白。

簡言之，桓夫已逐漸地克服了語言的魔障，在詩的領域上展開了新的視野。正如他熱愛詩一樣地，他熱愛鄉土，從密林到都會，從鄉野到廟宇，他的詩，愈來愈延伸，表現了一種鄉土味，諷刺了一些鄉愿，朝向踏實的途徑。

（註1）參見臺大鄭恒雄先生演講「活的語言、死的語言、眞的語言、假的語言」。

審判自己

•編輯室•

由於最近大量地退稿（包括同仁在內），頗引起一部份同仁和投稿青年的疑問之聲。——譬如：爲什麼同仁失去在同仁刋物刋登作品的「當然」權利，或者：爲什麼經笠退回的稿件，却不少由其他大文學刋物接受刋登？

像笠同仁的青年詩友岩上，近十首詩中只選登了一首，謝秀宗和沙白，每人五六篇作品全部遭退，更且老一輩的同仁如：桓夫、吳瀛濤、何瑞雄、林宗源等等，都挨部份退稿的悶棍。老一輩同仁基於對文學態度的眞摯及接受批判的雅量，都尚能忍聲嚥下一口氣；年青同仁可都叫起來了，其他非同仁的投稿者，也覺得最近笠的選稿態度瘋了，不知悶葫蘆裡到底要裝什麼藥？因此對於選稿方針和標準有說明一下的必要。

基於本刋和日本、英、美、德國方面的詩壇交流逐漸密切，有必要將本刋詩之水準提高至與他們齊肩的程度，以免有失中國詩人的顏面。也就是要求在笠詩刋上刋登的詩，首首投入他國詩壇中均無遜色，這是今後努力的目標，當然這尚需要時日——這點我們甚爲瞭解，願與大家共勉來進一步地努力。我們不願像以前有人坐井觀天吹大牛，——說什麼中國現代詩已超世界水準，更且領導世界詩壇云云。事實上中國現代詩被翻成英法日等多種語文爲數不少，但有什麼好反應？沒有！中國現代詩人個人詩集翻譯本被外國出版公司接受並已出版的有沒有？沒有！凡此種種均表示中國現代詩尚未能在世界詩壇中建立起信譽！未能被世界詩壇所承認接受！至於參加菲律賓的世界詩人大會，名頭雖大，但却是騙人勾當。那種水準離世界水準大約有到月球那麼遠。

關於笠之選稿方針和標準簡述如下：

A、**文學態度：眞摯**　眞善美三者合一是生活的最高境界，也是文學的最高境界，但三者需有選擇時，我們寧取眞，次取善，下而取美。因爲世界上人生中，儘多不美之眞，不善之眞，却不許有不眞之善，不眞之美。不眞之善是僞善，不眞之美是虛美。**眞摯是文學的靈魂詩的靈魂**

B、**準確與淸晰的言語**　不能準確而淸晰地使用語言，即表示不能準確與淸晰地思考，此種思考不能對經驗負責，猶如瘋狂夢囈，失去創作的意義。

C、**全體的有機性秩序高於各別的奇異**　一首詩被詩人產生出來之後，它已斷臍，能夠在世界上成爲活生生的存在物，每一語每一意象，前前後後，均能互相呼應，顯出有機性的秩序。過剩的形象猶如三頭六臂讓人討厭，等而下之，大堆形象而無視於主題的要求者是垃圾不是詩。

D、**方法論的注重**　接受由任何理念任何手法所產生出來的暗喻，三彎四折的把它弄成一個謎也可以，只要你高明，但謎也有謎的解法，它是有方法在裡邊的，你只要依方法弄出來，我們便有耐心把它解出來，如果不懂方法亂做謎題，那可是笑話。

E、**能擴大人類已有的詩經驗**　我們以爲此類詩才是有創造性的詩，重覆人家的詩經驗那是浪費，不管你是從歐美日本搬過來的，或是唐詩宋詞元曲，或徐志摩、李金髮、戴望舒、何其芳、卞之琳等等搬過來的也好，反正大

——下接第43頁

中華民國內政部登記內版臺誌字第一〇九〇號
中華郵政臺字第二〇〇七號執照登記爲第一類新聞紙

笠双月詩刊　第三十七期
民國五十三年六月十五日創刊
民國五十九年六月十五日出版

出版社：笠詩刊社
發行人：黃騰輝
社　址：臺北市忠孝路二段二五一巷10弄9號
資料室：彰化市華陽里南郭路一巷10號
編輯部：臺北市林森北路85巷19號四樓
經理部：臺北市南港區南港路一段30巷26號
日本發賣元：若樹書房（東京都目黒區下目黒三—24—14目黒コポーラス209號）

定價：每冊新臺幣　六　元
日幣六十元　港幣一元
菲幣　一元　美金二角

訂閱：全年六期新臺幣三十元
半年三期新臺幣十五元

●郵政劃撥第五五七四號林煥彰帳戶
（小額郵票通用）

民國五十三年六月十五日創刊

詩双月刊 38

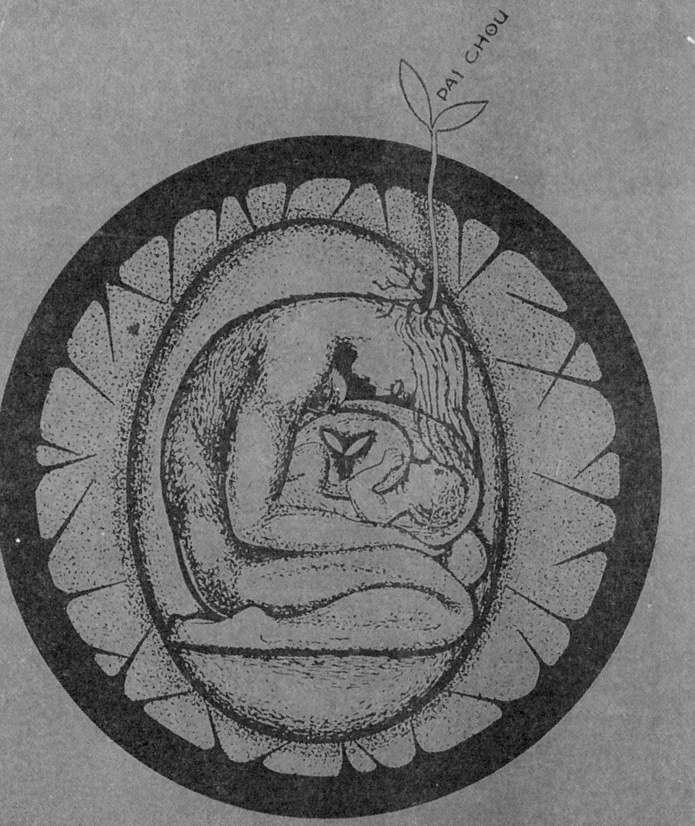

PAI CHOU

笠下群像

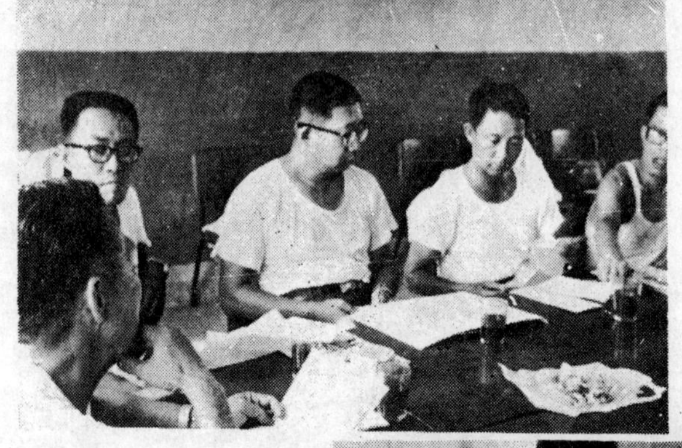

白萩、錦連、詹氷、林宗源、吳瀛濤等論詩時的神情。

笠六週年紀念座談會 →

← 白萩說：「先審判自己，然後審判人家……」

笠 38期 目錄

Li Poetry Magazine, NO. 38

媽祖的纏足抄

桓夫詩集

⑨ 魔鬼

每年用火藥熱鬧熱鬧新春
於是幾千年來
不像戰爭的戰爭不斷地延續
人們都露出着野狼的眼光
把爆竹的空殼散亂在媽祖宮的院子

用火藥爆破的聲響點綴喜悅
是爲了排遣悶在心裡的恐怖
爆竹響徹雲霄
魔鬼四處奔逃
奔逃了的魔鬼
在爆竹聲響停止之後
會再悄悄地跑回來嗎？

爲了趕走跑回來的魔鬼
每逢佳節或葬喪　就再掛起長長的花炮
像掃蕩的機鎗那樣響個不停——
讓小孩的歡聲波騰
讓火藥繼續連結着人生的喜悅和恐怖

不像戰爭的戰爭延續着
把媽祖抬出來吧
像喜歡玩火藥却怕灼手的小孩的歡樂
向那祭典的熱鬧裡
抬出媽祖來呀
趕走欺凌花朵的魔鬼！

⑩ 隱身術

單戀的男人沒有傷害妳就死去了
愛，因數分解的結果是恨
恨的靈魂
不是由于軟弱
也不必炫耀是由于堅强
安全的反抗　犧牲了他
犧牲，因數分解的結果是不是眞理？

沒有傷害妳就死去
假如有這麼一個單戀的男人
妳會不會趾高氣揚？
妳那惡性的手段、陰謀、利慾的
神經過敏
妳那毒辣的懷疑、偷懶、殘忍的
浪子般放蕩的惰性
在愛和信賴都陷於破滅之後
歷史會不會審判妳？

沒有一個男人會單戀妳
爲了逃避妳那無意義的災禍
沒有愛，沒有恨
像完全歸依媽祖那麼
用安全的反抗……
把正身隱藏了的我們
是不是由于胆怯？
是不是由于懦弱？

⑪ 魂

媽祖廟不是也有廟魂那樣的東西嗎
像泰耶魯精神或大和魂
或安格魯撒克遜的民族意識
那種誇耀正氣的精神
使人永遠不會忘懷古代語言之美的那種……
媽祖廟裡不是也有那種廟魂嗎？

面向媽祖，一張有權力的椅子
有權力的，頭目的權力
把錢疊積得頂高的傢伙
才有坐在那兒的資格
沒有誇耀正氣那種靈魂
也無所謂的，自由的椅子
有權力的，頭目的權力
能夠任你胡作非爲的
方便的椅子
拔掉美的語言的心軸
僅是鑲金的椅子
有權力的，頭目的權力
面向媽祖，一張有權力的椅子

假如媽祖廟也有廟魂
那必定和冲鼻的線香味兒
或刺眼的色彩
顯出不同的形象吧
——可不是純白而無味的花
那種優雅的東西嗎？

⑫ 銅鑼

在文化的裏面
都市的枝椏一直伸向天空伸向田園
在天空
有小鳥的歌唱
但人人早已忘掉了唱歌
在田園
有蝗蟲的飛跳

但人人都熱中於撒毒藥呢
工廠的黑煙在天空描繪黑影
比黑煙更險惡的人心的不信
使天空暗淡
敲打信仰媽祖的銅鑼
天空會轉晴嗎？
敲打銅鑼
招來災禍的天狗會逃掉嗎？
向文化的裏面
逃去的，是誰？
敲打銅鑼呀！
敲打心胸呀！

⑬ 夜

在幽暗的意識裡蘊釀黑色思維
於是 媽祖廟的神殿常是幽暗
漂浮着陰鬱的氣氛
造成令人恐懼鬼神的效果
黑色思維把時代的文明
用古老的語言栓住
游過水墨畫的褶襉
光白的思索亡命去
夜便點亮了廟的陰鬱
使黑色思維開花
使廟宇的五彩螢光燈
不斷地閃着盲目的信號
盲目的信號成爲媽祖的後光
使信徒們不敢仰望 只知膜拜
演布袋戲的幕後
選擇好人和壞人的木偶操弄師
向着夜 喋喋不休
用胡琴
用銅鑼和鼓笛
將觀衆帶進夜的嘈雜裡
宣揚善惡報應的道理
可是，痲醉白晝的夜
竟獲得觀衆的讚美了

⑭ 舞龍陣

龍的眼睛突出來
是因過於傲慢而疲憊
龍口張開着
是因舌尖在燃燒……
而紅是吉祥的象徵
纔使觀衆像怒開的花般燃燒了
長長的龍身舞上又舞下
原色流動的長軀有躍動的歡欣
在懼怕行動的人們的瞳膜裡
龍使勁地獻媚而飛舞
祭典在獻媚的熱鬧裡滑行——
支撐着龍頭 龍頭的權勢

舞弄着龍體　假虎的狐威
追隨着龍尾　傳統的盲從者
舞龍陣所形成的巨大黑影
在律動的大鼓聲中搖擺而飛舞

觀衆像怒開的花般燃燒着
因爲紅是吉祥的象徵
張開了的龍口　舌尖燃燒得火紅
突出來的龍眼
原色的傲慢已疲憊了

⑮ 造　花

媽祖乘着神輿
從媽祖宮搖搖擺擺游出來
裝飾得漂漂亮亮的溫柔的她
從小巷的古巢被擠了出來
通過煩雜之路……

爲早晨的工作而匆忙的人
丟下工作去呼吸神輿的塵埃的人
捧着線香追隨媽祖的人
風把煙吹成一線　昇向天空

住在華麗廟宇裡的媽祖
穩坐在神輿出巡
那僵硬的表情死着——
而她那含笑的眸子轉動着
且帶有古巢的溫暖——
生活奏鳴着她的誠實
繫着美的表情的一絲愛
以及匿藏在華麗的媽祖宮裡
那空虛的尊嚴

造花撩亂的早晨
好不熱鬧！……

⑯ 屋頂下

從太陽的暴虐
從淹溺的殘忍性
我們逃避
我們進入屋頂下
家屋和車子和電話亭
所有的屋頂就以原來那種樣子
庇護我們
尤其　媽祖廟的屋頂
用最精彩的姿勢
在保佑着
我們的一切

我們相信
屋頂在
庇護着我們的恐怖和享樂
可是　傷腦筋的是
也有洩漏的屋頂
洩漏了光

洩漏了雨
洩漏了殘酷性
傷腦筋的是
心的負荷像鉛一般笨重
在那兒
有不正常的屋頂
有抑壓着自然躍動的屋頂
有阻礙語言萌芽的屋頂
有充滿懷疑和嫉妒的屋頂
傷腦筋的是
比羽毛更輕的——不信
從太陽的暴虐
從淹溺的殘忍性
我們逃避
我們進入屋頂下
可是 錯誤時常發生
從進入的屋頂下
我們永遠跑不出來
媽祖的屋頂是
花雕刺目而不洩漏
可是除了避雨之外
誰也不願呆住的屋頂
然而 從那兒
我們永遠跑不出來
火車有火車的軌道——
屋頂有鞏固的原則——
在地球背脊的一個地方
我們軟弱得被任意拖拉
蒙住眼睛
在誰也不願呆住的屋頂下
避着血雨……

我們相信
是屋頂
證實了我們的愛和誠實
然而 瘋狂的屋頂
使我們一再地痛苦
曾有一次
我們更換了屋頂
可是屋頂還是同樣的屋頂
不够溫暖
漏得更多
我們的惰性更爲增强
到底還不是一樣的屋頂
容忍下去吧
在媽祖廟的屋頂下
避雨!

⑰ 恕我冒昧

媽祖喲
坐了那麼久 祢的脚
在歷史的檀木座上
早已痲木了吧

檀木的寶座
在滿堂線香的冒烟裡
在大衆的阿諛裡
被燻得油黑……

這是非常冒昧的話
可是 祢應該把祢的神殿
那個位置
讓給年輕的姑娘吧
比起
人造衞星混飛的宇宙戰
祢那個位置是……

媽祖喲
如果 我說錯了話
請原諒
但是 我難道有意強迫祢
把那守護了千餘年的
輝煌的貞節
祢的纏足
祢悲哀的尊嚴
讓給年輕的姑娘?……
不!不過
誰也不該永久霸佔一個位置
如果 我說錯了話
請原諒
廟宇管理委員會的
老先生們!

本社啓事

■本刊編輯部、經理部均改在臺中縣豐原鎮三村路四四—七號。

■歡迎詩創作(不限篇數)、詩評論或隨筆、翻譯等稿件。

■歡迎長期訂閱並介紹訂戶。訂戶購買本社叢書得享受八折優待。本刊全年份六期,僅收新臺幣三十元。可利用郵滙中字第二一九七六號陳武雄帳戶。

逆航・遺書

傅敏

逆航

滿載的戰鬪艦
鋒利的刀口撥開水的裂痕
尾隨的波紋是神的綳帶嗎

一面傷害
一面縫合
以時間的速度糾纏地球的胸膛

神也有疲倦的一日
綳帶也有用、完的一日

遺書

牆角的字紙簍裡
有一張揉碎的信紙
是我的遺書

佈滿皺紋的紙上
雖然沒有文字
但
這就是我的寄意

因爲
我的故鄉
在遙遠的國度
　夢的國度
我的話
是詩的語言
愛的語言

傷二則

岩上

語言的傷害

我的臉
已長滿了見不得
熟人的雜草
借那蔓蕪的陰影
躲藏自己

拿鐮刀的語言
偏偏在我低頭的時候
來刮我的鬍子

本來沒有勇氣
既迫不得已
只好硬着頭皮
面對陽光吧

創傷

偶爾看到你脚上的疤痕
不得不又感覺一陣心痛

在那風雨交加的夜晚
坎坷的路面把機車翻了身
我們被摔得好遠好遠呵！

但爬起來的相互扶持
是膠一樣的緊密
就像這個疤痕緊緊地
粘在肌膚

在衣裳的遮掩下
誰知那曾經是一段旅程的哭聲

林湘作品

喚

黃昏。
你便要迷死佛陀起來。
從前，在這時候，
媽媽正到處找你洗澡。

然後夜來時，
也把自己托付給電線桿，
對某顆星作飛吻——或則，
就是這樣的吧。

你愛媚笑着說：
「買我的酒吧！
我的酒既甜又辣！」
鎳幣也愛從你低低的胸口掉進。

但是「媽媽！媽媽！」
作噩夢時，就這麼將被淹死的
疊聲叫着，
却只記得 my dear 的拼法。

打字機

喀啦 喀啦
怎麼老是嘔吐的聲音
從礦坑裡吐出的黑色的方煤
是你還是我凝固的血液

(唉！就當作是打斯洛克
或者是狩獵吧)

而且你這傢伙着實可憐
老是被押着用自己的手 打自己的臉
當主任的龐臉拉長時
疼痛的可不光是你的臉哩

喀啦 喀啦
怎麼又像釘鎚的聲音
被釘死在白布單上的
不知是什麼

(還有什麼可說的
除了把自己狠狠的拋到床上)

陳秀喜作品

今年掃墓時

想抱住父親痛哭一場
却觸及到
硬且冷漠的碑石

熟悉的姓名
被燙金的文字裝扮成陌生的顏面
有人抱着哀哭
我却爲之愕住

背向碑石
鄉里的山啊
却如此儼然
拒我於清明的風中

蹲在菫花傍
憂思的紫色啊！
咬碎了晨間的露珠
心中反覆着
碑石不是我父親

美妙的戲言

不知何時
安逸地住在生活的城堡
天空遠離了我
大地遠離了我
也沒有微笑的風
竟有你對我說：
「我的墓塚建在你的傍邊好不？」
多麼美妙的戲言
願它不是醉語
願它是穿着「戲言」的衣裳——
今夜
寂寞的上弦月
有一顆大行星伴着
夜空就顯得那麼浪漫且和諧
願美妙的戲言帶來一點浪漫和微笑
伴着我渡過人生下坡的路途
冲淡我始知哀傷的眼淚——

破曉

悠戈

我看見鏡裡
夜正禪坐
若薄團　若硯
月光塑成一棵樹
如彤雲如菩提
覆蓋在夜的頂上

之後，突然
昇起的不是海，不是星
而是一泓碧綠，一泓偉大的慈悲
接着，從有窮
拋擲出一枚銅幣
（唯一的孤獨，唯一的傲岸）

信

——好友施善繼七月廿二日寄來的——

林忠彥

夏天你在南部怎樣
海水浴常去嗎？
還有關心你
知心女友的事
我是說，可以將來當「牽手」的那一種
雖然我自己也不知道怎樣

每天從要彎進你家
頂崁街的那條縱貫公路騎過
我總想你可同來
你這個無詩的浪子
善良而且不事表達的浪子
半生不熟的半個人
何時可回來？

或許，你正在遠方獨酌吧
那天在酒店看人獨酌
我想像那天一樣
該已完全超越
怎麼說呢　怎麼說呢　你說呢？

鹿港鄉情

吳瀛濤

鹿港
一七〇〇年代的舊港
祖先從對岸移居之地
濃濃的鄉音還留在這裡
濃濃的鄉情驅人到這裡已看不見港的舊街

鹿港
一七〇〇年代的舊港
濁水溪的河床日淺，早已看不見昔日帆船頻繁的出入
「一府，二鹿，三艋舺」
現在的人口不及五萬，這是一九七〇工業年代尚殘存的最
後一個古老的街。

鹿港
一七〇〇年代的舊港
滄海桑田，當年萬商雲集
擁有北郊、南郊、厦郊、泉郊、染郊、布郊、簌郊、油郊
擁有幾家百萬富翁巨賈

鹿港
一七〇〇年代的舊港
乾隆帝曾來過這裡的一家行郊
那些舊行郊的名號，今日仍散見於民家的門楣
日茂行、慶昌、長發、泉合利、二酉堂、寫心堂

鹿港
一七〇〇年代的舊港
民國初年仍以二萬的人口號稱本省的第四個都市
這裡有龍山寺、媽祖宮、文武廟，宏壯的廟寺
這裡曾爲翰林、進士輩出的文人之地

鹿港
一七〇〇年代的舊港
看不見昔日興盛的製鹽
看不見昔日百貨輻輳的繁華
獨看見被風雨削蝕，古色蒼然的紅磚屋

鹿港
一七〇〇年代的舊港
因其衰落，這裡却才擁有一切的古老
當踏入這一條街，時間會隨之退後幾百年
一群老人家會親切地告訴你一些古老的故事

鹿港
一七〇〇年代的舊港
所有的路上，在兩側的房屋間，曾搭蓋過一種類似屋頂的
遮蓋，而另成爲一條條上面的街路
又在那搭蓋的街路上，再蓋了叫着街路亭的小亭

一到傍晚，人家就在那樣的一塊塊小天地納涼、聊天、下棋
鹿港
一七〇〇年代的舊港
人們曾爬上街路亭警戒當年土匪賊盜的來襲
夜晚，男女且多利用爲幽會的地方
如今却也看不見街上的那種稱爲「不見天」的，節日時街路上到處圍幕的風景
鹿港
一七〇〇年代的舊港
昔日路上舖滿的紅磚已少見了
古老的民家也漸被修建爲新的模樣
隨之，古老的生活也漸由新的取替
鹿港
一七〇〇年代的舊港
至今却尚能處處看見青瓷的亞字楠，把甕倒置爲欄柱，或飾以各種彫柱的欄杆，及那些舊時代中國民間建築的典型
天窗且在黝暗的屋內導入一道道强烈刺眼的陽光
陽光下顯出睡了幾個世代，已成爲古物的椅桌、櫃枱、睡床等各種傢俱
鹿港
一七〇〇年代的舊港
在你這一條據說是建成爲蝦形的街巷
隱伏着海般寂寞的時間的斑痕
隱約能觸及祖先們於那草創的年代生存的勁老的氣息
鹿港
一七〇〇年代的舊港
走在這古老的街巷
却不覺出任何荒廢，任何頹敗
那些東方樸質克勤的優良的民風，長久保存這一個唯一留存的古老的街上
鹿港
一七〇〇年代的舊港
我們能看見每一家戶整齊的廳裡的那些莊虔的神明靈位的排設
連被風雨侵蝕的門柱也未染絲毫的塵埃而露出清晳的紋理
是多麼地淨潔，多麼地清純
鹿港
一七〇〇年代的舊港
這裡的街上剛要舖設自來水管
這裡都沒有一家那種不倫不類的什麼現代式的咖啡廳
是令人多麼地嚮往，以其純樸的呼吸
鹿港
一七〇〇年代的舊港
這裡的風是罕有的新鮮，這裡的空氣放出奇異的清香
這眞是一塊僅僅留存的古雅的街市
這是開花在臺灣中部海邊的一朵馥郁的古蘭

鹿港遊

——致施世傳學兄

詹氷

您帶我們參觀
一百多年前的小巷古屋
　牆壁，地磚，花窗，槍眼
　家具，樓梯，神像，石碑……

您請老翁帶我們進入
一百多年前的歷史故事
　乾隆帝，媽祖婆……

您讓我們品嚐
一百多年前的新鮮海味
　蚵仔麵，西施舌……

您贈我們一百年來的鹿港名產
　鳳眼糕，石花糕……

您使我們感沐五千年來的美德
　誠意待客……

吳瀛濤、詹氷遊鹿港

（詹氷攝）

布農族

布農族：

百越族之遺裔。由閩粵邊境渡海至本省諸羅。又由諸羅入山漸移東部高山，其可發現者為網紋陶器文化層，打製石斧文化。年代為公元前一三〇〇年至二五〇〇年間——臺東縣志卷二人民志

布農族人腿短頭大，膚色黑褐。男多驃悍善戰。壯烈之抗日事蹟甚多。

• 阿布斯

山在我的胯下一個個的離去
一如流竄的獵犬
我永遠得不到阿布斯
我的呼聲那麼宏偉
然而再折迴時
是瘖瘂
是非戰士

我必將露宿在自己潮濕及骯髒的倦容里
因得不到阿布斯
我多麼願意
我這麼和汗睡下
如已疲憊了的獵犬
睡在主人的身邊

可是我又必需一次次的醒來
給那將熄的篝火添薪

五九年二月十七日夜

• 老布農

一位老布農眠着眼傍依着一位老皺的影子
完全用狩獵那種摒息定靜的狩獵一支支風那青瘦的足
一位平地人很安靜的把它印刷在那竹屋的門板上

五九年二月十七日

• AMERICA

日譯America為「米國」，山胞與臺澎同被日人統治多年，因時久，因「米」相同，「米酒」也隨而俗稱America

手提着紅牌米酒在瓶子里搖幌著搖幌着便搖出一匹無雲的
青空來

所謂天色之陰霾僅在瓶外
妻正很安靜的蹲在低矮的土灶上旁煮着地瓜
她又將如何曉得我厚重的手板已輕盈如鴿子般的脫臂展羽
　而去
飛越過多大一片的地瓜地

五九年二月二十二日

• 欄柵

欄柵企圖阻止繼續滋長的黑影
終於成爲徒然的努力
太陽穴的汗珠
泊泊的解散着它的肢體
它必需沉沒在自己所渲染
而擴張的身影里
然則仍要如此重複着
每在午後
一次徒然的努力依舊重演
至到鬆馳的肢體
沉沒在自己所渲染
擴張的身影里
而後再等待一次全然被動的誕生
無可逃避的
如那顆太陽

• 時間

每一刻鐘皆成一張老邁的嘴
留不住一顆利齒
生命的裂開着
等待着
一絲喘息
生命的裂開着
一朶血紅的花

五九年二月二十二日

• 負荷的額

額用力向前壓下
因負揹着一重的籐簍
額需用力向前壓下
因尙要選擇下足的地方
路在延伸着
家在前面招着手
額愈來愈沒力氣
下足的選擇愈來愈感煩多
籐簍愈來愈重
額愈來愈不向前
愈難以壓下
而路乃延伸着
而家乃招着手

五九年三月十七日

無數隻的腿

同樣一具軀體
且需負擔無數隻不停息的腿
它們擁攘的前後活動着
營謀老死的事件

永遠有那麼些山
重重的設計着
綠青的
焦黃的
生命的謎面

無數隻的腿
不停息的活動
只爲了一具軀體的死去

五九年三月廿九日

• 穿鞋的姑娘

她穿上了新買的鞋子
又脫了下來
又穿上
她脫下了新買的鞋子

她的足掌近乎不動的
撫慰着泥土
泥土近乎不動的
撫慰着她的足掌
默默的
對視着

五九月三月卅日

• 山路

一條山路有無數處藏處
或在山澗
或在叢林
或在峭壁的腰際

無數隻的腿只有一條山路
有的抬舉
有的下足
有的彎膝

擁擾的聲音在前面猶未逝去
後者已接踵湧及

五九年三月卅一日

• 所有的眼皆以闔上

所有的眼皆已闔上
爲了摒棄辨識
所有的眼皆已闔上
寧靜而和諧

相應着侵吞一切的夜
坐着默思的強大軀體的

五十九年三月卅一日

只剩下那堆篝火的餘燼
然則餘燼的眼
也卽將闔上

五九年三月卅一日

• 一句脚步聲

一句脚步聲
不知響自那個方向
一句脚步聲
驚動着我內心的山屋

世界的內心里是否也有間山屋
我的脚步聲
是否也是世界攝住的對象

不知響自那個方向
久久的
一句脚步聲

五九年四月二日

• 沒有手伸來

夜俯身下來
憐視着我疲憊的身軀
無力的作着沒有個完的動作
一下比一下木鈍

憐視着
我倒睡下來的軀體
擺陳着繳同的姿態
緊閉着祈望的眼神

天天那種姿態
天天那種眼神
而永沒有接收的手伸來
沒有手伸來
夜悲愴的俯身自憐視着

五九年四月廿五日

• 舂穀聲

沿着唯一的音符
斜過冰冷冰冷的階梯
把自己交給等候在半空中的死僵
而後很哀怨的回顧

一句跟着一句
淡漠的沿隨着
聽不到雜亂的跫音

已不曉得有多少隻眼睛
輟成今晨
明亮而冷淸
水晶石般的堅硬

• 雪期

腐敗得不能遮護的皮屑
羞怯而小心的
一片片剝落着
天空已無力挽回
日漸的單薄

所有的生物都廻避
僅有的一間狩獵時停息的茅屋
且需天天增厚其掩體
猶恐露出一點消息

他們曾經虔誠的
隻所有生活的細節
在仰望的眼光中
盡之交付

都已離去
忽然的留下一片空曠的空間
寂靜的空間

五九年四月廿六日

• 雪期

有如子女都已離去
在偌大的屋宇的一角
海的波浪就在那兒平息
細膩的沙灘自室內

穿過面前的木窗
雪花飄落的安祥
莊嚴的坐在已然命運的籐椅上
面容的沉靜溝紋是
睡臥着去日的晝夜

對於所有事物
絲毫無損的双手
充分休息的擱放着
等候下一季節的牽引

五九年四月廿九日

• 雪期

誰在每一個方向
羞怯的輕步走回來
瘦去的跫聲，依稀親切
猶穿着去年的鞋

泥土的地還是慈愛的
高大而傲漫的天空
羞怯的輕步走回來
泥土的地還是溫暖的

誰在每一個方向
羞怯的輕步走回來
泥土的地
還是慈愛還是溫暖的

五九年五月一日

‧雪期

已經腐壞了的時間
一鱗一片的掉落着
沒有重量的掉落着

昨日還是一條魚
今日只剩下一個翻白的肚腹

看吧那眼睛還浮着油漬
不再澄澈
不再清甜可游

一鱗一片的掉落着
沒有重量的掉落着
我的皮膚屑屑的掉落着

五十九年五月二日

‧走向月亮

我已逐漸步入明日設下的羅網
而不禁。夜已面臨
是群透露着一些間隙
而我只懂得我們族里的語言

一如木鼓聲
靜默的核；堅決而硬實
在夜色的空曠里
一柱摸亮的圖騰

所有的植物仰首膜拜
僅有的光縮寫着它們的臉
而我的投影在擴大
一步一步的進迫月亮

五九五月六日

「笠」消息

△本刊編譯日文「現代中國詩選——華麗島詩集」正在日本印刷中，不久即將由東京『若樹書房』出版。

△本刊滿六週年紀念年會已於七月二十六日在豐原舉行，中南北部同人均有參加。

△喬林現服務於東部横貫公路工務段，住在交通不便的山上很寂寞，但詩作甚豐。

△錦連喜集「詩人備忘錄」，摘譯篇幅不少，將繼續在「笠」連載。

△徐和隣譯北川冬彥的「現代詩解說」已出版，列入葡萄園叢書，定價十五元。

△拾虹於八月上旬奉派赴日研習一個月。

△鄭烱明刻正在臺南某醫院擔任實習醫生。

△林亨泰因病住院一個月現已退院在家休養。

△傅敏隱居臺中，努力于讀書和創作。

△陳明台已退役，將執教於臺中大明中學。

詩人的備忘錄㈢

錦連譯

眞正的詩會改變讀者的認識之構造和質。

不論思想和觀念如何新，除非完全地被情緒化而成爲與從來的有所不同的異質之「音樂」，否則其思想或觀念，對詩來說是不值一文的。

即物，當然是歌的否定。「物（Dinge）」。我一說這句（聽得見麼?）一種靜寂——也就是圍繞着物的靜寂就會應聲而生。一切的動作停止而產生了輪廓。」（羅丹）。里爾克於一九〇七年的演講中曾如此說過。物本身，本來就在它的內部帶着完結性——靜止性。因此它是以眸子捕捉，而絕不是以歌所能捕捉的。

斷絕了傷感的，在卽物性的作品背後發亮的批評性的詩人的眸子。

高次元的藝術，毫無例外的本來就是以 Realism 爲基盤，而Realism是成立於直視現實，不從物逃避的地點的。

大部份的自然派們，與其說自然，勿寧是在那裏見到傷感、願望和其主觀的一切形態的投影，而如此的歪曲和污蔑自然，因此不能見到眞正的自然的美和恐怖。

當一切事物企圖攪亂我們對是非的判斷，以及一切事物光衝動地作用於殘留我們內部的古板的感情之時代，我却照着自已的方式，尋找着可使自已能深深依靠的一種像支柱般的東西。對寫什麼詩算什麼詩的那種寫法感到乏味，而渴望着某些非一時興趣的，心理上也是恒常性的一種平靜物。爲了思想表現，我之所以需要「風景」這一種媒介物，可說是欲在詩精神的內部建立這種恒常的 System 而起的。

尖銳地與現代的問題對決而毫不退縮的硬質的意識……。

那絕非是被習慣化和被樣式化了的傳統的美意識的世界，而是以鮮烈的個性所重新構築的美的世界。

決定詩的 movewent，乃是明確的「力學」。

詩的讀者有着各種嗜好。有的喜歡「動」以音樂的音律直接出現於表面的那種詩的體裁。相反地，也有人愛好精神的秩序牢牢的被定着於語言的詩。站在讀者的立場來說，我勿寧喜歡後者，而不喜歡「動」以過份顯著的形態出現於表面的詩。不，不是喜歡與不喜歡的問題。那種體裁的詩，一般來說，甚少參與我的生命認識或生活認識。卽語言的表面上的 dynamism，一點也不 dynamic 的作用於我。倒是內部隱藏着靜力學性的力的均衡和危機感而表面却像成堅固的結晶體那樣的詩，較dynamic地作用於我的時候多。

詩的大衆化

陳千武

A

一般人對所謂「歌唱的詩」和「看讀的詩」會想到怎樣的分別呢?歌唱的詩是像歌曲那樣配合特定的音樂爲了歌唱而寫的。看讀的詩是平常用鉛字印刷通過特殊的雜誌或詩集給人看的。——差不多這就是一般人的看法吧。但這種對詩歌陳腐的看法也並不能輕蔑,因一般社會人對詩的認識,事實就是這種程度而已。歌唱的詩有作詞的人,平常迎合大衆時時刻刻隨着趣味的變異,在流行的漩渦中,寫非個性的歌詞,而大量地生產。看讀的詩却不管大衆的嗜好如何,一向在與大衆隔絕的地方,依據極爲個人本位的發想而寫詩。前者的詩不論好壞都能得到很多聽者,只一時接近聽者之後就被遺忘,甘願受其消耗品的命運。後者却不論寫得多好,大都未受大衆一瞥,視爲廢紙被丟棄,只在特殊的愛好者之間維持其細微的生命。甚至在同以語言爲業的小說家,也會發出「現代詩不懂」的話排除之。這就是一般對詩的常識。因此我們要廢除這些障碍,就必須對詩重新考慮其方法和存在了。

首先,我們要考慮的是必須努力解消歌唱的詩和看讀的詩的區別,以及其相異的根源。

平常歌唱的詩是遵循押韻的固有定型律,以期容易和音樂家提携,而以歌曲普及至一般民衆。可是產生詩最大因素的表白衝動並無定型。作家的內部和外部的關係越趨複雜,越不願受韻律或定型律底音樂的束縛,反而追求自由的韻律寫出不定型的詩,這是常情。那麼配於這種詩的音樂,就不能以一般音樂的形式追隨詩,隨之變化了。或能把它作曲,亦會成爲外行人難予歌唱的歌,或如交響曲那樣立體型的歌。以詩用交響形式作曲,在我國除了許常惠以白萩的詩「眸」「沈重的敲音」「落葉」「蘆葦」「流浪者」「構成」「遠方」「夕暮」「噴泉、金魚」,蔡中文以陳明台的詩「記號說」譜曲以外,似乎尚無人嚐試。

如此,現代詩與音樂分離,而據於詩人個人各種的嚐試,產生了各種的形式,一見極爲分歧,似乎失去了其共通性。然而,詩被印刷在紙面供人看讀的這種習慣是已獲得一致的,而且,詩竟採用以耳朶聽也不能瞭解的語言文字,不以直接可解的傳達方法與複雜的技巧,或要求讀者的想像力負担過重甚至陷入絕望的形而上image的展開,——這些各種的自由型態,威脅了純樸的人心,造成了使人認爲現代詩難懂的結果。

於是,歌唱的詩和看讀的詩,在現狀之下似乎很難結合,分離地很遠。但我們必須努力解消這種異離的根源。

事先,要使歌唱的詩也具備了充分耐讀的素質,因爲現況的歌謠、歌詞大部份都是無意義的,是屬於詩以前的極爲通俗觀念的語言的邏列。另一方面也應該將看讀的詩,改用耳朶聽也能瞭解的語言來寫。

目前現代詩好像走入死胡同了。要解救這種詩的窮極，似乎應該提倡詩配合歌唱的方法吧。

B

凡在人的潛意識裡都有表現的衝力，好像嬰兒產生瞬間的哭聲一般；被那衝動襲擊的刹那，由於接觸超自然的事象而在微妙的人的內部睡着的不可言喻的感覺忽被喚醒，向巨大的自然拮抗即將爆發的時候，以賦與人的特權，我們會被表現的衝動驅駛着。

這種喚醒的外部影響愈大，我們的內部（自我）也愈受到巨大的破壞或孕育。內部如果是貧乏的時候，表現的衝動也小，我們自我所叫喊的初次聲音，就會變成極爲類型的囁嚅而完。我們看過蜂或螞蟻或其他有能的動物，非常巧妙地造成自己的巢，像優異的建築家或政治家一般，組織了牠們的生活。但牠們沒有內部的革命，因而永恆是循環着同樣的組織，雖很正確，但沒有進步，即缺乏產生難予說明的生的不安，同時缺乏隨着不安而來的驚喜。難予說明的生的不安就是約束人生未來的源泉，蜂或蜘蛛是傑出的建築家，但因沒有自己破壞的行爲，不能成爲藝術家。人是在命運上被註定爲藝術家。直接參與循環着破壞和再生的大自然那巨大的宇宙。潛在於成長感覺裡的不安，這種非完結性才是產生創造意志的原動力。

而這種根源的衝動才使詩人想到歌唱。具體地說，最初襲來的使詩人產生有意表現的直接感動，才有歌的產生。

表現的衝動關聯於呼喊。不論如何，不預想第三者的表現是不存在的。在最單純的精神構造上，也許第三者是假想的人物（偶像或神），或天空或山河那些大自然也說不定。總之，向對方傳達自己的感動，想得到共鳴是極爲自然的順序。

歌唱就是如此不倦地服務人家成爲心的互相交歡。

詩和其他藝術不同的最顯明特長之一是能傳達這種直接感動的這一點。假使，現代詩只爲了說明自己和社會的複雜連環，毫無意義地偏向在心理上的解說或觀念的遊戲的話，可以說，那是與詩的原理逆行的。

非詩也非雜文，不三不四的很多作品被誤解爲那是「看讀的詩」，如果有這種錯誤的話，那是必須詩人自己來解決的問題。

但另一方面，我們的精神內容複雜化起來是事實。現代的我們都在日常生活裡觸及人性的危機，襲擊處於現代的我們的這種感情，其質素絕非屬于單純的雲或天空或小鳥或花或月或淚。詩人不論處於任何嚴厲的現實裡，也會保持並獲得不可侵犯的童心，因此才能透過雲或天空或花，而言及比那些更擴大的宇宙的運行一般的事象。不必模仿昔時的詩人寫定型韻律的形式詩而受束縛，我們要歌唱我們的感動的時候，不能依靠那些單純化或定型化了的韻律，而必須尋求和那些不同的新的韻律。

說單純化，歌唱和單純化却有其密切的關係。

如果要使「看讀的詩」同時能歌唱，就必須用耳朶聽也容易瞭解的語言來寫。但用所謂淺易的語言要表現無數屈折的我們的精神內容，是非想像那麼簡單的。

很多歌謠，把曲譜除掉了之後所剩餘的歌詞，不但沒有詩的感動，而都屬於毫無價值的文字。這點姑且不論，不關詩的單純化或大衆化，確實含有很多的問題。而對這一點意義的瞭解，在詩的場合，顯然與新聞記事有所不同。

無論如何，詩必須具有傳達直接性的感動，因此，雖然可以打破韻律的定型，但絕不能連我們的精神也變形掉。絕不能只爲了否定定型，就把過去很多優異的詩的感動也都放棄。事實，詩的眞實在任何古老的時代都鮮新地存在着。而像現代這樣理論先行的時代，詩反而容易類型化，本來應該極爲自由的詩，却會陷入不定型的類型裡，喪失詩的氣力啦。

應該是，在不墜入流行的不羈的精神裡，才有「詩質」的表現。

在「看讀的詩」裡，當然也有很多『雖容易瞭解，但極爲無聊』的詩。不一定用淺易的語言表現就可成爲「詩」。例如，要以詩寫成像心境小說的文章或雜文，就很難有那樣必然性的可能；因爲詩非萬能。

知前所述，詩人內部的結實愈大，愈會强烈地看清自然（社會）。詩人必要在實作上，由實生活裡修得這種眼光以外，似無他法。必須以充實了的內部爲背景，始能將淺易的語言令人容易瞭解，同時含有複雜的內容，而以詩的語言讓人歌唱。

不管屢次挫折，以及自己破壞，祇要分明持有自己的意見，才能產生明確的語言。

於是，不論抓住任何題材，切勿以說明主題，或以雜文方式說明附隨於主題的細節，而必須用眞心的表現來歌唱。

（摘自「詩教室」）

我的詩觀

Vassar miller原著
宋穎豪譯

詩人的職分

芮麥諾夫先生邀我談一談自己的詩，一時驚喜逾恒，不知所措。因爲我始終認爲談論詩（自己的或別人的）跟談論神學一樣，說來話長。我從不想做一名文學白痴，更不想做一個神學白痴。然對具有詩藝的人而言，敬事神比談論神更爲奇妙。因此，寫一首詩亦較解說寫詩的過程更要有趣多了。

然而，芮麥諾夫先生的問題，我從大學時代迄今尚未能獲得其答案。他要我確切解答如何使一首詩自足，又提到詩的功能。故而必須詳加解釋以免遭人物議，正如我所說的，還是以詩釋詩比較散文便宜多了。

一首詩祇是
捧在兩手中，輕輕地，
一個孩童的軟頭骨
且噓着氣
輕得驚不動蚊之翼
喁喁的耳語，
「看呵！」

我是個「困學而知」的學生，且讓我慢慢地道來：

一、妳的詩在特質與風格上有無轉變？

我的詩在特質上無所轉變，而在風格上却有了轉變。我覺得我還是幼年時的「故我」，唯外貌有了變化。詩格即人格。人的外貌猶似詩的風格。

我的詩之特質與其他人的詩並無二致。更明白點說，我的詩人本質與其他詩人完全相同。兩年前，一家小型宗教性質的報社請我主編一本宗教詩選，並加評註。雖然該集不曾付梓，但我却先完成了一篇序言，標題是「何謂詩人」。

誠然，我的定義必然會使這家僅有五十二週歷史的報社爲之震驚，因爲我是這樣說的：詩人是愛其所愛的人，而且對世事沒有絲毫怨懟的理由。換言之，詩人祇是一個小孩而已。人們却常嫌小孩子過于「執迷」，「打破砂鍋問到底」。聰明的人一笑置之。不然的話，就要看社會的造化了，但願他長大成爲一位詩人而不是一個罪犯。其實，世事的煩惱多由于庸人自擾，而且自以爲是。

我忝爲詩人，愛什麼呢？詩人愛的東西不一而足。諸如雪萊（Shelley）邂逅于一隻雲雀，寫下「喜樂的精靈萬歲，你絕非鳥類。」而使每一個沮喪的學生誦吟于此，無不希望最後一句非其本意。葉慈（yeats）醉心于莫須有的拜占庭（Byzantium）。艾略特（T. S. Eliot）與英國國教、君主以及寡頭政治結有不解之緣，怪不得「四重奏」(Foar Quartets) 如此抽象。不過抽象實非小孩所能及者。艾略特的那首詩係以「受傷的外科醫生揮用着鋼」的抒情手法使詩渙然鮮活。而他乃在表達其個人的經驗。如此，使他更接近他所抱持的基督教。因為基督教原是「道成肉身」的宗教，而詩應是其最自然的聲音。

還有，哈特·柯瑞恩 (Hart Crane) 之愛「橋」，悌蘭·湯瑪斯 (Dylan Thomas) 鍾心于「借錄色引信的力量」。霍普金斯 (Hopkins) 愛上了茶隼、鐵匠、黎明、生有雀斑的東西，整個的創造以及上帝。私下裡，詩人無不是如此，儘管他可能矢口否認。因此，每一位詩人都像是布魯克斯 (Rupert Broohs) 公然自稱的偉大的情人」。其實，每個人也都是如此。唯詩人對此特別敏感，且據理力爭而已。詩人並不是悠閒舒適的人，常因其博愛而受指責。

我呢？因為我畢竟是我所的「每一位詩人」，縱不能一概而全，亦可以收「一隅三反」之功。

「修帆」

在壺與鍋之間，我划行
祇有我具有生命，
祇有我的骨肉才有溫情，
骨肉祇討好脾味而非人。

我妬忌每一隻杯盤，
此乃女性的軟弱象徵。
像上帝一樣，我說不錯
且發誓決不放棄這個弱點。

我週旋于我的物件
遂想起剪毛人 (Woolman)，為了愛意
他賞給奴僕用過的木器，
而在水槽中冲洗我銀盤。

但願我的刀、叉更精美，
既使貧苦之女博得佛蘭
西斯 (Francis) 的女，她的男伴
將發現我已憂鬱傷身。

偶爾，悔恨的老狗逐我
瘦弱的吠着，而我的眞愛
乃是四週的火弟弟、爐姐姐，
以及牆壁，以及書籍。

猶在責難你的愛戀，
一半是痛苦——且如此
證明一半是謙冲，你祝福
善良的剪毛人與可愛的佛蘭西斯！

這首詩在某些地方暗示我已經有一點愛上了神。布里蒙 (Abbe Bremond) 說：詩人是一位功虧一簣的神秘主義者，一位中途而廢或歷經滄桑的神秘主義者。布里蒙解說神秘主義者注目于幻覺的視象，而被引入沉默之境。雖然詩人走馬觀花的一瞥，但仍有時間傾訴他所見的一切。當然，有人可能不苟同于這種論說。因為神秘主義者嘗想不惜費辭地去描述其不可名狀的視象。其次，神秘主義者在心理上正是一位傳播福音的人，尤以基督徒為然。其中像聖約翰就是詩人。但我們對非基督徒亦應一視同仁，

因爲除了詩，還有什麼可以銓釋「孤掌擊鳴」的禪謎？

如果布里蒙的說法正確，詩人則無法成爲一位純粹的神秘主義者。而他應接受中國人的古訓：「知者不言，言者不知」，別再故弄玄虛。在韋爾伯（Ruihard Wilbur）的「人間世」（The things of thio World）之中，詩人有的是好消息，甚至還有些壞消息，因爲在詩中，一如其他藝術，將一切醜惡、痛苦、以及猥褻的東西一一予以轉化。像聖餐禮拜轉化的麵包與酒一樣，因爲聖餐的東西僅是象徵死亡與悲苦。然而，當我寫「命名」（For a Christening）一詩時，未曾想到這許多，但詩中却蘊含着這個觀念。

像第一個人瞥見
一張臉且測度
歡迎一字的含義，踏着
一般人的韻律；
像魚族或小鹿、以及飛鴿
亞當呼之卽來，
你乃我們的命名，
而且我們喜愛我們的命名。

或如牧羊人記錄晨辰
他被神蹟驅使
而如此說出
天國的荒蕪，
怯羞的動物馴順，
取自子宮濃鬱的叢林——
如今你乃我們的命名
當我們喜愛我們命名的時候。

一個擁有財寶的人
自死之黃昏呼喚，
撲翅的聲音，玫瑰的芳郁，
熔融于我們的呼吸——
你穿起火焰的外套
上下、左右、四週，
你乃我們的命名
因爲你乃我們所喜愛的。

一個擁有神聖權柄的人
人在他的舌尖搖盪
在時間的永恒中
他的心懸吊着——
而在我們的手臂編成的
虔敬的聖架中，你行動；
因爲你乃我們的命名
而且我們喜愛我們的命名。

在三位一體的聖名中，
仍比你的名字可畏，
就此你的神秘旋轉，
于焉還忍受着，
述說着，既使聖潔的羞辱
可能使我們沉默，但我們在求證
我們如何命名我們所喜愛的
我們如何喜愛我們的命名！

這種重唱在表達一位母親的舐犢之情，然她的孩子頑冥狂暴時已不再是一個乖孩子。但她像亞當和好牧人一樣，喚着孩子的名字，而他也熟悉母親的聲音。同樣地，「你乃我們的命名」，「當我們喜愛我們命名的時候」，詩人對其煩苦與喜悅毫不偏頗。因爲詩人在有的時候別無其他的孩子。

當我在「沉思」一詩中描寫一位修女時，我仍然認爲詩人是功虧一簣的神秘主義者。

以歌頌的清泉
湧現的話語淨洗
滌白一個黑暗的世界。

若詩人無法成爲一位純粹的神秘主義者，也就無法終始虔敬如一。布里克（Blake）似乎沒有虔敬如一。當然，彭斯（Burns）亦沒有，波特萊爾（Baudelaire）有傷于信心。但可憐的藍波（Rimbeau）過于虔誠而發瘋。即使善良的霍普金斯（Jeanit Hopkins）也寫過「可怕的十四行詩」。我不想與震布金斯相提併論，但是小型的宗教報社可能認爲拙作「敬畏的邪瀆」是可怕的。

我不想齋戒，因爲我已經齋戒
四十多天了，而且知道四旬齋
比儀式的飢餓更瘦削，
因爲生命是長期的懺悔季節
而早春的風取笑
在我們跪着吟誦詩篇的時間也太短促，
此刻我哭泣儀式的淚
映現迷濛的雙影
却得不到神父的祝福。
因此，自我痛苦的密度孕生的純粹
謝絕齋戒在盛宴之前，
曾在現在的聖餐以前，大嚼一頓，
愛的回憶何曾有過。

我發現多數宗教迷的善心與自詡非教徒的那種自鳴得意。世上有徒具虛名的異教徒，也有徒具虛名的基督徒。然詩人却有較好的機會來變化那些異教徒的氣質。因爲這些異教徒不知道他們信的是什麼。但詩人往往自己也不知道。王爾德（Amos Wildev）說：詩人像史蒂芬斯（Wallace Stephens）一樣，寫橘子、性、星期天早晨常比傳教士吩咐信徒們回家祈禱更要具體多了。耶穌說：「人不能僅靠麵包生活」。但是這句話是向魔鬼說的，而不是向祂供給食物的飢民說的。

然而詩人不能歸屬于任何一邊。我總是忘不了在一齣音樂趣劇中扮演小角色的一位知名的扇舞女郎。她因故遲到，結果呢?她便由一輛大鳴警笛的警車從機場接了來，好讓她及時扭動幾分鐘的屁股。當時，我轉頭對一位友人說：「一位聞名的詩人敞衣裸足地進城，可能不會有人看他一眼。」他答道：「詩人並不在乎這些」。我不敢確定我是否有此同感。但當我寫「致讀者」（Note to the Reader）時，可就在意了。

這本書，你撿起
又丟開，因它不過是墨汁——
此乃心血與胆汁，黑色的鑛渣，吶喊
心靈的「新英格蘭」，石之蘋果呀。
我悠然地寫，而挨苦，
匍匐在地，猶感狠擊在
我的胸與腹，刺我
以草代手指，喃喃地：「開吧！」
也許太奢侈，風撩亂了

我的衣裙，蠱誘我的裸體，
或者女僕是風，求愛者是塵埃，
隨地是我的牙床和閨房。
是的，說來輕鬆——但你讀書中每一粒字
天使在神之面前傾長頸瓶的呀！

于此，我想補充一句，詩人像每一個人一樣，對其熟悉的題材發生興趣，而且藝術形式主義者嘗是最虔誠的教徒。不僅「必特一代」（Beat Generation）的詩人可以見證，而且女詩人們亦可以證明。往往，一位詩人標新立異，或者有與衆不同的趨勢時，常被圈內的詩人加以排斥。當艾略特皈依宗教時卽受其同道者的憎厭，並且認爲他的信教對詩有害而無益。若是他放棄宗教，亦不能見容于那些認爲他是戰利品的教友們。每一個人都可能在天堂中悠哉遊哉；不然，就讓我們哭吧！

至于第二則問題，祇不過是將前一問題加予引伸與重覆而已。

二、美國詩是否、或曾否、或者已經發生了一次「革命」？或者祇是一種花招的玩意？而妳的詩與此一問題的關係爲何？

假如革命就是改變的話，當然曾經發生過一次革命。世上沒有任何一件東西是靜止不變的，無論在機動車的設計、女裝的欵式或文學的風貌均有所變化。伊利莎白女王時代的作品，詞麗而婉艶。可能正當人剛證實地圓說的事實，都在忙于航行與發現，而且認爲是拓展世界的良機。一九二〇年代的詩，卽以康明士（e. e. Cummings）爲例，其文字躍然紙上，正因爲第一次世界大戰粉碎了維多利亞時代的寧靜故也。人們已經習以爲常，詩人祇在貢獻其心力罷了。然于二次大戰後的五十年代，顯然人們的反應不似二十年代時期的狂熱。也許是原子雲朦罩的緣故。于焉「新傳統主義」應運而生，他們的詩典麗而文雅。當人們認爲天堂不再是上帝的榮光之時，出現了太空時代。然人類的恐怖仍然存在，除非自己了斷或者美、蘇爭先登月。這些事實無不是「必特一代」的社會背景，因而他們才有金斯堡（Ginsburg）的「嘷」一類（Howl）的作品，進而置身予整個的混亂之中。

我好像在說教似地，但要點仍在詩革命如何影響我。我認爲任何風向都將影響到遁世的人。狄金蓀（Emily Dickinson）深居簡出，足不出戶，但她却嘲弄維多利亞的保守傳統，放情她已經意味到氣候的變化。我也是過着深居簡出的生活，我個人的寫作歷史是這樣的：

我的第一首詩是寫給我的母親。甚至在八歲那年，我就有着一種詩的意識。我記得母親糾正我，她的頭髮不是灰色，而是棕色。我辯說找不出一個與棕色協韻的字。于是，我已在隱約里體悟到詩的生命，但這却與母親的髮色毫無影響。

在青春以前，我的詩的活動呈現一種冬眠的現象。我的幼年與青年期頗爲孤獨，常想拿宗教加以彌補。高中時代，我得過一次詩獎，而且還有一兩首收納于高中詩選中。我懷疑我代表全班寫的那首詩能否流芳于文學史，或者我在二十年後所寫的詩可以列入。

不過，我對十四行特別欣賞，在大學時代也寫過不少。因爲這種詩的形式整齊，其律動令人奮揚。且其工整渾然一體，而使心靈能以捕捉並駕馭內在的混沌。影響我最早的詩人爲羅濱遜（E. A. Robinson）和霍普金斯（Hopkine）。我喜歡羅濱遜的抑鬱蒼涼，而霍氏的嚴謹韻律，也令人折服。

最近四年來，我的風格遠較以往鬆弛多了，我已不再專注于傳統的嚴律形式。其實，自由詩何嘗不有其規律呢？佛洛斯特（Robert Frost）打自由詩比爲沒有球網打網球。但我喜歡拿蜘蛛網來說明，蜘蛛每次結網絕不會相同的，自由詩亦巧如此。在煩擾的廣大宇宙中，任何創造無不有喜有憂，都是需要付出代價的。然根據基督教神學的說法，自由是上帝賜給世人最寶貴的禮品，也是最危險的東西。因爲人類也可以藉自由獲得「前往地獄的充份自由」。

我畢竟趕上了「革命」，或者說「革命」抓住了我。但我依然偏愛舊的形式，而且運用這種形式與韻文來創作。于是，有一位詩人批評我的最近風格太偏重于詞藻，但我並不以爲然。記得幼年時，我時常一個人扮演傳教士，又當聽衆。總之，詩人非得將當時的革命變成爲自己的革命不可。

我曾經攻擊過詩之抽象化。我認爲抽象即是詩的泯滅。如今，我已經戰勝了，讓我的詩從自己的血肉中茁長，不只是生長予對某一事物的觀念中。雖然詩人在詩中嘗有言猶未盡之義。但有生命的藝術創作無不胚胎于詩人的血肉中。

「長江後浪推前浪」，每次革命無不被另一次革命所推移，而成爲「昨日黃花」。于是革命繁衍綿延，層出不窮。因爲「樹木永遠開花，却非相同的青葉」。有時，客去室空，寂然無聲，我既不在淸寥中寫作，亦無畏于歷史的公斷。而我只在默默耕耘，努力寫詩，其他一切皆由他去！

我知道有些作家或詩人賣文鬻生。而其唯一的目標無非是成名，但此一目標常與其作品保持着一段距離呢！

三、在本世紀中，這個世界已經有了變化，此一問題對妳的詩有無影響？妳的詩是否在現示一種新的人性，無論其是好是壞，曾否在技巧上顯示許多明顯的轉變？

詩人無非以其個殊的方法觀照恒在變化的世界。本世紀的轉變尚未有影響到我的詩。因爲這種轉變就是我的詩，正如每個詩人也有其個我一樣。在太空時代開始以前，我寫過「哥倫布易簀」。在這首詩中哥倫布是一個神話，代表」「舊秩序讓步于新秩序」的畏懼：

他的水手飢渴，病苦，
而他發現了一個新世界，以嘲笑
報以嘲笑，知道洶湧的海中
沒有敲吮溺斃水手腦漿的巨龍。
他懷念鎮守四方的天使，
而乞求鐵鍊與他陪葬
曾誓言願含草以事
猶見水手來回地匍匐，
像黏在旋轉球體上的蒼蠅，
他們是否會滑落地球，
或匍匐至暈眩而跌斃。
他想這還有什麼區別呢？

「我的骨頭聰明多了」是我的新作，但我樂于看到更爲可怖的轉變。有轉變的畏懼就會有一種知識。我是一位基督徒，我已經意識到一種新的人性出現，這當然不是技術變化的結果。太空船與火箭並不影響犯罪與贖罪的事實。新人性，新亞當，在我的處女詩集「亞當的脚印」中已有所暗示：

童年時，喜愛跳越
肥圓的甲蟲，阻止他們
不得渡過某一裂縫。
我的肌肉可以讓他掉頭，
我扭曲的脚步挺直
踏死一度被扭緊的豆莢。

小罪人，剝去梨樹枝，
掠過甜美而衞生的大氣，
一棵樹能這末汚化？
祗有奧古斯汀知道。
他顫嗅着梨像尋找母親的乳頭——
而我却大嚼起肥碩的甲蟲。

渺無狼踪抑虎的足印，
基督總是以恩典在愛的網中
捕獲迷途的獵物
這些日子，四肢疲弱；
亞當的脚步離開
在黑暗中孩子爬行的標誌。

誠然，這首詩寫的是老亞當，而是新亞當贖囘的老亞當。我在一首十四行詩中，也曾將新亞當名爲衣卡洛士（Jcarus），而將痛苦化爲十字架的翅膀。「矛盾語」少許可以表示此一概念，描述人類窒息將死，而必須皈依上帝。「甜的麵包與酒，是我的痛苦而非享受；烙傷我的喉，不能下咽」。

「亞當的脚印」在描寫他是「在黑暗爬行的孩子」，因爲我在思想一位精神錯亂、殺死自己的親生兒女的母親，而她却昏然不知。在另一首「快樂的先知」中，亞當並不比我的外甥可怕，不過他們都是天眞可愛。我看見他在笑，彷彿一隻脚剛踏出伊甸園，抑或即將踏入新的聖地。

他如被擁在愛中，
我的嬰骨的細葦
是煙斗，奏着
如一朶花的絮語
自空心的管中，
盪漾離他而去，
陽光暖香似蜜
爲他的族人而儲存，如此
可愛的鏡，忍不住
總想在他的井中，由他去睇視，
却被擁在愛中，典雅的
與妹妹分享；
不然，虛擲在風上，
愛情量度他，因爲他是
保有熱誠的人　點燃人的
喜悅，如果他被擁在愛中。

無論意識之有無，詩是以基督徒的眼光去觀察人生。至于詩，我早已相信具有三位一體的功能。因此，就某種意義而言，一首詩乃在無中生有，正如基督教所說乃父神的創造。

麥克里希（A. macleisk）說：「一首詩不在言意，乃在存在。」因爲意義寓于它的存在。這是言語無法解說的。詩人祗可點指其作品，祗要盡其心力，便可克臻于此。正如上帝在創世紀上所說：「好，這樣很好。」當然，這樣說也是相對的，因爲詩人自己無法知道是否已盡全力，人的創造也無法十全十美。

我剛才說過，如果詩不是「冒生」的話，自當憑其意志而生長。尤其是一首詩常顯給我者先是節奏。有時，這種節奏會愚弄我。原打算寫一首十四行詩，但結果却完成了一首抒情的自由詩。更重要者，我經常體會到我要寫的唯有在筆下才能表達。經驗告訴我，儘管詩人就是一位神，但其神性却非常有限。

有的詩人非到構思完成才動筆的。但我並非如此。我是爲寫詩而寫詩，從寫作中求進步，我的每一句詩無不是由思想與感情的混沌中所抽離出來的。有時，我下筆如有神助，但有時一句話或一個隱喻往往有好幾年沉澱在思想中。拙作「雖然他要殺我」一詩中的隱喻，就是如此。

主呵，祢依然說「不」，說「不」
直到我覆誦的音節爲歌，
不然，暫且打住，我的嘴乾裂如泥土
冷結爲舌下的一顆小石子；
不然，使我舒適，一如父親的愛撫
我的童心，曾知道
他雖惺忪却近臨，
依然告訴我「不」，主呵，依然說「不」
剝開的傷口永不平復
除非再度割破，雅各的傷在股，
用手撕裂，全然撕裂，
祢依然說「不」，主呵，依然說「不」
直到受難日的黃昏與復活節期間，
我祗聽見細弱的聲音，
鎖住皮帶的搖籃——
我有祢的「不」搖向一片黑暗，
「不」，「不」，依然「不」，祢的「是」的回聲
扭曲在耳道中
在鎖錮甬道的深淵
祢的否定轉化爲動聽的樂音。

不過，另一首「向沉默宣戰」，其定名實在非明智之舉，因此詩的佈局便顯得矯揉做作，即詩人才華的死亡。然而那首詩題在暗示詩的本質，乃向人與人之間誤解的沉默作戰，乃向基督忍受十字架痛苦的沉默作戰，因爲祂獨個承擔了我們的苦難。有一位批評家指責「向沉默宣戰」命題欠雅，可是向沉默作戰原本是不够文雅的事。

除了我們自己，再無其他禱辭；
我們的需要是赤裸的凄楚。
無須一一指出，我們便在此。
而能創造眼睛的神也看得出。
我們跌跪在心上，而不以膝，
乃一種更謹恭，更沮喪之姿；
然父神的痛苦指引我們禱告的
藝術，餓腹是最值得的絕食。
我們發現舌頭不能向沉默
宣戰（神秘永遠不遠的）
但鼓動我們今日共有的翅膀，
承載在我們的翼，飛向祢，
神的道呵，我的話語消融在道中，
當我們沒有一句祈禱，祗是我們自己。

這首詩，至少有其贖罪的特質，把人生的痛苦提升到美的境界，把人生的喜悅化爲一種神聖。

付出人生苦樂的新意義在使人生神聖。我認爲詩是把時間的事物化歸于一種形式，至少我的詩是如此。有人說如不是莎士比亞將「漢姆雷特」點石成金，它也不過是一則情慾與謀殺的下流故事。同理，「李爾王」亦只是一個自私的老頭子。一首詩常領我橫渡混亂的沙漠，但我認爲這種最慘的日子並未虛度。當然，當我寫「愛的來世」之時，並未想到詩，但這首詩確使我「第一次看到永遠的一切，透過最後的稜鏡」，這便是新人性的時刻。

詩人應具有這種心象（Vrsion）。他們爲何喜愛萬物呢？因爲光永遠是射穿黑暗的。我便是從我眞實的生活中形成了這種理論。我寫「寂寞」時，毫無訓誡之意。

這種寂靜，這種吶喊，
啊，我的上帝，這是我和祢的國度
唯有祢的脚步和我同行。
請救我出這樣可怕
這樣陌生的風景
而我幾乎愛上了一切！

詩人寫寂寞時，如不知其反面則無法完成這首詩。因此，詩人必須有基督徒的人生觀，不管他知道與否。因爲他能以靜御制經驅的混亂無章，而在無有中創造詩，賦予其意義，唯有靠寫詩始能賦予詩的意義。

誠然，我無法肯定新的亞當，新的人性就是我的詩中的全然憬悟。我也懷疑將來是否如此。我懷疑他是否將活在別人的詩中，祇因爲他祇曾出現于基督的世界中而不在別人的詩中。詩人了然于此，故而有才華的詩人作詩除開甜與光以外，便不能在無中生有了。

正如我所說的，我的骨頭比較聰明而老練。任何詩人的骨頭都比較聰明，因爲他總比同輩的人博識而知深。不過，宗教的活動不能拘限于教堂，而實際的生活亦不能祇在銀行中處理。這是詩人所無法忍受的。我說我自己，因爲每一個詩人都容納着一個詩人，正如每一個非詩人也隱藏了一個詩人一樣。所以說，每一位基督徒在其內心都有一個罪人，而每一個罪人也都隱藏了一位基督徒。有一位名傳教士，指責「榮耀歸于主」這句話，因讚美詩中有一句「主呵，憐憫我們」。我認爲這位傳教士便缺少一種詩人的眼光，這種眼光恒在透視生命的兩面。

四、有沒有你所贊同的批評？

我贊同一種批評，能捕捉住詩人的意圖，並指給有心的讀者。我討厭一些批評家硬將詩人納入某一流派，如什麼佛洛伊德或楊容派，抑或一位天主教徒或一位基督教徒等。我最憤恨一些祇在盤問詩人的用意而又不使他發言的批評家。這種批評家分析詩一如大學教授們溯求莎士比亞的詩源似地。我曾遇到過這種教授，讓一位學生溯求「仲夏之夢」中神仙的來源。那位學生猶在夢周公，站起來答道：「我不知道，我想是莎老頭自己編的吧。」他坐下來又昏了入睡。

我曾經多次與人爭辯我的詩獻給什麼人的問題。一位良好的批評家知道詩人是將詩獻給一位朋友，其他的人，或自己，他所知道的人以及上帝。這便是我爲什麼忽然決定將一本詩集獻給我的小姪男。我想那位年輕人不要抗議，而他們的父親也無暇及此，去提出抗議的。我的詩素來是獻給天眞無邪的兒童的，因此我才敢將這種禮物呈獻給我所愛的每一個人。

美國現代詩集選譯

非馬

史丹陽街及別的哀愁

STANYAN STREET

&

OTHER SORROWS

——羅德・麥克溫

ROD MCkUEN著

關于作者

一九三三年生于美國加州歐克蘭（OAKLAND）的羅德・麥克溫（POD MCKuen）做過工人、電影明星、電影明星的替身、電台播放唱片者、報紙專欄作家等等。韓戰期間他在日本及韓國服役于陸軍，撰寫心戰廣播原稿。自一九六六年出版了史丹陽街同別的哀愁（STANYAN STREET & OTHER SoR Ro-ws）及次年的 LISTEN TO THE WARM之後，他便成了最賣座的詩人、作曲家及藝人。這兩本詩集的銷數超過了佛洛斯特及艾略特所有作品銷數的總和。每年他有一半時間在歐洲旅行表演，誦詩唱歌。另外的一半時間則化在一座擠滿貓狗的房子裡，寫詩、作歌、替RCA唱片公司灌唱片，經營一個蒸蒸日上的出版公司及錄音公司。最近他出版了第三本詩集寂寞城市（LONE SOME CITIES）。

1.

〃自傳〃

給母親

我記得聽到小孩子們
在外邊街上
在破鍋盤與爭論的
吵吵鬧鬧之上。
他們有他們的世界

我有我的房間。
我只妒忌他們
有成天的陽光照耀着
他們的生命
還有他們的父親。
我的我從未見過。

2\.
我長大
不必要地畢直。
我有時候彎腰
但從不對最低的枝椏
且學着去愛那些對我做愛的
人們的體臭
像我愛紫丁香一般。

3\.
我試着有多少遊戲
便玩多少遊戲。
說一點小謊並不太壞
假如它能幫你渡過長夜。
巴哈及 The SUPREMES 也有用
而我有隻猫
牠也學會了喜愛我的音樂。

4\.
我有時讀外聞，
在我經過的城鎮
希望也許會找到一個人
他的名字拼法同我的一樣。
假如他死了那麼我知道他在哪裡活過
並且他是否活過。

5\.
究竟
我唱的歌
乃我自己所編造。
它們反映出發生在我身上的事
在我被我的父親
以及愛人所遺棄之後。

6\.
我保守孤立
局限自己
不向任何人强銷我的哲學
（這本書裡的話
乃為我自己而寫，
除了一部份是一封信
寫給一個愛人現已不在
而從前住在史丹陽街。）
但我把它們保存下來
發表在這裡
給那些我希望能瞭解的人們。

一九六六年五月十六日

＊史丹陽街為舊金山一街名。STANYAN STREET。

1.

〃史丹陽街〃

妳蜷曲如胚胎般睡在
一張藍漁夫的畫下
　沒枕枕頭。
格子花的被單踢落地板上糾成一團
古老的房子吱吱響
一輛車駛過
風
救火車在山坡上。
從妳那裡脫身
　我輕輕移動，
在黑暗中摸索香烟
而此刻抽過三根之後
　依然興奮
　依然害怕
我坐在房間的另一端看妳——
光從街燈穿進百葉窗
神經質的圖案有時映現在牆上
　當一輛車開過
不然就什麼都沒變動。
妳蜷曲的睡態不變。
不發自妳的聲響不變
我不滿足的感覺不變。

× × ×

妳完全塡滿了
這十一月的第一天
用 SAUSALITO同手語
　獨木舟及咖啡
　冰淇淋與妳的大眼睛。
而此刻無法入睡
因爲這一天終于回了家
因爲妳把我關在妳的睡夢之外
我看妳帶着驚奇。
在黑暗中我憑觸覺認知妳的臉
我熟悉妳睡臉的輪廓
妳睡時的聲響。
有時我想妳還是好好的
踢掉被單
扯扯百葉窗
在洗澡間裡活動
　化掉我們寶貴的二十分鐘。

× × ×

我熟悉妳身體的山丘
　溪豆
　曲徑
　彎角
我記得整個的妳
及史丹陽街
因爲我知道它日後的重要性。
此刻萬物無聲。

只有時鐘
在向拒斥明天走去
打破靜寂。

2\.
我儘一切可能
走得遠遠
想把妳忘掉。
我旅行、漫遊
在一條路上轉彎一百次
希望看到妳從我後面追來。

在夜晚，
雖然在半個地球之外，
我還是聽到妳在嘆各種不同的氣。
呼吸和緩當妳感到滿足。
嗶哩嗶啦的身體機器恢復正常。
記起妳是多麼溫暖
以及妳睡時是多麼地無戒備
總使我想哭。
我不能忍受
妳在別人懷裡的想法
但想像妳單獨一個又使我黯然。

而在白天
我的心仍在從 SAUSALITO 回家的橋上。
我想
我同舊金山
再不會成爲朋友
我們分擔了太多的煩惱。
史丹陽街還有別的哀愁。

3\.
我們想盡辦法使對方不快
我有時懷疑
是不是我們在一起太久了。
創造奇蹟的話少得
似乎也變成了蠢話。

是否這也是愛的一種，
巧克力糖喫起來很香甜
却敗壞了正餐的胃口？
也許我們的食慾要不振
到回憶都不成爲豐宴的時候。

然而也有時候
當妳能微笑得
使我忘掉一個十年的戰爭
而躺在妳身影的陰影裡
且靠妳的胃鳴過活。
在這些短暫的時刻
我能倚着妳的身側死去
不發一絲警音
甘心悶死
在妳的背灣裡。

＊SAUSALITO爲美國加州舊金山北部一小鎮。

〃別的哀愁〃

——假期——

假期乃爲孤單的人們而設。
我總碰到這些人當中最好的
當假期來近。
租來的房間變成好去處，
　　不是焰火
　或樂隊遊行，
或狂歡宴
而是租來的有花崗石紋瓷盆的房間
以及在你走下樓梯之前
便已忘掉你名字的人們。

假日最有意義
當你慶祝
你自己發現的東西的時候。

愛是季節
而假期是路牌
把時間標明。

——公寓4E——

樓上的妞兒
又在款待客人了，
我能夠撥對我的鐘
憑樓梯上的脚步聲。

我有時見她，
上樓下樓
或去市場。

有時我聽到她在深夜
彈傷感的曲子
或在樓上走來走去。
她在白天微笑，
但不是對我。

——江寧道之一——

陌生人總最會傷害人。
那些你認都不認識的人。
　在過往的車中見到
反照在窗玻璃上
且被記住。
　還有別的——
那些允諾一切，然後走掉。
有時我想人天生就該成爲陌生人。
無從認識彼此，
不接近到能傷害對方的心的程度
每個新遭遇總催心老。
但接着
有人來到
改變了這一切。

至少暫時如此。
但，當年月消逝
記住事情發生的街道
　比去記那些名字
以及誰是那個住在江寧道的人
要容易得多。

＊江寧道爲舊金山街名 Channing Way？

——褐石——

鳥與蝴蝶
沖
下
　峽谷
在高樓大厦之間
找地方躲避
當城市上面的天空轉黑
而雨開始下了起來
　起初很胆小——有點猶豫
接着便爬進窗枱
蹂躪着人行道。

× × ×

他們正在拆對街的房子
那個高高墊坐在
花盒後面的老太婆
　已走了。
連那些沿着破爛的人行道玩耍的
小孩
　也不見了
他們跳房子的方格也已被沖掉。
只有那隻花斑猫
在店舖的窗口修飾自己
毫不在乎
當夜幕低垂。

——別告訴我妳的名字——

別告訴我妳的名字
妳爲什麼到鎭上來
妳星期天喜歡幹什麼
妳心愛的詩人
　電影
　漫畫
妳的年齡及妳的近親萬一發生意外。
只要說我很暖和
讓妳的觸覺講話
讓動作在黑暗裡訴說
然後走開如妳必須
但不要在我看妳的時候。

——飛蛾——

醒來
今天早晨
在受愛的初夜之後

我聽到一隻夢醒的飛蛾
撲打着窗玻璃
想到晨光裡去。
而太陽
用長長的手指，
穿過窗子
在特殊的角落挑揀塵埃。

× ×

凌晨
　躺在一起
所有臂與腿及呼吸
雨不遠
而晨光來得太早
我但願不再見到太陽
　　　而此刻
妳的臉同陽光
使這
只有天花板天空
以及一道道亮閃塵路
的房間美麗了起來。

——春歌——

不要催促春天
風還發着抖
在光禿禿的樹中間
而枯死的天竺葵一動不動地站着
在西班牙的窗台上
也許再一個禮拜
溜冰鞋才會讓池塘安靜。
現在我們可以把公園
霸佔得長久一點
就是此刻我需要有多一點的時間同妳一起
有些事
我還不知道
妳喜不喜歡藍色
　我是不是讓妳擔心當我皺着眉頭
妳在哪哩
當我在長且需要有人在一起的時候？

——給S．C．——

我不知道
有什麼比妳
白枕上蓬亂的黑頭髮
更美的。
我想着它想了一整個下午
結論是連蝴蝶或者小孩
或沙灘頂的小丘上的花
也不能同它相比。
假如我有錢
我不貴梳子或紅髮帶
去背飾它。
我也許去包租星球
讓妳在它們中間行走
爲給大家看你的頭髮。

——JIMJANN——

我要妳
那天在沙灘上
爲了妳的美
也爲了妳的微笑
也爲了我知道妳的世界
與衆不同。

但我失去妳
甚至在我們相遇之前
整天我在沙灘上狂奔
鬆弛緊張。

活在
一個飛鳥絕跡沒有陽光的國度
比老是單獨走你的路好受
但我還能說些什麼?
妳的微笑是一堵溫暖的牆。

——詩——

味道先走掉。
密閉房裡有女人在時的
那種味道。

沒有咖啡味,
沒有洗澡間甜密的陳味,
沒有枕頭上的髮味,
沒有久不更換的床味

我把窗子整天關着
想把妳留下的那一丁點兒保住。

而此刻黑暗爆竹般在我耳邊鳴響,
試着在那更換過的同一張床上睡覺
追憶舊時景象
讓黃昏好好來到。

〝我要導你遊西班牙〞

——給二十七歲生日的BENSON GREEN 的一些意見——

我自己也剛剛渡過這一歲
知道二十七並不太好過。
但禮拜天的早餐以及
　四月的田野

藍的藍天
　綠色的生物
改變了這一切。
我知道春天不好過因爲你等待着
　夏天
而秋天是其中最難過的——
　因爲你必須不形單影孤當
　　冬天來到。
我知道
愛值得化時間去找。

想着它
　當整個世界似乎是由沒有電梯的公寓
同兩袋空空裡的手所構成。
我熟悉你的微笑
它熱情得不該浪費在街人的
　身上
　（雖然有的是微笑）

× × ×

而
我知道
如果你維持你的空心多活一會兒
愛總會來。
　它總是這樣，
也許只在最後一刻，但它總會來
　你必須相信它
否則的話根本就沒有理由活到二十七歲。

——給P．B．——

我不知道
妳是否在微笑當妳死時。
或咒罵妳的朋友們
爲了近來我們很少注意妳
也不知妳如何度過妳生前的最後時辰。
我只知道我很悲慟當我聽到訊息。
主要的
因爲妳一度把妳自己給我
不做作也不保留，
爲了我依然記着妳
且愛妳。

——晝歌／夜歌——

1.
長滿雀斑的早晨
　此刻移進了白晝，
我衣衫不整地站在窗口，
看着雪花一落地便融化。
一百個空無一物的窗戶
在對街緩緩昇起的大廈
回看着我。
我的表情同它們的一樣空洞，
當那學習如何去獨自過活的
長而緩的勾當再度開始。

2.
陰影重重的下午
　此刻移進了夜晚，
我把背後的門關上
匆匆下樓。
妳知道
禮拜六晚上比禮拜五好。
如果你解決不了
你可以帶回家

偉大的美國安慰獎，
值二毛錢的愛，
　禮拜天的報紙。

——奧利場　——給DOUG DAVIS

我常
奇怪你爲什麼跑得那麼快，
是不是把一切在那天的奧利場結束。

你本來可以在西班牙逗留一陣
讓陽光在你頭腦裡唱歌。
或者在海德拉的山上漫步
或者乾脆就呆在家裡。
大西洋在夏天並不怎麼壞。

你本來可以去聽風叫
好同它熟悉。
他們說這對以後方便。
我本來可以做你更好的朋友
假如我不曾過份信任時間。

假如死人聽見活人的說話
稍稍抬高你的頭
我要導你遊西班牙。

——BENGIE——

是我不對侵犯了妳的小世界
博物舘及風箏及白鴿飛翔的世界。
　　我欺騙了妳
不爲同別人的眼睛相遇
也不爲同不屬于妳的手臂相識
而是爲了假裝內心很年青
且侵入了你標本動物的世界。

我該站在旁邊當妳的風箏
　滑
　　下
　　　來
但我不得不跑過去幫忙。

*Bengie爲人名。

——江寧道之二——

我早該告訴妳
愛不僅僅是
　在床上溫存。
　　不僅僅是
個人覓求一個同道。
甚至不僅僅是滿足共享的慾望。

我可能會說
愛最多只是把你需要得到的東西給予。

但那時正下着雨
我們沒有地方可去
只好坐在計程車裡穿街過巷
　而我記起

話是多餘除非愛情已了。

——小孩——

它們輕輕從妳的腰間跌落
滑下你的腿，便沒有了。
妳從它們中間走出來
便變成一個光身的小女孩。
然後上床
過了一段長時間什麼都沒發生
然後自一聲嘆息開始
双腿鬆開。

在她們背部有小小窪地的女孩
擁整個秋天在她們的臂間
她們的微笑是和煦的峽谷的微笑。

當妳坐
或立
或說話
或走路
或顧盼
或微笑
妳看起來像一個小女孩
但妳感覺像一個婦人。

——RICHARD FARINA——

他死得就如同
他讀了他自己的書
且相信人們該那樣死法。

他們不該的你知道。
尤其是有數的幾個詩人
他們替我們大家說出這麼多
用糾結的舌頭。

這些人該死在罌粟園裡
老而枯乾，用光，完蛋，
他們的最後日子孩童般消磨掉。

× × ×

二十九歲還年青得可掘一口井
播至少一打的小孩
再留一兩首歌給我們唱唱
而且爬上半打小山。
詩人其實該步行
自得且從容不迫。

× × ×

但當你騎着機器
沿着海競走
你該有所準備地就死
當機器死在你的下面。

我希望他是如此。

※Richard Fariwa為人名。

——安慰——

如果我們能重新開始

摩托車穿過馬的城市
在雨中
　看猫在古市場追逐蜥蜴
　且輪流飲着壞酒

我也許會試
着比以前更愛妳
我也許會笑一個笑
比妳所知道的更好
因我當時只在預習
夢想着那些輕易便會發生的
在未來的歲月

× × ×

我愛的不只是妳
（甚或羅馬的雨）
或者所有妳敲響我窗子的時辰
在十二點之後。

我愛妳呆過的房裡
的味道
對事物的新奇感覺我所不曾經歷
直到妳來。

我甚至愛妳的敵人
因他們把你逼到我的懷裡
尋求安慰。

——MON TEREY——

休假終了

最後一班公共汽車
我挑了個靠窗的座位
同營的旅程沒開始便已厭倦。

今天戰事順利
有一條船在釜山港沉沒
還有一座旺河的橋被破壞。
他們說在聖誕之前戰事會結束。

× × ×

今早消息傳來時
我正躺在床上
聽收音機裡的蝴蝶夫人
並且希望我有一個比歐克蘭
更有趣的家可回
我的意思是這裡只有一個湖
而我對這已經太老了
所以——戰後怎麼辦？

在營地裡
褐色肚皮的戰士們
躺在他們的窄床上
搜索着天花板
覺察不到夜牆的包圍。
明天在加州的一個灘頭陣地上
教官將給我們保證
會有眞仗可打。

※MON TEREY爲加里福尼亞州一郡。旺河爲WHAN RIVER

——東京港，第一印象——

坐着火車穿城過市
我貞到齷齪的人們在齷齪的窗後
赤脚的小孩走在鐵軌的枕木上
用粉筆塗畫着人行道。
有時脚踏車在平交道口等候
還有牛車載着誰知道是什麼
還有胖媽媽桑在樹蔭底下休息
喫豐盛的午餐。

在中午時份
我們抛給他們糖菓
以及香烟
覺得很好玩也很愚蠢。

小孩子們招手
給我們指頭
而我們回報他們以糖菓。

我忍不住想我們美國人
留下了一種國際性的手語
在我們占領和征服的土地上
對每個人都豎起陰莖似的指頭
這些人以爲它表示哈囉
老天
字母是幹什麼的？

——小人物，西雅圖——

雨……以及月中
把他們通通引了出來

組合線的工人
在波音做敲螺釘的工作
並且很會保守他們的秘密
眼睛帶着哀愁的美麗的人兒
整個禮拜呆在家
裡讀艾略特和濟慈
甚至那些老腐朽們……綿綿不絕。
女孩子們帶着有色的眼鏡。

我
一個渡週末的大兵
肌肉同意志都不强壯
既不年青得可到這裡來
也不老得該遠遠避開。
不被發現並且孤單
直到有人說……哈囉。

※波音BOEING製造飛機的工廠。

——第二印象——

在湖的那頭
越過那擠在壕溝裡的樹
我記得有一個溫暖的地方
那裡所有高閣樓的房間都有天窗。
媽媽桑在發號司令
而爲了一點小費

她會把什麼都忘掉。
計程車到那裏去只要七十圓。

聽如果夜晚讓你
我唱的歌我說的話
明天當氣氛不同
你將忘掉且走開。

——國家沙灘——

他轉身
向水中走去
她緊緊跟在後面。
太陽捕捉到她頭髮的顏色
同他紅銅色的腿
而我捕獲他們兩個
凝視着他們
直到他們走出我的視線之外
在陽光下濺水
消失在波浪裡。

我想我從未像現在這樣墮入情網
這裡在一個天然的沙灘上
看着別的情侶
幹熟悉的事做熟悉的愛
我想我從未這樣想妳念妳。

而當十月最後的太陽
走過海洋到它的休憩所
陽傘收起了
綢衫與綢褲
套在濕的游泳衣上
一股東京泉水的聲音
在我耳邊廻響
我同妳走下黑暗的街道
雨下如淚。

〃為我的動物們寫的一些詩及可尼街〃

——黃色獨角獸——

今早我醒來得正是時候看到
　一隻黃色獨角獸
在吃着外邊菩提樹低垂的枝椏——
然後牠越過草原
消失了。

此刻單獨一人——再一次
日光那獨角獸的顏色
在牆上移動
　還有低垂的雲
以及燠熱的紐約的七月圍着我，
我想着DIAMANTE的綠睛
也許那個叫DOV的
或其他的……
　(我忘不了
　某些孤單的人的影像
　他們看着我且有時

似乎在要我
他們眼裡帶着愛
像頭一天上學的小孩
穿着新衣。)

× × ×

我曾愛過一些
他們的臂與名字我都不認識
在彼得酒吧裡的女郎
一張在火車上的臉
特別在去年
我感到這種愛。

有一晚
聽一個胖女人說
當她摸着我的頭
我但願有個像你一樣的人當我
年青
我走開
且開始愛起陌生人
那些我只見一次的人
在公共汽車上和在酒吧裡或獨自走着
在僻靜的地方。
而在過去一年中總有上百個
他們不知道
一個可笑的小孩在看着她們且愛着
她們。

——詩——

我沒有特別的床。
我把我自己給那些獻愛的人。
這樣有什麼不對?
孤單的河流流向海
把自己
給沿途的許多小川。

所以它與我同在
默默無聞且孤獨
直到有人說那魔語。

你將看到我
某個週末的等候
果眞如此
說聲哈囉。

——可尼街——

可尼街的房子
那裡我常在週末來來去去
還是老樣。
上端的山丘是夏天的綠
天空霧藍
孩子們依然在每天三點鐘齊步走過
在刼掠了學校同家的途中。
山丘同可尼街還是老樣子
我却已改變。

不再有勝利的微笑
急促的歌
快樂的愛的凝視
年青的心在暗房裡砰然躍動。
不再是狂野的年青人
講得太快也太響
關于他擁有的並且想送掉的愛情。

× × ×

太陽不再常
撞見我在床上睡懶覺。
咽嘓叫的鴿子很少
看到我的形體展伸在草地上。
我現在常漫步陌生的街道
想替舊問題找新答案
而很少有解答。

但有時
在一年裡的秋冬時節
當太陽的金黃同霧交融在一起
舊金山的可尼街乃成了整個
世界。

× × ×

有時我爲一度嘗受過的愛情惋惜
它不值得你化那麼多年去記住。
我一向對妳的愛我感到胆怯
知道老鷹不獵蒼蠅
而且世界大過我們的愛情。
但我還是快樂
卽使一度
妳沖着我笑
把我的赤裸趕下寂寞的沙灘。
因爲也許六個月的愛
值得你化一生的時間去尋找，
還有果醬
以及牡蠣當早餐
並且知道妳在想法愛我
就很夠了。

× × ×

因爲愛情只是這裡那裡的片斷
它來去悄然我想。
你聽到它像一隻銀鈴
繫在猫的頸間
（一下近——一下遠。）
在可尼街我被愛過。
但不再有年青的心在暗房裡砰然
躍動。

※可尼街爲舊金山一街名，KEARNY STREET

〃歌〃

——愛倫的眼——

假如我不曾認識愛倫的眼
日子諒必

比較容易了解
對我不那麼嚴厲。

假如我不會記得
她發出的聲音
當她靠近我來
我也許會裝滿我的記憶
以八月的天或七月的海。

但我的記憶世界
沒有地方容納得下天空
所有空間都被用來
記得愛倫的眼。

——寂寞的東西——

悄悄下落的雨，野雲雀
從公園叫喚着情人們的冬風
十二月所唱的悲傷且淒厲的歌
這些是寂寞的東西。

雲後的太陽，無星的夜
當你單獨在人群中突然有
　想飛的慾望
離別帶來的空虛的孤單
這些是寂寞的東西。

稍嚐即壞的愛情
悲傷的犯錯的心聽着警笛的歌
　且一道唱和。
在晨光裡擊打着崖岸的浪濤
不再來試着把事情辦好的朋友
飛得太快像長了翅膀的希望
這些是寂寞的東西。

——譯後記——

我一向沒有耐心，這次居然能在多方分割了「屬于自己的時間」之餘，以短短一兩個月的時間，把這本集子裡的大部份譯出，自己頗感得意。

我常想，一個詩人的對象應該是同時代的大多數人。和寡的曲是表達能力不够的結果，不是高。老希望千百年後在「那遙遠的地方」有那麼個心靈來相應，只是奪標無望後想得安慰獎而已。詩人不再是預言者，先知，高高在上。他只是一個有人間臭味，是你又是我的平常人。羅德·麥克溫便是這樣的一個人。他的寂寞與迷失代表了這時代大多數人，特別是年青人的寂寞與迷失。正如一個女孩子所說的：「我們能在他的詩裡找到自己，他感覺到我們所感覺的。」

一九六九年十月二日芝加哥

距りの無きひと刻は美しき
思い手繰れば心ゆらめく
—摘自陳秀喜歌集『斗室』—

贊助者芳名

吳濁流先生　何千珠女士　許南陽先生　黃靈芝先生　高橋郁子女士　李澤藩先生　陳逸松先生　林　妙女士
潘俊彥先生　李君晰先生　劉少文小姐　柯滄田先生　盧莉珠女士　陳鑑濬先生　許玉秀女士　葉傳經先生
陳賓國先生　魏、貞女士　官英黃先生　陳蘭美女士　徐　先生　番山京月女士　林月霞女士　陳金定女士
楊月霞女士　張清瑛女士　楊　建先生　范姜房枝女士　陳雲龍先生

※本刊社務委員陳秀喜女士日文歌集『斗室』，經由日歌人浅田雅一氏推薦列入「からたち叢書」第八集，由東京都早苗書房出版，全書近二百頁精裝優美，共收作者生活寫實短歌二九一首，並有省籍先輩詩人巫永福先生序，出版後甚獲中日歌壇好評。爲慶賀『斗室』出版紀念，幸蒙上列各位先生女士捐助，陳秀喜女士已將全部捐款轉贈本刊充作基金，本刊同仁喜獲甘霖，均舉雙手歡呼敬禮，謹向贊助者謝謝!!

笠詩刊全體同仁　啓

海外來鴻

陳千武兄：

謝謝你的明信片。

隨函奉上拙作一首，如能適時刋登於「笠」，卽感幸甚也。

貴地的詩活動很著實地在發展着，令人感到愉快。

這裡將於八月中旬舉辦詩的祭典。

還有，我們決定在福岡圖書館設置「詩文庫」，將請各方面寄贈的詩書、詩誌，留存於後世作爲資料。

「笠」叢書、詩誌如有存書，並請惠予寄贈，我當代辦手續列入「詩文庫」。

在此先行謝謝你

（其他詩書亦可直接寄給我，分批寄下亦可。）

七月十六日

各務　章

日本福岡市田島北町六五三號

譯者按：福岡市係日本九州的首要都市。各位詩作者如有著作欲留存於該市圖書館「詩文庫」，請直接郵寄各務章先生收轉。各務章氏的詩將於下期介紹。

中華民國內政部登記內版臺誌字第一〇九〇號

中華郵政臺字第二〇〇七號執照登記為第一類新聞紙

笠詩双月刊　第三十八期

民國五十三年六月十五日創刊

民國五十九年八月十五日出版

出版社：笠詩刊社

發行人：黃騰輝

社　址：臺北市忠孝路二段二五一巷10弄9號

資料室：彰化市華陽里南郭路一巷10號

編輯部
經理部：臺中縣豐原鎮三村路44—7號

日本發賣元：若樹書房（東京都目黑區下目黑三—24—14目黑コーポラス209號）

定　價：每冊新臺幣六元
日幣六十元　港幣一元
非幣一元　美金二角

訂　閱：全年六期新臺幣三十元
半年三期新臺幣十五元

●郵政劃撥中字第二一九七六號陳武雄帳戶
及第五五七四號林煥彰帳戶
（小額郵票通用）